BESTSELLER

John Grisham (Jonesboro, Arkansas, 1955) se dedicaba a la abogacía antes de convertirse en un escritor de éxito mundial. Desde que publicó su primera novela, en 1988, ha escrito casi una por año. Todas sin excepción han sido best sellers y algunas incluso han resultado ser una magnífica fuente de guiones cinematográficos. Entre sus obras destacan los siguientes títulos, todos ellos convertidos también en películas de éxito: *Tiempo de matar, La tapadera, El informe Pelícano, El cliente, Cámara de gas, Legítima defensa* y *El jurado*. Sus últimas obras publicadas en España son: *La apelación, El profesional, La trampa, La confesión, Los litigantes, El estafador, La herencia, El secreto de Gray Mountain, Un abogado rebelde, El soborno, El caso Fitzgerald, La gran estafa, Los guardianes* y las novelas juveniles de la serie Theodore Boone. John Grisham vive con su esposa y sus dos hijos, a caballo entre Virginia y Mississippi.

Para más información, visita la página web del autor:
www.jgrisham.com

También puedes seguir a John Grisham en Facebook:
 John Grisham

Biblioteca

JOHN GRISHAM

El testamento

Traducción de
M.ª Antonia Menini

DEBOLS!LLO

Papel certificado por el Forest Stewardship Council®

MIXTO
Papel procedente de
fuentes responsables
FSC® C117695

Penguin
Random House
Grupo Editorial

Título original: *The Testament*

Primera edición con esta presentación: enero de 2021
Primera reimpresión: abril de 2021

© 1999, Belfry Holdings, Inc.
© 2015, 2021, Penguin Random House Grupo Editorial, S.A.U.
Travessera de Gràcia, 47-49. 08021 Barcelona
© M.ª Antonia Menini, por la traducción
Diseño de la cubierta: Eloi Urdangarín
© Creatas Images / Thinkstock Photos, por las imágenes de la cubierta

Printed in Spain – Impreso en España

ISBN: 978-84-663-5692-3
Depósito legal: B-14.423-2020

Compuesto en Comptex & Ass, S. L.

Impreso en Novoprint
Sant Andreu de la Barca (Barcelona)

P356923

1

Hasta el último día y hasta la última hora. Soy un viejo solitario a quien nadie ama, enfermo, resentido y cansado de vivir. Estoy preparado para el más allá; tiene que ser mejor que esto.

Soy el propietario del monumental edificio de cristal en que ahora me encuentro y del noventa y siete por ciento de la empresa que, en el piso inmediatamente inferior al mío, tiene su sede en él. También del kilómetro de terreno que lo rodea por tres de sus lados y de las dos mil personas que trabajan aquí y de las otras veinte mil que no, y asimismo del gasoducto que transporta el gas al edificio desde mis pozos petrolíferos de Texas. Mía es la compañía que le suministra la electricidad y tengo en arriendo el invisible satélite que navega a muchos kilómetros de altura, a través del cual yo ladraba en otros tiempos órdenes a mi imperio, que se extiende por todo el mundo. El valor de mis bienes supera los once mil millones de dólares. Soy dueño de minas de plata en Nevada y de cobre en Montana, de plantaciones de café en Kenia, de minas de carbón en Angola, de plantaciones de caucho en Malasia, de explotaciones de gas natural en Texas, de pozos de petróleo en Indonesia y de acerías en China. Mi empresa es propietaria de empresas que producen electricidad y fabrican ordenadores y construyen embalses e imprimen libros de bolsillo y transmiten señales a mi satélite. Son tantos los países por los que se hallan repartidas las sucursales de mis filiales que casi nadie podría localizarlas.

Antes era dueño de todos los juguetes apropiados: yates, jets privados y rubias, casas en Europa, haciendas en Argentina, una isla en el Pacífico, purasangres e incluso un equipo de hockey. Pero ya me he hecho demasiado viejo para los juguetes.

El dinero es la raíz de mis males.

Tuve tres familias, tres ex esposas que me dieron siete hijos, seis de los cuales siguen vivos y hacen todo lo que pueden para atormentarme. Que yo sepa, engendré a los siete y enterré a uno. Debería decir que lo enterró su madre, pues yo me encontraba fuera del país.

Estoy enemistado con mis ex esposas y todos mis hijos. Hoy todos se hallan reunidos aquí porque me estoy muriendo y ha llegado la hora de repartir el dinero.

Llevo mucho tiempo planeando este día. Mi edificio tiene catorce pisos, todos ellos largos, anchos y situados alrededor de un recóndito patio trasero donde antaño yo celebraba banquetes al aire libre. Vivo y trabajo en el piso superior, cuatro mil metros cuadrados de opulencia que a muchos les parecerían obscenos, pero que a mí no me molestan en absoluto. He ganado hasta el último centavo de la fortuna que poseo con mi sudor, mi inteligencia y mi buena suerte. Debería tener también el derecho de regalar todo ese dinero a quien me diera la gana, pero me persiguen.

¿Por qué debería preocuparme por quién recibe el dinero? He hecho con él todo lo imaginable. Sentado aquí en mi silla de ruedas, esperando solo, no se me ocurre ni una sola cosa que quiera comprar o ver, ni un solo lugar adonde quiera ir ni otra aventura a la que quiera lanzarme.

Lo he hecho todo y estoy muy cansado.

No me interesa quién reciba el dinero; pero me interesa mucho quién no lo reciba.

Diseñé personalmente cada metro cuadrado de este edificio, y por eso sé exactamente dónde colocar a cada uno de los participantes en esta pequeña ceremonia. Están todos aquí, esperando, pero les da igual. Permanecerían en cueros en medio de un temporal de nieve si fuese necesario.

La primera familia la constituyen Lillian y sus hijos, cuatro de mis retoños, habidos de una mujer que raras veces permitía que la tocara. Nos casamos jóvenes —yo tenía veinticuatro años y ella, dieciocho—, lo cual significa que Lillian también es una vieja. Llevo años sin verla y hoy no la veré. Estoy seguro de que sigue interpretando el papel de doliente y abandonada pero aun así fiel primera esposa que fue intercambiada por un trofeo. Jamás ha vuelto a casarse, y estoy seguro de que lleva cincuenta años sin mantener relaciones sexuales. No sé cómo conseguimos reproducirnos.

Su hijo mayor, Troy Jr., tiene ahora cuarenta y siete años, y es un idiota inútil que se avergüenza de mi nombre. De chico adoptó el apodo de TJ y sigue prefiriéndolo a Troy. De los seis hijos que ahora se encuentran reunidos aquí, TJ es el más tonto, aunque los demás no le van demasiado a la zaga. Lo echaron de la universidad a los dieciocho años por venta de droga.

Como los demás, TJ recibió cinco millones de dólares al cumplir los veintiún años. Y, como a los demás, estos se le escaparon entre los dedos como el agua.

No soporto contar las desdichadas historias de los hijos de Lillian. Baste decir que todos están endeudados hasta las cejas, prácticamente incapacitados para tener un empleo y con muy pocas esperanzas de cambiar, por lo que el hecho de que yo firme este testamento será el acontecimiento más trascendental de sus vidas.

Volviendo a mis ex esposas. De la frigidez de Lillian pasé a la tórrida pasión de Janie, una bella joven contratada como secretaria del departamento de contabilidad, pero rápidamente ascendida cuando decidí que la necesitaba en mis viajes de negocios. Me divorcié de Lillian y me casé con Janie, que era veintidós años más joven que yo y estaba firmemente decidida a satisfacerme en todo. Tuvo dos hijos a la mayor velocidad que pudo y los utilizó como anclas para mantenerme agarrado. Rocky, el más joven de ellos, murió en un automóvil deportivo con dos amigos en un accidente de tráfico cuyo acto de conciliación al margen de los tribunales me costó seis millones de dólares.

Me casé con Tira a los sesenta y cuatro años. Ella tenía veintitrés y estaba embarazada de un pequeño monstruo a quien engendré. Le impuso el nombre de Ramble* por una razón que jamás entendí. Ahora Ramble tiene catorce años y ya cuenta en su haber con una detención por robo en una tienda y otra por tenencia de marihuana. El grasiento cabello se le pega al cuello y le baja por la espalda, y luce anillos en las orejas, las cejas y la nariz. Me dicen que va a clase cuando le apetece.

Ramble se avergüenza de que su padre tenga casi ochenta años, y su padre se avergüenza de que su hijo se haya traspasado la lengua con cuentas de plata.

Y él, junto con los demás, espera que yo estampe mi firma en este testamento y mejore con ello su vida. A pesar de que poseo una fortuna enorme, el dinero no durará demasiado en poder de estos necios.

Soy un viejo moribundo y no debería odiar a nadie, pero no puedo evitarlo. Todos ellos son unos miserables. Las madres me odian y han enseñado a sus hijos a odiarme también.

Son unos buitres que vuelan en círculo con una expresión de avidez en los ojos y las garras dispuestas para la rapiña, mareados ante la perspectiva de entrar en posesión de unas ilimitadas cantidades de dinero contante y sonante.

* En inglés, «paseo». (N. de la T.)

Mi estado mental es ahora una cuestión de gran importancia. Creen que padezco un tumor porque digo cosas raras. Balbuceo incoherencias en las reuniones y a través del teléfono, y mis ayudantes murmuran a mis espaldas, asienten con la cabeza y piensan para sus adentros: «Sí, es verdad. Eso es cosa del tumor».

Hace dos años hice testamento y se lo dejé todo a mi última amante, que por aquel entonces se paseaba por mi apartamento vestida tan solo con unos pantis estampados con motivos de piel de leopardo, por lo que creo que efectivamente me vuelven loco las rubias de veinte años dotadas de todas las curvas correspondientes. Sin embargo, más tarde la eché a la calle. La trituradora de documentos se zampó el testamento. Sencillamente me cansé.

Hace tres años hice testamento por gusto y lo dejé todo a instituciones benéficas, más de cien. Un día yo estaba maldiciendo a TJ y él estaba maldiciéndome a mí y le hablé de aquel nuevo testamento. Entonces él, su madre y sus hermanos contrataron a toda una serie de abogados marrulleros y recurrieron a los tribunales en un intento de encerrarme en un centro sanitario para que me sometieran a tratamiento y emitieran un dictamen sobre mi estado. Fue una jugada muy hábil por parte de sus abogados, pues si me hubieran declarado mentalmente incapacitado mi testamento habría sido considerado nulo.

Pero yo tengo muchos abogados y les pago a mil dólares la hora para que manipulen el ordenamiento legal en mi beneficio. No me encerraron en el manicomio, a pesar de que tal vez fuese cierto de que por aquel entonces yo estaba un poco mal de la chaveta.

Tengo mi propia trituradora de documentos que he utilizado para destruir todos los antiguos testamentos. Todos han desaparecido, devorados por ese chisme.

Luzco largas batas blancas de seda tailandesa, me rasuro la cabeza como un monje y apenas pruebo bocado, de modo que mi cuerpo se ha encogido y arrugado. Creen que me he convertido al budismo, pero en realidad estoy estudiando a Zoroastro. No saben distinguir lo uno de lo otro. Casi puedo comprender por qué razón creen que mis facultades mentales se han deteriorado.

Lillian y la primera familia están en la sala de juntas de los ejecutivos, en el decimotercer piso, justo debajo de mí. Es una espaciosa sala de mármol y caoba con alfombras mullidas y una larga mesa ovalada en el centro, alrededor de la cual hay ahora un montón de personas muy nerviosas. No es de extrañar que haya más abogados que miembros de la familia.

Lillian tiene uno, al igual que cada uno de sus cuatro hijos, a excepción de TJ, que se ha presentado con tres para demostrar su importancia y asegurarse de que todos los flancos estén debidamente cubiertos. TJ tiene más problemas legales que la mayoría de los reclusos del corredor de la muerte. En uno de los extremos de la mesa hay una gran pantalla digital que transmitirá lo que allí ocurra.

El hermano de TJ es Rex, de cuarenta y cuatro años, mi segundo hijo, casado actualmente con una bailarina de *striptease* llamada Amber, una pobre criatura sin seso pero con un busto tan enorme como falso. Si no me equivoco, es su tercera esposa, o quizá sea la segunda; en cualquier caso, ¿quién soy yo para condenar a nadie? Está aquí junto con todas las demás actuales esposas y/o amantes, todas ellas hechas un manojo de nervios ahora que están a punto de repartirse once mil millones de dólares.

La primera hija de Lillian, la mayor de mis hijas, es Libbigail, una criatura a la que yo amaba desesperadamente hasta que se fue a la universidad y se olvidó de mí. Más tarde se casó con un africano y eliminé su nombre de mis testamentos.

Mary Ross fue el último vástago de Lillian. Está casada

con un médico que aspira a ser millonario, pero ambos están llenos de deudas.

Janie y la segunda familia esperan en una sala del décimo piso. Janie ha tenido dos maridos desde que nos divorciamos hace ya muchos años. Estoy casi seguro de que actualmente vive sola. Yo contrato investigadores para mantenerme al corriente, pero ni siquiera el FBI podría seguir la pista de sus saltos de lecho en lecho. Tal como ya he dicho, su hijo Rocky se mató. Su hija Geena está aquí, con su segundo marido, un imbécil con un máster en gestión empresarial, pero lo bastante peligroso como para tomar unos quinientos millones de dólares y perderlos magistralmente en tres años.

Y finalmente está Ramble, repantigado en un sillón del quinto piso, lamiéndose el anillo de oro que le adorna la comisura de los labios mientras se manosea el pegajoso cabello verde y mira enfurecido a su madre, que ha tenido el descaro de presentarse aquí con un melenudo y pequeño gigoló.

Hoy Ramble espera hacerse rico y entrar en posesión de una fortuna sencillamente porque yo lo engendré. Por supuesto, también ha venido con su abogado, una especie de hippie radical a quien Tira vio en la televisión y contrató de inmediato después de haberse acostado con él. Están esperando junto con los demás.

Conozco a esta gente. La observo.

Aparece Snead por la parte de atrás de mi apartamento. Es mi fiel y abnegado servidor desde hace casi treinta años, un redondo y amable hombrecillo con chaleco blanco, humilde y sumiso, con la cintura perpetuamente doblada, como si se inclinara ante el rey. Snead se planta delante de mí con las manos cruzadas sobre el vientre, como siempre, la cabeza ladeada y una empalagosa sonrisa en los labios, y me pregunta con la afectada cadencia que adquirió hace años, cuando estábamos en Irlanda:

—¿Cómo se encuentra, señor?

No contesto, porque no se me exige ni se espera de mí que lo haga.

—¿Un poco de café, señor?

—El almuerzo.

Snead guiña los ojos, hace una profunda reverencia y se retira de la estancia arrastrando por el suelo las vueltas de los pantalones. Él también espera hacerse rico cuando me muera, y supongo que está contando los días como los demás.

Lo malo de tener dinero es que todo el mundo quiere un poquito. Una simple rebanada, una astillita. ¿Qué es un millón de dólares para un hombre que tiene miles de millones? Dame un millón, tío, ni siquiera te darás cuenta. Hazme un préstamo y olvidémoslo. Incluye mi nombre en el testamento; hay sitio.

Snead es un fisgón tremendo y hace años lo sorprendí revolviendo mi escritorio, en busca, supongo, del testamento. Quiere que me muera porque espera unos cuantos millones.

¿Qué derecho tiene a esperar nada? Hace años que debería haberlo despedido.

Su nombre no figura en mi nuevo testamento.

Deposita una bandeja delante de mí; en ella hay un paquete sin abrir de galletas Ritz, un tarrito de miel con sello de plástico alrededor de la tapa y una lata de 35 centilitros de Fresca, a temperatura ambiente. A la mínima variación, Snead sería despedido en el acto.

Le digo que se retire y mojo las galletas en la miel. La última comida.

2

Permanezco sentado y miro a través de las paredes de cristal tintado. Cuando el día es claro, puedo ver la parte superior del monumento a Washington, que está a diez kilómetros de distancia, pero hoy no. Hoy el tiempo es frío y desapacible, sopla el viento y el cielo está encapotado; no es mal día para morir. El viento arranca las últimas hojas de las ramas de los árboles y las dispersa por el aparcamiento de abajo.

¿Por qué me preocupa el dolor? ¿Qué tiene de malo un poco de sufrimiento? He causado más desgracias que diez personas juntas.

Pulso un timbre y aparece Snead. Hace una reverencia y empuja mi silla de ruedas a través de la puerta de mi apartamento que da acceso al vestíbulo de mármol, baja por el pasillo de mármol y cruza otra puerta. Estamos acercándonos, pero no experimento inquietud alguna.

Hago esperar a los psiquiatras más de dos horas.

Pasamos por delante de mi despacho y saludo con una inclinación de la cabeza a Nicolette, mi más reciente secretaria, una joven encantadora por la que siento un profundo aprecio. Con un poco de tiempo, podría convertirse en la cuarta.

Pero no hay tiempo. Solo minutos.

Una muchedumbre espera: jaurías de abogados y unos psiquiatras que deberán establecer si estoy en mi sano juicio.

Se hallan reunidos alrededor de una larga mesa de mi sala de juntas y, cuando entro, su conversación cesa de inmediato y todo el mundo me mira. Snead me sitúa junto a la mesa, al lado de mi abogado, Stafford.

Hay cámaras apuntando en todas direcciones y los técnicos se apresuran a enfocarlas. Todos los murmullos, todos los movimientos, todas las respiraciones serán grabados, pues está en juego una fortuna.

El último testamento que firmé dejaba muy poco a mis hijos. Lo preparó Josh Stafford, como siempre. Lo destruí en la trituradora esta mañana.

Permanezco sentado aquí para demostrar al mundo que poseo la suficiente capacidad mental como para hacer un nuevo testamento. En cuanto lo haya demostrado, nadie podrá discutir la forma en que decida disponer de mis bienes.

Frente a mí hay tres psiquiatras, cada uno de ellos contratado por una de las familias. En las tarjetas dobladas que hay delante de ellos alguien ha escrito sus nombres en letras de imprenta: doctor Zadel, doctor Flowe, doctor Theishen. Escruto sus rostros. Puesto que tengo que parecer cuerdo, conviene que los mire a los ojos.

Esperan que esté un poco chiflado, pero me dispongo a comérmelos para el almuerzo.

Stafford dirigirá el espectáculo. Cuando todos se acomodan y las cámaras están preparadas, dice:

—Me llamo Josh Stafford y soy el abogado del señor Troy Phelan, sentado aquí, a mi derecha.

Miro uno a uno a los psiquiatras, con expresión de furia, que ellos me devuelven, hasta que finalmente parpadean y apartan los ojos. Los tres visten traje oscuro. Zadel y Flowe lucen barba rala. Theishen lleva pajarita y no aparenta más de treinta años. A las familias se les otorgó el derecho de elegir a quien quisieran.

—El propósito de esta reunión —prosigue Stafford— es someter al señor Phelan al examen de un equipo de psiquiatras para determinar su capacidad para otorgar testamento. Suponiendo que el equipo médico establezca que se encuentra en pleno uso de sus facultades mentales, el señor Phelan tiene intención de firmar un testamento para el reparto de sus bienes a su muerte.

Stafford golpea con el lápiz un fajo de papeles de casi tres centímetros de grosor que se encuentra delante de nosotros. Estoy seguro de que las cámaras utilizan el zoom para captar un primer plano y de que la mera contemplación del documento hace que un estremecimiento recorra de arriba abajo las columnas vertebrales de mis hijos y de sus madres, diseminados por todo el edificio.

No han visto el testamento y no tienen derecho a hacerlo. Un testamento es un documento privado cuyo contenido solo se revela después de la muerte del firmante. Los herederos solo pueden hacer conjeturas acerca de lo que se ha dispuesto en él.

Se les ha inducido a creer que el grueso de mi herencia se repartirá más o menos equitativamente entre los hijos y que habrá generosos regalos para las ex esposas. Lo saben; lo presienten. Se trata de una cuestión de vida o muerte para ellos, pues todos están endeudados. El testamento que tengo delante de mí va a hacerlos ricos y acabará con todas las disputas. Stafford lo ha preparado y, en las conversaciones que ha mantenido con los abogados de las tres familias ha trazado, a grandes rasgos y con mi autorización, el presunto contenido del documento. Cada hijo recibirá entre trescientos y quinientos millones aproximadamente, y otros cincuenta millones irán a parar a cada una de las tres ex esposas. Cuando estas mujeres se divorciaron quedaron muy bien provistas, pero eso, como es natural, ya se ha olvidado.

El total de regalos a las familias suma unos tres mil millones de dólares. Después de que el Gobierno arramble con varios miles de millones más, el resto irá a parar a obras benéficas.

Así pues, ya ven ustedes por qué están aquí, lustrosos, repeinados, sobrios (casi todos), contemplando con ansia los monitores a la espera y con la esperanza de que yo, el viejo, pueda conseguir su propósito. Estoy seguro de que les han dicho a sus psiquiatras: «No sean demasiado duros con el viejo. Lo queremos cuerdo».

Si todos están tan contentos, ¿a qué tomarse la molestia de este examen psiquiátrico? Porque voy a joderlos por última vez, y quiero hacerlo bien.

Lo de los psiquiatras ha sido idea mía, pero mis hijos y sus abogados son tan lentos que aún no se han dado cuenta.

Zadel es el primero en lanzarse.

—Señor Phelan, ¿puede decirnos la fecha, el lugar y la hora?

Me siento un escolar de primaria. Inclino la barbilla sobre el pecho como un imbécil y sopeso la pregunta el tiempo suficiente como para que ellos se deslicen hasta el borde de su asiento y murmuren: «Vamos, viejo hijo de puta. No me digas que no sabes en qué día estamos».

—Lunes —susurro—. Lunes 9 de diciembre de 1996. El lugar es mi despacho.

—¿Y la hora?

—Aproximadamente las dos y media de la tarde —contesto. No llevo reloj.

—¿Y dónde está su despacho?

—En McLean, Virginia.

Flowe se inclina sobre su micrófono.

—¿Puede decirnos los nombres y las fechas de nacimiento de sus hijos?

—No. Los nombres puede que sí, pero no sus fechas de nacimiento.

—Muy bien, díganos los nombres.

Me lo tomo con calma. Es demasiado pronto para mostrarme duro. Quiero que suden un poco.

—Troy Phelan Jr., Rex, Libbigail, Mary Ross, Geena y

Ramble. —Pronuncio los nombres como si el solo hecho de pensar en ellos me resultara doloroso.

A Flowe se le permite añadir algo más.

—Hubo un séptimo hijo, ¿no es cierto?

—Exacto.

—¿Recuerda usted su nombre?

—Rocky.

—¿Qué le ocurrió?

—Murió en un accidente de tráfico.

Permanezco sentado muy tieso en mi silla de ruedas con la cabeza erguida mientras desplazo rápidamente la mirada de un psiquiatra a otro, proyectando absoluta cordura hacia las cámaras. Estoy seguro de que mis hijos y mis ex esposas se sienten orgullosos de mí, contemplando los monitores con quienes las acompañan, apretando la mano de sus actuales consortes y mirando a sus ávidos abogados con una sonrisa, porque hasta ahora el viejo Troy ha conseguido superar satisfactoriamente el examen preliminar.

Puede que hable en voz baja y algo hueca y que parezca un poco chiflado con mi bata blanca de seda, mi rostro arrugado y mi turbante verde, pero he respondido a las preguntas.

«Vamos, viejo», me dicen en tono suplicante.

—¿Cuál es su actual estado físico? —pregunta Theishen.

—Me encuentro mejor.

—Corren rumores de que padece algún tipo de cáncer.

Vas directamente al grano, ¿eh?

—Yo creía que esto era un examen mental —digo, mirando a Stafford, que no puede reprimir una sonrisa.

Las normas, sin embargo, permiten formular cualquier pregunta. Esto no es una sala de justicia.

—Lo es —dice cortésmente Theishen—, pero todas las preguntas son pertinentes.

—Comprendo.

—¿Está dispuesto a responder?

—¿Sobre qué?

—Sobre la cuestión del tumor.

—Por supuesto que padezco un tumor. Está localizado en la cabeza, tiene el tamaño de una pelota de golf, crece día a día, es inoperable y mi médico dice que no duraré tres meses.

Casi me parece oír el rumor del descorche de las botellas de champán debajo de mí. ¡La existencia del tumor se ha confirmado!

—¿Se encuentra usted en este momento bajo los efectos del alcohol o de algún tipo de droga o medicamento?

—No.

—¿Tiene en su poder alguna clase de medicamento contra el dolor?

—Todavía no.

—Señor Phelan —interviene Zadel—, hace tres meses la revista *Forbes* reveló que el valor neto de sus bienes alcanza los ocho mil millones de dólares. ¿Le parece un cálculo aproximado?

—¿Desde cuándo *Forbes* es famosa por la exactitud de sus afirmaciones?

—¿O sea que el cálculo no es exacto?

—Está entre los once mil y los once mil quinientos millones, dependiendo de los mercados. —Lo digo muy despacio, pero mis palabras son cortantes y mi voz rezuma autoridad. Nadie duda de la magnitud de mi fortuna.

Flowe decide insistir en la cuestión del dinero.

—Señor Phelan, ¿puede usted describir en general la organización de sus activos empresariales?

—Sí, puedo.

—¿Lo hará?

—Supongo —respondo. Hago una pausa para que suden. Stafford me ha asegurado que no tengo por qué revelar aquí ninguna información de carácter privado. «Limítese a facilitarles una visión de conjunto», dijo—. El Grupo Phelan es una empresa privada que engloba setenta sociedades distintas, algunas de las cuales cotizan en bolsa.

—¿Qué participación tiene usted en el Grupo Phelan?

—Aproximadamente un noventa y siete por ciento. El resto está en manos de un puñado de empleados.

Theishen se incorpora al acoso. No han tardado mucho en centrar su atención en el oro.

—Señor Phelan, ¿tiene su empresa intereses en Spin Computer?

—Sí —contesto muy despacio, tratando de localizar Spin Computer en mi jungla empresarial.

—¿Cuál es su participación?

—El ochenta por ciento.

—¿Y Spin Computer cotiza en bolsa?

—En efecto.

Theishen juguetea con un montón de documentos de aspecto oficial y veo desde aquí que tiene el informe anual de la empresa y los estados de cuentas trimestrales, algo que cualquier estudiante universitario semianalfabeto podría obtener.

—¿Cuándo adquirió usted Spin? —pregunta.

—Hace unos cuatro años.

—¿Cuánto pagó por ella?

—Un total de trescientos millones, a veinte dólares por acción.

Quiero contestar a estas preguntas más despacio, pero no puedo. Traspaso con la mirada a Theishen, ansioso de escuchar la siguiente.

—¿Y cuál es su valor en la actualidad? —inquiere.

—Bueno, ayer cerró a cuarenta y tres y medio, un punto menos. Desde que compré la empresa las acciones se han fraccionado por lo que ahora la inversión gira en torno a ocho cincuenta.

—¿Ochocientos cincuenta millones?

—Exacto.

Llegados a este punto, el examen prácticamente ha terminado. Si mis facultades mentales pueden comprender los precios de las acciones al cierre, no cabe duda de que mis adversarios deben de estar satisfechos. Casi me parece ver sus estúpidas sonrisas. Y casi me parece oír sus silenciosas exclamaciones de satisfacción. Vamos, Troy. Dales duro.

Zadel quiere un poco de historia, en un intento, imagino, de poner a prueba los límites de mi memoria.

—Señor Phelan, ¿dónde nació usted?

—En Montclair, Nueva Jersey.

—¿Cuándo?

—El 12 de mayo de 1918.

—¿Cuál era el apellido de soltera de su madre?

—Shaw.

—¿Cuándo murió?

—Dos días antes del ataque a Pearl Harbor.

—¿Y su padre?

—¿Qué desea saber?

—¿Cuándo murió?

—No lo sé. Desapareció cuando yo era pequeño.

Zadel mira a Flowe, que tiene el cuaderno de apuntes lleno de preguntas.

—¿Quién es su hija menor? —pregunta.

—¿De qué familia?

—Mmm..., de la primera.

—Tiene que ser Mary Ross.

—Eso está muy bien...

—Pues claro que lo está.

—¿Dónde cursó ella estudios universitarios?

—En Tulane, Nueva Orleans.

—¿Qué estudió?

—Algo relacionado con la Edad Media. Después se casó muy mal, como todos los demás. Creo que esta habilidad la han heredado de mí.

Advierto que se ponen tensos, y casi me parece ver a los abogados y a los actuales amantes y/o consortes disimulando unas sonrisitas, pues nadie puede negar que me casé efectivamente muy mal.

Y me reproduje todavía peor.

Flowe termina de repente su tanda de preguntas. Theishen sigue encaprichado con el dinero.

—¿Posee usted intereses predominantes en MountainCom?

—Sí, estoy seguro de que tiene los datos en ese montón de papeles. La empresa cotiza en bolsa.

—¿Cuál fue su inversión inicial?

—Unos diez millones de acciones a dieciocho dólares la acción.

—Y ahora...

—Ayer cerró a veintiuno por acción. Un canje y un fraccionamiento de acciones en los últimos seis años han hecho que ahora la empresa valga unos cuatrocientos millones. ¿Responde eso a su pregunta?

—Sí, creo que sí. ¿Cuántas empresas suyas cotizan en bolsa?

—Cinco.

Flowe mira a Zadel y yo me pregunto cuánto va a durar todo esto. De repente, me siento cansado.

—¿Alguna pregunta más? —inquiere Stafford.

No vamos a apremiarlos porque queremos que queden enteramente satisfechos.

—¿Tiene usted intención de firmar hoy un nuevo testamento? —pregunta Zadel.

—Sí, ese es mi propósito.

—¿Eso que tiene delante en la mesa es el testamento?

—Lo es.

—¿Otorga este testamento una considerable parte de sus bienes a sus hijos?

—Sí.

—¿Está usted preparado para firmar el testamento en este momento?

—Sí.

Zadel deposita cuidadosamente su pluma sobre la mesa, cruza las manos con aire pensativo y mira a Stafford.

—En mi opinión, el señor Phelan se halla en estos momentos en suficiente uso de sus facultades mentales como para disponer libremente de sus bienes. —Lo dice con gran esfuerzo, como si todos estuviesen perplejos tras mi actuación.

Los otros dos se apresuran a intervenir.

—No abrigo la menor duda acerca de la salud mental del señor Phelan —le dice Flowe a Stafford—. Me parece una persona increíblemente perspicaz.

—¿Ninguna duda? —pregunta Stafford.

—Ninguna en absoluto.

—¿Doctor Theishen?

—No nos engañemos; el señor Phelan sabe exactamente lo que hace. Su mente es mucho más rápida que la nuestra.

Vaya, hombre, muchas gracias. Eso significa mucho para mí. Sois unos pobres psiquiatras que ganan con gran esfuerzo cien mil dólares al año. Yo he ganado miles de millones y, sin embargo, vosotros me dais palmaditas en la cabeza y me decís que soy muy listo.

—¿De modo, pues, que la opinión es unánime? —pregunta Stafford.

—Sí. Totalmente.

Los tres asienten enérgicamente con la cabeza.

Stafford empuja el testamento hacia mí y me entrega una pluma.

—Estos son la última voluntad y el testamento de Troy L. Phelan —digo—, que anulan todos los anteriores testamentos y codicilos.

Tiene noventa páginas de extensión y lo ha preparado Stafford con la ayuda de alguien de su bufete. Comprendo la idea, pero la letra impresa se me escapa. No lo he leído ni pienso hacerlo. Paso a la última página, garabateo un nombre que nadie puede leer y después lo cubro momentáneamente con las manos.

Los buitres jamás lo verán.

—Se levanta la sesión —dice Stafford, y todos se apresuran a recoger sus cosas. Siguiendo mis instrucciones, las tres familias son sacadas a toda prisa de sus respectivas estancias e invitadas a abandonar el edificio.

Una cámara sigue enfocándome; sus imágenes no irán a parar más que a los archivos. Los abogados y los psiquiatras se retiran a toda prisa. Le digo a Snead que se siente junto a la mesa. Stafford y Durban, uno de sus ayudantes, permanecen en la habitación, también sentados. Cuando estamos solos, busco bajo la orla de mi bata, saco un sobre y lo abro. Extraigo de él tres páginas de amarillo papel de oficio y las deposito delante de mí sobre la mesa. Solo faltan unos segundos, y un leve estremecimiento de temor recorre mi cuerpo. Este testamento me exigirá más fuerza de la que he tenido en muchas semanas.

Stafford, Durban y Snead contemplan las hojas de papel amarillo, absolutamente desconcertados.

—Este es mi testamento —anuncio, tomando la pluma—. Un testamento ológrafo que he redactado hace apenas unas horas. Lleva la fecha del día de hoy y ahora lo firmo.

Vuelvo a garabatear mi nombre. Stafford está demasiado aturdido como para reaccionar.

—Anula todos mis anteriores testamentos —añado—, incluido el que acabo de firmar hace menos de cinco minutos. —Vuelvo a doblar los papeles y los introduzco en el sobre.

Hago rechinar los dientes y recuerdo lo mucho que estoy deseando morir. Empujo el sobre hacia Stafford y, al mismo tiempo, me levanto de mi silla de ruedas. Me tiemblan las piernas. El corazón me palpita con fuerza. Ahora faltan solo unos segundos. Seguro que habré muerto antes de estrellarme contra el suelo.

—¡Eh! —grita alguien, creo que Snead.

Pero ya me estoy apartando de ellos.

El inválido camina, casi corre, pasando por delante de la hilera de sillones de cuero, por delante de uno de mis retratos, uno muy malo encargado por una de mis esposas, por delante de todo, y se dirige hacia la puerta corrediza que no está cerrada con llave. Lo sé porque lo he ensayado hace unas horas.

—¡Deténgase! —grita alguien mientras todos me siguen.

Nadie me ha visto caminar desde hace un año. Tomo el tirador y abro la puerta. El aire es amargamente frío. Salgo descalzo a la estrecha terraza que rodea el último piso del edificio. Sin mirar hacia abajo, me encaramo a la barandilla.

3

Snead se encontraba a dos pasos de distancia del señor Phelan y por un instante creyó que le daría alcance. El sobresalto de ver al viejo no solo levantarse y caminar sino prácticamente correr hacia la puerta lo dejó paralizado. El señor Phelan llevaba años sin moverse con semejante rapidez.

Snead llegó a la barandilla justo a tiempo para gritar horrorizado y contemplar después con impotencia cómo el señor Phelan caía en silencio, retorciéndose y agitando los brazos y las piernas, cada vez más diminuto hasta estrellarse finalmente contra el suelo. El criado se agarró con fuerza a la barandilla, miró hacia abajo con incredulidad y rompió a llorar.

Josh Stafford salió a la terraza un paso por detrás de Snead y lo vio arrojarse al vacío. Ocurrió todo tan de repente, por lo menos el salto, que la caída propiamente dicha pareció durar una hora. Un hombre de ochenta kilos cae sesenta metros en cuestión de segundos, pero más tarde Stafford le dijo a la gente que el viejo flotó una eternidad, como una pluma empujada por el viento.

Tip Durban alcanzó la barandilla después que Stafford y solo vio el impacto del cuerpo en el patio de ladrillo situado entre la entrada principal del edificio y una calzada circular. Por alguna extraña razón, Durban sostenía en la mano el sobre que había tomado con aire distraído durante la precipitada carrera por sujetar al viejo Troy. Mientras contemplaba la terrorífica escena que se desarrollaba abajo en medio del gélido aire y observaba a los primeros espectadores acercarse al accidentado, el sobre le pareció mucho más pesado que al principio.

El descenso de Troy Phelan no alcanzó el alto nivel de dramatismo que él había soñado. En lugar de flotar hacia la tierra como un ángel en una impecable zambullida de cisne, con la bata de seda ondeando a su espalda, y morir estrellado contra el suelo en presencia de sus aterrorizadas familias, a las que había imaginado abandonando el edificio justo en el momento adecuado, su caída solo fue presenciada por un modesto administrativo que estaba cruzando con paso cansino el aparcamiento tras un prolongado almuerzo en un bar. El hombre oyó una voz, levantó la vista y vio, horrorizado, que un pálido cuerpo desnudo caía agitando los brazos y las piernas, con una cosa semejante a una sábana enredada alrededor del cuello. El cuerpo aterrizó boca arriba sobre el suelo de ladrillo, con el sordo ruido que cabía esperar de semejante impacto.

El administrativo corrió al lugar del accidente justo en el momento en que un guardia de seguridad se percataba de que algo raro ocurría y, dando media vuelta, abandonaba su puesto junto a la entrada principal de la Torre Phelan. Ni el administrativo ni el guardia de seguridad habían visto jamás al señor Troy Phelan, por lo que ninguno de los dos supo al principio a quién pertenecían los restos mortales que estaban contemplando. El cuerpo sangraba, iba descalzo, estaba doblado y desnudo, y tenía una sábana arrugada a la altura de los brazos. Y estaba completamente muerto.

Unos treinta segundos más y Troy hubiera podido ver cumplido su deseo. Por encontrarse en el quinto piso, Tira, Ramble, el doctor Theishen y su séquito de abogados fueron los primeros en abandonar el edificio, y, por consiguiente, los primeros en tropezarse con el suicidio. Tira soltó un grito, no de dolor, de amor o de pena por la pérdida del que había sido su esposo, sino de puro sobresalto ante el espectáculo que ofrecía el viejo Troy despanzurrado sobre el suelo de ladrillo. Fue un desdichado y desgarrador grito que Snead, Stafford y Durban pudieron oír con toda claridad desde catorce pisos más arriba.

A Ramble la escena le pareció genial. Hijo de la televisión y adicto a los videojuegos, los espectáculos truculentos lo atraían como un imán. Se apartó de su gritona madre y se arrodilló junto a su padre muerto. El guardia de seguridad apoyó una firme mano sobre su hombro.

—Es Troy Phelan —anunció uno de los abogados, inclinándose sobre el cadáver.

—No me diga —repuso el guardia.

—Jo —exclamó el administrativo.

Otras personas salieron corriendo del edificio.

Janie, Geena y Cody, con su psiquiatra el doctor Flowe y sus abogados, fueron los siguientes. Pero no hubo gritos ni nadie se derrumbó. Permanecieron muy juntos, a prudente distancia de Tira y su grupo, contemplando con expresión de incredulidad al pobre Troy.

Se oyó el chirrido de unas radios mientras se acercaba otro guardia y asumía el mando de la situación, pidiendo una ambulancia.

—¿Y eso de qué va a servir? —preguntó el administrativo que, por haber sido el primero, había adquirido posteriormente un mayor protagonismo.

—¿Quiere llevárselo usted en su coche? —replicó el guardia.

Ramble observó cómo la sangre llenaba los canales entre los ladrillos y bajaba formando perfectos ángulos por una suave pendiente hacia una fuente helada y el mástil de bandera que había a su lado.

Un ascensor se detuvo en el vestíbulo y de él salió la primera familia con su séquito. TJ y Rex habían aparcado sus respectivos coches en la parte de atrás, puesto que en otro tiempo habían sido autorizados a tener despachos en el edificio. Mientras todo el grupo giraba a la izquierda en dirección a una salida, alguien que se encontraba junto a la puerta principal, gritó:

—¡El señor Phelan se ha arrojado al vacío!

El grupo cambió de rumbo y salió a la carrera por la puerta en dirección al patio de ladrillo, donde lo encontraron cerca de la fuente.

Ahora no tendrían ni siquiera que esperar a que el tumor terminara su obra.

Joshua Stafford tardó aproximadamente un minuto en recuperarse del sobresalto y empezar a pensar de nuevo como un abogado. Esperó a que la tercera y última familia apareciera en el patio de abajo y entonces les dijo a Snead y Durban que entrasen.

La cámara aún estaba encendida. Snead se situó de cara a ella, levantó la mano derecha, juró decir la verdad y después, conteniendo las lágrimas, explicó lo que acababa de presenciar. Stafford abrió el sobre y sostuvo las amarillas hojas lo bastante cerca como para que la cámara pudiera captarlas.

—Sí, lo he visto firmar esto —dijo Snead—. Hace apenas unos segundos.

—¿Y esta es su firma?

—Sí, lo es.

—¿Declaró él que esto era su última voluntad y su testamento?

—Dijo que era su testamento.

Stafford apartó los papeles antes de que Snead atinara a leerlos. Repitió el mismo procedimiento con Durban y a continuación se situó delante de la cámara y expuso su versión de los hechos. La cámara se apagó y los tres bajaron a la planta baja para presentar sus respetos al señor Phelan. El ascensor estaba lleno de empleados del señor Phelan, todos ellos aturdidos, pero deseosos de echar un insólito y último vistazo al viejo. El edificio estaba vaciándose. Los apagados sollozos de Snead sonaban amortiguados en un rincón.

Los guardias de seguridad habían mandado retirarse a la gente, dejando a Troy solo en medio de su charco. Una sirena se acercaba. Alguien tomó unas fotografías para dejar constancia de la imagen de aquella muerte y después cubrieron el cadáver con una manta negra.

En el caso de las familias, las leves punzadas de dolor no tardaron en ser superadas por el sobresalto de la muerte. Permanecieron de pie con la cabeza inclinada, contemplando con tristeza la manta mientras ordenaban sus ideas con vistas a los futuros acontecimientos. Era imposible contemplar a Troy y no pensar en el dinero. El dolor por la pérdida de un pariente, incluso de un padre con quien ha habido desavenencias, no puede interponerse en el camino de quinientos millones de dólares.

En el caso de los empleados, el sobresalto cedió el lugar al desconcierto. Corrían rumores de que Troy vivía allá arriba, por encima de sus cabezas, pero muy pocos de ellos lo habían visto. Era un excéntrico, estaba loco, padecía una enfermedad, los rumores lo abarcaban todo. La gente no le gustaba. En el edificio había importantes vicepresidentes que solo lo veían una vez al año. Si la empresa funcionaba tan bien sin él, sus puestos de trabajo tenían forzosamente que estar asegurados.

En el caso de los psiquiatras —Zadel, Flowe y Theishen—, el momento estuvo cargado de tensión. Habían declarado que el hombre estaba cuerdo y a los pocos minutos se había arrojado al vacío. Sin embargo, hasta un loco puede tener intervalos de lucidez, ese era el término legal que se repetían a sí mismos una y otra vez mientras se estremecían de inquietud en medio de la gente. Aunque esté loca como un cencerro, basta un intervalo de lucidez en medio de la locura para que una persona pueda otorgar un testamento válido. Se mantendrían firmes en sus opiniones. Gracias a Dios que todo estaba grabado. El viejo Troy era listo. Y estaba lúcido.

Los abogados superaron rápidamente el sobresalto y no experimentaron el menor pesar. Permanecieron con expresión muy seria al lado de sus clientes, contemplando el lamentable espectáculo. Los honorarios serían enormes.

Una ambulancia entró en el patio de ladrillo y se detuvo a escasa distancia de Troy. Stafford se acercó a la valla y les susurró algo a los guardias.

Colocaron rápidamente el cadáver de Troy en una camilla y se lo llevaron.

Veintidós años atrás Troy Phelan había trasladado el cuartel general de su empresa al norte de Virginia para huir de los impuestos de Nueva York. Se había gastado cuarenta millones de dólares en el edificio que llevaba su nombre y el solar que ocupaba, un dinero varias veces amortizado por el simple hecho de estar domiciliado en Virginia.

Había conocido a Joshua Stafford, un prometedor abogado del distrito de Columbia, en medio de un desagradable juicio que él había perdido y Stafford ganado. Phelan admiraba su estilo y su tenacidad, y decidió contratarlo. En la última década, Stafford había duplicado el tamaño de la empresa de su cliente y se había hecho rico con el dinero que ganaba combatiendo sus batallas.

En los últimos años de su vida, nadie había estado más cerca del señor Phelan que Josh Stafford. Este y Durban regresaron a la sala de juntas del decimocuarto piso y cerraron la puerta. Mandaron retirarse a Snead y le ordenaron que se fuera a descansar.

Delante de la cámara en marcha, Stafford abrió el sobre y sacó las tres hojas de papel amarillo. La primera era una carta de Troy dirigida a él. Mirando a la cámara, dijo:

—Esta carta está fechada el día de hoy, lunes 9 de diciembre de 1996. Está escrita de puño y letra por Troy Phelan y yo soy el destinatario. Consta de cinco párrafos. La leeré en su totalidad:

»"Querido Josh: ahora estoy muerto. Estas son mis instrucciones y quiero que usted las siga fielmente. En caso de ser necesario utilice la vía legal, pero quiero que se cumplan mis deseos.

»"Primero, quiero una rápida autopsia por razones cuya importancia se comprenderá más adelante.

»"Segundo, no habrá entierro ni ninguna clase de servicio. Quiero que se me incinere y que esparzan mis cenizas desde el aire sobre mi rancho de Wyoming.

»"Tercero, quiero que mi testamento se mantenga en secreto hasta el 15 de enero de 1997. La ley no exige que usted lo dé a conocer de inmediato. Guárdelo un mes.

»"Hasta siempre. Troy".

Stafford depositó muy despacio la primera hoja sobre la mesa y tomó cuidadosamente la segunda. La estudió un momento y después dijo dirigiéndose a la cámara:

—Este documento de una sola página constituye, presuntamente, el último testamento de Troy L. Phelan. Voy a leerlo en su totalidad.

»"Último testamento de Troy L. Phelan. Yo, Troy L. Phelan, habiendo sido declarado en pleno uso de mis facultades mentales, anulo expresamente por el presente documento todos los anteriores testamentos y codicilos otorgados por mí y dispongo de mis bienes como sigue:

»"A cada uno de mis hijos, Troy Phelan, Jr., Rex Phelan, Libbigail Jeter, Mary Ross Jackman, Geena Strong y Ramble Phelan, les otorgo la suma de dinero necesaria para pagar todas las deudas que hayan contraído hasta la fecha. Cualquier deuda en la que incurran a partir de esta fecha no será cubierta por la presente donación. Si alguno de mis hijos intenta impugnar este testamento, la donación que le corresponda será anulada.

»"A mis ex esposas Lillian, Janie y Tira no les doy nada. Ya fueron adecuadamente compensadas en ocasión de sus divorcios.

»"Lego el resto de mis bienes a mi hija Rachel Lane, nacida el 2 de noviembre de 1954 en el Hospital Católico de Nueva Orleans de una mujer llamada Evelyn Cunningham, ya difunta en la actualidad. —Stafford jamás había oído hablar de aquellas personas. Tuvo que hacer una pausa para recuperar el aliento antes de proseguir—. Nombro albacea de este testamento a mi fiel abogado Joshua Stafford y le otorgo amplios poderes discrecionales en su ejecución.

»"El propósito de este documento es el de ser un testamento ológrafo. Todas las palabras han sido escritas de mi puño y letra y firmo por la presente.

»"Firmado el 9 de diciembre de 1996 a las tres de la tarde por Troy L. Phelan".

Stafford depositó el papel sobre la mesa y parpadeó, mirando a la cámara. Necesitaba dar una vuelta por el edificio y quizá una ráfaga de aire gélido, pero siguió adelante. Tomó la tercera hoja y dijo:

—Esta es una nota de un solo párrafo, también dirigida a mí. Voy a proceder a su lectura: «Josh, Rachel Lane es una misionera de Tribus del Mundo, en la frontera entre Brasil y Bolivia. Lleva a cabo su labor en medio de una remota tribu india, en una región llamada el Pantanal. La ciudad más próxima es Corumbá. No he podido localizarla. No he mantenido contacto con ella en los últimos veinte años. Firmado, Troy Phelan».

Durban apagó la cámara y rodeó por dos veces la mesa mientras Stafford leía el documento una y otra vez.

—¿Sabías que tenía una hija ilegítima?

Stafford estaba contemplando con aire ausente la pared.

—No. Redacté once testamentos para Troy y él jamás la mencionó.

—Creo que no deberíamos sorprendernos.

Stafford había dicho muchas veces que ya había perdido la capacidad de sorprenderse por cualquier cosa que hiciera Troy Phelan. Tanto en sus negocios como en su vida privada, el hombre era caprichoso y caótico. Y Stafford había ganado millones corriendo detrás de su cliente y apagando incendios.

Lo cierto, no obstante, era que estaba sorprendido. Acababa de presenciar un suicidio dramático después de que un hombre confinado en una silla de ruedas se hubiese levantado de un salto y echado a correr. Y ahora tenía en su poder un testamento válido que, en unos párrafos escritos a toda prisa, legaba una de las fortunas más grandes del mundo a una desconocida heredera sin que se hubiera hecho la mínima planificación de bienes. Los impuestos sobre la herencia serían brutales.

—Necesito un trago, Tip —dijo.

—Es un poco pronto.

Se dirigieron al despacho contiguo del señor Phelan y descubrieron que todo estaba abierto. La actual secretaria y todas las demás personas que trabajaban en el decimocuarto piso se encontraban todavía en la planta baja.

Cerraron la puerta a su espalda y registraron rápidamente los cajones del escritorio y los archivadores. Troy había esperado que lo hicieran, de lo contrario jamás hubiera dejado abierta su oficina privada. Sabía que Josh pondría inmediatamente manos a la obra. En el cajón central del escritorio encontraron un contrato suscrito con un horno crematorio de Alexandria, fechado varias semanas atrás. Debajo había un dossier sobre las Misiones de las Tribus del Mundo.

Recogieron todo lo que pudieron llevar en sus manos y después fueron en busca de Snead y le ordenaron que cerrase el despacho con llave.

—¿Qué hay en este último testamento? —preguntó Snead.

Estaba pálido y tenía los párpados hinchados. El señor Phelan no podía morirse sin dejarle algo, algún medio con que sobrevivir. Había sido su fiel servidor durante treinta años.

—No puedo decírselo —contestó Stafford—. Regresaré mañana para inventariarlo todo. No permita la entrada a nadie.

—Por supuesto que no —susurró Snead, y rompió nuevamente a llorar.

Stafford y Durban se pasaron media hora haciendo un recorrido de rutina con un representante de la policía. Le mostraron el lugar en el que Troy se había encaramado a la barandilla, le facilitaron los nombres de los testigos y describieron la última carta y el último testamento, omitiendo los detalles.

Era pura y llanamente un suicidio. Prometieron entregar una copia del informe de la autopsia y el policía dio el caso por cerrado antes de abandonar el edificio.

Reconocieron el cadáver en el despacho del forense y tomaron las disposiciones necesarias para la autopsia.

—¿Por qué una autopsia? —preguntó Durban en voz baja mientras ambos esperaban a que terminara el papeleo.

—Para demostrar que no había tomado drogas ni bebidas alcohólicas, nada que pudiera afectar su capacidad de discernimiento. Pensó en todo.

Ya eran casi las seis cuando se dirigieron a un bar del hotel Willard cerca de la Casa Blanca, a dos manzanas de distancia de su despacho. Solo tras haber tomado un par de copas consiguió Stafford esbozar su primera sonrisa.

—De modo que pensó en todo, ¿eh?

—Es un hombre muy cruel —dijo Durban, profundamente sumido en sus pensamientos.

El sobresalto estaba desapareciendo, pero la realidad comenzaba a imponerse.

—Querrás decir «era».

—No. Sigue siéndolo. Aún ostenta el mando.

—¿Te imaginas la cantidad de dinero que esos imbéciles se gastarán en un mes?

—Es casi un crimen no decirles nada.

—No podemos. Hemos recibido órdenes.

Tratándose de unos abogados cuyos clientes raras veces se hablaban, la reunión fue un insólito momento de colaboración. El ego más grande de la estancia pertenecía a Hark Gettys, un letrado pendenciero especialista en litigios que llevaba varios años representando a Rex Phelan. Hark había insistido en que se celebrara la reunión poco después de su regreso a su despacho de la avenida Massachusetts. De hecho, les había sugerido la idea a los abogados de TJ y Libbigail mientras contemplaban cómo introducían al viejo en la ambulancia.

La idea era tan buena que los demás abogados no pudieron oponerse. Llegaron al despacho de Gettys pasadas las cinco junto con Flowe, Zadel y Theishen. Un reportero de los tribunales y dos cámaras estaban esperando.

Por razones obvias, el suicidio los había puesto nerviosos. Cada psiquiatra entró por separado y fue interrogado exhaustivamente acerca de sus observaciones a propósito del señor Phelan poco antes de que este se arrojara al vacío.

Ninguno de los tres abrigaba la menor duda acerca de que el señor Phelan sabía a la perfección lo que hacía, estaba en su sano juicio y tenía capacidad más que suficiente para testar. No hace falta estar loco para suicidarse, subrayaron cuidadosamente.

Cuando los trece abogados les hubieron arrancado todas las opiniones posibles, Gettys dio por finalizada la reunión. Eran casi las ocho de la tarde.

4

Según la revista *Forbes*, Troy Phelan era el décimo hombre más rico de Estados Unidos. Su muerte fue noticia en todos los medios de difusión; la modalidad que había elegido la convertía en un acontecimiento desde todo punto de vista sensacional.

Delante de la mansión de Lillian en Falls Church, un numeroso grupo de reporteros aguardaba en la calle la salida de un portavoz de los deudos. Filmaron a los amigos y vecinos que entraban y salían, haciéndoles intrascendentes preguntas acerca del estado de la familia.

Dentro, los cuatro hijos mayores de Phelan se hallaban reunidos con sus esposas e hijos para recibir las condolencias. Su actitud ante los visitantes era de tristeza, pero cuando estos se iban, el tono cambiaba por completo. La presencia de los nietos de Troy —nada menos que once— obligaba a TJ, Rex, Libbigail y Mary Ross a intentar disimular la alegría que experimentaban. Pero era difícil. Se sirvió vino y champán en abundancia. El viejo Troy no hubiera querido que estuvieran tristes, ¿verdad? Los nietos mayores bebieron más que sus padres.

En el estudio había un televisor sintonizado con la CNN y cada media hora los miembros de la familia se reunían para escuchar las últimas informaciones sobre la dramática muerte de Troy.

Cuando un corresponsal especializado en temas económicos elaboró un reportaje de diez minutos de duración acerca de la magnitud de la fortuna Phelan, todos sonrieron.

Lillian consiguió desempeñar con toda credibilidad el papel de desconsolada viuda. Al día siguiente se dedicaría a adoptar las debidas disposiciones.

Hark Gettys llegó sobre las diez y anunció a la familia que había hablado con Josh Stafford. No habría entierro ni ceremonia de ningún tipo; solo una autopsia, tras lo cual el cadáver sería incinerado y sus cenizas esparcidas. Las instrucciones figuraban por escrito y Stafford ya estaba preparado para presentar batalla en los tribunales en defensa de la voluntad de su cliente.

Tanto a Lillian como a sus hijos les importaba un bledo lo que hicieran con Troy, pero tenían que protestar y discutir con Gettys. No estaba bien que lo despidieran sin ninguna ceremonia. Libbigail incluso consiguió derramar una lagrimita y hablar con voz entrecortada.

—Yo que ustedes no me opondría —les aconsejó Gettys con expresión muy seria—. El señor Phelan lo puso por escrito poco antes de morir y los tribunales obligarán a que se cumplan sus deseos.

Cedieron rápidamente. Era absurdo perder tiempo y dinero en minutas de abogados, y también lo era prolongar el dolor. ¿Por qué empeorar las cosas? Troy siempre se había salido con la suya, y ellos habían aprendido por las malas a no oponer resistencia a Josh Stafford.

—Cumpliremos sus deseos —dijo Lillian, y los otros cuatro, ubicados detrás de su madre, asintieron tristemente con la cabeza.

No se mencionó el testamento ni se hizo la menor referencia a cuándo se enterarían de su contenido, pero la pregunta flotaba en el aire. Convenía que se mostraran debidamente afligidos durante unas horas; después ya pondrían manos a la obra. Puesto que no habría velatorio ni entierro ni ceremonia, quizá pudieran reunirse al día siguiente para analizar la cuestión de la herencia.

—¿Por qué la autopsia? —preguntó Rex.

—No lo sé —contestó Gettys—. Stafford dijo que así lo disponía el señor Phelan por escrito, pero ni siquiera él está muy seguro.

Gettys se fue y ellos bebieron un poco más. Las visitas dejaron de presentarse y Lillian se fue a la cama. Libbigail y Mary Ross se marcharon con sus familias. TJ y Rex bajaron a la sala de billar del sótano, donde cerraron la puerta y bebieron whisky. A medianoche ambos estaban dando tacadas, celebrando su nueva y fabulosa riqueza, borrachos como cubas.

A las ocho de la mañana del día siguiente, Josh Stafford se dirigió a los preocupados directores del Grupo Phelan. Dos años atrás, Troy Phelan lo había hecho miembro del consejo de administración, pero a él no le gustaba aquel papel. En los últimos seis años, el Grupo Phelan había actuado con gran provecho sin haber recibido demasiada ayuda de su fundador. Por algún extraño motivo, probablemente una depresión, Troy había perdido el interés por el día a día de la gestión de su imperio. Se conformaba con seguir la marcha de los mercados y examinar los informes sobre los beneficios.

El director gerente del grupo era Pat Solomon, un hombre de empresa contratado por Troy unos veinte años atrás. Cuando Stafford entró en la estancia, parecía tan nervioso como los demás.

El nerviosismo estaba más que justificado. En la empresa todos estaban al corriente de las actividades de las esposas y los hijos de Troy. La sola insinuación de que la propiedad del Grupo Phelan podría pasar a manos de aquella gente hubiera aterrorizado a cualquier consejo de administración.

Josh empezó por revelarle los deseos del señor Phelan acerca del entierro.

—No se celebrará ningún funeral —anunció en tono sombrío—. De modo que no habrá manera de que presenten ustedes sus condolencias.

Asimilaron la noticia sin hacer ningún comentario. En la muerte de una persona normal, semejante ausencia de disposiciones les hubiera parecido estrambótica, pero tratándose de Troy, no era fácil sorprenderse.

—¿A quién pasará la propiedad de la empresa? —preguntó Solomon.

—Eso no puedo decírselo en estos momentos —contestó Stafford, consciente de lo evasiva e insatisfactoria que era su respuesta—. Troy firmó un testamento poco antes de arrojarse al vacío y me ordenó que lo mantuviese en secreto durante cierto tiempo. Bajo ningún pretexto puedo divulgar su contenido. Al menos por el momento.

—¿Cuándo entonces?

—Muy pronto; pero no ahora.

—¿O sea que todo sigue como siempre?

—Exacto. Este consejo de administración se mantiene intacto; todo el mundo conserva su puesto. Mañana la empresa hará lo mismo que hizo la semana pasada.

Todo aquello sonaba muy bien, pero nadie se lo creía. La compañía estaba a punto de cambiar de mano. Troy jamás había creído en la conveniencia de repartir las acciones del Grupo Phelan. Pagaba bien a la gente, pero no aceptaba la tendencia a permitir que los suyos se convirtieran en propietarios de una parte de la empresa. Solo un tres por ciento de las acciones estaba en manos de unos pocos empleados que habían recibido un trato de favor.

Se pasaron una hora discutiendo el texto de un comunicado de prensa y después decidieron suspender las reuniones por espacio de un mes.

Stafford se reunió con Durban en el vestíbulo y juntos se dirigieron en el automóvil de uno de ellos al despacho del forense en McLean. La autopsia ya había finalizado.

La causa de la muerte era evidente. No había restos de alcohol ni de droga de ningún tipo.

Y no había tumor. Ni el menor signo de cáncer. Troy gozaba de buena salud física en el momento de su muerte, aunque estaba ligeramente desnutrido.

Tip rompió el silencio mientras cruzaban el Potomac por el puente Roosevelt.

—¿Te dijo él que padecía un tumor cerebral?

—Sí. Varias veces.

Stafford conducía, pero no prestaba la menor atención a las calles, los puentes o los automóviles. ¿Qué otras sorpresas les tendría reservadas Troy?

—¿Por qué mintió?

—¿Quién sabe? Estás tratando de analizar a un hombre que acaba de arrojarse desde lo alto de un edificio. El tumor cerebral confería carácter apremiante a todas las cosas. Todo el mundo, yo incluido, pensaba que se estaba muriendo. Su excentricidad hizo que la sugerencia de un equipo de psiquiatras pareciera una idea estupenda. Tendió una trampa, ellos acudieron en tropel y ahora sus propios psiquiatras juran que Troy estaba en su sano juicio. Además, buscaba comprensión. Era un viejo solitario.

—Pero estaba loco, ¿no? Al fin y al cabo, pegó un salto.

—Troy era raro en muchas cosas, pero sabía exactamente lo que hacía.

—¿Por qué saltó?

—Padecía una depresión. Ya te he dicho que era un viejo muy solitario.

Se encontraban en la avenida Constitution, detenidos en medio de un intenso tráfico, tratando de entender lo que había ocurrido mientras contemplaban los faros traseros de los vehículos que tenían delante.

—Parece fraudulento —dijo Durban—. Los engaña con

la promesa del dinero, satisface a sus psiquiatras y, en el último segundo, otorga un testamento que los deja totalmente arruinados.

—Fue fraudulento, pero eso es un testamento, no un contrato. Según la legislación de Virginia, una persona no está obligada a dejarles un solo centavo a sus hijos.

—Pero ellos lucharán, ¿no crees?

—Probablemente. Tienen muchos abogados. Hay demasiado dinero en juego.

—¿Por qué los odiaba tanto?

—Creía que eran unas sanguijuelas. Se avergonzaba, y ellos no paraban de pelearse con él. Jamás ganaron honradamente un centavo y malgastaron mucho dinero suyo. Troy pensaba que, si eran capaces de despilfarrar millones, también podrían dilapidar miles de millones. Y tenía razón.

—¿Qué parte de culpa le correspondía en esas peleas familiares?

—Una parte muy considerable. No era fácil querer a Troy. Una vez me dijo que había sido un mal padre y un marido pésimo. No podía quitarles las manos de encima a las mujeres, sobre todo a las que trabajaban para él. Se consideraba su propietario.

—Recuerdo algunas denuncias por acoso sexual.

—Lo arreglamos con discreción. Y soltando muchos dólares. Troy no quería pasar por esa humillación.

—¿Cabe la posibilidad de que existan otros herederos desconocidos?

—Lo dudo. Pero ¿qué puedo saber yo? Jamás imaginé que tuviera otra heredera, y esta idea de dejárselo todo a ella es algo que no acierto a comprender. Troy y yo nos pasamos muchas horas hablando de sus bienes y de la forma de repartirlos.

—¿Cómo la encontraremos?

—No lo sé. Aún no he pensado en ella.

Cuando Stafford regresó a su bufete descubrió que todos los que trabajaban en él estaban en ascuas. Según los criterios de Washington, se trataba de una firma de abogados más bien pequeña: sesenta profesionales. Josh era el fundador y el socio principal. Tip Durban y otros cuatro letrados tenían la consideración de socios, lo cual significaba que Josh los escuchaba de vez en cuando y les entregaba una parte de los beneficios. Durante treinta años, el bufete se había caracterizado por la agresividad con que llevaba los casos, pero, cuanto más se acercaba Josh a los sesenta, tanto menos tiempo se pasaba en las salas de justicia y tanto más sentado tras su escritorio atestado de papeles. Habría podido tener cien abogados si hubiera incorporado a ex senadores, cabilderos y analistas de reglamentaciones, algo normal en el distrito de Columbia, pero a Josh le encantaban las salas de justicia y solo contrataba a jóvenes asociados que hubieran intervenido por lo menos en diez casos con jurado.

La carrera promedio de un abogado especialista en pleitos es de veinticinco años. El primer ataque cardíaco suele inducirlos a tomarse las cosas con la calma suficiente como para retrasar un segundo. Josh había evitado quemarse, ocupándose del laberinto de necesidades legales del señor Phelan: valores, leyes antimonopolio, empleo, fusiones de empresas y docenas de cuestiones de carácter personal.

Tres grupos de asociados esperaban en la sala de recepción de su espacioso despacho. Dos secretarias tendían memorandos y mensajes telefónicos hacia él mientras se quitaba el abrigo y se sentaba detrás de su escritorio.

—¿Qué es lo más urgente? —preguntó.

—Creo que esto —contestó una secretaria.

Era de Hark Gettys, un hombre con quien Josh se había pasado el último mes hablando tres veces a la semana. Marcó el número y Hark se puso inmediatamente al aparato.

Prescindieron de los comentarios intrascendentes y Hark fue directamente al grano.

—Mire, Josh, ya puede imaginarse hasta qué extremo está apremiándome la familia.

—Me lo imagino.

—Quieren ver el maldito testamento, por lo menos conocer su contenido.

Las siguientes frases serían decisivas, y Josh las había preparado con sumo cuidado.

—No tan rápido, Hark.

Tras una breve pausa, Hark preguntó:

—¿Por qué? ¿Ocurre algo?

—Me preocupa la cuestión del suicidio.

—¿Cómo? ¿Qué quiere decir?

—Mire, Hark, ¿cómo puede un hombre estar en pleno uso de sus facultades mentales segundos antes de arrojarse al vacío?

La tensa voz de Hark se elevó una octava y sus palabras revelaron una ansiedad todavía mayor.

—Ya oyó lo que dijeron los psiquiatras. Qué demonios, lo tenemos grabado.

—¿Siguen manteniendo las mismas opiniones después del suicidio?

—¡Por supuesto que sí!

—¿Me lo puede demostrar? Busco ayuda en esta cuestión, Hark.

—Mire, Josh, anoche sometimos nuevamente a examen a nuestros tres psiquiatras. Se trataba de un ejercicio muy duro, y se mantienen firmes en sus opiniones. Cada uno de ellos firmó una declaración jurada de ocho páginas de extensión, ratificándose en sus opiniones acerca de la salud mental del señor Phelan.

—¿Podría ver estas declaraciones?

—Se las envío ahora mismo.

—Sí, por favor.

Josh colgó y esbozó una sonrisa sin mirar a nadie en particular. Los asociados, tres grupos de brillantes, intrépidos y jóvenes abogados entraron en el despacho. Se sentaron alrededor de una mesa caoba que había en un rincón de la estancia.

Josh empezó por resumirles el contenido del testamento manuscrito de Troy y los problemas legales a los que probablemente daría lugar. Al primer equipo encomendó la peliaguda cuestión de la capacidad de testar del finado. Le preocupaba el lapso que había transcurrido entre la lucidez y la locura. Quería un análisis de todos los casos que tuvieran alguna relación, aunque fuera remota, con la firma de un testamento por parte de una persona considerada loca.

Al segundo equipo le encargó una investigación sobre testamentos ológrafos, y, concretamente, sobre la mejor manera de atacarlos y defenderlos.

Cuando se quedó solo con el tercer equipo, se relajó y se sentó. Sus componentes eran los más afortunados, pues no tendrían que pasarse los tres días siguientes en la biblioteca.

—Tenéis que localizar a una persona que, según sospecho, no desea que se la localice.

Les dijo lo que sabía acerca de Rachel Lane. No era mucho. El legajo encontrado en el despacho de Troy contenía muy poca información.

—Primero —añadió—, investigad las Misiones de las Tribus del Mundo. ¿Quiénes son? ¿Cómo actúan? ¿Cómo eligen a sus colaboradores? ¿Adónde los envían? Todo. Segundo, hay unos excelentes investigadores privados en el distrito de Columbia. Suelen ser ex agentes del FBI y tipos del Gobierno especializados en la búsqueda de personas desaparecidas. Elegid a los dos mejores y mañana tomaremos una decisión. Tercero, la madre de Rachel se llamaba Evelyn Cunningham, ya ha muerto. Elaboremos su biografía. Suponemos que ella y el señor Phelan tuvieron una aventura cuya consecuencia fue una hija.

—¿Suponemos? —preguntó uno de los asociados.

—Sí. No damos nada por sentado.

Les indicó que se retirasen y se dirigió a una sala en la que Tip Durban había preparado una pequeña rueda de prensa. Nada de cámaras, solo reporteros. Una docena de ellos permanecían ávidamente sentados alrededor de una mesa, con los magnetófonos y micrófonos. Pertenecían a grandes periódicos y a famosas publicaciones sobre economía.

Se iniciaron las preguntas. Sí, existía un testamento redactado en el último minuto, pero él no podía revelar su contenido. Sí, se había realizado una autopsia, pero no podía comentarla. La empresa seguiría funcionando sin que se introdujese, por el momento, cambio alguno. No podía revelar quiénes serían los nuevos propietarios.

Estaba claro, y nadie se sorprendió de que así fuera, que las familias se habían pasado el día conversando en privado con los reporteros.

—Corren insistentes rumores de que en el último testamento el señor Phelan reparte su fortuna entre sus seis hijos. ¿Puede usted negar o confirmar este extremo?

—No. Son simples conjeturas.

—¿Acaso no se estaba muriendo de cáncer?

—Eso corresponde a los resultados de la autopsia y no puedo hacer ningún comentario al respecto.

—Hemos oído que un equipo de psiquiatras lo examinó poco antes de su muerte y lo declaró en pleno uso de sus facultades mentales. ¿Puede usted confirmarlo?

—Sí —contestó Stafford—, es cierto.

Se pasaron los veinte minutos siguientes hurgando y husmeando en el tema del examen mental. Josh se mantuvo firme y se limitó a afirmar que, «al parecer», el señor Phelan estaba perfectamente cuerdo.

Los reporteros especializados en temas económicos querían cifras. Puesto que el Grupo Phelan era una empresa privada herméticamente dirigida, nunca había sido fácil obtener información. Se presentaba ahora la ocasión de abrir un resquicio, o eso pensaban ellos. Pero Josh apenas les dijo nada.

Al cabo de una hora se disculpó y regresó a su despacho, donde una secretaria le comunicó que habían llamado del crematorio. Ya estaban preparados para recibir los restos mortales del señor Phelan.

5

A TJ la resaca le duró hasta el mediodía. Después se bebió una cerveza y pensó que ya era hora de empezar a ejercer presión. Telefoneó a su principal abogado para que le informara acerca de la situación y el abogado le aconsejó que tuviera paciencia.

—Eso llevará un poco de tiempo, TJ —le dijo.

—Pero es que quizá yo no esté de humor para esperar —replicó TJ, quien sentía que la cabeza estaba a punto de estallarle.

—Démosles unos cuantos días.

TJ colgó el auricular y se dirigió a la parte de atrás de su sucia vivienda, donde, por suerte, no encontró a su mujer. Hacía pocas horas que estaban levantados, pero ya habían reñido tres veces. A lo mejor había salido de compras para gastarse una fracción de su nueva fortuna. Que lo hiciera, a TJ ya no le preocupaban las compras.

—El viejo cabrón ha muerto —dijo en voz alta.

No había nadie más en la casa.

Sus dos hijos estaban en el colegio mayor; las matrículas las pagaba Lillian, que todavía conservaba parte del dinero que le había sacado a Troy en el divorcio, varias décadas atrás. De modo que TJ vivía solo con Biff, una divorciada de treinta años cuyos dos hijos vivían con el padre. Biff era agente de la propiedad inmobiliaria y vendía preciosos pisitos para recién casados.

TJ abrió otra cerveza y se miró en el espejo de cuerpo entero del vestíbulo.

—Troy Phelan, Junior —proclamó—. Hijo de Troy Phelan, el décimo hombre más rico de Estados Unidos, valor neto once mil millones de dólares, ahora difunto, al que sobreviven sus amantes esposas y sus amantes hijos, todos los cuales lo amarán todavía más después de la legalización oficial del testamento. ¡Pues sí!

Decidió en aquel lugar y momento que, a partir de ese día abandonaría el apelativo de TJ e iría por la vida como Troy Phelan, Jr. El nombre tenía magia.

La vivienda olía un poco mal, pues Biff se negaba a hacer las tareas domésticas. Estaba demasiado ocupada con sus teléfonos móviles. El suelo estaba cubierto de porquería; las paredes, desnudas. Los muebles eran de alquiler y pertenecían a una empresa que contrataba abogados para recuperar toda suerte de cosas. Propinó un puntapié a un sofá y gritó:

—¡Ya podéis venir a recoger esta mierda! No tardaré mucho en contratar los servicios de unos diseñadores.

Estaba deseando prender fuego a la casa. Como se tomara un par de cervezas más, quizá empezara a juguetear con las cerillas.

Se vistió con su mejor traje, el de color gris que se había puesto la víspera, cuando su querido y anciano padre se había enfrentado con los psiquiatras y había interpretado tan maravillosamente bien su papel. Puesto que no se celebraría ningún funeral, no se vería obligado a salir corriendo a comprarse uno nuevo de color negro.

—Ya voy, Armani —canturreó alegremente mientras se subía la cremallera de los pantalones.

Por lo menos tenía un BMW. Aunque viviera en una pocilga, el mundo no lo sabía. En cambio, el mundo sí veía su coche, y por eso él se esforzaba en reunir cada mes los seiscientos ochenta dólares que le costaba el alquiler. Maldijo su miserable vivienda de propiedad horizontal mientras hacía marcha atrás en el aparcamiento. Era una de las ochenta que se habían construido últimamente alrededor de un somero estanque, en una superpoblada zona de Manassas.

Había crecido en un entorno mucho mejor que aquel. Durante sus primeros veinte años había llevado una vida de lujo hasta el momento en que había entrado en posesión de su herencia. Sus cinco millones de dólares habían desaparecido antes de que él cumpliera los treinta años y su padre lo despreciaba por ello.

Ambos discutían acaloradamente cada dos por tres. Junior había tenido distintos empleos en el Grupo Phelan, y todos habían acabado de forma desastrosa. Su padre lo había despedido varias veces. Al viejo se le ocurría un nuevo negocio y dos años después este valía millones. En cambio, las ideas de Junior terminaban en bancarrotas y pleitos.

En los últimos años, las discusiones ya casi habían terminado. Como ninguno de los dos podía cambiar, ambos se limitaban a ignorarse mutuamente; pero cuando apareció el tumor, TJ volvió a alargar la mano.

¡Oh, qué mansión se iba a construir! Ya tenía pensado incluso el arquitecto, una japonesa que vivía en Manhattan, acerca de la cual había leído un reportaje en una revista. En cuestión de un año probablemente se iría a vivir a Malibú, Aspen o Palm Beach, donde podría exhibir su dinero y la gente lo tomaría en serio.

—¿Qué hace uno con quinientos millones de dólares? —se preguntó en voz alta mientras circulaba a toda velocidad por la interestatal—. Quinientos millones de dólares libres de impuestos —añadió con una sonrisa.

Un amigo suyo era dueño del concesionario de la BMW-Porsche donde él había alquilado su automóvil. Junior entró en la sala de exposición pavoneándose como si fuera el rey del mundo. Habría podido comprar todo aquel maldito negocio si hubiera querido. En el escritorio de un vendedor vio el periódico de la mañana, en el que con grandes titulares se anunciaba la muerte de su padre. No experimentó ni una sola punzada de dolor.

Dickie, el gerente, salió de su despacho y le dijo:

—Lo siento mucho, TJ.

—Gracias —contestó Troy Junior, frunciendo brevemente el entrecejo—. Ha sido lo mejor para él.

—De todos modos, te doy el pésame.

—No te preocupes.

Ambos entraron en el despacho y cerraron la puerta.

—El periódico dice que tu padre firmó un testamento justo antes de morir —dijo Dickie—. ¿Es cierto eso?

Troy Junior ya estaba examinando los relucientes folletos de los últimos modelos.

—Sí. Yo estaba allí. Repartió los bienes en seis partes, una para cada uno de nosotros.

Lo dijo con indiferencia, sin levantar los ojos, como si el dinero ya le quemara en las manos.

Dickie abrió la boca y se sentó en su sillón. Se preguntó si estaría en presencia de un tipo muy rico, si aquel muerto de hambre de TJ Phelan se habría convertido en multimillonario. Como todas las personas que conocían a TJ, Dickie suponía que el viejo lo habría desheredado para siempre.

—A Biff le gustaría un Porsche —dijo Troy Junior sin dejar de estudiar los folletos. Un Carrera Turbo 911 de color rojo con dos capotas.

—¿Cuándo?

Troy Junior lo miró enfurecido.

—Ahora mismo.

—Pues claro, TJ. Y el pago, ¿cuándo se efectuará?

—Lo pagaré al mismo tiempo que el mío de color negro, también un 911. ¿Qué precio tienen?

—Unos noventa mil dólares cada uno.

—No hay problema. ¿Cuándo pueden hacernos la entrega?

—Primero he de buscarlos. Tardaré uno o dos días. ¿En efectivo?

—Naturalmente.

—¿Cuándo recibirás el dinero?

—Dentro de un mes aproximadamente. Pero los automóviles los quiero ahora.

Dickie contuvo la respiración y experimentó una sacudida.

—Mira, TJ, yo no puedo entregar dos vehículos nuevos sin alguna forma de pago.

—Muy bien. Pues entonces iremos a ver los Jaguar. Biff siempre ha querido un Jaguar.

—Vamos, TJ.

—Podría comprar todo tu negocio, ¿sabes? Ahora mismo podría entrar en cualquier banco y pedir diez o veinte millones o lo que pueda valer este negocio y me lo darían en un plazo de sesenta días, ¿comprendes?

Dickie entornó los ojos y asintió lentamente. Sí, lo comprendía.

—¿Cuánto dinero te ha dejado tu padre?

—El suficiente para comprar incluso el banco. ¿Me entregas esos automóviles o voy unas puertas más abajo?

—Deja que los busque.

—Ya veo que eres muy listo —dijo TJ—. Date prisa. Volveré esta tarde. Ya puedes empezar a llamar por teléfono.

Arrojó los folletos sobre el escritorio de Dickie y abandonó el despacho con paso majestuoso.

La idea que tenía Ramble del luto era pasarse el día encerrado en el cuarto del sótano fumando porros y escuchando música rap sin prestar atención a los que llamaban a la puerta. Su madre le había permitido faltar a clase debido a la tragedia; de hecho, le había autorizado a tomarse una semana de vacaciones. No tenía ni idea de que llevaba un mes sin pisar el instituto.

La víspera, mientras salían de la Torre Phelan, su abogado le había dicho que su dinero iría a parar a un fideicomiso hasta que él cumpliera dieciocho o veintiún años, según lo que estipulara el testamento. Y, aunque ahora no pudiese tocar el dinero, sin duda tendría derecho a una generosa asignación.

Formaría un grupo musical y produciría álbumes con su propio dinero. Tenía amigos músicos que no iban a ninguna parte porque no podían permitirse el lujo de alquilar estudios de grabación, pero su grupo sería distinto. Decidió que se llamaría Ramble y él sería el contrabajista y cantante y las chicas lo perseguirían. Sería un rock alternativo con fuertes influencias de rap, una cosa nueva. Una cosa que estaba inventándose.

Dos pisos más arriba, en el estudio de su espaciosa residencia, Tira, su madre, se pasaba el día charlando por teléfono con los amigos que llamaban para darle su más sentido pésame. Casi todos chismorreaban con ella lo suficiente como para preguntarle cuánto dinero podría recibir en herencia, pero ella no se atrevía a calcularlo. Se había casado con Troy en 1982 a la edad de veintitrés años y antes de hacerlo, había firmado un voluminoso acuerdo prenupcial en virtud del cual en caso de divorcio solo recibiría diez millones de dólares y una casa.

Se habían separado seis años atrás. Solo le quedaban dos millones.

Sus necesidades eran muy grandes. Sus amigos poseían casas en tranquilas calas de las Bahamas mientras que ella tenía que conformarse con hoteles de lujo. Ellos compraban ropa de diseño en Nueva York; ella, en tiendas locales. Los hijos de sus amigos estudiaban en internados y no les daban la lata; en cambio, Ramble estaba en el sótano y no quería salir de él.

Estaba segura de que Troy le habría dejado unos cincuenta millones de dólares. Una cantidad miserable. Hizo el cálculo matemático mientras hablaba por teléfono con su abogado.

Geena Phelan Strong tenía treinta años y estaba sobreviviendo en medio de algo que se había convertido en un tumultuoso matrimonio con Cody, su segundo marido, perteneciente a una acaudalada familia del Este. Sin embargo, hasta la fecha el dinero no había sido más que un rumor y, desde luego, ella no lo había visto ni de lejos. Cody había recibido una educación impecable —Taft, Dartmouth y un máster en Administración de Empresas en Columbia— y se consideraba un visionario en el mundo del comercio. No conseguía conservar ningún empleo. Su talento no podía permanecer encerrado entre las paredes de un despacho. Las órdenes y los caprichos de los jefes no cortarían las alas a sus sueños. Cody sería multimillonario, un hombre hecho a sí mismo, por supuesto, probablemente el más joven de la historia.

El hecho, no obstante, era que al cabo de seis años de vivir con ella Cody aún no había encontrado un hueco. Y no solo eso, sino que sus pérdidas eran asombrosas. En 1992 había hecho una arriesgada apuesta con futuros de cobre que le había costado más de un millón del dinero de Geena. Y dos años después se había pillado los dedos con unas opciones sin garantía cuando el mercado bursátil cayó espectacularmente. Geena lo abandonó durante cuatro meses, pero regresó siguiendo los consejos de sus asesores. Una empresa de pollos congelados fracasó, y Cody escapó con unas pérdidas de solo medio millón de dólares.

Gastaban un montón de dinero. Su abogado les había aconsejado que, a modo de terapia, viajaran, y gracias a ello ambos habían recorrido el mundo. El hecho de ser jóvenes y ricos aliviaba muchos de sus problemas, pero el dinero se estaba acabando. Los cinco millones de dólares que Troy le había entregado a su hija al cumplir esta los veintiún años habían quedado reducidos a menos de un millón, y sus deudas eran cada vez más elevadas. La presión que estaba sufriendo su matrimonio había alcanzado casi el punto límite cuando Troy se había arrojado al vacío desde su terraza.

De ahí que se hubieran pasado la mañana buscando casa en Swinks Hill, el lugar de sus más grandiosos sueños. Estos habían ido aumentando de tamaño conforme avanzaba el día, y a la hora del almuerzo ya estaban interesándose por casas valoradas en más de dos millones de dólares. A las dos de la tarde se reunieron con una entusiasta corredora de fincas apellidada Lee, una mujer con cabello cardado, pendientes de oro, dos teléfonos móviles y un reluciente Cadillac. Geena se presentó como «Geena Phelan», pronunciando el apellido con toda claridad, pero estaba claro que la tal Lee no debía de leer las publicaciones sobre economía, pues ni se inmutó, y cuando ya iban por la tercera casa Cody se vio obligado a revelarle en voz baja la verdad acerca de su suegro.

—¿Aquel ricachón que se arrojó al vacío? —preguntó Lee, llevándose la mano a la boca.

Geena estaba inspeccionando el armario de un pasillo que en realidad ocultaba una sauna.

Cody asintió tristemente con la cabeza.

Al anochecer ya estaban visitando una casa vacía valorada en cuatro millones y medio de dólares y considerando seriamente la posibilidad de hacer una oferta. Lee raras veces trataba con clientes tan ricos, motivo por el cual ambos estaban volviéndola loca.

Rex, de cuarenta y cuatro años, hermano de TJ, era, en el momento de la muerte de Troy, el único de sus hijos sometido a una investigación criminal. Todos sus males se debían al hundimiento de un banco y a toda la serie de pleitos e investigaciones a que ello había dado lugar. Varios auditores bancarios y el FBI llevaban tres años haciendo exhaustivas investigaciones.

Para costear su defensa y su lujoso estilo de vida, Rex había comprado, de la herencia de un hombre muerto en el transcurso de un tiroteo, una cadena de bares *topless* y clubes de *striptease* de la zona de Fort Lauderdale. El negocio de la carne era muy lucrativo; la clientela siempre era buena y el dinero en efectivo podía ocultarse fácilmente. Sin ser demasiado codicioso, Rex se embolsaba unos veinticuatro mil dólares al mes libres de impuestos, aproximadamente cuatro mil de cada uno de sus seis clubes.

Estos figuraban a nombre de su mujer, Amber Rockwell, una bailarina de *striptease* a la que una noche había visto hacer su número en un bar. De hecho, todos sus bienes estaban a nombre de su mujer, lo cual le producía una considerable inquietud. Con un poco más de ropa, un poco menos de maquillaje y zapatos más discretos, Amber se hacía pasar por una mujer respetable en los círculos que frecuentaban en Washington. Pocas personas conocían su pasado, pero en su fuero interno ella era una puta, y el hecho de que fuese la propietaria de todo hacía que el pobre Rex se pasara muchas noches sin dormir.

En el momento de la muerte de su padre, Rex estaba enfrentándose con varios embargos preventivos y demandas judiciales de acreedores, socios e inversores del banco por valor de más de siete millones de dólares. Y la suma seguía aumentando. Los juicios, sin embargo, habían sido inútiles, pues los acreedores no tenían de qué agarrarse. Rex no era dueño de nada, ni siquiera de su coche. Él y Amber habían alquilado una vivienda en un edificio en régimen de propiedad horizontal y un par de Corvette idénticos, con todos los documentos a nombre de ella. Los clubes y bares eran propiedad de una empresa registrada en paraísos fiscales, organizada por Amber sin la menor huella de su marido. Hasta entonces, Rex se había mostrado demasiado escurridizo como para que lo atraparan.

El matrimonio era todo lo estable que cabía esperar de dos personas con un amplio historial de inestabilidad; ambos ofrecían muchas fiestas y tenían amigos muy turbulentos, todos ellos atraídos por el apellido de Phelan. La vida era divertida a pesar de los apuros económicos, pero Rex estaba tremendamente preocupado por Amber y los bienes que esta tenía a su nombre. Una desagradable discusión podía bastar para que ella desapareciera.

Las preocupaciones se habían terminado con la muerte de Troy. El columpio se había inclinado y de repente su apellido valía una fortuna. Vendería los bares y los clubes, pagaría las deudas de golpe y después se dedicaría a jugar con el dinero. Pero, como hiciera un solo movimiento en falso, Amber volvería a bailar sobre las mesas con unos mojados billetes de dólar en el taparrabo.

Rex se pasó el día con su abogado Hark Gettys. Necesitaba desesperadamente el dinero y había insistido en que Gettys llamara a Josh Stafford y le pidiera echar un vistazo al testamento. Rex había hecho planes muy importantes y ambiciosos para cuando se reuniese con aquellos millones, y Hark estaría a su lado en todas las etapas. Quería hacerse con el control del Grupo Phelan. Su parte de las acciones, unida a las de TJ y sus dos hermanas, le daría sin duda una mayoría de títulos con derecho a voto. Pero ¿estaban las acciones en un fideicomiso, en cesión directa o bien inmovilizadas de cualquiera de las cien tortuosas maneras que Troy habría ideado para reírse de ellos desde la tumba?

—¡Tenemos que ver ese maldito testamento! —estuvo gritándole a Hark a lo largo de todo el día.

Hark lo calmó con un prolongado almuerzo regado con un excelente vino y, a primera hora de la tarde, ambos comenzaron a beber whisky. Amber pasó por allí y los encontró a los dos borrachos, pero no se enfadó. Ahora le era imposible enfadarse con Rex. Lo amaba más que nunca.

6

El viaje al Oeste sería una grata tregua que les permitiría apartarse del caos creado por el salto al vacío del señor Phelan. Su rancho se encontraba en las cercanías de Jackson Hole, en los montes Teton, donde el suelo ya estaba cubierto por una capa de nieve de treinta centímetros de espesor y se esperaban más nevadas. ¿Qué opinaría la señorita Manners de que esparciesen las cenizas sobre una tierra cubierta de nieve? ¿Convendría que esperaran hasta el día siguiente, o las arrojarían sin más? A Josh le importaba un bledo. Él las habría arrojado al rostro de cualquier desastre natural.

Estaban persiguiéndolo los abogados de los herederos Phelan. Los recelosos comentarios que le había hecho a Hark Gettys acerca de la capacidad de testar del viejo habían lanzado una onda expansiva de temor a todas las familias y estas habían reaccionado con una histeria comprensible. Y con amenazas. El viaje sería como unas pequeñas vacaciones. Él y Durban podrían estudiar las investigaciones preliminares y elaborar sus planes.

Despegaron del aeropuerto en el Gulfstream IV del señor Phelan, un aparato en el que Josh solo había tenido el privilegio de viajar una vez. Era el más nuevo de la flota y, con su precio de treinta y cinco millones de dólares, había sido el juguete más caro del difunto. El verano anterior habían volado con él a Niza, donde el viejo paseaba desnudo por la playa, contemplando embobado a las jóvenes francesas. Josh y su mujer se habían dejado la ropa puesta, al igual que los demás acompañantes estadounidenses, y habían tomado el sol sentados alrededor de la piscina.

Una azafata les sirvió el desayuno y después se retiró a la cocina de la parte de atrás mientras ellos extendían sus papeles sobre la mesa redonda. El vuelo duraría cuatro horas.

Las declaraciones juradas firmadas por los doctores Flowe, Zadel y Theishen eran extensas y minuciosas, llenas de opiniones y redundancias que ocupaban varios párrafos y no dejaban la menor sombra de duda: Troy estaba en pleno uso de sus facultades mentales, era un hombre de inteligencia brillante y sabía muy bien lo que hacía momentos antes de morir.

Stafford y Durban leyeron las declaraciones juradas y les hizo gracia lo irónico de la situación. Cuando se leyera el nuevo testamento, aquellos tres expertos serían despedidos, naturalmente, y se contrataría a otra media docena para que hicieran toda suerte de oscuras y terribles conjeturas acerca de la salud mental del pobre Troy.

En cuanto a la cuestión de Rachel Lane, apenas se había averiguado nada acerca de la misionera más rica del mundo. Los investigadores contratados por el bufete seguían buscando frenéticamente.

Según las primeras investigaciones llevadas a cabo a través de Internet, la sede de las Misiones de las Tribus del Mundo estaba en Houston, Texas. La organización, fundada en 1920, contaba con cuatro mil misioneros repartidos por todo el globo que trabajaban exclusivamente con nativos. Su único propósito era divulgar el Evangelio cristiano a las más remotas tribus de la tierra. Estaba claro que Rachel no había heredado las creencias religiosas de su padre.

Nada menos que veintiocho tribus indias de Brasil y por lo menos diez de Bolivia estaban siendo atendidas en aquellos momentos por los misioneros de la organización. Más otras trescientas en el resto del mundo. Puesto que las tribus en las que centraban sus esfuerzos vivían apartadas de la civilización moderna, los misioneros recibían un exhaustivo entrenamiento en métodos de supervivencia en la selva, lenguas y conocimientos médicos.

Josh leyó con gran interés un relato escrito por un misionero que se había pasado siete años en la jungla, tratando de adquirir los suficientes conocimientos de la lengua de una tribu primitiva como para poder comunicarse con sus miembros. Vivía en un cobertizo y los indios apenas mantenían tratos con él. A fin de cuentas, se trataba de un blanco de Misuri que había sido enviado a su poblado y que todo lo que sabía decir era «hola» y «gracias». Si necesitaba una mesa, se la fabricaba. Si necesitaba comida, cazaba algún animal. Tuvieron que transcurrir cuatro años para que los indios empezaran a confiar en él. Ya llevaba casi seis años allí cuando les contó su primer relato de la Biblia. Le habían enseñado a tener paciencia, a cultivar las relaciones, a aprender la lengua y la cultura de los indígenas y a empezar a contar las historias de la Biblia muy despacio.

La tribu casi no mantenía contactos con el mundo exterior. Su vida apenas había cambiado en mil años.

¿Qué clase de persona podía tener la fe y el compromiso suficientes para abandonar la sociedad moderna y marchar a semejante mundo prehistórico? El misionero escribía que los indios solo lo aceptaron cuando se dieron cuenta de que no se iría de allí. Había decidido vivir allí para siempre. Los amaba y quería ser uno de ellos.

O sea que Rachel vivía en un cobertizo y dormía en una cama que ella misma se había fabricado y se preparaba la comida sobre el fuego, comiendo lo que cultivaba o cazaba, contando relatos de la Biblia a los niños y el Evangelio a los mayores, ajena por completo a los acontecimientos, las inquietudes y las presiones del mundo. Era muy feliz. Su fe la sostenía.

El hecho de ir a molestarla parecía casi una crueldad.

Durban leyó el mismo material.

—Puede que jamás la encontremos —dijo—. No hay teléfonos ni electricidad; qué demonios, hay que trepar por las montañas para llegar hasta aquella gente.

—No tendremos más remedio que hacerlo —repuso Josh.

—¿Nos hemos puesto en contacto con Tribus del Mundo?

—Lo haremos hoy mismo, un poco más tarde.

—¿Y qué les dirás?

—No lo sé; pero no puedes decirles que estás buscando a una de sus misioneras porque acaba de heredar once mil millones de dólares.

—Once mil antes de impuestos.

—De todos modos quedará una bonita suma.

—Pues entonces ¿qué les dirás?

—Les diremos que ha surgido un asunto legal muy urgente y tenemos que hablar directamente con Rachel.

Sonó uno de los faxes que había a bordo del aparato y de inmediato se empezaron a recibir memorandos. El primero era de la secretaria de Josh, con una lista de las llamadas de la mañana, casi todas ellas de los abogados de los herederos Phelan. Dos eran de reporteros.

Los asociados estaban empezando a presentar los informes de sus investigaciones preliminares sobre distintos aspectos de la legislación de Virginia aplicable en el caso que los ocupaba. A cada página que Josh y Durban leían, el testamento precipitadamente garabateado por el viejo Troy iba adquiriendo más fuerza.

El almuerzo consistió en unos bocadillos y fruta, servidos también por la azafata, que permanecía en la parte de atrás del aparato y se las ingeniaba para presentarse solo cuando sus tazas de café ya estaban vacías.

Tomaron tierra en Jackson Hole con buen tiempo. Las máquinas habían empujado la nieve a los lados de la pista de aterrizaje. Descendieron del aparato, recorrieron una distancia de veinticinco metros y subieron a bordo de un Sikorski 76 C, el helicóptero preferido de Troy. Diez minutos más tarde ya estaban sobrevolando su amado rancho. Un fuerte viento comenzó a zarandear el aparato, y Durban palideció. Josh abrió muy despacio una portezuela y una ráfaga le azotó el rostro.

El piloto empezó a volar en círculo a seiscientos metros de altura mientras Josh arrojaba las cenizas contenidas en una pequeña urna. El viento las dispersó de inmediato en todas direcciones de tal forma que los restos de Troy se desvanecieron mucho antes de alcanzar la nieve que cubría el suelo. Cuando la urna estuvo vacía, Josh metió el brazo entumecido por el frío y volvió a cerrar la portezuela.

La casa era técnicamente una cabaña de troncos, con la suficiente cantidad de madera maciza como para conferirle el aspecto de vivienda rústica. Pero, con sus cuatrocientos metros cuadrados de superficie, era todo menos una cabaña. Troy se la había comprado a un actor en decadencia.

Un mayordomo vestido de pana se hizo cargo de su equipaje y una sirvienta les preparó café. Mientras Josh telefoneaba al despacho, Durban se dedicó a admirar los trofeos de caza disecados que colgaban en las paredes. En la chimenea ardían unos troncos y la cocinera les preguntó qué deseaban para cenar.

El asociado se apellidaba Montgomery, llevaba cuatro años en el bufete y había sido elegido personalmente por el señor Stafford. Se había perdido tres veces en las calles de Houston antes de localizar la sede de las Misiones de las Tribus del Mundo en la planta baja de un edificio de cinco pisos. Aparcó su automóvil de alquiler y se enderezó el nudo de la corbata.

Había hablado un par de veces con el señor Trill por teléfono y, aunque llegó a la cita con una hora de retraso, semejante detalle no pareció importar. El señor Trill era afable y cortés, pero no se mostraba demasiado dispuesto a colaborar.

—¿En qué puedo servirle? —preguntó.

—Necesito cierta información sobre una de sus misioneras —contestó Montgomery.

Trill asintió con la cabeza sin decir nada.

—Una tal Rachel Lane —añadió Montgomery.

—El nombre no me suena —dijo Trill, desplazando la mirada como si tratara de localizarla—, pero la verdad es que tenemos cuatro mil colaboradores.

—Trabaja cerca de la frontera entre Brasil y Bolivia.

—¿Cuántas cosas sabe usted acerca de ella?

—No muchas, pero tenemos que localizarla.

—¿Con qué objeto?

—Por un asunto de carácter legal —respondió Montgomery, titubeando lo bastante como para resultar sospechoso.

Trill frunció el entrecejo y se cruzó de brazos. Ya no sonreía.

—¿Hay algún problema? —preguntó.

—No, pero el asunto es muy urgente. Tenemos que hablar con ella.

—¿No pueden enviar una carta o un paquete?

—Me temo que no. Necesitamos su colaboración y su firma.

—Supongo que es confidencial.

—Extremadamente confidencial.

Trill suavizó la expresión.

—Discúlpeme un momento —dijo.

Trill abandonó el despacho y Montgomery permaneció sentado, estudiando el espartano mobiliario. La única decoración consistía en una serie de fotos ampliadas de niños indios colgados en las paredes.

Al regresar, Trill parecía una persona distinta; se mostraba rígido, serio y nada dispuesto a colaborar.

—Lo siento, señor Montgomery —dijo sin sentarse—, pero no podremos ayudarle.

—¿Ella está en Brasil?

—Lo siento.

—¿En Bolivia?

—Lo siento.

—¿Existe siquiera?

—No puedo responder a sus preguntas.

—¿A ninguna?

—A ninguna.

—¿Podría hablar con su jefe o supervisor?

—Por supuesto que sí.

—¿Dónde está?

—En el cielo.

Tras cenar unos gruesos bistecs con salsa de setas, Josh Stafford y Tip Durban se retiraron al estudio, donde también había una chimenea encendida. Otro mayordomo, un mexicano con chaqueta blanca y pantalones vaqueros almidonados, les sirvió un whisky de malta muy añejo procedente del armario del señor Phelan. Pidieron puros habanos. Pavarotti cantaba un villancico navideño desde un lejano equipo estereofónico.

—Se me ocurre una idea —dijo Josh, contemplando el fuego de la chimenea—. Tenemos que enviar a alguien en busca de Rachel Lane, ¿verdad?

Tip estaba dando una profunda calada a su puro y se limitó a asentir con la cabeza.

—Y no podemos enviar a cualquiera —añadió Josh—. Tiene que ser un abogado, alguien capaz de explicar las cuestiones legales. Y además ha de ser de nuestra firma, porque se trata de un asunto confidencial.

Con la boca llena de humo, Tip siguió asintiendo con la cabeza.

—¿A quién enviamos? —preguntó Josh.

Tip exhaló lentamente el humo por la boca y la nariz; una nube azul pasó por delante de su rostro y subió hacia el techo.

—¿Eso cuánto tiempo llevará? —dijo finalmente.

—No lo sé, pero no será un viaje rápido. Brasil es un país muy grande, casi tan grande como Estados Unidos. Y estamos hablando de selvas y montañas. Aquellas gentes están tan aisladas que jamás han visto un automóvil.

—No seré yo quien vaya.

—Podemos contratar guías locales y personas por el estilo, pero aun así el viaje llevaría una semana.

—¿No hay caníbales por allí abajo?

—No.

—¿Ni anacondas?

—Cálmate, Tip. No irás.

—Gracias.

—Pero comprendes el problema, ¿verdad? Tenemos sesenta abogados, todos ellos terriblemente ocupados y abrumados por más trabajo del que podemos hacer. Ninguno de nosotros está en condiciones de dejarlo todo de golpe para ir en busca de esa mujer.

—Envía a un auxiliar.

A Josh no le gustaba la idea. Bebió un sorbo de whisky, dio una calada al habano y prestó atención al chisporroteo de las llamas en la chimenea.

—Tiene que ser un abogado —dijo casi hablando para sí.

El mayordomo regresó con más bebidas. Preguntó si deseaban postre y café, pero ya habían tomado todo lo que les apetecía.

—¿Qué tal, Nate? —preguntó Josh cuando ambos se quedaron otra vez a solas.

Era evidente que Josh había estado pensando en Nate desde el primer momento, lo cual irritó ligeramente a Tip, que preguntó:

—¿Bromeas?

—No.

Se pasaron un rato estudiando la posibilidad de enviar a Nate mientras cada uno de ellos trataba de superar sus iniciales reparos y temores. Nate O'Riley era un socio de veintitrés años de antigüedad en la firma que en aquellos momentos se encontraba confinado en un centro de desintoxicación en los montes Azules, al oeste del distrito de Columbia. Se había pasado los últimos diez años visitando centros como aquel, y cada una de las veces se había curado, había superado sus hábitos y se había acercado cada vez más a las más altas cotas de poder, entregado por entero a su bronceado y a sus partidos de tenis y firmemente dispuesto a librarse de sus adicciones de una vez por todas. Pero a pesar de insistir en que cada una de sus caídas sería la última y de afirmar que ya había tocado fondo, la que seguía a la anterior era aún más dura. Ahora, a la edad de cuarenta y ocho años, estaba arruinado, se había divorciado dos veces y acababa de ser denunciado una vez más por fraude fiscal. Su futuro distaba mucho de ser brillante.

—Era muy aficionado a las actividades al aire libre, ¿verdad? —preguntó Tip.

—Pues sí. El submarinismo, el montañismo y todas estas bobadas, pero cuando empezó la cuesta abajo se limitó a trabajar.

La cuesta abajo había comenzado a los treinta y tantos, coincidiendo con el período en que consiguió una impresionante serie de sonadas condenas contra médicos acusados de negligencia en el ejercicio de su profesión. Nate O'Riley se convirtió en una estrella en esa clase de juego y empezó a beber y a consumir cocaína. Descuidó a su familia y se obsesionó con sus adicciones: los grandes veredictos, la bebida y la droga. Se las arreglaba en cierto modo para conservar el equilibrio, pero siempre estaba al borde del desastre. De pronto perdió un juicio y se despeñó por primera vez. La firma lo escondió en un elegante balneario hasta que estuvo suficientemente recuperado y pudo protagonizar una rutilante reaparición. La primera de muchas.

—¿Cuándo sale? —preguntó Tip. Ya no estaba sorprendido y la idea le gustaba cada vez más.

—Pronto.

Nate se había convertido en un adicto irremediable. Podía pasarse meses e incluso años sin probar la droga, pero siempre acababa recayendo. Las sustancias químicas le habían destrozado la mente y el cuerpo. Su conducta se volvió excéntrica y los rumores acerca de su locura fueron filtrándose a todos los ámbitos de la firma, hasta que acabaron por propagarse a través de la red de chismorreos del mundillo de la abogacía.

Casi cuatro meses atrás se había encerrado en una habitación de motel con una botella de ron y una bolsa de pastillas en lo que muchos de sus compañeros interpretaron como un intento de suicidio.

Josh lo confinó en un centro de desintoxicación por cuarta vez en diez años.

—Puede que sea beneficioso para él —apuntó Tip—. Me refiero a eso de alejarse de aquí durante un tiempo.

7

Al tercer día del suicidio del señor Phelan, Hark Gettys llegó a su despacho antes del amanecer, ya cansado pero ansioso de que empezara el día. Había cenado muy tarde con Rex Phelan y después ambos se habían pasado dos horas en un bar, en el que apenas habían podido contener su impaciencia por la cuestión del testamento mientras planeaban sus futuras estrategias. Por eso tenía los ojos hinchados y enrojecidos y le dolía la cabeza; pero a pesar de ello se movía con agilidad alrededor de la cafetera.

Las tarifas horarias de Hark eran muy variadas. El año anterior se había encargado de un desagradable caso de divorcio por una suma tan baja como doscientos dólares la hora. A cada posible cliente le pedía trescientos cincuenta dólares, lo cual era bastante poco para un ambicioso abogado del distrito de Columbia, pero cuando conseguía que lo contrataran por esa suma, más tarde hinchaba la minuta y obtenía lo que merecía. Una cementera indonesia le había pagado cuatrocientos cincuenta dólares la hora por un asunto sin importancia y después había intentado estafarlo con un cheque falso. Había resuelto un caso de homicidio en el que había ganado una tercera parte de trescientos cincuenta mil dólares. Por consiguiente, en la cuestión de los honorarios ponía toda la carne en el asador.

Hark trabajaba como especialista en litigios en un bufete de cuarenta abogados, un equipo de segunda fila con un historial de combates cuerpo a cuerpo y disputas que habían dificultado su desarrollo, por cuyo motivo él estaba deseando abrir su propia firma. Casi la mitad de sus ganancias anuales iban a parar a la partida de gastos generales, y en su opinión aquel dinero pertenecía a su bolsillo.

En determinado momento de una noche de insomnio, había tomado la decisión de aumentar su tarifa a quinientos dólares la hora y de cobrar una semana con carácter retroactivo. Llevaba seis días trabajando exclusivamente en el asunto Phelan y, ahora que el viejo había muerto, su chiflada familia era el sueño dorado de cualquier abogado.

Lo que Hark ansiaba con toda el alma era una dura contienda, una larga y encarnizada pelea en la que numerosas jaurías de abogados presentaran toneladas de estupideces legales. Un juicio sería algo maravilloso, una batalla de alto nivel por una de las más grandes herencias de Estados Unidos, en la que él desempeñaría el papel principal. Ganar la batalla sería bonito, pero no lo más importante. Se embolsaría una fortuna y se haría famoso y en eso estribaba el moderno ejercicio de la abogacía.

A quinientos dólares la hora, sesenta horas a la semana, cincuenta semanas al año, la facturación anual bruta de Hark alcanzaría el millón y medio de dólares. Los gastos generales para un nuevo bufete —alquiler, secretarias, auxiliares— sumarían medio millón de dólares como máximo, por lo que él podría ganar un millón de dólares en caso de que abandonara su miserable firma y abriera su propio bufete unas puertas más abajo.

Listo. Apuró de un trago el café y se despidió mentalmente de su desordenado despacho. Echaría el cerrojo con el caso Phelan y puede que con uno o dos más. Se llevaría a su secretaria y a su auxiliar y se daría prisa en hacerlo, antes de que la firma pudiera reclamarle parte de los honorarios del caso del millonario suicida.

Se sentó tras su escritorio y se le aceleró el pulso al pensar en su nueva firma y en la forma en que podría combatir con Josh Stafford. Tenía motivos para estar preocupado. Stafford no había querido revelarle el contenido del nuevo testamento. Había puesto en duda su validez a la vista del suicidio, y el cambio de tono de Stafford inmediatamente después de este lo había desconcertado. Ahora Stafford se había ausentado de la ciudad y no contestaba a sus llamadas.

Estaba deseando que la pelea comenzase.

A las nueve se reunió con Libbigail Phelan Jeter y Mary Ross Phelan Jackman, las dos hijas del primer matrimonio de Troy. Rex había concertado la cita a instancias de Hark. Aunque ambas mujeres tenían abogado en aquel momento, Hark las quería como clientas. Cuantos más clientes tuviera, mayor sería su fuerza en la mesa de negociación y en la sala de justicia, aparte de que podría cobrarles a cada uno de ellos quinientos dólares la hora por el mismo trabajo.

La reunión fue un poco embarazosa, pues ninguna de las dos mujeres se fiaba de Hark, sencillamente porque no se fiaban de su hermano Rex. TJ tenía tres abogados y su madre tenía otro. ¿Por qué debían ellas juntar sus fuerzas cuando nadie más lo hacía? Habiendo tanto dinero en juego, ¿no era mejor que cada uno contase con su propio abogado?

Hark insistió, pero ganó muy poco terreno. Aunque estaba decepcionado, más tarde siguió adelante con su plan de abandonar la firma de inmediato. Podía oler el dinero.

Libbigail Phelan Jeter había sido una niña rebelde que no quería a su madre Lillian y ansiaba ser objeto de la atención de su padre, que raras veces paraba en casa. Tenía nueve años cuando sus padres se divorciaron.

A los catorce años, Lillian la envió a un internado. Troy desaprobaba los internados, aun cuando distaba de ser un experto en educación infantil, y mientras Libbigail estudiaba en el instituto, había hecho el insólito esfuerzo de mantenerse en contacto con ella. Muchas veces le decía que la prefería a todos sus hijos. No cabía duda de que era la más inteligente.

Pero Troy no asistió a la ceremonia de su graduación y se olvidó de enviarle un regalo. El verano que precedió al inicio de sus estudios universitarios Libbigail se lo pasó tratando de buscar algún medio de lastimar a su padre. Se fue a Berkeley, oficialmente para estudiar poesía medieval irlandesa, pero tenía el propósito de estudiar muy poco o nada en absoluto. A Troy no le gustaba la idea de que cursase estudios en California y menos en una universidad tan radical como la de Berkeley. La guerra del Vietnam estaba tocando a su fin. Los estudiantes habían ganado y ya era hora de que lo celebrasen.

Se deslizó sin dificultad hacia la cultura de las drogas y el sexo fácil. Vivía en una casa de tres pisos con un grupo de estudiantes de todas las razas, sexos e inclinaciones sexuales. Las combinaciones variaban cada semana, lo mismo que el número. Se llamaban a sí mismos «comuna», pero no tenían estructuras ni normas. El dinero no constituía ningún problema, porque casi todos ellos pertenecían a familias acomodadas. Libbigail era conocida simplemente como una hija de una familia rica de Connecticut. Por aquel entonces se calculaba que la fortuna de Troy solo ascendía a unos cien millones de dólares.

Dominada por su espíritu de aventura, Libbigail avanzó por la cadena de la droga hasta que la heroína se apoderó de ella. Su proveedor era un batería de jazz llamado Tino, que vivía más o menos en la comuna. Tino rondaba la cuarentena, había abandonado sus estudios secundarios en Memphis y nadie sabía exactamente cómo o cuándo había empezado a formar parte del grupo. Y a nadie le importaba.

Libbigail se aseó justo lo suficiente para viajar al Este al cumplir los veintiún años, un día memorable para todos los hijos de Troy Phelan, pues era la ocasión en que el viejo les hacía el Regalo. Troy no creía en la conveniencia de crear fideicomisos para sus hijos. Si no eran responsables a la edad de veintiún años, ¿por qué llevarlos de la correa? Los fideicomisos exigían fideicomisarios y abogados y daban lugar a constantes peleas con los beneficiarios que no soportaban recibir el dinero con cuentagotas de manos de unos contables. Había que darles el dinero, pensaba Troy, y dejar que se ahogaran o nadaran.

Casi todos los hijos de Troy Phelan se ahogaron rápidamente.

A Troy se le pasó por alto el cumpleaños de Libbigail. Se encontraba en algún lugar de Asia por asuntos de negocios. Además, su segundo matrimonio con Janie estaba en pleno apogeo. Rocky y Geena eran pequeños y él había perdido cualquier interés que hubiese podido tener por su primera familia.

Libbigail no lo echó de menos. Los abogados completaron los trámites del Regalo y ella se pasó una semana con Tino en un elegante hotel de Manhattan, completamente drogada.

El dinero le duró casi cinco años, un período de tiempo en el que hubo dos maridos, numerosos amantes, dos detenciones, tres prolongadas estancias en centros de desintoxicación y un accidente de tráfico que por poco le cuesta la pierna izquierda.

Su actual marido era un ex motero al que había conocido en un centro de rehabilitación. Pesaba ciento cuarenta y cinco kilos y lucía una rizada barba gris que le llegaba hasta el pecho. Se llamaba Spike y había evolucionado hasta convertirse en un tipo honrado. Se dedicaba a fabricar armarios en un taller situado en la parte de atrás de su modesta vivienda del suburbio de Lutherville, en Baltimore.

El abogado de Libbigail era un desgreñado sujeto llamado Wally Bright en cuyo despacho se presentó de inmediato tras haber abandonado el de Hark. Le hizo un informe completo de todo lo que había dicho este. Wally era un picapleitos que garantizaba divorcios rápidos en anuncios que pegaba en los respaldos de los asientos de los autobuses del área de Bethesda. Había tramitado uno de los divorcios de Libbigail y tuvo que esperar un año para cobrar los honorarios. Aun así se había mostrado paciente con ella, pues, a fin de cuentas, se trataba de una Phelan. Libbigail sería la entrada que le permitiría alcanzar los elevados honorarios que jamás había conseguido ganar.

Delante de ella Wally llamó a Hark Gettys y ambos se enzarzaron en una agria disputa telefónica que duró un cuarto de hora mientras él paseaba enfurecido detrás de su escritorio y agitaba los brazos, soltando palabrotas.

—¡Estoy dispuesto a matar por mi cliente! —rugió en determinado momento, y aquello impresionó a Libbigail.

Al terminar, la acompañó amablemente a la puerta y le dio un beso en la mejilla. La acarició, le dio unas palmaditas y le hizo carantoñas, prestándole la atención que ella había ansiado recibir toda su vida. No era fea; quizá estuviese un poco gruesa y se le notaran las huellas de la dura vida que había llevado en otros tiempos, pero Wally había visto cosas mucho peores, e incluso se había acostado con algunas de ellas. En caso de que se presentara una ocasión propicia, era probable que la aprovechara.

8

La montañita de Nate estaba cubierta con una capa de quince centímetros de nieve reciente cuando lo despertaron los acordes de la música de Chopin que atravesaba las paredes. La semana anterior había sido Mozart. Y la otra no se acordaba. Vivaldi pertenecía a su pasado reciente, pero todo era muy confuso.

Tal como venía haciendo cada mañana desde hacía casi cuatro meses, Nate se acercó a la ventana y contempló el valle de Shenandoah que se extendía ante sus ojos, unos mil metros más abajo. El valle también estaba cubierto de nieve, y él recordó que ya era casi la Navidad.

Ellos —los médicos y Josh— le habían prometido que saldría por esas fechas. Al pensar en la Navidad se entristeció. Había pasado algunas muy agradables en tiempos no muy lejanos, cuando los niños eran pequeños y él llevaba una vida estable. Pero ahora los niños se habían ido porque eran mayores o sus madres se los habían llevado, y lo que menos deseaba era pasarse otras Navidades en un bar cantando villancicos con otros desventurados borrachos, fingiendo ser feliz.

El blanco valle estaba sumido en el silencio y solo algunos automóviles se movían como hormigas a lo lejos.

Debería haber dedicado diez minutos a la oración o el yoga que habían tratado de enseñarle en Walnut Hill, pero en su lugar hizo unas flexiones y se fue a nadar.

El desayuno consistió en un café solo y un bollo en compañía de Sergio, su asesor/terapeuta/gurú. Durante los pasados cuatro meses Sergio había sido también su mejor amigo. Lo sabía todo acerca de la desgraciada vida de Nate O'Riley.

—Hoy tienes visita —le anunció Sergio.

—¿Quién?

—El señor Stafford.

—Maravilloso.

Cualquier contacto con el exterior le resultaba agradable, pues allí se respiraba una atmósfera muy cerrada. Josh lo visitaba una vez al mes. Otros dos amigos de la firma habían efectuado el viaje de tres horas por carretera desde el distrito de Columbia, pero estaban muy ocupados y Nate lo comprendía.

En Walnut Hill la televisión estaba prohibida a causa de los anuncios de cerveza y de los muchos programas y películas en que se glorificaba el alcohol e incluso las drogas. Las revistas más populares no estaban autorizadas por los mismos motivos. Pero a Nate le daba igual. Después de cuatro meses, le importaba un bledo lo que ocurriera en el Capitolio o en Wall Street o en el Medio Oeste.

—¿Cuándo? —preguntó.

—A última hora de la mañana.

—¿Después de mi ejercicio?

—Pues claro.

Nada podía interferir el ejercicio, una orgía de sudor, gruñidos y gritos de dos horas de duración con una sádica y malhumorada entrenadora personal a la que Nate adoraba en secreto.

Estaba descansando en su suite, comiéndose una naranja mientras contemplaba nuevamente el valle, cuando llegó Josh.

—Te veo estupendo —le dijo Josh—. ¿Cuánto has adelgazado?

—Seis kilos —contestó Nate, dándose unas palmadas en el liso vientre.

—De verdad que estás muy delgado. A lo mejor, me convendría pasar una temporada aquí.

—Te lo recomiendo. La comida no tiene nada de grasa, es totalmente insípida y la prepara un chef que habla con acento. Las raciones llenan medio plato; un par de bocados y listo. El almuerzo y la cena duran unos siete minutos... si masticas despacio.

—Por mil dólares al día cabría esperar una comida exquisita.

—¿Me has traído galletitas o algo así? ¿Patatas fritas tal vez? Seguro que escondes algo en la cartera.

—Lo siento, Nate. No llevo nada.

—¿Ni siquiera unos Doritos o M&M's?

—Lo siento.

Nate volvió a hincar el diente en la naranja. Estaban sentados muy cerca el uno del otro, contemplando el paisaje. Los minutos iban pasando.

—¿Qué tal estás? —preguntó Josh.

—Tengo que salir de aquí, Josh. Estoy convirtiéndome en un robot.

—Tu médico dice que dentro de una semana más o menos.

—Estupendo. Y después ¿qué?

—Ya veremos.

—¿Y qué significa eso?

—Significa que ya veremos.

—Vamos, Josh.

—Nos lo tomaremos con calma y veremos qué ocurre.

—¿Podré regresar al despacho? Por favor, Josh, dime algo.

—No tan deprisa, Nate. Tienes enemigos.

—¿Y quién no los tiene? Pero, qué demonios, el bufete es tuyo. Los tipos harán lo que tú digas.

—Tienes un par de problemas.

—Tengo mil problemas; pero tú no puedes echarme de un puntapié.

—El hecho de que estés sin un centavo puede arreglarse. Lo del fraude fiscal no es tan fácil.

En efecto, no lo era, y Nate no podía despacharlo sin más. Entre los años 1992 y 1995, había olvidado declarar aproximadamente sesenta mil dólares en ingresos por otros conceptos.

Nate arrojó la piel de la naranja a la papelera y dijo:

—¿Y qué tengo que hacer? ¿Quedarme sentado en casa todo el día?

—Con un poco de suerte.

—¿Y eso qué significa?

Josh tenía que andarse con mucho tiento. Su amigo acababa de salir de un agujero muy negro. Era imprescindible evitar los sobresaltos y las sorpresas.

—¿Crees que me enviarán a prisión? —preguntó Nate.

—Troy Phelan ha muerto —dijo Josh.

Nate tardó un segundo en asimilar la noticia.

—Ah, el señor Phelan —dijo.

Nate tenía su pequeña ala en la firma. Estaba situada al final de un largo pasillo de la sexta planta. Allí, él y otro abogado, junto con tres auxiliares y media docena de secretarias, se dedicaban a presentar querellas contra médicos y no se preocupaban por lo que ocurría en el resto de la empresa. Por supuesto que sabía quién era Troy Phelan, pero jamás había intervenido en sus asuntos legales.

—Lo lamento —dijo.

—¿O sea que no te habías enterado?

—Aquí no me entero de nada. ¿Cuándo murió?

—Hace cuatro días. Se arrojó al vacío desde una terraza.

—¿Sin paracaídas?

—Has dado en el clavo.

—No sabía volar.

—No. Ni siquiera lo intentó. Yo fui testigo. Acababa de firmar dos testamentos; el primero lo había preparado yo; el segundo y último lo escribió él mismo de su puño y letra. Después se arrojó al vacío.

—¿Dices que lo viste hacerlo?

—Sí.

—Vaya. El hijo de puta debía de estar medio chiflado.

La voz de Nate tenía un dejo de ironía. Casi cuatro meses atrás una criada lo había encontrado en una habitación de un motel con la tripa llena de pastillas y de ron.

—Se lo ha dejado todo a una hija ilegítima de la que yo jamás había oído hablar.

—¿Está casada? ¿Qué pinta tiene?

—Quiero que la busques.

—¿Yo?

—Sí.

—¿Se ha perdido?

—No sabemos dónde está.

—¿Cuánto dinero le...?

—Algo así como once mil millones de dólares antes de impuestos.

—¿Y ella lo sabe?

—No. Ni siquiera está enterada de que ha muerto.

—¿Sabe que Troy es su padre?

—No tengo ni idea de qué sabe.

—¿Dónde está?

—En Brasil, creemos. Es misionera y trabaja con una remota tribu india.

Nate se levantó y empezó a caminar arriba y abajo por la estancia.

—Una vez estuve una semana allí —dijo—. Sé que estudiaba, pero ya no me acuerdo qué; quizá estuviese en la facultad de Derecho. Era carnaval, había chicas desnudas bailando por las calles de Río, escuelas de samba y un millón de personas de juerga toda la noche.

Se calló de repente, como si aquel bonito recuerdo hubiera aflorado a la superficie y hubiera vuelto a desaparecer rápidamente.

—Ahora no se trata de un carnaval.

—Me lo imaginaba. ¿Te apetece un café?

—Sí. Solo.

Nate pulsó un timbre de la pared y pidió café a través del interfono. Los mil dólares diarios cubrían también el servicio de habitación. Se sentó de nuevo junto a la ventana y preguntó:

—¿Cuánto tiempo permaneceré fuera?

—Es un poco difícil saberlo, pero yo diría que unos diez días. No hay prisa y puede que te cueste un poco encontrarla.

—¿En qué parte del país?

—En la zona occidental, cerca de Bolivia. La organización para la que trabaja envía gente a la selva, donde ayudan a unos indios que viven como en la Edad de Piedra. Hemos llevado a cabo algunas investigaciones y parece ser que se enorgullecen de localizar a los pueblos más remotos de la tierra.

—Tú quieres que primero yo encuentre la selva correspondiente, vaya en busca de la correspondiente tribu de indios y después trate de convencerlos de que soy un abogado estadounidense que ha acudido allí en son de paz y necesita que lo ayuden a localizar a una mujer que probablemente no desea que la localicen.

—Algo así.

—Podría ser divertido.

—Considéralo una aventura.

—Además, eso me mantendrá fuera del despacho, ¿no es cierto, Josh? Una maniobra de distracción mientras tú ordenas las cosas.

—Alguien tiene que ir, Nate. Un abogado de nuestra firma tiene que encontrarse cara a cara con esa mujer, mostrarle una copia del testamento, explicarle el contenido de este y averiguar qué desea hacer. Eso no lo puede hacer un auxiliar jurídico ni un abogado brasileño.

—¿Por qué yo?

—Porque todos los demás están ocupados. Tú sabes de qué va esto. Llevas más de veinte años haciéndolo. La vida en el despacho, los almuerzos en los juzgados, las noches en el tren... Además, podría beneficiarte.

—¿Acaso pretendes mantenerme alejado de las calles, Josh? Porque en ese caso, pierdes el tiempo. Estoy limpio. Se acabaron los bares, las juergas y los traficantes de droga. Estoy limpio, Josh. Para siempre.

Josh asintió con la cabeza porque era lo que se esperaba que hiciera, pero ya había pasado otras veces por la misma situación.

—Te creo —dijo, deseando con toda su alma poder hacerlo.

El conserje llamó a la puerta y entró con el café en una bandeja de plata.

Al cabo de un rato, Nate preguntó:

—¿Qué hay de la denuncia? Yo no puedo abandonar el país hasta que todo esté arreglado.

—He hablado con el juez, le he dicho que era un asunto urgente. Quiere verte dentro de noventa días.

—¿Es simpático?

—Es un auténtico Papá Noel.

—O sea que, si me declaran culpable, ¿crees que me dará una oportunidad?

—Falta un año todavía. Ya nos ocuparemos de ello más adelante.

Sentado a una mesita e inclinado sobre su taza de café, Nate reflexionó acerca de las preguntas que necesitaba hacer. Josh estaba delante de él, con la mirada perdida en la distancia.

—¿Y si digo que no? —aventuró Nate.

Josh se encogió de hombros, como si le diera igual.

—No pasa nada. Ya encontraremos a alguien. Considéralo unas vacaciones. A ti no te da miedo la selva, ¿verdad?

—Por supuesto que no.

—Pues entonces, que te diviertas.

—¿Cuándo me iría?

—Dentro de una semana. Brasil exige un visado y tendremos que echar mano de ciertas influencias. Además, hay que atar ciertos cabos sueltos.

Walnut Hill exigía un período mínimo de una semana de preparación antes de soltar de nuevo a sus clientes a los lobos.

Los habían mimado y desintoxicado, les habían hecho un lavado de cerebro y habían vuelto a ponerlos en forma física, mental y emocional. La preparación antes de la salida los ayudaba a regresar al mundo.

—Una semana —repitió Nate para sus adentros.

—Aproximadamente, sí.

—Y el trabajito me llevará unos diez días.

—Es probable.

—Y yo estaré de vacaciones allí abajo.

—Eso parecerá.

—Se me antoja una idea estupenda.

—¿Quieres saltarte la Navidad?

—Sí.

—¿Y tus hijos?

Tenía cuatro, dos de cada esposa. Uno estaba en una escuela para graduados, otro en la universidad y otros dos en el instituto.

—Ni una sola palabra, Josh —dijo Nate mientras removía el café con una cucharilla—. Llevo casi cuatro meses aquí y ninguno de ellos me ha dicho ni una sola palabra.

Su voz reflejaba dolor, y tenía los hombros encorvados. Por un instante, su aspecto fue el de una persona muy frágil.

Josh sí había tenido noticias de las familias. Las dos ex esposas tenían abogados que habían llamado para pedir dinero. El hijo mayor de Nate era un estudiante de posgrado en la Universidad del Noroeste, necesitaba dinero para la matrícula y los gastos y había llamado personalmente a Josh, pero no para preguntar por el estado o el paradero de su padre, sino por otra cosa mucho más importante: la participación de este en los beneficios de la firma del año anterior. Era tan grosero y descarado que Josh lo había mandado a paseo.

—Me gustaría evitar todas las fiestas y el jolgorio —añadió Nate, levantándose, al parecer un poco más animado, para dar un paseo descalzo por la habitación.

—¿Irás?

—¿Eso está por el Amazonas?

—No; está en el Pantanal, los humedales más grandes del mundo.

—¿Pirañas, anacondas y caimanes?

—Naturalmente.

—¿Caníbales?

—No más que en el distrito de Columbia.

—Hablo en serio.

—No lo creo. Llevan once años sin perder a ningún misionero.

—Pero ¿qué ocurre con los abogados?

—Estoy seguro de que no les apetecerá cortarte en filetes. Vamos, Nate, no dramatices. Si yo no estuviera tan ocupado, me encantaría ir. El Pantanal es una gran reserva ecológica.

—Jamás he oído hablar de ese lugar.

—Eso es porque dejaste de viajar hace años. Entraste en tu despacho y ya no volviste a salir.

—Más que para desintoxicarme.

—Tomarte unas vacaciones, conocer otra parte del mundo.

Nate bebió un sorbo de café lo suficientemente despacio como para cambiar el rumbo de la conversación.

—¿Y qué ocurrirá a la vuelta? ¿Tengo mi despacho? ¿Sigo siendo socio?

—¿Es eso lo que quieres?

—Pues claro —contestó Nate, pero con tono algo vacilante.

—¿Estás seguro?

—¿Qué otra cosa puedo hacer?

—No lo sé, Nate, pero esta es tu cuarta desintoxicación en

diez años. Las recaídas son cada vez peores. Si salieras ahora mismo, te irías directamente al despacho y, durante seis meses, serías el mejor especialista del mundo en pleitos por negligencias médicas. No prestarías ninguna atención a los viejos amigos, los viejos bares, los antiguos barrios. Solo trabajo, trabajo y trabajo. No tardarías en conseguir un par de sonadas sentencias y sonados juicios y entonces empezarías a experimentar los efectos de la tensión. Apretarías un poco más la tuerca. Al cabo de un año, se produciría una grieta. Podrías tropezar con un viejo amigo, una chica de otra vida. Un mal jurado podría emitir un veredicto desfavorable, y entonces... Yo vigilaría todos tus movimientos, pero nunca puedo decir cuándo empieza el deslizamiento por la pendiente.

—No habrá más deslizamientos, Josh. Lo juro.

—Eso ya lo he oído otras veces, y quiero creerte; pero ¿y si vuelven a salir tus demonios, Nate? La última vez estuviste a solo unos minutos de matarte.

—No habrá más recaídas.

—La próxima será la última, Nate. Celebraremos un funeral, te diremos adiós y contemplaremos cómo te colocan en la fosa. Y yo no quiero que eso ocurra.

—No ocurrirá, te lo aseguro.

—Pues entonces olvídate del despacho. Allí dentro hay demasiada tensión.

Lo que más aborrecía Nate de la desintoxicación eran los largos períodos de silencio o meditación, tal como los llamaba Sergio. Los pacientes tenían que sentarse como monjes en la semipenumbra, cerrar los ojos y buscar la paz interior. Nate podía sentarse en el suelo y todo lo demás, pero no podría evitar recordar los juicios y el acoso de los inspectores de Hacienda, buscar la manera de maquinar contra sus ex esposas y, por encima de todo, preocuparse por su futuro. La conversación que estaba manteniendo con Josh ya la había ensayado muchas veces.

Sin embargo, sus ingeniosas réplicas y sus rápidas respuestas le fallaban cuando estaba sometido a tensión. Los cuatro meses de soledad casi absoluta le habían embotado sus reflejos. Lo único que podía hacer era inspirar lástima.

—Vamos, Josh. No puedes propinarme un puntapié sin más.

—Llevas más de veinte años pleiteando, Nate. Me parece que ya es suficiente. Creo que ha llegado la hora de que empieces a hacer otra cosa.

—Me convertiré en *lobbyist* y almorzaré con los secretarios de prensa de mil pequeños congresistas.

—Ya te encontraremos un sitio; pero no será en las salas de justicia.

—No se me dan bien los almuerzos. A mí lo que me gusta es pleitear.

—La respuesta es no. Puedes quedarte en la firma y ganar un montón de dinero, mantenerte sano y jugar al golf. Tu vida será estupenda, siempre y cuando los inspectores de Hacienda no te metan entre rejas.

Durante unos agradables momentos, Nate se había olvidado de los inspectores de Hacienda, pero ahora habían vuelto a recordárselos. Se sentó y vertió un poco de miel de un pequeño recipiente en el café tibio; el azúcar y los edulcorantes artificiales no estaban permitidos en un lugar tan sano con Walnut Hill.

—Eso de pasar un par de semanas en los humedales brasileños está empezando a sonarme muy bien —dijo.

—¿Significa eso que irás?

—Sí.

Puesto que Nate disponía de mucho tiempo para leer, Josh le dejó un abultado dossier acerca del testamento de Phelan y su misteriosa nueva heredera. Más dos libros sobre los indígenas de remotos parajes de América del Sur.

Nate se pasó ocho horas leyendo sin descanso y se olvidó incluso de cenar. Estaba deseando marcharse e iniciar su aventura.

Cuando a las diez Sergio entró a verle, lo encontró sentado como un monje en el centro de la cama, rodeado de papeles y perdido en otro mundo.

—Ya es hora de que me vaya —le dijo Nate.

—Sí —repuso Sergio—. Mañana empezaré a preparar el papeleo.

9

Las luchas internas se agravaron y los herederos de Troy Phelan empezaron a dedicar menos tiempo a conversar entre sí y más a visitar los despachos de sus abogados. Transcurrió una semana sin que se diese a conocer el contenido del testamento. Los herederos estaban cada vez más nerviosos, pues tenían la fortuna casi a la vista, pero no podían alargar la mano para tomarla. Prescindieron de los servicios de varios abogados y contrataron a otros.

Mary Ross Phelan Jackman decidió cambiar de abogado porque el que tenía no le cobraba una tarifa lo suficientemente elevada. Su marido era un prestigioso traumatólogo con múltiples negocios. Trataba a diario con hombres de leyes. El más reciente de ellos era un torbellino llamado Grit, que había entrado espectacularmente en la refriega, cobrando una tarifa de seiscientos dólares la hora.

Durante la espera, los herederos estaban contrayendo cuantiosas deudas. Firmaban contratos de compra de impresionantes mansiones. Les entregaban automóviles nuevos. Contrataban a distintos asesores para que les diseñaran residencias con piscina, les buscaran el avión privado más idóneo, les aconsejaran acerca de qué purasangres les convenía comprar.

Cuando no se peleaban, se dedicaban a las compras. La

única excepción era Ramble, pero solo por el simple hecho de ser menor de edad. El chico se pasaba el rato con su abogado, quien seguramente contraía deudas en nombre de su cliente.

Los grandes litigios suelen empezar con una carrera a los juzgados. El hecho de que Josh Stafford se negara a revelar el contenido del testamento e hiciera al mismo tiempo veladas alusiones a la incapacidad de testar de Troy, hizo que finalmente cundiese el pánico entre los abogados de los herederos.

Diez días después del suicidio, Hark Gettys acudió al juzgado de distrito del condado de Fairfax, Virginia, y presentó una petición de apertura obligatoria de la última voluntad y testamento de Troy L. Phelan. Y, con toda la astucia propia de un ambicioso abogado merecedor de ser tenido en la debida cuenta, le comunicó la información a un reportero del *Post*. Tras la presentación de la petición, ambos se pasaron una hora conversando. Algunos de los comentarios se hicieron con carácter extraoficial y otros a mayor honra y gloria del abogado. Un reportero gráfico tomó algunas fotografías.

Curiosamente, Hark presentó la petición en nombre de los herederos Phelan, incluyendo sus nombres y direcciones como si de sus clientes se tratase. Al regresar a su despacho, les envió copias por fax. A los pocos minutos, sus líneas telefónicas quedaron colapsadas.

El reportaje del *Post* de la mañana siguiente se completaba con una fotografía de gran tamaño de Hark, acariciándose la barba y con el entrecejo fruncido. El reportaje ocupaba más espacio de lo que él esperaba. Lo leyó al amanecer en una cafetería de Chevy Chase y después se dirigió a toda prisa a su nuevo despacho.

Un par de horas más tarde, poco después de las nueve, el despacho del secretario del juzgado de distrito de Fairfax estaba más abarrotado de abogados que de costumbre. Llegaron formando pequeñas jaurías, se dirigieron casi hablando en monosílabos a los funcionarios y trataron por todos los medios de hacer caso omiso los unos de los otros. Sus peticiones eran muy variadas, pero todos querían lo mismo: reconocimiento de su papel en el asunto Phelan y petición de apertura del testamento.

En el condado de Fairfax las legalizaciones se asignaban al azar a un solo juez de los doce que allí había. El caso Phelan fue a parar al escritorio del honorable F. Parr Wycliff, de treinta y seis años, un jurista con poca experiencia, pero con mucha ambición. Le encantó recibir un caso tan sonado.

Wycliff tenía el despacho en el juzgado del condado de Fairfax y se pasó toda la mañana controlando la presentación de los documentos en la oficina del secretario. Su secretaria le llevaba las peticiones y él las leía de inmediato.

Cuando al final se posó la polvareda, llamó a Josh Stafford y se presentó. Antes de ir al grano, y según la costumbre, ambos dedicaron unos minutos a una charla intrascendente, presidida, sin embargo, por la rigidez y la cautela que exigía la importancia del asunto que tenían entre manos. Josh jamás había oído hablar del juez Wycliff.

—¿Hay un testamento? —preguntó finalmente Wycliff.

—Sí, señoría, lo hay.

Josh eligió las palabras con cuidado. En Virginia era delito ocultar la existencia de un testamento. En caso de que el juez quisiera saberlo, Josh se mostraría plenamente dispuesto a colaborar.

—¿Dónde está?

—Aquí, en mi despacho.

—¿Quién es el albacea?

—Yo.

—¿Cuándo tiene intención de legalizarlo?

—Mi cliente me pidió que esperara hasta el día 15 de enero.

—Mmm. ¿Por alguna razón en particular?

Había una razón muy sencilla. Troy quería que sus codiciosos hijos disfrutaran de una última orgía de compras antes de que él tirara de la alfombra que pisaban. Era una crueldad y una vileza muy propia de él.

—No tengo ni idea —contestó Josh—. Se trata de un testamento ológrafo. El señor Phelan lo firmó segundos antes de arrojarse al vacío.

—¿Un testamento ológrafo?

—Sí.

—¿No estaba usted con él?

—Sí. Es una larga historia.

—Quizá convendría que me la contara.

—Puede que sí.

Josh tenía el día muy ocupado. Wycliff no, pero dio a entender que no disponía de un solo minuto libre. Ambos acordaron reunirse para almorzar un rápido bocadillo en el despacho de Wycliff.

A Sergio no le gustaba la idea de que Nate viajase a Sudamérica. Después de haberse pasado casi cuatro meses viviendo en un lugar tan altamente estructurado como Walnut Hill, donde las verjas y las puertas estaban cerradas y un invisible guardia armado vigilaba la carretera dos kilómetros más abajo, y en el que la televisión, las películas, los juegos, las revistas y los teléfonos estaban fuertemente controlados, el regreso a una sociedad conocida solía ser traumático. Y la idea de un regreso previo paso por Brasil era aún más preocupante.

A Nate no le importaba. No estaba en Walnut Hill por orden judicial. Josh lo había internado allí y si Josh le pedía que jugara al escondite en la selva, lo haría. Que Sergio protestara y despotricase todo lo que quisiera.

La semana de preparación para la salida se convirtió en un infierno. La dieta cambió de carecer por completo de grasa a baja en grasas, y se añadieron ingredientes inevitables tales como sal, pimienta, queso y un poco de mantequilla a fin de preparar su organismo para los males del exterior. El estómago de Nate se rebeló, lo que hizo que adelgazase más de un kilo.

—Esto es solo una pequeña muestra de lo que te aguarda allí abajo —le dijo Sergio en tono presuntuoso.

Ambos riñeron durante la terapia, lo que era habitual en Walnut Hill. Tenían que endurecerle la piel y afilarle los cantos. Sergio empezó a distanciarse de su paciente. Las despedidas solían ser difíciles, por lo que Sergio abrevió las sesiones y adoptó una actitud distante.

Nate empezó a contar las horas que le faltaban para salir.

El juez Wycliff se interesó por la última voluntad de Troy Phelan, pero Josh se negó cortésmente a revelársela. Estaban comiendo unos bocadillos adquiridos en una tienda de comida preparada, sentados alrededor de una mesita en un rincón del pequeño despacho de su señoría. La ley no exigía que Josh revelara el contenido del testamento, al menos por el momento. Wycliff estaba traspasando un poco los límites, pero su curiosidad era comprensible.

—Comprendo en cierto modo a los demandantes —dijo—. Tienen derecho a saber cómo se distribuye la herencia. ¿Por qué aplazarlo?

—Me limito a cumplir los deseos de mi cliente —contestó Josh.

—Tendrá que legalizar el testamento más tarde o más temprano.

—Por supuesto que sí.

Wycliff acercó su agenda a su plato de plástico y le echó un vistazo, mirando después a Josh por encima de sus gafas de lectura.

—Hoy estamos a 21 de diciembre. No hay manera de reunir a todos los interesados antes de Navidad. ¿Qué le parece el día 27?

—¿Qué se propone hacer?

—Una lectura del testamento.

La idea pilló tan por sorpresa a Josh que este estuvo a punto de atragantarse con una hoja de eneldo. Reunir a los Phelan con su séquito de nuevos amigos y parásitos y todos sus joviales abogados en la sala de justicia de Wycliff, y encargarse de que la prensa se enterase de ello... Mientras masticaba otro encurtido y estudiaba su pequeña agenda de tapas negras, tuvo que hacer un esfuerzo por reprimir una sonrisa. Ya le parecía oír los jadeos y los gemidos, las exclamaciones de asombro y absoluta incredulidad, y a continuación las maldiciones en voz baja, seguidas tal vez de un lloriqueo y un par de sollozos mientras los Phelan trataban de asimilar la faena que su amado progenitor les había jugado.

Sería un momento tan terrible, espléndido y absolutamente singular en toda la historia judicial de Estados Unidos que, de repente, Josh no pudo esperar.

—El 27 me parece muy bien —dijo.

—De acuerdo. Lo notificaré a las partes interesadas en cuanto consiga identificarlas a todas. Hay muchos abogados.

—Es lógico que así sea si piensa que hay seis hijos y tres ex esposas, lo que supone nueve equipos de abogados, contando solo los principales.

—Espero que mi sala de justicia sea lo bastante espaciosa para acogerlos a todos.

Tendrían que permanecer de pie, estuvo a punto de decir Josh. Todos reunidos en silencio mientras se rasgaba el sobre, se sacaba el testamento y se leían las increíbles palabras en él escritas.

—Le sugiero que lo lea —dijo Josh.

Wycliff tenía intención de hacerlo. Estaba imaginándose la misma escena que Josh. Sería uno de sus momentos más espectaculares, la lectura de un testamento que repartiría once mil millones de dólares.

—Supongo que será un tanto polémico —repuso el juez.

—Es perverso.

Su señoría llegó hasta el extremo de sonreír.

10

Antes de su última recaída, Nate vivía en un apartamento de un viejo edificio de Georgetown que había alquilado después de su último divorcio, pero ahora lo había perdido tras quedarse sin fondos. Por consiguiente, no tenía dónde pasar su primera noche de libertad.

Como de costumbre, Josh había preparado cuidadosamente su salida. Llegó a Walnut Hill el día acordado con una bolsa llena de pantalones cortos y camisas J. Crew nuevos y pulcramente planchados para su viaje al sur. Tenía el pasaporte y el visado, una elevada suma de dinero en efectivo, montones de instrucciones y billetes, y un mapa. Incluso un botiquín de primeros auxilios.

Nate no tuvo ni siquiera ocasión de ponerse nervioso. Dijo adiós a algunos miembros del personal del centro de desintoxicación, pero casi todos estaban ocupados en otros quehaceres, pues preferían evitar las despedidas. Después cruzó orgullosamente la puerta principal tras haberse pasado doscientos cuarenta días en un maravilloso estado de abstinencia; limpio, bronceado, en buena forma y con ocho kilos menos de los ochenta y cinco con que había entrado allí, un peso que no conocía desde hacía veinte años.

Josh iba al volante, y durante los primeros cinco minutos ninguno de los dos dijo nada. La nieve cubría los pastizales, pero su espesor fue disminuyendo a medida que se alejaban de los montes Azules. Estaban a 22 de diciembre. A un volumen muy bajo la radio transmitía villancicos.

—¿Podrías apagarla? —dijo finalmente Nate.

—¿Qué?

—La radio.

Josh pulsó un botón y la música que él ni siquiera había oído se desvaneció.

—¿Qué tal te sientes? —preguntó.

—¿Podrías detenerte en la tienda más próxima?

—Pues claro. ¿Por qué?

—Quiero un paquete de seis botellas.

—Muy gracioso.

—Sería capaz de matar por una botella grande de Coca-Cola.

Compraron bebidas sin alcohol en la tienda de un pueblo. Cuando la mujer que atendía la caja les deseó jovialmente feliz Navidad, Nate no pudo contestar. De nuevo en el automóvil, Josh puso rumbo a Dulles, a dos horas de camino.

—El destino de tu vuelo es São Paulo, donde esperarás tres horas para tomar otro avión con destino a una ciudad llamada Campo Grande.

—¿Habla inglés la gente de allí abajo?

—No. Son brasileños. Hablan portugués.

—Claro.

—Pero en el aeropuerto podrás hablar en inglés.

—¿Qué tamaño tiene Campo Grande?

—Medio millón de habitantes, pero no es tu destino. Desde allí, tomarás otro vuelo local a un lugar llamado Corumbá. Las ciudades son cada vez más pequeñas.

—Y los aviones también.

—Sí, igual que aquí.

—No sé por qué, pero la idea de un vuelo local en un aparato brasileño no me hace mucha gracia. Échame una mano, Josh. Estoy nervioso.

—O eso o un viaje de seis horas en autocar.

—Sigue hablando.

—En Corumbá te reunirás con un abogado llamado Valdir Ruiz. Habla inglés.

—¿Te has puesto en contacto con él?

—Sí.

—¿Y has podido entenderle?

—Sí, casi todo. Es un hombre muy simpático. Trabaja por unos cincuenta dólares la hora, aunque no te lo creas.

—¿Qué tamaño tiene Corumbá?

—Noventa mil habitantes.

—O sea que habrá comida y agua y un sitio donde dormir.

—Sí, Nate, dispondrás de una habitación. Es más de lo que tienes aquí.

—Gracias, hombre.

—Perdón. ¿Quieres echarte atrás?

—Sí, pero no lo haré. Mi objetivo en estos momentos es huir de este país antes de que vuelvan a desearme una feliz Navidad. Sería capaz de pasarme dos semanas durmiendo en una zanja con tal de no ver muñecos de nieve.

—Déjate de zanjas. Es un buen hotel.

—¿Y qué tengo que hacer con Valdir?

—Te está buscando un guía que te acompañará al Pantanal.

—¿Cómo? ¿En avión? ¿En helicóptero?

—Probablemente en una embarcación. Según tengo entendido, aquella zona está llena de ríos y pantanos.

—Y de serpientes, caimanes y pirañas.

—Pero qué cobarde eres. Yo creía que te apetecía ir.

—Y es cierto. Conduce más rápido.

—Cálmate. —Josh señaló una cartera de documentos que había detrás del asiento del copiloto—. Ábrela —dijo—. Es tu cartera de trabajo.

Nate la tomó soltando un gruñido.

—Pesa una tonelada. ¿Qué hay aquí dentro?

—Cosas muy buenas.

Era nueva, de cuero marrón, pero hecha de tal forma que pareciese usada y lo bastante grande como para contener una pequeña biblioteca sobre jurisprudencia. Nate se la colocó sobre las rodillas y la abrió.

—Juguetes —murmuró.

—Este diminuto aparato gris de aquí es lo último en teléfonos digitales —dijo Josh, orgulloso de los chismes que había reunido—. Valdir tendrá servicio local para ti cuando llegues a Corumbá.

—O sea que en Brasil tienen teléfonos.

—Montones de ellos. Es más, allí las telecomunicaciones están en pleno apogeo. Todo el mundo tiene teléfono móvil.

—¿A pesar de ser tan pobres? ¿Y eso qué es?

—Un ordenador.

—¿Para qué demonios quiero yo un ordenador?

—Es el modelo más reciente en su tipo. Fíjate lo pequeño que es.

—Ni siquiera puedo leer el teclado.

—Puedes conectarlo al teléfono y disponer de correo electrónico.

—Qué barbaridad. ¿Y todo eso tendré que hacerlo en medio de un pantano bajo la atenta mirada de las serpientes y los caimanes?

—Eso depende de ti.

—Josh, yo ni siquiera tengo correo electrónico en el despacho.

—No es para ti, sino para mí. Quiero mantenerme en contacto contigo. Cuando la encuentres, quiero saberlo de inmediato.

—¿Eso qué es?

—El mejor juguete de la cartera. Es un teléfono satélite. Puedes utilizarlo en cualquier lugar de la tierra. Procura que las pilas estén cargadas y podrás localizarme en todo momento.

—Acabas de decir que tienen un sistema telefónico estupendo.

—Pero no en el Pantanal. Son unos humedales de setenta mil kilómetros cuadrados sin ciudades y con muy poca gente. El SatFone será tu único medio de comunicación en cuanto abandones Corumbá.

Nate abrió la bolsa de plástico duro y examinó el pequeño y reluciente teléfono.

—¿Cuánto te ha costado eso? —preguntó.

—A mí ni un centavo.

—Entonces ¿cuánto le ha costado a la herencia Phelan?

—Cuatro mil cuatrocientos dólares. Y los vale.

—¿Tienen electricidad mis indios? —preguntó Nate, hojeando el manual de instrucciones.

—Por supuesto que no.

—En ese caso, ¿cómo haré para cargar las pilas?

—Hay una pila adicional. Ya se te ocurrirá algo.

—Qué salida tan discreta.

—Ya verás cómo cuando llegues allí me agradecerás todos estos juguetes.

—¿Puedo agradecértelos ahora?

—No.

—Gracias, Josh. Por todo.

—Faltaría más.

En la abarrotada terminal, sentados alrededor de una mesita al otro lado de la bulliciosa barra, ambos se tomaron un café exprés muy flojo y leyeron los periódicos. Josh no paraba de echar vistazos a la barra; pero Nate daba la impresión de no haberse dado cuenta. A pesar de que el logotipo de neón de la Heineken no pasaba inadvertido fácilmente.

Un cansado y delgado Papá Noel pasó por allí, buscando niños a los que ofrecer los baratos regalos que llevaba en la bolsa. Elvis estaba cantando *Blue Christmas* desde un tocadiscos automático. Había mucha gente, el ruido resultaba muy molesto y todo el mundo regresaba a casa para celebrar las fiestas.

—¿Qué tal estás? —preguntó Josh.

—Muy bien. ¿Por qué no te vas? Estoy seguro de que tienes cosas mejores que hacer.

—Me quedaré.

—Mira, Josh, estoy bien. Si crees que estoy esperando a que te marches para correr a la barra a tragarme un vaso de vodka, te equivocas. No me apetece el alcohol. Estoy limpio y me enorgullezco de ello.

Josh se sintió un poco avergonzado, sobre todo porque se había puesto en evidencia. Las borracheras de Nate eran legendarias. En caso de que sucumbiera a la tentación, no habría en todo el aeropuerto suficiente alcohol para satisfacerlo.

—No estoy preocupado por eso —mintió.

—Pues vete. Ya soy mayor.

Se despidieron junto a la puerta, fundiéndose en un cálido abrazo y prometiendo llamarse casi cada hora. Josh tenía mil cosas que hacer en el despacho. Había adoptado en secreto dos pequeñas medidas de precaución. Primero, había reservado dos asientos contiguos para el vuelo. Nate ocuparía el de la ventanilla; el del pasillo permanecería vacío. No convenía que un sediento ejecutivo se sentara a su lado y comenzara a beber whisky y vino. Los pasajes eran de ida y vuelta y costaban más de siete mil dólares cada uno, pero el dinero no tenía importancia.

Segundo, Josh había hablado con un empleado de la compañía aérea y le había explicado que Nate acababa de salir de una clínica de desintoxicación, por lo que bajo ninguna circunstancia tendrían que servirle alcohol. A bordo habría una carta de Josh dirigida a la compañía aérea en caso de que fuera necesario mostrarla para convencer a Nate.

Un auxiliar de vuelo le sirvió zumo de naranja y café. Nate se cubrió con una manta ligera y contempló cómo desaparecía bajo sus pies la vasta superficie del distrito de Columbia mientras el aparato de la Varig se elevaba en medio de las nubes.

Experimentó una sensación de alivio por el hecho de poder alejarse de Walnut Hill y Sergio, de la ciudad y sus agobios, de sus pasados problemas con su última esposa, su ruina económica y sus contratiempos con Hacienda. A diez mil metros de altura, Nate ya casi había tomado la decisión de no regresar jamás.

Pero todos los regresos le afectaban los nervios. El temor a que volviera a recaer estaba siempre presente, a flor de piel. Ahora lo más terrible de la situación era que había habido tantos regresos que ya se sentía un veterano. Tal como hacía con sus esposas y los casos más famosos que había ganado, podía compararlos entre sí. ¿Hasta cuándo habría otro?

A la hora de la cena, se dio cuenta de que Josh había estado trabajando entre bastidores. No le ofrecieron vino. Picó del plato con toda la cautela de alguien que acaba de pasarse casi cuatro meses disfrutando de las mejores lechugas del mundo; hasta hacía unos días, no había tomado grasas, mantequilla ni azúcar, y no quería que se le revolviera el estómago. Hizo una breve siesta, pero estaba harto de dormir. En su calidad de atareado abogado y noctámbulo, se había acostumbrado a dedicar muy pocas horas al sueño. Durante su primer mes en Walnut Hill habían tenido que suministrarle somníferos para que durmiera diez horas al día. En estado de coma, no podía oponer resistencia.

Reunió su colección de «juguetes» en el vacío asiento de al lado y empezó a leer los manuales de instrucciones. El teléfono satélite lo intrigaba, aunque no podía creer que se viera obligado a utilizarlo.

Otro teléfono le llamó la atención. Era el más reciente artilugio técnico de los viajes aéreos, un pequeño dispositivo prácticamente escondido en la pared, junto a su asiento. Lo tomó y llamó a Sergio. Estaba cenando, pero se alegró de oírle.

—¿Dónde estás? —le preguntó.

—En un bar —contestó Nate en voz baja, porque las luces del interior del aparato ya se habían amortiguado.

—Muy gracioso.

—Probablemente sobrevolando Miami, y aún me quedan ocho horas de vuelo. Acabo de descubrir este aparato y me apetecía llamarte.

—O sea que estás bien.

—Pues sí. ¿Me echas de menos?

—Todavía no. Y tú ¿me echas de menos a mí?

—¿Bromeas? Soy un hombre libre y estoy volando rumbo a la selva para emprender una maravillosa aventura. Te echaré de menos más tarde, ¿de acuerdo?

—De acuerdo. Y me llamarás cuando estés en apuros.

—No estaré en apuros, Serge. Esta vez no.

—Así me gusta, Nate.

—Gracias, Serge.

—Faltaría más. No dejes de llamarme.

Pusieron una película, pero nadie la miraba. El auxiliar de vuelo sirvió más café. La secretaria de Nate era una resignada mujer llamada Alice que llevaba casi diez años resolviéndole los problemas. Vivía con su hermana en una vieja casa de Arlington. Fue la siguiente en recibir su llamada. En los últimos cuatro meses solo se habían hablado una vez.

La conversación duró media hora. Alice se alegró de oír su voz y de saber que ya había salido del centro de desintoxicación. Ignoraba lo de su viaje a América del Sur, lo cual era un poco extraño habida cuenta de que normalmente se enteraba de todo. Pero por teléfono se mostró reservada e incluso recelosa. Nate, procurador de los tribunales, tenía la mosca detrás de la oreja y atacó como si estuviera haciendo una repregunta.

Alice seguía trabajando en el departamento de pleitos, todavía en el mismo despacho, pero para otro abogado.

—¿Quién? —preguntó Nate.

Uno nuevo, especialista en pleitos. Alice hablaba con cierto cuidado y Nate comprendió que había recibido instrucciones precisas del propio Josh. Era natural que Nate la llamara nada más salir.

¿Qué despacho ocupaba el nuevo? ¿Quién era su auxiliar jurídico? ¿De dónde procedía? ¿Cuántos casos de negligencia médica había llevado? ¿La habían asignado a él solo provisionalmente?

Alice se mostró lo suficientemente evasiva como para no decir nada.

—¿Quién ocupa mi despacho?

—Nadie. No se ha tocado nada. Sigue habiendo montones de expedientes en todos los rincones.

—¿Qué está haciendo Kerry?

—Sigue tan ocupado como siempre. Está esperándolo.

Kerry era el auxiliar jurídico preferido de Nate.

Alice dio una respuesta adecuada a todas sus preguntas, pero reveló muy pocas cosas. Se mostró especialmente hermética acerca del nuevo abogado.

—Vaya preparándose —le dijo Nat cuando la conversación empezó a decaer—. Ya es hora de que regrese.

—Aquí ha sido todo muy aburrido.

Nate colgó muy despacio y volvió a repasar las palabras de su secretaria. Algo había cambiado. Josh estaba reorganizando discretamente su firma. ¿Decidiría prescindir de Nate? Probablemente no, pero sus días en las salas de justicia habían terminado.

Resolvió preocuparse por ello más adelante. Tenía muchas personas a las que llamar y muchos teléfonos con que hacerlo. Conocía a un juez que había dejado la bebida diez años atrás y quería comentarle el maravilloso informe que le habían hecho en el centro de desintoxicación. Su primera ex mujer se merecía una buena reprimenda, pero no estaba de humor para hacérsela. Y quería telefonear a sus cuatro hijos y preguntarles por qué no lo habían llamado ni le habían escrito.

En lugar de ello, sacó una carpeta de la cartera de documentos y empezó a leer todo lo relacionado con el señor Troy Phelan y el asunto que tenía entre manos. A medianoche, mientras el avión sobrevolaba algún lugar del Caribe, Nate se quedó dormido.

11

Una hora antes del amanecer, el aparato inició el descenso. Nate estaba durmiendo a la hora del desayuno, por lo que, cuando despertó, un auxiliar de vuelo le sirvió a toda prisa un café.

La ciudad de São Paulo apareció ante sus ojos con su enorme superficie de casi mil trescientos kilómetros cuadrados. Nate contempló el mar de luces de abajo y se preguntó cómo era posible que una ciudad pudiera albergar a veinte millones de personas.

Hablando muy rápidamente en portugués, el piloto dio los buenos días al pasaje y después dijo algo que Nate no comprendió. La traducción en inglés que oyó a continuación no fue mucho mejor. Confiaba en no verse obligado a señalar las cosas con el dedo y expresarse con gruñidos para abrirse camino por el país. La barrera idiomática le produjo un fugaz acceso de ansiedad que terminó en cuanto una agraciada auxiliar de vuelo brasileña le pidió que se abrochara el cinturón de seguridad.

En el aeropuerto hacía calor y había mucha gente. Recogió su bolsa de viaje, cruzó el control de aduana sin que nadie le echara un vistazo siquiera y volvió a despacharla en el vuelo de la Varig a Campo Grande. Después encontró un bar en cuya pared figuraba el menú. Señaló con el dedo y dijo «Espresso».

La cajera marcó y frunció el entrecejo al ver su dinero norteamericano, pero se lo cambió. Un real brasileño equivalía a un dólar estadounidense. Ahora Nate tenía unos cuantos *reais*.

Se tomó el café hombro con hombro con un grupo de ruidosos turistas japoneses. Otros idiomas flotaban en torno a él; el español y el alemán se mezclaban con el portugués que brotaba de los altavoces. Lamentó no haberse comprado un libro con las frases más habituales para poder comprender por lo menos alguna que otra palabra.

El aislamiento empezó a dejar sentir su efecto, al principio muy lentamente. En medio de la multitud, era un hombre solitario. No conocía a nadie. Casi nadie sabía dónde estaba en aquellos momentos y pocas eran las personas a quienes les importaba. El humo de los cigarrillos de los turistas le molestaba, por lo que se alejó rápidamente de allí en dirección al vestíbulo principal, donde podía contemplar el techo, dos niveles más arriba, y la planta baja del nivel inferior. Empezó a pasear sin rumbo entre la muchedumbre, llevando la pesada maleta y maldiciendo a Josh por haberla llenado con tantas tonterías.

Oyó hablar en inglés en voz alta y se encaminó hacia el lugar del que procedían las voces. Unos hombres de negocios estaban esperando cerca del mostrador de la United, y él se sentó a su lado. Estaba nevando en Detroit y ellos querían regresar a casa por Navidad. Un oleoducto los había llevado a Brasil. Nate no tardó en cansarse de su intrascendente cháchara. Ambos lo curaron de cualquier añoranza que pudiera sentir.

Echaba de menos a Sergio. Después de su reciente desintoxicación, la clínica lo había colocado durante una semana en una especie de situación de transición para facilitar su regreso a la vida normal. No le gustaba aquel lugar ni las cosas que había tenido que hacer allí, pero, ahora que pensaba en ello, la idea tenía lógica. Una persona necesitaba unos cuantos días para recuperar la orientación. A lo mejor, Sergio estaba en lo cierto. Lo llamó desde un teléfono de pago y lo despertó. En

São Paulo eran las seis y media de la mañana, pero en Virginia solo las cuatro y media.

A Sergio no le importó. Formaba parte de su trabajo.

No había asientos de primera en el vuelo a Campo Grande y no había ninguno vacío. Nate se llevó una grata sorpresa al ver que todos los viajeros estaban muy concentrados en la lectura de los periódicos de la mañana, muy variados, por cierto. Los diarios eran tan vistosos y modernos como cualquiera de los que había en Estados Unidos, y quienes los leían parecían verdaderamente ávidos de noticias. A lo mejor, Brasil no era un país tan atrasado como él pensaba. ¡Aquella gente sabía leer! El interior del aparato, un 727, estaba limpio y en perfectas condiciones. En el carrito de las bebidas había Coca-Cola y Sprite; Nate se sentía casi como en casa.

Sentado junto a la ventanilla veinte filas más atrás, se olvidó del memorando acerca de los indios que descansaba sobre sus rodillas y se dedicó a contemplar la tierra de abajo. Era una extensión inmensa, verde y lujuriante, salpicada de suaves colinas y granjas ganaderas, y unos rojos caminos sin asfaltar la entrecruzaban en todas direcciones. Era de un fuerte color anaranjado y los caminos discurrían sin orden ni concierto desde una pequeña finca a la siguiente. Las autopistas eran prácticamente inexistentes.

De pronto apareció un camino asfaltado por el que circulaban unos vehículos. El aparato descendió y el piloto dio la bienvenida a los pasajeros a Campo Grande. En la ciudad había altos edificios, un centro abarrotado de gente, el obligado campo de fútbol, muchas calles y muchos automóviles. Todas las casas tenían un tejado de tejas rojas. Gracias a la típica eficiencia de las grandes empresas, Nate disponía de un informe, redactado sin duda por uno de los asociados más noveles que trabajaban a trescientos dólares la hora, en el que se analizaba Campo Grande como si su existencia revistiera una importancia decisiva en los asuntos por los que se encontraba allí. Seiscientos mil habitantes. Centro de comercio ganadero. Muchos vaqueros. Rápido desarrollo. Comodidades modernas. Era bueno saberlo, pero ¿para qué molestarse? Nate ni siquiera dormiría en esa ciudad.

Aunque el aeropuerto le pareció notablemente pequeño para una urbe de aquel tamaño, enseguida cayó en la cuenta de que estaba comparándolo todo con Estados Unidos. Tenía que dejar de hacerlo. Al descender del aparato, se vio azotado por una vaharada de calor. Debían de estar, como mínimo, a treinta y ocho grados. Faltaban dos días para la Navidad y en el hemisferio sur hacía un calor sofocante. Entornó los ojos para protegerlos de la luz del sol y bajó por la escalerilla, sujetándose fuertemente al pasamano.

Consiguió pedir el almuerzo en un restaurante del aeropuerto y, cuando se lo sirvieron, se alegró de comprobar que era algo que podía comer. Un bocadillo caliente de pollo con un panecillo que jamás había visto en ningún otro sitio, con un acompañamiento de patatas fritas tan crujientes como las de cualquier restaurante de comida rápida de Estados Unidos. Comió muy despacio, contemplando la distante pista de aterrizaje. En mitad de su almuerzo, un bimotor turbohélice de la Air Pantanal tomó tierra y rodó hasta el terminal. Bajaron seis personas.

Dejó de masticar mientras trataba de vencer un repentino ataque de temor. Los vuelos locales eran tema de noticias en los periódicos y en la CNN, solo que en Estados Unidos nadie oiría jamás hablar de aquel en caso de que el avión cayera.

Sin embargo, el aparato estaba limpio y parecía sólido, e incluso moderno hasta cierto punto, y los pilotos eran unos profesionales pulcramente uniformados. Nate siguió comiendo. Debía procurar ser positivo, se dijo.

Paseó alrededor de una hora por la pequeña terminal. En una tienda de periódicos compró un libro de frases en portugués y empezó a aprenderse de memoria las palabras. Leyó unos anuncios de viajes de aventuras al Pantanal, «ecoturismo» se llamaba en inglés y en otros idiomas. Se podían alquilar vehículos. Había una cabina de cambio de divisas, un bar con anuncios de marcas de cerveza y un estante con botellas de whisky. Cerca de la entrada principal vio un escuálido árbol de Navidad artificial con una solitaria sarta de bombillitas de colores que parpadeaban al ritmo de un villancico. A pesar de sus esfuerzos por no hacerlo, Nate pensó en sus hijos.

Era la víspera de la Nochebuena. No todos los recuerdos resultaban dolorosos.

Subió al avión apretando los dientes y con la columna vertebral en tensión y después se pasó durmiendo casi toda la hora que duró el vuelo a Corumbá. El pequeño aeropuerto al que llegó era muy húmedo y estaba lleno de bolivianos que esperaban un vuelo a Santa Cruz. Todos iban cargados con cajas y bolsas de regalos navideños.

Encontró un taxista que no hablaba ni una sola palabra de inglés, pero dio igual. Nate le mostró las palabras «Palace Hotel» de su itinerario de viaje, y el viejo y sucio Mazda salió disparado.

Según otro informe preparado por el equipo de Josh, Corumbá tenía noventa mil habitantes. La ciudad, situada a orillas del río Paraguay, en la frontera con Bolivia, se había autoproclamado hacía mucho tiempo capital de la región del Pantanal. Había crecido al amparo del tráfico y el comercio fluvial y seguía viviendo de él. Desde el sofocante calor de la parte de atrás del taxi, Corumbá parecía una agradable y perezosa ciudad provinciana. Las calles estaban asfaltadas, eran anchas y aparecían bordeadas de árboles. Los comerciantes permanecían sentados a la sombra de los toldos de sus tiendas, charlando entre sí mientras aguardaban la llegada de los clientes. Los adolescentes circulaban velozmente entre el tráfico con sus ciclomotores. Niños descalzos comían helados sentados alrededor de unas mesas colocadas en las aceras.

Cuando se acercaron a la zona comercial, se produjo un

atasco. El taxista murmuró algo por lo bajo, pero no pareció molestarse demasiado. El mismo taxista en Nueva York o en el distrito de Columbia habría estado a punto de cometer un acto de violencia.

Pero aquello era Brasil y Brasil estaba en América del Sur. Los relojes funcionaban más despacio. Nada era urgente. El tiempo no tenía una importancia tan decisiva. «Quítate el reloj», se dijo Nate, pero en su lugar cerró los ojos y aspiró una sofocante bocanada de aire.

El hotel Palace estaba en el centro de la ciudad, en una calle que bajaba suavemente hacia el río Paraguay, cuyas aguas fluían majestuosas en la distancia. Nate le entregó al taxista un puñado de *reais* y esperó pacientemente el cambio. Le dio las gracias en portugués, con un tímido «*Obrigado*». El taxista sonrió y dijo algo que él no entendió. Las puertas del vestíbulo estaban abiertas, al igual que todas las puertas que daban a las aceras de Corumbá.

Las primeras palabras que oyó al entrar estaba pronunciándolas a gritos alguien de Texas. Un grupo de palurdos estaba pagando la cuenta del hotel. Habían bebido, parecían de buen humor y ansiaban regresar a casa para las vacaciones. Nate se sentó cerca de un televisor y esperó a que se fueran.

Su habitación estaba en el octavo piso. Por dieciocho dólares al día, le dieron una habitación de cuatro por cuatro metros, con una cama estrecha y muy baja, casi a ras del suelo. En el supuesto de que tuviera colchón, debía de ser muy delgado. Nada de colchón de muelles ni nada por el estilo. Un escritorio, una silla, un aparato de aire acondicionado en la ventana, un pequeño frigorífico con agua embotellada, refrescos y cerveza, y un limpio cuarto de baño con jabón y un buen surtido de toallas. «No está mal», pensó, recordando que aquello era una aventura. Si bien no se trataba del lujoso hotel Four Seasons, resultaba más que aceptable.

Se pasó media hora tratando de llamar a Josh, pero la barrera idiomática se lo impidió. El recepcionista de la entrada tenía suficientes conocimientos de inglés como para encontrar una telefonista exterior, pero, a partir de allí, el portugués dominaba la situación. Probó con su nuevo teléfono móvil, pero el servicio local no estaba activado.

Nate, fatigado, se tendió en la frágil cama y se quedó dormido.

Valdir Ruiz era un hombre bajito y de cintura fina, piel morena y cabeza pequeña casi completamente calva, a excepción de unos pocos mechones de cabello engominado y peinado hacia atrás. Sus ojos negros estaban rodeados de arrugas como consecuencia de sus treinta años de fumador empedernido. Tenía cincuenta y dos años y, a la edad de diecisiete, había abandonado su hogar para pasar un año con una familia de Iowa gracias a su inclusión en un programa de intercambio estudiantil organizado por el Rotary Club. Estaba orgulloso de su inglés, a pesar de que no lo utilizaba demasiado en Corumbá. Casi todas las noches veía la CNN y la televisión norteamericana en su afán por mantenerse en forma.

Después de su año en Iowa, había cursado estudios superiores en Campo Grande y Derecho en Río. Desde allí había regresado a regañadientes a Corumbá para incorporarse al pequeño bufete de su tío y cuidar de sus ancianos padres. A lo largo de más años de los que él hubiera querido, Valdir había soportado el lánguido ritmo del ejercicio de su profesión en Corumbá, soñando con lo que hubiera podido hacer en la gran ciudad.

Pero era un hombre simpático y estaba satisfecho de la vida, tal como suelen estar casi todos los brasileños. Trabajaba eficazmente en su pequeño despacho, con la única ayuda de una secretaria que atendía el teléfono y escribía a máquina. A Valdir le gustaban los asuntos relacionados con inmuebles, escrituras, contratos y cosas por el estilo. Jamás iba a los juzgados, sobre todo porque en Brasil las salas de justicia no formaban parte del ejercicio de la abogacía. Los juicios no eran muy frecuentes. Los pleitos al estilo estadounidense no se habían abierto camino hasta el Sur; es más, seguían estando limitados a los cincuenta estados de la Unión. Valdir se asombraba de las cosas que decían y hacían los abogados en la CNN. A menudo se preguntaba por qué querían llamar la atención. El hecho de que los abogados protagonizaran ruedas de prensa y pasaran de un programa de televisión a otro para hablar de sus clientes era algo inaudito en Brasil.

Su despacho se encontraba a tres manzanas de distancia del hotel Palace, en un extenso y umbroso solar que su tío había adquirido varias décadas atrás. Las frondosas copas de los árboles cubrían el tejado y, gracias a ello, Valdir podía mantener las ventanas abiertas por mucho calor que hiciera. Le gustaba el ligero bullicio de la calle. A las tres y cuarto advirtió que un hombre al que jamás había visto anteriormente se detenía para examinar su despacho. El hombre era extranjero sin duda, probablemente, estadounidense. Valdir comprendió entonces que se trataba del señor O'Riley.

La secretaria les sirvió un *cafezinho*, el fuerte café solo azucarado que los brasileños beben a lo largo de todo el día en unas minúsculas tacitas, y Nate se sintió inmediatamente cautivado por él. Sentado en el despacho de Valdir, con quien ya se hablaba de tú, admiró el ambiente que lo rodeaba: el ruidoso ventilador del techo, las ventanas abiertas y los amortiguados rumores de la calle que penetraban a través de ellas, las pulcras hileras de las polvorientas carpetas de los estantes situados a la espalda de Valdir y el arañado y gastado entarimado. En el despacho hacía bastante calor, pero no era un calor desagradable. Nate estaba protagonizando una película filmada cincuenta años atrás.

Valdir llamó al distrito de Columbia y consiguió ponerse

en contacto con Josh. Ambos hablaron un momento y después le tendió el teléfono a Nate, que dijo:

—Hola, Josh.

Josh estuvo a punto de soltar un suspiro de alivio al oír su voz. Nate le contó los detalles de su viaje a Corumbá, haciendo especial hincapié en el hecho de que todo iba bien, él seguía sin probar la bebida y estaba deseando seguir adelante con su aventura.

Valdir se puso a examinar el contenido de una carpeta en un rincón de la estancia, aparentando no sentir el menor interés por la conversación, pero no se perdió detalle. ¿Por qué se enorgullecía tanto Nate O'Riley de no probar la bebida?

Cuando terminó la conversación telefónica, Valdir sacó y extendió un gran mapa de navegación aérea del estado de Mato Grosso do Sul, con una superficie aproximada a la de Texas, y señaló el Pantanal. Este cubría todo el sector noroccidental del estado y penetraba en el de Mato Grosso, al norte, y en Bolivia al oeste. Centenares de ríos y corrientes surcaban como venas todo el Pantanal. El territorio estaba sombreado en color amarillo y en él no había ni pueblos ni ciudades. Tampoco había caminos ni carreteras. Ciento sesenta mil kilómetros cuadrados de pantanos, pensó Nate, recordando los innumerables memorandos que Josh le había hecho preparar.

Valdir encendió un cigarrillo mientras ambos estudiaban el mapa. Había hecho unos cuantos «deberes». Cuatro letras equis de color rojo marcaban el extremo occidental del mapa, cerca de Bolivia.

—Aquí hay unas tribus indígenas —dijo, indicando las equis de color rojo—. Guatós e ipicas.

—¿Qué tamaño tienen? —preguntó Nate, inclinándose hacia delante en su primer contacto visual con el territorio que tendría que explorar para localizar a Rachel Lane.

—No lo sabemos a ciencia cierta —contestó Valdir, pronunciando las palabras muy despacio y con gran precisión. Quería impresionar al estadounidense con sus conocimientos del inglés—. Hace cien años había muchos más, pero la población indígena va disminuyendo, con cada generación.

—¿Qué contacto mantienen con el mundo exterior? —quiso saber Nate.

—Muy escaso. Su cultura no ha cambiado en mil años. Comercian un poco con sus embarcaciones fluviales, pero no desean cambiar.

—¿Sabemos dónde están los misioneros?

—Es difícil de decir. He hablado con el ministro de Sanidad del estado de Mato Grosso do Sul. Lo conozco personalmente y en su despacho se tiene una idea general del lugar donde están trabajando los misioneros. Hablé también con un representante del FUNAI. Es nuestra Oficina de Asuntos Indios. —Valdir señaló dos de las equis—. Estos son guatós. Es probable que haya misioneros por aquí.

—¿Sabes cómo se llaman? —preguntó Nate, a pesar de constarle que era una pregunta inútil. Según un memorando de Josh, a Valdir no le habían facilitado el nombre de Rachel Lane. Todo lo que le habían dicho era que la mujer trabajaba para Tribus del Mundo.

Valdir sacudió la cabeza sonriendo.

—Sería demasiado sencillo —repuso—. Tienes que comprender que en Brasil hay por lo menos veinte organizaciones de misioneros estadounidense y canadienses distintas. Es fácil entrar en nuestro país y circular por él. Sobre todo en las zonas subdesarrolladas. En realidad, a nadie le importa quién está por allí ni lo que hace. Simplemente pensamos que, si son misioneros, tienen que ser buena gente.

Nate señaló Corumbá y después la equis roja más cercana.

—¿Cuánto se tarda en ir desde aquí hasta allí?

—Depende. En avión, aproximadamente una hora. Con una embarcación, de tres a cinco días.

—Pues entonces ¿dónde está mi avión?

—La cosa no es tan fácil —contestó Valdir, sacando otro mapa. Lo desenrolló y lo extendió sobre el primero—. Esto es un mapa topográfico del Pantanal. Y estas son las *fazendas*.

—¿Las qué?

—*Fazendas*. Unas fincas muy grandes.

—Yo creía que todo el territorio era pantanoso.

—No. Muchas zonas están lo bastante elevadas como para criar ganado. Las *fazendas* se constituyeron hace doscientos años y todavía las trabajan los *pantaneiros*. Solo algunas *fazendas* son accesibles por vía fluvial. Por eso emplean pequeños aviones. Las pistas de aterrizaje están marcadas en azul.

Nate observó que había muy pocas pistas cerca de los poblados indios.

—Aunque te desplazaras en avión a la zona —añadió Valdir—, tendrías que utilizar una embarcación para llegar hasta los indios.

—¿Cómo son las pistas?

—Están todas cubiertas de hierba. A veces la cortan y a veces no. El mayor problema son las vacas.

—¿Las vacas?

—Sí, a las vacas les gusta la hierba. En ocasiones es difícil aterrizar porque las vacas literalmente se están comiendo la pista.

Valdir lo dijo sin la menor intención de hacerse el gracioso.

—¿Y no las pueden apartar?

—Sí, si saben que tú vas a ir, pero no tienen teléfono.

—¿Que en las *fazendas* no tienen teléfono?

—Así es. Están muy aisladas.

—¿Significa eso que yo no podría desplazarme en avión al Pantanal y alquilar una embarcación para ir en busca de los indios?

—No. Las embarcaciones están aquí, en Corumbá, y también los guías.

Nate contempló el mapa, poniendo especial atención en los meandros del río Paraguay, cuyo curso serpeaba hacia los poblados indios del norte.

En algún punto de aquel curso de agua, cabía esperar que en sus inmediaciones, en medio de aquellos inmensos humedales, una humilde sierva de Dios vivía sus jornadas en paz y tranquilidad, atendiendo a su rebaño sin pensar en el futuro.

Y él tenía que encontrarla.

—Me gustaría sobrevolar por lo menos la zona —dijo Nate.

Valdir enrolló el último mapa.

—Puedo buscar un avión y un piloto.

—¿No podría ser una embarcación?

—Lo estoy intentando. Esta es la estación de las crecidas y casi no quedan embarcaciones disponibles. Los ríos bajan muy llenos. Es la época del año en que más tráfico fluvial hay.

Qué oportuno había sido Troy, pensó Nate, al irse al otro barrio en la estación de las crecidas. Según las investigaciones llevadas a cabo por el bufete, las lluvias empezaban en noviembre y duraban hasta febrero, y todas las zonas más bajas, así como muchas *fazendas*, quedaban inundadas.

—De todos modos, te advierto que el viaje en avión tiene sus riesgos —dijo Valdir, encendiendo otro cigarrillo mientras enrollaba el primer mapa—. Los aviones son pequeños, y si hubiera algún fallo en el motor, bueno...

Su voz se perdió mientras ponía los ojos en blanco y se encogía de hombros como si ya se hubieran perdido todas las esperanzas.

—Bueno ¿qué?

—No hay ningún lugar donde efectuar un aterrizaje de emergencia, ninguno donde tomar tierra. Hace un mes cayó un avión. Lo encontraron cerca de la orilla de un río, rodeado de caimanes.

—¿Qué fue de los pasajeros? —inquirió Nate, temiendo la respuesta.

—Pregúntaselo a los caimanes.

—Cambiemos de tema.

—¿Un poco más de café?

—Sí, por favor.

Valdir llamó a gritos a su secretaria. Después, ambos se acercaron a una ventana para contemplar el tráfico de la calle.

—Creo que he encontrado un guía —anunció Valdir.

—Muy bien. ¿Habla inglés?

—Sí, con gran fluidez. Es un chico que acaba de dejar el ejército. Un chico estupendo. Su padre era piloto naval.

—Me parece muy bien.

Valdir se acercó a su escritorio y tomó el teléfono. La secretaria le sirvió a Nate otra tacita de *cafezinho* que él se tomó de pie junto a la ventana. Al otro lado de la calle había un pequeño bar, y frente a él, en la acera, tres mesas debajo de un toldo. Un letrero de color rojo anunciaba cerveza Antartica, una botella grande de la cual compartían dos hombres en mangas de camisa y corbata sentados a una mesa. Era un escenario perfecto: un día caluroso, un ambiente festivo y dos amigos compartiendo un trago a la sombra.

De repente, Nate experimentó un mareo. El anuncio de la cerveza se desenfocó, la escena vino y se fue y apareció de nuevo ante sus ojos mientras el corazón le martilleaba en el pecho y él sentía que le faltaba la respiración. Apoyó la mano en el alféizar de la ventana para no perder el equilibrio. Le temblaban las manos y tuvo que dejar el *cafezinho* encima de la mesa. A su espalda, Valdir seguía hablando en portugués sin apercibirse de nada.

La frente se le cubrió de sudor. Le parecía sentir el sabor de la cerveza. Se estaba iniciando el deslizamiento. Una raja en la armadura. Una grieta en un embalse. Un terremoto en la montaña de férrea determinación que había construido en los últimos cuatro meses con la ayuda de Sergio.

Respiró hondo y procuró serenarse. El mal momento pasaría, estaba seguro. Le había ocurrido otras veces, muchas veces.

Tomó la tacita de café y bebió precipitadamente un sorbo mientras Valdir colgaba el teléfono y anunciaba que el piloto se mostraba reacio a volar a ningún sitio en vísperas de Navidad. Nate regresó a su asiento bajo el ruidoso ventilador del techo.

—Ofrécele un poco más de dinero —dijo.

Josh Stafford le había asegurado a Valdir que el dinero no sería ningún problema en aquella misión.

—Me llamará dentro de una hora —señaló Valdir.

Nate ya estaba listo para empezar. Sacó su teléfono móvil nuevo y Valdir lo ayudó en la tarea de encontrar una telefonista de la AT&T que hablara inglés. Para hacer una prueba, llamó a Sergio y le respondió el contestador. Después llamó a su secretaria Alice y le deseó feliz Navidad.

El teléfono funcionaba bien y Nate se enorgulleció de él. Le dio las gracias a Valdir y abandonó el despacho. Ambos volverían a ponerse en contacto antes de que terminara el día.

Bajó hacia el río, a pocas manzanas de distancia del despacho de Valdir y encontró un pequeño parque donde unos hombres estaban ocupados colocando unas sillas para un concierto. A última hora de la tarde el ambiente era húmedo y la sudada camisa se le pegaba al pecho. El grave episodio ocurrido en el despacho de Valdir lo había asustado más de lo que quería reconocer. Se sentó en el borde de una mesa de cámping y contempló el inmenso Pantanal que se extendía ante sus ojos. Un astroso adolescente surgió de la nada y le ofreció marihuana. Guardaba las bolsitas en una cajita de madera. Nate lo rehuyó con un gesto de la mano. Quizá en otra vida.

Un músico empezó a rasguear la guitarra y la gente se congregó poco a poco alrededor de él mientras el sol se ponía por detrás de las no muy lejanas montañas de Bolivia.

12

El dinero dio resultado. El piloto accedió a regañadientes a volar, pero insistió en salir temprano para poder estar de regreso en Corumbá al mediodía. Tenía hijos pequeños, su mujer estaba enfadada y, además, era la víspera de Navidad. Valdir se lo prometió y lo tranquilizó, entregándole un buen anticipo en efectivo.

También se le había pagado un anticipo a Jevy, el guía con quien Valdir se había pasado una semana negociando. Jevy tenía veinticuatro años, estaba soltero, era un levantador de peso de fuertes y musculosos brazos y, cuando entró en el vestíbulo del hotel Palace, llevaba un sombrero de ganadero, pantalones cortos tejanos, botas negras del ejército, camiseta sin mangas y un reluciente cuchillo de caza remetido en el cinto como si se dispusiera a despellejar algo. El joven le estrechó la mano y Nate pensó por un instante que se la trituraría.

—*Bom dia* —dijo con una ancha sonrisa en los labios.

—*Bom dia* —contestó Nate, rechinando los dientes al oír el crujido de sus dedos.

El cuchillo no podía pasar inadvertido; su hoja medía más de veinte centímetros de largo.

—¿Habla portugués? —preguntó Jevy.

—No. Solo inglés.

—No hay problema —dijo Jevy, aflojando finalmente su

presa mortal—. Yo hablo inglés. —Su acento era muy marcado, pero por el momento Nate le entendía todo—. Lo aprendí en el ejército —añadió con orgullo.

Jevy era un tipo que caía inmediatamente simpático. Tomó la cartera de documentos de Nate y le hizo un comentario ingenioso a la chica del mostrador de recepción. Esta se ruborizó y experimentó el deseo de que le hiciera otro.

Su vehículo era una camioneta Ford modelo de 1978 de tres cuartos de tonelada, la más grande que Nate hubiera visto en Corumbá. Estaba pintada de negro y parecía preparada para enfrentarse con la selva, con grandes neumáticos, un torno en el parachoques delantero y unas sólidas rejillas sobre los faros delanteros. No tenía guardabarros ni aire acondicionado.

Recorrieron a toda velocidad las calles de Corumbá, sin apenas detenerse ante los semáforos en rojo, haciendo caso omiso de las señales de stop y avasallando a todos los automóviles y motocicletas, que inmediatamente se apartaban del camino de aquel verdadero carro blindado. Deliberadamente o por descuido, el silenciador funcionaba muy mal. El motor era extraordinariamente ruidoso y Jevy se sentía obligado a hablar mientras asía el volante como si fuera un piloto de carreras. Nate no oyó ni una sola palabra. Sonrió y asintió con la cabeza como un idiota, tenso y con los pies firmemente plantados en el suelo mientras se agarraba con una mano al marco de la ventanilla y sujetaba la cartera de documentos con la otra. Cada vez que llegaban a un cruce, el corazón se le paralizaba en el pecho.

Estaba claro que los conductores se regían por un sistema de tráfico en el que no se tenían en cuenta las normas del código de circulación, en caso de que hubiera alguna. Sin embargo, no se producían accidentes. Todo el mundo, incluido Jevy, se las ingeniaba para detenerse o ceder el paso o virar bruscamente en el último instante.

El aeropuerto estaba desierto. Aparcaron en la pequeña

terminal y se dirigieron a un extremo de la pista de aterrizaje, donde había cuatro pequeños aparatos. Un piloto a quien Jevy no conocía estaba poniendo a punto uno de ellos. Se hicieron las correspondientes presentaciones en portugués. El piloto se llamaba Milton, o eso creyó entender Nate. Parecía simpático, pero era evidente que hubiera preferido no volar ni trabajar en vísperas de Navidad.

Mientras los brasileños conversaban, Nate examinó el aparato. Lo primero que observó fue que necesitaba una mano de pintura, lo cual lo preocupó sobremanera. Si el exterior se encontraba en semejante estado, ¿qué podía esperarse del interior? Los neumáticos sin embargo, brillaban como espejos. Había manchas de gasolina alrededor de la zona del único motor. Era un viejo Cessna 206.

Les llevó quince minutos llenar el depósito de combustible, y la salida, programada para primera hora de la mañana, estaba retrasándose, pues ya eran casi las diez. Nate sacó el elegante teléfono móvil que guardaba en el espacioso bolsillo de sus pantalones cortos y llamó a Sergio. Este le dijo que estaba tomando café con su mujer y que se disponía a salir a hacer unas compras de última hora. Nate se alegró una vez más de no estar en Estados Unidos y de encontrarse lejos del frenesí navideño. En la costa del Atlántico medio hacía frío y caía aguanieve. Nate le aseguró a Sergio que seguía entero y sin problemas.

Creía haber detenido el deslizamiento; había sido un fugaz momento de debilidad, y por eso decidió no mencionárselo a Sergio. Debería haberlo hecho, pero ¿por qué preocuparlo?

Mientras ambos hablaban, el sol se ocultó detrás de una negra nube y unas dispersas gotas de lluvia cayeron alrededor de Nate, que apenas se dio cuenta de ello. Colgó tras un obligado «Feliz Navidad».

El piloto anunció que ya estaba todo listo.

—¿Te sientes seguro? —le preguntó Nate a Jevy mientras

cargaban en el aparato la cartera de documentos y una mochila.

Jevy soltó una carcajada.

—No hay problema —dijo—. Este hombre tiene cuatro hijos pequeños y una bonita esposa, o eso dice él por lo menos; ¿por qué iba a poner en peligro su vida?

Jevy quería tomar lecciones de vuelo, por lo que se ofreció a ocupar el asiento de la derecha, al lado de Milton. A Nate le pareció muy bien. Se sentó en el pequeño asiento de atrás y se abrochó el cinturón de seguridad lo mejor que pudo. El motor se encendió con cierto titubeo, excesivo a juicio de Nate. La pequeña cabina parecía un horno hasta que Milton abrió su ventanilla. La corriente de aire generada por el movimiento de la hélice los ayudó a respirar. Rodaron brincando por la pista hasta llegar al final de la misma. No tuvieron ningún problema con la autorización de despegue, pues no había ningún otro aparato a punto de aterrizar o levantar vuelo. Cuando al fin despegaron, Nate tenía la camisa pegada al pecho y el sudor le bajaba por el cuello.

Corumbá quedó inmediatamente debajo de ellos. Desde el aire la ciudad parecía más bonita, con sus pulcras hileras de casitas y sus calles aparentemente tranquilas y ordenadas. En el centro reinaba más ajetreo que antes, había atascos y los peatones caminaban deprisa por las aceras. La ciudad se levantaba en lo alto de una barranca que dominaba el río. Siguieron el curso de este hacia el norte mientras tomaban lentamente altura y Corumbá desaparecía a sus espaldas. Había nubes dispersas y una ligera turbulencia.

A mil doscientos metros de altura, la majestuosa extensión del Pantanal surgió de repente ante sus ojos mientras atravesaban una nube enorme y siniestra. Al este y al norte, docenas de riachuelos describían círculos sin ir a ninguna parte, uniendo centenares de marjales entre sí. Los ríos bajaban crecidos y en muchas zonas sus cauces se juntaban. Los tonos del agua eran muy variados. La que estaba estancada en los marjales era de color azul oscuro, que se convertía en negro allí donde abundaban las malas hierbas. Las lagunas más profundas eran de color verde. Los afluentes menores arrastraban una tierra rojiza y el caudaloso Paraguay era de un color marrón oscuro tan intenso como el del chocolate malteado. En el horizonte, hasta donde alcanzaba la vista, toda el agua era azul y toda la tierra verde.

Mientras Nate miraba hacia el este y el norte, sus dos acompañantes miraban hacia el oeste, donde se levantaban las lejanas montañas de Bolivia. Jevy le señaló algo. El cielo estaba más oscuro más allá de las cumbres.

Cuando ya llevaban quince minutos de vuelo, Nate vio por primera vez una casa. Era una granja construida junto a la orilla del Paraguay, muy pulcra, con el consabido tejado de tejas rojas. Unas vacas blancas pastaban en el prado y abrevaban en el río. Cerca de la casa había ropa tendida en una cuerda. No se veía la menor señal de actividad humana... ni vehículos, ni antena de televisión, ni tendidos eléctricos. A escasa distancia de la casa, al final de un camino sin asfaltar, había un pequeño huerto vallado. El aparato atravesó una nube y la granja desapareció.

Más nubes, cada vez más densas. Milton descendió a novecientos metros y se situó debajo de ellas. Jevy le había dicho que querían ver los lugares de mayor interés, por lo que le pidió que procurara volar lo más bajo posible. El primer poblado guató se encontraba a una hora aproximadamente de Corumbá.

Abandonaron durante unos cuantos minutos el curso del río y sobrevolaron una *fazenda*. Jevy dobló su mapa y se lo tendió a Nate tras trazar un círculo en él.

—Fazenda da Prata —dijo, señalando hacia abajo.

En el mapa, todas las *fazendas* tenían nombre, al igual que las grandes fincas. La Fazenda da Prata no era mucho más grande que la primera granja que había visto Nate. Había vacas, un par de pequeñas dependencias anexas, una casa un poco más grande y una larga y recta franja de tierra que Nate identificó finalmente como una pista de aterrizaje. Cerca de allí no se veía ningún río, y mucho menos carreteras. El único acceso era por aire.

Milton estaba cada vez más preocupado por el encapotado cielo del oeste. Las nubes se desplazaban hacia el este y ellos se dirigían al norte, por lo que el encuentro parecía inevitable. Jevy se volvió hacia Nate y gritó:

—No le gusta el aspecto de aquel cielo de allí.

A Nate tampoco, pero él no era el piloto. Como no se le ocurrió ninguna respuesta, se limitó a encogerse de hombros.

—Lo estudiaremos unos minutos —añadió Jevy.

Milton quería regresar a casa. Nate deseaba ver por lo menos algunos poblados indios. Aún abrigaba la débil esperanza de aterrizar, encontrar a Rachel y llevársela a Corumbá tal vez para almorzar con ella en un bonito café y comentarle la cuestión de la herencia de su padre. Sin embargo, era una esperanza vana que se esfumaba por momentos.

La posibilidad de emplear un helicóptero no estaba excluida. La herencia se lo podía permitir sin dificultad. Si Jevy conseguía localizar el poblado y un lugar apropiado para efectuar un aterrizaje, él alquilaría uno de inmediato.

Estaba soñando.

Otra pequeña *fazenda*, esta muy cerca del río Paraguay. Las gotas de lluvia empezaron a azotar las ventanillas del aparato y Milton bajó a seiscientos metros de altura. A la izquierda, mucho más cerca, se levantaba una impresionante cadena montañosa cuya base estaba cubierta por unos espesos bosques a través de los cuales serpeaba el río.

Por encima de las cumbres de las montañas, la tormenta se acercaba rápidamente a ellos. De repente, el cielo se encapotó mucho más de lo que ya estaba y unas fuertes ráfagas de viento empezaron a azotar el Cessna. Este descendió en picado, como consecuencia de lo cual Nate se golpeó la cabeza contra el techo de la cabina y se llevó un susto de muerte.

—Vamos a volver —gritó Jevy.

Su voz no sonaba tan tranquila como Nate hubiera deseado. La expresión del rostro de Milton era impenetrable, pero el impasible piloto se había quitado las gafas de sol y su frente estaba perlada de sudor. El aparato se desvió bruscamente a la derecha, primero hacia el este y después en dirección al sudeste para completar la vuelta y seguir rumbo al sur, donde un horrible espectáculo los esperaba. El cielo en la dirección de Corumbá estaba totalmente encapotado.

Milton decidió girar rápidamente hacia el este y le dijo algo a Jevy.

—No podemos regresar a Corumbá —gritó Jevy hacia el asiento de atrás—. Quiere buscar una *fazenda*. Tomaremos tierra y esperaremos a que pase la tormenta.

Hablaba en tono de nerviosismo y preocupación y su acento era mucho más marcado que de costumbre.

Nate intentó asentir con la cabeza, que las sacudidas movían de un lado para otro, y el primer golpe que se había dado contra el techo le había provocado un doloroso chichón. Por si fuera poco, empezaba a revolvérsele el estómago.

Por unos instantes pareció que la carrera la ganaría el Cessna. No era posible, pensó Nate, que un aparato del tamaño que fuera no le ganase la partida a una tormenta. Se rascó la coronilla y prefirió no mirar hacia atrás. Pero ahora las oscuras nubes estaban acercándose por los lados.

Hacía falta ser un piloto retrasado y medio lelo para despegar sin comprobar primero el funcionamiento del radar. Por otra parte, el radar, en caso de que lo hubiera, debía de tener veinte años de antigüedad y seguramente lo habían desenchufado.

La lluvia golpeaba el aparato y el viento aullaba a su alrededor mientras las nubes pasaban velozmente por su lado. La tormenta los alcanzó y el pequeño avión fue violentamente zarandeado hacia arriba y hacia abajo y empujado de un lado al otro. Durante dos minutos que parecieron una eternidad Milton no pudo dominarlo a causa de la turbulencia. Aquello era como si cabalgaran a lomos de un potro cerril en lugar de pilotar un avión.

Nate miraba a través de la ventanilla pero no veía nada, ni agua ni marjales ni preciosas *fazendas* con largas pistas de aterrizaje. Se hundió todavía más en su asiento. Apretó los dientes y se hizo el firme propósito de no vomitar.

Una bolsa de aire hizo que el aparato cayera treinta metros en menos de dos segundos. Los tres hombres soltaron una maldición. La de Nate fue «¡Mierda!». Sus acompañantes brasileños juraron en portugués. Los tres reflejaban un profundo temor.

Se produjo una pausa muy breve en cuyo transcurso el viento amainó. Milton empujó hacia delante la palanca de mando e inició un descenso en picado. Nate se armó de valor, asiendo con ambas manos el respaldo del asiento del piloto y, por primera y Dios quisiera que por última vez en su vida, se sintió un kamikaze. El corazón le palpitaba con furia y el estómago se le había subido a la garganta. Cerró los ojos y pensó en Sergio y en el profesor de yoga de Walnut Hill que le había enseñado a rezar y meditar. Trató de hacer lo uno y lo otro, pero le fue imposible, allí atrapado en el interior de un aparato que estaba a punto de estrellarse. Se encontraba a pocos segundos de la muerte.

El trueno que sonó justo por encima del Cessna los hizo estremecer hasta el tuétano y los dejó tan aturdidos como un disparo en una habitación a oscuras. Nate temió que le estallaran los tímpanos. La caída terminó a ciento cincuenta metros del suelo. Milton luchó contra el viento y consiguió nivelar el aparato.

—¡Mire a ver si divisa una *fazenda*! —le gritó Jevy a Nate desde la parte anterior del aparato.

Nate miró a regañadientes a través de la ventana. La lluvia azotaba la tierra, el viento agitaba los árboles y las pequeñas lagunas estaban cubiertas de cabrillas. Jevy estudió un mapa, pero se encontraban irremediablemente perdidos. El agua caía en blancas sábanas que limitaban la visibilidad a unos pocos metros. En determinados momentos, Nate apenas distinguía el suelo. Estaban rodeados de torrentes de lluvia y el fuerte viento los empujaba de lado y sacudía el pequeño avión cual si fuera una cometa. Milton luchó con los mandos mientras Jevy miraba desesperadamente en todas direcciones. No pensaban estrellarse sin oponer resistencia.

Pero Nate ya se había dado por vencido. Si no podían ver el suelo, ¿cómo iban a aterrizar sanos y salvos? Lo peor de la tormenta aún no los había alcanzado. Todo estaba perdido.

No quería hacer ningún trato con Dios. Se lo tenía merecido por la clase de vida que había llevado. Centenares de personas morían cada año en accidentes de aviación; él no era mejor que cualquiera de ellos.

Vislumbró vagamente un río justo por debajo de ellos y, de repente, se acordó de los caimanes y las anacondas. Se horrorizó al pensar en un aterrizaje de emergencia en un pantano. Se imaginó gravemente herido, aferrándose a la vida, luchando por sobrevivir, tratando de conseguir que funcionara el maldito teléfono satélite mientras intentaba al mismo tiempo repeler a los hambrientos reptiles. Otro trueno sacudió la cabina y entonces Nate decidió luchar. Estudió el suelo en un vano intento de localizar una *fazenda*. El fulgor de un relámpago los cegó momentáneamente. El motor vaciló, estuvo a punto de detenerse, se recuperó y volvió a rugir. Milton descendió a ciento veinte metros del suelo, una altura que en circunstancias normales no era peligrosa. Pero por lo menos en el Pantanal no tenía uno que preocuparse por la presencia de colinas o montañas.

Nate se apretó todavía más la correa del hombro y después vomitó entre las piernas. No le dio vergüenza hacerlo. Estaba muerto de terror.

La oscuridad los engulló. Milton y Jevy gritaban y brincaban, tratando de controlar el aparato. Sus hombros se juntaban y golpeaban. El mapa, totalmente inútil, estaba entre las piernas de Jevy.

Por debajo de ellos se arremolinaba la tormenta. Milton bajó a sesenta metros. Desde aquella altura se podían ver retazos de suelo. Una ráfaga de viento azotó el Cessna, empujándolo hacia un lado, y entonces Nate se dio cuenta de lo desesperada que era la situación. Vio un objeto blanco abajo, gritó y lo señaló.

—¡Una vaca! ¡Una vaca! —repuso Jevy, traduciéndole las palabras a Milton.

Efectuaron el descenso atravesando las nubes a veinticinco metros bajo una lluvia cegadora y sobrevolaron el rojo tejado de una casa. Jevy volvió a gritar e indicó algo que acababa de ver a través de su ventanilla. La pista de aterrizaje era tan corta como el camino de la entrada de una bonita casa de una zona residencial y debía de ser peligrosa incluso cuando hacía buen tiempo. Daba igual. No tenían otra opción. En caso de que se estrellaran, por lo menos habría gente cerca.

Habían descubierto la pista demasiado tarde como para aterrizar con el viento de cola, por lo que Milton efectuó la maniobra para aterrizar de cara a la tormenta. El viento azotaba el Cessna hasta casi paralizarlo. La lluvia reducía prácticamente toda la visibilidad. Nate se inclinó hacia delante para echar un vistazo a la pista y no vio más que el agua que cubría el parabrisas.

A quince metros de altura, el viento ladeó el Cessna. Milton consiguió nivelarlo.

—¡Vaca! ¡Vaca! —gritó Jevy.

Nate también la vio. Fallaron a la primera.

En la rápida sucesión de imágenes que se produjo antes de que el aparato tomara tierra, Nate vio a un asustado muchacho calado hasta los huesos correr entre la alta hierba con un bastón en la mano. Y vio una vaca apartarse de la pista de aterrizaje, y a Jevy prepararse para lo que estaba a punto de ocurrir, mirando aterrorizado a través del parabrisas, con la boca abierta, pero sin emitir sonido.

El aparato tocó tierra y siguió avanzando sobre la hierba. Había sido un aterrizaje, no un accidente, y en aquella décima de segundo Nate abrigó la esperanza de que ninguno de ellos muriera. Otra ráfaga de viento los levantó tres metros en el aire, pero volvieron a tocar tierra.

—¡Vaca! ¡Vaca!

La hélice rajó una enorme vaca que curiosamente se había quedado inmóvil. El avión experimentó una fuerte sacudida, todas las ventanillas estallaron hacia fuera y los tres hombres gritaron sus últimas palabras.

Nate despertó tendido de lado, cubierto de sangre y muerto de miedo, pero vivo. De repente advirtió que seguía lloviendo. El viento aullaba en el interior del aparato. Milton y Jevy estaban el uno encima del otro, pero también se movían e intentaban desabrocharse los cinturones de seguridad. Nate se arrastró hacia una ventanilla y asomó la cabeza por ella. El Cessna estaba inclinado hacia un lado con un ala rota y doblada bajo el fuselaje. Había sangre por todas partes, pero no pertenecía a los pasajeros, sino a la vaca. La fuerte lluvia la estaba limpiando.

El muchacho del bastón los acompañó a un pequeño establo que había cerca de la pista de aterrizaje. Una vez a salvo de la tormenta, Milton cayó de rodillas y musitó una pequeña y ferviente plegaria a la Virgen María. Nate lo vio y se unió en cierto modo a él.

No habían sufrido heridas graves. Milton tenía un ligero

corte en la frente y Jevy la muñeca derecha hinchada. Si habían sufrido alguna otra lesión, lo notarían más tarde.

Permanecieron un buen rato sentados sobre la tierra, contemplando la lluvia, oyendo los aullidos del viento y pensando en silencio en lo que hubiera podido ocurrir.

13

El propietario de la vaca se presentó aproximadamente una hora más tarde cuando la tormenta empezó a amainar y dejó momentáneamente de llover. Iba descalzo y vestía unos desteñidos pantalones cortos tejanos y una gastada camiseta de los Chicago Bulls. Se llamaba Marco y ciertamente no estaba muy contento.

Mandó retirarse al chico y se enzarzó en una acalorada discusión con Jevy y Milton a propósito del valor de la vaca. Milton estaba más preocupado por su avión y Jevy por su muñeca hinchada. De pie junto a la ventana, Nate se preguntó exactamente cómo era posible que estuviera en el desolado interior del Brasil la víspera de Navidad en un maloliente establo, dolorido y magullado, cubierto con la sangre de una vaca mientras tres hombres discutían entre sí en un idioma extranjero y él se alegraba de estar vivo. No había respuestas claras. A juzgar por las otras vacas que pastaban en las inmediaciones del establo, el valor no podía ser muy alto.

—Yo pagaré lo que valga —le dijo a Jevy.

Jevy le preguntó al hombre cuánto y después le indicó a Nate:

—Cien *reais*.

—¿Acepta American Express? —preguntó Nate sin que el otro entendiera la broma—. Yo lo pago.

Cien dólares. Los hubiera pagado con gusto sencillamente para que Marco dejara de protestar.

Una vez que el trato hubo sido cerrado, el hombre se convirtió en su anfitrión. Los acompañó a la casa, donde una mujer descalza y bajita que estaba preparando el almuerzo los recibió con una sonrisa y les dio efusivamente la bienvenida. Por obvias razones, los invitados eran algo inaudito en el Pantanal. Al enterarse de que Nate procedía de Estados Unidos, los anfitriones mandaron llamar a sus hijos. El muchacho del bastón tenía dos hermanos y su madre les dijo a todos que se fijaran bien en Nate, porque era estadounidense.

Después la mujer tomó las camisas de los hombres y las introdujo en un barreño de agua de lluvia con jabón. Comieron arroz con alubias negras, sentados alrededor de una mesita y desnudos de cintura para arriba sin que ello les preocupara en absoluto. Nate estaba orgulloso de sus tonificados bíceps y su liso estómago. Jevy tenía toda la pinta de un auténtico levantador de peso, y el pobre Milton presentaba las señales típicas de estar acercándose rápidamente a la mediana edad, lo cual parecía claro que no le importaba.

Los tres apenas hablaron durante el almuerzo. Aún se encontraban bajo los efectos del accidente. Los niños permanecían sentados en el suelo, cerca de la mesa, comiendo pan sin levadura y arroz mientras contemplaban extasiados todos y cada uno de los movimientos de Nate.

Había un pequeño río a unos quinientos metros camino abajo y Marco tenía una lancha motora. El río Paraguay se encontraba a cinco horas de distancia. Tal vez tuviera suficiente gasolina, o tal vez no, pero en cualquier caso sería imposible llevar en ella a los tres hombres.

Cuando el cielo se despejó, Nate y los niños se acercaron al avión y sacaron la cartera de documentos. Por el camino, Nate les enseñó a contar hasta diez en inglés. Y ellos le enseñaron a él a hacerlo en portugués. Eran unos muchachos muy simpáticos que a pesar de su terrible timidez inicial no tardaron en familiarizarse con Nate. Este recordó que era la víspera de Navidad. ¿Visitaría Papá Noel el Pantanal? Al parecer, nadie le esperaba.

Nate sacó el teléfono satélite y lo colocó sobre un suave y liso tocón del patio anterior. El disco receptor tenía veinticinco centímetros cuadrados de tamaño y el teléfono propiamente dicho no era más grande que un ordenador portátil. Un hilo conectaba el disco con el teléfono. Nate lo encendió, marcó los números de su carnet de identidad y de su identificación personal e hizo girar lentamente el disco hasta que este captó la señal del satélite Astar-Este que se encontraba a ciento cincuenta kilómetros de altura sobre el Atlántico, sobrevolando una zona próxima al ecuador. La señal era fuerte; un agudo pitido ininterrumpido la confirmó, y entonces Marco y el resto de su familia se acercaron un poco más a Nate, que no pudo por menos de preguntarse si alguna vez en su vida habrían visto un teléfono.

Jevy le fue diciendo el número del teléfono de la casa de Milton en Corumbá. Nate lo marcó muy despacio y esperó, conteniendo la respiración. Si no podía hacer la llamada, los tres tendrían que pasar las Navidades con Marco y su familia. La casa era pequeña y Nate pensó que seguramente lo harían dormir en el establo. Perfecto.

El plan alternativo consistía en enviar a Jevy y Marco con la embarcación. Era casi la una del mediodía. Si el viaje hasta el Paraguay duraba cinco horas, llegarían allí justo antes de que oscureciese, suponiendo que hubiera combustible suficiente. Una vez en el gran río, tendrían que enfrentarse con la tarea de buscar ayuda, lo cual podría llevarles varias horas. En caso de que se quedaran sin gasolina, estarían perdidos en el Pantanal. Jevy no se había opuesto directamente a aquel plan, pero nadie se mostraba demasiado partidario de seguirlo.

Había otros factores. Marco no quería salir tan tarde. Normalmente, cuando iba al Paraguay para sus negocios, partía al amanecer. Aunque cabía la posibilidad de que un vecino que vivía a una hora de camino de allí le prestase gasolina, tampoco era muy seguro que lo hiciese.

—*Oi* —dijo una voz femenina a través del micrófono y todo el mundo sonrió.

Nate le pasó el teléfono a Milton, quien saludó a su mujer y le contó la triste historia de su apurada situación. Jevy le tradujo a Nate la conversación mientras los niños lo miraban con asombro.

El diálogo adquirió un tono más tenso y, de repente, quedó interrumpido.

—La mujer está buscando un número de teléfono —explicó Jevy.

Era el de un piloto conocido de Milton, quien, tras prometer a su esposa que regresaría para la cena, colgó.

El piloto no estaba en casa. Su mujer dijo que se encontraba en Campo Grande por un asunto de trabajo y que regresaría al anochecer. Milton le informó acerca de dónde estaba en aquellos momentos y ella le facilitó otros números telefónicos en los que quizá pudiese localizar a su marido.

—Dile que hable rápido —dijo Nate, marcando otro número—. La duración de estas pilas no es eterna.

No hubo respuesta en el siguiente número. En el otro el piloto contestó y, mientras explicaba que estaban reparándole el avión, se cortó la comunicación.

Las nubes cubrían de nuevo el cielo. Nate levantó la vista hacia este con incredulidad. Milton estaba a punto de echarse a llorar.

Fue un rápido aguacero en cuyo transcurso los niños jugaron bajo la fría lluvia mientras los mayores los contemplaban en silencio, sentados en el porche.

Jevy tenía otro plan. En las afueras de Corumbá había una base militar. Él no estaba apostado en ella, pero levantaba pesos con varios oficiales de allí. Cuando el cielo volvió a despejarse, regresaron al tocón y se congregaron alrededor del teléfono. Jevy llamó a un amigo que le buscó los números telefónicos.

El ejército tenía helicópteros, y ellos, al fin y al cabo, habían sufrido un accidente aéreo. Cuando el segundo oficial contestó, Jevy le explicó rápidamente lo ocurrido y le pidió ayuda.

Ver a Jevy conversar por teléfono fue una tortura para Nate. No entendía una sola palabra, pero el lenguaje corporal se lo decía todo. Sonrisas y fruncimientos de cejas, súplicas apremiantes, pausas desesperantes y repetición de cosas ya dichas.

Cuando terminó, Jevy le dijo a Nate:

—Llamará a su comandante. Quiere que vuelva a llamarlo dentro de una hora.

Aquel plazo les pareció tan largo como si les hubiese dicho una semana. El sol volvió a salir y quemó la hierba mojada. La humedad era muy densa. Todavía desnudo de cintura para arriba, Nate empezó a notar el escozor que le producía el sol.

Se refugiaron bajo la sombra de un árbol para huir de sus rayos. La mujer fue a ver cómo estaban las camisas que había dejado tendidas durante el último aguacero y comprobó que seguían mojadas.

Jevy y Milton tenían una piel mucho más morena que la de Nate y no les importaba que les diera el sol. A Marco tampoco le importaba. Los tres se acercaron al aparato para inspeccionar los daños. Nate prefirió quedarse bajo la sombra del árbol. El calor de la tarde era sofocante. Comenzaba a sentir que se le entumecían el pecho y los hombros cuando se le ocurrió echar una siesta. Los niños, sin embargo, tenían otros planes. Al final, Nate consiguió entender sus nombres: Luis era el mayor, el que había apartado a la vaca de la pista de aterrizaje segundos antes de que ellos tocaran tierra, Oli era el mediano y Tomás el pequeño. Utilizando el libro de frases que tenía en la cartera, Nate rompió poco a poco la barrera idiomática.

«Hola; ¿cómo estás?; ¿cómo te llamas?; ¿cuántos años tienes?; buenas tardes.» Los chicos repetían las frases en portugués para que Nate pudiera aprender la pronunciación y después él les hizo hacer lo mismo en inglés.

Jevy regresó con unos mapas y efectuaron la llamada. Al parecer, el ejército tenía cierto interés por el asunto. Milton señaló un mapa y dijo:

—Fazenda Esperança.

Jevy repitió sus palabras con un entusiasmo que se desvaneció segundos antes de colgar el auricular.

—No consigue localizar al comandante —dijo en inglés, procurando disimular su desesperación—. Estamos en Navidad, ¿sabe?

Navidad en el Pantanal. A cuarenta grados y con una humedad todavía más alta. Un sol de justicia sin filtro solar. Bichos e insectos sin repelente. Unos alegres chiquillos sin la menor esperanza de recibir juguetes. Sin música, porque no había electricidad. Sin árbol de Navidad, ni comida navideña.

Aquello era una aventura, se repetía una y otra vez. ¿Dónde estaba su sentido del humor?

Guardó el teléfono en su funda y cerró esta. Milton y Jevy regresaron al avión. La mujer entró en la casa. Marco tenía algo que hacer en el patio de atrás. Nate regresó a la sombra del árbol pensando en lo bonito que sería escuchar una sola estrofa de *Navidades blancas* mientras se tomaba una copa de champán.

Luis apareció con los tres caballos más escuálidos que Nate hubiera visto en su vida. Uno estaba ensillado con una tosca silla de cuero y madera sobre una especie de almohadilla de color anaranjado que parecía una vieja alfombra de pelo. Era para Nate. Luis y Oli saltaron a la grupa de sus caballos sin el menor esfuerzo; de un solo brinco montaron a pelo y se mantuvieron en perfecto equilibrio.

Nate estudió su caballo.

—*Onde?* —preguntó.

Luis le indicó un sendero. Nate sabía por las señales con el dedo que ambos se habían hecho durante el almuerzo y después que el sendero conducía al río donde Marco tenía amarrada su lancha.

¿Por qué no? Aquello era una aventura. ¿Qué otra cosa podía hacerse mientras transcurrían lentamente las horas? Recogió su camisa en la cuerda de tender y, a continuación, consiguió montar en el pobre caballo sin caerse ni hacerse daño.

A finales de octubre, Nate y otros pacientes de Walnut Hill habían disfrutado de un agradable domingo, paseando a caballo por los Montes Azules para admirar el soberbio espectáculo de la naturaleza en otoño. Se pasó una semana con el trasero y los muslos doloridos, pero consiguió superar el temor que le inspiraban los animales. O al menos lo hizo hasta cierto punto.

Tras pelearse unos segundos con los estribos logró introducir los pies en ellos; después sujetó la brida con tal fuerza que el caballo no podía moverse. Los niños le miraron con gran regocijo y se alejaron al trote. Al final, el caballo de Nate también se puso a trotar con unos bruscos movimientos que machacaban la entrepierna de su jinete y lo hacían brincar sin control. Un simple paseo a pie hubiera sido más agradable. Nate soltó la brida y el caballo aminoró la marcha. Los chicos regresaron y se pusieron a cabalgar a su lado.

El sendero atravesaba un pequeño pastizal y trazaba una curva, por lo que muy pronto perdieron de vista la casa. Más adelante divisaron agua, un pantano como los muchos que habían visto desde el aire. Los niños no se amilanaron, pues el sendero atravesaba el centro del pantano y los caballos lo habían cruzado muchas veces. No aminoraron la marcha en ningún momento. Al principio, el agua solo tenía unos pocos centímetros de profundidad, pero después esta alcanzó los treinta centímetros y, finalmente, el nivel de los estribos. Como era natural, los niños iban descalzos, vestían prendas de cuero y les traía sin cuidado el agua y lo que en ella pudiera haber. Nate calzaba sus Nike preferidas, que enseguida quedaron empapadas.

Las pirañas, unos voraces pececillos con unos dientes tan afilados como navajas, proliferaban por todo el Pantanal.

Nate hubiera preferido dar media vuelta, pero no sabía cómo decirlo.

—Luis —dijo en un tono de voz que dejaba traslucir bien a las claras su temor.

Los niños le miraron sin el menor asomo de inquietud.

Cuando el agua ya llegaba a la altura del pecho de los caballos, disminuyeron la marcha. Siguieron avanzando y Nate volvió a verse los pies. Los caballos emergieron al otro lado, justo en el lugar donde continuaba el sendero.

Pasaron por delante de los restos de una valla a su izquierda. El sendero se ensanchaba hasta convertirse en un viejo camino de tierra. Muchos años atrás la *fazenda* debía de haber sido más importante, con gran cantidad de cabezas de ganado y muchos empleados.

El Pantanal había sido colonizado hacía más de dos siglos, según había averiguado Nate a través del informe que le habían facilitado, y desde entonces había cambiado muy poco. El aislamiento de la gente era asombroso. No había el menor rastro de vecinos ni de otros niños y Nate no hacía más que pensar en las escuelas y la educación. ¿Se iban los niños a Corumbá cuando alcanzaban la edad suficiente para encontrar trabajo y casarse, o se quedaban al cuidado de las pequeñas granjas y criaban a la siguiente generación de *pantaneiros*? ¿Sabían Marco y su mujer leer y escribir y, en caso afirmativo, enseñaban a sus hijos?

Se lo preguntaría a Jevy. Más adelante había más agua, un pantano rodeado de árboles podridos. Como era de esperar, el sendero lo atravesaba. Era la estación de las lluvias y el nivel del agua había crecido por doquier. En los meses secos, el pantano era una extensión de barro y hasta un inexperto en aquellas lides habría podido seguir el sendero sin temor a que lo devoraran las pirañas. «Vuelve en la estación seca», se dijo Nate, pero era poco probable que lo hiciese.

Los caballos seguían avanzando como si fueran máquinas, sin preocuparse por el pantano y el agua que les llegaba hasta las rodillas. Los muchachos dormitaban. Al subir el nivel del agua, aminoraron un poco la marcha. Cuando Nate se notó las rodillas mojadas y ya estaba a punto de lanzarle a Luis un grito desesperado, Oli señaló con absoluta indiferencia dos troncos podridos de unos tres metros de altura a la derecha. Entre ellos, medio sumergido en el agua, descansaba un enorme reptil negro.

—Yacaré —dijo el muchacho volviendo la cabeza por si a Nate le interesara saberlo. Era una especie de caimán.

Los ojos asomaban por encima del resto del cuerpo y Nate tuvo la certeza de que estaban siguiéndolo concretamente a él. Sintió que el corazón le empezaba a latir violentamente en el pecho y experimentó el impulso de pedir socorro. Al darse cuenta de que su invitado estaba muerto de miedo, Luis dio media vuelta sonriendo. El invitado sonrió a su vez como si le encantara poder ver finalmente un caimán tan de cerca.

Cuando el nivel de las aguas subió, los caballos levantaron la cabeza. Nate aguijó el suyo bajo el agua, pero no ocurrió nada. El caimán se sumergió muy despacio hasta que solo se vieron sus ojos, e inmediatamente comenzó a nadar hacia ellos desapareciendo en las negras aguas. Nate sacó los pies de los estribos, levantó las rodillas hasta el pecho y se quedó balanceándose sobre la silla de montar. Los niños hicieron un comentario y se rieron por lo bajo, pero a Nate no le importó.

Una vez superado el centro del pantano, el nivel del agua bajó hasta las patas de los caballos y siguió descendiendo. Sano y salvo al otro lado, Nate se relajó y se burló de sí mismo. Cuando regresara a Estados Unidos, podría sacar partido de aquella aventura. Tenía amigos aficionados a las vacaciones arriesgadas, tipos que practicaban montañismo, *rafting* y senderismo, eran entusiastas de los safaris y siempre trataban de superar a los demás con los relatos de sus experiencias en arriesgadas situaciones de vida o muerte en las partes más remotas del mundo. Con el aliciente añadido de la faceta ecológica del Pantanal, por diez mil dólares sus amigos estarían encantados de saltar a la grupa de un caballo y vadear los pantanos fotografiando serpientes y caimanes por el camino.

Puesto que aún no había ningún río a la vista, Nate llegó a la conclusión de que ya era hora de dar media vuelta. Se señaló el reloj y Luis lo acompañó de nuevo a casa.

Se puso al teléfono el mismísimo comandante. Jevy se pasó cinco minutos charlando con él de cosas relacionadas con el ejército —lugares donde habían estado estacionados, personas que conocían— mientras la luz piloto de las pilas parpadeaba cada vez más rápido y el SatFone se iba quedando poco a poco sin combustible. Nate señaló el piloto; Jevy le explicó al comandante que aquella era la última oportunidad con que contaban.

No habría ningún problema. Ya tenían un helicóptero a punto y estaban reuniendo a la tripulación. ¿Eran graves las heridas?

—Internas —contestó Jevy, mirando a Milton.

La *fazenda* se hallaba a cuarenta minutos en helicóptero, según los pilotos militares. El comandante aseguró que en una hora estarían allí. Milton sonrió por primera vez aquel día.

Transcurrió una hora y el optimismo empezó a desvanecerse. El sol se estaba poniendo rápidamente por el oeste y la oscuridad no tardaría en llegar, con lo que un rescate era impensable.

Se dirigieron al avión accidentado, en el que Milton y Jevy se habían pasado toda la tarde trabajando sin descanso. Habían retirado el ala rota y la hélice, que estaba sobre la hierba cerca del avión, todavía manchada de sangre. El tren de aterrizaje de la derecha se veía doblado, pero no sería necesario sustituirlo.

Marco y su mujer habían despiezado la vaca muerta. Los restos resultaban visibles entre los arbustos, cerca de la pista de aterrizaje.

Según Jevy, Milton tenía previsto regresar en una embarcación en cuanto consiguiera encontrar un ala y una hélice nuevas. A Nate semejante cosa se le antojaba prácticamente imposible. ¿Cómo podía trasladar algo tan voluminoso como el ala de un avión en una pequeña embarcación que solo servía para navegar por los afluentes que surcaban el Pantanal y transportarla después a través de las mismas marismas que había cruzado a caballo?

Allá él con su problema. Nate tenía otras cosas en que pensar.

La mujer sirvió café caliente y unas galletas crujientes y todos se sentaron sobre la hierba cerca del establo, charlando animadamente. Los tres niños se acomodaron al lado de Nate, temiendo que los abandonara. Transcurrió otra hora.

Fue Tomás, el pequeño, quien primero oyó el sonido. Dijo algo, se levantó, señaló con el dedo y los demás se quedaron paralizados. La intensidad del sonido aumentó y se convirtió en el inconfundible zumbido de un helicóptero. Corrieron al centro de la pista de aterrizaje y levantaron los ojos al cielo.

En cuanto el aparato tomó tierra, cuatro soldados saltaron desde la cabina abierta y se acercaron corriendo al grupo. Nate se arrodilló entre los niños y les entregó diez *reais* a cada uno.

—*Feliz Natal* —les dijo. Después les dio un rápido abrazo, tomó su cartera y corrió hacia el helicóptero.

Mientras despegaban Jevy y Nate saludaron con la mano a la pequeña familia. Milton estaba demasiado ocupado dando las gracias a los pilotos y soldados. A ciento cincuenta metros de altura, el Pantanal empezó a extenderse hacia el horizonte. Por el este ya había oscurecido.

Ya era de noche en Corumbá cuando media hora más tarde sobrevolaron la ciudad. El espectáculo que ofrecían los edificios y las casas, las luces navideñas y el tráfico, era maravilloso. Aterrizaron en la base militar situada al oeste de la ciudad, en lo alto de una peña que dominaba el río Paraguay. El comandante los recibió y, después de que le dieran las gracias que tanto se merecía, se sorprendió al comprobar que nadie estaba gravemente herido y se alegró sinceramente del éxito de la operación. Después los envió a la ciudad en un Jeep abierto conducido por un joven soldado raso.

Al llegar a la ciudad, el Jeep se detuvo de repente delante de una pequeña tienda de alimentación. Jevy entró en ella y salió con tres botellas de cerveza Brahma. Le dio una a Milton y otra a Nate.

Tras vacilar un instante, Nate abrió la botella y se la llevó a la boca. La cerveza estaba muy fría y era exquisita. Y, además, estaban en Navidad, qué demonios. Podría dominar la situación.

Mientras recorría las polvorientas calles sentado en la parte posterior del Jeep con una cerveza fría en la mano sintiendo en su rostro la caricia del húmedo aire, recordó la suerte que tenía de estar vivo.

Casi cuatro meses atrás había intentado suicidarse. Y hacía siete horas que había sobrevivido a un accidente de avión.

Pero el día no le había servido de nada. Estaba tan lejos de Rachel Lane como la víspera.

La primera parada fue el hotel. Nate les deseó a todos feliz Navidad y después subió a su habitación, se desnudó y se pasó veinte minutos en la ducha.

Había cuatro latas de cerveza en el frigorífico. Se las bebió todas en una hora, diciéndose, cada vez que se tomaba una, que aquello no significaba que hubiese empezado a deslizarse. No lo conduciría a una caída. Todo estaba bajo control. Había burlado a la muerte, ¿por qué no celebrarlo con un poco de alegría navideña? Nadie se enteraría. Podría dominar la situación.

Además, la abstinencia jamás le había dado resultado. Se demostraría a sí mismo que podía tolerar un poco de alcohol. No habría problema. ¿Qué mal podía haber en unas cuantas cervecitas?

14

El teléfono lo despertó, pero él tardó un poco en levantar el auricular. La cerveza no le había dejado ningún efecto residual, aparte del remordimiento, pero la pequeña aventura con el Cessna estaba cobrándose su tributo. El cuello, los hombros y la cintura ya presentaban un color azul oscuro, formando unas nítidas hileras de magulladuras en los puntos donde la correa del hombro lo había sujetado mientras el aparato tomaba violentamente tierra. Tenía por lo menos dos chichones en la cabeza, uno de los cuales producido por un golpe que no recordaba haberse dado. Sus rodillas habían traspasado la parte posterior de los respaldos de los asientos de los pilotos; aunque al principio había pensado que se trataba de heridas leves, su gravedad se había intensificado durante la noche. Tenía los brazos y el cuello quemados por el sol.

—Feliz Navidad —lo saludó la voz.

Era Valdir y ya eran casi las nueve.

—Gracias —contestó Nate—. Igualmente.

—De acuerdo. ¿Cómo te encuentras?

—Muy bien, gracias.

—Bueno, Jevy me llamó anoche y me contó lo del avión. Milton debe de estar loco para pilotar un aparato en medio de una tormenta. Jamás volveré a utilizar sus servicios.

—Yo tampoco.

—¿Te encuentras bien?

—Sí.

—¿Necesitas un médico?

—No.

—Jevy dijo que, en su opinión, te encontrabas bien.

—Y así es; solo estoy un poco magullado.

Se produjo una leve pausa tras la cual Valdir cambió de tema.

—Esta tarde vamos a celebrar una pequeña fiesta navideña en mi casa. Solo asistirán mi familia y unos cuantos amigos. ¿Te apetece venir?

La invitación sonó un poco forzada. Nate no supo si Valdir trataba sencillamente de ser cortés o si era solo una cuestión de idioma y acento.

—Es muy amable de tu parte —le dijo—, pero tengo montones de cosas que leer.

—¿Seguro?

—Sí, gracias.

—Muy bien. Tengo una buena noticia. Ayer finalmente conseguí alquilar una embarcación.

A Valdir no le había costado demasiado dejar el asunto de la fiesta y pasar al de la embarcación.

—Estupendo. ¿Cuándo salimos?

—Tal vez mañana. Están preparándola. Jevy conoce la embarcación.

—Estoy deseando navegar por el río. Sobre todo, después de lo de ayer.

A continuación, Valdir se lanzó a un pormenorizado relato de sus tiempos de jugador de béisbol con el propietario de la embarcación, un tacaño consumado que, al principio, había pedido mil *reais* a la semana. Lo habían dejado en seiscientos. Nate escuchaba, pero le daba igual. La herencia Phelan podía permitírselo.

Valdir se despidió, no sin desearle una vez más feliz Navidad.

Las Nike aún estaban mojadas, pero se las puso de todos modos junto con unos pantalones cortos deportivos y una camiseta sin mangas. Intentaría practicar un poco de *jogging*, pero si las partes doloridas no respondían, se limitaría a dar un paseo. Necesitaba respirar al aire libre y hacer ejercicio. Mientras se desplazaba muy despacio por la habitación, vio las latas de cerveza vacías en la papelera.

Ya se encargaría de ese asunto más tarde. Aquello no significaba en modo alguno el comienzo de una recaída. La víspera había vislumbrado fugazmente toda su vida y aquella experiencia había provocado un cambio. Hubiera podido morir. Ahora cada día era un regalo y tenía que saborear cada momento. ¿Por qué no disfrutar de algunos de los placeres de la vida? Solo un poco de cerveza y de vino, nada de bebidas fuertes, y mucho menos de droga.

Pisaba terreno seguro; había sobrevivido otras veces a las mentiras.

Se tomó dos pastillas de Tylenol y aplicó un filtro solar a aquellas zonas de la piel que estaban desprotegidas del sol. En el televisor del vestíbulo daban un programa navideño, pero nadie lo miraba pues el lugar estaba desierto. La joven del mostrador le dirigió una sonrisa y le dio los buenos días. El pesado y pegajoso calor penetraba a través de las puertas vidrieras abiertas. Nate se detuvo a tomar un rápido trago de café azucarado. El termo estaba sobre el mostrador, junto con un ordenado montón de tacitas de papel, esperando a que alguien se detuviera a disfrutar de veinticinco gramos de *cafezinho*.

Bastaron dos tragos para que empezara a sudar antes de abandonar el vestíbulo. En la acera trató de practicar unos estiramientos, pero le dolían los músculos y tenía las articulaciones anquilosadas. El desafío no consistía en correr, sino en caminar sin cojear visiblemente.

Pero nadie miraba. Las tiendas estaban cerradas y las calles desiertas, tal como había supuesto que ocurriría. Dos manzanas más allá la camiseta ya estaba pegándosele a la espalda. Era como si estuviera haciendo ejercicio en una sauna.

La avenida Rondon era la última calle asfaltada que bordeaba la barranca por encima del río. Recorrió un buen trecho de la acera al lado de este, renqueando ligeramente mientras los músculos se iban soltando poco a poco y las articulaciones dejaban de chirriar. Encontró el mismo parque donde se había detenido dos días atrás a la hora en que la gente se congregaba allí para escuchar música y villancicos. Aún había algunas sillas plegables. Sus piernas necesitaban descansar. Se sentó junto a la misma mesa de cámping y miró alrededor, buscando al adolescente que había intentado venderle droga.

Pero no había ni un alma. Se frotó suavemente las rodillas y contempló el inmenso Pantanal que se extendía a lo largo de muchos kilómetros hasta perderse en el horizonte. Una espléndida desolación. Pensó en Luis, Oli y Tomás, sus amiguitos, con diez *reais* en los bolsillos, pero sin ninguna posibilidad de gastarlos. La Navidad no significaba nada para ellos; todos los días eran iguales.

En algún lugar de los vastos humedales que se abrían ante sus ojos había una tal Rachel Lane, que en aquellos momentos era solo una humilde sierva de Dios, pero que estaba a punto de convertirse en una de las mujeres más ricas del mundo. Si llegaba a localizarla, ¿cómo reaccionaría ella cuando viera a aquel abogado estadounidense que había conseguido descubrir su paradero?

Las posibles respuestas hicieron que Nate se sintiera incómodo.

Por primera vez se le ocurrió pensar que, a lo mejor, Troy estaba loco de verdad. ¿Qué mente lúcida y racional entregaría once mil millones de dólares a una persona que no sentía el menor interés por la riqueza, una persona prácticamente desconocida para todo el mundo, incluido el hombre que había firmado el testamento garabateado a mano? Parecía una locura, mucho más ahora que Nate estaba sentado por encima del desierto Pantanal, contemplando su inmensa desolación a más de tres mil kilómetros de casa.

Apenas se sabía nada de Rachel. Su madre Evelyn Cunningham era natural de la pequeña ciudad de Delhi, en Luisiana. A la edad de diecinueve años se había trasladado a Baton Rouge y había encontrado un trabajo de secretaria en una empresa dedicada a la prospección de yacimientos de gas natural. Troy Phelan era el propietario de aquella empresa y, en el transcurso de una de sus habituales visitas desde Nueva York, se había fijado en ella. Evelyn debía de ser una bella e ingenua mujer de educación provinciana. Actuando como un buitre, Troy se había abatido rápidamente sobre ella y, a los pocos meses, Evelyn había quedado embarazada. Eso había sido en la primavera de 1954.

En noviembre del mismo año, los representantes de Troy desde la casa matriz se encargaron discretamente de que Evelyn ingresara en el Hospital Católico de Nueva Orleans, donde Rachel nació el día 2. Evelyn jamás vio a su hija.

Utilizando un montón de abogados y ejerciendo una enorme presión, Troy dispuso la rápida adopción privada de Rachel por parte de un pastor protestante y su mujer en Kalispell, Montana. Por aquel entonces estaba comprando minas de cobre y de zinc en aquel estado y tenía contactos a través de sus empresas de allí. Los padres adoptivos ignoraban la identidad de los biológicos.

Evelyn no quería a su hija ni deseaba seguir manteniendo tratos con Troy Phelan. Recibió diez mil dólares y regresó a Delhi, donde, como era de esperar, la aguardaban los rumores que corrían acerca de sus pecados. Se fue a vivir con sus padres y los tres esperaron pacientemente a que pasara la tormenta. Pero esta no pasó. La crueldad propia de las ciudades provincianas hizo que Evelyn se sintiera una paria entre las personas a las que más necesitaba. Raras veces salía de casa y, con el tiempo, acabó retirándose a la oscuridad de su dormitorio. Allí, en la escondida lobreguez de su pequeño mundo, Evelyn empezó a echar de menos a su hija.

Escribía cartas a Troy, pero este no contestaba. Una secretaria las escondía y archivaba. Dos semanas después del suicidio de Troy, uno de los investigadores de Josh las encontró ocultas en los archivos personales que aquel tenía en su apartamento.

Con el paso de los años, Evelyn se fue hundiendo cada vez más en su propio abismo. La presencia de sus padres en la iglesia o en la tienda de ultramarinos siempre provocaba miradas y murmullos, por lo que, al final, estos también acabaron apartándose.

Evelyn se suicidó el 2 de noviembre de 1959 cuando Rachel contaba cinco años. Subió al automóvil de sus padres, condujo hasta las afueras de la ciudad y se arrojó desde lo alto de un puente.

Muy poco se había averiguado acerca de la infancia de Rachel. El reverendo Lane y su esposa cambiaron dos veces de residencia, desde Kalispell a Butte y desde Butte a Helena. Cuando Rachel tenía diecisiete años, el clérigo murió de cáncer. Ella era su única hija.

Por razones que solamente él habría podido explicar, Troy decidió entrar de nuevo en la vida de Rachel cuando ella estaba a punto de terminar sus estudios secundarios. Puede que sintiera un cierto remordimiento. Puede que estuviera preocupado por su educación universitaria y los gastos que esta ocasionaría. Rachel sabía que había sido adoptada, pero jamás había manifestado el menor interés en conocer a sus verdaderos padres.

Aunque los detalles se ignoraban, Troy había conocido a Rachel en algún momento del verano de 1972. Cuatro años después, Rachel se graduó en la Universidad de Montana. A partir de ahí, en su historia había brechas y grandes huecos que las investigaciones no habían conseguido llenar.

Nate sospechaba que solo dos personas podían documentar debidamente la relación. Una estaba muerta y la otra vivía como una india en algún lugar de allí, a la orilla de alguno de los millares de ríos que discurrían por aquella inmensa región.

Intentó practicar *jogging* a lo largo de una manzana, pero el dolor se lo impidió. Bastante le costaba caminar. Pasaron dos automóviles, la gente estaba empezando a ponerse en movimiento. Un rugido se acercó rápidamente a su espalda y se le echó encima antes de que él pudiera reaccionar. Jevy pisó los frenos y se detuvo junto a la acera.

—*Bom dia* —gritó por encima del estruendo del motor.

Nate inclinó la cabeza.

—*Bom dia*.

Jevy hizo girar la llave de encendido y el motor se apagó.

—¿Cómo se encuentra?

—Dolorido. ¿Y tú?

—Sin ningún problema. La chica de recepción me ha dicho que había usted salido a correr. Vamos a dar una vuelta en coche.

Nate hubiera preferido practicar *jogging*, aunque le doliera, a ir en automóvil con Jevy, pero había muy poco tráfico y las calles eran más seguras.

Recorrieron el centro de la ciudad, donde el conductor siguió sin prestar la menor atención a los semáforos y las señales de stop. Jevy jamás se volvía a mirar cuando atravesaban a toda velocidad los cruces.

—Quiero que vea el barco —dijo Jevy en determinado momento.

Si estaba dolorido y anquilosado a causa del accidente aéreo, no se notaba. Nate se limitó a asentir con la cabeza.

Al este de la ciudad, al pie de la barranca, en una caleta de oscuras aguas llenas de manchas de petróleo, había una especie de astillero. Unas viejas barcas se mecían suavemente en el río; algunas habían sido desguazadas varias décadas atrás y otras raras veces se utilizaban. Dos de ellas eran, evidentemente, embarcaciones de transporte de ganado, pues tenían las cubiertas divididas en sucios compartimentos de madera.

—Aquí está —dijo Jevy, señalando vagamente hacia el río. Aparcaron y bajaron por la orilla. Vieron varias pequeñas embarcaciones de pesca con la línea de flotación por debajo del agua, cuyos propietarios Nate fue incapaz de decidir si iban o venían. Jevy llamó a gritos a dos de los pescadores y estos le contestaron con un comentario humorístico.

—Mi padre era capitán de barco —explicó Jevy—. Yo venía aquí cada día.

—¿Dónde está ahora? —preguntó Nate.

—Se ahogó durante una tormenta.

«Estupendo —pensó Nate—. Las tormentas te pillan tanto en el aire como en el agua.»

Una combada tabla de madera contrachapada conducía a su embarcación, formando un puente por encima de las oscuras aguas. Se detuvieron en la orilla para contemplar el barco, el *Santa Loura*.

—¿Le gusta? —preguntó Jevy.

—No lo sé —contestó Nate.

Desde luego, era más bonito que los barcos de transporte de ganado. Alguien estaba dando martillazos en su parte posterior.

Una mano de pintura contribuiría enormemente a mejorar su aspecto. El barco tenía poco menos de veinte metros de eslora, dos cubiertas y, en lo alto de los peldaños, un puente. Era más grande de lo que Nate esperaba.

—Será solo para mí, ¿verdad?

—Sí.

—¿No habrá ningún otro pasajero?

—No, solo usted, yo y un marinero que también sabe cocinar.

—¿Cómo se llama?

—Welly.

La madera contrachapada crujió, pero no se rompió.

Cuando saltaron a bordo, el barco se hundió un poco. En la proa estaban alineados varios barriles de gasóleo. Cruzaron una puerta, bajaron dos peldaños y entraron en el camarote, donde había cuatro literas, cada una con sábanas blancas y una fina plancha de gomaespuma a modo de colchón. Los doloridos músculos de Nate se estremecieron ante la idea de tener que pasarse una semana durmiendo sobre una de ellas. El techo era muy bajo, las ventanas estaban cerradas y el principal problema lo constituía la ausencia de aire acondicionado. El camarote sería un verdadero horno.

—Buscaremos un ventilador —anunció Jevy, que al parecer había leído el pensamiento de Nate—. La situación no es tan mala cuando el barco se mueve.

Nate no podía creérselo. Caminando de perfil, avanzaron por la estrecha pasarela hacia la parte posterior del barco, pasando por delante de una cocina con un fregadero y un hornillo de propano, la sala de máquinas y, finalmente, un pequeño cuarto de baño. En la sala de máquinas, un torvo individuo sin camisa sudaba profusamente, contemplando la llave inglesa que sostenía en la mano como si esta le hubiera hecho una faena.

Jevy conocía a aquel hombre y se las arregló para decirle justo lo que no debía, pues de repente unas duras palabras llenaron el aire. Nate se retiró a la pasarela de la parte de atrás, donde vio una pequeña embarcación de aluminio amarrada al *Santa Loura*. La embarcación tenía canaletes y un motor fuera borda. Entonces Nate se imaginó repentinamente a sí mismo y a Jevy surcando las someras aguas a gran velocidad entre las malas hierbas y los troncos y sorteando caimanes para acabar finalmente en un nuevo callejón sin salida. La aventura se estaba poniendo cada vez más interesante.

Jevy se echó a reír y la tensión se disipó en parte. El joven se acercó a la parte de atrás de la embarcación y dijo:

—El hombre necesita una bomba de aceite y hoy la tienda está cerrada.

—¿Y mañana?

—No habrá problema.

—¿Para qué sirve este pequeño bote?

—Para muchas cosas.

Subieron por los desgastados peldaños que conducían al puente, donde Jevy inspeccionó el timón y los mandos del motor. Detrás del puente había un cuartito abierto con dos literas donde Jevy y el marinero dormirían por turnos. Detrás de él había una cubierta de unos cinco metros cuadrados protegida por un cierto toldo de color verde. Tendida a lo largo de la cubierta había una hamaca de apariencia muy cómoda que de inmediato llamó la atención de Nate.

—Eso es para usted —dijo Jevy con una sonrisa—. Tendrá mucho tiempo para leer y dormir.

—Qué bien —dijo Nate.

—En ocasiones este barco se emplea para llevar turistas, especialmente alemanes, que quieren ver el Pantanal.

—¿Has sido capitán de este barco?

—Sí, un par de veces. Hace varios años. El propietario no es muy simpático.

Nate se sentó con mucho cuidado en la hamaca y levantó las doloridas piernas hasta que consiguió encajar debidamente en ella. Jevy le dio un empujón a fin de que se balanceara y después se fue para charlar un rato con el maquinista.

15

Los sueños de Lillian Phelan de poder celebrar una íntima cena de Navidad se vieron frustrados cuando Troy Junior se presentó tarde y borracho, enzarzado en una desagradable pelea con Biff. Ambos habían llegado en vehículos separados, cada uno de ellos al volante de su Porsche nuevo de distinto color que el otro. Los gritos se intensificaron cuando Rex, que también había tomado unas copas de más, reprendió a su hermano mayor por estropearle la Navidad a su madre. La casa estaba llena a rebosar, pues no solo se hallaban presentes los cuatro hijos de Lillian —Troy Junior, Rex, Libbigail y Mary Ross— y sus once nietos, sino también un variado surtido de amigos, a la mayoría de los cuales Lillian no había invitado.

Desde la muerte de Troy, los nietos Phelan, al igual que sus padres, habían reunido en torno a sí gran cantidad de amigos y confidentes.

Hasta la llegada de Troy Junior, la fiesta de Navidad había sido una gozosa celebración. Jamás se habían intercambiado tantos y tan fabulosos regalos. Los herederos Phelan compraron para obsequiarse mutuamente, sin reparar en gastos, prendas de vestir de diseño, joyas, artilugios electrónicos e incluso obras de arte. Durante unas cuantas horas, el dinero hizo aflorar a la superficie todas sus mejores cualidades. Su generosidad era ilimitada.

Solo faltaban dos días para que se diese lectura al testamento.

Spike, el marido de Libbigail, el ex motero que esta había conocido en el centro de desintoxicación, trató de mediar en la pelea entre Troy Junior y Rex, pero fue objeto de los insultos del primero, quien le recordó que era «un hippie gordinflón con el cerebro achicharrado por el LSD». Entonces Libbigail se ofendió y llamó «zorra» a Biff. Lillian corrió a su dormitorio y se encerró bajo llave. Los nietos y su séquito bajaron al sótano, donde alguien había colocado un frigorífico portátil lleno de cervezas.

Mary Ross, quizá la más razonable y ciertamente la menos veleidosa de los cuatro, convenció a sus hermanos y a Libbigail de que dejaran de gritar y pusieran fin a aquella pelea, yéndose, como los boxeadores, cada uno a un rincón distinto del ring. Los hermanos se alejaron en pequeños grupos; unos hacia el estudio y otros hacia el salón. De ese modo, se instauró un precario alto el fuego.

Los abogados no habían contribuido a mejorar la situación. Ahora trabajaban en equipos para así defender mejor los intereses de cada uno de los herederos Phelan. Y también se pasaban horas y horas intrigando y buscando maneras de apropiarse de un trozo más grande del pastel. Cuatro pequeños y muy definidos ejércitos de letrados —seis si se incluían los de Geena y Ramble— trabajaban a un ritmo febril. Cuanto más tiempo se pasaban los herederos Phelan con sus abogados, tanto más desconfiaban los unos de los otros.

Cuando ya había transcurrido una hora de paz, Lillian emergió de su refugio e inspeccionó la tregua. Sin decir nada, se dirigió a la cocina y terminó de preparar la comida. Lo más sensato en aquellas circunstancias era un bufet. Así podrían comer en turnos, acercarse en grupo, llenar los platos y retirarse a la seguridad de sus rincones.

De esta manera la primera familia Phelan consiguió disfrutar finalmente de una apacible cena de Navidad. Troy Junior comió jamón y boniatos, acodado en solitario en la barra del patio de atrás. Biff lo hizo con Lillian, en la cocina. Rex y su mujer Amber, la bailarina de *striptease*, comieron pavo en el dormitorio mientras seguían en la televisión un partido de fútbol americano. Libbigail, Mary Ross y sus maridos comieron en el estudio.

En cuanto a los nietos y sus amigos, se llevaron unas pizzas congeladas al sótano, donde la cerveza no paraba de correr.

La segunda familia no celebró la Navidad, o por lo menos sus miembros no la celebraron juntos. Janie jamás había sido muy entusiasta de aquellas fiestas, por lo que abandonó el país y se fue a Klosters, en Suiza, donde se reunía la gente guapa de Europa para esquiar y ser vista. Se hizo acompañar por un culturista de veintiocho años llamado Lance, encantado de poder hacer aquel viaje a pesar de que ella le doblaba la edad.

Su hija Geena se vio obligada a pasar las Navidades con sus suegros en Connecticut. En condiciones normales, habría sido una triste perspectiva, pero las cosas habían cambiado drásticamente. Para su esposo, Cody, fue un triunfal regreso a la vieja finca de su familia, cerca de Waterbury.

La familia Strong había amasado una fortuna con los negocios navieros, pero, tras varios siglos de mala administración y matrimonios endogámicos, el dinero prácticamente se había esfumado. El apellido y el pedigrí todavía garantizaban a sus miembros al ser aceptados en las escuelas y los clubes apropiados, y una boda con algún representante de la familia Strong seguía siendo un acontecimiento; pero la anchura y la longitud del pesebre eran limitadas y en él ya habían comido demasiadas generaciones.

Eran unas personas tan arrogantes, orgullosas de su apellido, su acento y su estirpe que la mengua del patrimonio familiar no les preocupaba. Ejercían profesiones en Nueva York y

Boston. Se gastaban lo que ganaban porque la fortuna familiar siempre había sido su red de seguridad.

El último Strong con visión de futuro debía de haber vislumbrado el final y había establecido, para la educación de los miembros de su familia, unos complicados fideicomisos redactados por ejércitos de abogados, tan impenetrables y blindados como para que pudiesen resistir los ataques de los futuros Strong. Los ataques se produjeron, pero los fideicomisos se mantuvieron firmes, gracias a lo cual todos los jóvenes de la familia Strong aún tenían garantizada una excelente educación. Cody se matriculó en la Taft, fue un estudiante corriente en Dartmouth e hizo un máster en Administración de Empresas en Columbia.

Su boda con Geena Phelan no fue bien recibida por la familia, sobre todo porque para ella era la segunda. El hecho de que en el momento de la boda el padre de Geena, con quien ella estaba enemistada, fuera dueño de una fortuna valorada en seis mil millones de dólares facilitó su entrada en el clan. Sin embargo, siempre la habían mirado por encima del hombro, y no solo porque era divorciada y no se había educado en ninguna de las prestigiosas universidades del Este, sino porque Cody era un poco raro.

No obstante, todos estaban allí para saludarla el día de Navidad. Geena jamás había visto tantas sonrisas en aquellas personas a las que detestaba, ni tantos afectados abrazos, torpes besos en la mejilla y palmadas en el hombro. Tanta hipocresía hizo que los aborreciera todavía más.

Tras haberse tomado un par de tragos, a Cody se le soltó la lengua. Los hombres se congregaron alrededor de él en el estudio y no transcurrió mucho tiempo antes de que alguien preguntara:

—¿Cuánto?

Cody frunció el entrecejo como si el dinero ya fuese una carga.

—Probablemente quinientos millones de dólares —contestó, soltando impecablemente la frase que había ensayado delante del espejo del cuarto de baño.

Algunos de los hombres emitieron un silbido de asombro. Otros hicieron una mueca, porque conocían a Cody y, como miembros de la familia Strong, sabían que jamás verían un solo centavo de aquel dinero. En su fuero interno todos se morían de envidia.

La noticia se filtró al resto de los presentes y las mujeres diseminadas por toda la casa no tardaron en comentar en voz baja lo de los quinientos millones.

La madre de Cody, una relamida y marchita mujercilla cuyas arrugas crujían cuando sonreía, se quedó pasmada ante aquella obscena fortuna.

—Es dinero de nuevos ricos —le dijo a una de sus hijas.

Un dinero ganado por un viejo escandaloso que tenía tres mujeres y una recua de hijos malos, ninguno de los cuales había estudiado en una universidad del Este.

Tanto si era de nuevos ricos como si no, el dinero fue muy envidiado por las mujeres más jóvenes. Estas ya se imaginaban los aviones privados y las lujosas residencias en localidades costeras y las fabulosas reuniones familiares en lejanas islas y los fideicomisos para las sobrinas y los sobrinos y puede que incluso regalos directos en efectivo.

El dinero ablandó a los Strong hasta el extremo de inducirles a comportarse con una cordialidad que jamás habían mostrado con una intrusa.

A última hora de la tarde, cuando la familia se reunió en torno a la mesa para la tradicional cena, empezó a nevar. Aquella sí que era una Navidad perfecta, dijeron todos los Strong. Geena los odió más que nunca.

Ramble se pasó la fiesta reunido con un abogado que le cobraba seiscientos dólares la hora, aunque la factura se escondería como solo los abogados saben esconder esa clase de cosas.

Tira también había abandonado el país con un joven gigoló. Estaba en una playa de no se sabía dónde, haciendo *topless* y probablemente sin la braguita, y le daba igual lo que pudiera estar haciendo su hijo de catorce años.

Yancy, el abogado, se había divorciado dos veces, estaba libre en aquellos momentos y tenía unos gemelos de once años de su segundo matrimonio, unos niños, por cierto, excepcionalmente inteligentes para su edad; en cambio, Ramble era dolorosamente lento para la suya, por lo que los tres se lo pasaron en grande con sus videojuegos en el dormitorio mientras Yancy veía un partido de fútbol americano en la televisión.

Su cliente tendría que recibir obligatoriamente cinco millones de dólares al cumplir los veintiún años, pero, dado su nivel de madurez y el desbarajuste que reinaba en su hogar, el dinero le duraría todavía menos que a los restantes hermanos Phelan. Sin embargo, a Yancy le importaban un bledo aquellos míseros cinco millones, pues él ganaría otros tantos con las minutas que iba a arrancar de la parte de la herencia que le correspondía a Ramble.

Yancy tenía otras preocupaciones. Tira había contratado los servicios de otro bufete, uno extraordinariamente agresivo que estaba muy cerca del Capitolio y tenía los contactos apropiados. Tira solo era una ex esposa, no una hija, y su parte sería muy inferior a la que recibiría Ramble. Los nuevos abogados se habían dado cuenta y estaban ejerciendo presión sobre ella para que prescindiera de los servicios de Yancy y empujara al joven Ramble hacia ellos. Por suerte, la madre no se preocupaba demasiado por el hijo y Yancy estaba desarrollando una espléndida labor de manipulación para conseguir apartar al chico de su madre.

Las risas de los muchachos y sus juegos eran una música celestial para sus oídos.

16

A última hora de la tarde, Nate entró en una pequeña tienda de comida preparada que había a pocas manzanas de distancia del hotel. Estaba paseando por la calle, vio que la tienda estaba abierta y decidió que no estaría mal comprar una cerveza. Solo una cerveza o tal vez dos. Estaba solo en el confín del mundo. Era Navidad y no tenía con quién celebrarlo. Una oleada de soledad y depresión se abatió sobre él, que empezó a deslizarse, empujado al principio por la autocompasión.

Vio las hileras de botellas de bebidas alcohólicas, whisky, ginebra, vodka, todas llenas y sin abrir, alineadas como preciosos soldaditos vestidos con vistosos uniformes. Abrió la boca y cerró los ojos. Se agarró al mostrador para no tambalearse y se le contrajo el rostro en una mueca de dolor mientras pensaba en Sergio, allá en Walnut Hill, en Josh, en sus ex esposas y en las personas a las que había hecho tanto daño con cada una de sus recaídas. Los pensamientos empezaron a girar vertiginosamente y, cuando ya estaba a punto de desmayarse, el hombrecillo le dijo algo. Nate lo miró enfurecido, se mordió el labio inferior y señaló la botella de vodka. Dos botellas, ocho *reais*.

Cada caída había sido distinta. Algunas habían sido muy lentas, un trago por aquí, otro por allá, una grieta en el dique, seguida de otras.

En cierta ocasión, él mismo se había dirigido a un centro

de desintoxicación. Otra vez había despertado atado con unas correas a una cama, con una jeringa intravenosa en la muñeca. En su última caída, una camarera lo había encontrado en estado comatoso en la habitación de un motel barato.

Tomó la bolsa de papel con su contenido y se dirigió con paso decidido a su hotel, sorteando un grupo de sudorosos chiquillos que jugaban al fútbol en la arena. «Qué suerte tienen los niños —pensó—. Ni cargas ni equipaje. Mañana será otro partido.»

En una hora oscurecería, y Corumbá ya empezaba a despertar poco a poco. Los bares y las terrazas de los cafés estaban abriendo y por la calle circulaban algunos coches. Al llegar al vestíbulo del hotel oyó la música en directo procedente de la piscina y, por un instante, estuvo tentado de sentarse a una mesa para escuchar una última canción.

Pero no lo hizo. Se fue a su habitación, cerró la puerta y llenó un vaso alto de plástico con cubitos de hielo. Colocó las botellas una al lado de la otra, abrió una, echó lentamente el vodka sobre el hielo y juró no detenerse hasta haber vaciado las dos.

Jevy estaba esperando al comerciante que iba a venderle los accesorios cuando este llegó a las ocho. El sol ya estaba muy alto en el cielo y ninguna nube filtraba sus rayos. Las aceras se notaban calientes.

No había bomba de aceite, por lo menos para el motor diésel. El comerciante efectuó dos llamadas y Jevy subió a su camioneta y condujo hasta las afueras de Corumbá, donde un hombre regentaba un negocio de recuperación de piezas navales en cuyo patio se amontonaban los restos de docenas de embarcaciones desguazadas. En el taller de los motores, un chico de la sección de accesorios sacó una bomba de aceite muy gastada, cubierta de grasa y envuelta en un trapo sucio. Jevy pagó gustosamente veinte *reais* por ella.

Se dirigió al río y aparcó junto a la orilla. El *Santa Loura* seguía en su sitio. Se alegró de ver que Welly ya había llegado. Welly era un marinero novato que aún no había cumplido los dieciocho años y afirmaba saber cocinar, pilotar, guiar, limpiar, navegar y prestar cualquier otro servicio que se le exigiera. Jevy sabía que mentía, pero semejantes fanfarronadas eran frecuentes entre los muchachos que buscaban trabajo en el río.

—¿Has visto al señor O'Riley? —le preguntó Jevy.

—¿El estadounidense?

—Sí, el estadounidense.

—No. Ni rastro de él.

Un pescador le gritó algo a Jevy desde una barca, pero este tenía otras preocupaciones en la cabeza. Avanzó por el puente de madera contrachapada y subió al barco, en cuya parte de atrás se habían reanudado los golpes. El mismo mugriento maquinista estaba bregando con el motor, medio inclinado sobre el mismo, con el torso desnudo y chorreando sudor. La atmósfera en la sala de máquinas era asfixiante. Jevy le entregó al hombre la bomba de aceite y este la examinó haciéndola girar con sus cortos y rechonchos dedos.

El motor era un diésel de cinco cilindros en línea y la bomba estaba situada al fondo del cárter, justo por debajo del borde de la rejilla del suelo. El maquinista se encogió de hombros, como si la adquisición de Jevy pudiera efectivamente resolver el problema y, a continuación, consiguió pasar al otro lado del colector comprimiendo el vientre contra él mismo, se arrodilló muy despacio, se inclinó y apoyó la cabeza contra el tubo de escape.

Masculló algo y Jevy le entregó una llave inglesa. La bomba de repuesto fue lentamente colocada en su sitio. La camisa y los pantalones cortos de Jevy quedaron empapados en cuestión de segundos.

Cuando ambos hombres ya habían conseguido introducirse en la reducida sala de máquinas, Welly hizo acto de presencia y preguntó si lo necesitaban. Pues no, la verdad era que no lo necesitaban para nada.

—Tú vigila por si viene el estadounidense —le indicó Jevy, enjugándose el sudor de la frente.

El maquinista se pasó media hora entre maldiciones probando distintas llaves inglesas hasta que anunció que la bomba ya estaba lista. Puso en marcha el motor y dedicó unos cuantos minutos a controlar la presión del aceite. Al final, esbozó una sonrisa y guardó sus herramientas.

Jevy se dirigió al centro de la ciudad para recoger a Nate en el hotel.

La tímida recepcionista no había visto al señor O'Riley. Llamó por teléfono a la habitación y no contestó nadie. Pasó una camarera y le preguntaron si sabía algo del estadounidense. No, este no había abandonado su habitación. La recepcionista le entregó a regañadientes una llave a Jevy.

La puerta estaba cerrada, pero no tenía puesta la cadena de seguridad. Jevy entró muy despacio. Observó que no había nadie en la cama y que las sábanas estaban revueltas, lo cual le extrañó. Después vio las botellas, una vacía y tirada en el suelo y la otra medio llena. La habitación estaba muy fresca, pues el aire acondicionado funcionaba a toda marcha. Vio un pie descalzo y, al acercarse un poco más, descubrió a Nate tendido desnudo en el suelo entre la cama y la pared, con la sábana que había arrastrado consigo al caer enrollada en torno a las rodillas. Rozó ligeramente el pie con la punta del zapato y la pierna experimentó una sacudida.

Afortunadamente, no estaba muerto.

Jevy le habló, lo sacudió por el hombro y, a los pocos segundos, oyó un lento y doloroso gruñido. Arrodillado sobre la cama, entrelazó cuidadosamente las manos bajo una axila del estadounidense, lo levantó del suelo, lo apartó de la pared y consiguió tenderlo sobre la cama, donde rápidamente le cubrió las partes pudendas con una sábana.

Otro doloroso gruñido. Nate estaba tendido boca arriba

con un pie colgando fuera de la cama, los ojos hinchados y todavía cerrados, y el cabello alborotado. Su respiración era muy lenta y afanosa. Jevy se situó al pie de la cama y lo miró fijamente.

La camarera y la recepcionista asomaron la cabeza por el hueco de la puerta, pero Jevy les hizo señas de que se retiraran. Después cerró la puerta y recogió la botella vacía.

—Ya es hora de irnos —dijo.

No recibió respuesta alguna. Quizá conviniese que llamara a Valdir, quien a su vez informaría de lo ocurrido a los estadounidenses que habían enviado a Brasil a aquel pobre borracho. Era probable que más tarde lo hiciera.

—¡Nate! —gritó—. ¡Dígame algo!

No hubo respuesta. Como Nate no se recuperara pronto, avisaría a un médico. Una botella y media de vodka en una sola noche podía matar a un hombre. Quizá había sufrido una intoxicación etílica y necesitaba ingresar en un hospital.

Entró en el cuarto de baño, empapó una toalla con agua fría y procedió a colocarla alrededor del cuello de Nate, que al cabo de un momento empezó a moverse y abrió la boca, tratando de decir algo.

—¿Dónde estoy? —balbució al fin con voz pastosa.

—En Brasil. En su habitación de hotel.

—Estoy vivo.

—Más o menos —apuntó Jevy. Tomó un extremo de la toalla y enjugó el rostro y los ojos de Nate—. ¿Cómo se encuentra? —le preguntó.

—Me quiero morir —susurró Nate, alargando la mano hacia la toalla.

La tomó, se introdujo un extremo en la boca y empezó a chuparlo.

—Voy por un poco de agua —dijo Jevy. Abrió la nevera y sacó una botella—. ¿Puede levantar la cabeza? —le preguntó.

—No —gruñó Nate.

Jevy vertió un poco de agua sobre los labios y la lengua del estadounidense. Parte de ella rodó por las mejillas de este y mojó la toalla. A Nate le dio igual. La cabeza parecía a punto de estallarle y lo primero que se había preguntado era cómo demonios había podido despertar.

Abrió ligeramente un ojo, el derecho. Aún tenía pegados los párpados del izquierdo. La luz le quemaba el cerebro y una oleada de náuseas le subió a la garganta. Se inclinó rápidamente hacia un lado y un chorro de vómito salió disparado de su boca.

Jevy se echó hacia atrás y fue en busca de otra toalla. Se entretuvo un momento en el cuarto de baño, prestando atención a las bascas y los accesos de tos de Nate. El espectáculo de un hombre desnudo en la cama vomitando por efectos de una borrachera era algo que prefería no ver. Abrió la ducha y reguló la temperatura del agua.

Había acordado con Valdir cobrar mil *reais* por acompañar al señor O'Riley al Pantanal, ayudarlo a localizar a la persona que estaba buscando y devolverlo nuevamente a Corumbá. Se trataba de una buena suma de dinero, pero él no era un enfermero ni una niñera. El barco ya estaba a punto. Si Nate ni siquiera era capaz de abrir la puerta sin ayuda, él se buscaría otro trabajo.

Cuando se produjo una pausa en las náuseas, Jevy acompañó a Nate al cuarto de baño y lo colocó bajo la ducha, donde este se desplomó sobre la alfombrilla de plástico.

—Lo siento —repetía Nate una y otra vez.

Jevy lo dejó allí sin importarle que se ahogara. Dobló las sábanas, trató de limpiar la porquería y bajó al vestíbulo para tomarse una buena taza de café cargado.

Ya eran casi las dos cuando Welly los oyó acercarse. Jevy aparcó en la orilla mientras la enorme camioneta diseminaba guijarros a su alrededor y despertaba con su ruido a los pescadores. No se veía ni rastro del estadounidense.

De pronto, una cabeza se levantó muy despacio en algún lugar de la cabina. Llevaba unas enormes gafas de sol para protegerse los ojos y una gorra encasquetada hasta las orejas. Jevy abrió la portezuela del acompañante y ayudó al señor O'Riley a apearse. Welly se acercó a la camioneta y sacó de la parte de atrás la maleta y la cartera de Nate. Hubiera deseado saludar a este, pero no parecía el mejor momento. El estadounidense tenía pinta de estar muy enfermo; estaba pálido y cubierto de sudor y tenía las piernas tan débiles que no podía caminar sin ayuda. Welly los siguió hasta la orilla y los acompañó por el inseguro puente de madera contrachapada hasta el barco. Jevy subió por los peldaños que conducían al puente llevando casi en volandas al señor O'Riley y después lo condujo prácticamente a rastras por la pasarela hasta la pequeña cubierta, donde lo ayudó a tenderse en la hamaca.

Una vez de regreso en la cubierta, Jevy puso en marcha el motor y Welly soltó las amarras.

—¿Qué le ocurre? —preguntó Welly.

—Está borracho.

—Pero si son solo las dos.

—Lleva mucho rato bebido.

El *Santa Loura* se alejó de la orilla y, remontando la corriente, pasó muy despacio por delante de Corumbá.

Nate vio pasar la ciudad. El techo que había por encima de su cabeza era un grueso y desgastado toldo de color verde estirado sobre una estructura metálica asegurada a la cubierta por medio de cuatro palos. Dos de estos sostenían la hamaca que se había balanceado ligeramente justo después de que hubiesen soltado las amarras. Nate volvió a experimentar un acceso de náuseas. Procuró no moverse. Quería que todo permaneciera absolutamente inmóvil. La embarcación navegaba suavemente río arriba. Las aguas estaban tranquilas. No soplaba una gota de viento y Nate trató, mientras contemplaba el toldo de color verde oscuro, de examinar la situación. No era fácil, pues la cabeza le dolía y le daba vueltas, y concentrarse suponía todo un reto.

Había llamado a Josh desde su habitación poco antes de salir. Con unos cubitos de hielo aplicados contra el cuello, había marcado el número y había tratado por todos los medios de hablar con normalidad. Jevy no le había dicho nada a Valdir. Nadie lo sabía aparte de él y Nate, y ambos habían acordado dejar las cosas tal como estaban. En el barco no había botellas de licor y él había prometido abstenerse de beber hasta que regresaran. ¿Dónde hubiera podido encontrar un trago en el Pantanal?

En caso de que Josh estuviera preocupado, su voz no lo reflejó. El bufete aún estaba cerrado para las fiestas navideñas, etcétera, pero él tenía un montón de trabajo que hacer, como de costumbre.

Nate le dijo que todo iba bien. El barco era adecuado y lo habían reparado debidamente. Estaban deseando zarpar. Cuando colgó, volvió a vomitar. Y después volvió a ducharse. Finalmente, Jevy lo acompañó al ascensor y lo ayudó a cruzar el vestíbulo.

El río describió una suave curva, volvió a girar y Corumbá desapareció de su vista. Cuanto más se alejaban de la ciudad, más disminuía el tráfico fluvial. La ventajosa posición de Nate le permitía ver la estela y la cenagosa agua marrón que burbujeaba detrás de ellos. El Paraguay tenía menos de ciento cincuenta metros de anchura y se estrechaba rápidamente en una serie de meandros. Pasaron junto a una frágil barca cargada de verdes bananas y dos niñitos los saludaron con la mano.

El constante golpeteo del motor diésel no cesó tal como Nate esperaba, sino que se convirtió en un sordo zumbido y una incesante vibración que sacudía todo el barco. No tendría más remedio que aguantarse. Trató de columpiarse lentamente en la hamaca mientras una suave brisa le acariciaba el rostro. Las náuseas habían desaparecido.

«No pienses en la Navidad ni en casa ni en los hijos y los recuerdos rotos y no pienses tampoco en tus adicciones. La caída ha terminado», se dijo. El barco era su centro de tratamiento. Jevy era su psiquiatra. Welly era el enfermero. Se libraría de la afición a la bebida en el Pantanal y jamás volvería a beber.

¿Cuántas veces podría engañarse a sí mismo?

Los efectos de la aspirina que Jevy le había dado se le estaban pasando y la cabeza volvía a dolerle. Se sumió en una especie de duermevela y despertó cuando apareció Welly con una botella de agua y un cuenco de arroz. Comenzó a comer sirviéndose de una cuchara, pero le temblaban tanto las manos que gran parte del arroz fue a parar a la pechera de la camisa y a la hamaca. Estaba caliente y salado y él se lo comió sin dejar un grano.

—*Mais?* —preguntó Welly.

Nate respondió que no sacudiendo la cabeza y se bebió el agua. Se hundió en la hamaca y trató de echar una siesta.

17

Después de varios falsos comienzos, el desfase horario, el cansancio y los efectos secundarios del vodka empezaron a hacerle efecto. El arroz también contribuyó y Nate no tardó en sumirse en un profundo sueño. Cada hora Welly le echaba un vistazo.

—Está roncando —informaba a Jevy en la timonera.

Durmió sin soñar. La siesta duró cuatro horas mientras el *Santa Loura* navegaba lentamente rumbo al norte, con la corriente y el viento en contra. Cuando despertó, Nate oyó el latido regular del motor diésel y tuvo la sensación de que el barco no se movía. Se incorporó en la hamaca, miró por encima del borde y estudió la orilla en busca de alguna señal de que avanzaban. La vegetación era muy densa. Las riberas parecían completamente deshabitadas. Vio la estela en la popa y, mirando fijamente un árbol, se dio cuenta de que en efecto estaban navegando hacia algún lugar, pero muy despacio. El nivel del agua era muy alto a causa de las lluvias, lo que hacía más fácil la navegación, pero corriente arriba el tráfico fluvial no era tan rápido.

Aunque las náuseas y el dolor de cabeza habían desaparecido, los movimientos todavía le provocaban molestias. Probó a levantarse de la hamaca, más que nada porque necesitaba orinar. Consiguió apoyar los pies en la cubierta sin que se produjera ningún incidente y, mientras hacía una momentánea pausa, apareció Welly y le ofreció una tacita de café.

Nate tomó la taza caliente, la acunó entre sus manos y aspiró su aroma. Jamás nada le había olido mejor.

—*Obrigado* —dijo.

—*Sim* —contestó Welly con una radiante sonrisa en los labios.

Nate tomó un sorbo del delicioso café azucarado y procuró no devolverle a Welly la mirada. El muchacho iba vestido con el habitual atuendo del río: unos viejos pantalones de gimnasia, una desgastada camiseta y unas baratas sandalias de goma que protegían las endurecidas plantas de los pies, cubiertas de cicatrices. Al igual que Jevy, Valdir y todos los brasileños que él había conocido hasta entonces, Welly tenía el cabello negro, los ojos oscuros, las facciones semicaucásicas y la piel morena, más oscura, pero en un tono exclusivamente propio.

«Estoy vivo y sobrio —pensó Nate, tomando un sorbo de café—. Por un breve instante, he rozado una vez más el borde del infierno y he sobrevivido. He llegado hasta el fondo, he caído, he contemplado la borrosa imagen de mi rostro y he deseado la muerte, pero aquí estoy, sentado y respirando. Dos veces en tres días he pronunciado mis últimas palabras. Puede que no haya llegado mi hora.»

—*Mais?* —preguntó Welly, señalando con la cabeza la taza vacía.

—*Sim* —contestó Nate, tendiéndosela.

El joven se marchó a grandes zancadas.

Dolorido a causa del accidente aéreo y tembloroso por efecto del vodka, Nate se levantó y permaneció de pie en el centro de la cubierta, tambaleándose con las rodillas ligeramente dobladas. El que pudiera conservar el equilibrio fue un verdadero triunfo para él. La recuperación no era más que una serie de pequeños pasos, de pequeñas victorias. Si uno podía ensartarlas sin tropiezos ni derrotas, ya estaba rehabilitado. Jamás curado, sino solo rehabilitado o saneado por un tiempo. Había completado el rompecabezas otras veces; había celebrado la colocación de cada pieza, por pequeña que fuese.

De pronto, el barco experimentó una sacudida al rozar su fondo plano en un banco de arena y Nate cayó violentamente sobre la hamaca. Esta lo lanzó a su vez sobre la cubierta, donde se golpeó la cabeza contra una tabla de madera. Se levantó como pudo y se agarró a la barandilla con una mano mientras se frotaba la cabeza con la otra. No era más que un pequeño chichón pero el golpe lo despertó y, cuando consiguió enfocar nuevamente la vista, avanzó muy despacio sin soltar la barandilla hasta llegar al pequeño puente, donde Jevy se hallaba sentado en un taburete con una mano apoyada en el timón.

Una breve sonrisa típicamente brasileña y después:

—¿Cómo se encuentra?

—Mucho mejor —contestó Nate, casi avergonzado.

La vergüenza, sin embargo, era un sentimiento que había abandonado a Nate hacía años. Los adictos no la conocen. Se deshonran tantas veces que acaban inmunizándose contra ella.

Welly subió brincando los peldaños, con una taza de café en cada mano. Le ofreció una a Nate y otra a Jevy y después se acomodó en una estrecha banqueta al lado del capitán.

El sol empezaba a ocultarse por detrás de las lejanas montañas de Bolivia y unas nubes estaban formándose en el norte, directamente delante de ellos. El aire era más fresco y suave. Jevy tomó su camiseta y se la puso. Nate temía que se desatase otra tormenta, pero el río no era muy ancho. Seguramente podrían alcanzar la orilla con aquel maldito barco y amarrarlo a un árbol.

Se acercaban a una casita cuadrada, la primera que veía Nate desde que habían abandonado Corumbá. Detectó señales de vida: un caballo y una vaca, ropa tendida y una canoa cerca de la orilla. Un hombre tocado con un sombrero de paja, un auténtico *pantaneiro*, salió al porche y los saludó perezosamente con la mano.

Tras dejar atrás la casa, Welly señaló un lugar en el que la densa maleza se adentraba en el agua.

—Yacarés —dijo.

Jevy los miró con indiferencia. Había visto millones de caimanes, Nate solo uno, desde la grupa de un caballo, y mientras contemplaba los viscosos reptiles que los observaban desde el barro, reparó en lo pequeños que parecían desde la cubierta de un barco. Prefería la distancia.

Algo le dijo, sin embargo, que antes de que terminara la travesía volvería a acercarse a ellos lo bastante como para sentirse incómodo. Tendrían que utilizar la barca de fondo plano que flotaba por detrás del *Santa Loura* para localizar a Rachel Lane. Él y Jevy navegarían por pequeños ríos, sortearían maleza y vadearían oscuras aguas llenas de malas hierbas. Y habría sin duda yacarés y otras especies de peligrosos reptiles esperando su almuerzo.

Curiosamente, Nate por el momento no se sentía preocupado. Estaba demostrando ser bastante resistente a Brasil. Era una aventura y su guía parecía muy intrépido.

Sin soltar la barandilla, consiguió bajar por los peldaños con mucho cuidado y avanzó por el estrecho pasamanos, pasando por delante del camarote y la cocina, donde Welly había colocado una olla sobre el hornillo de propano. El motor diésel seguía rugiendo en la sala de máquinas. La última etapa fue el retrete, un cuartito con una taza de váter, un sucio lavabo en un rincón y una endeble alcachofa de ducha, oscilando a escasos centímetros de su cabeza. Estudió la cuerda de la ducha mientras hacía sus necesidades. Se apartó y tiró de ella. Salió, con fuerza suficiente, un chorro de agua caliente ligeramente amarronada. Era con toda evidencia agua del río obtenida de unas existencias ilimitadas y probablemente sin filtrar. Por encima de la puerta había un cesto de alambre para una toalla y una muda de ropa, por lo que uno tenía que desnudarse y colocarse en cierto modo a horcajadas sobre la taza del váter, tirando de la cuerda de la ducha con una mano mientras se frotaba con la otra.

«Qué más da», pensó Nate. No se ducharía a menudo.

Echó un vistazo a la olla que estaba sobre el hornillo y, al comprobar que contenía arroz y alubias negras, se preguntó si todas las comidas consistirían en lo mismo. Pero, en realidad, no le importaba. La comida le era indiferente. La estancia en Walnut Hill había hecho que su apetito disminuyera, pues el método de desintoxicación incluía el hacer pasar un poco de hambre a los pacientes.

Se sentó en los peldaños del puente de espaldas al capitán y a Welly y contempló el río oscurecer. En medio de las sombras del crepúsculo, los animales salvajes se preparaban para la noche. Las aves volaban a baja altura sobre el agua, desplazándose de árbol en árbol en busca de un último pez grande o pequeño antes de que cayera la noche. Se llamaban entre sí al paso del barco y sus gritos se elevaban con toda claridad por encima del constante zumbido del diésel. El agua chapaleaba en la orilla como consecuencia de los movimientos de los caimanes. Era probable incluso que hubiera serpientes, enormes anacondas disponiéndose a dormir, pero Nate prefería no pensar en ellas. Se sentía bastante seguro en el *Santa Loura*. La suave brisa era ahora más cálida y soplaba en dirección a ellos. La tormenta no se había hecho realidad.

El tiempo corría, pero en algún otro lugar, pues en el Pantanal no significaba nada. Nate estaba adaptándose lentamente a él. Pensó en Rachel Lane. ¿Qué efecto haría el dinero sobre ella? Nadie, independientemente de su nivel de fe y compromiso, podía seguir siendo el mismo de antes. ¿Se iría con él y regresaría a Estados Unidos para hacerse cargo de la herencia de su padre? Siempre tendría ocasión de volver junto a sus indios. ¿Cómo recibiría la noticia? ¿Cómo reaccionaría al ver a un abogado estadounidense que había conseguido localizarla?

Welly rasgueó las cuerdas de una vieja guitarra y Jevy cantó una tosca melodía en voz baja. El dúo era agradable y casi relajante; era la canción de unos hombres sencillos que vivían siguiendo el ritmo del día, no el de los minutos. Unos hombres que apenas pensaban en el mañana o en lo que pudiera ocurrir o no durante el resto del año. Nate los envidió, por lo menos mientras cantaban.

Era toda una rehabilitación para un hombre que la víspera había tratado de morir de una borrachera. Disfrutaba del momento, se alegraba de estar vivo, deseaba seguir adelante con aquella aventura. Su pasado estaba realmente en otro mundo, a años luz de distancia, en las frías y húmedas calles de Washington, y allí nada bueno podía ocurrir. Había demostrado con toda claridad que era incapaz de abstenerse de la bebida mientras viviera allí, se relacionase con las mismas personas, hiciera el mismo trabajo e hiciera caso omiso de los mismos hábitos de siempre hasta que se producía la inevitable caída.

Welly inició un solo que arrancó a Nate de su pasado. Era una lenta y triste balada que duró hasta que el río se quedó completamente oscuro. Jevy encendió dos pequeños reflectores, uno a cada lado de la proa. Era fácil navegar por el río. Este subía y bajaba según las estaciones y nunca alcanzaba una gran profundidad. Las embarcaciones eran bajas, tenían el fondo plano y estaban construidas de forma tal que pudieran resistir el choque con los bancos de arena que a veces se interponían en su camino. Jevy tropezó con uno poco después del anochecer y el *Santa Loura* se detuvo. Jevy hizo contramarcha, volvió a avanzar y, al cabo de cinco minutos de maniobras, consiguieron superar el obstáculo. El barco era verdaderamente insumergible.

En un rincón del camarote, no lejos de las cuatro literas, Nate comió solo, sentado junto a una mesa clavada en el suelo. Welly le sirvió las alubias y el arroz, pollo hervido y una naranja. Nate bebió agua fría de una botella. Una bombilla colgada de un cable de la luz oscilaba por encima de su cabeza. El camarote era sofocante y no estaba ventilado. Welly le había sugerido que durmiese en la hamaca.

Jevy llegó con un mapa de navegación del Pantanal. Quería marcar su avance, pero, de momento, este había sido muy escaso. Estaban subiendo lentamente por el Paraguay y el trecho que mediaba entre la posición que en aquellos momentos ocupaban y Corumbá era minúsculo.

—El nivel del agua es muy alto —explicó Jevy—. Iremos mucho más rápido a la vuelta.

Nate no había pensado demasiado en el regreso.

—No te preocupes —dijo.

Jevy señaló en varias direcciones e hizo otros cálculos.

—El primer poblado indio está por esta zona —dijo indicando un punto que, al paso que llevaban, parecía encontrarse a varias semanas de distancia.

—¿Guató?

—*Sim*. Creo que primero tendríamos que ir allí. Si no la encontramos en el poblado, puede que alguien sepa dónde está.

—¿Cuánto tardaremos en llegar?

—Dos días quizá tres.

Nate se encogió de hombros. El tiempo se había detenido. Se había guardado el reloj de pulsera en el bolsillo. Hacía tiempo que había olvidado su colección de diagramas de planificación horaria, diaria, semanal y mensual. Su calendario de pleitos, aquel gran mapa inviolado de su vida, estaba guardado en el cajón de alguna secretaria. Había burlado la muerte y ahora cada día era un regalo.

—Tengo muchas cosas que leer —dijo.

Jevy volvió a doblar cuidadosamente el mapa.

—¿Cómo se encuentra? —preguntó.

—Bien. Me encuentro muy bien.

Jevy hubiera querido preguntar otras muchas cosas, pero Nate no estaba preparado para el confesionario.

—Bien —repitió—. Este viajecito será muy beneficioso para mí.

Se pasó una hora leyendo junto a la mesa bajo el bamboleo de la bombilla hasta que se dio cuenta de que sudaba copiosamente. Tomó un repelente de insectos, una linterna y varios memorandos de Josh y se dirigió con cuidado a la proa. Una vez allí, subió por los peldaños de la timonera, donde Welly se encontraba al mando del timón y Jevy echaba una cabezadita. Se aplicó repelente de insectos en los brazos y las piernas y después se tendió en la hamaca, removiéndose hasta que encontró una posición cómoda. Cuando todo estuvo perfectamente equilibrado y la hamaca empezó a balancearse siguiendo el suave movimiento de la corriente del río, Nate encendió la linterna y reanudó la lectura.

18

Era una simple vista, una lectura de un testamento, pero los detalles revestían una importancia trascendental. F. Parr Wycliff apenas había pensado en otra cosa durante las fiestas navideñas. Todos los asientos de su sala estarían ocupados y los presentes se apretujarían en tres filas contra las paredes. Estaba tan preocupado que, al día siguiente de la Navidad, se había dado una vuelta por su sala vacía, tratando de buscar algún medio de acomodar a todo el mundo.

Como era de esperar, los medios de difusión se habían descontrolado. Querían introducir las cámaras en la sala y él se había negado en redondo a que lo hicieran. Querían colocar cámaras en los pasillos, de cara a las ventanitas cuadradas que había en las puertas, y él había dicho rotundamente que no. Querían asientos preferentes y él también les había dicho que no. Querían entrevistarlo, pero, de momento, él estaba quitándoselos de encima.

Los abogados también habían decidido organizar un espectáculo. Algunos querían que la vista se celebrara a puerta cerrada y otros por razones obvias que fuese televisada. Algunos querían el documento sellado y otros querían que se les enviaran copias del testamento por fax para poder examinarlo. Pedían esto y aquello, solicitaban sentarse aquí o allá, querían saber quién sería autorizado a entrar en la sala y quién no.

Varios abogados llegaron al extremo de sugerir que se les permitiera abrir y leer el testamento. Era muy largo y, a lo mejor, ellos se verían obligados a explicar algunas de las disposiciones más complicadas durante la lectura.

Wycliff llegó muy temprano y se reunió con los agentes adicionales que había solicitado. Estos lo siguieron, junto con su secretaria y su secretario judicial, y lo acompañaron en un recorrido por la sala mientras distribuía los asientos, comprobaba el funcionamiento del sistema de altavoces y contaba las sillas. Estaba muy preocupado por los detalles. Alguien dijo que el equipo de un telediario trataba de sentar sus reales al fondo del pasillo, y él envió rápidamente a uno de sus agentes para que recuperara la zona.

Una vez que todo estuvo organizado en la sala, Wycliff se retiró a su despacho para dedicarse a otros asuntos. Le resultaba muy difícil concentrarse. Jamás su agenda volvería a prometer semejante emoción. De una forma muy egoísta, esperaba que el testamento de Troy Phelan fuera escandalosamente polémico, que despojara del dinero a una ex familia y se lo otorgara a otra. A lo mejor, el viejo había jodido a todos sus extravagantes hijos y había hecho rica a otra persona. Una larga y desagradable contienda testamentaria sin duda animaría la vulgar carrera de Wycliff en el campo de la legalización de testamentos. Él sería el centro de una tormenta que duraría muchos años, pues estaban en juego once mil millones de dólares.

Tenía la certeza de que eso era lo que iba a ocurrir. Solo y con la puerta cerrada, se pasó quince minutos planchándose la toga.

El primer espectador fue un reportero que llegó poco después de las ocho y al que, por ser el primero, se le sometió a un exhaustivo registro por parte del nervioso equipo de guardias de seguridad que vigilaba la puerta de doble hoja de la sala. Lo acogieron con muy malos modos, le pidieron que mostrara un documento de identidad con fotografía y firmase un impreso especial destinado a los periodistas, examinaron su cuaderno de notas como si fuera una granada de mano y después lo hicieron pasar por el detector de metales, donde dos fornidos guardias sufrieron una decepción al ver que no se disparaban las alarmas a su paso. Una vez dentro, otro guardia uniformado lo acompañó por el pasillo central hasta un asiento de la tercera fila. El reportero se sentó y soltó un suspiro de alivio. La sala estaba vacía.

La vista tenía que empezar a las diez, pero a las nueve ya se había congregado una considerable cantidad de personas en el vestíbulo que había fuera de la sala. Los guardias de seguridad se estaban tomando con mucha calma el papeleo y los registros. En el pasillo se había formado una cola.

Algunos abogados de los herederos Phelan llegaron con muchas prisas y se mostraron extremadamente irritados por el hecho de que no pudieran acceder de inmediato a la sala. Se intercambiaron algunas palabras gruesas y tanto los abogados como los agentes del juez intercambiaron amenazas. Alguien exigió la presencia de Wycliff, pero este se hallaba muy ocupado sacándose brillo a las botas y no permitió que lo molestaran. Al igual que una novia antes de la boda, no quería que los invitados lo vieran. El hecho de que los herederos y los abogados tuviesen preferencia, alivió la tensa situación.

La sala se fue llenando poco a poco. Se colocaron unas mesas en forma de U, con el estrado del juez en el extremo abierto para que su señoría pudiera escudriñar, desde su elevada posición, tanto a los abogados como a los herederos y el público. A la izquierda del estrado, delante de la tribuna del jurado, había una mesa alargada, junto a la cual se sentaron los Phelan. Troy Junior fue el primero, seguido de Biff. Los acompañaron al lugar más próximo al estrado del juez y allí se sentaron con tres abogados de su equipo jurídico, tratando desesperadamente de aparentar tristeza al tiempo que fingían ignorar la existencia de todos los presentes en la sala. Biff estaba furiosa porque el servicio de seguridad le había confiscado el teléfono móvil. No podría efectuar ninguna llamada relacionada con su actividad inmobiliaria.

Ramble fue el siguiente. Con vistas a aquella señalada ocasión no se había arreglado el cabello, el cual aún conservaba mechones de color verde lima y llevaba dos semanas sin ver el agua. Los aros lucían en todo su esplendor en la oreja, la nariz y la ceja. Chupa de cuero negro y tatuajes provisionales en los huesudos brazos. Vaqueros deshilachados, viejas botas y actitud enfurruñada. Cuando bajó por el pasillo, llamó la atención de los periodistas. Yancy, su alto abogado hippie que se las había ingeniado para permanecer al lado de su valioso cliente, se pasó el rato mimándolo y alrededor de él.

Yancy echó un rápido vistazo a la disposición de los asientos y pidió sentarse lo más lejos posible de Troy Junior. El ayudante del juez accedió a su petición y los colocó al fondo de una mesa provisional situada delante del estrado del juez. Ramble se hundió en su asiento con el cabello verde colgando sobre el respaldo. Los presentes en la sala lo miraron horrorizados... ¿era posible que aquella cosa estuviese a punto de heredar quinientos millones de dólares? Sin duda se armaría un jaleo tremendo.

A continuación apareció Geena Phelan Strong en compañía de su marido Cody y dos de sus abogados. Calcularon la distancia entre Troy Junior y Ramble, dividieron la diferencia y se sentaron lo más lejos posible de ambos. Cody daba la impresión de estar especialmente atareado e inmediatamente empezó a examinar unos importantes documentos con uno de los abogados. Geena se limitaba a mirar con asombro a Ramble. Le parecía increíble que el muchacho y ella fueran hermanastros.

Amber, la bailarina de *striptease*, hizo una espectacular entrada vestida con minifalda y una blusa escotada que dejaba al descubierto buena parte de su exuberante busto. El agente del juez que la acompañó por el pasillo estaba encantado con la suerte que había tenido y se pasó el rato charlando con ella sin apartar los ojos de su escote. Rex, vestido con traje oscuro, seguía a su mujer con una abultada cartera de documentos en la mano, como si aquel día tuviera un importante trabajo que hacer. A su espalda caminaba Hark Gettys, todavía el abogado más ruidoso del grupo. Hark iba acompañado de dos de sus nuevos asociados; su bufete crecía a cada semana que pasaba. Puesto que Amber y Biff no se hablaban, Rex se apresuró a intervenir y señaló un lugar entre Ramble y Geena.

Las mesas se estaban llenando y los huecos se estaban cerrando. Faltaba muy poco para que algunos Phelan no tuvieran más remedio que sentarse los unos al lado de los otros.

Tira, la madre de Ramble, se presentó en compañía de dos jóvenes de aproximadamente la misma edad. Uno llevaba unos ajustados vaqueros y tenía el pecho velludo; el otro iba muy bien arreglado con un traje oscuro de raya diplomática. Ella se acostaba con el gigoló. El abogado recibiría al suyo por la retaguardia.

Se llenó otro agujero. Al otro lado de la barandilla de separación, se oía el murmullo de la gente, que no paraba de hacer conjeturas.

—No me extraña que el viejo se arrojara al vacío —le dijo un reportero a otro mientras ambos contemplaban a los Phelan.

Los nietos Phelan se vieron obligados a tomar asiento entre el público y el pueblo llano. Se apretujaron con sus pequeños séquitos y grupos de apoyo, soltando nerviosas risitas a la espera de que el destino les fuera favorable.

Libbigail Jeter llegó con su marido Spike, el ex motero de cien kilos de peso, y ambos avanzaron por el pasillo central, sintiéndose tan fuera de lugar como los demás, a pesar de su condición de asiduos visitantes de las salas de justicia. Los precedía Wally Bright, su abogado de las páginas amarillas. Wally vestía un sucio impermeable que le llegaba hasta el suelo, unos gastados zapatos bicolores de puntera con puntitos perforados y una corbata de poliéster de veinte años de antigüedad.

Su aspecto era tan estrafalario que, si los presentes hubieran hecho una votación, fácilmente habría ganado el premio al abogado peor vestido. Llevaba los documentos en una carpeta de fuelle, ya utilizada para incontables casos de divorcio y otros asuntos. Por una extraña razón, Bright jamás se había comprado un maletín. Había sido el décimo de su clase en la escuela nocturna de leyes.

Los tres se encaminaron directamente hacia el hueco más ancho. Mientras los esposos tomaban asiento, Bright inició el ruidoso proceso de quitarse el impermeable. Con el deshilachado dobladillo rozó el cuello de uno de los anónimos asociados de Hark, un muchacho muy serio que ya estaba molesto por su olor corporal.

—¡Si no le importa! —dijo el joven en tono áspero al tiempo que le soltaba a Bright un revés que no lo alcanzó.

Las palabras resonaron en la tensa y nerviosa atmósfera. Varias personas volvieron la cabeza, olvidando por un instante los importantes documentos que estaban examinando. Todo el mundo odiaba a todo el mundo.

—¡Usted perdone! —contestó Bright en tono sarcástico.

Los dos agentes del juez se acercaron para mediar en caso de que fuera necesario, pero el impermeable encontró un lugar bajo la mesa sin posteriores incidentes y, al final, Bright consiguió sentarse al lado de Libbigail mientras Spike, sentado al otro lado, se acariciaba la barba y miraba a Troy Junior como si estuviera deseando soltarle un guantazo.

Muy pocas personas en la sala pensaban que aquella escaramuza iba a ser la última que se produjera entre los Phelan.

Si alguien muere dejando una fortuna de once mil millones de dólares, la gente se interesa por la última voluntad y testamento. Sobre todo cuando cabe la posibilidad de que una de las fortunas más grandes del mundo esté a punto de ser arrojada a los buitres. Allí se encontraban los representantes de los periódicos sensacionalistas junto con los reporteros de la prensa local y de las más importantes revistas sobre economía.

A las nueve y media, las tres filas que Wycliff había reservado para la prensa ya estaban ocupadas. Los periodistas se lo pasaron en grande observando cómo los Phelan se reunían delante de ellos. Tres dibujantes trabajaban a ritmo febril; el panorama que tenían ante sus ojos era una fuente inagotable de inspiración. El punki del cabello verde fue objeto de una considerable cantidad de dibujos.

Josh Stafford hizo su aparición a las nueve y cincuenta minutos. Lo acompañaba Tip Durban junto con otros dos representantes de la firma y un par de auxiliares jurídicos que completaban el equipo. Con rostro grave y circunspecto, los recién llegados ocuparon sus asientos junto a la mesa que les habían reservado, una bastante espaciosa, por cierto, en comparación con aquellas junto a las cuales se habían apretujado los Phelan con sus abogados. Josh depositó sobre la mesa una abultada carpeta que atrajo inmediatamente las miradas de todo el mundo. Al parecer, contenía un documento de casi cinco centímetros de grosor, muy similar al que Troy Phelan había firmado en un vídeo apenas diecinueve días atrás.

Nadie pudo reprimir la tentación de echarle un vistazo. Nadie excepto Ramble. La legislación de Virginia permitía que los herederos recibieran muy pronto una parte de la herencia, siempre y cuando esta fuera en efectivo y no hubiese ningún problema con el pago de deudas e impuestos. Los cálculos de los abogados de los Phelan variaban entre un mínimo de diez millones por heredero y los cincuenta millones que esperaba Bright, quien no había visto ni cincuenta mil dólares juntos en toda su vida.

A las diez, los agentes del juez cerraron la puerta de la sala y, siguiendo una invisible señal, el juez Wycliff emergió de un agujero situado detrás del estrado y toda la sala enmudeció. El juez se sentó en su sillón arreglándose la crujiente toga a su alrededor y, acercándose al micrófono con una sonrisa, dijo:

—Buenos días.

Todo el mundo le devolvió la sonrisa. Para su enorme satisfacción, la sala estaba de bote en bote. Un rápido recuento de los agentes reveló que eran ocho, iban armados y estaban preparados. El juez estudió a los Phelan; no quedaba entre ellos ningún hueco. Algunos de sus abogados se rozaban prácticamente los unos a los otros.

—¿Están presentes todas las partes? —preguntó.

Todos los que rodeaban las mesas asintieron con la cabeza.

—Tengo que identificar a todos los implicados —anunció Wycliff, alargando la mano hacia los documentos—. La primera petición fue presentada por Rex Phelan.

Antes de que el juez terminara de hablar, Hark Gettys se levantó y carraspeó.

—Soy Hark Gettys, señoría —tronó, dirigiéndose hacia el estrado—, y represento al señor Rex Phelan.

—Gracias, puede sentarse.

El juez recorrió las mesas, anotando metódicamente los nombres de los herederos y de sus abogados. De todos los abogados. Los reporteros los garabatearon tan rápidamente como el juez. Seis herederos en total, tres ex esposas. Todo el mundo estaba presente.

—Veintidós abogados —murmuró Wycliff para sus adentros—. ¿Tiene usted el testamento, señor Stafford?

Josh se levantó, sosteniendo otra carpeta en la mano.

—Sí, señoría.

—¿Podría usted ocupar el estrado de los testigos, por favor?

Josh rodeó las mesas y pasó por delante del secretario del tribunal para dirigirse al estrado de los testigos, donde levantó la mano derecha y juró decir toda la verdad y nada más que la verdad.

—¿Fue usted el representante de Troy Phelan? —preguntó Wycliff.

—En efecto. Durante varios años.

—¿Le preparó usted un testamento?

—Le preparé varios.

—¿Preparó su último testamento?

Se produjo una pausa en cuyo transcurso los Phelan se inclinaron un poco más hacia delante.

—No, no lo preparé yo —contestó muy despacio Josh, mirando a los buitres.

A pesar del suave tono de su voz, las palabras cortaron el aire como un trueno. Los abogados de los Phelan reaccionaron más rápidamente que los herederos, varios de los cuales no sabían muy bien qué pensar. Pero se trataba de algo muy serio e inesperado. Una nueva tensión se apoderó de la sala. El silencio se intensificó.

—¿Quién preparó la última voluntad y testamento? —preguntó Wycliff como un mal actor que estuviera leyendo un guión.

—El propio señor Phelan.

No era verdad. Ellos habían visto al viejo sentado ante la mesa con los abogados, y a los tres psiquiatras —Zadel, Flowe y Theishen— sentados al otro lado. Los psiquiatras lo habían declarado en pleno uso de sus facultades mentales y, unos segundos después, el viejo Troy había tomado un voluminoso testamento preparado por Stafford y uno de sus asociados, había declarado que era suyo y lo había firmado.

No cabía la menor duda.

—Oh, Dios mío —exclamó Hark Gettys por lo bajo, pero levantando lo suficiente la voz como para que todos lo oyeran.

—¿Cuándo lo firmó? —preguntó Wycliff.

—Momentos antes de arrojarse al vacío.

—¿Está escrito de su puño y letra?

—Sí.

—¿Lo firmó en su presencia?

—En efecto. Y estuvieron presentes otros testigos. La firma también se grabó en vídeo.

—Por favor, entrégueme el testamento.

Josh sacó con deliberada lentitud un sobre del expediente y se lo entregó a su señoría. Parecía horriblemente pequeño. No era posible que contuviese las suficientes palabras como para comunicarles a los Phelan qué era lo que por derecho les correspondía.

—¿Qué demonios es eso? —le preguntó Troy Junior con voz sibilante al abogado que tenía más cerca.

Pero el abogado no pudo contestar.

El sobre solo contenía una hoja de papel amarillo de oficio. Wycliff lo sacó muy despacio para que todos lo vieran, lo desdobló con cuidado y lo estudió por un instante.

El pánico se apoderó de los Phelan, pero no podían hacer nada. ¿Acaso el viejo los había jodido por última vez? ¿Se les estaba escapando de las manos el dinero? A lo mejor, el viejo había cambiado de idea y les había dejado mucho más de lo que ellos esperaban. Sentados en torno a las mesas, los herederos daban codazos a sus abogados, que se mostraban, a pesar de ello, notoriamente taciturnos.

Wycliff carraspeó y se inclinó un poco más hacia el micrófono.

—Tengo aquí en mis manos un documento de una sola página que, al parecer, es un testamento escrito de puño y letra por parte de Troy L. Phelan. Voy a leerlo en su totalidad: «Último testamento de Troy L. Phelan. Yo, Troy L. Phelan, habiendo sido declarado en pleno uso de mis facultades mentales, anulo expresamente por el presente documento todos los anteriores testamentos y codicilos otorgados por mí y dispongo de mis bienes como sigue:

»"A cada uno de mis hijos, Troy Phelan, Jr., Rex Phelan, Libbigail Jeter, Mary Ross Hackman, Geena Strong y Ramble Phelan, les otorgo la suma de dinero necesaria para pagar todas las deudas que hayan contraído hasta la fecha. Cualquier deuda en la que incurran a partir de esta fecha no será cubierta por la presente donación. Si alguno de mis hijos intenta impugnar este testamento, la donación que le corresponda será anulada".

Hasta Ramble oyó las palabras y las comprendió. Geena y Cody rompieron a llorar muy quedo. Rex se inclinó hacia delante con los codos sobre la mesa y se cubrió el rostro con las manos, aturdido. Libbigail miró más allá de Bright a Spike y le dijo:

—Qué hijo de puta.

Spike se mostró de acuerdo. Mary Ross se cubrió los ojos mientras su abogado le acariciaba una rodilla. Su marido le acarició la otra. Solo Troy Junior consiguió mantener el rostro impasible, pero no por mucho tiempo.

Aún quedaban más daños. Wycliff no había terminado.

—«A mis ex esposas Lillian, Janie y Tira no les doy nada. Ya fueron adecuadamente compensadas en ocasión de sus divorcios.»

En aquel momento, Lillian, Janie y Tira estaban preguntándose qué demonios hacían en aquella sala. ¿De veras esperaban recibir más dinero de un hombre al que odiaban? Sintieron sobre ellas las miradas de los demás y trataron de ocultarse entre sus abogados.

—«Lego el resto de mis bienes a mi hija Rachel Lane, nacida el 2 de noviembre de 1954 en el Hospital Católico de Nueva Orleans de una mujer llamada Evelyn Cunningham, ya difunta en la actualidad.»

Wycliff hizo una pausa, pero no para intensificar el efecto dramático. Solo quedaban dos pequeños párrafos y el daño ya estaba hecho. Los once mil millones habían sido legados a una hija ilegítima, sobre la cual él no había leído nada. Los Phelan que tenía sentados delante habían sido despojados de todo. No pudo por menos que mirarlos.

—«Nombro albacea de este testamento a mi fiel abogado Joshua Stafford y le otorgo amplios poderes discrecionales en su ejecución.»

Por un instante se habían olvidado de Josh, pero allí estaba él, sentado en el estrado como si fuera el inocente testigo de un accidente de automóvil. Todos lo estaban mirando con odio reconcentrado. ¿Cuántas cosas sabía? ¿Era un conspirador? Estaban seguros de que habría podido hacer algo por impedirlo.

Josh procuró mantener la seriedad de su rostro.

—«El propósito de este documento es el de ser un testamento ológrafo. Todas las palabras han sido escritas de mi puño y letra y firmo por la presente.» —Wycliff inclinó el documento y añadió—: El testamento fue firmado por Troy L. Phelan a las tres de la tarde del 9 de diciembre de 1996.

Depositó el documento sobre la mesa y miró alrededor. El terremoto había terminado y ahora era el momento de ver los efectos que había producido. Los Phelan permanecían sentados en sus asientos, algunos frotándose los ojos y la frente y otros contemplando desesperadamente la pared. Por un instante, los veintidós abogados se quedaron sin habla.

Las sacudidas se transmitieron a través de las filas de espectadores, en las que, curiosamente, se detectaban algunas sonrisas. Ah, eran los medios de difusión, repentinamente ansiosos de abandonar la sala y empezar a divulgar la noticia.

Amber se puso a llorar ruidosamente, pero después se contuvo. Solo había visto a Troy una vez, pero había bastado para que este se le insinuara de forma grosera. Su dolor no era por la pérdida de un ser querido. Geena lloraba muy quedo al igual que Mary Ross. Libbigail y Spike optaron por soltar maldiciones.

—No se preocupen —dijo Bright, tratando de tranquilizarlos como si pudiera remediar aquella injusticia en cuestión de días.

Biff miró enfurecida a Troy Junior y en aquel momento se plantaron las semillas del divorcio. Desde el suicidio de su padre, Troy Junior se había mostrado arrogante y despectivo con su mujer. Ella lo toleraba por obvias razones, pero eso había acabado. Estaba saboreando la primera pelea, la que sin duda daría comienzo a pocos metros de la puerta de la sala de justicia.

Otras semillas se plantaron. El duro pellejo de los abogados recibió la sorpresa, la absorbió y después se la sacudió de encima tan instintivamente como un pato se sacude el agua. Estaban a punto de hacerse ricos. Sus clientes habían contraído cuantiosas deudas y no existía ninguna solución a la vista. No tendrían más remedio que impugnar el testamento. Los pleitos podían durar muchos años.

—¿Cuándo tiene previsto legalizar el testamento? —le preguntó Wycliff a Josh.

—Dentro de una semana.

—Muy bien. Puede usted retirarse.

Josh regresó triunfalmente a su asiento mientras los abogados empezaban a recoger los papeles como si nada hubiera ocurrido.

—Se levanta la sesión.

19

Tras el levantamiento de la sesión se produjeron tres disputas en el vestíbulo. Por suerte, en ninguna un Phelan se peleó con otro u otros Phelan. Eso vendría más adelante.

Mientras los decepcionados familiares eran consolados por sus abogados en el interior de la sala, fuera aguardaba un numeroso grupo de reporteros. Troy Junior fue el primero en salir e inmediatamente fue rodeado por una manada de lobos, varios de ellos con los micrófonos en posición de ataque. Pero, en primer lugar, este se encontraba bajo los efectos de una resaca y, en segundo, ahora que tenía quinientos millones menos, no se sentía de humor para hablar de su padre.

—¿Está usted sorprendido? —le preguntó un idiota desde detrás de un micrófono.

—Por supuesto que sí —contestó él, tratando de abrirse paso entre la gente.

—¿Quién es Rachel Lane? —preguntó otro.

—Supongo que mi hermana —replicó él.

Un joven flacucho de ojos estúpidos y semblante macilento se plantó directamente delante de él y, acercándole un magnetófono al rostro, le preguntó:

—¿Cuántos hijos ilegítimos tuvo su padre?

Troy Junior apartó instintivamente el magnetófono y el

aparato golpeó fuertemente el rostro del reportero por encima de la nariz. Mientras el joven flacucho se tambaleaba, Troy Junior le soltó un fuerte derechazo que le alcanzó la oreja y lo derribó al suelo. En medio del alboroto, un agente empujó a Troy Junior en otra dirección y se lo llevó rápidamente de allí.

Ramble soltó un escupitajo contra otro reportero, a quien un compañero tuvo que sujetar, recordándole que el chico era menor de edad.

El tercer incidente tuvo lugar cuando Libbigail y Spike abandonaron la sala con paso cansino detrás de Wally Bright.

—¡Sin comentarios! —gritó Bright dirigiéndose a la horda que cerraba filas alrededor de él—. ¡Sin comentarios! ¡Apártense, por favor!

Libbigail, que no paraba de llorar, tropezó con un cable de televisión y se tambaleó sobre un reportero, provocando su caída. Se oyeron gritos y maldiciones, y mientras el reportero permanecía a gatas en el suelo tratando de levantarse, Spike le propinó un puntapié en las costillas. El hombre soltó un grito y volvió a caer. Mientras agitaba los brazos tratando de incorporarse, su pie pisó el dobladillo del vestido de Libbigail, quien le propinó una bofetada. Spike estaba a punto de asesinarlo cuando intervino un agente.

De hecho, los agentes intervenían en todas las peleas, siempre de parte de los Phelan y contra los reporteros. Después ayudaban a los afligidos herederos y a sus abogados a bajar por las escaleras, cruzar el vestíbulo y abandonar el edificio.

El abogado Grit, que representaba a Mary Ross Phelan Jackman se quedó pasmado al ver tantos periodistas. Al recordar la primera enmienda a la Constitución de Estados Unidos o, por lo menos, los rudimentarios conocimientos que él tenía de ella, se sintió obligado a hablar con toda sinceridad. Rodeando con el brazo a su desolada cliente, expuso a los periodistas su primera reacción ante aquel testamento inesperado. Era con toda evidencia la obra de un demente, dijo. ¿De qué otro modo podía explicarse la cesión de una fortuna tan inmensa a una heredera desconocida? Su cliente adoraba a su padre, lo amaba profundamente y reverenciaba. Mientras Grit seguía largando sobre el increíble amor que unía a padre e hija, Mary Ross captó finalmente la insinuación y se echó a llorar. El propio Grit parecía al borde de las lágrimas.

Sí, lucharían. Presentarían batalla contra aquella grave injusticia ante el Tribunal Supremo de Estados Unidos. ¿Por qué? Porque aquella no era la obra del Troy Phelan que ellos conocían. Él era bueno y amaba a sus hijos tanto como estos lo amaban a él. Estaban unidos por un vínculo increíble, forjado en medio de la tragedia y las penalidades. Lucharían, porque cuando su amado padre había garabateado aquel horrible documento, no estaba en sus cabales.

Josh Stafford no tenía ninguna prisa en marcharse. Habló pausadamente con Hark Gettys y algunos abogados de las otras mesas. Prometió enviarles copias del terrible testamento. El trato fue inicialmente cordial, pero las hostilidades no tardarían en aparecer. Un reportero del *Post* a quien él conocía estaba aguardándolo en el vestíbulo. Josh se pasó diez minutos conversando con él sin decirle nada. Rachel Lane era un personaje de particular interés; tanto su historia como su paradero. Las preguntas eran muchas, pero Josh no tenía respuestas.

Estaba seguro de que Nate la localizaría antes que nadie.

La noticia se propagó. Desde la sala de justicia llegó a las ondas de los últimos artilugios de las telecomunicaciones y el *hardware* de la alta tecnología. Los reporteros utilizaban los teléfonos móviles, los ordenadores portátiles y los buscapersonas, hablando sin pensar.

Los principales canales empezaron a divulgar la noticia

cada veinte minutos una vez finalizada la sesión y, una hora después, la primera cadena que emitía telediarios durante las veinticuatro horas del día, interrumpió la serie de noticias repetidas para conectar en directo con una reportera, hablando ante las cámaras a las puertas del palacio de justicia.

—Noticia sorprendente desde aquí... —empezó la reportera, soltando un relato de la historia, en buena parte fidedigno.

Sentado al fondo de la sala se hallaba Pat Solomon, la última persona seleccionada por Troy Phelan para dirigir el Grupo Phelan. Había sido director general durante seis años, un período muy tranquilo y provechoso.

Solomon abandonó el palacio de justicia sin que ningún reportero lo reconociera. Mientras se alejaba de allí, sentado en el asiento posterior de su limusina, trató de analizar la última bomba de Troy. Esta no le había causado la menor extrañeza. Tras dos décadas de trabajos para Troy, ya estaba curado de espantos. La reacción de sus estúpidos hijos y de sus abogados era consoladora. En cierta ocasión, a Solomon se le había encargado la imposible tarea de buscarle a Troy Junior un puesto en la compañía que este pudiera ocupar sin provocar una caída de los beneficios trimestrales. Había sido una pesadilla. Mimado, inmaduro, pésimamente educado y carente de los más elementales conocimientos de administración empresarial, Troy Junior había pasado sin miramientos por toda una división del sector de minerales antes de que a Solomon le dieran luz verde para despedirlo.

Unos años más tarde había ocurrido un episodio similar con Rex, ansioso de ganarse la aprobación de su padre y su dinero. Al final, Rex había acudido a Troy en un intento de que este despidiera a Solomon.

Las mujeres y otros hijos se habían pasado varios años tratando de introducirse en la empresa, pero Troy se había mantenido firme. Aunque su vida privada fuese un fracaso, nada obstaculizaría la marcha de su amada empresa.

Solomon y Troy jamás habían sido íntimos amigos. En realidad, nadie, tal vez con la única excepción de Josh Stafford, había conseguido convertirse en su confidente. Las rubias que habían desfilado por su vida habían compartido las comprensibles intimidades, pero Troy no tenía amigos. Y, cuando empezó a apartarse y se inició su declive tanto físico como mental, los directivos de la empresa comentaban a menudo en voz baja la cuestión de la propiedad de la empresa. Estaban seguros de que Troy no se la dejaría a sus hijos.

Y no lo había hecho, por lo menos en lo que a los sospechosos habituales se refería.

El consejo de administración estaba esperando en el piso decimocuarto, en la misma sala de juntas donde Troy había sacado su testamento antes de emprender el vuelo. Solomon describió la escena de la sala de justicia y su brillante relato adquirió tintes humorísticos. La idea de que los herederos pudieran hacerse con el control del grupo de empresas había causado una enorme inquietud en el consejo de administración. Troy Junior había hecho saber que él y sus hermanos contaban con los votos necesarios para obtener la mayoría y que su intención era limpiar la casa para conseguir unos saneados beneficios.

Los miembros del consejo querían noticias sobre Janie, la segunda ex esposa. Era secretaria de la empresa antes de ascender a la categoría de amante y, posteriormente, de esposa, y tras alcanzar la cumbre había maltratado y ofendido a muchos empleados. Hasta que Troy la desterró de la sede central.

—Se ha ido llorando —dijo jovialmente Solomon.

—¿Y Rex? —preguntó uno de los directores, el principal ejecutivo económico a quien Rex había despedido una vez en un ascensor.

—No parecía muy contento que digamos. Está bajo investigación, ¿sabéis?

Los miembros del consejo de administración hablaron de casi todos los hijos y de todas las esposas y la reunión se convirtió en una fiesta.

—He contado veintidós abogados —dijo Solomon con una sonrisa—. Todos estaban bastante tristes.

Por tratarse de una reunión informal del consejo de administración, la ausencia de Josh carecía de importancia. El jefe del departamento jurídico había dicho que, bien mirado, el testamento había sido una suerte. Solo tendrían que enfrentarse con una heredera desconocida en lugar de con seis idiotas.

—¿Se tiene alguna idea de dónde está esta mujer?

—Ninguna —contestó Solomon—. Puede que Josh sepa algo.

A última hora de la tarde Josh se vio obligado a salir de su despacho y refugiarse en una pequeña biblioteca situada en el sótano de su edificio. Su secretaria dejó de contar los mensajes telefónicos al llegar a ciento veinte. El vestíbulo de la entrada principal se había llenado de reporteros a última hora de la mañana. Josh había dado a sus secretarias la orden estricta de que nadie lo molestara durante una hora, por lo que la llamada a la puerta lo irritó especialmente.

—¿Quién es? —preguntó en tono de mal humor, mirando hacia la puerta.

—Una emergencia, señor —contestó una secretaria sin entrar.

—Pase.

La secretaria asomó la cabeza justo lo suficiente para mirarlo a la cara y decirle:

—Es el señor O'Riley.

Josh dejó de frotarse las sienes e incluso llegó al extremo de sonreír. Miró alrededor y recordó que en aquella estancia no había ningún teléfono. La secretaria se adelantó dos pasos, depositó un teléfono inalámbrico sobre la mesa y se retiró.

—Nate —dijo Josh contra el auricular.

—¿Eres tú, Josh? —fue la respuesta.

El volumen estaba bien, pero las palabras sonaban un poco estridentes. La recepción era mejor que la de la mayor parte de los teléfonos de automóvil.

—¿Me oyes bien, Nate?

—Sí.

—¿Dónde estás?

—Estoy con el teléfono satélite, en la popa de mi pequeño yate, flotando por el río Paraguay. ¿Me oyes?

—Sí, muy bien. ¿Cómo te encuentras, Nate?

—Maravillosamente bien, me lo paso en grande, solo tenemos un pequeño problema en el barco.

—¿Qué clase de problema?

—Bueno, la hélice se enganchó con un trozo de cabo viejo y el carburador del motor se obturó. La tripulación está intentando desenredarlo, y yo superviso la operación.

—Parece que estás estupendamente bien.

—Es una aventura, ¿no, Josh?

—Pues claro. ¿Has averiguado algo sobre la chica?

—Qué va. Nos encontramos a un par de días del lugar como mucho, pero nos hemos visto obligados a retroceder. No estoy muy seguro de que consigamos llegar hasta allí.

—Tienes que hacerlo, Nate. Esta mañana se ha procedido a la lectura pública del testamento en el palacio de justicia. El mundo entero no tardará en emprender la búsqueda de Rachel Lane.

—Yo no me preocuparía por eso. Está muy bien protegida.

—Ojalá me encontrase a tu lado. —La señal se cortó por un instante.

—¿Qué has dicho? —preguntó Nate, levantando la voz.

—Nada. O sea, que la verás dentro de un par de días, ¿verdad?

—Con un poco de suerte. El barco navega las veinticuatro horas del día, pero lo hacemos remontando la corriente y, como estamos en la estación de las lluvias, los ríos bajan muy llenos. Además, no sabemos muy bien adónde vamos. Lo de los dos días es un cálculo muy optimista, suponiendo que consigamos arreglar la maldita hélice.

—Pero hace buen tiempo —dijo Josh por decir algo.

No tenían demasiado de que hablar. Nate estaba vivo, se encontraba bien y se estaba dirigiendo más o menos hacia su objetivo.

—Hace un calor de mil demonios y llueve cinco veces al día. Por lo demás, todo esto es precioso.

—¿Alguna serpiente?

—Un par. Unas anacondas más largas que el barco. Montones de caimanes. Unas ratas del tamaño de perros. Las llaman *capivari*. Viven en las orillas de los ríos, entre los caimanes, y cuando estos tienen mucha hambre, las matan y se las comen.

—Pero tú tienes comida suficiente, ¿verdad?

—Sí, claro. El barco está lleno de alubias negras y arroz. Welly me las cocina tres veces al día.

Nate hablaba con el tono de voz propio de un audaz aventurero.

—¿Quién es Welly?

—Mi marinero. Ahora mismo está debajo del barco, a cuatro metros de profundidad, conteniendo la respiración y cortando el cabo enredado en la hélice. Tal como ya te he dicho, estoy supervisando la operación.

—Tú no te metas en el agua, Nate.

—¿Bromeas? Yo estoy en cubierta. Oye, tengo que dejarte. Esto gasta mucha electricidad y no he encontrado la manera de recargar las pilas.

—¿Cuándo volverás a llamar?

—Procuraré hacerlo cuando haya localizado a Rachel Lane.

—Buena idea; pero llama si se presenta algún problema.

—¿Y por qué iba a hacerlo, Josh? Tú no podrías hacer absolutamente nada.

—Tienes razón. Pues no llames.

20

La tormenta descargó al anochecer, mientras Welly estaba preparando el arroz en la cocina y Jevy contemplaba cómo las aguas del río se iban oscureciendo. Una súbita ráfaga de viento azotó violentamente la hamaca y despertó a Nate, obligándolo a levantarse de un salto. A continuación, vinieron los truenos y los relámpagos. Nate se acercó a Jevy y observó la inmensa oscuridad que se extendía hacia el norte.

—Una buena tormenta —dijo Jevy con aparente indiferencia.

«¿No convendría que amarráramos este trasto —pensó Nate— o que, por lo menos, buscáramos unas aguas más someras?» Jevy no parecía preocupado; su imperturbabilidad resultaba en cierto modo consoladora. Cuando empezó a llover, Nate bajó a tomarse su arroz con alubias. Comió en silencio mientras Welly permanecía sentado en un rincón del camarote. La bombilla del techo oscilaba y el viento sacudía peligrosamente la embarcación. Unos gruesas gotas de lluvia golpeaban las ventanas.

En el puente, Jevy se puso un poncho impermeable amarillo manchado de grasa y luchó contra el agua que le azotaba el rostro. La pequeña timonera carecía de ventanas. Los dos reflectores intentaban mostrar el camino en medio de la oscuridad, pero apenas conseguían iluminar quince metros de las embravecidas aguas que tenían delante. Jevy conocía muy bien el río y había pasado por tormentas mucho peores.

El balanceo y los cabeceos del barco dificultaban la lectura. Al cabo de unos cuantos minutos, Nate empezó a marearse. En su maleta encontró un poncho con capucha largo hasta la rodilla. Josh había estado en todo. Agarrándose a las barandillas subió lentamente los peldaños y encontró a Welly acurrucado junto a la timonera, completamente empapado.

El curso del río se desviaba hacia el este, en dirección al corazón del Pantanal y, cuando el barco dobló el meandro, el viento le azotó el costado y lo sacudió con tal fuerza que Nate y Welly se vieron violentamente lanzados hacia la borda. Jevy permanecía apoyado contra la puerta de la timonera, con los musculosos brazos firmemente cruzados, procurando no perder el control.

Las ráfagas de viento se sucedían implacables a intervalos de pocos segundos, hasta que el *Santa Loura* ya no pudo navegar contra la corriente. Ahora la fría lluvia los azotaba con fuerza y les caía encima formando densas cortinas. Jevy encontró una alargada linterna en una caja que había al lado del timón, y se la entregó a Welly.

—¡Busca la orilla! —le indicó a voz en cuello, luchando contra el viento y la fuerte lluvia.

Nate avanzó pegado al costado del barco porque también quería comprobar hacia dónde se dirigían.

Sin embargo, el haz luminoso no captó más que una cortina de lluvia tan espesa que parecía niebla, arremolinándose por encima de la superficie del agua.

Los relámpagos acudieron en su ayuda. Bajo su resplandor, pudieron ver la densa vegetación de la orilla no muy lejos del lugar donde en aquellos momentos se encontraban. El viento los empujaba hacia ella.

Welly gritó y Jevy le contestó con otro grito, justo en el momento en que una nueva ráfaga de viento azotaba violentamente el barco y lo hacía escorar peligrosamente por la banda de estribor. La súbita sacudida le arrancó a Welly la linterna de las manos y los tres la vieron desaparecer bajo el agua. Agachado en el pasamano y agarrado a la barandilla, chorreando agua y temblando, Nate pensó que estaba a punto de ocurrir una de entre dos posibilidades y que ninguna de ellas estaba bajo su control. La primera: el barco estaba a punto de zozobrar. O, en caso de que no zozobrara, estaba a punto de ser empujado contra el lodazal de la orilla del río, donde vivían los caimanes. Estaba simplemente un poco asustado hasta que recordó los papeles.

Los papeles no debían perderse bajo ningún concepto. Se levantó de repente en el momento en que el barco volvía a escorar, y estuvo en un tris de caer por la borda.

—¡Tengo que bajar! —le gritó a Jevy.

El capitán, que también parecía asustado, sujetaba fuertemente el timón.

De espaldas al viento, Nate bajó por los peldaños de rejilla. La cubierta estaba resbaladiza a causa del gasóleo que se escapaba de un barril volcado. Trató de levantarlo, pero para ello hubieran hecho falta dos hombres. Se agachó para entrar en el camarote, arrojó el poncho a un rincón y fue por la cartera que guardaba bajo la litera. El viento azotó con fuerza el barco, que cabeceó y lo sorprendió en un momento en que no estaba agarrado a nada, arrojándolo violentamente contra el mamparo con los pies por encima de la cabeza.

Nate tenía muy claro que había dos cosas que no podía perder. Primero, los papeles; segundo, el teléfono satélite. Ambas cosas se encontraban en la cartera, que era nueva y muy bonita, pero no impermeable. La apretó contra su pecho y permaneció tendido en la litera mientras el *Santa Loura* capeaba el temporal. De repente, cesó la vibración. Nate pensó que Jevy había apagado el motor accionando algún mando. Oyó las pisadas de los dos tripulantes directamente por encima de su cabeza. «Estamos a punto de ser lanzados contra la orilla —pensó—, y es mejor que la hélice esté libre. Seguramente no se trata de un problema en el motor.»

Se apagaron las luces. La oscuridad era total.

Tendido completamente a oscuras en su litera, zarandeado por los balanceos y cabeceos del barco a la espera de que este se estrellara contra la orilla, a Nate se le ocurrió una horrible posibilidad. En caso de que Rachel Lane se negara a firmar el acuse de recibo y/o la renuncia, quizá fuese necesario un viaje de regreso. Meses de camino, tal vez años; alguien, probablemente él mismo, se vería obligado a subir de nuevo por el río Paraguay para comunicarle a la misionera más rica del mundo que los trámites ya habían terminado y el dinero era suyo.

Había leído que los misioneros se tomaban permisos, unas largas pausas en su tarea, en las que regresaban a Estados Unidos para recargar las pilas. ¿Por qué no podía Rachel tomarse un permiso, quizá incluso volar a casa con él, y quedarse allí el tiempo que hiciera falta para que se resolvieran todos los embrollos de su papá? A cambio de once mil millones de dólares, era lo menos que podía hacer. En caso de que tuviera ocasión de verla, se lo sugeriría. Se produjo una violenta sacudida y Nate fue arrojado al suelo. Habían chocado contra la maleza de la orilla.

El *Santa Loura* era un barco de fondo plano, construido, como todas las embarcaciones del Pantanal, de forma tal que pudiera superar los bancos de arena y resistir los golpes de los detritos arrastrados por la corriente. Cuando cesó la tormenta, Jevy puso en marcha el motor y se pasó media hora empujando la embarcación hacia delante y hacia atrás para sacarla poco a poco de la arena y el lodo. Cuando al fin lo consiguieron, Welly y Nate limpiaron la cubierta de las ramas y los restos de maleza que le habían caído encima. Registraron el barco por si hubiera nuevos «pasajeros», pero no encontraron ni serpientes ni yacarés. Durante una rápida pausa para tomar un café, Jevy contó la historia de una anaconda que años atrás había conseguido introducirse a bordo de un barco y había atacado a un marinero mientras este dormía.

Nate dijo que prefería que no le contaran historias de serpientes. Había hecho un registro muy lento y exhaustivo.

Las nubes se disiparon y una preciosa media luna brilló sobre el río. Welly preparó café. Después de la violencia de la tormenta, el Pantanal parecía firmemente dispuesto a quedarse absolutamente quieto. El río estaba tan inmóvil como un espejo. La luna los guiaba, se ocultaba cuando ellos seguían los meandros del río, pero aparecía de nuevo cuando ellos volvían a navegar rumbo al norte.

Como ahora ya era casi medio brasileño, Nate se había quitado el reloj de pulsera. El tiempo apenas tenía importancia. Era tarde, probablemente medianoche. La lluvia los había golpeado durante cuatro horas seguidas.

Nate se pasó unas cuantas horas durmiendo en la hamaca y despertó poco antes del amanecer. Encontró a Jevy roncando en su litera del pequeño camarote que había detrás de la timonera. Welly estaba al timón, también medio dormido. Nate lo envió a por un café y se puso al timón del *Santa Loura*.

Las nubes cubrían nuevamente el cielo, pero no parecía que fuera a llover. El río estaba cubierto de hojas y ramas, los restos de la última tormenta nocturna. Era muy ancho y no había tráfico, por lo que Nate, el capitán, envió a Welly a echar una siesta en la hamaca mientras gobernaba el barco.

Aquello no podía compararse con una sala de justicia. Iba descalzo y sin camisa y estaba tomándose un exquisito café azucarado mientras encabezaba una expedición al corazón de las marismas más grandes del mundo. En sus días de mayor gloria, habría estado corriendo a un juicio y haciendo diez cosas a la vez, con teléfonos asomando por todos los bolsillos. No echaba en absoluto de menos nada de todo aquello;

ningún abogado que estuviera en sus cabales lo habría hecho, pero ni uno solo de ellos lo hubiera reconocido.

El barco navegaba prácticamente solo. Con los prismáticos de Jevy, Nate observaba la orilla, buscando la presencia de yacarés, serpientes y capibaras. Y contaba los *tuiuius*, los grandes pájaros blancos de largo cuello y cabeza roja que se habían convertido en el símbolo del Pantanal. En un banco de arena vio una bandada de doce ejemplares. Los pájaros permanecieron inmóviles, contemplando el paso del barco. El capitán y su adormilada tripulación seguían navegando rumbo al norte cuando el cielo se tiñó de anaranjado y empezó el nuevo día. Se adentraban cada vez más en el Pantanal, sin saber adónde los conduciría su travesía.

21

La coordinadora de las Misiones de América del Sur se llamaba Neva Collier. Había nacido en un iglú, en Terranova, donde sus padres habían trabajado veinte años entre los inuit. Se había pasado once años en las montañas de Nueva Guinea y, a causa de ello, conocía por experiencia directa las dificultades y los retos con que se enfrentaban las aproximadamente novecientas personas cuyas actividades coordinaba.

Y ella era la única que sabía que Rachel Porter se había llamado en otros tiempos Rachel Lane y era hija ilegítima de Troy Phelan. Tras finalizar sus estudios de medicina, Rachel había cambiado de apellido en su afán de borrar la mayor cantidad de huellas de su pasado que pudiera. No tenía familia, pues sus progenitores adoptivos habían muerto. Tampoco tenía hermanos. Ni tías, tíos o primos. Por lo menos, que ella supiera. Solo tenía a Troy, y deseaba con toda el alma eliminarlo de su vida. Al terminar su período de preparación en el centro de estudios de Tribus del Mundo, Rachel reveló su secreto a Neva Collier.

Los altos mandos de Tribus del Mundo sabían que Rachel tenía secretos, pero sus antecedentes no serían un obstáculo en su afán de servir a Dios. Era médico —se había preparado en su centro de estudios— y una humilde sierva de Dios que estaba deseando desarrollar su labor en el campo de las misiones. Le habían prometido que jamás darían a conocer nada sobre su identidad, ni siquiera su paradero en América del Sur.

Sentada en su pulcro y pequeño despacho de Houston, Neva leyó el extraordinario relato de la lectura del testamento del señor Phelan. Había seguido los pormenores del caso desde que se divulgara la noticia del suicidio.

La comunicación con Rachel suponía un proceso muy lento. Se intercambiaban correspondencia dos veces al año, en marzo y en agosto, y Rachel solía llamar una vez al año desde un teléfono público de Corumbá cuando se desplazaba a la ciudad para comprar provisiones. Neva había hablado con ella el año anterior. Su último permiso lo había disfrutado en el año 1992. Pero, al cabo de seis semanas, Rachel había decidido regresar al Pantanal. No le interesaba permanecer en Estados Unidos, le había confesado a Neva. Aquello no era su hogar. Su hogar estaba entre su gente.

A juzgar por los comentarios de los abogados que se reproducían en el reportaje, la cuestión distaba mucho de estar resuelta. Neva apartó a un lado el expediente y decidió esperar. En el momento oportuno, cualquiera que este fuese, revelaría a la junta de gobierno la verdadera identidad de Rachel.

Confiaba en que semejante momento no llegara jamás, pero la pregunta era ¿cómo podían esconderse once mil millones de dólares?

Nadie confiaba en que los abogados se pusieran de acuerdo acerca del lugar en el que deberían reunirse. Cada bufete insistía en elegir el lugar. El hecho de que hubieran accedido a hacerlo con tan poca antelación constituía un verdadero milagro.

Al final, se reunieron en una sala de banquetes del hotel Ritz de Tysons Corner, en la que se habían colocado a toda prisa unas mesas, formando un cuadrado. Cuando se cerró la puerta, había en la sala casi cincuenta personas, pues cada bufete, para impresionar a los demás, se había sentido obligado a llevar a otros asociados y auxiliares jurídicos e incluso secretarias.

La tensión era casi palpable en el ambiente. No estaba presente ningún miembro de la familia Phelan, solo sus equipos legales.

Hark Gettys abrió la sesión y tuvo el oportuno gesto de contar un chiste muy divertido. Tal como ocurre cuando se hace un comentario humorístico en una sala de justicia, donde la gente está nerviosa y no piensa en las bromas, las carcajadas fueron sonoras y su efecto saludable. Después, Hark sugirió que un solo abogado de los sentados alrededor de las mesas en representación de cada uno de los herederos Phelan manifestara su parecer acerca del asunto. Él sería el último en hacerlo.

Alguien protestó.

—¿Quiénes son exactamente los herederos?

—Los seis hermanos Phelan —contestó Hark.

—¿Y qué me dice de las tres esposas?

—No son herederas. Son ex esposas.

Los abogados de estas se enfadaron y, tras una acalorada discusión, amenazaron con retirarse. Alguien aconsejó que se les permitiera hablar de todos modos, y así quedó zanjado el problema.

Grit, el pendenciero abogado contratado por Mary Ross Phelan Jackman y su marido, se levantó y defendió la necesidad de presentar batalla.

—No tenemos más remedio que impugnar el testamento —dijo—. No hubo ninguna influencia indebida y, por consiguiente, debemos demostrar que el viejo estaba más loco que un cencerro; hasta el extremo de arrojarse al vacío y legar una de las fortunas más grandes del mundo a una heredera desconocida. A mí eso me parece una locura. Ya encontraremos psiquiatras que lo confirmen.

—¿Y qué me dice de los tres que lo examinaron poco antes de que saltara? —preguntó alguien desde el otro lado de la mesa.

—Eso fue una tontería —contestó Grit—; se trató de una trampa, y ustedes cayeron en ella.

Hark y los demás abogados que habían aceptado la validez del examen psiquiátrico se mostraron ofendidos.

—Una percepción retrospectiva perfecta —dijo Yancy, dejando momentáneamente a Grit sin argumentos.

El equipo legal de Geena y Cody Strong estaba encabezado por una abogada llamada Langhorne, una mujer alta y gruesa, vestida con un modelo de Armani. Había sido profesora de la facultad de Derecho de Georgetown y se dirigió a sus colegas con aire de superioridad. Punto uno: solo había dos motivos para impugnar un testamento en Virginia, influencia indebida o pérdida de las facultades mentales. Puesto que nadie conocía a Rachel Lane, cabía suponer que esta había tenido muy poco trato o ninguno con Troy. Por consiguiente, sería muy difícil demostrar que había ejercido en cierto modo una indebida influencia en su padre en el momento en que este había otorgado su último testamento. Punto dos: su única esperanza era la incapacidad para testar. Punto tres: la posibilidad de un engaño se tenía que descartar. Era cierto que Troy había insistido en someterse al examen mental con falsos pretextos, pero no se podía impugnar un testamento sobre la base de un engaño. Un contrato sí, pero no un testamento. Su equipo ya había hecho las debidas investigaciones y ella tenía los casos si a alguien le interesaba echarles un vistazo.

Había elaborado una especie de informe y estaba impecablemente preparada. A su espalda tenía nada menos que a seis miembros de su bufete que la respaldaban.

Punto cuatro: sería muy difícil negar la validez del examen mental. Ella había visto el vídeo. Lo más seguro era que perdiesen la guerra, pero les pagarían su participación en la batalla. Conclusión: impugnar el testamento con todas sus fuerzas y confiar en llegar a un lucrativo acto de conciliación al margen de los tribunales.

Su exposición duró diez minutos y apenas aportó nada nuevo. Le permitieron hablar sin interrumpirla, porque era mujer, y su resentimiento resultaba casi palpable.

Wally Bright, el de la escuela nocturna, fue el siguiente, y su intervención contrastó fuertemente con la de la señora Langhorne. Se quejó y protestó contra todas las injusticias en general. No tenía nada preparado, ni informes, ni notas, ni ideas acerca de lo que iba a decir a continuación; simple palabrería de un camorrista que siempre salía bien librado por los pelos.

Dos de los abogados de Lillian se levantaron simultáneamente como si estuvieran unidos por la cadera. Ambos vestían de negro y tenían el pálido semblante propio de los abogados especializados en cuestiones testamentarias que raras veces veían la luz del sol. Uno empezaba una frase y el otro la terminaba. Uno formulaba una pregunta retórica y el otro tenía la respuesta a punto. Uno mencionaba un expediente y el otro lo sacaba de un maletín. El equipo de abogados expuso toda una serie de lugares comunes y su intervención fue eficaz hasta cierto punto, limitándose a repetir brevemente lo que ya se había dicho.

Estaban llegando rápidamente a un consenso. Debían presentar batalla porque (a) tenían muy poco que perder, (b) no tenían otra cosa que hacer, y (c) era la única manera de forzar un arreglo. Por no hablar de (d) las elevadas tarifas horarias que iban a cobrar.

Yancy se mostró especialmente partidario de un pleito. Y con razón. Ramble era el único heredero menor de edad y no tenía deudas. El fideicomiso, por el que entraría en posesión de cinco millones de dólares al cumplir los veintiún años de edad, se había establecido varias décadas atrás y no podía anularse. Teniendo cinco millones de dólares garantizados,

Ramble se encontraba en una situación económica mucho mejor que cualquiera de sus hermanos. Puesto que no tenía nada que perder, ¿por qué no entablar un pleito para intentar obtener algo más?

Transcurrió una hora antes de que alguien mencionara la cláusula del testamento relativa a la impugnación. Los herederos, incluido Ramble, corrían el peligro de perder lo poco que Troy les había dejado en caso de que decidiesen impugnar el testamento. Los abogados apenas prestaron atención a aquel detalle. Ya habían resuelto hacer esto último y sabían que sus voraces clientes seguirían sus consejos.

Pero se callaron muchas cosas. Para empezar, el pleito sería muy pesado. Lo más prudente y menos costoso sería elegir un bufete con experiencia para que actuara como equipo jurídico principal. Los demás ocuparían un segundo plano, seguirían defendiendo a sus clientes y estarían al corriente de todas las novedades que se fueran produciendo. Semejante estrategia les exigiría dos cosas: uno, cooperación, y dos, la voluntaria reducción de casi todos los egos presentes en la sala.

Sin embargo, semejante exigencia no se mencionó ni una sola vez en el transcurso de las tres horas que duró la reunión.

Sin haber urdido exactamente una intriga —pues estas requieren colaboración—, los abogados habían logrado dividir a los herederos de forma tal que no hubiese dos que compartieran el mismo bufete. Por medio de una hábil manipulación que no se enseña en las facultades de Derecho sino que se adquiere espontáneamente más tarde, los abogados habían convencido a sus clientes de la necesidad de hablar con ellos más que con sus coherederos. La confianza no era una virtud de los Phelan, y tampoco de sus abogados.

La cosa amenazaba con convertirse en un pleito tan prolongado como caótico.

No hubo ni una sola voz que tuviera la valentía de sugerir que se dejara en paz el testamento. Nadie tenía el menor interés en cumplir los deseos del hombre que había amasado la fortuna de la que ahora ellos pretendían apoderarse por medio de maquinaciones.

Durante el tercer o cuarto recorrido por las mesas, se intentó establecer la cuantía de las deudas de cada uno de los seis herederos en el momento de la muerte del señor Phelan, pero el intento fracasó por culpa de toda una serie de quisquillosas minucias legales.

—¿Están incluidas las deudas de los cónyuges? —preguntó Hark, el abogado de Rex cuya esposa Amber, la bailarina de *striptease*, era propietaria de varios clubes de alterne y la titular de casi todas las deudas.

—¿Y las deudas tributarias? —preguntó el abogado de Troy Junior, que llevaba quince años teniendo dificultades con Hacienda.

—Mis clientes no me han autorizado a divulgar información de carácter económico —dijo Langhorne, dando definitivamente por zanjado el asunto.

Las reticencias de los abogados confirmaron lo que todo el mundo sabía: los herederos Phelan estaban hundidos hasta el cuello en préstamos e hipotecas.

Todos los abogados, precisamente por el hecho de serlo, se sentían profundamente preocupados por la publicidad y la forma en que los medios de comunicación presentarían su lucha. Sus clientes no eran sencillamente un hatajo de hijos mimados y codiciosos, a quienes su padre había desheredado. Pero los abogados temían que la prensa se quedara con esta imagen. La manera en que los demás percibieran los hechos revestía una importancia fundamental.

—Sugiero que contratemos los servicios de una empresa de relaciones públicas —propuso Hark.

Era una idea fabulosa que los demás se apresuraron a aceptar. Contratar a un profesional que presentara a los herederos Phelan como unos apenados hijos que habían amado con todo su corazón a un padre excéntrico, libertino y medio loco...

que no tenía tiempo para ellos. ¡Eso era! Había que presentar a Troy como un hombre malvado, ¡y convertir a sus clientes en unas víctimas!

La idea adquirió cuerpo y se propagó alegremente por las mesas hasta que alguien preguntó cómo demonios iban a pagar semejante servicio.

—Son tremendamente caros —dijo un abogado que cobraba nada menos que seiscientos dólares la hora por sus servicios directos y cuatrocientos por los de cada uno de sus tres inútiles asociados.

La propuesta perdió rápidamente fuerza, hasta que Hark apuntó tímidamente la posibilidad de que cada bufete aportara una cantidad de dinero para tal fin. Los participantes en la reunión se convirtieron de repente en unos seres increíblemente taciturnos. Los que tantas cosas tenían que decir acerca de todo se sentían ahora cautivados por el mágico lenguaje de los informes y los casos antiguos.

—Ya hablaremos de ello más tarde —dijo Hark, tratando de salvar las apariencias.

Estaba claro que la idea jamás volvería a mencionarse.

A continuación, pasaron a analizar la cuestión de Rachel y su posible paradero. ¿Y si contrataban los servicios de una importante empresa de seguridad para que la localizase? Casualmente casi todos los abogados presentes conocían alguna. La idea era muy sugestiva y despertó más interés del que hubiera debido. ¿Qué abogado no querría representar a la heredera elegida?

Sin embargo, optaron por no buscar a Rachel, sobre todo porque no lograron ponerse de acuerdo acerca de qué harían en caso de que la encontrasen. Estaban seguros de que esta no tardaría en aparecer, sin duda rodeada por todo un séquito de letrados.

La reunión terminó con una nota de optimismo. Los abogados habían conseguido lo que se proponían. Se despidieron, acordando llamar inmediatamente a sus clientes para comunicarles con orgullo que estaban haciéndose muchos progresos. Podían decir, inequívocamente, que la opinión unánime de los abogados de los Phelan era la de impugnar el testamento con todas sus fuerzas.

22

Durante todo el día el río no paró de crecer. En algunos lugares se desbordó muy despacio, devoró bancos de arena, subió hasta la densa maleza e inundó los pequeños y embarrados patios de las casas, por delante de las cuales pasaban aproximadamente una vez cada tres horas. El río arrastraba cada vez más restos, maleza, hierbas, ramas y arbolillos. A medida que se ensanchaba, aumentaba su fuerza y las corrientes que azotaban el barco los obligaban a navegar cada vez más despacio.

Sin embargo, nadie miraba el reloj. Nate había sido amablemente relevado de sus deberes de capitán cuando el *Santa Loura* había recibido un fuerte golpe de un tronco que bajaba por el río y de cuya presencia él ni siquiera se había apercibido. Aunque no se había producido ningún daño, la sacudida había obligado a Jevy y a Welly a correr de inmediato a la timonera. Nate regresó entonces a la pequeña cubierta en cuyo centro estaba tendida la hamaca y se pasó la mañana leyendo y contemplando la naturaleza que lo rodeaba.

—Bueno, ¿qué le parece el Pantanal? —le preguntó Jevy mientras se tomaba un café con él. Estaban sentados el uno al lado del otro en un banco, con los brazos asomando la barandilla y los pies colgando sobre el costado del barco.

—Es soberbio.

—¿Conoce Colorado?

—He estado allí, sí.

—Durante la estación de las lluvias los ríos del Pantanal se desbordan. Pues bien, la zona inundada tiene una superficie equivalente a la de Colorado.

—¿Tú has estado en Colorado?

—Sí, tengo un primo que vive allí.

—¿Y en qué otros sitios has estado?

—Hace tres años mi primo y yo recorrimos todo el país en un gran autocar, un Greyhound. Estuvimos en todos los estados menos en seis.

Jevy era un pobre muchacho brasileño de veinticuatro años. Nate le doblaba la edad y, a lo largo de buena parte de su carrera profesional, había disfrutado de dinero en abundancia. Y, sin embargo, Jevy había visto más lugares de Estados Unidos que él.

Cuando tenía dinero, Nate siempre viajaba a Europa. Sus restaurantes preferidos estaban en Roma y en París.

—Cuando terminan las inundaciones —añadió Jevy—, viene la estación seca. Entonces se forman tantos prados, marismas, lagunas y pantanos que nadie podría contarlos. El ciclo de las inundaciones y la estación seca produce una fauna salvaje más abundante que en ningún otro lugar del mundo. Aquí tenemos seiscientas cincuenta especies de pájaros, más que en Canadá y Estados Unidos juntos y por lo menos doscientas sesenta especies de peces. En estas aguas viven serpientes, caimanes, cocodrilos e incluso nutrias gigantes. —Como si obedeciese a una señal, señaló unos matorrales en el lindero de un bosquecillo—. Mire, es un ciervo —dijo—. Tenemos muchos ciervos. Y muchos jaguares, osos hormigueros gigantes, capibaras, tapires y guacamayos.

—¿Tú naciste aquí?

—Respiré mi primera bocanada de aire en el hospital de Corumbá, pero yo he nacido en estos ríos. Este es mi hogar.

—Me dijiste que tu padre era piloto fluvial.

213

—Sí. Cuando yo era pequeño, iba con él. De buena mañana, cuando todo el mundo dormía, él me dejaba tomar el timón. A los diez años me conocía todos los ríos principales.

—Y él murió en el río.

—No en este sino en el Taquiri, hacia el este. Capitaneaba un barco de turistas alemanes cuando los sorprendió una tormenta. El único superviviente fue un marinero.

—¿Y eso cuándo fue?

—Hace cinco años.

Nate, que no podía dejar de ser abogado por mucho que quisiera, tenía muchas más preguntas que hacer acerca del accidente. Quería conocer los detalles pues estos siempre eran los que permitían ganar los pleitos; pero lo dejó correr y se limitó a decir:

—Lo siento.

—Quieren destruir el Pantanal —dijo Jevy.

—¿Quiénes?

—Mucha gente. Las grandes empresas propietarias de las grandes fincas. Al norte y al este del Pantanal están talando grandes extensiones de bosque para crear fincas agrícolas. La principal cosecha es la soja. Quieren exportarla. Cuantos más bosques destruyen, más aguas de superficie se vierten en el Pantanal. Como el suelo es muy pobre, las compañías utilizan fertilizantes químicos. Muchas de las grandes plantaciones están condenando a nuestros ríos, alterando el ciclo de las inundaciones y todo ello por no mencionar el mercurio, que está matando a nuestros peces.

—¿Para qué emplean el mercurio aquí?

—En minería. En el norte hay minas de oro, y utilizan mercurio en ellas. El mercurio va a parar a los ríos, y por estos llega al Pantanal. Los peces lo absorben y mueren. El Pantanal se ha convertido en una especie de vertedero. Cuibá es una ciudad de un millón de habitantes que se alza hacia el este. En ella los desechos no reciben tratamiento alguno. Adivine dónde se vierten las aguas residuales.

—Y el gobierno, ¿no hace nada?

Jevy soltó una risita y con expresión de amargura, preguntó:

—¿Ha oído hablar de Hidrovía?

—No.

—Es una especie de canal gigantesco que debe cortar el Pantanal, uniendo Brasil, Bolivia, Paraguay, Argentina y Uruguay. Se supone que será de gran beneficio para Sudamérica, pero lo cierto es que acabará con el Pantanal y nuestro gobierno no ayuda.

Nate estuvo a punto de hacer un comentario acerca de la responsabilidad medioambiental, pero de inmediato recordó que sus compatriotas eran los mayores despilfarradores de energía que el mundo hubiera visto jamás.

—Pero, aun así, sigue siendo un lugar muy bonito —dijo.

—Lo es —Jevy apuró su taza de café—. A veces pienso que es un lugar demasiado grande como para que ellos lo destruyan.

Pasaron por delante de una pequeña ensenada, a través de la cual el agua seguía penetrando en el Paraguay. Un pequeño rebaño de ciervos se adentró en la zona anegada para mordisquear la verde hierba sin prestar atención al ruido procedente del río. Eran siete ciervos, dos de ellos cervatos manchados.

—Hay un pequeño puesto de venta a pocas horas de aquí —señaló Jevy, levantándose—. Creo que llegaremos antes de que anochezca.

—¿Qué vamos a comprar?

—Nada, supongo. El propietario se llama Fernando y se entera de todo lo que ocurre en el río. A lo mejor, sabe algo de los misioneros. —El joven vació los restos de la taza en el río y estiró los brazos—. A veces tiene alguna cerveza para vender.

Nate no levantó los ojos del agua.

—Pero creo que no tendríamos que comprarla —añadió Jevy, alejándose.

«Me parece muy bien», pensó Nate. Apuró el contenido de la taza, succionando el poso y el azúcar no disuelto.

Una botella fría de color marrón, quizá Antartica o Brahma, las dos marcas que él ya había probado en Brasil. Una cerveza estupenda. En sus tiempos de estudiante, uno de sus lugares preferidos era un bar universitario cerca de Georgetown que ofrecía ciento veinte marcas de cerveza extranjeras. Las había probado todas. Servían toneladas de cacahuetes tostados y se daba por descontado que la gente echaría los hollejos al suelo. Cuando sus compañeros de la facultad de Derecho estaban en la ciudad, siempre se reunían en aquel bar para recordar los viejos tiempos. La cerveza estaba muy fría y los cacahuetes muy calientes y salados y, cuando caminabas, oías el crujido de los hollejos, y las chicas eran jóvenes y muy lanzadas. El local llevaba mucho tiempo en aquel lugar y, durante cada uno de sus viajes al centro de desintoxicación y a través de este a la abstinencia, lo que Nate más echaba de menos era aquel bar.

Empezó a sudar a pesar de que las nubes ocultaban el sol y soplaba una brisa fresca. Se hundió en la hamaca y rezó para que pudiera conciliar el sueño y sumirse en una especie de profundo coma que lo llevara más allá de aquella pequeña parada hacia la oscuridad de la noche. El sudor se hizo más copioso hasta dejarle la camisa completamente empapada. Abrió un libro que trataba sobre la desaparición de los indios brasileños y trató de volver a dormirse.

Estaba completamente despierto cuando se apagó el motor y el barco se acercó a la orilla. Oyó unas voces y percibió una ligera sacudida cuando amarraron el barco en el puesto de venta. Nate se levantó muy despacio de la hamaca, regresó al banco y se sentó.

Era una especie de tienda rural construida sobre unos pilotes, un pequeño edificio de tablas de madera sin pintar, con un techo de hojalata y un estrecho porche, donde, como era de esperar, un par de lugareños estaban sentados, fumando y tomando té. Un río más pequeño rodeaba el edificio por detrás y se perdía en el Pantanal. Un gran barril de combustible estaba asegurado a la parte lateral del edificio.

Un endeble muelle se proyectaba sobre el río para amarrar las embarcaciones. Jevy y Welly avanzaron con mucho cuidado por él pues las corrientes eran muy fuertes. Intercambiaron unas palabras con los *pantaneiros* del porche y entraron en la tienda.

Nate había jurado que no bajaría a tierra. Se dirigió al otro lado de la cubierta, se sentó en el banco, pasó los brazos y las piernas a través de los barrotes de la barandilla y contempló el paso de las aguas del crecido río. Se quedaría en la cubierta con los brazos y las piernas cruzados alrededor de los barrotes de la barandilla. La cerveza más fría del mundo no podría arrancarlo de allí.

Tal como ya había tenido ocasión de comprobar, en Brasil las visitas cortas no existían. Sobre todo en el río, donde las visitas no eran muy frecuentes. Jevy compró ciento veinticinco litros de gasóleo para sustituir el que se había perdido durante la tormenta. El motor se puso en marcha.

—Fernando dice que hay una misionera. Trabaja con los indios —dijo Jevy, ofreciéndole una botella de agua fría. El barco ya estaba en movimiento.

—¿Dónde?

—No está muy seguro. Hay unos cuantos poblados hacia el norte, cerca de Bolivia, pero los indios no se desplazan por el río, y él no sabe gran cosa sobre ellos.

—¿A qué distancia está el más próximo?

—Mañana por la mañana deberíamos estar muy cerca. Pero no podremos utilizar este barco. Tendremos que usar la barca.

—Podría ser divertido.

—¿Recuerda a Marco, el dueño de la vaca que mató nuestro avión?

—Pues claro. Tenía tres hijos pequeños.

—Sí. Ayer estuvo allí —dijo Jevy, señalando la tienda que ya estaba desapareciendo detrás de un meandro—. Viene una vez al mes.

—¿Vino con los niños?

—No. Es demasiado peligroso.

Qué pequeño era el mundo. Nate confiaba en que los chicos se hubieran gastado el dinero que él les había regalado por Navidad. Siguió contemplando la tienda hasta que la perdió de vista.

Puede que a la vuelta ya estuviera lo bastante recuperado como para tomarse una cerveza fría. Un par de cervecitas para celebrar el éxito del viaje. Regresó a la seguridad de su hamaca y maldijo su debilidad. En la soledad de un inmenso pantano había estado casi a punto de rozar el alcohol, y durante horas no había podido concentrarse en ninguna otra cosa. La expectación, el temor, el sudor y la taimada búsqueda de medios para conseguir tomarse un trago. Después, la tentación de la caída, la salvación sin esfuerzo por su parte y ahora la secuela de una fantasía de renovación de su idilio con el alcohol. Unos cuantos tragos le irían bien, porque de ese modo podría parar cuando quisiese. Aquella era su mentira preferida.

No era más que un borracho. Tras haber pasado por una exclusiva clínica de desintoxicación a mil dólares diarios, seguía siendo un adicto. Aun cuando pasara los martes por la noche por el local de Alcohólicos Anónimos situado en el sótano de una iglesia, seguiría siendo un borracho.

Nate comprendió que sus adicciones lo tenían atrapado y la desesperación se apoderó de él. Él pagaba aquel maldito barco; Jevy trabajaba para él. Si les ordenaba que diesen media vuelta y regresaran directamente a la tienda, ellos lo harían. Podía comprarle a Fernando toda la cerveza que tuviera, conservarla en hielo bajo la cubierta y pasarse el rato tomando tragos de Brahma hasta llegar a Bolivia. Y nadie habría podido hacer absolutamente nada por impedirlo.

Como si de un espejismo se tratara, Welly apareció con una taza de café recién hecho y una sonrisa en los labios.

—*Vou cozinhar* —dijo.

Nate pensó que la comida le vendría bien. Aunque fuera otro plato de alubias con arroz y pollo hervido. La comida satisfaría sus gustos o, por lo menos, apartaría su atención de otros anhelos.

Comió muy despacio en la cubierta superior, solo en la oscuridad, ahuyentando a manotazos a los grandes mosquitos que se acercaban a su rostro. Cuando hubo terminado, se roció con repelente desde el cuello hasta los pies descalzos. El ataque había terminado y ahora solo experimentaba unos ligeros efectos residuales. Ya no notaba el sabor de la cerveza ni aspiraba el aroma de los cacahuetes de su bar preferido. Se retiró a su refugio. Se había puesto otra vez a llover, sin viento ni truenos.

Josh había incluido en su equipaje cuatro libros para que pudiera cultivar el placer de la lectura. Ya había leído y releído todos los informes y memorandos. Todavía le quedaban los libros. Ya iba por la mitad del más delgado.

Se hundió en las profundidades de la hamaca y reanudó la lectura de la triste historia de las poblaciones nativas de Brasil.

Cuando el explorador portugués Pedro Álvares Cabral pisó por primera vez suelo brasileño en la costa de Bahía en abril del año 1500, había en el país cinco millones de indios, repartidos entre novecientas tribus. Hablaban mil ciento setenta y cinco lenguas y, exceptuando las habituales escaramuzas tribales, eran gente pacífica.

Cinco siglos después de haber sido «civilizada» por los europeos, la población indígena había sido diezmada. Solo quedaban doscientos setenta mil individuos repartidos en doscientas seis tribus que hablaban ciento setenta lenguas. La guerra, los asesinatos, la esclavitud, las pérdidas territoriales, las enfermedades..., aquellas culturas civilizadas no habían olvidado ningún método de exterminio de los indios.

Era una historia repugnante y violenta. Cuando los indios eran pacíficos y trataban de colaborar con los colonizadores, contraían extrañas enfermedades —viruela, sarampión, fiebre amarilla, gripe, tuberculosis—, contra las cuales carecían de defensas naturales. Si no colaboraban, eran asesinados por unos hombres que utilizaban armas mucho más sofisticadas que las flechas y los dardos envenenados. Si oponían resistencia y mataban a sus atacantes, se les calificaban de salvajes.

Los mineros, los agricultores y los magnates del caucho los esclavizaban. Cualquier grupo que dispusiera de armas suficientes los arrancaba de sus hogares ancestrales. Eran quemados en la hoguera por los curas, perseguidos por ejércitos y bandas de malhechores, violados a voluntad por cualquier hombre que así lo quisiera y asesinados con total impunidad. En todos los momentos de la historia, tanto los más trascendentales como los más insignificantes, en que los intereses de los nativos brasileños hubieran entrado en conflicto con los de los blancos, los indios habían perdido.

Cuando uno lleva quinientos años perdiendo, apenas espera nada de la vida. El mayor problema con que se enfrentaban las tribus de la actualidad era el suicidio de sus jóvenes.

Tras varios siglos de genocidio, el Gobierno brasileño había llegado finalmente a la conclusión de que ya era hora de proteger a sus «nobles salvajes». Las matanzas habían sido condenadas por la comunidad internacional, por cuyo motivo se creó una burocracia especial y se aprobó una serie de leyes. A bombo y platillo, se devolvieron a los nativos algunas tierras tribales y en los mapas gubernamentales se trazaron unas líneas que las declaraban zonas de seguridad.

Pero el Gobierno también formaba parte del enemigo. En 1967, una investigación acerca de las actividades de la agencia oficial encargada de los asuntos indios escandalizó a la mayoría de los brasileños. El informe reveló que los representantes de la agencia, los especuladores de tierras y los propietarios de fincas agrarias —unos malhechores que o bien trabajaban para la agencia o bien tenían la agencia a su servicio— habían estado utilizando sistemáticamente armas químicas y bacteriológicas para eliminar a los indígenas. Entregaban a estos prendas de vestir infectadas con los bacilos de la viruela y la tuberculosis. Por medio de aviones y helicópteros, bombardeaban sus poblados y tierras con bacterias letales.

En la cuenca del Amazonas y otras fronteras, los propietarios de las fincas agrícolas y de las minas se pasaban literalmente por el forro las líneas de los mapas.

En 1986, un propietario agrícola de Rondonia utilizó pulverizadores de insecticidas destinados a fumigar las cosechas para espaciar sustancias químicas letales en las cercanas tierras de los indios. Murieron treinta indígenas, pero el agricultor jamás fue procesado. En 1989, el propietario de una finca del Mato Grosso ofreció elevadas sumas a los cazadores de recompensas a cambio de las orejas de indios asesinados. En 1993, los representantes de unas minas de oro de Manaus atacaron a una pacífica tribu por el simple hecho de negarse a abandonar sus tierras. Trece indios fueron asesinados y jamás se practicó una detención.

En la década de los noventa, el Gobierno había intentado con medios agresivos abrir la cuenca del Amazonas, una zona de inmensos recursos naturales situada al norte del Pantanal. Pero los indios seguían interponiéndose en su camino. Casi todos los supervivientes habitaban en la cuenca; de hecho, se calculaba que nada menos que cincuenta tribus de la selva habían tenido la suerte de librarse del contacto con la civilización.

Ahora la civilización había vuelto al ataque. Los abusos contra los aborígenes eran cada vez más numerosos, coincidiendo con la penetración en la cuenca del Amazonas de las explotaciones mineras y madereras y de los propietarios de tierras, respaldados por el Gobierno.

La historia era fascinante, aunque deprimente. Nate se pasó varias horas leyendo, hasta que terminó el libro.

Se dirigió a la timonera y se tomó un café con Jevy. Había dejado de llover.

—¿Estaremos allí mañana por la mañana? —preguntó.

—Creo que sí.

Las luces del barco ascendían y descendían suavemente, siguiendo el ritmo de una corriente tan mansa que casi parecía que no se movieran.

—¿Tú tienes sangre india? —preguntó Nate, tras dudar un poco.

Era una cuestión personal que en Estados Unidos nadie se habría atrevido a preguntar.

Jevy sonrió sin apartar los ojos del río.

—Todos nosotros tenemos sangre india. ¿Por qué lo pregunta?

—He estado leyendo la historia de los indios de Brasil.

—¿Y qué le parece?

—Muy trágica.

—Lo es. ¿Cree que los indios han sido maltratados aquí?

—Por supuesto que lo han sido.

—¿Y en su país?

Por una extraña razón, lo primero que acudió a la mente de Nate fue el general Custer. Por lo menos, los indios estadounidenses habían ganado algo. «Y nosotros no los quemábamos en la hoguera —pensó—, ni los rociábamos con sustancias químicas o los vendíamos como esclavos. ¿Estás seguro? ¿Y qué dices de las reservas?» En todas partes se cocían habas.

—Me temo que tampoco han sido muy bien tratados —reconoció en tono de derrota.

No le apetecía hablar de todo aquello.

Tras una prolongada pausa, Nate bajó al retrete. Cuando terminó su labor allí, tiró de la cadena y salió. Un agua de color amarronado bajó por el inodoro y empujó la porquería a través de un tubo que la vertió directamente al río.

23

Aún estaba oscuro cuando el motor se detuvo y Nate despertó. Este se tocó la muñeca izquierda y recordó que no llevaba reloj. Prestó atención y oyó a Jevy y Welly debajo de él. Se encontraban en la popa, hablando en voz baja.

Se enorgulleció de sí mismo por aquella nueva mañana de abstinencia, por aquel nuevo día de limpieza en el que podría dedicarse a los libros. Seis meses atrás, cada despertar había sido una borrosa visión de ojos hinchados, pensamientos confusos, boca pastosa, lengua reseca, mal aliento y la gran pregunta cotidiana: «¿Por qué lo hice?». A veces vomitaba en la ducha, y otras él mismo se provocaba el vómito para acelerar el proceso. Después de la ducha, siempre se enfrentaba con el dilema del desayuno. ¿Qué le convenía tomar? ¿Algo caliente y aceitoso para que se le aliviaran las molestias estomacales o quizá un bloody mary para que se le calmaran los nervios? A continuación, se dirigía al trabajo y siempre estaba en su despacho a las ocho en punto para dar comienzo a otra brutal jornada de abogado especialista en litigios.

Todos los días. Sin excepción. Hacia el final de su última recaída se había pasado varias semanas seguidas sin despertarse sobrio ni una sola mañana. Desesperado, había acudido a un psiquiatra, y al preguntarle este si recordaba qué día había estado sobrio por última vez, Nate tuvo que reconocer que no.

Echaba de menos la bebida, pero no las resacas.

Welly tiró del cabo para acercar la batea a la banda de babor del *Santa Loura* y la amarró muy cerca del costado del barco. La estaban cargando cuando Nate bajó muy despacio por los peldaños. Una nueva fase de la aventura estaba a punto de dar comienzo. Nate se disponía a enfrentarse a un cambio de decorado.

El cielo nublado amenazaba lluvia. Finalmente, hacia las seis, el sol se abrió paso. Nate lo supo porque había vuelto a ponerse el reloj de pulsera.

Se oyó el canto de un gallo. Se encontraban cerca de una pequeña granja, con la proa amarrada a un madero que en otros tiempos había sostenido un embarcadero. A su izquierda, hacia el oeste, un río mucho más pequeño se juntaba con el Paraguay.

El reto consistía en cargar la batea sin sobrecargarla. Los pequeños afluentes en los que pronto se adentrarían estaban desbordados; las orillas no siempre serían visibles. En caso de que la embarcación quedara demasiado sumergida en el agua, correrían peligro de embarrancar o, peor, dañar la hélice de la pequeña fueraborda. La batea solo tenía un motor, carecía de otro de recambio y no disponía más que de un par de canaletes que Nate estudió desde la cubierta mientras se tomaba su café. Llegó a la conclusión de que los canaletes serían útiles, sobre todo en caso de que los persiguieran unos indios salvajes o unos animales hambrientos. En el mismo centro de la embarcación se habían colocado tres bidones de combustible de veinticinco litros de capacidad.

—Con eso tenemos para quince horas —le explicó Jevy.

—Es mucho tiempo.

—Prefiero asegurarme.

—¿A qué distancia se encuentra el poblado?

—No lo sé muy bien. —El joven señaló la casa—. El granjero de allí ha dicho que a unas cuatro horas.

—¿Conoce a los indios?

—No. No le gustan los indios. Dice que jamás los ve en el río.

Jevy cargó en la embarcación una pequeña tienda de campaña, dos mantas, dos mosquiteras, un toldo contra la lluvia para la tienda de campaña, dos cubos para recoger agua de lluvia y su poncho. Welly añadió una caja de comida y otra de agua embotellada.

Sentado en su litera del camarote, Nate sacó de su cartera la copia del testamento, el documento de acuse de recibo y el de renuncia, los dobló juntos y los introdujo en un sobre tamaño oficial del bufete Stafford. Puesto que a bordo no había bolsas de plástico ni de la basura, envolvió el sobre en un trozo de treinta centímetros cuadrados que cortó del dobladillo de su poncho impermeable de plástico. Cerró los bordes con cinta adhesiva y, tras examinar su obra, decidió que el paquete era impermeable. Se lo ajustó con cinta adhesiva a la camiseta a la altura del pecho y lo cubrió con un ligero jersey de punto.

En la cartera de cuero que dejaría en el barco, había otras copias de los documentos, y puesto que el *Santa Loura* le parecía mucho más seguro que la batea, decidió dejar también en él el teléfono satélite. Comprobó por segunda vez que este y los documentos estuvieran en la cartera, cerró esta última y la dejó encima de la litera. Estaba ansioso por conocer finalmente a Rachel Lane.

Su desayuno consistió en un bollo con mantequilla tomado rápidamente en la cubierta mientras contemplaba las nubes del cielo. Cuatro horas significaban de seis a ocho en Brasil, por lo que ya deseaba soltar amarras cuanto antes. Lo último que Jevy cargó en la embarcación fue un limpio y reluciente machete con un mango muy largo.

—Esto es para las anacondas —dijo entre risas.

Nate procuró no hacer caso. Se despidió de Welly con la mano y apuró su última taza de café mientras el barco se deslizaba hasta que Jevy puso en marcha la fueraborda.

Una fría bruma se había posado sobre la superficie del

agua. Desde que salieran de Corumbá, Nate había contemplado el río desde la seguridad de la cubierta; ahora estaba prácticamente sentado en él. Miró alrededor y no vio ningún chaleco salvavidas. El agua golpeaba el casco de la embarcación. Nate se mantenía ojo avizor, buscando a través de la bruma la posible presencia de restos flotantes; bastaría un grueso tronco con un extremo mellado para que la batea se fuera al infierno.

Navegaron contra la corriente hasta que entraron en el afluente que los conduciría al poblado indígena. Allí el agua estaba mucho más tranquila. La fueraborda chirriaba y dejaba detrás una estela burbujeante. El Paraguay desapareció rápidamente.

En el mapa de Jevy el nombre oficial del afluente era Cabixa. Jevy jamás había navegado por él porque no había tenido ningún motivo para hacerlo. El río abandonaba Brasil enroscado como una cuerda, penetraba en Bolivia y, al parecer, no llegaba a ninguna parte. La anchura de su desembocadura era de veintidós metros como máximo y se reducía a unos quince conforme se iban adentrando en él. Se había desbordado en algunos lugares y, en otros, la maleza de la orilla era más tupida que en el Paraguay.

Cuando ya llevaban un cuarto de hora navegando por el afluente, Nate consultó su reloj. Tenía intención de cronometrarlo todo. Jevy aminoró la velocidad de la embarcación cuando se acercaron al primero de un sinnúmero de horcajos. Un río del mismo tamaño se ramificaba a la izquierda, lo cual obligó al capitán a enfrentarse con el dilema de establecer cuál de los caminos los mantendría en el Cabixa. Siguieron navegando pegados a la derecha, pero un poco más despacio, y no tardaron en entrar en un lago. Jevy apagó el motor.

—Un momento —dijo, encaramándose a los bidones de combustible para examinar las aguas desbordadas que los rodeaban.

La embarcación se mantenía perfectamente inmóvil. Una

mellada hilera de achaparrados árboles le llamó la atención. Los señaló con el dedo y dijo algo para sus adentros.

Nate no sabía hasta qué extremo su guía se basaba en las conjeturas. Jevy había estudiado los mapas y había vivido en aquellos ríos. Todos ellos llevaban al Paraguay. En caso de que se equivocaran y se perdieran, seguro que las corrientes acabarían conduciéndolos de nuevo hasta Welly.

Siguieron los achaparrados árboles y los inundados matorrales que, en la estación seca, formaban la orilla del río, y muy pronto se encontraron en el centro de una somera corriente cubierta por un dosel de ramas. No parecía el Cabixa, pero bastó una rápida mirada al rostro del capitán para que Nate se tranquilizara.

Cuando ya llevaban una hora de travesía, se acercaron a la primera casa, una pequeña choza manchada de barro y con un techo de tejas rojas. Un metro de agua cubría su parte inferior y no se veía el menor rastro de seres humanos o animales. Jevy aminoró la velocidad y dijo:

—Durante la estación de las crecidas, muchos habitantes del Pantanal se desplazan a terrenos más elevados. Reúnen sus vacas y sus hijos y se van durante tres meses.

—Yo no he visto ningún terreno elevado.

—No hay muchos, pero todos los *pantaneiros* tienen un sitio al que ir en esta época del año.

—¿Y los indios?

—Los indios también se desplazan.

—Pues qué bien. No sabemos dónde están y, encima, les gusta desplazarse por ahí.

Jevy soltó una risita.

—Ya los encontraremos —lo tranquilizó.

Pasaron por delante de la choza. Nate se había olvidado por entero de comer cuando doblaron una curva y se acercaron a un grupo de caimanes que dormían en un lugar donde el agua alcanzaba unos quince centímetros de profundidad. El sonido de la embarcación los sobresaltó y turbó su siesta. Los animales movieron la cola salpicando agua alrededor. Nate echó un vistazo al machete por si acaso y se burló de su estupidez. Los caimanes no atacaron, sino que se limitaron a contemplar el paso de la embarcación.

Durante los veinte minutos siguientes no hubo la menor señal de animales. El río volvió a estrecharse. Las orillas estaban tan juntas que los árboles que en ellos crecían se tocaban por encima del agua. Todo se oscureció de repente. Estaban navegando por un túnel. Nate consultó su reloj. El *Santa Loura* ya se encontraba a dos horas de distancia.

Mientras zigzagueaban a través de los marjales, vislumbraron retazos de horizonte. Las montañas de Bolivia se elevaban hacia el cielo y, al parecer, estaban cada vez más cerca. El río volvió a ensancharse, los árboles se separaron y la embarcación penetró en un gran lago en el que vertían sus aguas más de una docena de tortuosos riachuelos. Lo rodearon una vez, muy despacio, y una segunda, todavía más despacio. Todos los afluentes parecían iguales. El Cabixa era uno de los doce afluentes, pero el capitán no tenía ni idea de cuál.

Jevy volvió a encaramarse a los bidones y estudió el lago mientras Nate permanecía sentado sin moverse. En el otro extremo del lago, entre las hierbas, había un pescador. Dar con él sería el único acontecimiento afortunado del día.

Estaba sentado pacientemente en una pequeña canoa hecha a mano mucho tiempo atrás, vaciando el tronco de un árbol. Llevaba un viejo sombrero de paja que le ocultaba casi todo el rostro. Cuando se encontraban a escasa distancia, lo bastante cerca como para poder estudiarlo, Nate observó que el hombre pescaba sin la ayuda de una caña o un palo. Llevaba el sedal enrollado en la mano.

Jevy le dijo las palabras apropiadas en portugués y le ofreció una botella de agua. Nate se limitó a escuchar con una sonrisa en los labios los suaves murmullos de la desconocida lengua. Era más lenta que el español y casi tan nasal como el francés.

En caso de que se alegrara de ver a otro ser humano en mitad de ninguna parte, el pescador no lo dejó traslucir. ¿Dónde debía de vivir aquel pobre hombre?

De pronto, ambos empezaron a señalar aproximadamente hacia las montañas, si bien, para cuando terminaron, el hombrecillo ya había abarcado todo el lago con sus indicaciones. Se pasaron un buen rato charlando y Nate dedujo que Jevy estaba intentando sacarle al hombre toda la información posible. Quizá pasaran muchas horas antes de que vieran otro rostro humano. Al estar los pantanos y los ríos tan crecidos, la navegación resultaba muy difícil. A las dos horas y media, ya se habían perdido. Se despidieron del pescador y se alejaron empujados por la suave brisa.

—Su madre era india —dijo Jevy.

—Estupendo —repuso Nate, aplastando mosquitos.

—Hay un poblado a unas cuantas horas de aquí.

—¿Unas cuantas horas?

—Puede que tres.

Les quedaban quince horas de combustible y Nate tenía previsto contarlas todas. El Cabixa reaparecía en las inmediaciones de una pequeña ensenada en la que otro río idéntico también abandonaba el lago. Cuando se ensanchó, reanudaron la navegación a toda velocidad.

Moviéndose más despacio que la embarcación, Nate hizo lugar para acomodarse en el fondo entre la caja de comida y los cubos, de espaldas al banco. Allí la bruma no le empaparía el pelo. Estaba sopesando la posibilidad de echar una siesta cuando el motor empezó a fallar. La embarcación experimentó una sacudida y aminoró la velocidad. Nate mantuvo la mirada fija en el río, temiendo volverse hacia Jevy.

Aún no había tenido tiempo de pensar en los problemas mecánicos. Su viaje ya había cosechado una buena lista de pequeños peligros. Les llevaría muchos días de esfuerzo regresar junto a Welly utilizando los canaletes. Se verían obligados a dormir en la embarcación, a comer lo que llevaban hasta que se les terminara y a achicar el agua cuando lloviese, confiando en encontrar a su amigo el pequeño pescador para que este les indicara el camino de regreso a la seguridad.

De repente, Nate se sintió aterrorizado.

El motor, sin embargo, no tardó en volver a ponerse ruidosamente en marcha como si nada hubiera ocurrido. La cosa acabó por convertirse en una costumbre; cada veinte minutos, justo cuando Nate estaba a punto de quedarse dormido, se interrumpía el ritmo regular del motor. La proa se hundía. Nate miraba rápidamente hacia las orillas para echar un vistazo a la fauna salvaje. Jevy soltaba maldiciones en portugués, luchaba con el obturador y el estrangulador y todo volvía a funcionar durante otros veinte minutos.

Almorzaron —queso, galletas saladas y bizcochos— bajo un árbol en un pequeño horcajo mientras la lluvia caía en torno a ellos.

—Aquel pequeño pescador de allí —dijo Nate—, ¿conoce a los indios?

—Sí. Aproximadamente una vez al mes van al Paraguay con una barca para comerciar. Él los ve.

—¿Le has preguntado si había visto alguna vez a una misionera?

—Sí. No la ha visto. Usted es el primer estadounidense que ve en su vida.

—Pues qué suerte tiene.

La primera señal del poblado apareció cuando ya llevaban unas siete horas de travesía. Nate vio una fina cinta de humo azulado elevarse por encima de las copas de los árboles, de las estribaciones de una colina. Jevy tenía la certeza de que se encontraban en Bolivia. El terreno era más elevado y estaban cerca de las montañas. Ya habían dejado a su espalda las zonas anegadas.

Llegaron a una abertura entre los árboles y vieron dos canoas en un claro. Nate saltó rápidamente a la orilla, ansioso por estirar las piernas y sentir la tierra bajo sus pies.

—No se mueva —le advirtió Jevy mientras cerraba los bidones de combustible de la embarcación.

Nate lo miró y Jevy le señaló los árboles con un movimiento de la cabeza.

Un indio estaba observándolos. Se trataba de un varón moreno, con el torso desnudo y una especie de falda de paja alrededor de la cintura y ningún arma a la vista. El que fuese desarmado supuso un gran alivio, pues al principio Nate se había llevado un buen susto. El indio tenía el cabello negro largo y lucía unas franjas rojas en la frente. Si hubiera llevado una lanza, Nate se habría rendido a él de inmediato.

—¿Tiene intenciones amistosas? —preguntó sin quitarle la vista de encima.

—Creo que sí.

—¿Habla portugués?

—No lo sé.

—¿Por qué no lo averiguas?

—Tranquilícese.

Jevy saltó a la orilla.

—Tiene pinta de caníbal —susurró.

Su jocoso comentario no surtió el efecto deseado.

Se acercaron un poco al indio, y este se acercó a ellos. Los tres se detuvieron cuando todavía se encontraban a una distancia considerable. Nate se sintió tentado de levantar la mano y decirle: «¿Cómo está?».

—*Fala portugues?* —preguntó Jevy con una amable sonrisa en los labios.

El indio se pasó un buen rato sopesando la pregunta hasta que, al final, resultó dolorosamente claro que no hablaba portugués. Parecía joven, quizá no tuviese ni veinte años, y se encontraba casualmente en las inmediaciones del río cuando oyó el ruido del motor de la fueraborda.

Se estudiaron mutuamente desde unos seis metros de distancia mientras Jevy analizaba las alternativas que se le ofrecían. De pronto, a la espalda del indio se produjo un movimiento entre los arbustos. A lo largo de la hilera de árboles aparecieron tres miembros de su tribu, todos desarmados, por suerte. Los indios los superaban en número y ellos habían invadido su territorio, pensó Nate, listo para dar rápidamente media vuelta. No eran especialmente fornidos, pero tenían la ventaja de estar en su casa. Y no parecían muy amables, nada de sonrisas ni de saludos. De pronto emergió una joven entre los árboles y se situó al lado del primer indio. También era morena y llevaba los pechos descubiertos. Nate procuró no mirarla.

—*Falo* —dijo la india.

Hablando muy despacio, Jevy le explicó lo que se proponían y pidió ver al jefe de la tribu. Ella tradujo sus palabras y se las comunicó a los hombres, que se juntaron y empezaron a hablar entre sí con expresión muy seria.

—Algunos quieren comernos ahora mismo —dijo Jevy en voz baja—, y otros prefieren esperar hasta mañana.

—Muy gracioso.

Cuando los hombres terminaron sus deliberaciones, se las transmitieron a la mujer. A continuación ella les dijo a los intrusos que tendrían que esperar en la orilla del río mientras ellos informaban a sus jefes de su llegada. A Nate le pareció muy bien; en cambio, Jevy se mostró algo preocupado y preguntó si vivía con ellos una misionera.

La respuesta de la india fue que tenían que esperar.

Los indios se desvanecieron en la selva.

—¿Qué piensas? —preguntó Nate en cuanto se hubieron marchado. Ni él ni Jevy se habían movido de donde estaban. Permanecieron de pie con la hierba hasta los tobillos, contemplando los árboles de aquella espesa selva desde la cual Nate tenía la certeza de que los observaban.

—Contraen enfermedades de los forasteros —explicó Jevy—, por eso toman tantas precauciones.

—Yo no tocaré a nadie.

Regresaron a la embarcación, donde Jevy se entretuvo limpiando las bujías de encendido. Nate se quitó las dos camisas y examinó el contenido de su improvisada bolsa impermeable. Los papeles seguían secos.

—¿Esos documentos son para la mujer? —preguntó Jevy.

—Sí.

—¿Por qué? ¿Qué le ha ocurrido?

Las severas normas que protegían la intimidad de los clientes parecían menos estrictas en aquel momento. En el ejercicio de su profesión, revestían una importancia trascendental, pero estando allí sentados en una embarcación en pleno Pantanal sin que hubiera ningún otro estadounidense ni remotamente cerca, las normas podían quebrantarse. ¿Por qué no? ¿A quién se lo hubiera podido decir Jevy? ¿Qué mal podía haber en un pequeño chismorreo?

Cumpliendo las estrictas órdenes que Josh le había dado a Valdir, a Jevy solo se le había dicho que se trataba de una importante cuestión legal que exigía la localización de Rachel Lane.

—Su padre murió hace unas semanas. Y le ha dejado un montón de dinero.

—¿Cuánto?

—Varios miles de millones de dólares.

—¿Miles de millones?

—Exactamente.

—Era muy rico.

—Pues sí.

—¿Tenía otros hijos?

—Creo que seis.

—¿Y también les ha dejado varios miles de millones?

—No. Les ha dejado muy poco.

—¿Y por qué a ella le ha dejado tanto?

—Nadie lo sabe. Fue una sorpresa.

—¿Sabe ella que su padre ha muerto?

—No.

—¿Quería a su padre?

—Lo dudo. Era una hija ilegítima. Al parecer, trató de huir de él y de todo lo demás. ¿A ti no te lo parece? —Nate señaló el Pantanal con un movimiento del brazo.

—Sí. Es un buen sitio para esconderse. ¿Conocía él el paradero de su hija cuando murió?

—No exactamente. Sabía que era misionera y que trabajaba con los indios en algún lugar de por aquí.

Jevy se olvidó de la bujía de encendido que sostenía en la mano mientras asimilaba la noticia. Tenía muchas preguntas que hacer. El quebrantamiento de la confidencialidad por parte del abogado era cada vez más amplio.

—¿Y por qué le dejó una fortuna tan inmensa a una hija que no lo quería?

—Quizá estuviese loco. Se arrojó por una ventana.

Aquello fue más de lo que Jevy podía digerir de una sola vez. El joven entornó los ojos y contempló el agua, profundamente sumido en sus pensamientos.

24

Los indios eran guatós, vivían en aquellos parajes desde hacía mucho tiempo, mantenían las mismas costumbres de sus antepasados y preferían no entrar en contacto con extraños. Cultivaban sus pequeños campos, pescaban en el río y cazaban con arcos y flechas.

No cabía duda de que eran muy lentos. Al cabo de una hora, Jevy percibió olor a humo. Se encaramó a un árbol situado cerca de la embarcación y, cuando ya estaba a una altura de unos doce metros, vio los tejados de sus chozas y le dijo a Nate que se reuniera con él.

Nate llevaba cuarenta años sin trepar a un árbol, pero en aquel momento no tenía ninguna otra cosa que hacer. Trepó con menos soltura que Jevy, pero, al final, se detuvo a descansar en una frágil rama, rodeando el tronco con un brazo.

Podían ver los tejados de tres chozas de paja gruesa dispuesta en pulcras hileras. El humo azul se elevaba desde un punto que ellos no podían ver, situado entre dos de las chozas.

¿Sería posible, se preguntó Nate, que se hallase tan cerca de Rachel Lane? ¿Estaría ella allí, escuchando a su pueblo y decidiendo lo que iba a hacer? ¿Enviaría a un guerrero por ellos o se limitaría a salir de entre los árboles y decirles hola?

—Es un poblado pequeño —señaló Nate, procurando no moverse.

—Podría haber más chozas.

—¿Qué crees que están haciendo?

—Hablando, sencillamente.

—Bueno, pues siento decirlo pero tendremos que tomar alguna iniciativa. Dejamos la embarcación hace ocho horas y media. Me gustaría ver a Welly antes del anochecer.

—No se preocupe. Navegaremos empujados por la corriente. Además, conozco el camino. Será mucho más rápido.

—¿Tú no estás preocupado?

Jevy sacudió la cabeza como si no hubiera pensado en la posibilidad de navegar por el Cabixa en medio de la oscuridad. Pero Nate sí había pensado en ello. Estaba preocupado sobre todo por los dos grandes lagos que habían encontrado a la ida, cada uno con sus afluentes, tan parecidos entre sí a la luz del día.

Su plan consistía en saludar a la señorita Lane, explicarle un poco de qué iba todo aquello, cumplir con todas las exigencias legales, mostrarle los documentos, contestar a las preguntas esenciales, obtener su firma, darle las gracias y terminar la visita cuanto antes. Estaba preocupado por la hora, por los fallos del motor y por el viaje de regreso al *Santa Loura*. Era probable que ella desease hablar, o tal vez no. A lo mejor, apenas decía nada y le pedía que se fueran y no volvieran jamás.

Tras regresar nuevamente al suelo, se había acomodado en la embarcación con el propósito de echar una siesta cuando Jevy vio a los indios. Dijo algo, señaló con el dedo y Nate miró hacia los árboles.

Los indios estaban acercándose lentamente al río caminando en fila detrás de su jefe, el guató más viejo que ellos habían visto hasta entonces. Era fornido, tenía un vientre prominente y llevaba una especie de palo muy largo que no parecía afilado ni peligroso, adornado con unas preciosas plumas en uno de sus extremos. Nate dedujo que debía de tratarse de una lanza ceremonial.

El jefe estudió a los dos intrusos y se dirigió a Jevy.

¿Por qué habían venido?, le preguntó en portugués. La expresión de su rostro no era de amabilidad, precisamente, pero su aspecto no parecía agresivo. Nate estudió la lanza.

Jevy le explicó que estaban buscando a una misionera estadounidense.

¿De dónde eran?, quiso saber el jefe; hizo la pregunta mirando a Nate. Corumbá.

¿Y él? Todos los ojos se concentraron en Nate.

Era estadounidense. Tenía que encontrar a la mujer.

¿Y por qué tenía que encontrar a la mujer?

Era el primer indicio de que quizá los indios supieran algo acerca de Rachel Lane. ¿Estaría ella escondida en algún lugar cerca de allí, en la aldea o tal vez en la selva, escuchando lo que decían?

Jevy se lanzó a un relato pormenorizado, explicando que Nate había recorrido grandes distancias y había estado a punto de perder la vida. Era un asunto importante para los estadounidenses, una cosa que ni él ni los indios podían comprender.

¿Corría ella algún peligro?

No. Ninguno.

No estaba allí.

—Dice que no está aquí —le informó Jevy a Nate.

—Dile que, a mi juicio, es un embustero y un hijo de puta —contestó Nate en voz baja.

—Será mejor que no.

¿Había visto alguna vez a una misionera por esa zona?, preguntó Jevy.

El jefe negó con la cabeza.

¿Había oído hablar de ella alguna vez?

Al principio, no hubo respuesta. El jefe entornó los ojos y miró a Jevy, estudiándolo como si se preguntara si podía confiar en aquel hombre. Después, asintió levemente con la cabeza.

Jevy preguntó dónde estaba.

En otra tribu.

¿De dónde?

El indio contestó que no lo sabía con certeza, pero aun así empezó a señalar con el dedo. En algún lugar entre el norte y el oeste, dijo, indicando con la lanza hacia el otro lado del Pantanal.

—¿Guatós? —preguntó Jevy.

El jefe frunció el entrecejo y sacudió la cabeza, como si la mujer viviera entre indeseables.

—Ipicas —contestó con desprecio.

¿Estaba muy lejos?

Un día.

Jevy trató de que concretara un poco más, pero muy pronto averiguó que las horas no significaban nada para los indios. Un día no eran ni veinticuatro horas ni doce. Era, sencillamente, un día. Probó a utilizar la idea de mediodía y consiguió progresar un poco.

—Entre doce y quince horas —le dijo a Nate.

—Pero eso será en una de esas canoas pequeñas, ¿no? —preguntó Nate en voz baja.

—Sí.

—¿Cuánto tardaríamos en llegar?

—Tres o cuatro horas. Si conseguimos localizar el poblado.

Jevy tomó dos mapas y los extendió sobre la hierba. Los indios los miraron con gran curiosidad y se agacharon cerca de su jefe.

Para averiguar hacia dónde iban, primero tenían que establecer dónde estaban. Pero la situación adquirió mal cariz cuando el jefe le dijo a Jevy que el río que los había conducido hasta allí no era, en realidad, el Cabixa. En determinado momento tras su encuentro con el pescador, habían seguido una curva equivocada y habían tropezado con los guatós. Jevy recibió la noticia con consternación y se la comunicó en voz baja a Nate.

Nate se mostró aún más contrariado, pues confiaba ciegamente en Jevy.

Los mapas de navegación, con todos sus colorines, significaban muy poco para los indios. Jevy prescindió rápidamente de ellos y empezó a dibujar otros por su cuenta. Comenzó con el anónimo río que tenían delante y, sin dejar de conversar con el jefe, fue subiendo muy despacio hacia el norte. Los dos jóvenes iban dando información al jefe. Jevy le explicó a Nate que eran unos consumados pescadores y que en ocasiones se desplazaban al Paraguay.

—Contrátalos —le dijo Nate.

Jevy lo intentó, pero, en el transcurso de las negociaciones averiguó que aquellos indios jamás habían visto a los ipicas, no tenían demasiado interés en verlos, no sabían exactamente dónde estaban y no entendían el concepto de cobrar por trabajar. Además, el jefe no quería que se fueran.

La ruta se desvió desde un río al siguiente, serpeando hacia el norte hasta que el jefe y los pescadores ya no consiguieron ponerse de acuerdo acerca del camino que debían seguir. Jevy comparó su dibujo con los mapas.

—Ya la hemos encontrado —le dijo a Nate.

—¿Dónde?

—Aquí hay un poblado de ipicas. —Señaló en el mapa—. Al sur de Porto Indio, al pie de las montañas. Las instrucciones que nos han dado nos llevan muy cerca de él.

Nate se inclinó hacia delante y estudió las indicaciones.

—¿Cómo podemos llegar hasta allí?

—Creo que tendremos que regresar al barco y navegar medio día por el Paraguay rumbo al norte. Después volveremos a utilizar la batea para llegar al poblado.

Los meandros del Paraguay recorrían una zona relativamente cercana a su objetivo y a Nate el hecho de navegar en el *Santa Loura* le parecía una idea espléndida.

—¿Cuántas horas tardaremos con la barquita? —preguntó.

—Cuatro, más o menos.

En Brasil, «más o menos» podía significar cualquier cosa. Sin embargo, la distancia parecía mucho menor que la que habían cubierto desde primera hora de la mañana.

—¿Pues a qué esperamos? —dijo Nate, levantándose y mirando con una sonrisa a los indios.

Jevy empezó a dar las gracias a sus anfitriones mientras plegaba los mapas. Ahora que ellos estaban a punto de irse, los indios se mostraban menos hoscos y querían ser más hospitalarios. Les ofrecieron comida, pero Jevy la rechazó amablemente. Les explicó que tenían mucha prisa, pues tenían previsto regresar al gran río antes de que anocheciera.

Nate los miró sonriendo mientras retrocedía de espaldas hacia el río. Los indios querían ver la embarcación. Permanecieron de pie en la orilla mientras Jevy ajustaba el motor. Cuando lo puso en marcha, se echaron hacia atrás.

El río, cualquiera que fuese su nombre, ofrecía un aspecto totalmente distinto cuando uno navegaba en la otra dirección. En el momento en que ya estaban a punto de doblar el primer recodo, Nate volvió la cabeza y vio que los guatós permanecían en la orilla.

Eran casi las cuatro de la tarde. Con un poco de suerte, conseguirían atravesar los grandes lagos antes de que anocheciera y penetrar en el Cabixa. Welly estaría esperándolos con las alubias y el arroz. Mientras hacía esos rápidos cálculos, Nate sintió las primeras gotas de lluvia.

El fallo del motor no se debía a la suciedad de las bujías. Al cabo de cincuenta minutos, se paró del todo. La embarcación quedó a la deriva mientras Jevy levantaba la tapadera del motor y atacaba el carburador con un destornillador. Nate preguntó si podía ayudar y Jevy contestó que no. Por lo menos, no en lo que al motor se refería; pero sí podía tomar un cubo y empezar a achicar, pues la lluvia estaba anegando la embarcación. También podía tomar un canalete y procurar que esta permaneciera situada en el centro del río, cualquiera que fuera su nombre.

Nate hizo ambas cosas. La corriente los empujaba, pero a un ritmo mucho más lento de lo que Nate habría deseado. La lluvia era intermitente. Cerca de una curva cerrada el río se hizo menos profundo, pero Jevy estaba demasiado ocupado como para reparar en ello. La embarcación adquirió velocidad y los rápidos la empujaron hacia unos densos matorrales.

—Creo que necesito ayuda —dijo Nate.

Jevy tomó otro canalete y consiguió invertir la posición de la batea de forma tal que la proa chocara contra la maleza y la embarcación no zozobrara.

—¡Agárrese! —exclamó mientras chocaban violentamente contra los arbustos. Las ramas y enredaderas volaron alrededor de Nate, que se valió del canalete para apartarlas.

Una serpiente de pequeño tamaño saltó al interior de la batea justo por encima del hombro de Nate, pero este no se dio cuenta. Jevy la recogió con su canalete y la arrojó al agua. Sería mejor no decir nada.

Ambos se pasaron unos cuantos minutos luchando contra la corriente y también el uno contra el otro. Nate tenía una habilidad especial para remar en todas las direcciones que no debía. Su entusiasmo por el remo hacía que la embarcación estuviera peligrosamente a punto de zozobrar.

Cuando consiguieron apartarse de la maleza, Jevy se hizo cargo de los dos canaletes y le buscó a Nate una nueva tarea. Le pidió que se situara encima del motor con el poncho extendido para evitar que la lluvia cayera en el carburador. Muerto de miedo, Nate permaneció en suspenso como si fuera una especie de ángel con las alas extendidas, con un pie sobre un bidón de combustible y el otro en el costado de la embarcación.

Navegaron sin rumbo por el estrecho río durante veinte largos minutos. Con la herencia de Phelan se habrían podido adquirir todos los relucientes motores fuera borda de Brasil y, sin embargo, allí estaba Nate, contemplando cómo un aprendiz de mecánico intentaba reparar uno que tenía más años que él.

Jevy cerró la tapa y se pasó lo que pareció una eternidad trabajando con el estrangulador. Tiró de la cuerda del estárter mientras Nate pronunciaba una oración. Al cuarto tirón, ocurrió el milagro. El motor soltó un rugido, pero no tan suavemente como antes. Vaciló y renqueó; Jevy ajustó los cables del estrangulador sin demasiada suerte.

—Tendremos que ir más despacio —dijo sin mirar a Nate.

—Muy bien. Siempre y cuando sepamos dónde estamos.

—No se preocupe por eso.

La tormenta se situó muy despacio sobre las montañas de Bolivia y desde allí se desplazó con fuerza hacia el Pantanal. Era tan violenta como la que había estado a punto de matarlos en el avión. Nate se encontraba sentado en la batea bajo la protección de su poncho, contemplando el río hacia el este en busca de algo que le resultara familiar cuando fue azotado por la primera ráfaga de viento. De pronto, la lluvia se hizo más intensa. Nate volvió lentamente la cabeza y miró hacia atrás. Jevy ya lo había visto, pero había preferido no decir nada.

El cielo era de un color gris oscuro, casi negro. Las nubes estaban tan bajas que resultaba imposible divisar las montañas. La lluvia empezó a empaparlos. Nate se sentía totalmente vulnerable e impotente.

No podían esconderse en ningún sitio, no había ningún puerto seguro donde amarrar la embarcación y capear el temporal. Alrededor de ellos y en varios kilómetros a la redonda todo era agua. Estaban justo en el centro de una zona anegada en la que solo la parte superior de la maleza y las copas de algunos árboles podían servirles de guía a través de los ríos y pantanos. No tenían otra alternativa que quedarse en la batea.

Un viento muy fuerte se acercó por detrás, empujando la embarcación mientras la lluvia les golpeaba la espalda. El cielo se oscureció aún más. Nate hubiera querido guarecerse debajo del banco de aluminio, tomar su almohadón hinchable y acurrucarse cubierto con el poncho, pero el agua estaba acumulándose en torno a sus pies. Las provisiones se estaban mojando. Tomó el cubo y empezó a achicar.

Llegaron a un horcajo, por el que Nate estaba seguro de que antes no habían pasado, y después a una confluencia de ríos que apenas pudieron distinguir en medio de la lluvia. Jevy redujo la abertura del estrangulador para examinar las aguas, aceleró y giró bruscamente a la derecha como si supiera exactamente adónde iba. Nate estaba convencido de que se habían perdido.

Al cabo de pocos minutos el río desapareció entre un amasijo de árboles podridos, un espectáculo memorable que antes no habían visto. Jevy dio rápidamente media vuelta. Ahora navegaban de cara a la tormenta y ante sus ojos se extendía un panorama aterrador. El cielo era negro y las aguas bajaban turbulentas y cubiertas de cabrillas.

Al llegar de nuevo a la confluencia, ambos hablaron brevemente a gritos por encima del fragor del viento y la lluvia, y optaron por adentrarse en otro río.

Poco antes del anochecer cruzaron una vasta zona anegada, un lago provisional vagamente parecido al lugar donde habían visto al pescador entre la maleza. El hombre ya no estaba allí.

Jevy eligió un afluente de entre los varios que había y siguió adelante como si estuviera acostumbrado a navegar a diario por aquel rincón del Pantanal. Estallaron unos relámpagos y por un rato casi pudieron ver por dónde iban. La lluvia amainó. La tormenta estaba alejándose poco a poco.

Jevy apagó el motor y estudió las márgenes del río.

—¿En qué piensas? —le preguntó Nate.

Apenas habían hablado durante el temporal. Se habían extraviado, de eso no cabía duda, pero Nate no quería obligar a Jevy a reconocerlo.

—Deberíamos buscar un lugar donde acampar —dijo Jevy.

Más que un plan, era una sugerencia.

—¿Por qué?

—Porque en algún sitio tenemos que dormir.

—Podemos hacerlo por turnos en la embarcación —propuso Nate—. Aquí estamos más seguros.

Lo dijo con toda la confianza de un experto guía fluvial.

—Es posible, pero creo que tendríamos que detenernos aquí. Si seguimos navegando en la oscuridad, podríamos extraviarnos.

«Llevamos tres horas extraviados», estuvo a punto de decir Nate.

Jevy impulsó la embarcación hacia una orilla cubierta de vegetación. Se dejaron llevar río abajo por la corriente sin apartarse de la ribera, iluminando las aguas someras con sus linternas. Dos puntitos rojos brillando justo por encima de la superficie habrían significado que un caimán también estaba vigilando, pero, por suerte, no vieron ninguno. Amarraron un cabo a una rama a dos metros y medio de la orilla.

La cena consistió en unas galletas saladas, un pescado en lata que Nate jamás había probado, bananas y queso.

Cuando cesó el viento, aparecieron los mosquitos. Nate y Jevy se aplicaron repelente. Nate se frotó el cuello y el rostro e incluso los párpados y el cabello. Los minúsculos insectos eran rápidos y persistentes y se desplazaban formando unas pequeñas nubes negras de un extremo al otro de la embarcación. A pesar de que ya no llovía, ninguno de los dos hombres se quitó el poncho. Los mosquitos lo intentaron por todos los medios, pero no pudieron penetrar a través del plástico.

Hacia las once de la noche, el cielo se despejó un poco, pero no había luna. La corriente mecía suavemente la batea. Jevy se ofreció a hacer la primera guardia y Nate procuró ponerse lo más cómodo posible para dormir un rato. Apoyó la cabeza sobre la tienda y estiró las piernas. Se abrió un hueco en el poncho y, a través de él, penetraron de inmediato docenas de mosquitos que empezaron a picarle la cintura. Se oyó un ligero chapaleo, producido tal vez, por un reptil. La embarcación de aluminio no estaba hecha para que uno se reclinara en ella.

Conciliar el sueño sería imposible.

25

Flowe, Zadel y Theishen, los tres psiquiatras que habían examinado a Troy Phelan hacía apenas unas semanas y habían coincidido, tal como lo demostraba la cinta de vídeo y habían reafirmado posteriormente en unas largas declaraciones, en que el millonario se encontraba en pleno uso de sus facultades mentales, fueron despedidos. Y no solo despedidos, sino también calificados de memos e incluso de chalados por parte de los abogados de los Phelan.

Buscaron otros psiquiatras. Hark contrató al primero por una tarifa de trescientos dólares la hora. Lo encontró en los anuncios clasificados de una revista jurídica que anunciaban de todo, desde cirujanos plásticos especializados en reconstrucciones de partes corporales dañadas por accidentes hasta analistas de rayos X. El doctor Sabo, retirado del ejercicio de su profesión, estaba dispuesto a vender su declaración. Tras estudiar suavemente el comportamiento del señor Phelan, expresó su opinión provisional de que este se hallaba claramente incapacitado para testar. Nadie en su sano juicio se arrojaba por una ventana, y el que hubiese legado una fortuna de once mil millones de dólares a una desconocida constituía una prueba evidente de grave trastorno mental.

A Sabo le encantaba la idea de trabajar en el caso Phelan. Refutar las opiniones de los primeros tres psiquiatras constituiría todo un reto. La publicidad lo seducía, pues jamás había tenido un caso famoso, y con el dinero que consiguiese se pagaría un viaje a Oriente.

Todos los abogados de los Phelan estaban tratando de anular y desacreditar los testimonios de Flowe, Zadel y Theishen, y solo podrían hacerlo buscando otros expertos que tuvieran otras opiniones.

Las elevadas tarifas honorarias se prestaban a toda suerte de posibilidades. Como los herederos no podrían pagar los elevados honorarios mensuales a que todo ello daría lugar, sus abogados accedieron amablemente a cobrar un porcentaje de lo que obtuvieran, con lo cual todo se simplificaba mucho. La variedad de ofertas era asombrosa, a pesar de que ningún bufete divulgaría jamás la cuantía de su porcentaje. Hark quería el cuarenta por ciento, pero Rex le reprochó su codicia. Al final, ambos acordaron dejarlo en un veinticinco por ciento. Grit también le sacó un veinticinco por ciento a Mary Ross Phelan Jackman.

El gran vencedor fue Wally Bright, quien, curtido en toda clase de pleitos, consiguió llegar a un justo acuerdo con Libbigail y Spike. Se quedaría con la mitad de lo que estos obtuvieran.

En medio de la loca carrera que se produjo antes de la presentación de las querellas, ni un solo heredero Phelan se preguntó si estaba haciendo lo que más le convenía. Confiaban en sus abogados y, además, todo el mundo iba a impugnar el testamento. Nadie podía permitirse el lujo de quedarse fuera. Era mucho lo que estaba en juego.

El hecho de que Hark hubiera sido el más ruidoso de entre todos los abogados de los Phelan llamó la atención de Snead, el criado de toda la vida de Troy. Después del suicidio se había armado tanto revuelo que nadie había reparado en él. Todo el mundo se olvidó del bueno de Snead al producirse la estampida hacia el palacio de justicia. Se había quedado sin trabajo. Cuando se leyó el testamento, Snead estaba sentado en la sala con el rostro oculto bajo un sombrero y unas gafas de sol, y nadie lo reconoció. Se fue llorando.

Odiaba a los hermanos Phelan porque Troy los odiaba. A lo largo de los años Snead se había visto obligado a hacer toda suerte de cosas desagradables para proteger a Troy de sus familias. Snead había preparado abortos y había sobornado a los policías cada vez que los chicos habían sido sorprendidos en posesión de drogas. Había mentido a las esposas para proteger a las amantes y, cuando las amantes se convertían en esposas, el pobre Snead volvía a mentir para proteger a las amigas de su jefe.

A cambio de sus buenos oficios, los hijos y las esposas lo habían llamado marica.

Y, a cambio de su fidelidad, el señor Phelan no le había dejado nada. Ni un centavo. Había cobrado un buen sueldo en el transcurso de los años y tenía un poco de dinero en fondos de inversión, pero no el suficiente como para retirarse. Lo había sacrificado todo por su trabajo y por su amo. No había podido llevar una existencia normal porque el señor Phelan le exigía permanecer de guardia las veinticuatro horas del día. No había podido fundar una familia, y prácticamente no tenía amigos.

El señor Phelan había sido su amigo, su confidente, la única persona en quien podía confiar.

A lo largo de los años el viejo le había prometido muchas veces que cuidaría de él. Sabía a ciencia cierta que figuraba en un testamento. Lo había visto con sus propios ojos. A la muerte del señor Phelan heredaría un millón de dólares. Por aquel entonces, Troy tenía una fortuna valorada en tres mil millones de dólares y Snead recordaba haber pensado que comparado con eso un millón era una suma irrisoria. Cuando el viejo se hizo más rico, Snead pensó que su legado aumentaría en cada nuevo testamento.

A veces indagaba acerca de la cuestión y hacía sutiles y discretas averiguaciones en los momentos que él consideraba oportunos, pero el señor Phelan lo maldecía y amenazaba con excluirlo por completo del testamento.

—Eres tan malo como mis hijos —decía Troy, lo que sumía en la angustia al pobre criado.

Por algún motivo, Snead había pasado de heredar un millón a no heredar nada, y estaba dolido. No le quedaba otra alternativa que unirse a los enemigos.

Localizó el nuevo bufete de Hark Gettys & Asociados cerca de Dupont Circle. La recepcionista le dijo que el señor Gettys estaba muy ocupado.

—Yo también lo estoy —replicó Snead con aspereza. Por vivir en tan estrecho contacto con Troy, Snead se había pasado casi toda la vida rodeado de abogados. Siempre estaban ocupados—. Entréguele esto —añadió, tendiendo un sobre hacia la recepcionista—. Es muy urgente. Esperaré fuera unos diez minutos; después bajaré a la calle y entraré en el bufete de abogados más próximo.

Snead se sentó y bajó la vista al suelo. La alfombra era barata. La recepcionista dudó un instante y después desapareció por una puerta. El sobre contenía una breve nota manuscrita que rezaba: «He trabajado treinta años al servicio de Troy Phelan. Lo sé todo. Malcolm Snead».

Hark salió al cabo de un instante con la nota en la mano y una estúpida sonrisa en los labios, como si el hecho de mantener una actitud amistosa pudiera impresionar a Snead. Ambos bajaron prácticamente corriendo por un pasillo hasta llegar a un espacioso despacho, seguidos por la recepcionista. No, Snead no quería café, té, agua ni Coca-Cola. Hark cerró ruidosamente la puerta y echó la llave.

El despacho olía a recién pintado. El escritorio y las estanterías eran nuevos, pero las maderas no hacían juego. Junto a las paredes se amontonaban varios archivadores y cosas por el estilo. Snead se pasó un buen rato examinando la estancia.

—Acaba de mudarse, ¿verdad?

—Hace un par de semanas.

A Snead no le gustaba aquel lugar y no estaba muy seguro de que le gustara el abogado, que vestía un traje de lana barato, mucho más sencillo que el suyo.

—¿Dice que trabajó durante treinta años para él? —preguntó Hark, todavía con la nota en la mano.

—Así es.

—¿Estaba usted con él cuando se arrojó al vacío?

—No. Se arrojó solo.

Una falsa carcajada y otra vez la sonrisa.

—Quiero decir si se encontraba en la habitación.

—Sí. Estuve a punto de sujetarlo.

—Debió de ser terrible.

—Lo fue. Y sigue siéndolo.

—¿Le vio firmar el testamento, el último?

—Sí.

—¿Le vio escribir el maldito documento?

Snead estaba perfectamente preparado para mentir. La verdad ya no significaba nada para él, porque el viejo lo había engañado. ¿Qué tenía que perder?

—Vi muchas cosas —contestó—, y sé muchas más. Esta visita gira exclusivamente en torno al dinero. El señor Phelan me prometió que no me olvidaría en su testamento. Hubo muchas promesas y ninguna se cumplió.

—O sea, que está usted en el mismo barco que mi cliente —dijo Hark.

—Confío en que no. Desprecio a su cliente y a todos sus miserables hermanos, y esto debe quedar claro desde el principio.

—Me parece muy bien.

—Nadie estaba más cerca de Troy Phelan que yo. He visto y oído cosas sobre las cuales ninguna otra persona puede hablar.

—¿Significa eso que quiere usted ser testigo?

—Soy un testigo y un experto. Y soy muy caro.

Ambos se miraron a los ojos por un instante. El mensaje había sido transmitido y recibido.

—La ley establece que los profanos no pueden emitir juicios acerca del estado mental de una persona que otorga testamento, pero es evidente que usted puede confirmar comportamientos y acciones que sean demostrativos de la existencia de una alteración mental.

—Todo eso ya lo sé —repuso bruscamente Snead.

—¿Estaba loco?

—Me da igual el que lo estuviese o no. Puedo seguir cualquiera de los dos caminos.

Hark tuvo que hacer una pausa para reflexionar acerca de la cuestión. Se rascó la mejilla y estudió la pared.

Snead decidió echarle una mano.

—Así es como lo veo. Su cliente se jodió junto con sus hermanos y hermanas. Cada uno de ellos recibió cinco millones de dólares al cumplir los veintiún años y ya sabemos lo que hicieron con el dinero. Puesto que todos están endeudados hasta las cejas, no tienen más remedio que impugnar el testamento. Sin embargo, ningún jurado se compadecerá de ellos. Se trata de una cuadrilla de codiciosos perdedores, y por ello será un juicio muy difícil de ganar. No obstante, usted y otros genios de la jurisprudencia impugnarán el testamento y sentarán las bases de un juicio escandaloso y enrevesado que no tardará en llegar a la prensa sensacionalista porque hay once mil millones de dólares en juego. Puesto que no tienen muchas cosas de las que agarrarse, ustedes esperan llegar a un acto de conciliación antes de que se celebre el juicio.

—Lo ha comprendido usted muy rápido.

—No. Lo que ocurre es que me he pasado treinta años observando al señor Phelan. En cualquier caso, el volumen de la conciliación depende de mí. Si mis recuerdos son claros y detallados, puede que mi antiguo jefe estuviera incapacitado para testar en el momento en que firmó ese documento.

—O sea, que su memoria va y viene.

—Mi memoria es lo que yo quiero que sea, y nadie puede discutirlo.

—¿Qué quiere?

—Dinero.

—¿Cuánto?

—Cinco millones.

—Es mucho.

—No es nada. Lo cobraré de una parte o de la otra. Da igual.

—¿Y cómo voy a conseguir yo los cinco millones de dólares para usted?

—Lo ignoro. Yo no soy abogado. Supongo que usted y sus compinches podrán sacarse de la manga algún sucio plan.

Se produjo una prolongada pausa en cuyo transcurso Hark empezó, en efecto, a sacarse un plan de la manga. Tenía muchas preguntas, pero sospechaba que no obtendría demasiadas respuestas. Al menos por el momento.

—¿Algún otro testigo? —preguntó.

—Solo uno. Se llama Nicolette. Fue la última secretaria del señor Phelan.

—¿Cuánto sabe?

—Depende. Se la puede comprar.

—Por lo que veo, ya ha hablado usted con ella.

—Hablo cada día. Digamos que formamos un solo paquete.

—¿Cuánto por ella?

—Estará incluida en los cinco millones.

—Una auténtica ganga. ¿Alguien más?

—Nadie importante.

Hark cerró los ojos y se frotó las sienes.

—No me opongo a los cinco millones que usted pide —dijo, pellizcándose el puente de la nariz—, lo que ocurre es que no sé cómo haremos para canalizarlos hacia usted.

—Estoy seguro de que ya se le ocurrirá algo.

—Deme un poco de tiempo si es usted tan amable. He de pensarlo.

—No tengo prisa. Le doy una semana. Si dice que no, me iré a la otra parte.

—No hay ninguna otra parte.

—No esté tan seguro.

—¿Sabe usted algo acerca de Rachel Lane?

—Lo sé todo —contestó Snead, abandonando el despacho.

26

Los primeros rayos de la aurora no aportaron ninguna sorpresa. Estaban amarrados a un árbol junto a la orilla de un pequeño río que era exactamente igual que todos los demás que habían visto. Unas densas nubes cubrían nuevamente el cielo; la luz del día tardó mucho en aparecer.

El desayuno consistió en una cajita de galletas, la última ración que Welly había incluido en su equipaje. Nate comió muy despacio, preguntándose cuándo volvería a probar bocado.

La corriente era muy fuerte y, en cuanto amaneció, se dejaron llevar por ella. Estaban ahorrando combustible y retrasando el momento en que Jevy se vería obligado a intentar poner nuevamente en marcha el motor.

Fueron arrastrados hasta una zona anegada en la que confluían tres ríos y, por un instante, la embarcación quedó inmóvil.

—Creo que nos hemos perdido, ¿verdad? —dijo Nate.

—Sé exactamente dónde estamos —repuso Jevy.

—¿Dónde?

—Aquí, en el Pantanal, y todos los ríos desembocan en el Paraguay.

—Al final.

—Sí, al final.

Jevy retiró la tapa del motor y secó el carburador. Ajustó la abertura del estrangulador, examinó el nivel del aceite y después probó a poner en marcha el motor. Al quinto tirón, se puso en marcha, se caló y se paró del todo.

«Esto es el fin —pensó Nate—. Me ahogaré, me moriré de hambre o me devorarán, pero aquí, en este inmenso pantano, exhalaré mi último aliento.»

De pronto, para su gran sorpresa, oyeron un grito. Parecía la voz de una muchacha. Los gruñidos del motor habían atraído la atención de otro ser humano. La voz procedía de un marjal cubierto de maleza que había junto a la orilla de uno de los ríos. Jevy gritó y, segundos después, la voz le contestó.

Un muchacho de no más de quince años emergió de la maleza a bordo de una pequeña canoa labrada a mano a partir del tronco de un árbol. Utilizando un remo de fabricación casera, el muchacho cortaba el agua con asombrosa soltura y velocidad.

—*Bom dia* —dijo con una ancha sonrisa en los labios.

El rostro era moreno y cuadrado, probablemente el más bello que Nate hubiera visto en muchos años. Arrojó un cabo y ambas embarcaciones quedaron unidas.

Jevy y el chico se enzarzaron en una larga y pausada conversación. Al cabo de un rato, Nate empezó a ponerse nervioso.

—¿Qué dice? —le preguntó a Jevy.

El chico miró a Nate, y Jevy le dijo:

—De Estados Unidos. —Luego se volvió hacia este y añadió—: Según él, nos encontramos muy lejos del río Cabixa.

—Vaya noticia; eso ya lo sabíamos.

—Dice que el Paraguay está hacia el este, a medio día de distancia.

—En canoa, ¿verdad?

—No, en avión.

—Muy gracioso. ¿Cuánto tardaremos?

—Cuatro horas más o menos.

Cinco o quizá seis horas. Siempre y cuando el motor funcionara debidamente. Les llevaría una semana si tuvieran que remar valiéndose de los canaletes.

Se reanudó la pausada conversación en portugués. En la canoa no había más que un rollo de sedal en torno de una lata y un tarro lleno de una sustancia fangosa que Nate supuso que contenía gusanos o alguna especie de cebo. ¿Qué conocimientos tenía él del arte de la pesca? Se rascó las picaduras de mosquito.

El año anterior había ido a esquiar a Utah con los chicos. El trago del día había sido una especie de brebaje a base de tequila que, como era de esperar, él bebió con deleite hasta perder el conocimiento. La resaca le duró dos días.

La conversación se animó y, de pronto, los jóvenes señalaron algo con el dedo.

Jevy miró a Nate mientras hablaba.

—¿Qué ocurre? —preguntó Nate.

—Los indios no están muy lejos.

—¿A qué distancia?

—A una hora, o quizá dos.

—¿Él puede acompañarnos?

—Yo conozco el camino.

—No me cabe la menor duda, pero me sentiría más tranquilo si él viniera con nosotros.

Aquello constituía una leve ofensa al orgullo de Jevy; sin embargo dadas las circunstancias, este no podía protestar.

—Es posible que pida un poco de dinero.

—Lo que sea.

Si el chico supiera... La fortuna Phelan a un lado de la mesa y aquel flacucho *pantaneiro* al otro. Nate sonrió al imaginarse la escena. ¿Qué tal una flota de canoas, con cañas de pescar, carretes y sondas? «Pide lo que quieras, hijo, y lo tendrás», pensó Nate.

—Diez *reais* —dijo Jevy tras una breve negociación.

—Muy bien.

Por unos diez dólares los conducirían hasta Rachel Lane.

Elaboraron un plan. Jevy inclinó el motor hacia un lado para que la hélice asomara por encima de la superficie y empezaron a remar. Siguieron al muchacho de la canoa durante unos veinte minutos hasta penetrar en un pequeño y somero río con corrientes muy rápidas. Nate sacó el canalete del agua, recuperó el resuello y se enjugó el sudor del rostro. El corazón le latía apresuradamente y se sentía agotado. Las nubes se habían abierto y el sol brillaba con fuerza.

Jevy empezó a trabajar con el motor. Afortunadamente, consiguió ponerlo en marcha y no se caló. Siguieron al chico cuya canoa iba por delante, sin dificultad, de la averiada fueraborda.

Ya era casi la una cuando encontraron la elevación de terreno. La crecida fue remitiendo poco a poco, los ríos volvieron a estar bordeados de densa vegetación y había árboles por todas partes. El chico estaba muy serio y extrañamente preocupado por la posición del sol.

—Justo allí arriba —le indicó a Jevy—. A la vuelta de la curva. —Tenía miedo de seguir adelante—. Yo me quedo aquí —añadió—. Debo volver a casa.

Nate le entregó el dinero y ambos le dieron las gracias. El muchacho se alejó llevado por la corriente y pronto se perdió de vista. Ellos siguieron adelante con una embarcación que, aun cuando se detenía y navegaba a la mitad de la velocidad, los conducía poco a poco a su destino.

El río se adentró en la selva, las ramas de los árboles colgaban muy bajo por encima del agua, formando una especie de túnel que impedía el paso de la luz. Todo estaba oscuro y el irregular zumbido del motor de la batea resonaba en las orillas. Nate tuvo la inquietante sensación de que los observaban. Casi le parecía sentir la presencia de las flechas con que estaban apuntándoles. Se preparó para un ataque con letales flechas envenenadas por parte de unos salvajes adornados con pinturas de guerra y adiestrados para matar a cualquiera que tuviera el rostro blanco.

Pero entonces vieron a unos niños morenos que chapoteaban alegremente en el agua. El túnel terminaba en las inmediaciones de un poblado.

Las madres también se estaban bañando, tan desnudas como sus hijos y con la mayor naturalidad del mundo. Al ver la embarcación, retrocedieron hacia la orilla. Jevy apagó el motor y, al advertir que se acercaban, empezó a hablar con una sonrisa en los labios. Una chica más crecida huyó en dirección al poblado.

—*Fala portugues?* —les preguntó Jevy a las cuatro mujeres y los siete niños.

Ellos lo miraron en silencio. Los más pequeños se escondieron detrás de sus madres. Las mujeres eran de baja estatura, cuerpo achaparrado y pechos menudos.

—¿Son pacíficos? —preguntó Nate.

—Los hombres nos lo dirán.

Los hombres aparecieron a los pocos minutos. Eran tres, también de baja estatura, rechonchos y musculosos. Llevaban las partes pudendas cubiertas con unas bolsitas de cuero.

El mayor dijo hablar la lengua de Jevy, pero su portugués era muy rudimentario. Nate se quedó en la barca, donde la situación parecía más segura, mientras Jevy se apoyaba en el tronco de un árbol de la orilla e intentaba hacerse comprender. Los indios rodearon a Jevy, que era por lo menos treinta centímetros más alto que ellos.

Tras varios minutos de repeticiones y gestos con las manos, Nate dijo:

—Traduce, por favor.

Los indios lo miraron.

—Estadounidense —explicó Jevy, y de inmediato se inició otra conversación.

—¿Qué dicen de la mujer? —preguntó Nate.

—Aún no hemos llegado a eso. Todavía estoy intentando convencerlos de que no le quemen vivo.

—Inténtalo un poco más.

Aparecieron otros indios. Las chozas se encontraban a unos cien metros de distancia, cerca de la linde del bosque. Río arriba media docena de canoas estaban amarradas a la orilla. Los niños empezaron a aburrirse y poco a poco se apartaron de sus madres y se acercaron a la embarcación para inspeccionarla. También les llamaba mucho la atención el hombre del rostro blanco. Nate sonrió, les guiñó un ojo y no tardó en arrancarles una sonrisa. Si Welly no hubiera sido tan condenadamente tacaño con las galletas, Nate habría podido compartir algo con ellos.

La conversación siguió adelante. El indio que hablaba con Jevy se volvía de vez en cuando hacia sus compañeros para facilitarles un informe y sus palabras provocaban, de forma inevitable, una gran consternación. Su lenguaje consistía en una serie de gruñidos y sonidos emitidos sin apenas mover los labios.

—¿Qué dice? —preguntó Nate en tono quejumbroso.

—No lo sé —contestó Jevy.

Un chiquillo apoyó la mano en el borde de la embarcación y estudió a Nate con unas negras pupilas tan grandes como monedas de un cuarto de dólar. Después, dijo en inglés:

—Hola.

Nate comprendió entonces que estaban en el lugar adecuado.

Solo él lo había oído. Inclinándose hacia delante, le susurró al niño:

—Hola.

—Adiós —repuso el niño en inglés, sin moverse de donde estaba.

De modo que Rachel le había enseñado por lo menos dos palabras inglesas.

—¿Cómo te llamas? —le preguntó Nate, bajando la voz.

—Hola —repitió el niño.

Bajo el árbol, la traducción seguía el mismo ritmo de antes. Mientras los hombres conversaban animadamente, las mujeres permanecían en silencio.

—¿Qué dicen de la mujer? —insistió Nate.

—Se lo he preguntado. No tienen respuesta.

—¿Y eso qué significa?

—No lo sé muy bien. Creo que está aquí, pero por algún motivo se muestran reticentes.

—Pero ¿por qué se muestran reticentes?

Jevy frunció el entrecejo y apartó la mirada. ¿Cómo podía saberlo?

Hablaron un poco más y, de pronto, los indios se retiraron, primero los hombres, después las mujeres y, finalmente, los niños, alejándose en fila hacia el poblado, y desaparecieron.

—¿Los has hecho enfadar?

—No. Quieren celebrar una especie de reunión.

—¿Crees que ella está aquí?

—Sí.

Jevy se sentó en la embarcación y se dispuso a echar una siesta. Ya era casi la una, cualquiera que fuera el huso horario en el que se encontraran. Pasó la hora del almuerzo sin que hubieran comido siquiera una reblandecida galletita salada.

La caminata empezó hacia las tres. Un reducido grupo de jóvenes los acompañó desde la orilla del río por un sendero de tierra que conducía al poblado, pasaron entre las chozas, donde todo el mundo los contempló en silencio, y enfilaron otro camino que se adentraba en el bosque.

«Es una marcha hacia la muerte —pensó Nate—. Nos llevan a la selva para cumplir un sangriento ritual de la Edad de Piedra.» Jevy caminaba por delante de él con paso rápido y seguro.

—¿Adónde demonios vamos? —preguntó en un sibilante

susurro, cual si fuera un prisionero de guerra temeroso de ofender a quienes lo habían apresado.

—Tranquilícese.

Llegaron a un claro. Volvían a estar muy cerca de la orilla del río. El que encabezaba la marcha se detuvo y señaló algo con el dedo. En la ribera, una anaconda estaba tomando el sol. Era negra y tenía unas marcas amarillas en la parte inferior. Debía de medir unos treinta centímetros de diámetro por lo menos.

—¿Qué longitud tiene? —preguntó Nate.

—Seis o siete metros. Al final, ha visto usted una anaconda —dijo Jevy.

Nate sintió que le temblaban las rodillas y se le secaba la boca. Había estado bromeando acerca de las serpientes, y ahora que contemplaba una de verdad el espectáculo resultaba verdaderamente asombroso.

—Algunos indios adoran a las serpientes —le informó Jevy.

«Entonces ¿qué están haciendo nuestros misioneros?», pensó Nate. Le preguntaría a Rachel sobre aquella práctica.

Al parecer, los mosquitos solo lo molestaban a él. Los indios eran inmunes a sus picaduras, y Jevy jamás tenía que ahuyentarlos de un manotazo. En cambio, él no paraba de rascarse hasta hacerse sangre. Se había olvidado el repelente en la embarcación, junto con la tienda, el machete y todas sus posesiones, que sin duda los niños estarían examinando con curiosidad.

La caminata tuvo un carácter de aventura durante media hora, pero después el calor y los insectos hicieron que la situación resultara más bien aburrida.

—¿Vamos muy lejos? —preguntó Nate sin demasiada esperanza de obtener una respuesta exacta.

Jevy le dijo algo al hombre que encabezaba la marcha y este contestó.

—No mucho —fue la respuesta que transmitió Jevy.

Cruzaron otro sendero y se adentraron en otro más ancho. La zona estaba más concurrida. No tardaron en ver la primera choza y percibir olor a humo.

Cuando ya llevaban recorridos doscientos metros, el hombre que encabezaba la marcha señaló un umbroso paraje muy cerca de la orilla del río. Nate y Jevy fueron acompañados a un banco hecho con unas cañas huecas atadas con una cuerda. Allí se quedaron, escoltados por dos hombres, mientras los demás se encaminaban hacia la aldea.

Pasó el tiempo, los dos guardias se cansaron y decidieron echar una siesta. Se apoyaron contra el tronco de un árbol y enseguida se quedaron dormidos.

—Creo que podríamos escapar —dijo Nate.

—¿Adónde?

—¿Tienes hambre?

—Un poco. ¿Y usted?

—No, me he atiborrado —contestó Nate—. Hace nueve horas me comí siete galletitas. Recuérdame que le dé un cachete a Welly cuando lo vea.

—Confío en que esté bien.

—¿Y por qué no iba a estarlo? Se está meciendo en mi hamaca, bebiendo café recién hecho, a salvo, seco y bien alimentado.

Los indios no los habrían conducido hasta allí si Rachel no hubiese estado en las inmediaciones. Mientras descansaba en el banco contemplando a lo lejos los tejados de las chozas, Nate se hizo muchas preguntas acerca de ella.

Sentía curiosidad por su aspecto, pues su madre había sido, al parecer, muy hermosa. Troy Phelan tenía buen ojo para las mujeres. ¿Cómo iría vestida? Los ipicas con los que vivía iban desnudos. ¿Cuánto tiempo llevaría sin ver la civilización? ¿Sería él el primer estadounidense que visitaba el poblado?

¿Cómo reaccionaría ante su presencia? ¿Y ante el anuncio de la herencia que acababa de recibir?

A medida que transcurría el tiempo, la perspectiva de conocerla hacía que Nate se sintiera cada vez más nervioso.

Ambos guardias estaban dormidos cuando se oyeron los primeros movimientos procedentes del poblado. Jevy les arrojó una piedrecita y soltó un silbido por lo bajo. Ellos se levantaron de un salto y ocuparon de nuevo sus posiciones.

Las malas hierbas que bordeaban el sendero por el que vieron acercarse una patrulla llegaban a la altura de la rodilla. Rachel acompañaba a los hombres. Divisaron una blusa de color amarillo pálido entre los morenos pechos desnudos y un rostro más claro bajo un sombrero de paja. Se hallaban a cien metros de distancia, pero Nate la distinguió perfectamente.

—Hemos encontrado a nuestra chica —anunció.

—Sí, creo que sí.

Los indios se lo tomaban con calma. Tres jóvenes caminaban delante y otros tres detrás. Ella era un poco más alta que los aborígenes y tenía un porte muy elegante. Podría haber estado dando un paseo entre las flores. Caminaba deprisa.

Nate la observó con detenimiento. Era muy esbelta, tenía la espalda ancha y los hombros huesudos. Cuando estuvo más cerca, empezó a mirar en la dirección en que ellos se encontraban. Nate y Jevy se levantaron para saludarla.

Los indios se detuvieron al llegar al borde de la sombra, pero Rachel siguió caminando. Se quitó el sombrero. Su corto cabello castaño estaba entremezclado con algunas hebras grises. Se detuvo a escasa distancia de Jevy y Nate.

—*Boa tarde, senhor* —le dijo a Jevy, mirando posteriormente a Nate.

Tenía los ojos de color azul oscuro, casi añil, y su rostro no mostraba arrugas ni rastros de maquillaje. A los cuarenta y dos años estaba madurando muy bien, con el suave resplandor propio de quienes apenas conocen las tensiones.

—*Boa tarde.*

No les tendió la mano ni se presentó. Ellos debían dar el siguiente paso.

—Me llamo Nate O'Riley. Soy abogado y vengo de Washington.

—¿Y usted? —preguntó ella, dirigiéndose a Jevy.

—Mi nombre es Jevy Cardozo, de Corumbá. Soy su guía.

Rachel los miró a los dos de arriba abajo con una ligera sonrisa en los labios. La situación no le resultaba desagradable en absoluto. Le encantaba aquel encuentro.

—¿Qué los trae por aquí? —quiso saber.

Hablaba con un inglés estadounidense sin ningún acento especial, ni de Luisiana ni de Montana, sencillamente el llano y preciso inglés sin ninguna inflexión que se hablaba en Sacramento o San Luis.

—Hemos sabido que la pesca es muy buena por aquí —dijo Nate.

Ella permaneció en silencio.

—Gasta bromas muy tontas —explicó Jevy a modo de disculpa.

—Perdón —añadió Nate—. Busco a Rachel Lane. Tengo razones para creer que usted y ella son la misma persona.

—¿Y por qué quiere encontrar a Rachel Lane? —preguntó ella sin cambiar de expresión.

—Porque soy abogado y mi bufete se encarga de una importante cuestión legal relacionada con la señorita Lane.

—¿Qué clase de cuestión legal?

—Solo puedo decírselo a ella.

—Yo no soy Rachel Lane. Disculpe.

Jevy soltó un suspiro y Nate hundió los hombros. Ella estudió cada movimiento, cada reacción, cada crispación muscular.

—¿Les apetece comer algo? —preguntó.

Ambos asintieron con la cabeza. Ella llamó a los indios y les dio instrucciones.

—Jevy —dijo—, acompañe a estos hombres al poblado. Le darán de comer y le ofrecerán comida suficiente para el señor O'Riley.

Nate y Rachel se sentaron en el banco, a la sombra de los arbustos, contemplando en silencio cómo los indios se llevaban a Jevy al poblado. Este se volvió solo una vez para asegurarse de que Nate estaba bien.

27

Ahora que los indios no estaban junto a ella no parecía tan alta. Sin duda había evitado aquellos alimentos que hacían engordar a las mujeres. Tenía las piernas largas y bien torneadas. Calzaba unas sandalias de cuero que resultaban un tanto extrañas en un lugar en el que todo el mundo iba descalzo. ¿De dónde las habría sacado? Y ¿de dónde habría sacado la blusa amarilla sin mangas y los pantalones cortos color caqui? ¡Oh, cuántas preguntas hubiera deseado hacer!

Su atuendo era sencillo y muy gastado por el uso. En caso de que aquella mujer no fuera Rachel Lane, sin duda conocería su paradero.

Las rodillas de ambos estaban casi en contacto.

—Rachel Lane dejó de existir hace muchos años —dijo ella, contemplando el lejano poblado—. Conservé el nombre de Rachel, pero me deshice del Lane. Debe de ser algo muy serio, de lo contrario no estaría usted aquí.

Hablaba despacio y muy suavemente, sin comerse ninguna sílaba, sopesando cada palabra con sumo cuidado.

—Troy ha muerto. Se suicidó hace tres semanas.

Ella inclinó levemente la cabeza, cerró los ojos y pareció rezar. Fue una oración muy breve, seguida de una prolongada pausa. El silencio no le resultaba molesto.

—¿Lo conocía usted? —preguntó finalmente.

—Nos vimos una vez, hace años. Nuestro bufete tiene muchos abogados y yo jamás me había encargado personalmente de los asuntos de Troy. No, no lo conocía.

—Yo tampoco. Era mi padre terrenal y yo me he pasado muchos años rezando por él, pero siempre fue un extraño para mí.

—¿Cuándo lo vio por última vez? —Nate también hablaba de forma más lenta y suave que de costumbre. Aquella mujer ejercía un efecto sedante.

—Hace muchos años, antes de ir a la universidad. ¿Cuántas cosas sabe usted de mí?

—Pocas. No deja usted muchas pistas.

—En ese caso, ¿cómo me ha localizado?

—Digamos que Troy me echó una mano. Trató de localizarla antes de morir, pero no pudo. Sabía que era usted misionera de Tribus del Mundo y que debía de encontrarse en esta zona de Brasil. Lo demás he tenido que hacerlo yo.

—¿Y cómo es posible que él lo supiera?

—Tenía muchísimo dinero.

—Y por eso está usted aquí.

—Sí, por eso estoy aquí. Tenemos que hablar muy en serio.

—Troy me habrá dejado algo en el testamento.

—Le aseguro que sí.

—No quiero hablar en serio. Quiero conversar. ¿Sabe usted con cuánta frecuencia oigo hablar en inglés?

—Imagino que muy pocas veces.

—Una vez al año voy a Corumbá para comprar provisiones. Llamo a nuestra sede central y durante unos diez minutos hablo en inglés. Siempre me resulta aterrador.

—¿Por qué?

—Me pongo nerviosa. Me tiemblan las manos mientras sujeto el auricular. Conozco a las personas con quienes hablo, pero siempre temo no utilizar las palabras apropiadas. A veces incluso tartamudeo. Diez minutos al año.

—Pues ahora lo está haciendo muy bien.

—Estoy muy nerviosa.

—Tranquilícese. Soy un buen chico.

—Pero me ha localizado. Estaba atendiendo a un paciente hace apenas una hora cuando los chicos fueron a decirme que había un estadounidense. Corrí a la choza y me puse a rezar. Dios me dio fuerzas.

—Vengo en son de paz.

—Parece una buena persona.

«Si tú supieras...», pensó Nate.

—Gracias. Usted... mmm... ha comentado algo acerca de un paciente.

—Sí.

—Yo creía que era misionera.

—Y lo soy. Pero también soy médico.

La especialidad de Nate consistía en llevar a juicio a los médicos. No era el lugar ni el momento para mantener una conversación acerca de las negligencias propias de la profesión.

—Eso no figuraba en mi dossier.

—Cambié de apellido al terminar los estudios superiores, antes de que estudiase medicina e ingresara en el centro de actividades misioneras. Supongo que ahí es donde terminan las pistas.

—Exactamente. ¿Por qué cambió de apellido?

—Es muy complicado, o, por lo menos, lo era entonces. Ahora ya no me parece importante.

Una ligera brisa soplaba desde el río. Ya eran casi las cinco. Unas nubes negras y bajas cubrían el bosque. Rachel advirtió que Nate consultaba el reloj.

—Los chicos le levantarán una tienda aquí. Esta noche es un buen lugar para dormir.

—Se lo agradezco. Estaremos a salvo, ¿verdad?

—Sí. Dios los protegerá. Rece sus oraciones.

En aquellos momentos, Nate tenía previsto rezar como un cura. La cercanía del río le preocupaba sobremanera. Cerró los ojos y se imaginó a la anaconda que había visto antes reptando hacia su tienda.

—Porque usted reza, ¿no es cierto, señor O'Riley? —añadió Rachel.

—Por favor, llámeme Nate. Sí, rezo.

—¿Es usted irlandés?

—Soy de raza indefinida. Más alemán que otra cosa. Los antepasados de mi padre eran irlandeses. La historia de mi familia jamás me ha interesado.

—¿A qué Iglesia pertenece?

—A la episcopalista.

Católica, luterana, episcopalista, daba igual. Nate llevaba sin ver el interior de un templo desde su segunda boda.

Su vida espiritual era un tema que prefería evitar. La teología no iba con él y no le apetecía comentar la cuestión con una misionera. Ella hizo una pausa, como de costumbre, y Nate la aprovechó para cambiar de tema.

—¿Son pacíficos estos indios?

—En general, sí. Los ipicas no son guerreros, pero no se fían de los blancos.

—¿Y de usted?

—Llevo once años entre ellos. Me han aceptado.

—¿Cuánto tiempo tardaron en hacerlo?

—Tuve suerte, porque antes que yo había vivido aquí un matrimonio de misioneros. Habían aprendido el idioma de los indios y les habían traducido el Nuevo Testamento. Además, no olvide que soy médico. Me gané rápidamente su amistad cuando empecé a asistir a las parturientas.

—Su portugués me ha parecido muy bueno.

—Lo hablo con fluidez. También hablo el español, el ipica y el machiguenga.

—¿Y eso qué es?

—Los machiguengas son unos indígenas de las montañas de Perú. Estuve seis años allí. Cuando ya me había familiarizado con el idioma, me evacuaron.

—¿Por qué?

—Por las guerrillas —respondió. Como si las serpientes, los caimanes, las enfermedades y las inundaciones no fueran suficiente—. Secuestraron a dos misioneros en una aldea muy próxima al lugar donde me encontraba —añadió—, pero Dios los protegió. Los dejaron en libertad cuatro años más tarde.

—¿Hay guerrillas por aquí?

—No. Estamos en Brasil. Aquí la gente es muy pacífica. Hay algunos traficantes de droga, pero nadie se adentra en el Pantanal.

—Eso me recuerda una cuestión interesante. ¿Queda muy lejos el río Paraguay?

—En esta época del año, a unas ocho horas.

—¿Horas brasileñas?

Rachel sonrió.

—Veo que ya ha descubierto que aquí el tiempo es más lento. De ocho a diez horas estadounidenses.

—¿En canoa?

—Así nos desplazamos nosotros. Yo antes tenía una embarcación de motor, pero era muy vieja, y al final se estropeó.

—¿Cuánto se tarda con una embarcación de motor?

—Cinco horas más o menos. Es la estación de las crecidas y resulta muy fácil perderse.

—Ya me he dado cuenta.

—Los ríos bajan juntos. Cuando se vaya, tendrá que llevar consigo a uno de los pescadores. No podría encontrar el Paraguay sin un guía.

—¿Y dice que va usted una vez al año?

—Sí, pero en la estación seca, en agosto. Entonces no hace tanto calor y hay menos mosquitos.

—¿Hace el viaje sola?

—No. Cuando voy al Paraguay, me acompaña Lako, mi amigo indio. Se tarda seis horas en canoa cuando el nivel de los ríos es más bajo. Espero a que pase un barco y voy a Corumbá. Me quedo allí unos días, hago mis recados y tomo un barco de regreso.

Nate recordó haber visto muy pocos barcos navegar por el Paraguay.

—¿Cualquier barco?

—Por regla general, uno de transporte de ganado. Los capitanes aceptan pasajeros de buen grado.

«Viaja en canoa porque se le estropeó su vieja embarcación de motor. Pide que la lleven de balde los barcos de transporte de ganado cuando se desplaza a Corumbá, que es su único contacto con la civilización. ¿De qué forma la cambiará el dinero?», se preguntó Nate. No atinaba a imaginar siquiera una respuesta.

Se lo diría al día siguiente, una vez que hubiera descansado y comido y ambos tuviesen varias horas por delante para hablar largo y tendido. Unas figuras aparecieron cerca del poblado; se trataba de unos hombres, que se acercaban a ellos.

—Aquí están —dijo Rachel—. Comemos antes de que anochezca y nos vamos a dormir.

—Supongo que después ya no se hace nada más.

—Nada de lo que podamos hablar —repuso ella.

Nate encontró gracioso el comentario.

Jevy apareció con un grupo de aborígenes, uno de los cuales le entregó a Rachel un pequeño cesto de forma cuadrada. Ella se lo tendió a Nate y este sacó de su interior una pequeña hogaza de pan duro.

—Es mandioca —le explicó Rachel—. Nuestro principal alimento.

Evidentemente, también era el único, por lo menos en aquella comida. Nate iba por la segunda hogaza cuando llegaron unos indios del primer poblado, acarreando la tienda, la mosquitera, las mantas y el agua embotellada de la embarcación.

—Esta noche nos quedaremos aquí —le anunció Nate a Jevy.

—¿Y eso quién lo dice?

—Es el mejor sitio —intervino Rachel—. Les ofrecería un lugar en el poblado, pero primero el jefe tendría que aprobar la visita de los blancos.

—Ese soy yo —dijo Nate.

—Sí.

—¿Y él no? —preguntó Nate, señalando a Jevy.

—Él no fue a dormir sino a buscar comida. Las normas son muy complicadas.

De modo, pensó Nate, que aquellos indígenas primitivos que aún no habían aprendido a vestirse se regían, sin embargo, por un complejo sistema de normas.

—Quisiera marcharme mañana al mediodía —le dijo a Rachel.

—Eso también dependerá del jefe.

—¿Significa que no podemos irnos cuando queramos?

—Ustedes se irán cuando él diga que pueden hacerlo. No se preocupe.

—¿Son buenos amigos usted y el jefe?

—Nos llevamos bien.

Rachel indicó a los indios que regresaran al poblado. El sol se había ocultado por detrás de las montañas. Las sombras del bosque se cernían sobre ellos.

Rachel se pasó unos minutos contemplando cómo Jevy y Nate trataban de montar la tienda. Enrollada en su funda parecía muy pequeña y no se estiró demasiado cuando ambos acoplaron los postes. Nate no estaba seguro de que pudiera albergar a Jevy, y mucho menos a los dos. Una vez montada, la tienda llegaba hasta la cintura, se inclinaba mucho por los lados y resultaba sumamente pequeña para dos hombres adultos.

—Me voy —anunció Rachel—. Aquí estarán ustedes muy bien.

—¿Me lo promete? —le preguntó Nate, y hablaba en serio.

—Puedo enviarles a un par de chicos para que monten guardia, si quiere.

—Estaremos bien —dijo Jevy.

—¿A qué hora suele despertarse la gente por aquí? —preguntó Nate.

—Una hora antes del amanecer.

—Estoy seguro de que podré hacerlo —dijo Nate, mirando hacia la tienda—. ¿Podríamos reunirnos temprano? Tenemos muchas cosas de que hablar.

—Sí. Les enviaré un poco de comida al romper el alba. Después charlaremos un rato.

—Se lo agradecería mucho.

—Rece sus oraciones, señor O'Riley.

—Así lo haré.

Rachel se adentró en la oscuridad. Por un instante, Nate vio su figura seguir el tortuoso sendero; después, desapareció. El poblado se había desvanecido en las penumbras de la noche.

Nate y Jevy pasaron varias horas sentados en el banco, esperando a que la temperatura bajase y temiendo el momento en el que, inevitablemente, tendrían que apretujarse en el interior de la tienda y dormir espalda contra espalda, malolientes y sudorosos. No tendrían más remedio que hacerlo. La tienda, a pesar de su fragilidad, los protegería de los mosquitos y otros insectos. Y también mantendría a raya a los bichos que reptaban.

Ambos hablaron del poblado. Jevy contó varias historias acerca de los indios que siempre terminaban con la muerte de alguien. Al final, preguntó:

—¿Le ha hablado usted de la herencia?

—No. Lo haré mañana.

—Ahora que ya la ha visto, ¿qué cree que pensará del dinero?

—No tengo la menor idea. Aquí es feliz. Me parece una crueldad trastornar su vida.

—Pues entonces démelo a mí. Le aseguro que no trastornará mi vida en absoluto.

Se condujeron de acuerdo con la jerarquía social. Arrastrándose por el suelo, Nate entró el primero en la tienda. Se había pasado la noche anterior contemplando el cielo desde el fondo de la embarcación y el cansancio lo venció enseguida.

En cuanto lo oyó roncar, Jevy bajó muy despacio la cremallera de la entrada de la tienda y dio un suave codazo por aquí y otro por allá hasta que encontró su sitio. Su compañero estaba inconsciente.

28

Tras haber disfrutado de nueve horas de sueño, los ipicas se levantaron antes del amanecer para iniciar su jornada. Las mujeres encendieron unas pequeñas fogatas en el exterior de sus tiendas y se fueron con sus hijos al río para recoger agua y bañarse. Por regla general, esperaban a que se hiciera de día para recorrer los senderos. Era prudente ver lo que había delante.

En portugués, el nombre de aquella serpiente era *urutu*. Los indios la llamaban *bima*. Abundaba en las aguas del sur de Brasil y su mordedura solía ser mortal. La niña se llamaba Ayesh, tenía siete años y la misionera blanca la había ayudado a venir al mundo. La niña caminaba delante de su madre en lugar de hacerlo detrás, según la costumbre, y sintió a la *bima* retorcerse bajo su pie descalzo.

Soltó un grito cuando la serpiente la mordió por debajo del tobillo. Su padre no tardó en llegar, pero ella ya se encontraba en estado de choque y el pie derecho se le había hinchado hasta el doble de su tamaño. Un niño de quince años, el corredor más rápido de la tribu, fue enviado en busca de Rachel. Había cuatro pequeños poblados ipicas a lo largo de dos ríos que confluían en el horcajo, muy cerca del lugar donde Jevy y Nate se habían detenido. La distancia desde el horcajo hasta la última choza ipica no superaba los ocho kilómetros. Los poblados eran unas pequeñas tribus separadas e independientes, pero todas eran ipicas y tenían el mismo idioma, la misma tradición y las mismas costumbres. Sus miembros se relacionaban y contraían matrimonio entre sí.

Ayesh vivía en el tercer poblado contando desde el horcajo. Rachel estaba en el segundo, el más grande de los cuatro. El corredor la encontró leyendo las Sagradas Escrituras en la pequeña choza que era su hogar desde hacía once años. Ella llenó rápidamente su botiquín. En aquella zona del Pantanal había cuatro especies de serpientes venenosas y muchas veces Rachel había tenido un antídoto para cada una de ellas. Esta vez, sin embargo, no era así. El corredor le explicó que la serpiente era una *bima*. El antídoto contra el veneno de esta lo fabricaba un laboratorio brasileño, pero Rachel no había conseguido encontrarlo durante su último viaje a Corumbá, cuyas farmacias solo tenían la mitad de las medicinas que ella necesitaba. Se anudó los cordones de las botas de cuero y salió con el botiquín. Lako y otros dos chicos del poblado se unieron a Rachel y al corredor en su travesía por la alta hierba hasta llegar al bosque.

Según las estadísticas de Rachel, había en los cuatro poblados ochenta y seis mujeres adultas, ochenta y un varones adultos y setenta y dos niños, es decir, doscientos treinta y nueve ipicas en total. Cuando había iniciado su labor allí, once años atrás, sumaban doscientos ochenta. Periódicamente la malaria se llevaba a los más débiles. En 1991, un brote de cólera había provocado la muerte de veinte personas en un poblado. Si Rachel no hubiera insistido en que se respetara la cuarentena, casi todos los ipicas habrían perecido.

Con la diligencia de un antropólogo, llevaba un registro de todos los nacimientos, las defunciones, las bodas, las relaciones de parentesco, las enfermedades y los tratamientos. Si alguien mantenía una relación adúltera, ella casi siempre se enteraba con quién. Conocía a todos los habitantes de todos los poblados. Había bautizado a los padres de Ayesh en el mismo río donde estos se bañaban.

Ayesh era menuda y delgada y probablemente se moriría por falta del antídoto adecuado. Este podía comprarse sin dificultad en Estados Unidos y en las ciudades más grandes de Brasil, y no era muy caro. Su pequeño presupuesto de Tribus del Mundo lo cubriría. Con tres inyecciones administradas a lo largo de seis horas se podía evitar la muerte. Sin ellas, la niña sufriría unos violentos accesos de náuseas, a continuación de los cuales sobrevendría la fiebre, seguida del coma y la muerte.

Hacía tres años que los ipicas no veían una muerte por mordedura de serpiente, y, por primera vez en dos años, Rachel no disponía del antídoto necesario.

Los padres de Ayesh eran cristianos, unos nuevos santos que trataban de adaptarse a la nueva religión. Aproximadamente un tercio de los ipicas se había convertido y, gracias a la labor de Rachel y de sus predecesores, la mitad de ellos sabía leer y escribir.

Rachel rezó mientras trotaba detrás de los muchachos. Era fuerte y delgada. Caminaba varios kilómetros al día y comía muy poco. Los indios admiraban su energía.

Jevy se estaba lavando en el río cuando Nate bajó la cremallera de la mosquitera y salió como pudo de la tienda. Aún conservaba las magulladuras del accidente aéreo, y dormir en la embarcación y en el suelo no había contribuido precisamente a aliviar sus molestias. Estiró la espalda y las piernas, notó el cuerpo dolorido y sintió todo el peso de sus cuarenta y ocho años. Vio a Jevy sumergido hasta la cintura en unas aguas que parecían mucho más claras que las del resto del Pantanal.

«Estoy perdido —pensó Nate—. Tengo hambre. No hay papel higiénico.» Contó mentalmente con los dedos mientras resumía su triste inventario. Pero ¡aquello era una aventura, maldita fuera! Era el momento en que todos los abogados entraban a saco en el nuevo año con el firme propósito de facturar más horas, obtener más veredictos favorables, reducir un poco más su aportación a los gastos generales del bufete y llevarse a casa más dinero. Durante muchos años él se había hecho ese propósito, y ahora le parecía una tontería.

Con un poco de suerte, aquella noche dormiría en su hamaca, meciéndose en medio de la brisa y disfrutando de una taza de café. Que él recordara, jamás había ansiado tomarse un plato de alubias negras con arroz. Jevy regresó justo en el momento en que llegaba un grupo de indios procedente del poblado. El jefe deseaba verlos.

—Quiere comer pan con nosotros —explicó Jevy mientras ambos seguían a los indios.

—El pan me parece muy bien. Pregúntales si tienen huevos con jamón.

—Aquí suelen comer carne de mono.

No parecía que Jevy lo hubiera dicho en broma. Cuando llegaron a las inmediaciones del poblado, vieron a unos niños que esperaban para echar un vistazo a los forasteros. Nate les dedicó una cohibida sonrisa. Jamás se había sentido tan blanco, y quería que lo apreciaran. Unas madres desnudas se asomaron a la puerta de la primera choza para observarlos. Las fogatas ya estaban apagándose; el desayuno había terminado. El humo se cernía cual niebla sobre los tejados y hacía que el húmedo aire resultara todavía más pegajoso. Faltaban pocos minutos para las siete, pero ya hacía mucho calor.

El arquitecto del poblado había llevado a cabo una espléndida labor. Cada vivienda era perfectamente cuadrada y tenía un tejado de paja tan inclinado que casi llegaba hasta el suelo. Algunas eran más grandes que otras, pero el diseño jamás variaba. Rodeaban el poblado en forma de semicírculo, todas de cara a una zona espaciosa y despejada: la plaza del pueblo. En el centro de la misma se levantaban cuatro estructuras de gran tamaño —dos circulares y otras tantas rectangulares— y todas con las mismas gruesas techumbres de paja.

El jefe estaba aguardándolos. Lógicamente, su vivienda era la más grande del poblado y él el indio más corpulento de todos. Era joven y no presentaba la frente surcada de profundas arrugas y el vientre prominente que con tanto orgullo lucían los más viejos. Se levantó y le dirigió a Nate una mirada que hubiese aterrorizado al mismísimo John Wayne. Un guerrero de más edad actuó de intérprete y, a los pocos minutos, Jevy y Nate fueron invitados a sentarse cerca de la fogata, donde la desnuda esposa del jefe estaba preparando el desayuno.

Cuando la mujer se inclinó hacia delante, Nate no pudo evitar mirar sus pechos, aunque solo por un instante. Ni su busto ni su figura resultaban especialmente provocativos. Lo que llamaba la atención era el hecho de que pudiera ir desnuda como si tal cosa.

¿Dónde había dejado la cámara? Sin una prueba fehaciente, los chicos del despacho no se lo podrían creer.

La mujer le ofreció a Nate un plato de madera que contenía algo muy parecido a patatas hervidas. Nate miró a Jevy, que asintió rápidamente con la cabeza como si fuera un experto en cocina india. La mujer sirvió al jefe en último lugar y, cuando este empezó a comer con los dedos, Nate también lo hizo. El vegetal resultó ser un cruce bastante insípido entre un nabo y una patata de piel roja. Jevy hablaba mientras comía y el jefe disfrutaba con la conversación. Cada pocas frases, Jevy traducía las palabras al inglés y seguía adelante.

El poblado jamás se inundaba. Los indios llevaban más de veinte años allí. La tierra era buena. Preferían no moverse, pero a veces la tierra los obligaba a irse. El padre del jefe también había sido jefe. Y el jefe, según él mismo, era el más sabio, el más listo y el más guapo de todos y no podía entregarse a aventuras extraconyugales. La mayoría de los otros hombres lo hacía, pero el jefe, no.

Nate pensó que no debían de tener muchas cosas en que ocupar su tiempo, aparte de tontear un poco por ahí.

El jefe nunca había visto el río Paraguay. Le gustaba más la caza que la pesca y por eso se pasaba más tiempo en el bosque

que en los ríos. Su padre y los misioneros blancos le habían enseñado un poco de portugués. Mientras comía y escuchaba, Nate miraba alrededor en busca de Rachel.

No estaba allí, le explicó el jefe. Había ido al poblado más próximo a atender a una niña que había sido mordida por una serpiente. No sabía cuándo regresaría.

«Pues qué bien», pensó Nate.

—El jefe quiere que nos quedemos aquí esta noche, en el poblado —tradujo Jevy.

La mujer estaba llenando otra vez los platos.

—No sabía que íbamos a quedarnos —repuso Nate.

—Él ha decidido que sí.

—Dile que lo pensaré.

—Dígaselo usted.

Nate se maldijo a sí mismo por no haber llevado el teléfono satélite consigo. En aquellos momentos, Josh debía de estar caminando arriba y abajo en su despacho, muerto de preocupación. Llevaba casi una semana sin hablar con él.

Jevy hizo un comentario apenas humorístico que, una vez traducido, resultó decididamente gracioso. El jefe se partió de risa y todos los demás no tardaron en imitar su ejemplo. Incluso Nate, que se reía de sí mismo por el hecho de no reírse con los indios.

Declinaron la invitación de ir a cazar. Un grupo de jóvenes los acompañó de nuevo al primer poblado, donde Nate y Jevy habían dejado su embarcación. Jevy quería volver a limpiar las bujías e intentar arreglar el carburador. Nate no tenía nada que hacer.

A primera hora de la mañana el abogado Valdir recibió la consabida llamada del señor Stafford. Los cumplidos de rigor solo duraron un instante.

—Llevo varios días sin recibir noticias de Nate O'Riley —dijo Stafford.

—Pero si él tiene uno de esos teléfonos —contestó Valdir a la defensiva, como si estuviese obligado a proteger al señor O'Riley.

—Sí, en efecto. Por eso estoy preocupado. Puede llamarme en cualquier momento y desde cualquier lugar.

—¿Incluso cuando hace mal tiempo?

—No. Supongo que en ese caso, no.

—Hemos tenido muchas tormentas por aquí. No olvide que estamos en la estación de las lluvias.

—¿Y usted no ha recibido ninguna noticia del chico?

—No. Los dos están juntos. El guía es muy bueno, y el barco también lo es. Estoy seguro de que se encuentran bien.

—Entonces ¿por qué no ha llamado?

—Eso no lo sé; pero ha estado muy nublado. Quizá no pueda utilizar el teléfono.

Acordaron que Valdir llamaría de inmediato en cuanto se tuvieran noticias del barco. Valdir se acercó a la ventana abierta y contempló las concurridas calles de Corumbá. El río Paraguay discurría justo al pie de la colina. Se contaban muchas historias sobre personas que habían penetrado en el Pantanal y jamás habían regresado. Formaba parte de la tradición popular y del atractivo de la región.

El padre de Jevy llevaba treinta años navegando por aquellos ríos y jamás habían recuperado su cuerpo.

Welly encontró el bufete del abogado una hora más tarde. Él no conocía al señor Valdir, pero Jevy le había dicho que era quien pagaba la expedición.

—Es muy importante —le dijo a la secretaria—. Muy urgente.

Valdir oyó el alboroto y salió de su despacho.

—¿Quién es usted? —preguntó.

—Me llamo Welly. Jevy me contrató como marinero para el *Santa Loura*.

—¡El *Santa Loura*!

—Sí.

—¿Dónde está Jevy?

—Todavía se encuentra en el Pantanal.

—¿Y qué ha sido del barco?

—Se hundió.

Valdir advirtió que el muchacho estaba muy cansado y asustado.

—Siéntate —dijo mientras la secretaria iba en busca de agua—. Cuéntamelo todo.

Welly se asió con fuerza a los brazos del sillón y habló atropelladamente.

—Jevy y el señor O'Riley se fueron en la batea para buscar a los indios.

—¿Cuándo?

—No lo sé. Hace unos días. Yo tenía que quedarme en el *Santa Loura*. Se desencadenó una tormenta, la mayor que he visto en mi vida. La fuerza del temporal rompió las amarras del barco en mitad de la noche y lo hizo zozobrar. Yo caí al agua y más tarde me recogió una embarcación de transporte de ganado.

—¿Cuándo has llegado aquí?

—Hace apenas media hora.

La secretaria le ofreció un vaso de agua. Welly le dio las gracias y pidió un café. Valdir se inclinó sobre el escritorio de la secretaria y estudió al pobre muchacho. Estaba sucio y olía a excrementos de vaca.

—¿O sea que el barco ha desaparecido?

—Sí. Es una pena. No pude hacer nada. En mi vida he visto una tormenta igual.

—¿Dónde estaba Jevy durante la tormenta?

—En el río Cabixa. Temo por su vida.

Valdir regresó a su despacho, cerró la puerta y se acercó de nuevo a la ventana. El señor Stafford se encontraba a cinco mil kilómetros de distancia. Jevy podría haber sobrevivido en una pequeña embarcación. Era absurdo llegar a conclusiones precipitadas. Tomó la decisión de no llamar hasta que hubieran transcurrido unos días. Le daría tiempo a Jevy, y seguro que este regresaría a Corumbá.

De pie en la embarcación, el indio mantenía el equilibrio agarrado a los hombros de Nate. No se había producido ninguna mejora en el rendimiento del motor; seguía fallando y su potencia no era ni la mitad de la que desarrollaba cuando habían abandonado el *Santa Loura*.

Tras su paso por el primer poblado, el río trazaba una curva y se enroscaba casi hasta el extremo de describir círculos. Cuando se bifurcó, el indio hizo una indicación. Veinte minutos después vieron su pequeña tienda. Amarraron en el lugar donde Jevy se había bañado a primera hora del día. Levantaron el campamento y se llevaron sus pertenencias al poblado, donde el jefe quería que se alojaran.

Rachel aún no había regresado.

Puesto que ella no pertenecía a la tribu, su choza no estaba en el semicírculo sino aislada a unos treinta metros de distancia, cerca de la linde del bosque. Parecía más pequeña que las demás y, al preguntar Jevy el porqué de ello, el indio que les había sido asignado le explicó que se debía a que Rachel no tenía familia. Los tres —Nate, Jevy y el indio— se pasaron dos horas sentados bajo un árbol a las afueras del poblado, contemplando los quehaceres cotidianos mientras esperaban a Rachel. Al indio le habían enseñado portugués los Cooper, el matrimonio de misioneros que estaba allí antes de la llegada de Rachel. Conocía también algunas palabras en inglés y de vez en cuando probaba a utilizarlas con Nate. Hasta la llegada de los Cooper los ipicas jamás habían visto a un blanco. La señora Cooper había muerto de malaria y el señor Cooper había regresado a su lugar de origen.

Los hombres habían salido a cazar y pescar y los jóvenes

sin duda estarían correteando detrás de las chicas. El trabajo más duro —cocinar, asar, limpiar, cuidar de los hijos— estaba a cargo de las mujeres. El tiempo transcurría más lentamente al sur del ecuador, pero entre los ipicas el reloj era inexistente.

Las puertas de las chozas estaban abiertas y los niños corrían de una a otra. Las muchachas se trenzaban el cabello sentadas a la sombra mientras sus madres se afanaban en torno a las hogueras.

La limpieza era una obsesión. El suelo de tierra de las zonas comunes se barría con unas escobas de paja. La parte exterior de las chozas estaba impecablemente limpia. Las mujeres y los niños se bañaban tres veces al día en el río; los hombres lo hacían dos veces al día, pero nunca con las mujeres. Aunque todos iban desnudos, ciertas actividades eran privadas.

A última hora de la tarde, los varones se reunieron en el exterior de la casa de los hombres, el más grande de los dos edificios rectangulares del centro del poblado. Primero se pasaron un rato arreglándose el cabello —cortándolo y limpiándolo— y después empezaron a luchar. El combate era cuerpo a cuerpo y consistía en derribar al contrincante al suelo. Era un juego muy violento, pero se regía por unas normas severas y siempre terminaba con amplias sonrisas. El jefe resolvía cualquier disputa que pudiera haber. Las mujeres lo contemplaban todo desde la puerta de sus chozas con muy poco interés y como si de una obligación se tratara. Los pequeños imitaban a sus padres.

Sentado en un tajo de madera bajo un árbol, Nate presenció un drama de otra era, preguntándose, no por primera vez, dónde estaba.

29

Muy pocos de los indios que rodeaban a Nate sabían que la niña se llamaba Ayesh. Solo era una chiquilla y vivía en otro poblado. Pero todos sabían que la había mordido una serpiente. Se pasaron el día comentando el hecho y procuraron no perder de vista a sus hijos.

A la hora de comer se corrió la voz de que la niña había muerto. Un mensajero llegó a toda prisa, le comunicó la noticia al jefe y esta se propagó por todas las chozas en cuestión de minutos. Las madres reunieron a su alrededor a sus pequeños.

Se reanudó la comida hasta que vieron movimiento en el sendero principal. Era Rachel, que regresaba con Lako y los otros hombres que la habían acompañado. Cuando ella entró en el poblado, los indios dejaron de comer y se levantaron, inclinando la cabeza mientras ella pasaba por delante de sus chozas. Rachel miró con una sonrisa a algunos, les susurró unas palabras a otros, se detuvo un instante para decirle algo al jefe y siguió andando en dirección a su choza, seguida de Lako, cuya cojera se había agravado.

Pasó muy cerca del árbol bajo el cual Nate, Jevy y el indio habían estado esperando casi toda la tarde, pero no los vio. De hecho, no parecía que prestase atención a nada. Estaba cansada, sufría mucho y deseaba regresar a su casa.

—¿Y qué hacemos ahora? —le preguntó Nate a Jevy, quien

tradujo la pregunta al portugués para que el indio entendiese.

—Esperar —fue la respuesta.

—Vaya sorpresa.

Lako los encontró cuando el sol se estaba poniendo por detrás de las montañas. Jevy y el indio se fueron a comer las sobras. Nate siguió al muchacho por el sendero que conducía a la vivienda de Rachel. La vio a la puerta, secándose el rostro con una toalla. Tenía el cabello mojado y se había cambiado de ropa.

—Buenas tardes, señor O'Riley —dijo en aquel tono bajo y pausado que no dejaba traslucir emoción alguna.

—Hola, Rachel. Llámeme Nate, por favor.

—Siéntese aquí, Nate —dijo ella, señalándole un corto y cuadrado tocón asombrosamente parecido a aquel en que Nate se había pasado las últimas seis horas sentado.

El tocón se encontraba delante de la choza, cerca del círculo de piedras en cuyo interior ella encendía sus fogatas. Nate se sentó, con las posaderas todavía entumecidas.

—Lamento mucho lo de la niña —dijo.

—Está con el Señor.

—Pero sus pobres padres, no.

—No. Sufren mucho. Es muy triste.

Rachel se sentó en la puerta de la choza con los brazos cruzados sobre las rodillas y la mirada perdida en la distancia. El muchacho, casi invisible en la oscuridad, montaba guardia bajo un árbol cercano.

—Le invitaría a entrar en mi casa —dijo ella—, pero no sería correcto.

—Aquí no hay problema.

—Solo los casados pueden permanecer juntos en el interior de las viviendas a esta hora del día. Es la costumbre.

—Donde fueres, haz lo que vieres.

—Aunque lo de aquí queda muy lejos.

—Todo queda muy lejos.

—Pues sí. ¿Tiene apetito?

—¿Y usted?

—No. Pero es que yo como muy poco.

—Estoy bien. Tenemos que hablar.

—Siento lo de hoy. Estoy segura de que usted lo comprende.

—Por supuesto que sí.

—Tengo un poco de mandioca y de zumo, si quiere.

—No, gracias, estoy bien.

—¿Qué ha hecho hoy?

—Pues hemos conocido al jefe, nos hemos sentado a su mesa durante el desayuno, hemos regresado a pie al primer poblado donde tenemos la embarcación, hemos trabajado un poco con ella, hemos levantado la tienda detrás de la choza del jefe y hemos esperado su regreso.

—¿Le han gustado ustedes al jefe?

—Es evidente que sí. Quiere que nos quedemos.

—¿Qué piensa de mi gente?

—Van todos desnudos.

—Siempre han ido de la misma manera.

—¿Cuánto tiempo tardó usted en acostumbrarse?

—No lo sé. Un par de años. Fui asimilándolo poco a poco, como todo lo demás. Sentí añoranza durante tres años y en ocasiones todavía pienso que me gustaría conducir un automóvil, tomarme una pizza y ver una buena película. Pero una se acostumbra.

—Me cuesta creerlo.

—Es una cuestión de vocación. Me hice cristiana a los catorce años y entonces comprendí que Dios quería que fuera misionera. Yo no sabía exactamente dónde, pero deposité mi confianza en Él.

—Pues Dios eligió un lugar cojonudo.

—Me encanta su manera de expresarse, pero, por favor, no suelte tacos.

—Disculpe. ¿Podemos hablar de Troy?

Las sombras del ocaso caían rápidamente sobre ellos. Se

encontraban a poco más de dos metros el uno del otro y todavía podían verse, pero la oscuridad no tardaría en separarlos.

—Como guste —contestó Rachel con aire resignado.

—Troy tuvo tres esposas y seis hijos, al menos que nosotros supiéramos. Como es natural, usted fue una sorpresa. No apreciaba a los otros seis, pero está claro que a usted la quería mucho. A los demás no les ha dejado prácticamente nada, justo lo suficiente para cubrir las deudas. El resto se lo ha dejado a Rachel Lane, nacida fuera del matrimonio el 2 de noviembre de 1954 en el Hospital Católico de Nueva Orleans de una mujer ya difunta llamada Evelyn Cunningham. Esta Rachel debe de ser usted.

Las palabras cayeron pesadamente en el denso aire; no se oía ningún otro sonido. La silueta de Rachel las asimiló y, como de costumbre, reflexionó por un instante antes de hablar.

—Troy no me quería —dijo por fin—. Llevábamos veinte años sin vernos.

—Eso no importa. Le ha dejado su fortuna a usted. Nadie tuvo ocasión de preguntarle por qué lo hizo pues se arrojó por una ventana tras firmar su último testamento. Tengo una copia para usted.

—No quiero verla.

—Y tengo otros papeles que me gustaría que me firmara, quizá mañana a primera hora, cuando podamos vernos las caras. Una vez hecho eso, me iré.

—¿Qué clase de papeles?

—Legales, todos en su propio interés.

—A usted no le preocupa mi interés.

Sus palabras fueron tan rápidas y cortantes que Nate se sintió dolido por aquel reproche.

—Eso no es cierto —contestó con un hilo de voz.

—Vaya si lo es. Usted no sabe lo que quiero ni lo que necesito, lo que me gusta ni lo que me desagrada. Usted no me conoce, Nate, por consiguiente, ¿cómo puede saber qué puede interesarme y qué no?

—De acuerdo, tiene razón. Ni yo la conozco a usted ni usted me conoce a mí. He venido como representante de la herencia de su padre. Aún me cuesta mucho creer que estoy sentado en la oscuridad delante de una choza en un primitivo poblado indio perdido en un pantano tan grande como todo el estado de Colorado, en un país del Tercer Mundo que jamás había visitado, conversando con una encantadora misionera que casualmente es la mujer más rica del mundo. Sí, tiene usted razón, no tengo ni idea de lo que le interesa, pero es muy importante que vea usted estos papeles y los firme.

—No pienso firmar nada.

—Vamos, por Dios.

—No me interesan sus papeles.

—Aún no los ha visto.

—Dígame usted lo que son.

—Se trata de simples formalidades. Mi bufete tiene que legalizar el testamento de su padre. Todos los herederos en él citados deben comunicar a los tribunales, en persona o bien por escrito, que les ha sido notificado el procedimiento y se les ha dado ocasión de participar en él. Lo exige la ley.

—¿Y si me niego?

—La verdad es que no había considerado la posibilidad de que lo hiciera. Es algo tan rutinario que todo el mundo colabora.

—O sea, que me someto al tribunal de...

—Virginia. El tribunal de legalizaciones de allí asumirá jurisdicción sobre usted, aunque no se halle presente.

—No estoy muy segura de que me guste la idea.

—En ese caso, suba a nuestra embarcación y nos iremos juntos a Washington.

—No pienso marcharme de aquí.

A continuación se produjo una larga pausa que pareció aún más silenciosa a causa de la oscuridad que ahora los envolvía. El chico permanecía inmóvil bajo el árbol. Los indios estaban retirándose a sus chozas en medio de la quietud de la noche, rota tan solo por el llanto de algún niño.

—Voy a por un poco de zumo —anunció Rachel casi en voz baja, entrando en la casa.

Nate se levantó, estiró las doloridas extremidades y empezó a dar manotazos a los mosquitos. Se había olvidado el repelente en la tienda.

En el interior de la choza parpadeaba una especie de lucecita. Rachel sostenía en la mano un recipiente de barro en el centro del cual ardía una llama.

—Son hojas de aquel árbol de allí —explicó, sentándose en el suelo de la choza junto a la puerta—. Las quemamos para alejar a los mosquitos. Siéntese aquí cerca.

Nate hizo lo que ella le decía. Rachel regresó con dos tazas llenas de un líquido que él no identificó.

—Es *macajuno*, se parece al zumo de naranja.

Ambos se sentaron en el suelo casi tocándose, con la espalda apoyada contra la pared de la choza y la llama del recipiente muy cerca de sus pies.

—Hable en voz baja —le indicó Rachel—. En la oscuridad el sonido se propaga más fácilmente y los indios están intentando dormir. Además, no olvide que les llamamos mucho la atención.

—No pueden entender nada.

—Ya, pero estarán pendientes de nosotros.

Nate, cuyo cuerpo llevaba varios días sin tocar el jabón, empezó de repente a preocuparse por su higiene. Tomó un sorbito de zumo y después otro.

—¿Tiene familia? —le preguntó Rachel.

—He tenido dos. Dos matrimonios, dos divorcios, cuatro hijos. Ahora vivo solo.

—Es fácil divorciarse, ¿verdad?

Nate tomó otro sorbito de zumo. Por el momento había conseguido evitar las violentas diarreas que solían aquejar a los forasteros. Confiaba en que aquel líquido oscuro fuera inofensivo.

Eran dos estadounidenses solos en la selva y podrían haber hablado de infinidad de temas, ¿por qué entonces mencionar precisamente el tema del divorcio?

—En realidad, en ambos casos fue muy doloroso.

—Pero seguimos adelante. Nos casamos y después nos divorciamos. Nos buscamos a otra persona, nos casamos y nos divorciamos. Y volvemos a buscarnos a otra persona.

—¿Habla de usted y de mí?

—Estoy generalizando, sencillamente. Me refiero a las personas civilizadas, a las personas instruidas y complicadas. Los indios jamás se divorcian.

—Eso es porque no conocen a mi primera esposa.

—¿Era una persona desagradable?

Nate soltó un suspiro y tomó otro sorbo de zumo. «Síguele la corriente —pensó—. Necesita desesperadamente hablar con uno de los suyos.»

—Perdone —añadió Rachel—. Estoy metiéndome en lo que no debo. No tiene importancia.

—No era una mala persona, por lo menos al principio. Yo trabajaba mucho y bebía todavía más. Cuando no estaba en el despacho, estaba en el bar. Ella se convirtió en una mujer resentida, más tarde se le agrió el carácter y finalmente se volvió mala. Perdimos el control de la situación y acabamos odiándonos.

La breve confesión fue suficiente para ambos. A Nate sus tragedias matrimoniales le parecían insignificantes en aquel lugar y momento.

—¿Usted nunca ha estado casada? —le preguntó a Rachel.

—No —respondió ella, y bebió un sorbo. Era zurda y, cuando levantó la taza, su codo rozó el de Nate—. Pablo jamás se casó, ¿sabe?

—¿Qué Pablo?

—El apóstol Pablo.

—Ah, se refiere a ese Pablo.

—¿Lee usted la Biblia?

—No.

—Una vez, en la universidad, creí estar enamorada. Quería casarme con él, pero el Señor me apartó de su lado.

—¿Por qué?

—Porque el Señor quería que viniera aquí. El chico a quien yo amaba era un buen cristiano, pero carecía de fortaleza física. Jamás hubiera sobrevivido en un ambiente como este.

—¿Cuánto tiempo permanecerá usted aquí?

—No tengo previsto marcharme.

—¿Significa eso que los indios la enterrarán?

—Supongo que sí. En cualquier caso, no es algo que me preocupe.

—¿La mayoría de los misioneros de Tribus del Mundo muere en su puesto?

—No, la mayoría se retira y regresa a casa; pero en general tienen familia que los entierre.

—Usted tendría montones de parientes y amigos si regresara a casa ahora. Sería muy famosa.

—Ese es otro motivo para quedarme aquí. Esta es mi casa. No quiero el dinero.

—No sea tonta.

—No soy tonta. El dinero no significa nada para mí. Usted ya debería haberlo comprendido.

—Ni siquiera conoce la cantidad que ha heredado.

—No se lo he preguntado. Hoy he estado haciendo mi trabajo sin pensar en el dinero. Mañana haré lo mismo y al día siguiente también.

—Son once mil millones de dólares más o menos.

—¿Me lo dice para impresionarme?

—A mí me llamó la atención.

—Pero es que usted adora el dinero, Nate. Forma parte de una cultura en la que todo se mide con el dinero. Es una religión.

—Cierto. Aunque el sexo también es muy importante.

—De acuerdo, el dinero y el sexo. ¿Qué más?

—La fama. Todo el mundo quiere ser famoso.

—Es una cultura muy triste. La gente vive en un estado de frenesí permanente. Trabaja sin descanso para ganar dinero con que comprarse cosas para impresionar a los demás. Se la mide por lo que tiene.

—¿Yo también?

—Usted sabrá.

—Supongo que sí.

—Eso significa que vive sin Dios. Es usted una persona muy solitaria, Nate, lo intuyo. No conoce al Señor.

Nate se agitó en su asiento y consideró la posibilidad de improvisar una rápida defensa, pero la verdad lo había dejado desarmado. Le faltaban argumentos y respuestas ingeniosas, carecía de una base sobre la que apoyarse.

—Creo en Dios —dijo intentando sonar seguro, pero sin demasiada convicción.

—Eso es fácil de afirmar —replicó Rachel, hablando todavía muy despacio—. No dudo de sus palabras, pero una cosa es decirlo y otra vivirlo. Aquel muchacho tullido que hay bajo el árbol es Lako. Tiene diecisiete años, es enfermizo y está poco desarrollado para su edad. Su madre me explicó que fue un bebé prematuro. Lako es el primero en pillar las enfermedades que nos llegan de fuera. Dudo que viva más de treinta años. Sin embargo, a él no le importa. Se convirtió al cristianismo hace varios años y es el ser más dulce que usted pueda imaginar. Se pasa todo el día hablando con Dios; lo más seguro es que ahora esté rezando. No tiene temores ni inquietudes. Si le ocurre algún contratiempo, recurre directamente al Señor y lo deja todo en sus manos.

Nate miró hacia el árbol donde Lako estaba rezando, pero la oscuridad le impedía distinguirlo.

—Este pequeño indio no tiene nada en la tierra —añadió Rachel—; no obstante, está almacenando riquezas en el cielo.

Sabe que cuando muera pasará toda la eternidad al lado de su Creador. Lako es un chico muy rico.

—¿Y qué me dice de Troy?

—Dudo que Troy creyera en Jesucristo cuando murió. Si no creía, en estos momentos debe de estar ardiendo en el infierno.

—Usted no puede creer en eso.

—El infierno es un lugar muy real, Nate. Lea la Biblia. Ahora mismo Troy daría sus once mil millones de dólares a cambio de un sorbo de agua fría.

Nate estaba muy mal preparado para discutir sobre teología con una misionera y lo sabía muy bien. Permanecieron en silencio durante varios minutos mientras el último niño del poblado se quedaba dormido. Era una noche absolutamente oscura, sin luna ni estrellas, y solo brillaba la luz de la llamita amarilla que tenían a sus pies.

Rachel lo tocó muy suavemente.

—Perdón. —Le dio tres palmadas en el brazo—. No debería haberle dicho que está solo. ¿Cómo puedo saberlo?

—No se preocupe.

Rachel mantuvo los dedos apoyados en su brazo como si necesitara desesperadamente tocar algo.

—Es usted una buena persona, ¿verdad, Nate?

—Pues no, la verdad es que no soy una buena persona. Hago muchas cosas malas. Soy débil y frágil y no me apetece hablar de ello. No he venido aquí para buscar a Dios. Bastante trabajo me ha costado encontrarla a usted. La ley me obliga a entregarle estos documentos.

—No voy a firmar ningún papel y no quiero el dinero.

—Vamos...

—Por favor, no insista. Mi decisión es inapelable. No hablemos del dinero.

—Pero es que el dinero es la única razón por la que estoy aquí.

Rachel apartó la mano, pero consiguió acercarse unos cinco centímetros más y rozar las rodillas de Nate con las suyas.

—Lo lamento, pero ha hecho el viaje en balde.

Otra pausa en la conversación. Nate tenía que hacer sus necesidades, pero la sola idea de alejarse un solo metro en cualquier dirección lo horrorizaba.

Lako dijo algo y Nate se sobresaltó. El muchacho se encontraba a menos de tres metros de distancia, todavía sumido en las sombras.

—Ahora ha de irse a su choza —dijo Rachel, poniéndose de pie—. Sígalo.

Nate se levantó muy despacio. Le crujían las articulaciones y tenía los músculos entumecidos.

—Quisiera irme mañana.

—Muy bien. Hablaré con el jefe.

—No será ningún problema, ¿verdad?

—Probablemente no.

—Necesito robarle treinta minutos para repasar por lo menos los documentos y mostrarle una copia del testamento.

—Ya hablaremos. Buenas noches.

Nate caminaba tan pegado a Lako cuando ambos recorrieron el corto sendero que conducía al poblado que prácticamente le echaba el aliento en la nuca.

—Por aquí —murmuró Jevy en medio de la oscuridad.

Había sido autorizado a instalar dos hamacas en la pequeña galería del edificio de los hombres. Nate le preguntó cómo lo había conseguido. Jevy le prometió que a la mañana siguiente se lo explicaría.

Lako se desvaneció en la noche.

30

Viernes 3 de enero. F. Parr Wycliff estaba en su sala, retrasándose en la tramitación de una agenda repleta de aburridas vistas. Josh aguardaba en el desordenado despacho del juez con la cinta de vídeo, el teléfono móvil en la mano y la mente en otro hemisferio. Seguía sin recibir noticias de Nate.

Las seguridades que le había ofrecido Valdir parecían muy bien ensayadas: el Pantanal era un lugar inmenso; el guía, muy bueno; el barco, grande; a los indios no les gustaba que los localizasen, por eso se desplazaban de un sitio a otro; todo iba bien. Lo llamaría en cuanto tuviera noticias de Nate.

Josh había considerado la idea de organizar una operación de rescate, pero si el simple hecho de llegar a Corumbá ya constituía todo un reto, adentrarse en el Pantanal en busca de un abogado desaparecido se le antojaba una tarea imposible. Con todo, podía desplazarse hasta allí abajo y esperar con Valdir hasta que supieran algo.

Trabajaba doce horas al día seis días a la semana y el caso Phelan estaba a punto de estallar. Apenas tenía tiempo para almorzar y no digamos para un viaje a Brasil.

Intentó llamar a Valdir desde su teléfono móvil, pero la línea estaba ocupada.

Wycliff entró en el despacho pidiendo disculpas mientras se quitaba la toga. Quería impresionar a un abogado tan poderoso como Stafford con la importancia de su agenda.

No había nadie más que ellos en la estancia. Vieron la primera parte del vídeo sin hacer ningún comentario. La grabación empezaba con el viejo Troy sentado en una silla de ruedas mientras Josh le colocaba el micrófono delante y los tres psiquiatras aguardaban para interrogarlo. El examen duraba veintiún minutos y terminaba con la opinión unánime, de que el señor Phelan sabía exactamente lo que hacía. Wycliff no pudo reprimir una sonrisa.

A continuación, la sala de juntas se vaciaba. La cámara enfocaba directamente a Troy, que sacaba el testamento ológrafo y lo firmaba cuatro minutos después de haber finalizado el examen mental.

—Y aquí es cuando se arroja al vacío —señaló Josh.

La cámara no se movía. Captaba a Troy en el momento en que este se apartaba súbitamente de la mesa y se levantaba. Acto seguido, Troy desaparecía de la pantalla, Josh, Snead y Tip Durban se quedaban boquiabiertos de asombro por un instante y después salían disparados tras el viejo. La filmación era extremadamente dramática.

Transcurrían cinco minutos y medio, durante los cuales, la cámara solo grababa unas sillas vacías y registraba unas voces. Después el pobre Snead se sentaba en el lugar que Troy había ocupado previamente. Se lo veía muy conmovido y al borde de las lágrimas, pero conseguía decirle a la cámara lo que acababa de ver. Josh y Tip Durban hacían lo mismo.

La cinta duraba treinta y nueve minutos.

—¿Cómo harán para desenmarañar esto? —preguntó Wycliff cuando hubo terminado la grabación.

Era una pregunta sin respuesta. Dos de los herederos —Rex y Libbigail— ya habían presentado peticiones de impugnación del testamento. Sus abogados —Hark Gettys y Wally Bright respectivamente— habían conseguido despertar una considerable atención y habían sido entrevistados y fotografiados por la prensa.

Los restantes herederos no tardarían en seguir su ejemplo. Josh había hablado con casi todos los abogados y la carrera al palacio de justicia ya se había iniciado.

—Todos los desprestigiados psiquiatras del país quieren ver el vídeo —dijo Josh—. Habrá opiniones para todos los gustos.

—¿Le preocupa a usted la cuestión del suicidio?

—Por supuesto que sí; pero él lo planeó todo con sumo cuidado, incluso su muerte. Sabía exactamente cómo y cuándo quería morir.

—¿Y el otro testamento, ese tan grueso que firmó en primer lugar?

—No lo firmó.

—Pero si lo he visto. Está en el vídeo.

—No. Garabateó el nombre del ratón Mickey.

Wycliff estaba tomando notas en un bloc de tamaño folio. Su mano se detuvo en medio de una frase.

—¿El ratón Mickey? —repitió.

—Así estamos, señor juez. Desde 1982 hasta 1996 preparé once testamentos para el señor Phelan, algunos gruesos y otros delgados, y en todos ellos la fortuna se repartía de maneras tan distintas que cuesta imaginárselas. La ley establece que cada nuevo testamento anula el anterior. Yo le llevaba el nuevo testamento a su despacho y ambos nos pasábamos dos horas examinándolo minuciosamente, tras lo cual él lo firmaba. Yo conservaba los testamentos en mi despacho y siempre le llevaba el último. Una vez que el nuevo había sido firmado, ambos, el señor Phelan y yo, introducíamos el anterior en la trituradora de documentos que había al lado de su escritorio. La ceremonia le encantaba. Lo llenaba de alegría durante varios meses hasta que alguno de sus hijos lo hacía enfadar y entonces empezaba a decir que quería modificar su testamento.

»Si los herederos consiguen demostrar que no estaba en pleno uso de sus facultades mentales, nos quedaremos sin testamento, pues todos los demás fueron destruidos.

—En cuyo caso, habría muerto sin testar —señaló Wycliff.

—Sí, y tal como usted sabe, en ese caso la herencia, según la legislación de Virginia, se reparte entre los hijos.

—Once mil millones de dólares. Siete hijos.

—Siete que nosotros sepamos. En cuanto a los once mil millones de dólares, al parecer la cifra se ajusta bastante a la realidad. ¿No impugnaría usted el testamento?

Una sonada disputa legal era precisamente lo que Wycliff deseaba. Sabía que la batalla jurídica haría mucho más ricos a los abogados, incluido Josh Stafford.

Sin embargo, para poder librar una batalla eran necesarios dos bandos, y por el momento solo había aparecido uno. Alguien tenía que defender el último testamento del señor Phelan.

—¿Se sabe algo de Rachel Lane? —preguntó.

—No, pero estamos buscándola.

—¿Dónde se encuentra?

—Creemos que trabaja como misionera en algún lugar de América del Sur. Aún no la hemos localizado. Tenemos gente allí abajo.

Josh se dio cuenta de que estaba utilizando la palabra «gente» con una cierta imprecisión.

Wycliff elevó la vista al techo, sumido en sus pensamientos.

—¿Qué motivos pudo tener para legar once mil millones de dólares a una hija ilegítima que trabaja como misionera?

—No puedo responderle a eso, señor juez. El señor Phelan me había sorprendido tantas veces que ya estaba acostumbrado.

—Parece una locura, ¿no cree?

—Es extraño.

—¿Conocía usted la existencia de esta hija?

—No.

—¿Podría haber otros herederos?

—Todo es posible.

—¿Cree que era un desequilibrado?

—No. Era raro, excéntrico, caprichoso y terriblemente mezquino, pero sabía muy bien lo que hacía.

—Encuentre a la chica, Josh.

—Estamos intentándolo.

En la reunión solo participaron Rachel y el jefe. Desde el lugar donde estaba sentado en la galería, Nate distinguía sus rostros y oía sus voces. El jefe estaba preocupado por algo que veía en las nubes. Hablaba, escuchaba lo que le decía Rachel y después volvía a levantar lentamente los ojos como si temiese que lloviera la muerte desde los cielos. Nate comprendió que el jefe no solo escuchaba a Rachel sino que, además, le pedía consejo.

En torno a ellos, la primera comida de la mañana ya tocaba a su fin y los ipicas se preparaban para otra jornada. Los cazadores se reunieron en pequeños grupos en la casa de los hombres para afilar sus flechas y tensar sus arcos. Los pescadores prepararon sus nasas y sedales. Las chicas iniciaron una tarea que les llevaría todo el día y que consistía en barrer debidamente la tierra que rodeaba sus chozas. Sus madres ya se dirigían hacia los huertos y campos de labranza junto a la linde del bosque.

—Cree que va a desatarse una tormenta —explicó Rachel una vez que hubo finalizado la reunión—. Dice que pueden irse ustedes, pero que él no les prestará un guía. Es demasiado peligroso.

—¿Y podremos arreglárnoslas sin un guía?

—Sí —contestó Jevy mientras Nate le dirigía una mirada que transmitía muchos pensamientos.

—No sería prudente —dijo Rachel—. Los ríos bajan juntos. Es fácil extraviarse. Hasta los ipicas han perdido pescadores durante la estación de las lluvias.

—¿Y cuándo podría terminar la tormenta? —preguntó Nate.

—Habrá que esperar a ver qué ocurre.

Nate respiró hondo y se inclinó hacia delante. Estaba dolorido y cansado, cubierto de picaduras de mosquito, hambriento, harto de aquella pequeña aventura y preocupado por la posibilidad de que Josh padeciese por él. Hasta el momento su misión había sido un fracaso. No sentía añoranza por que nada ni nadie lo esperaba en casa, pero deseaba volver a ver Corumbá, con sus acogedores y pequeños cafés, sus bonitos hoteles y sus calles perezosas. Necesitaba otra oportunidad para estar solo, limpio y abstemio, sin temer la posibilidad de matarse de una borrachera.

—Lo siento —dijo Rachel.

—Tengo que regresar como sea. Hay gente en el despacho esperando mis noticias. Todo esto ya ha durado más de lo que se esperaba.

Ella le escuchó, pero sin demasiado interés. La existencia de unas cuantas personas preocupadas en un bufete del distrito de Columbia la traía sin cuidado.

—¿Podemos hablar? —le preguntó Nate.

—Debo ir al poblado vecino para el entierro de la niña. ¿Por qué no me acompaña? Tendremos tiempo de sobra para hablar.

Lako encabezó la marcha; al caminar torcía el pie izquierdo hacia dentro, de modo que a cada paso que daba se inclinaba hacia la izquierda y después se enderezaba con una brusca sacudida hacia la derecha. Era un espectáculo muy penoso. Detrás de él iba Rachel, y a continuación Nate, cargado con la bolsa de tela de esta. Jevy se quedó muy rezagado, pues temía oír involuntariamente la conversación entre ambos.

Más allá del semicírculo de las chozas pasaron por delante de unas pequeñas parcelas en otro tiempo destinadas al cultivo y ahora abandonadas y cubiertas de maleza.

—Los ipicas cultivan sus alimentos en pequeñas parcelas que le arrancan a la jungla —explicó Rachel, avanzando a grandes zancadas. Nate la seguía, tratando de seguir el ritmo de sus pasos. Para ella una caminata de más de tres kilómetros por la jungla era un juego de niños—. El laboreo intensivo agota la tierra en pocos años. Entonces la abandonan, la naturaleza la recupera y ellos se van un poco más allá. A la larga, el terreno vuelve a la normalidad sin que se produzca ningún daño. La tierra lo es todo para los indios, su vida, buena parte de ella se la han quedado las llamadas personas civilizadas.

—Eso me suena.

—Pues sí. Diezmamos su población con derramamiento de sangre y enfermedades y les arrebatamos la tierra. Después los recluimos en reservas y no comprendemos por qué razón no son felices en ellas.

Rachel saludó a dos menudas mujeres desnudas que estaban cultivando la tierra al costado del sendero.

—Las mujeres son las que se encargan de las faenas más duras —observó Nate.

—Sí, pero es una tarea muy fácil comparada con el dar a luz.

—Prefiero verlas trabajar.

El aire era húmedo y estaba libre del humo que se cernía permanentemente sobre el poblado. Cuando se adentraron en la selva, Nate ya estaba sudando.

—Hábleme de usted, Nate —le pidió Rachel, volviéndose hacia él—. ¿Dónde nació?

—Me temo que sería un relato bastante largo.

—Cuénteme los puntos más destacados.

—Abundan más los que no lo son.

—Vamos, Nate. Quería hablar, ¿verdad? Pues, hablemos. Aún nos queda media hora de camino.

—Nací en Baltimore y fui el mayor de dos hermanos varones. Mis padres se divorciaron cuando yo tenía quince años, cursé estudios secundarios en St. Paul, luego fui a Hopkins y finalmente estudié derecho en Georgetown. Desde entonces me quedé para siempre en el distrito de Columbia.

—¿Tuvo una infancia feliz?

—Supongo que sí. Practiqué mucho deporte. Mi padre trabajó treinta años para la National Brewery y siempre tenía entradas para los partidos de los Colts y los Orioles. Baltimore es una ciudad estupenda. ¿Hablamos ahora de su niñez?

—Si usted quiere. No fue muy feliz.

«Vaya sorpresa —pensó Nate—. Esta pobre mujer jamás ha tenido la oportunidad de ser feliz.»

—¿Usted quería ser abogado cuando fuera mayor? —preguntó ella.

—Por supuesto que no. Ningún niño en su sano juicio quiere ser abogado. Lo que deseaba era jugar en los Colts o en los Orioles, quizá en los dos.

—¿Iba a la iglesia?

—Pues claro. Por Navidad y por Pascua.

El sendero prácticamente desapareció y tuvieron que abrirse camino a través de una áspera maleza. Nate caminaba con los ojos fijos en las botas de Rachel. Cuando ya no pudo verlas, inquirió:

—La serpiente que mató a la niña, ¿a qué clase pertenecía?

—Se llama *bima*, pero usted no se preocupe.

—¿Y por qué no he de preocuparme?

—Porque calza botas. Es una serpiente muy pequeña que muerde por debajo del tobillo.

—Entonces seguro que tropezaré con una de las grandes.

—Tranquilícese.

—¿Y qué me dice de Lako? Él siempre va descalzo.

—Sí, pero lo ve todo.

—Supongo que la picadura de la *bima* es mortal.

—Puede serlo, pero existe un antídoto. Si ayer lo hubiese tenido aquí, la chiquilla no habría muerto.

—Eso significa que si dispusiese usted de montones de dinero, podría comprar todo el antídoto que quisiera, y no solo eso, sino llenar sus estantes con todos los medicamentos que necesitara, comprar una estupenda fueraborda para ir y venir de Corumbá, construir una clínica, una iglesia y una escuela y predicar el Evangelio por todo el Pantanal.

Rachel se detuvo, se volvió bruscamente hacia él y lo miró fijamente a los ojos.

—Yo no he hecho nada para ganar esa fortuna ni conocía al hombre que la amasó. Por favor, no me hable más de ello.

El tono de su voz era firme, pero la expresión de su rostro no revelaba la menor contrariedad.

—Regálelo —le sugirió Nate—. Entréguelo a obras de caridad.

—No puedo entregarlo porque no es mío.

—Ese dinero se malgastará. Muchos millones irán a parar a manos de los abogados y lo que quede se repartirá entre sus hermanos. Estoy seguro de que no es eso lo que usted quiere. Rachel, no tiene usted ni idea del sufrimiento y los quebraderos de cabeza que causará esa gente si recibe el dinero. Lo que no despilfarren, lo legarán a sus hijos y la fortuna Phelan contaminará a la siguiente generación.

Rachel lo tomó por la muñeca y se la apretó.

—No me importa —dijo muy despacio—. Rezaré por ellos.

Después se volvió y reanudó la marcha. Lako caminaba muy por delante, y Jevy tan rezagado que casi no se lo veía. Cruzaron en silencio un campo de cultivo situado a la orilla de un arroyo y penetraron en una zona llena de árboles altos y de grueso tronco cuyas ramas se entrelazaban formando un oscuro dosel por encima de sus cabezas. El aire se enfrió de repente.

—Vamos a hacer una pausa —propuso Rachel. El arroyo serpeaba a través de la selva y el sendero lo cruzaba sobre un lecho de rocas azules y anaranjadas. Rachel se arrodilló junto a la orilla y se refrescó la cara con agua—. Puede beberla, procede de las montañas.

Nate se arrodilló a su lado y sumergió la mano en el agua. Era cristalina y estaba muy fría.

—Es mi lugar preferido —dijo Rachel—. Vengo aquí casi a diario para bañarme, rezar y meditar.

—Cuesta creer que estemos en el Pantanal. La atmósfera es mucho más fresca.

—Nos encontramos prácticamente en el borde. Las montañas de Bolivia no están lejos. El Pantanal empieza muy cerca de aquí y se extiende hacia el este.

—Lo sé. Lo sobrevolamos, tratando de dar con usted.

—¿De veras?

—Sí, fue un vuelo muy corto, pero pude ver muy bien el Pantanal.

—¿Y no me encontraron?

—No. Topamos con una tormenta y tuvimos que realizar un aterrizaje de emergencia. Afortunadamente, me salvé. Jamás volveré a acercarme a otro avión pequeño.

—Por aquí no hay ningún lugar donde aterrizar.

Se quitaron los calcetines y las botas e introdujeron los pies en el agua. Sentados sobre las rocas, escuchaban el murmullo de la corriente. Estaban solos; no veían ni a Lako ni a Jevy.

—Cuando yo era niña —prosiguió Rachel—, vivíamos en un pueblo de Montana, donde mi padre, mi padre adoptivo quiero decir, era clérigo. Muy cerca de las afueras había un arroyo aproximadamente del mismo tamaño que este, y un lugar, bajo unos árboles muy altos parecidos a estos, donde yo permanecía durante horas con los pies metidos en el agua.

—¿Se escondía de algo o de alguien?

—A veces.

—Y ahora, ¿se esconde?

—No.

—Pues yo creo que sí.

—Se equivoca. Estoy en paz, Nate. Me entregué voluntariamente a Cristo hace muchos años y voy a donde él me lleva. Usted cree que estoy sola, pero no es así. Él está constantemente a mi lado. Conoce mis pensamientos y mis necesidades y me libra de los temores y las preocupaciones. Me siento absolutamente en paz en este mundo.

—Jamás había oído a nadie decir nada semejante.

—Anoche usted confesó que era débil y frágil. ¿Eso qué significa?

La confesión era buena para el alma, Sergio se lo había dicho una vez durante la terapia. Si ella quería saber, pues bien, él intentaría escandalizarla contándole la verdad.

—Soy alcohólico —reconoció casi con orgullo, tal como le habían enseñado a hacer durante su tratamiento de desintoxicación—. En el transcurso de los últimos diez años he tocado cuatro veces el fondo del abismo y salí del centro de desintoxicación para realizar este viaje. No puedo asegurar con certeza que jamás volveré a beber. Me he librado por tres veces de la cocaína y creo, aunque no estoy seguro, que nunca probaré otra vez esa sustancia. Hace cuatro meses, cuando aún estaba en el centro de desintoxicación, me declaré insolvente. En la actualidad, pesa sobre mí una denuncia por fraude fiscal y tengo un cincuenta por ciento de posibilidades de terminar en la cárcel y perder mi licencia de abogado. Ya sabe lo de los dos divorcios. Ambas mujeres me aborrecen y han puesto a mis hijos contra mí. Me las he ingeniado muy bien para destrozar mi vida.

El hecho de desnudar su alma no le produjo ninguna sensación perceptible de placer o de alivio. Ella lo escuchó sin pestañear.

—¿Alguna otra cosa? —preguntó al fin.

—Pues sí. He intentado suicidarme por lo menos dos veces... que yo recuerde. La del pasado mes de agosto me llevó directamente al centro de desintoxicación. Y hace apenas unos días, en Corumbá, volví a hacerlo. Creo que era la Nochebuena.

—¿En Corumbá?

—Sí, en mi habitación del hotel. Estuve a punto de matarme con una botella de vodka barato.

—Lo siento por usted.

—Estoy enfermo, ya lo sé. Padezco una enfermedad. Lo he reconocido muchas veces en presencia de muchos psiquiatras.

—¿Se lo ha confesado alguna vez a Dios?

—Estoy seguro de que Él ya lo sabe.

—Yo también lo estoy, pero Él no lo ayudará a menos que usted se lo pida. Aunque es omnipotente, tiene usted que acudir a Él mediante la oración, con espíritu contrito.

—¿Qué ocurrirá entonces?

—Sus pecados le serán perdonados. Sus adicciones desaparecerán. El Señor perdonará todas sus transgresiones y usted se convertirá en un nuevo creyente en Cristo.

—¿Y lo del fraude fiscal?

—Eso no desaparecerá, pero usted tendrá fuerza para afrontarlo. Por medio de la oración superará todas las adversidades.

A Nate le habían soltado sermones en otras ocasiones. Se había entregado tantas veces a los «poderes superiores» que casi hubiera podido predicar. Había sido atendido por pastores protestantes y terapeutas, por gurús y psiquiatras de toda laya. En cierta oportunidad, durante un período de tres años de abstinencia, había llegado incluso a trabajar como asesor para Alcohólicos Anónimos, enseñando a otros con problemas similares los doce puntos del plan de recuperación en el sótano de una vieja iglesia, en Alexandria. Hasta que cayó.

¿Por qué no iba ella a intentar salvarlo? ¿Acaso la vocación de su vida no consistía en ir en busca de la oveja extraviada?

—No sé rezar —dijo.

Ella le tomó la mano y se la apretó.

—Cierre los ojos, Nate. Repita conmigo: Dios mío, perdóname mis pecados y ayúdame a perdonar a aquellos que han pecado contra mí.

Nate musitó las palabras y oprimió la mano de Rachel con

más fuerza aún. La plegaria se parecía vagamente al padrenuestro.

—Dame fuerza para superar las tentaciones, las adicciones y las pruebas con las que tenga que enfrentarme.

Nate repetía en voz baja la oración, pero aquel ritual le resultaba desconcertante. Para Rachel era fácil rezar, porque lo hacía muy a menudo. En cambio, para él constituía un rito extraño.

—Amén —dijo Rachel.

Ambos abrieron los ojos sin soltarse de la mano y prestaron atención al suave murmullo del agua sobre las rocas. Nate experimentó la extraña sensación de verse libre del peso que lo agobiaba; notó los hombros más ligeros, la mente más despejada y el alma menos turbada, pero era tal la carga que soportaba sobre sus espaldas que no supo muy bien qué peso le habían quitado de encima y cuál no.

El mundo real seguía dándole miedo. Ser valiente en el corazón del Pantanal, donde las tentaciones eran muy pocas, resultaba sencillo, pero él sabía lo que le aguardaba en casa.

—Sus pecados están perdonados, Nate —dijo Rachel.

—¿Cuáles? Tengo tantos...

—Todos.

—¿Así de simple? Aquí dentro hay demasiadas cosas que funcionan mal.

—Volveremos a rezar esta noche.

—Conmigo será más difícil que con otras personas.

—Confíe en mí, Nate. Y confíe en Dios. He visto casos mucho peores.

—Confío en usted. El que me preocupa es Dios.

Ella le apretó un poco más la mano y durante un rato ambos contemplaron en silencio el agua que burbujeaba a su alrededor.

—Tenemos que irnos —indicó Rachel al cabo, pero no se movieron.

—He estado pensando en el entierro de la niña —dijo Nate.

—¿En qué sentido?

—¿Veremos el cuerpo?

—Supongo que sí. No creo que nos pase inadvertido.

—En tal caso, prefiero no ir. Jevy y yo regresaremos al poblado y esperaremos.

—¿Está seguro, Nate? Podríamos pasarnos muchas horas hablando.

—No quiero ver una niña muerta.

—Muy bien. Lo comprendo.

Nate la ayudó a levantarse a pesar de que a ella no le hacía ninguna falta. Ambos mantuvieron las manos entrelazadas hasta que Rachel se inclinó para calzarse las botas. Como de costumbre, Lako apareció como por arte de magia y a continuación reanudaron la marcha. No tardaron en ser engullidos por la oscura selva.

Nate encontró a Jevy dormido bajo un árbol. Ambos echaron a andar con mucho cuidado por el sendero, vigilando a cada paso la posible presencia de serpientes, y regresaron lentamente al poblado.

31

Al jefe no se le daban bien las predicciones meteorológicas. No hubo ninguna tormenta. Llovió un par de veces a lo largo del día mientras Nate y Jevy combatían el aburrimiento durmiendo la siesta en sus hamacas prestadas. Los aguaceros duraron muy poco, y después de cada uno de ellos el sol regresó para calentar la húmeda tierra y hacer que aumentase la humedad. Incluso estando a la sombra y moviéndose solo si era estrictamente necesario, ambos hombres se achicharraban de calor.

Contemplaron a los indios dondequiera que hubiese actividad, pero el trabajo y los juegos se ajustaban al flujo y el reflujo del bochorno. Cuando el sol salía con toda su fuerza, los ipicas se refugiaban en sus chozas o a la sombra de los árboles que se alzaban detrás de ellas. En el transcurso de los chaparrones los niños jugaban bajo la lluvia. Cuando las nubes cubrían el sol, las mujeres salían para dedicarse a sus quehaceres e ir al río.

Tras una semana en el Pantanal, Nate estaba como atontado por el ritmo de vida apático que allí se seguía. Cada día era una copia exacta del anterior. Nada había cambiado desde hacía siglos.

Rachel regresó a media tarde. Ella y Lako fueron directos al jefe para informarle sobre los acontecimientos del otro poblado. Después, Rachel se acercó a Nate y a Jevy. Estaba cansada y quería dar una cabezada antes de hablar en serio.

Mientras ella se alejaba, Nate se preguntó si tendría que esperar otra hora.

Rachel era esbelta y resistente, y seguramente hubiera podido correr maratones.

—¿Qué está mirando? —le preguntó Jevy con una sonrisa.

—Nada.

—¿Cuántos años tiene Rachel?

—Cuarenta y dos.

—¿Cuántos años tiene usted?

—Cuarenta y ocho.

—¿Ha estado casada?

—No.

—¿Cree que ha estado alguna vez con un hombre?

—¿Por qué no se lo preguntas?

—¿Y por qué no se lo pregunta usted?

—La verdad es que no me importa.

Volvieron a quedarse dormidos, ya que no tenían otra cosa mejor que hacer. En un par de horas empezarían los combates de lucha, a continuación vendría la cena y, finalmente, la oscuridad. Nate soñaba con el *Santa Loura*, un barco de lo más sencillo, pero que a cada hora que pasaba le parecía mejor. En sus sueños el barco se estaba convirtiendo rápidamente en un espléndido y elegante yate.

Cuando los hombres empezaron a arreglarse el cabello y a prepararse para sus juegos, Nate y Jevy se retiraron. Uno de los ipicas más corpulentos los llamó y, con una radiante sonrisa en los labios, pareció invitarlos a luchar. Nate apuró el paso. De repente, se imaginó arrastrado por todo el poblado por un rechoncho y pequeño guerrero al que le zangoloteaban los genitales. Jevy tampoco quería participar. Rachel acudió en su ayuda. Ella y Nate se dirigieron hacia el río, a su lugar acostumbrado en el estrecho banco de roca bajo los árboles. Allí volvieron a sentarse muy juntos, rodilla contra rodilla.

—Hizo usted bien en no ir —dijo Rachel. Parecía fatigada. La siesta no la había repuesto.

—¿Por qué?

—Todos los poblados tienen un médico. Lo llaman *shalyun* y es el que cuece las hierbas y raíces con que prepara sus medicinas. También conjura espíritus para resolver toda suerte de problemas.

—Ah, se refiere a un curandero.

—Más bien es un hechicero. En la cultura indígena abundan los espíritus, y el *shalyun* es algo así como el encargado de dirigir el tráfico. Sea como fuere, los *shalyun* son mis enemigos naturales. Yo constituyo una amenaza para su religión. Siempre están planeando el modo de perjudicarme. Persiguen a los creyentes cristianos. Oprimen a los nuevos conversos. Quieren que me vaya y no paran de ejercer presión sobre los jefes para que me echen. Es una lucha diaria. En el último poblado río abajo, yo tenía una pequeña escuela donde enseñaba a leer y escribir. Era para los creyentes, pero estaba a disposición de todos. Hace un año tuvimos un brote de malaria y murieron tres personas. El *shalyun* local convenció al jefe de que la enfermedad era un castigo que había caído sobre el poblado por culpa de mi escuela. Ahora la escuela está cerrada.

Nate se limitaba a escuchar. La valentía de Rachel, ya admirable de por sí, estaba alcanzando nuevas cotas. El calor y el lánguido ritmo de la vida de aquel lugar lo habían inducido a creer que entre los ipicas todo era paz. Ningún visitante hubiese sospechado que en aquellos parajes se estuviera librando una guerra por las almas.

—Los padres de Ayesh, la niña que murió, son cristianos, y su fe es muy profunda. El *shalyun* hizo correr la voz de que él hubiera podido salvar a la pequeña, pero que ellos no lo llamaron. Como es natural, querían que yo atendiera a Ayesh. En esta región abundan las serpientes *bima* y los *shalyun* preparan remedios caseros contra su veneno. Jamás he visto que ninguno de ellos resultara eficaz. Ayer, una vez que me marché después de que la niña hubiera muerto, el *shalyun* conjuró unos espíritus y celebró una ceremonia en el centro del poblado. Me culpó a mí de la muerte. Y le echó la culpa a Dios. —Sus palabras brotaban con más rapidez que de costumbre, como si quisiera darse prisa en emplear el inglés una vez más—. Hoy durante el entierro, el *shalyun* y otros alborotadores se han puesto a bailar y a cantar muy cerca de nosotros. Los pobres padres se han sentido muy abrumados por el dolor y la humillación. Yo no he podido terminar el acto religioso. —Se le quebró ligeramente la voz y se mordió el labio inferior.

Nate le dio una palmada en el brazo.

—No se preocupe. Todo ha terminado.

Ella no podía llorar en presencia de los indios. Tenía que mostrarse fuerte y estoica, llena de fe y valor en todas las circunstancias, pero delante de Nate sí podía llorar, pues él lo comprendería; de hecho esperaba que lo hiciese.

Se enjugó las lágrimas y, poco a poco, se sobrepuso.

—Lo siento —dijo.

—No se preocupe —repitió Nate, tratando de ayudarla.

Las lágrimas de una mujer fundían la fachada de frialdad tanto ante la barra de un bar como a la orilla de un río.

Se oyeron unos gritos procedentes del poblado. Los combates de lucha ya habían empezado. Nate pensó fugazmente en Jevy. Confiaba en que no hubiera sucumbido a la tentación de jugar con los muchachos.

—Ahora creo que tiene que irse —dijo Rachel, rompiendo súbitamente el silencio. Había conseguido dominar sus emociones y el tono de su voz volvía ser el normal.

—¿Cómo?

—Sí, ahora. Cuanto antes.

—Estoy deseando irme, pero ¿a qué vienen tantas prisas? Dentro de tres horas oscurecerá.

—Hay motivos para preocuparse.

—La escucho.

—Me parece haber detectado un caso de malaria en el otro poblado. La transmiten los mosquitos y se extiende con mucha rapidez.

Nate empezó a rascarse y ya estaba deseando saltar a su embarcación cuando recordó las píldoras.

—Estoy protegido. Tomo cloro-no-sé-qué.

—¿Cloroquina?

—Exacto.

—¿Cuándo empezó a tomarla?

—Dos días antes de partir de Estados Unidos.

—¿Y dónde están ahora las pastillas?

—Me las dejé en el barco grande.

Rachel sacudió la cabeza en gesto de reproche.

—Deben tomarse antes, durante y después del viaje —dijo en tono autoritario, como si la muerte fuese un hecho inminente—. ¿Y Jevy? —preguntó—. ¿También toma las pastillas?

—Ha estado en el ejército. Estoy seguro de que se encuentra bien.

—No pienso discutir, Nate. Ya he hablado con el jefe. Esta mañana, antes del amanecer, envió a dos pescadores. Las aguas desbordadas son peligrosas durante las primeras dos horas; después la navegación es más fácil. Les proporcionará tres guías en dos canoas y yo enviaré a Lako para que actúe de intérprete. Cuando lleguen al río Xeco, siguen todo recto hasta el Paraguay.

—¿Eso está muy lejos?

—El Xeco se encuentra a unas cuatro horas de aquí. El Paraguay, a seis. Y ustedes navegarán empujados por la corriente.

—Muy bien. Veo que lo tiene usted todo planeado.

—Confíe en mí, Nate. He enfermado dos veces de malaria y es algo que no le recomiendo. La segunda vez estuve a punto de morir.

A Nate no se le había ocurrido la posibilidad de que Rachel muriese. El nuevo hecho de que ella se ocultara en la selva y rechazara el papeleo sería suficiente para complicar el caso de la herencia Phelan. Si moría, el caso tardaría años en resolverse.

Nate la admiraba enormemente. Era todo lo que él no era: fuerte y valiente, sólidamente anclada en la fe, feliz en su sencillez, segura del lugar que ocupaba en el mundo y en el más allá.

—No se muera, Rachel —le dijo.

—La muerte no me da miedo. Para un cristiano, es una recompensa. Pero rece por mí, Nate.

—Lo haré, se lo prometo.

—Es usted un hombre bueno. Tiene buen corazón y buenos pensamientos. Solo le falta un poco de ayuda.

—Lo sé. No soy muy fuerte. —Nate guardaba los papeles en un sobre doblado en su bolsillo. Los sacó—. ¿Podríamos, por lo menos, hablar de esto un momento?

—Sí, pero solo como un favor a usted. Creo que, después de todo lo que se ha esforzado para llegar a un lugar tan apartado, lo menos que puedo hacer es mantener esta pequeña charla jurídica.

—Gracias. —Nate le entregó la primera hoja, una copia del testamento de Troy.

Ella lo leyó muy despacio, tratando de desentrañar algunos párrafos del texto manuscrito. Al terminar, preguntó:

—¿Es un documento legalmente válido?

—Hasta ahora, sí.

—Lo veo muy rudimentario.

—Los testamentos escritos a mano son legalmente válidos. Lo siento, pero así es la ley.

Ella volvió a leerlo. Nate contempló las sombras que caían sobre el límite de la vegetación. Ahora la oscuridad le daba miedo, tanto en tierra como en el agua. Estaba deseando marcharse.

—Troy no se preocupaba por sus restantes hijos, ¿verdad? —preguntó Rachel en tono risueño.

—Usted tampoco lo hubiera hecho; pero, además, no creo que tuviese mucha vocación de padre.

—Recuerdo el día en que mi madre me habló de él. Yo tenía diecisiete años. Fue a finales de un verano. Mi padre adoptivo acababa de morir de cáncer y nuestra vida era bastante triste. Troy había conseguido descubrir mi paradero y estaba presionando a mi madre para que le permitiera visitarme. Ella me contó la verdad acerca de mis padres biológicos, pero la revelación no significó nada para mí. No me importaban aquellas personas. Más tarde supe que mi madre biológica se había suicidado. ¿Qué le parece, Nate? Mis verdaderos progenitores se suicidaron. ¿Habrá algo en mis genes?

—No. Usted es mucho más fuerte que ellos.

—Yo acojo la muerte de buen grado.

—No diga eso. ¿Cuándo conoció a Troy?

—Transcurrió un año. Él y mi madre se hicieron amigos por teléfono. Ella llegó a convencerse de que los motivos de Troy eran buenos, de modo que un día este se presentó en nuestra casa. Tomamos té con pastas y después él se fue. Más adelante envió dinero para mi matrícula de la universidad y comenzó a insistir en que aceptara un empleo en una de sus empresas. Empezó a comportarse como un padre y a mí me molestó. De pronto murió mi madre y el mundo se derrumbó en torno a mí. Cambié de apellido y me matriculé en la facultad de Medicina. A lo largo de los años recé por Troy tal como rezo por todas las personas extraviadas que conozco, y pensé que él se había olvidado de mí.

—Está claro que no —dijo Nate.

Un mosquito negro se posó en su muslo y él lo aplastó con fuerza suficiente como para partir un madero. En caso de que fuese portador de la malaria, ya no podría transmitírsela a nadie. El rojo perfil de la huella de su mano se dibujó en su piel.

Le pasó a Rachel el documento de renuncia y el de acuse de recibo. Ella los leyó atentamente.

—No voy a firmar nada —dijo—. No quiero ese dinero.

—Pues quédeselos. Y rece por ellos.

—¿Se está usted burlando de mí?

—No. Es que no sé qué voy a hacer ahora.

—En eso no puedo ayudarle. No obstante le pediré un solo favor.

—Lo que usted quiera.

—No le diga a nadie dónde estoy. Se lo suplico, Nate. Le ruego que proteja mi intimidad.

—Se lo prometo, pero tiene usted que ser realista.

—¿Qué quiere decir?

—Es una historia muy llamativa. Si acepta el dinero, se convertirá en la mujer más rica del mundo. Si lo rechaza, el caso será todavía más sensacional.

—¿Y eso a quién le importa?

—Qué inocente es usted. Veo que está muy bien protegida contra los medios de difusión. Actualmente las noticias son incesantes, veinticuatro horas de interminable información acerca de todo. Horas y horas de noticiarios, programas de noticias, bustos parlantes, reportajes de última hora. Todo es basura. Ninguna noticia es lo bastante insignificante como para que no se la localice y se la rodee de sensacionalismo.

—Pero ¿cómo van a encontrarme?

—Buena pregunta. Tenemos suerte, porque Troy le había seguido la pista, pero, que sepamos, no se lo comunicó a nadie.

—Lo cual significa que estoy a salvo, ¿no? Usted no puede revelar mi paradero. Los abogados de su bufete tampoco.

—Muy cierto.

—Y usted se había extraviado cuando llegó aquí, ¿verdad?

—Por completo.

—Tiene que protegerme, Nate. Este es mi hogar. Esta es mi gente. No quiero verme obligada a huir otra vez.

Menudo titular. Los buitres invadirían el Pantanal con sus helicópteros y sus vehículos anfibios. Nate se compadeció de ella.

—Haré lo que pueda —dijo.

—¿Me da su palabra?

—Sí, se lo prometo.

El cortejo de despedida lo encabezaba el jefe en persona, seguido de su mujer y una docena de hombres y, a continuación, Jevy y no menos de diez hombres más. Todos avanzaron por el tortuoso sendero que conducía al río.

—Ya es hora de que se vayan —dijo Rachel.

—Supongo que sí. ¿Seguro que estaremos a salvo en la oscuridad?

—Sí. El jefe envía a sus mejores pescadores. Dios los protegerá. Rece sus oraciones.

—Así lo haré.

—Yo rezaré por usted cada día, Nate. Es usted una buena persona y tiene buen corazón. Merece salvarse.

—Gracias. ¿Quiere usted casarse?

—No puedo.

—Por supuesto que puede. Yo me encargo del dinero, usted se encarga de los indios. Conseguimos una choza más grande y nos quitamos la ropa.

Ambos se echaron a reír y aún estaban sonriendo cuando apareció el jefe. Nate se levantó para decir hola, adiós o lo que fuera, pero por un instante se le nubló la vista. Una oleada de vértigo le subió desde el pecho y le atravesó la cabeza. Consiguió recuperarse, recuperó la visión y miró a Rachel para comprobar si esta se había dado cuenta.

No lo había hecho. Los párpados empezaron a dolerle y las articulaciones y los codos a palpitarle.

Tras una serie de ceremoniosos gruñidos en ipica, todo el mundo se acercó al río. Cargaron comida en la embarcación de Jevy y en las dos estrechas canoas que iban a utilizar los guías y Lako. Nate le dio las gracias a Rachel, quien a su vez dio las gracias al jefe. Cuando hubieron terminado todas las despedidas de rigor, llegó el momento de la partida.

De pie con el agua hasta los tobillos, Nate abrazó cariñosamente a Rachel y le dio unas palmadas en la espalda diciendo:

—Gracias.

—Gracias ¿por qué?

—Pues la verdad es que no lo sé. Gracias por crear una fortuna en honorarios de abogados.

—Me cae usted bien, Nate —dijo ella sonriendo—, pero me importan un bledo el dinero y los abogados.

—Usted también me cae bien.

—No vuelva, se lo ruego.

—No se preocupe.

Todo el mundo estaba esperando. Los pescadores ya se encontraban en el río. Jevy sostenía en su mano el canalete, ansioso de iniciar la travesía.

Nate puso un pie en la embarcación.

—Podríamos pasar la luna de miel en Corumbá —insistió en tono de broma.

—Adiós, Nate —repuso ella—. Dígale a la gente que no consiguió encontrarme.

—Así lo haré. Hasta siempre. —Nate se sentó en el duro banco de la embarcación y notó que la cabeza le volvía a dar vueltas. Mientras se alejaban, saludó con la mano a Rachel y a los indios, pero sus figuras estaban borrosas.

Empujadas por la corriente, las canoas se deslizaron sobre el agua mientras los indios remaban en perfecta sincronía. No desperdiciaron el esfuerzo ni perdieron el tiempo. Tenían prisa. El motor se puso en marcha al tercer intento y de inmediato dieron alcance a las canoas. Cuando Jevy aminoró la velocidad, el motor titubeó, pero no se caló. Al llegar al primer meandro del río, Nate volvió la cabeza. Rachel y los indios seguían en la orilla.

A pesar de las nubes que ocultaban el sol y de la suave brisa que le acariciaba el rostro, Nate se dio cuenta de que estaba sudando. Tenía las piernas y los brazos húmedos. Se frotó el cuello y la frente y contempló la humedad de sus dedos. En lugar de rezar tal como había prometido hacer, murmuró:

—Mierda. Estoy enfermo.

La fiebre no era muy alta, pero aumentaba por momentos. La brisa le provocaba escalofríos. Se acurrucó en su asiento y buscó algo más que ponerse. Jevy advirtió que algo le ocurría y, al cabo de unos minutos, le preguntó:

—¿Se siente bien, Nate?

Nate sacudió la cabeza mientras un ramalazo de dolor le bajaba desde los ojos hasta la columna vertebral. Se sonó la nariz.

Dos meandros más abajo observó que los árboles eran menos gruesos y el terreno era más bajo. El río se ensanchó y penetró en un lago desbordado en cuyo centro se alzaban tres árboles podridos. Nate estaba seguro de que no había visto aquellos árboles durante la travesía de ida. Estaban siguiendo otro camino. Sin la ayuda de la corriente, las canoas navegaban un poco más despacio, pero seguían surcando el agua con asombrosa rapidez. Los guías no estudiaron el lago. Sabían exactamente adónde iban.

—Jevy, creo que he contraído la malaria —musitó Nate. Su voz era áspera y ya empezaba a dolerle la garganta.

—¿Cómo lo sabe? —preguntó Jevy al tiempo que aminoraba la velocidad por un instante.

—Rachel me lo advirtió. Ayer detectó un caso en el otro poblado. Por eso nos hemos ido tan pronto.

—¿Tiene fiebre?

—Sí, y dificultades para enfocar la vista.

Jevy detuvo la embarcación y llamó a los indios, que ya casi se habían perdido de vista. Apartó los bidones vacíos de combustible y los restos de las provisiones y desenrolló rápidamente la tienda.

—Sufrirá escalofríos —le advirtió mientras trabajaba.

La embarcación se balanceaba siguiendo el ritmo de sus movimientos.

—¿Tú has enfermado alguna vez de malaria? —quiso saber Nate.

—No, pero casi todos mis amigos se han muerto de eso.

—¿En serio?

—Es una broma. Eso no suele matar a la gente, pero se pondrá usted muy malo.

Procurando evitar los movimientos bruscos y manteniendo la cabeza lo más inmóvil posible, Nate se arrastró por detrás de su asiento y se tendió en el centro de la batea. Un saco de dormir hacía las veces de almohada. Jevy extendió por encima de él la tienda y la sujetó con los dos bidones vacíos de combustible.

Los indios se acercaron para ver qué ocurría. Lako formuló unas preguntas en portugués. Nate oyó que Jevy pronunciaba la palabra «malaria» y que ello daba lugar a unos murmullos en ipica. Reanudaron la navegación de inmediato. La embarcación parecía más rápida, tal vez porque Nate estaba tendido en el fondo y la sentía deslizarse a través del agua. De vez en cuando una rama que Jevy no había visto provocaba una sacudida, pero a Nate le daba igual. La cabeza le dolía como si sufriera la peor resaca de su vida, y mover los músculos y las articulaciones constituía un auténtico tormento. Además, estaba temblando. Ya empezaban a producirse los escalofríos.

Se oyó un retumbo en la distancia. Nate temió que fuera un trueno. «Vaya —pensó—. Justo lo que faltaba.»

Las nubes de lluvia no se acercaron. El río trazó una curva hacia el oeste y Jevy vio los anaranjados y amarillos vestigios de una puesta de sol. Después el río volvió a girar hacia el este en medio de la creciente oscuridad del Pantanal. Las canoas aminoraron por dos veces la velocidad mientras los ipicas discutían acerca del ramal de la bifurcación que deberían tomar. Jevy los seguía a unos treinta metros de distancia, pero fue acercándose conforme aumentaba la oscuridad. No veía a Nate escondido debajo de la tienda, pero sabía que su amigo estaba sufriendo. En realidad, Jevy conocía a un hombre que había muerto de malaria.

Cuando llevaban dos horas de navegación, los guías los condujeron a través de una serie de angostas corrientes y tranquilas lagunas hasta que, al llegar a un río más ancho, se detuvieron por un instante. Los indios necesitaban un descanso. Lako llamó a Jevy y le explicó que ya estaban a salvo, pues acababan de dejar atrás la parte más difícil y el resto sería más fácil. El Xeco se encontraba a unas dos horas de navegación y conducía directamente al Paraguay.

Jevy preguntó si podían hacer la travesía solos. La respuesta fue que no. Aún quedaban varios horcajos y, además, los indios conocían un paraje del Xeco donde el río seguramente se había desbordado. Allí se detendrían para dormir.

Lako quiso saber cómo estaba el estadounidense.

—No muy bien —contestó Jevy.

Nate oyó voces y advirtió que la embarcación no se movía. Ardía de fiebre de la cabeza a los pies. Se notaba la piel y la ropa empapadas de sudor y el aluminio que tenía debajo también estaba mojado. Tenía los ojos cerrados a causa de la hinchazón de los párpados y se notaba la boca tan seca que el solo hecho de abrirla le dolía. Oyó que Jevy le preguntaba algo en inglés, pero no pudo contestar. La conciencia iba y venía.

En medio de la oscuridad, las canoas navegaban todavía más despacio. Jevy las seguía de cerca y a veces utilizaba las linternas para ayudar a los guías a estudiar los desvíos y los afluentes. A media velocidad, el motor de la batea producía un zumbido constante. Se detuvieron una sola vez para comer una hogaza de pan, beber un poco de zumo y hacer sus necesidades. Amarraron las tres embarcaciones juntas.

Lako estaba preocupado por el estadounidense. ¿Qué iba a decirle a la misionera?, le preguntó a Jevy. Que había pillado la malaria fue la respuesta.

Unos relámpagos lejanos terminaron con la breve cena y el descanso. Los indios se pusieron nuevamente en marcha, remando con energía. Llevaban varias horas sin avistar tierra. No había ningún lugar donde desembarcar y capear el temporal.

Al final, el motor se detuvo. Jevy echó mano del último bidón lleno que quedaba y volvió a ponerlo en marcha. Navegando a media velocidad, dispondría de combustible para unas seis horas más, suficiente para llegar hasta el Paraguay. Allí habría tráfico fluvial y casas, y más tarde o más temprano encontrarían el *Santa Loura*. Jevy conocía el lugar exacto en que el Xeco vertía sus aguas en el Paraguay. Navegando río abajo, creía que darían con Welly hacia el amanecer.

Los relámpagos seguían estallando, pero no los alcanzaron. Cada destello inducía a los guías a remar con mayor denuedo, pero ya empezaban a cansarse. En determinado momento, Lako agarró un costado de la batea y un ipica agarró el otro mientras Jevy sostenía la linterna en alto por encima de su cabeza; de esta manera, siguieron avanzando como si lo hicieran a bordo de una barcaza.

Los árboles y la maleza eran cada vez más densos a medida que el río se ensanchaba. A ambos lados se veía la tierra de la orilla. Los indios empezaron a hablar entre sí y, al entrar en el Xeco, dejaron de remar. Estaban agotados y tenían que detenerse. «Hace tres horas que deberían haberse acostado», pensó Jevy. Buscaron un sitio y desembarcaron.

Lako explicó que llevaba muchos años trabajando como ayudante de la misionera. Había visto numerosos casos de malaria; él mismo la había contraído en tres ocasiones. Retiró la tienda que cubría la cabeza y el pecho de Nate y le tocó la frente. Tenía mucha fiebre, le dijo a Jevy, que sostenía la linterna de pie en medio del barro y estaba deseando subir de nuevo a la embarcación.

No se podía hacer nada, sentenció Lako completando su diagnóstico. La fiebre desaparecería y, a las cuarenta y ocho horas, se produciría otro acceso. Le preocupaban los ojos hinchados, pues era la primera vez que veía algo así en un caso de malaria.

El mayor de los guías dijo algo a Lako al tiempo que señalaba hacia el oscuro río. La traducción que recibió Jevy fue que se mantuviera en el centro de la corriente y no prestara atención a los pequeños horcajos, sobre todo a los de la izquierda; en cuestión de un par de horas encontraría el Paraguay. Jevy les dio efusivamente las gracias y se puso nuevamente en marcha.

La fiebre no remitió. Una hora más tarde, Jevy examinó a Nate y observó que el rostro le ardía tanto como antes; estaba enroscado en posición fetal, parecía semiinconsciente y murmuraba palabras inconexas. Jevy le hizo beber un poco de agua y le echó el resto sobre el rostro.

El Xeco era ancho y muy fácil de navegar. Pasaron por delante de una casa (Jevy se dijo que debía de hacer un mes que no veía una) y como un faro que llamara a un barco extraviado, la luna se abrió paso entre las nubes e iluminó las aguas que tenían delante.

—¿Puede oírme, Nate? —preguntó Jevy sin levantar la voz lo bastante como para que se le oyera—. Nuestra suerte está cambiando.

Después bajó hacia el Paraguay siguiendo el reflejo de la luna.

32

Se trataba de una chalana, una especie de caja de zapatos flotante de nueve metros de eslora, dos metros y medio de manga y fondo plano, utilizada como medio de transporte en el Pantanal. Jevy había capitaneado varias docenas de ellas. Vio la luz doblar una curva y, al oír el golpeteo del motor diésel comprendió exactamente la clase de embarcación que era.

Además, conocía al capitán, que en el instante en que el marinero detuvo la chalana dormía en su litera. Eran casi las tres de la madrugada. Jevy amarró la batea a la proa y saltó a bordo. Le dieron dos bananas mientras él les ofrecía un rápido resumen de lo que estaba haciendo. El marinero le sirvió café azucarado. Se dirigían al norte, a la base militar de Porto Indio para comerciar con los soldados. Les sobraban unos cuantos litros de combustible. Jevy prometió pagarles en Corumbá. Tranquilo. En el río todo el mundo echa una mano.

Más café y unos barquillos azucarados. Después Jevy preguntó por Welly y el *Santa Loura*.

—Está en la desembocadura del Cabixa —dijo—, amarrado en el lugar donde antes había un embarcadero.

Sacudieron la cabeza.

—Pues allí no lo hemos visto —repuso el capitán.

El marinero lo confirmó. Conocían el *Santa Loura* y hubiera sido imposible que les pasase inadvertido.

—Tiene que estar allí —insistió Jevy.

—No. Ayer al mediodía pasamos por el Cabixa. No había ni rastro del *Santa Loura*.

Quizá Welly se hubiera adentrado un poco en el Cabixa para ir en su busca. Debía de estar muy preocupado. Jevy lo perdonaría por haber movido el *Santa Loura* de sitio, pero no sin antes pegarle una bronca.

El barco estaría allí, no le cabía la menor duda. Tomó un poco más de café y les contó lo de Nate y la malaria. En Corumbá corrían rumores acerca de que la enfermedad estaba asolando el Pantanal. Para Jevy aquello no era nada nuevo.

Llenaron un bidón de combustible de uno de los barriles de la chalana. Por regla general, el tráfico fluvial en la estación de las lluvias era tres veces más rápido corriente abajo que en sentido contrario. Una batea con un buen motor podía llegar al Cabixa en cuatro horas, al puesto de venta de la orilla del río en diez y a Corumbá en dieciocho. El *Santa Loura*, en caso de que lo encontraran, tardaría más, pero al menos allí tendrían hamacas y comida.

El plan de Jevy era detenerse y descansar brevemente en el *Santa Loura*. Quería acostar a Nate en una cama y utilizaría el teléfono satélite para llamar a Corumbá y ponerse en contacto con Valdir. A su vez, este buscaría a un buen médico que sabría qué hacer cuando llegaran a la ciudad.

El capitán le dio otra caja de barquillos y un vaso de papel lleno de café. Jevy prometió reunirse con ellos en Corumbá a la semana siguiente. Les dio las gracias y soltó las amarras. Nate estaba vivo, pero inmóvil. La fiebre seguía sin remitir.

Levy, a quien el café había ayudado a mantenerse despierto, se puso a ajustar el estrangulador, abriéndolo hasta que el motor empezaba a renquear y cerrándolo antes de que se parara. Cuando se desvaneció la oscuridad, una espesa bruma se extendió sobre el río.

Llegó a la desembocadura del Cabixa una hora después del amanecer. El *Santa Loura* no estaba allí. Jevy amarró la batea en el viejo embarcadero y se dirigió hacia la única casa que había cerca de la orilla para hablar con el propietario. Lo encontró en el establo, ordeñando una vaca. El hombre recordaba a Jevy y le contó la historia de la tormenta que se había llevado el barco. Jamás se había visto nada peor por allí. Ocurrió en mitad de la noche y nadie vio nada. El viento soplaba con tal fuerza que él, su mujer y su hijo se habían escondido debajo de la cama.

—¿Dónde se hundió? —preguntó Jevy.

—No lo sé.

—¿Y el chico?

—¿Welly? Ni idea.

—¿Nadie ha visto al chico? ¿Has preguntado por ahí?

No había hablado con nadie del río desde que Welly desapareciera en la tormenta. Estaba muy triste por lo ocurrido y, para acabarlo de arreglar, señaló que, en su opinión, lo más probable era que Welly hubiese muerto.

Nate no había muerto. La fiebre bajó considerablemente y, cuando despertó, tenía frío y estaba sediento. Se abrió los párpados con ayuda de los dedos y en torno a él solo vio agua, la maleza de la orilla y la granja.

—Jevy —musitó. Se notaba la garganta irritada y hablaba con un hilo de voz. Se incorporó y se pasó un rato frotándose los ojos. No podía enfocar nada. Jevy no contestaba. Le dolía todo el cuerpo: los músculos, las articulaciones, hasta la sangre que circulaba por su cerebro. Tenía un fuerte sarpullido en el pecho y el cuello y se rascó tanto que se hizo daño. El olor que despedía su cuerpo lo mareaba.

El granjero y su mujer acompañaron a Jevy a la embarcación. No tenían ni una gota de combustible, lo que contrarió a su visitante.

—¿Cómo se encuentra, Nate? —preguntó Jevy, saltando al interior de la embarcación.

—Me estoy muriendo —contestó Nate en un débil susurro.

Jevy le tocó la frente y le acarició suavemente el sarpullido.

—Le ha bajado la fiebre.

—¿Dónde estamos?

—En el Cabixa. Ni rastro de Welly. El barco se hundió en una tormenta.

—Vaya suerte la nuestra —dijo Nate, haciendo una mueca al sentir una punzada de dolor en la cabeza—. ¿Dónde está Welly?

—No lo sé. ¿Podrá aguantar hasta Corumbá?

—Preferiría morirme de una maldita vez.

—Acuéstese, Nate.

Se apartaron de la orilla sin prestar atención al granjero y a su mujer, que los saludaban con la mano, hundidos en el barro hasta los tobillos.

Nate permaneció un rato incorporado. La caricia del viento en el rostro le resultaba agradable. Sin embargo, no tardó en volver a sentir frío. Un estremecimiento le atravesó el pecho y lo obligó a acostarse. Bajo la tienda, Nate trató de rezar por Welly, pero solo pudo concentrarse en ello por unos segundos. Se resistía a creer que hubiera contraído la malaria.

Hark preparó el almuerzo con todo detalle. Este se iba a celebrar en el comedor privado del hotel Hay-Adams. Habría ostras y canapés, caviar y salmón, champán francés y ensaladas variadas. A las once ya estaban todos allí, vestidos con prendas informales y metiendo mano a los canapés.

Les había asegurado que la reunión era de la máxima importancia, y su carácter estrictamente reservado. Había localizado al único testigo que podía permitirles ganar el pleito. Solo habían sido invitados los abogados de los hermanos Phelan. Las ex esposas aún no habían impugnado el testamento y no tenían demasiado interés en participar. Su posición legal era muy débil. El juez Wycliff le había dado a entender confidencialmente a uno de sus abogados que no veía con buenos ojos las frívolas demandas de aquellas.

Tanto si su comportamiento era frívolo como si no, los seis hermanos se habían apresurado a impugnar el testamento. Todos habían entrado en la refriega, alegando esencialmente lo mismo: que Troy Phelan no estaba en pleno uso de sus facultades mentales en el momento de firmar su último testamento.

Un máximo de dos abogados por heredero, y a ser posible solo uno, había sido autorizado a participar en la reunión. Hark estaba presente en representación de Rex. Wally Bright lo estaba en representación de Libbigail. Yancy era el único abogado de Ramble. Grit estaba allí en representación de Mary Ross. Y la señora Langhorne, la antigua profesora de derecho, era la representante de Geena y Cody. Troy Junior había contratado y despedido a tres bufetes desde la muerte de su padre.

Sus más recientes abogados pertenecían a una firma con cuatrocientos letrados en plantilla. Se llamaban Hemba y Hamilton y se presentaron a la recién creada confederación.

Hark cerró la puerta y dirigió la palabra al grupo. Les ofreció una breve biografía de Malcolm Snead, un hombre con quien había venido reuniéndose casi a diario.

—Estuvo al servicio del señor Phelan durante treinta años —explicó con expresión muy seria—. Es probable que lo ayudara a redactar su último testamento, y también lo es que esté dispuesto a declarar que el viejo había perdido la chaveta en aquel momento.

Los abogados se quedaron de una pieza. Hark contempló sus risueños rostros por un instante antes de añadir:

—O es posible que su intención sea declarar que no sabía nada del testamento manuscrito y que el señor Phelan estaba perfectamente cuerdo y lúcido el día en que murió.

—¿Cuánto pide? —preguntó Wally Bright, yendo directamente al grano.

—Cinco millones de dólares. El diez por ciento ahora y el resto cuando se llegue a un acuerdo.

Las exigencias de Snead no asustaron a los abogados. Considerando lo mucho que estaba en juego, en realidad su codicia era más bien moderada.

—Como es natural, nuestros clientes no disponen de esta suma —prosiguió Hark—. Por consiguiente, si queremos comprar su testimonio, de nosotros depende. A unos ochenta y cinco mil dólares por heredero, podemos firmar un contrato con el señor Snead. Estoy convencido de que su declaración nos permitirá ganar el pleito o bien forzará un acto de conciliación.

El nivel de riqueza de los presentes en la estancia era muy desigual. La cuenta del bufete de Bright era deficitaria. Este debía impuestos atrasados. En el otro extremo del espectro, algunos de los socios de la firma en que trabajaban Hemba y Hamilton ganaban más de un millón de dólares al año.

—¿Está usted insinuando que paguemos de nuestro bolsillo a un testigo mentiroso? —inquirió Hamilton.

—Nosotros ignoramos que miente —contestó Hark. Ya tenía previstas todas las preguntas—. Nadie lo sabe. Estaba solo con el señor Phelan. No hay testigos. La verdad será la que el señor Snead quiera que sea.

—Me suena un poco deshonroso —intervino Hemba.

—¿Se le ocurre alguna idea mejor? —rezongó Grit, que ya andaba por el cuarto canapé.

Hemba y Hamilton pertenecían a una prestigiosa firma jurídica y no estaban acostumbrados a la suciedad y la mugre de las calles, lo cual no significaba que ellos o los de su clase fuesen menos corruptos, pero sus clientes eran grandes empresas que utilizaban a los *lobbyist* para sobornar legalmente a los políticos con el fin de conseguir importantes contratas gubernamentales y que ocultaban el dinero en cuentas secretas en Suiza, todo ello con la ayuda de sus fieles abogados. El hecho de pertenecer a un importante bufete los inducía a fruncir el entrecejo ante el comportamiento poco ético sugerido por Hark y aprobado por Grit, Bright y los demás.

—No estoy muy seguro de que nuestro cliente lo apruebe —señaló Hamilton.

—Su cliente pegará saltos de alegría —repuso Hark. Cubrir con el manto de la ética a TJ Phelan casi parecía un chiste—. Le aseguro que le conocemos mejor que ustedes. Se trata de establecer si ustedes están dispuestos a participar o no.

—¿Está usted insinuando que nosotros, los abogados, adelantemos los primeros quinientos mil? —preguntó Hemba en tono despectivo.

—Exactamente —contestó Hark.

—En tal caso, nuestra firma jamás participaría en este plan.

—Pues, en tal caso, su firma está a punto de ser despedida —terció Grit—. No olvide que son ustedes el cuarto bufete en un mes.

De hecho, Troy Phelan ya había amenazado con prescindir de sus servicios. Ambos se callaron y escucharon. Hark se dispuso a proseguir.

—Para evitar la embarazosa situación de tener que pedir a cada uno de nosotros que suelte la pasta, he encontrado un banco dispuesto a prestarnos quinientos mil dólares a un plazo de un año. Lo único que necesitamos son seis firmas en el documento del préstamo. Yo ya he firmado.

—Yo lo firmaré —anunció Bright en un alarde de jactancia. Era intrépido porque no tenía nada que perder.

—A ver si lo entiendo —dijo Yancy—. Nosotros le pagamos primero el dinero a Snead y este habla. ¿Es así?

—Sí.

—¿No convendría que primero oyéramos su versión?

—Su versión aún debe ser elaborada en parte. Esto es lo bueno del trato. En cuanto le paguemos, será nuestro. Podremos configurar su declaración y estructurarla a nuestra conveniencia. Tenga en cuenta que no hay otros testigos, exceptuando tal vez su secretaria.

—¿Cuánto vale la secretaria? —preguntó Grit.

—Es gratis. Va incluida en el paquete de Snead.

¿Cuántas veces en el ejercicio de la profesión se presenta la oportunidad de embolsarse un porcentaje de la décima fortuna más grande del país?

Los abogados hicieron sus cálculos. Un pequeño riesgo ahora y una mina de oro después.

La señora Langhorne los sorprendió a todos diciendo:

—Aconsejaré a mi firma que aceptemos el trato; pero esto ha de ser un secreto hasta la tumba.

—La tumba —repitió Yancy—. Podrían quitarnos la licencia e incluso procesarnos. Sobornar a alguien para que cometa perjurio es un delito.

—Usted no lo comprende —le dijo Grit—. No puede haber perjurio. La verdad la define Snead y solo Snead. Si él afirma que ayudó al difunto a redactar el testamento y que en ese momento el viejo estaba chiflado, ¿quién puede rebatirlo? Es un trato sensacional. Yo firmaré.

—Ya somos cuatro —dijo Hark.

—Yo firmaré —aseguró Yancy.

Hemba y Hamilton vacilaron.

—Tendremos que consultarlo con nuestra firma —señaló Hamilton.

—¿Hace falta que les recuerde que todo esto es confidencial? —intervino Bright.

Tenía gracia. El combatiente callejero y ex alumno de clases nocturnas estaba reprendiendo a los guardianes de la ley por una cuestión de ética.

—No —contestó Hemba—. No hace falta que nos lo recuerde.

Hark llamaría a Rex, le comentaría lo del trato y Rex llamaría a su hermano TJ y le comunicaría que sus abogados estaban torpedeándolo. Hemba y Hamilton pasarían a la historia en cuestión de cuarenta y ocho horas.

—Hay que actuar con rapidez —les advirtió Hark a sus

colegas—. El señor Snead alega apuros económicos y está absolutamente dispuesto a llegar a un acuerdo con la otra parte.

—Por cierto —dijo Langhorne—, ¿sabemos algo más acerca de la otra parte? Todos estamos impugnando el testamento. Alguien tiene que defenderlo. ¿Dónde está Rachel Lane?

—Evidentemente, se esconde —respondió Hark—. Josh me ha asegurado que saben dónde se encuentra, que permanecen en contacto con ella y que ella contratará a unos abogados para que protejan sus intereses.

—Por once mil millones de dólares, me lo imagino —soltó Grit.

Los abogados reflexionaron por un instante acerca de los once mil millones, cada uno de ellos dividiéndolos por distintas magnitudes del número seis y aplicando después sus porcentajes personales. Cinco millones para Snead parecían una suma razonable.

Jevy y Nate llegaron renqueando al puesto de venta a primera hora de la tarde. El motor de la batea estaba fallando cada vez más y les quedaba muy poco combustible. Fernando, el propietario de la tienda, se hallaba tendido en una hamaca del porche, al abrigo de los abrasadores rayos del sol. Era un viejo y curtido veterano del río que había conocido al padre de Jevy.

Ambos hombres ayudaron a Nate a desembarcar. La fiebre había vuelto a subirle y tenía las piernas débiles y entumecidas, por lo que los tres avanzaron muy despacio por el estrecho embarcadero y subieron con cuidado por los peldaños del porche. Tras haberlo tendido en la hamaca, Jevy hizo un rápido recuento de los acontecimientos de la pasada semana. A Fernando no se le escapaba nada de lo que ocurría en el río.

—El *Santa Loura* se hundió —dijo—. Hubo una gran tormenta.

—¿Has visto a Welly? —le preguntó Jevy.

—Sí. Una embarcación de transporte de ganado lo sacó

del río. Se detuvieron aquí. Él mismo me contó la historia. Estoy seguro de que se encuentra en Corumbá.

Jevy soltó un suspiro de alivio al enterarse de que Welly aún vivía. Sin embargo, la pérdida del barco era una trágica noticia. El *Santa Loura* era uno de los mejores barcos del Pantanal, y se había hundido estando bajo su cuidado.

Mientras ambos hablaban, Fernando estudió a Nate. Este apenas podía oír sus palabras, y mucho menos comprenderlas, pero tampoco le importaba.

—Eso no es malaria —declaró Fernando, rozando con el dedo el sarpullido del cuello de Nate.

Jevy se acercó a la hamaca y observó a su amigo. Tenía el cabello enmarañado y mojado y los ojos todavía cerrados a causa de la hinchazón de los párpados.

—¿Qué es? —preguntó.

—La malaria no provoca un sarpullido como este. El dengue sí.

—¿La fiebre del dengue?

—Sí. Se parece a la malaria. Produce fiebre, escalofríos y dolores en los músculos y las articulaciones, y también lo transmiten los mosquitos; pero el sarpullido indica que es el dengue.

—Mi padre lo tuvo una vez y se puso muy enfermo.

—Tienes que llevarlo a Corumbá cuanto antes.

—¿Puedes prestarme tu motor?

La embarcación de Fernando estaba amarrada bajo el destartalado edificio. Su motor no estaba tan oxidado como el de Jevy y tenía cinco caballos más de potencia. Ambos pusieron manos a la obra de inmediato, cambiando los motores y llenando los depósitos, tras lo cual, después de pasarse una hora tendido en la hamaca en estado comatoso, el pobre Nate fue conducido de nuevo al embarcadero y colocado en la embarcación bajo la tienda. Estaba demasiado enfermo como para darse cuenta de lo que ocurría.

Ya eran casi las dos y media. Corumbá se encontraba a

diez horas de viaje. Jevy le dejó el número de teléfono de Valdir a Fernando. No era corriente que los barcos que navegaban por el Paraguay contasen con radio, pero en caso de que Fernando viera casualmente alguno que la tuviese, Jevy quería que se pusiera en contacto con Valdir y le comunicara la noticia.

Jevy navegó a toda velocidad, orgulloso una vez más de tener una embarcación capaz de surcar el agua con tal rapidez. La estela hervía a su espalda.

La fiebre del dengue podía ser mortal. Su padre había estado gravemente enfermo durante una semana, con intensos dolores de cabeza y fiebre muy alta. Le dolían tanto los ojos que su madre lo tuvo varios días en una habitación a oscuras. Era un rudo hombre del río, acostumbrado a las heridas y el dolor, por lo que, cuando Jevy lo oyó gemir como un niño, pensó que se estaba muriendo. El médico lo visitaba a días alternos hasta que, al final, la fiebre remitió.

Podía ver los pies de Nate asomar por debajo de la tienda, eso era todo, pero estaba seguro de que no moriría.

33

Despertó una vez, pero no consiguió ver nada. Volvió a despertar y todo estaba oscuro. Trató de decirle algo a Jevy acerca del agua, que le diera un sorbito y quizá un poco de pan, pero no consiguió articular palabra. Hablar exigía esfuerzo y movimiento, sobre todo cuando uno trataba de gritar por encima del rugido del motor. Las articulaciones estaban totalmente anquilosadas y él se sentía soldado al casco de aluminio de la embarcación.

Rachel estaba tendida a su lado bajo la maloliente tienda, rozándole las rodillas con las suyas como cuando ambos estaban sentados juntos en el suelo delante de su choza y más tarde en el escalón de piedra de la orilla del río, bajo el árbol. Era el cauto y breve contacto de una mujer ansiosa de percibir la inocente sensación de la carne. Llevaba once años viviendo entre los ipicas, cuya desnudez creaba una distancia entre ellos y cualquier persona civilizada. El hecho de dar un simple abrazo constituía una tarea complicada. ¿Por dónde agarrar? ¿Dónde dar una palmada? ¿Cuánto rato apretar? Seguro que jamás había tocado a ninguno de los varones.

Nate hubiera querido besarla aunque solo fuese en la mejilla, pues estaba claro que llevaba años sin recibir semejante muestra de afecto. «¿Cuándo fue la última vez que te besaron,

Rachel? —había deseado preguntarle—. Tú has estado enamorada; ¿hasta qué extremo llegaste en lo físico?»

Sin embargo, se guardó las preguntas y, en su lugar, ambos hablaron sobre unas personas a las que no conocían. Ella tenía un profesor de piano cuyo aliento olía tan mal que hasta las teclas de marfil se habían vuelto amarillas. Él tenía un entrenador de *lacrosse* que estaba paralizado de cintura para abajo porque se había roto la columna vertebral durante un partido. Una chica que asistía a la misma iglesia que Rachel se quedó embarazada y su padre la condenó desde el púlpito. Una semana después la chica se suicidó. A él se le había muerto un hermano de leucemia.

Nate le acarició las rodillas y al parecer a ella le gustó, pero no fue más allá. No hubiera estado bien propasarse con una misionera.

Ella se encontraba allí para evitar que él muriera. Había enfermado dos veces de malaria. La fiebre sube y baja, los escalofríos golpean el vientre como si fueran puños de hielo, pero luego desaparecen. Las náuseas se experimentan en oleadas. Después pasan varias horas sin que ocurra nada. Rachel le dio unas palmadas en el brazo y le prometió que viviría. «Eso se lo dice a todos», pensó Nate, dispuesto a recibir la muerte.

Cesaron las palmadas. Nate abrió los ojos y buscó con la mano a Rachel, pero ya no estaba.

Jevy lo oyó delirar en un par de ocasiones. Cada vez que detuvo la embarcación, le dio a beber a Nate un poco de agua y le mojó con cuidado el sudoroso cabello.

—Ya estamos llegando —le repetía, para tranquilizarlo—. Ya estamos llegando.

Las primeras luces de Corumbá hicieron que a Jevy se le llenaran los ojos de lágrimas. Las había observado infinidad de veces cuando regresaba de sus viajes a la parte norte del Pantanal, pero nunca se había sentido tan feliz de hacerlo. Las luces parpadeaban a lo lejos, en lo alto de la colina. Las contó hasta que se confundieron en una sola imagen borrosa.

Eran casi las once de la noche cuando Jevy saltó a las aguas someras y tiró de la batea hasta alcanzar el agrietado suelo de hormigón. El muelle estaba desierto. Subió corriendo por la ladera de la colina hasta un teléfono público.

Valdir estaba viendo la televisión y fumando su último cigarrillo de la noche sin prestar atención a las protestas de su regañona mujer cuando sonó el teléfono.

Descolgó el auricular sin levantarse, pero enseguida se puso en pie de un salto.

—¿Quién es? —preguntó la mujer mientras él corría al dormitorio.

—Jevy ha regresado —contestó él, volviendo la cabeza.

—¿Quién es Jevy?

Pasando por su lado, Valdir le dijo:

—Me voy al río.

A la mujer le importó un bledo.

Mientras cruzaba la ciudad en su automóvil, Valdir llamó a un médico amigo suyo que acababa de acostarse y lo convenció de que se reuniera con él en el hospital.

Jevy estaba paseando arriba y abajo por el muelle. El estadounidense permanecía sentado en una roca, con la cabeza apoyada sobre las rodillas. Sin una palabra, lo acomodaron cuidadosamente en el asiento de atrás y salieron disparados mientras la grava volaba a su espalda.

Valdir tenía tantas preguntas que no sabía ni por dónde empezar. La reprimenda vendría más tarde.

—¿Cuándo se puso enfermo? —preguntó en portugués.

Sentado a su lado, Jevy se restregaba los ojos, tratando de permanecer despierto. Llevaba sin dormir desde que habían abandonado el poblado de los indios.

—No lo sé —contestó—. Los días se confunden. Es la fiebre del dengue. El sarpullido aparece al cuarto o quinto día, y creo que ya lleva dos días así. No lo sé.

Estaban cruzando el centro a toda prisa, sin respetar los semáforos ni las señales. Los cafés de las aceras ya estaban cerrando y apenas había tráfico.

—¿Encontrasteis a la mujer?

—Sí.

—¿Dónde?

—Muy cerca de las montañas. Creo que está en Bolivia. A un día de viaje al sur de Porto Indio.

—¿El lugar figura en el mapa?

—No.

—Entonces ¿cómo disteis con ella?

Ningún brasileño reconocía jamás haberse extraviado, mucho menos si se trataba de un guía experimentado como Jevy, pues ello habría afectado su pundonor y quizá su bolsillo.

—Estábamos en una zona inundada, donde los mapas no significan nada. Encontré a un pescador que nos ayudó. ¿Cómo está Welly?

—Welly está bien. El barco se ha perdido.

A Valdir le preocupaba más el barco que su marinero.

—Jamás había visto tormentas más tremendas. Hemos tropezado con tres.

—¿Qué dijo la mujer?

—No lo sé. Casi no hablé con ella.

—¿No se sorprendió de veros?

—No me lo pareció. De hecho, se mostró bastante fría. Creo que le gustó nuestro amigo de aquí atrás.

—¿Cómo fue su encuentro?

—Pregúnteselo a él.

Nate estaba acurrucado en el asiento trasero, prácticamente inconsciente, y se suponía que Jevy no sabía nada, por lo que Valdir no insistió. Los abogados podrían hablar más tarde, cuando Nate estuviera en condiciones de hacerlo.

Una silla de ruedas esperaba junto al bordillo cuando llegaron al hospital. Acomodaron a Nate y siguieron al enfermero por la acera. El aire era cálido y pegajoso, todavía sofocante. En los peldaños de la entrada, una docena de mujeres de la limpieza y auxiliares en bata blanca charlaban en voz baja mientras formaban. El hospital no disponía de aire acondicionado. El médico amigo era muy desabrido y fue directamente al grano. El papeleo se haría por la mañana. Empujaron la silla de ruedas en que iba Nate a través del desierto vestíbulo y de toda una serie de pasillos hasta llegar a una pequeña sala de reconocimiento donde una adormilada enfermera se hizo cargo de él. Jevy y Valdir contemplaron desde un rincón cómo el médico y la enfermera desnudaban al paciente. La enfermera lo lavó con alcohol y unos lienzos blancos. El médico estudió el sarpullido que empezaba en la barbilla y terminaba en la cintura. Nate estaba cubierto por completo de picaduras de mosquito, algunas de las cuales se habían convertido en pequeñas llagas rojas de tanto que se había rascado. Le tomaron la temperatura, la presión arterial y las pulsaciones cardíacas.

—Parece dengue —diagnosticó el médico diez minutos después. A continuación le dio una rápida lista de instrucciones a la enfermera. Esta apenas lo escuchó, pues ya se las sabía de memoria, y empezó a lavar el cabello del paciente.

Nate musitó algo que no estaba dirigido a ninguno de los presentes. Aún tenía los ojos cerrados a causa de la hinchazón de los párpados, llevaba una semana sin afeitarse y se hubiera encontrado a gusto tirado en una cuneta, delante de un bar.

—La fiebre es muy alta —dijo el médico—. Está delirando. Empezaremos por suministrarle antibióticos y analgésicos por vía intravenosa, mucha agua y, más tarde, quizá un poco de comida.

La enfermera aplicó un grueso apósito de gasa sobre los ojos de Nate y lo aseguró con un trozo de esparadrapo. Localizó la vena y empezó a administrarle el gota a gota. Sacó una bata amarilla de un cajón y se la puso.

El médico volvió a tomarle la temperatura.

—Debía empezar a bajarle muy pronto —le dijo a la enfermera—. En caso contrario, llámeme a mi casa.

Consultó su reloj.

—Gracias —musitó Valdir.

—Lo veré mañana a primera hora —dijo el médico, y se marchó.

Jevy vivía en las afueras de la ciudad, en una zona donde las casas eran pequeñas y las calles no estaban asfaltadas. Se quedó dos veces dormido mientras Valdir lo llevaba hasta allí en su coche.

La señora Stafford estaba comprando antigüedades en Londres. El teléfono sonó doce veces antes de que Josh respondiera. El reloj digital marcaba las 2.20 de la madrugada.

—Aquí Valdir —anunció la voz.

—Ah, sí, Valdir. —Josh se rascó la cabeza y parpadeó—. Confío en que sean buenas noticias.

—Su chico ha vuelto.

—Gracias a Dios.

—Pero no se encuentra bien.

—¡Cómo! ¿Qué le ha ocurrido?

—Tiene la fiebre del dengue, una enfermedad muy parecida a la malaria. La transmiten los mosquitos. Aquí es bastante frecuente.

—Yo creía que tenía medicinas para todo. —Josh se había levantado, estaba inclinado y se tiraba del cabello con aire distraído.

—No hay ninguna medicina para el dengue.

—No se va a morir, ¿verdad?

—Qué va. Está en el hospital. Lo atiende un médico amigo mío. Asegura que el chico se repondrá.

—¿Cuándo podré hablar con él?

—Quizá mañana. Tiene mucha fiebre y está inconsciente.

—¿Encontró a la mujer?

—Sí.

«Así me gusta», pensó Josh. Dejó escapar un suspiro de alivio y se sentó en la cama. De modo que era verdad que ella estaba allí.

—Deme el número de su habitación.

—No hay teléfono en las habitaciones.

—Pero, es una habitación privada, ¿no? Vamos, Valdir, aquí el dinero no es problema. Dígame que está bien atendido.

—Está en muy buenas manos, pero el hospital es un poco distinto de los que tienen ustedes.

—¿Le parece que me desplace hasta allí?

—Si usted quiere... pero no es necesario. No podrá cambiar el hospital. El médico es muy bueno.

—¿Cuánto deberá permanecer ingresado?

—Unos cuantos días. Mañana por la mañana lo sabremos con mayor exactitud.

—Llámeme temprano, Valdir. Lo digo en serio. He de hablar con él cuanto antes.

—Sí, lo llamaré temprano.

Josh se dirigió a la cocina para tomarse un vaso de agua fría. Después empezó a caminar arriba y abajo en su estudio. A las tres de la madrugada, se dio por vencido, se preparó un café muy cargado y bajó a su despacho del sótano.

Como era un estadounidense muy rico, no repararon en gastos. A Nate le inyectaron en las venas los mejores medicamentos que había en la farmacia. La fiebre remitió, y dejó de sudar. El dolor desapareció por efecto de las mejores sustancias químicas fabricadas en Estados Unidos. Roncaba sumido en un profundo sueño cuando, dos horas después de su llegada, la enfermera y un camillero lo trasladaron a su habitación, que esa noche compartiría con otros cinco pacientes. Afortunadamente para él, tenía los ojos vendados y se encontraba en estado comatoso. No pudo ver las llagas abiertas, los temblores incontrolados del viejo que tenía al lado, la exangüe y encogida criatura que había al otro extremo de la estancia. No pudo aspirar el hedor de las excreciones corporales.

34

Aunque no poseía activos a su nombre y se había pasado buena parte de su vida adulta metido en apuros económicos, Rex Phelan tenía talento para los números. Se trataba de una de las pocas cosas que había heredado de su padre. Era el único heredero Phelan dotado de la capacidad y la resistencia suficientes para leer las seis peticiones de impugnación del testamento de Troy. Al terminar, se dio cuenta de que seis bufetes estaban repitiendo, en esencia, los mismos argumentos. Más aún, parte de la jerga legal parecía copiada directamente de la anterior o de la siguiente.

Seis bufetes estaban librando la misma batalla y cada uno de ellos exigía una parte exorbitante del pastel. Ya era hora de llegar a un pequeño acuerdo familiar. Decidió empezar con su hermano TJ, que era el blanco más fácil, pues sus abogados seguían aferrados a cuestiones éticas.

Ambos hermanos acordaron reunirse en secreto; sus esposas se odiaban mutuamente, por lo que bastaría con que no se enteraran para evitar las discordias. Rex le dijo a Troy Junior por teléfono que ya era hora de que enterraran el hacha de guerra. Los intereses económicos así lo exigían.

Se encontraron para desayunar en una crepería de una zona residencial y, tras pasarse unos minutos tomando crepes y hablando de fútbol, la irritación que reinaba entre ambos se esfumó. Rex fue directamente al grano contando la historia de Snead.

—Es algo tremendo —dijo rebosante de entusiasmo—. Puede hacernos ganar o perder el juicio. —Reforzó su argumento, abordando poco a poco el pagaré que todos los abogados, menos los de Troy Junior, querían firmar—. Tus abogados están poniendo muchos peros —añadió con expresión sombría, mirando rápidamente a su alrededor como si hubiera espías sentados a la barra.

—¿El hijo de puta pide cinco millones? —preguntó Troy Junior, todavía sin poder creerse lo de Snead.

—Es una ganga. Mira, está dispuesto a decir que fue la única persona que estaba con papá cuando redactó el testamento. Hará lo que sea necesario para cargárselo. Ahora solo exige medio millón. Más adelante podemos birlarle el resto.

A Troy Junior le pareció bien. Cambiar de bufete jurídico no constituía ninguna novedad para él. Si hubiese sido sincero, habría reconocido que la firma a la que pertenecían Hemba y Hamilton era un poco intimidatoria. Cuatrocientos abogados. Vestíbulos de mármol. Cuadros de firma en las paredes. Alguien estaba pagando tanto refinamiento.

Rex cambió de tema.

—¿Has leído las seis peticiones? —preguntó.

Troy Junior se zampó una fresa y negó con la cabeza. Ni siquiera había leído la que se había presentado en su nombre.

Hemba y Hamilton habían discutido los detalles con él y él había firmado, pero era un documento muy largo y Biff estaba esperándolo en el automóvil.

—Pues yo las he leído todas muy despacio y con mucho cuidado, y las seis son iguales. Tenemos seis bufetes haciendo el mismo trabajo e impugnando el mismo testamento. Es absurdo.

—Yo también le he estado dando vueltas al asunto —dijo Troy Junior en tono esperanzado.

—Y los seis esperan hacerse ricos cuando se llegue a un arreglo. ¿Cuánto van a cobrar los tuyos?

—¿Cuánto cobrará Hark Gettys?

—El veinticinco por ciento.

—Los míos quieren el treinta. Hemos acordado dejarlo en el veinte —dijo Troy Junior, y se sintió momentáneamente orgulloso por el hecho de haber conseguido superar a Rex en la negociación.

—Vamos a hacer unos cálculos —continuó Rex—. Supongamos que contratamos a Snead, que este dice lo que tiene que decir, que intervienen nuestros psiquiatras, que se arma un follón y que la otra parte accede a llegar a un acto de conciliación. Supongamos que cada heredero recibe... qué sé yo, unos veinte millones. Eso sumarían cuarenta en esta mesa. Cinco son para Hark. Cuatro para tus chicos. Ya son nueve, y nosotros nos quedamos con treinta y uno.

—Yo acepto.

—Y yo también, pero si eliminamos a tus chicos y sumamos nuestras fuerzas, Hark reducirá su porcentaje. No necesitamos tantos abogados, TJ. Están cabalgando los unos sobre los hombros de los otros a la espera de echarse encima de nuestro dinero.

—No soporto a Hark Gettys.

—Muy bien. Deja que yo trate con él. No te pido que seáis amigos.

—¿Y por qué no despedimos a Hark y nos quedamos con mis chicos?

—Porque el que ha dado con Snead es Hark. Porque Hark ha encontrado el banco que nos prestará el dinero para comprar a Snead. Porque Hark está dispuesto a firmar los papeles y tus chicos respetan demasiado la ética. Es un asunto desagradable, TJ. Hark lo comprende.

—Pues a mí me parece un estafador hijo de puta.

—¡Por supuesto que sí! Es nuestro estafador y, si unimos nuestras fuerzas, su porcentaje bajará de veinticinco a veinte.

Y, si podemos atraer a Mary Ross, lo reducirá a diecisiete coma cinco. Si convencemos a Libbigail, el porcentaje se reducirá a quince.

—Jamás conseguiremos convencer a Libbigail.

—Siempre cabe la posibilidad. Si tres de nosotros nos juntamos, quizá nos haga caso.

—¿Y qué me dices del matón de su esposo? —Troy Junior formuló la pregunta con absoluta sinceridad. Estaba hablando con un hermano, casado con una bailarina de *striptease*.

—Iremos incorporándolos uno a uno. Cerremos el trato y vamos a ver a Mary Ross. No me parece que su abogado, ese tal Grit, sea demasiado listo.

—Es absurdo que nos peleemos —dijo tristemente Troy Junior.

—Y nos costará una fortuna. Ya es hora de que hagamos una tregua.

—Mamá se sentirá orgullosa.

Los indios llevaban muchas décadas utilizando la elevación de terreno que había cerca del Xeco. Servía de campamento para los pescadores, que a veces se quedaban a pasar la noche allí, y de parada para los barcos que navegaban por el río. Rachel, Lako y otro indio llamado Ten estaban acurrucados bajo un cobertizo a la espera de que cesara la tormenta. La techumbre, de paja, tenía goteras, y el viento les arrojaba la lluvia a la cara. Tras pasarse una hora luchando contra la tormenta para sacar del Xaco la canoa, esta se encontraba ahora a sus pies. Rachel tenía la ropa empapada, pero, por suerte, el agua que caía del cielo estaba caliente. Los indios solo llevaban una cuerda alrededor de la cintura y un taparrabo de cuero.

En otro tiempo ella había dispuesto de un bote de madera provisto de un viejo motor. Había pertenecido a sus predecesores, los Cooper, y cuando conseguía combustible la utilizaba para navegar por los ríos que unían los cuatro poblados ipicas, y viajar a Corumbá, lo que suponía dos largos días a la ida, y cuatro a la vuelta.

El motor finalmente se averió y no hubo dinero para comprar otro. Cada año, cuando presentaba su modesto presupuesto a Tribus del Mundo, Rachel pedía una lancha motora nueva o, por lo menos, una de segunda mano que estuviera en buen estado. Había encontrado una en Corumbá por trescientos dólares, pero los presupuestos de la organización eran muy ajustados y sus asignaciones se gastaban en suministros médicos y literatura bíblica. «Sigue rezando —le decían—. Puede que el año que viene...»

Rachel lo aceptaba sin protestar. Si el Señor quería que ella tuviera una nueva fueraborda, la tendría. El cómo y el cuándo lo dejaba en Sus manos. Ella no tenía que preocuparse por semejantes cuestiones.

Puesto que no disponía de embarcación, se desplazaba a pie entre los distintos poblados, casi siempre en compañía del lisiado Lako. Cada mes de agosto convencía al jefe de que le prestara una canoa y a un guía para desplazarse al Paraguay. Allí esperaba el paso de una embarcación de transporte de ganado o de una chalana que se dirigiera hacia el sur. Dos años atrás había tenido que esperar tres días, en los que durmió en el establo de una pequeña *fazenda* a la orilla del río. En tres días pasó a convertirse de extraña en amiga y de amiga en misionera, pues el granjero y su esposa acabaron abrazando el cristianismo gracias a sus enseñanzas y sus oraciones.

Al día siguiente se quedaría con ellos hasta que pasara algún barco con destino a Corumbá.

El viento aullaba a través del cobertizo. Rachel tomó la mano de Lako y ambos se pusieron a rezar, no por su seguridad, sino por la salud de su amigo Nate.

Al señor Stafford le sirvieron el desayuno, a base de cereales y fruta, en su escritorio. No quería abandonar su despacho y, tras haber anunciado que pensaba quedarse encerrado todo el día en él, sus secretarias tuvieron que correr a reorganizar nada menos que seis citas. A las diez, pidió que le trajeran un bollo. Llamó a Valdir y le dijeron que había salido de su despacho para acudir a una cita en la otra punta de la ciudad. Valdir tenía un teléfono móvil. ¿Por qué no había llamado?

Un asociado le entregó un informe de dos páginas sobre el dengue, obtenido a través de Internet. El asociado le dijo que debía ir a los juzgados y preguntó si el señor Stafford necesitaba encargarle algún otro trabajo de carácter médico. El señor Stafford no captó la ironía.

Mientras se comía el bollo, Josh leyó el informe. Estaba escrito en letras mayúsculas a doble espacio con márgenes de dos centímetros y medio y tenía aproximadamente una página y media de extensión. Un típico memorando Stafford. La fiebre del dengue era una infección viral común en todas las regiones tropicales del mundo. Lo transmitía un mosquito del género *Aedes*, que prefería picar de día. El primer síntoma era una sensación de profundo cansancio seguida de fuertes cefaleas y una fiebre ligera que subía rápidamente y estaba acompañada de sudor, náuseas y vómitos. A medida que aumentaba la fiebre, aparecían dolores difusos en los músculos de las pantorrillas y de la espalda. La enfermedad se conocía también con el nombre de «fiebre rompehuesos» debido a los terribles dolores musculares y articulares que provocaba. Cuando todos los demás síntomas ya estaban presentes, aparecía una erupción. La fiebre podía remitir durante uno o dos días, pero por regla general regresaba con mayor intensidad. Al cabo de aproximadamente una semana, la infección disminuía y el peligro desaparecía. No existía tratamiento ni vacuna. Para recuperarse por completo se necesitaba un mes de descanso y mucho líquido.

Esta descripción correspondía a las cosas leves. El dengue podía dar paso a una fiebre hemorrágica cuya evolución a menudo era fatal, sobre todo en los niños.

Josh estaba dispuesto a enviar el jet del señor Phelan a Corumbá para recoger a Nate. A bordo irían un médico, una enfermera y cuanto fuese necesario.

—Es el señor Valdir —anunció una secretaria a través del interfono.

No debía atenderse ninguna otra llamada.

La bolsa del suero intravenoso se vació hacia el mediodía, pero nadie se molestó en echarle un vistazo. Varias horas después, Nate despertó. Sentía la mente despejada y no tenía fiebre. Estaba entumecido, pero no sudaba. Se tocó la gruesa gasa que le cubría los ojos y el esparadrapo que la sujetaba y, tras pensarlo un poco, decidió investigar. En el brazo izquierdo tenía clavada la aguja intravenosa, por lo que empezó a tirar del esparadrapo con los dedos de la mano derecha. Oyó pisadas y unas voces procedentes de otra habitación. Había gente ocupada en algo en el pasillo. Más cerca, alguien no paraba de gemir con voz lastimera.

Poco a poco consiguió arrancar el esparadrapo, que se había adherido con fuerza a la piel y el cabello, y maldijo a la persona que se lo había colocado. Hizo a un lado el vendaje, que quedó colgando por encima de la oreja izquierda. La primera imagen fue la de una desconchada pared pintada de amarillo pálido, justo por encima de él. La pintura del techo también estaba cuarteada y mostraba unas grandes grietas negras cubiertas de polvo y telarañas. Del centro colgaba un ventilador que se bamboleaba al girar.

De pronto le llamaron la atención dos viejos pies cubiertos de cicatrices, heridas y callos desde los dedos hasta las plantas, proyectándose hacia arriba. Levantó ligeramente la cabeza y comprobó que pertenecían a un arrugado hombrecillo cuya cama casi rozaba la suya. Al parecer estaba muerto.

Los gemidos procedían de la pared que había junto a la ventana, y los emitía un pobre hombre tan menudo y arrugado como el otro. Estaba sentado en el centro de la cama con las piernas y los brazos doblados, padeciendo en estado hipnótico.

El hedor a orina rancia, excrementos humanos y poderosos antisépticos se combinaban, formando un único y penetrante olor. Se oían las risas de las enfermeras en el pasillo. La pintura de todas las paredes se estaba descascarillando. Había cinco camas aparte de la suya, todas con ruedas y colocadas sin orden ni concierto.

Su tercer compañero de habitación se encontraba junto a la puerta. Iba desnudo a excepción de unos mojados pañales y tenía el cuerpo cubierto de rojas llagas abiertas. También daba la impresión de estar muerto, y Nate confiaba en que, por su propio bien, lo estuviese.

No había timbre que pulsar ni interfono por el que llamar, ninguna manera de pedir ayuda como no fuera gritando, lo cual tal vez despertase a los muertos. Si aquellas criaturas se levantaban era probable que quisieran charlar con él.

Por un instante Nate deseó echar a correr, sacar los pies de la cama, apoyarlos en el suelo, arrancarse la intravenosa del brazo y huir hacia la libertad. Se arriesgaría a salir a la calle. Estaba seguro de que allí fuera no habría tantas enfermedades. Cualquier lugar sería mejor que aquella sala de leprosos.

Sin embargo, sus pies parecían ladrillos. Trató de levantarlos, primero uno y después el otro, pero apenas consiguió moverlos.

Hundió la cabeza en la almohada, cerró los ojos y sintió deseos de llorar. «Estoy en un hospital de un país del Tercer Mundo —repetía una y otra vez—. Dejé Walnut Hill, mil dólares diarios, timbres para todo, alfombras, duchas, terapeutas a mi entera disposición...»

El hombre de las llagas soltó un gruñido y Nate se hundió todavía más. Después tomó cuidadosamente la gasa, se la colocó de nuevo sobre los ojos y la aseguró con el esparadrapo tal como estaba antes, solo que más fuerte.

35

Snead acudió a la cita con su propio contrato, que había escrito él mismo sin la ayuda de ningún abogado. Hark lo leyó y no tuvo más remedio que reconocer que no estaba mal redactado. Llevaba por título «Contrato por servicios de testigo experto». Los expertos daban opiniones. Snead se centraría sobre todo en los hechos, pero a Hark no le importaba lo que dijera el contrato. Lo firmó y entregó un cheque conformado por valor de medio millón de dólares. Snead lo tomó con mucho cuidado, examinó cada una de las palabras, lo dobló y se lo guardó en el bolsillo de la chaqueta.

—¿Por dónde empezamos? —preguntó con una sonrisa en los labios.

Había muchas cosas que discutir. Los demás abogados de los Phelan querían estar presentes. Hark solo tuvo tiempo para formular una primera pregunta.

—En términos generales, ¿en qué estado mental se encontraba el viejo la mañana en que murió?

Snead se agitó, se revolvió en su asiento y frunció el entrecejo como si estuviera reflexionando. Quería decir lo más apropiado. Tenía la sensación de que ahora los cuatro millones y medio de dólares dependían de las palabras que pronunciase.

—No estaba en su sano juicio —contestó.

La frase quedó en suspenso mientras él esperaba una señal de aprobación.

Hark asintió con la cabeza. De momento, todo bien.

—Y esta situación, ¿tenía algo de insólito?

—No, en sus últimos días no le funcionaba bien la cabeza.

—¿Cuánto tiempo pasaba usted con él?

—Prácticamente las veinticuatro horas del día.

—¿Dónde dormía?

—En mi habitación, al final del pasillo, pero él tenía un timbre para llamarme. Yo estaba de guardia las veinticuatro horas del día. A veces se levantaba en mitad de la noche y quería un zumo de fruta o una pastilla. Pulsaba el botón, sonaba el timbre y yo iba a buscar lo que él pedía.

—¿Quién más vivía con él?

—Nadie más.

—¿Con qué otra persona se relacionaba?

—Quizá con Nicolette, la joven secretaria. La chica le gustaba.

—¿Mantenía relaciones sexuales con ella?

—¿Serviría eso para favorecer nuestra causa?

—Sí.

—Pues entonces le diré que follaban como conejos.

Hark no pudo por menos que sonreír. La afirmación según la cual Troy se acostaba con su última secretaria no sorprendería a nadie.

Ambos no habían tardado demasiado en encontrar la misma longitud de onda.

—Mire, señor Snead, eso es lo que nosotros queremos. Necesitamos todas las rarezas, las excentricidades, los lapsus evidentes, las cosas extrañas que hacía y decía y que, tomadas en su conjunto, sirvan para convencer a cualquier persona de que el señor Phelan no estaba en su sano juicio. Dispone de todo el tiempo que haga falta. Siéntese y empiece a escribir. Reúna todas las piezas. Hable con Nicolette, cerciórese de que se acostaba con el viejo y preste atención a lo que ella le diga.

—Dirá cualquier cosa que nosotros queramos.

—Muy bien. Ensáyelo bien y procure que no haya ningún resquicio que otros abogados puedan descubrir. Todo lo que usted cuente ha de sostenerse por sí solo.

—No hay nadie que pueda rebatir mis afirmaciones.

—¿Está seguro? ¿Ningún chófer de limusina, ninguna criada o ex amante, o quizá otra secretaria?

—Tuvo a su servicio a todas esas personas, es verdad, pero nadie vivía en el piso decimocuarto con el señor Phelan y conmigo. Era un hombre muy solitario. Y estaba completamente chalado.

—Entonces ¿cómo es posible que actuara tan bien en presencia de los tres psiquiatras?

Snead reflexionó por unos instantes. Estaba fallándole la capacidad de mentir.

—¿A usted qué le parece? —preguntó.

—Pues a mí me parece que el señor Phelan sabía que el examen iba a ser difícil porque era consciente de su pérdida de facultades, y precisamente por esta razón le había pedido a usted que le preparara una lista con las preguntas que le formularían. También me parece que usted y el señor Phelan se habían pasado aquella mañana repasando cosas tan sencillas como la fecha del día, que él no conseguía recordar, los nombres de los hijos, que prácticamente había olvidado, las universidades donde estos habían estudiado, con quién se habían casado, etcétera, y que después ensayaron varias preguntas relacionadas con su salud. Me parece asimismo que, tras haberle ayudado a aprenderse de memoria estos datos básicos, se pasó usted por lo menos dos horas haciéndole preguntas sobre sus propiedades, la estructura del Grupo Phelan, las empresas que poseía, las adquisiciones que había hecho, los precios de cierre de ciertas acciones... Él le demostraba cada vez más confianza en cuestiones económicas, por cuyo motivo usted no tuvo ninguna dificultad a la hora de prepararlo para el examen. Para el viejo fue muy aburrido, pero usted estaba firmemente decidido a que conservara toda su agudeza mental justo antes de que se sometiese al examen. ¿Le suena?

Snead se mostró encantado. Y se quedó de una pieza ante la capacidad del abogado de inventarse mentiras en el acto.

—¡Sí, sí, eso es! Así fue como el señor Phelan consiguió engañar a los psiquiatras.

—Pues siga trabajando en ello, señor Snead. Cuanto más elabore su declaración, mejor testigo será. Los abogados de la otra parte lo acosarán. Atacarán su declaración y lo llamarán embustero; por consiguiente, debe estar preparado. Anótelo todo para tener siempre constancia escrita de sus relatos.

—Me gusta la idea.

—Fechas, momentos, lugares, incidentes, cosas raras... Todo, señor Snead. Y lo mismo tiene que hacer Nicolette. Haga que lo consigne por escrito.

—No se le da bien escribir.

—Pues ayúdela. De usted depende, señor Snead. Si quiere el resto del dinero, tendrá que ganárselo.

—¿De cuánto tiempo dispongo?

—Nosotros, los demás abogados y yo, quisiéramos verlo en vídeo dentro de unos días. Oiremos su relato, lo acribillaremos a preguntas y después contemplaremos su actuación. Estoy seguro de que querremos cambiar algunas cosas. Lo adiestraremos y es posible que grabemos más vídeos. Cuando ya no haya resquicios, estará usted preparado para la declaración.

Snead se retiró a toda prisa. Quería depositar el dinero en el banco y comprarse un automóvil nuevo. Nicolette también necesitaba uno.

Un enfermero del turno de noche que estaba haciendo la ronda observó la bolsa vacía. Las instrucciones escritas a mano en la parte posterior decían que el gota a gota no debía interrumpirse. La llevó a la farmacia del hospital, donde una estudiante de enfermería que trabajaba a tiempo parcial volvió a mezclar las sustancias químicas y le devolvió la bolsa al enfermero. Por el hospital circulaban rumores acerca del rico paciente estadounidense.

En su sueño, Nate se fortaleció con medicamentos que no necesitaba. Cuando Jevy acudió a verlo antes del desayuno, lo encontró medio despierto y con los ojos aún cubiertos con la gasa, pues prefería la oscuridad.

—Está aquí Welly —le dijo Jevy en un susurro.

La enfermera que estaba de guardia ayudó a Jevy a sacar la cama de la habitación y a empujarla por el pasillo hasta un pequeño y soleado patio. Luego hizo girar una manivela y la mitad de la cama se inclinó. Después retiró la gasa y el esparadrapo sin que el paciente pegara un respingo. Nate abrió lentamente los ojos y trató de enfocar los objetos. A pocos centímetros de su rostro, Jevy señaló:

—Le ha bajado la hinchazón.

—Hola, Nate —dijo Welly, inclinado sobre él al otro lado de la cama.

La enfermera se retiró.

—Hola, Welly —repuso Nate con voz profunda, lenta y pastosa.

Estaba aturdido, pero se sentía feliz.

Jevy le dio unas palmaditas en la frente y le anunció:

—La fiebre también ha desaparecido.

Los brasileños se miraron el uno al otro con una sonrisa y soltaron un suspiro de alivio por el hecho de no haber matado al estadounidense durante su excursión por el Pantanal.

—¿Qué te ocurrió? —le preguntó Nate a Welly, procurando hablar con frases cortas por temor a sonar como un borracho.

Jevy tradujo la pregunta al portugués. Welly se animó de inmediato y empezó a contar con lujo de detalles la historia de la tormenta y el hundimiento del *Santa Loura*.

Jevy lo obligaba a detenerse cada treinta segundos para traducir. Nate escuchó procurando mantener los ojos abiertos, pero todavía le costaba fijar la atención en algo.

Valdir los encontró en el patio. Saludó cordialmente a Nate y se alegró de ver a su huésped incorporado en la cama y con mejor aspecto. Sacó un teléfono móvil y, mientras marcaba los números, le dijo:

—Tienes que hablar con el señor Stafford. Está muy preocupado.

—No sé si...

Las palabras de Nate se perdieron mientras este se dejaba vencer por el sueño.

—Toma, incorpórate un poco más, es el señor Stafford —anunció Valdir, pasándole el teléfono y ahuecando su almohada.

—Hola —dijo Nate.

—¡Nate! —contestó una voz—. ¡Eres tú!

—Josh.

—Nate, prométeme que no te vas a morir. Prométemelo, por favor.

—No estoy muy seguro.

Valdir acercó cuidadosamente el teléfono al oído de Nate y lo ayudó a sujetarlo. Jevy y Welly se apartaron.

—Nate, ¿encontraste a Rachel Lane? —preguntó Josh a gritos.

Nate se reanimó un instante y frunció el entrecejo, tratando de concentrarse.

—No —respondió.

—¡Cómo!

—No se llama Rachel Lane.

—Pero ¿qué demonios estás diciendo?

Nate trató de pensar durante un segundo, pero el cansancio se apoderó de él. Se hundió un poco en la almohada mientras seguía intentando recordar el nombre. Quizá ella no le hubiera dicho su apellido.

—No lo sé —musitó sin apenas mover los labios.

Valdir le acercó un poco más el teléfono.

—¡Nate, háblame! ¿Encontraste a la mujer que buscamos?

—Ah..., sí. Aquí abajo todo bien, Josh. Tranquilízate.

—¿Qué hay de la mujer?

—Es encantadora.

Josh vaciló por un instante, pero no podía perder el tiempo.

—Me parece muy bien, Nate. ¿Firmó los papeles?

—No recuerdo su nombre.

—¿Firmó los papeles?

Se produjo una larga pausa, en cuyo transcurso Nate inclinó la barbilla sobre el pecho como si estuviera durmiendo. Valdir le sacudió el brazo y trató de moverle la cabeza con el teléfono.

—La verdad es que me gustó —dijo repentinamente Nate—. Muchísimo.

—Estás medio atontado, ¿verdad, Nate? Están suministrándote analgésicos, ¿no es cierto?

—Sí.

—Mira, Nate, llámame cuando tengas la mente más despejada, ¿de acuerdo?

—Yo no tengo teléfono.

—Pues utiliza el de Valdir. Por favor, llámame, Nate.

Nate asintió con la cabeza y cerró los ojos.

—Le pedí que se casara conmigo —le dijo al teléfono antes de inclinar la barbilla sobre el pecho por última vez.

Valdir tomó el teléfono y se retiró a un rincón, donde trató de describirle a Josh el estado de Nate.

—¿Hace falta mi presencia allí? —gritó Josh por tercera o cuarta vez.

—No es necesario. Tenga paciencia, por favor.

—Estoy harto de que me diga que tenga paciencia.

—Lo comprendo.

—Haga que se reponga, Valdir.

—Está bien.

—No lo está. Llámeme más tarde.

Tip Durban encontró a Josh de pie junto a la ventana de su despacho, contemplando el grupo de edificios que estaban enfrente de él. Cerró la puerta, se sentó y preguntó:

—¿Qué ha dicho?

—Ha dicho que la ha encontrado, que es encantadora y que le ha pedido que se case con él —contestó Josh sin apartar los ojos de la ventana. En su voz no se advertía el menor atisbo de humor.

A Tip, sin embargo, le hizo gracia. En cuestión de mujeres, Nate no era muy selectivo, sobre todo entre divorcio y divorcio.

—¿Cómo está?

—No le duele nada, lo atiborran de analgésicos y está semiinconsciente. Valdir dice que le ha bajado la fiebre y que su aspecto ha mejorado mucho.

—O sea, que no va a morir.

—Parece ser que no.

Durban se echó a reír.

—Hay que ver cómo es Nate. Jamás ha encontrado unas faldas que no le gustaran.

Josh volvió la cabeza.

—Es genial —dijo con expresión risueña—. Nate está arruinado. Ella solo tiene cuarenta y dos años y debe de llevar siglos sin ver a un blanco.

—A Nate no le importaría que fuera la mujer más fea del mundo, siendo, como es, la más rica.

—Ahora que lo pienso, no me sorprende. Creí que le hacía un favor enviándolo a una aventura. Jamás se me ocurrió pensar en la posibilidad de que intentara seducir a una misionera.

—¿Crees que lo consiguió?

—Quién sabe lo que hicieron en la selva.

—Yo lo dudo mucho —añadió Tip, pensándolo mejor—. Conocemos a Nate, pero no a ella. Para eso hacen falta dos.

Josh se sentó en el borde de su escritorio, mirando al suelo, todavía con una risueña sonrisa en los labios.

—Tienes razón. No estoy seguro de que a ella le gustara Nate. Hay muchos desaprensivos por ahí.

—¿Firmó ella los papeles?

—No hemos entrado en tantos detalles, pero estoy seguro de que sí, pues de otro modo él no la habría dejado.

—¿Cuándo vuelve a casa?

—En cuanto pueda viajar.

—No estés tan seguro. Por once mil millones de dólares, hasta yo me quedaría algún tiempo por allí.

36

El médico encontró a su paciente roncando a la sombra en el patio, todavía incorporado en la cama y con la boca abierta, sin el apósito de gasa sobre los ojos y con la cabeza inclinada hacia un lado. Su amigo el del río estaba haciendo la siesta en el suelo, muy cerca de él. El médico echó un vistazo a la bolsa del gota a gota e interrumpió la perfusión. Tocó la frente de Nate y comprobó que no tenía fiebre.

—*Senhor* O'Riley —dijo, levantando la voz mientras daba unas palmadas al hombro del paciente.

Jevy se levantó de un salto. El médico no hablaba inglés. Quería que Nate regresara a la habitación, pero cuando Jevy lo tradujo Nate no lo aceptó de buen grado y le suplicó a Jevy que no lo llevaran dentro, deseo que este transmitió de inmediato al médico. El joven había visto a los demás pacientes, las llagas, los ataques y a los moribundos que había en el pasillo, por lo que le prometió al médico que se quedaría allí, en el patio, con el estadounidense, hasta que oscureciera. El médico cedió porque, en realidad, le daba igual. Al otro lado del patio había una pequeña sala con unos gruesos barrotes negros que se hundían en el cemento. De vez en cuando, los pacientes se acercaban a los barrotes para contemplar el patio. No podían escapar de allí. A última hora de la mañana uno de ellos se puso a gritar, protestando por la presencia de Nate y Jevy en el patio. Su piel morena estaba cubierta de manchas, tenía el cabello rojo y ralo y aparentaba estar tan loco como efectivamente lo estaba. Se agarró a los barrotes, introdujo el rostro entre ellos y se puso a gritar. Su estridente voz resonó por el patio y los pasillos.

—¿Qué dice? —preguntó Nate.

El comportamiento de aquel chalado lo había sobresaltado y había contribuido a despejarle la mente.

—No entiendo ni una palabra —respondió Jevy—. Está loco.

—¿Y me tienen en el mismo hospital que a los locos?

—Sí. Lo lamento. Es una ciudad pequeña.

Los gritos se intensificaron. Apareció una enfermera en el patio y le ordenó al hombre que se callara. Él contestó empleando un lenguaje que indujo a la mujer a huir despavorida. Después el loco volvió a centrar su atención en Nate y en Jevy. Se agarró con tal fuerza a los barrotes que los nudillos se le quedaron blancos, y empezó a brincar sin dejar de dar voces.

—Pobre hombre —dijo Nate.

Los aullidos se transformaron en lamentos y, tras varios minutos de incesante alboroto, un enfermero se acercó al loco por la espalda y trató de apartarlo de allí. El hombre no quería irse y empezó a forcejear. En presencia de testigos, el enfermero se mostraba firme, pero prudente. Sin embargo, no había manera de que el loco soltase los barrotes. Los lamentos se transformaron en chillidos mientras el enfermero tiraba de él por detrás.

Al final, el enfermero se dio por vencido y se marchó. El loco se bajó los pantalones y empezó a orinar entre los barrotes, soltando sonoras carcajadas mientras apuntaba más o menos hacia Nate y Jevy; por suerte, estos estaban fuera de su alcance. Aprovechando que el hombre había apartado momentáneamente las manos de los barrotes, el enfermero lo atacó por detrás con una llave y consiguió apartarlo. En cuanto el hombre desapareció de la vista de los testigos, sus gritos cesaron como por arte de magia.

Cuando terminó aquel drama cotidiano y el patio recuperó nuevamente la calma, Nate dijo:

—Jevy, sácame de aquí.

—¿Qué es lo que pretende?

—Que me saques de aquí. Me encuentro bien. La fiebre ha desaparecido y estoy recuperando las fuerzas. Vámonos.

—No podemos irnos hasta que el médico le dé el alta. Y, además, lleva eso puesto. —Jevy señaló el gota a gota.

—Eso no es nada —repuso Nate, sacándose rápidamente la aguja del brazo—. Búscame ropa, Jevy. Me voy.

—Usted no sabe lo que es el dengue. Mi padre lo tuvo.

—Ya estoy curado. Lo noto.

—No, no lo está. La fiebre volverá y será peor. Mucho peor.

—No lo creo. Llévame a un hotel, Jevy, por favor. Allí estaré bien. Te pagaré para que te quedes conmigo. Si me vuelve la fiebre, podrás darme las pastillas. Por favor.

Jevy se encontraba a los pies de la cama. Miró alrededor, temiendo que alguien comprendiese el inglés.

—No lo sé —dijo, titubeando. No era mala idea.

—Te pagaré doscientos dólares para que me compres ropa y me lleves a un hotel, y otros cincuenta dólares al día para que me cuides hasta que me recupere.

—No es por el dinero, Nate. Soy su amigo.

—Yo también soy tu amigo, Jevy, y los amigos se ayudan mutuamente. No puedo regresar a aquella habitación. Ya has visto a esos pobres enfermos. Se están pudriendo, muriendo y meándose encima. Huele a excrementos humanos. A las enfermeras les importa un rábano, y los médicos no te examinan. El manicomio está justo al lado. Por favor, Jevy, sácame de aquí. Te pagaré una buena cantidad de dinero.

—Su dinero se hundió con el *Santa Loura*.

Nate se quedó de piedra al oír aquellas palabras. Ni siquiera se le había ocurrido pensar en el *Santa Loura* y en sus efectos personales: su ropa, el dinero, el pasaporte y la cartera con todos los artilugios y documentos que Josh había metido en ella. Desde que se separara de Rachel, Nate había tenido algunos momentos de lucidez, solo unos pequeños intervalos de claridad, en cuyo transcurso había pensado en la vida y la muerte, pero jamás en cosas tangibles o propiedades.

—Puedo conseguir todo el dinero que haga falta, Jevy. Lo pediré por telegrama a Estados Unidos. Ayúdame, por favor.

Jevy sabía que el dengue raras veces era mortal. El acceso que Nate había sufrido daba la impresión de estar bajo control, aunque la fiebre volvería a subirle con toda seguridad. Nadie podía reprocharle que quisiera huir del hospital.

—De acuerdo —dijo, mirando nuevamente alrededor. No había nadie en las inmediaciones—. Vuelvo en unos minutos.

Nate cerró los ojos y recordó que no tenía pasaporte, ni dinero en efectivo. Ni ropa, ni cepillo de dientes. Ni teléfono, tanto satélite como móvil, ni tarjetas telefónicas. Y en casa la situación no era mucho mejor. De las ruinas de su bancarrota personal, podía abrigar la esperanza de conservar el automóvil de alquiler, su ropa, su modesto mobiliario y el dinero de su plan de pensiones. Nada más. El alquiler de su pequeña vivienda de Georgetown había terminado durante su estancia en el centro de desintoxicación. No tenía ningún sitio adonde ir cuando regresara. Ni familia propiamente dicha. Sus dos hijos mayores se habían distanciado de él y no sentían el menor interés por verlo, y a los dos pequeños de su segundo matrimonio se los había llevado la madre. Hacía seis meses que no los veía y apenas había pensado en ellos en Navidad.

Al cumplir cuarenta años había ganado un pleito contra un médico, a quien se pedía una indemnización de diez millones de dólares por no haber diagnosticado un cáncer. Fue el veredicto más importante de su carrera. Cuando al cabo de dos años terminaron las apelaciones, su bufete percibió unos honorarios superiores a los cuatro millones de dólares. Su bonificación de aquel año ascendió a un millón y medio de dólares. Fue rico durante unos meses, hasta que se compró la nueva casa. Hubo pieles y brillantes, automóviles y viajes y algunas inversiones dudosas. Después empezó a salir con una universitaria adicta a la cocaína y el muro se resquebrajó. La caída fue muy dura, y se pasó dos meses encerrado. Su segunda mujer se marchó con el dinero, y, aunque posteriormente regresó y se reconcilió brevemente con él, del dinero nunca más se supo.

Había sido millonario y ahora ya se imaginaba la pinta que debía de tener en aquel patio: enfermo, solo, arruinado, condenado por fraude fiscal, temiendo regresar a casa y aterrorizado ante la idea de enfrentarse con las tentaciones que lo esperaban en su país.

La búsqueda de Rachel había sido emocionante y le había hecho olvidar sus inquietudes. Ahora que todo había terminado y él se encontraba de nuevo tendido boca arriba, pensó en Sergio, en la desintoxicación, en las adicciones y en los problemas que lo aguardaban.

No podía pasarse el resto de su vida subiendo y bajando en chalana por el Paraguay con Jevy y Welly, lejos de la bebida, las drogas y las mujeres y sin preocuparse por sus problemas legales. Tenía que regresar. Tenía que hacer fente una vez más a las consecuencias de sus actos.

Un penetrante alarido lo sacó bruscamente de sus ensoñaciones. El chalado pelirrojo había vuelto.

Jevy empujó la cama de ruedas por una galería y después por un pasillo para dirigirse a la parte anterior del hospital. Se detuvo junto a un cuarto de los porteros y ayudó a su amigo a levantarse. Nate temblaba y estaba muy débil, pero aun así tenía el firme propósito de escapar. En el interior del cuarto, se quitó el camisón de hospital y se puso unos holgados pantalones de jugador de fútbol, una camiseta roja, las consabidas sandalias de goma, una gorra de tela vaquera y unas gafas ahumadas de plástico. Tenía toda la pinta, pero no se sentía brasileño en absoluto. Jevy había gastado muy poco dinero en la ropa. Cuando se estaba encasquetando la gorra, se desmayó.

Jevy oyó el golpe contra la puerta. La abrió de inmediato y lo encontró tumbado en el suelo entre unos cubos y unas fregonas. Lo sujetó por debajo de las axilas y lo arrastró de nuevo hasta la cama, consiguió colocarlo en ella y lo cubrió con la sábana.

Nate abrió los ojos y preguntó:

—¿Qué ha pasado?

—Se ha desmayado —contestó Jevy.

La cama se estaba moviendo y Jevy se encontraba a su espalda. Se cruzaron con dos enfermeras que no parecieron reparar en ellos.

—No es una buena idea —añadió Jevy.

—Tú sigue adelante.

Se detuvieron muy cerca del vestíbulo. Nate se levantó muy despacio, volvió a sentirse débil y dio unos pasos. Jevy le rodeó los hombros con su fuerte brazo y evitó que perdiera el equilibrio, agarrándolo por el bíceps.

—Tómeselo con calma —repetía—. Despacito.

Ni los empleados administrativos que había por allí, ni los enfermos que intentaban ser admitidos, ni los camilleros y enfermeras que fumaban en los escalones de la entrada, les dirigieron una sola mirada de extrañeza. El sol azotó con fuerza el rostro de Nate, que se apoyó en Jevy. Cruzaron la calle hasta el lugar donde este había dejado aparcada su mastodóntica camioneta Ford.

Al llegar al primer cruce evitaron la muerte por un pelo.

—¿Quieres conducir más despacio si no te importa? —dijo Nate en tono áspero. Estaba sudando y le gruñía el estómago.

—Perdón —se disculpó Jevy, aminorando considerablemente la marcha.

Echando mano de todo su encanto personal y de la promesa de una futura recompensa, Jevy consiguió que la recepcionista del hotel Palace les alquilara una habitación doble.

—Mi amigo está enfermo —le explicó en voz baja, señalando con la cabeza a Nate cuyo aspecto era ciertamente el de una persona enferma.

Jevy no llevaba equipaje, y no quería que la mujer pensara mal.

Una vez en la habitación, Nate se dejó caer en la cama. La fuga lo había dejado agotado. Jevy encontró en la televisión la repetición de un partido de fútbol, pero a los cinco minutos se cansó y se fue para reanudar su galanteo con la chica de abajo.

Nate intentó un par de veces ponerse en contacto con una telefonista internacional. Recordaba vagamente haber oído la voz de Josh por teléfono y sospechaba que tenía que volver a llamarlo. Al segundo intento, le soltaron una parrafada en portugués. Cuando la telefonista intentó hablar en inglés, a Nate le pareció oír las palabras «tarjeta telefónica». Colgó y se fue a dormir.

El médico llamó a Valdir. Este encontró la camioneta de Jevy aparcada en la calle delante del hotel Palace y al muchacho tomando una cerveza en la piscina. Se agachó junto al borde de esta y, sin poder ocultar su irritación, preguntó:

—¿Dónde está el señor O'Riley?

—Arriba, en su habitación —contestó Jevy tras beber otro sorbo de cerveza.

—¿Y por qué está aquí?

—Porque quería irse del hospital. ¿Se lo reprocha?

La única intervención quirúrgica que Valdir había sufrido en su vida se la habían practicado cuatro años atrás en Campo Grande. Ninguna persona que tuviera dinero hubiese querido permanecer voluntariamente en el hospital de Corumbá.

—¿Cómo está?

—Yo creo que bien.

—Quédate con él.

—Ya no trabajo para usted, señor Valdir.

—Lo sé, pero no olvides lo del barco.

—No puedo sacarlo a flote. No fui yo quien lo hundió, sino una tormenta. ¿Qué quiere que haga?

—Quiero que atiendas al señor O'Riley.

—Necesita dinero. ¿Podría pedírselo usted por telegrama?

—Supongo que sí.

—Y también necesita un pasaporte. Lo ha perdido todo.

—Tú cuida de él. Yo me encargaré de lo demás.

La fiebre volvió a subir durante la noche, calentándole el rostro mientras dormía al tiempo que se consolidaba el impulso que no tardaría en provocar un estrago. Su tarjeta de visita fue una hilera de minúsculas gotitas de sudor perfectamente alineadas por encima de las cejas y, a continuación, la creciente humedad del cabello en contacto con la almohada. Hirvió a fuego lento mientras él dormía, preparándose para estallar. Los temblores y las pequeñas oleadas de escalofríos recorrían todo su cuerpo, pero él estaba tan cansado y su cuerpo conservaba todavía tantos restos de sustancias químicas que siguió durmiendo sin darse cuenta. No obstante, la presión que estaba acumulándose por detrás de sus ojos era tan fuerte que, cuando los abriera, no tendría más remedio que gritar. La fiebre le secó la boca por completo.

Al final, Nate soltó un gruñido. Sintió el terrible martilleo de una taladradora entre las sienes. Cuando abrió los ojos, la muerte lo esperaba. Estaba sumergido en un charco de sudor, le ardía el rostro y tenía las rodillas y los codos doblados a causa del dolor.

—Jevy —musitó en un susurro—. ¡Jevy!

Este encendió la lámpara que estaba sobre la mesilla de noche que los separaba y Nate soltó un gruñido todavía más fuerte.

—¡Apaga eso! —exclamó.

Jevy corrió al cuarto de baño para contar con una fuente de luz menos directa. A fin de superar la prueba, había comprado agua embotellada, hielo, aspirinas, medicamentos de venta sin receta y un termómetro. Creía estar preparado.

Transcurrió una hora que a Jevy se le hizo eterna. La fiebre subió a cuarenta y las oleadas de escalofríos eran tan violentas que la pequeña cama vibraba y hacía estremecer el suelo. Cuando Nate no temblaba, Jevy le introducía pastillas en la boca, lo obligaba a beber agua para que se las tragase y le humedecía el rostro con toallas mojadas. Nate lo soportaba todo en silencio y se limitaba a apretar los dientes valerosamente para no gritar. Estaba decidido a resistir las fiebres en medio del relativo lujo de aquella pequeña habitación de hotel. Cada vez que sentía el impulso de gritar, recordaba las grietas del techo y los malos olores del hospital.

A las cuatro de la madrugada la fiebre subió a cuarenta y uno y Nate empezó a perder el conocimiento. Se sujetaba fuertemente las pantorrillas con los brazos, hecho un ovillo. De pronto, experimentaba un escalofrío que lo obligaba a estirarse mientras unos fuertes temblores le sacudían el cuerpo.

Cuando la temperatura alcanzó los cuarenta y un grados y medio, Jevy comprendió que, en determinado momento, su amigo entraría en estado de choque. Al final, tuvo miedo, no por la fiebre, sino al observar el sudor que goteaba desde las sábanas al suelo. Su amigo ya había sufrido suficiente. En el hospital tenían medicamentos más eficaces. Encontró a un portero dormido en el tercer piso y juntos arrastraron a Nate hacia el ascensor, cruzaron el desierto vestíbulo y lo llevaron hasta la camioneta. A las seis de la mañana Jevy llamó a Valdir y lo despertó.

En cuanto terminó de soltarle maldiciones, Valdir accedió a llamar al médico.

37

Sin levantarse de la cama, el médico indicó el tratamiento. Debían llenar la bolsa del gota a gota con muchos medicamentos, insertar la aguja en el brazo del paciente y procurar encontrar una habitación mejor. Como todas las habitaciones estaban llenas, se limitaron a dejarlo en el pasillo de la sala de los hombres, cerca de un desordenado escritorio que hacía las veces de despacho de las enfermeras. Allí por lo menos no se olvidarían de él. Jevy fue invitado a marcharse. Todo cuanto podía hacer era esperar.

En determinado momento de la mañana, durante una pausa en sus actividades, apareció un enfermero con unas tijeras. Cortó los pantalones cortos y la camiseta roja del paciente y los sustituyó por otro camisón amarillo de hospital. En el transcurso de dicha operación, Nate se pasó cinco minutos desnudo en la cama a la vista de todas las personas que pasaban. Nadie le prestó atención y a Nate le dio enteramente igual. Le cambiaron las sábanas empapadas de sudor. Los restos de los pantalones y la camiseta fueron arrojados al cubo de la basura y Nate O'Riley se quedó una vez más sin ropa que ponerse.

Cuando se estremecía o gemía demasiado, el médico o la enfermera más próximo abría ligeramente la válvula del gota a gota, y cuando roncaba demasiado, la cerraba un poco.

Una defunción por cáncer dejó un espacio vacante, y condujeron a Nate a la habitación más cercana, donde lo dejaron aparcado entre un obrero que acababa de sufrir la amputación de un pie y un hombre que se estaba muriendo por fallo renal. El médico lo visitó un par de veces a lo largo del día. La fiebre osciló entre los cuarenta y un grado y los cuarenta y dos. Valdir pasó por allí a última hora de la tarde para charlar un rato, pero Nate no estaba despierto. A continuación informó acerca de los acontecimientos del día al señor Stafford, que no se mostró muy contento.

—El médico dice que es normal —le explicó Valdir, que hablaba desde el pasillo del hospital a través de su teléfono móvil—. El señor O'Riley se repondrá.

—No deje que se muera, Valdir —suplicó Josh con voz ronca a causa de la emoción.

Iban a enviar dinero. El consulado en São Paulo estaba resolviendo la cuestión del pasaporte.

La bolsa del gota a gota se vació una vez más y nadie se apercibió de ello. Transcurrieron varias horas mientras el efecto de los medicamentos desaparecía gradualmente. En mitad de la noche, cuando la oscuridad era total y no había el menor movimiento en ninguna de las tres camas restantes, Nate se sacudió finalmente las telarañas del coma y empezó a dar señales de vida. Apenas podía ver a sus compañeros de habitación. La puerta estaba abierta y se distinguía un poco de luz procedente del fondo del pasillo. Ni voces ni pisadas.

Se tocó la camisa, empapada de sudor, y advirtió que debajo de esta volvía a estar desnudo. Se frotó los ojos hinchados y trató de estirar las anquilosadas piernas. Le ardía la frente. Estaba sediento y no lograba recordar cuándo había comido por última vez. Procuró no moverse para no despertar a las personas que lo rodeaban. Tenía la certeza de que no tardaría en pasar alguna enfermera.

Las sábanas estaban mojadas, por lo que, cuando volvieron los escalofríos, no hubo manera de entrar nuevamente en calor. Se estremeció y se frotó los brazos y las piernas mientras le castañeteaban los dientes. Cuando cesaron los temblores, trató de dormir y consiguió dar algunas cabezadas a lo largo de la noche, pero, en medio de la más profunda negrura, volvió a subirle la fiebre. Las sienes le palpitaban con tal fuerza que rompió a llorar. Se envolvió la cabeza con la almohada y apretó con las pocas fuerzas que le quedaban.

En la oscuridad de la habitación, entró una silueta que se fue desplazando de cama en cama hasta llegar a la de Nate. Lo vio estremecerse y luchar bajo las sábanas, oyó sus gemidos amortiguados por la almohada. Le tocó suavemente el brazo y susurró:

—Nate.

En circunstancias normales, Nate habría experimentado un sobresalto, pero las alucinaciones se habían convertido en un síntoma habitual. Se cubrió el pecho con la almohada y trató de enfocar la figura.

—Soy Rachel —murmuró esta.

—¿Rachel? —dijo él. Trató de incorporarse y de abrirse los párpados con los dedos—. ¿Rachel?

—Estoy aquí, Nate. Dios me envía para protegerlo.

Él tendió la mano para tocarle el rostro, y ella la tomó en la suya y le besó la palma.

—No va a morir, Nate —le aseguró—. Dios tiene planes para usted.

Nate no pudo articular palabra. Poco a poco sus ojos se adaptaron a la semipenumbra y consiguió verla.

—Es usted —dijo.

¿O acaso era otro sueño?

Volvió a reclinar la cabeza en la almohada y se tranquilizó mientras sentía que se le relajaban los músculos y las articulaciones recuperaban la flexibilidad. Cerró los ojos sin soltarle la mano. De pronto, desapareció el martilleo en la parte posterior de los ojos. El ardor abandonó su frente y su rostro. La fiebre lo había dejado sin fuerzas, por lo que volvió a sumirse en un sueño profundo, que esta vez no estaba inducido por las sustancias químicas sino por el puro agotamiento.

Soñó con los ángeles, unas jóvenes doncellas vestidas de blanco que flotaban sobre las nubes por encima de su cabeza como si lo protegieran, entonando unos himnos que él jamás había oído, pero que en cierto modo le resultaban familiares.

Acompañado por Jevy y Valdir, abandonó el hospital al mediodía del día siguiente, pertrechado con las instrucciones del médico. No tenía ni rastro de fiebre, la erupción cutánea había desaparecido y solo le dolían un poco los músculos y las articulaciones. Había insistido en irse y el médico había dado gustosamente su aprobación, pues estaba deseando librarse de él. La primera parada fue un restaurante, donde dio cuenta de un gran cuenco de arroz y un plato de patatas hervidas, evitando los bistecs y las chuletas. Jevy, en cambio, se lo comió todo. Ambos todavía estaban hambrientos después de su aventura. Valdir los observó comer, mientras tomaba café y fumaba.

Nadie había visto entrar y salir a Rachel del hospital. Nate le había hablado a Jevy en secreto de la visita que ella le había hecho la noche anterior, y este había hecho averiguaciones entre las enfermeras y las mujeres de la limpieza. Después del almuerzo, Jevy los dejó y se fue a dar una vuelta a pie por el centro de la ciudad, en un intento de localizarla. Se dirigió hacia el río y habló con los marineros del último barco de transporte de ganado que había llegado. Rachel no había viajado con ellos. Los pescadores tampoco la habían visto. Nadie parecía saber nada acerca de una mujer blanca procedente del Pantanal.

Una vez solo en el despacho de Valdir, Nate telefoneó al bufete Stafford, aunque le costó recordar el número.

—¿Cómo estás, Nate? —preguntó, Josh que había tenido que ausentarse de una reunión—. ¿Cómo estás?

—Ya no tengo fiebre —respondió Nate, balanceándose en el sillón de Valdir—. Estoy bien. Un poco dolorido y cansado, pero bien.

—Por tu manera de hablar, parece que estás estupendamente. Quiero que vuelvas a casa.

—Dame un par de días.

—Te envío un jet, Nate. Saldrá esta noche.

—No, Josh, no lo hagas. No es una buena idea. Iré cuando yo quiera.

—De acuerdo. Háblame de la mujer, Nate.

—La hemos encontrado. Es la hija ilegítima de Troy Phelan y el dinero no le interesa.

—Entonces ¿cómo la convenciste de que lo aceptara?

—Josh, a esta mujer no se la puede convencer. Lo intenté, no conseguí nada y me di por vencido.

—Vamos, Nate; nadie rechaza semejante suma de dinero. Estoy seguro de que la habrás hecho recapacitar.

—Ni soñarlo, Josh. Es la persona más feliz que jamás he conocido y está absolutamente empeñada en pasar el resto de su vida trabajando entre su gente. Es el lugar donde Dios quiere que esté.

—Pero ¿ha firmado los papeles?

—No.

Se produjo una larga pausa mientras Josh asimilaba la respuesta.

—Debes de estar bromeando —dijo al cabo en voz muy baja.

—No. Lo siento, jefe. Hice todo lo que pude para convencerla de que, por lo menos, firmara los papeles, pero no hubo manera. Jamás los firmará.

—¿Leyó el testamento?

—Sí.

—¿Y le dijiste que eran once mil millones de dólares?

—Sí. Vive sola en una choza, sin agua corriente ni electricidad, viste y come de forma sencilla, no dispone de teléfonos ni de fax y no le interesa aquello que no tiene. Vive en la Edad de Piedra, Josh, justo donde ella quiere estar, y eso no hay dinero que lo cambie.

—Es incomprensible.

—Yo también lo pensé y eso que vi cómo vivía.

—¿Es inteligente?

—Es médico, Josh, tiene un doctorado, y habla cinco idiomas.

—¿Es médico?

—Sí, pero no hablamos de pleitos sobre negligencias médicas.

—Dijiste que era encantadora.

—¿Eso dije?

—Sí, hace dos días, por teléfono. Creo que estabas un poco atontado.

—Puede que lo estuviese, pero ella es encantadora.

—O sea, que te gustó.

—Nos hicimos amigos.

De nada serviría decirle a Josh que Rachel se hallaba en Corumbá. Nate abrigaba la esperanza de dar rápidamente con ella y, aprovechando que estaban en la civilización, intentar hablarle de la herencia de Troy.

—Fue toda una aventura —añadió Nate—. El resto, imagínatelo.

—No he podido dormir pensando en ti.

—Tranquilízate. Estoy entero.

—He enviado cinco mil dólares. Los tiene Valdir.

—Gracias, jefe.

—Llámame mañana.

Valdir lo invitó a cenar, pero él declinó la invitación. Recogió el dinero y se fue a pie, libre una vez más, por las calles de Corumbá. Lo primero que hizo fue entrar en una tienda, comprar ropa interior, pantalones cortos color caqui, unas sencillas camisetas blancas y unas botas de montaña. Cuando llegó al hotel Palace, cuatro manzanas más abajo, estaba muerto de cansancio. Se pasó dos horas durmiendo.

Jevy no encontró ni rastro de Rachel. La buscó entre la muchedumbre que abarrotaba las calles. Habló con la gente del río, a la que tan bien conocía, pero nadie había oído hablar de su llegada. Entró en los hoteles del centro de la ciudad y cortejó a las recepcionistas. Nadie había visto a una estadounidense de cuarenta y dos años que viajaba sola.

Conforme pasaba la tarde, Jevy empezó a tener sus dudas acerca del relato de su amigo. El dengue hacía ver cosas y oír voces, incluso creer en fantasmas, sobre todo de noche, pero aun así siguió buscando.

Después de la siesta y de otra comida, Nate también salió a dar un paseo. Caminaba despacio, a ser posible por la sombra, y siempre con una botella de agua en la mano. Descansó en el peñasco que se levantaba por encima del río y contempló la majestad del Pantanal, que se extendía ante sus ojos a lo largo de cientos de kilómetros.

El agotamiento lo venció y lo obligó a regresar renqueando al hotel para descansar. Se quedó dormido y, cuando despertó, Jevy estaba aporreando la puerta. Habían acordado reunirse para cenar a las siete. Eran las ocho. Al entrar en la habitación, Jevy miró inmediatamente alrededor en busca de botellas vacías. No había ninguna.

Comieron pollo asado en la terraza de un café. La noche estaba llena de música y viandantes. Los matrimonios con hijos pequeños compraban helados y regresaban lentamente a casa. Los adolescentes paseaban en grupos sin destino aparente. Los clientes de los bares abarrotados ocupaban las aceras. Los chicos y las chicas iban de bar en bar. Las calles eran cálidas y seguras; nadie parecía temer que le pegaran un tiro o lo atracaran.

En una cercana mesa un hombre bebía una cerveza Brahma fría directamente de la botella. Nate observó con atención cada uno de sus movimientos.

Después del postre, ambos se despidieron y prometieron reunirse a primera hora del día siguiente para reanudar la búsqueda. Jevy tomó una dirección y Nate, que se sentía descansado y estaba harto de las camas, otra.

A dos manzanas de distancia del río, las calles estaban más tranquilas. Las tiendas habían cerrado, las casas tenían las luces apagadas y el tráfico era más fluido. Más adelante, Nate vio las luces de una capillita. «Seguro que está allí», se dijo.

La puerta principal estaba abierta de par en par y Nate vio desde la acera las filas de bancos de madera, el púlpito vacío, el mural de Jesucristo en la cruz y las espaldas de un puñado de fieles inclinados en actitud de plegaria y meditación. La suave música del órgano lo indujo a entrar. Se detuvo junto a la puerta y contó cinco personas repartidas entre los bancos; ninguna de ellas estaba sentada al lado de otra ni guardaba el menor parecido con Rachel. Bajo el mural, el banco del órgano estaba vacío. La música procedía de un altavoz.

Podía esperar. Tenía tiempo; quizá ella apareciese. Se sentó en el último banco, apartado de todos. Estudió la figura del Cristo crucificado, los clavos de las manos, la herida del costado, la expresión de sufrimiento. ¿De veras lo habían matado de una manera tan atroz? Por el camino, en determinado momento de su desventurada vida de seglar, Nate había leído o le habían contado los hechos esenciales de la vida de Jesucristo: el nacimiento virginal del que procedía la fiesta de Navidad, el episodio en que Jesús caminaba sobre las aguas; quizá uno o dos milagros más; ¿era a él o a otro a quien se había tragado la ballena? Y después, lo de la traición de Judas; el juicio ante Poncio Pilato; la crucifixión y la resurrección de la que procedía la fiesta de la Pascua, y, finalmente, la ascensión a los cielos.

Sí, conocía los hechos esenciales. Tal vez su madre se los

hubiera contado. Ninguna de sus dos esposas era practicante, aunque la segunda era católica y en alguna ocasión habían ido a la misa del gallo por Nochebuena.

Entraron tres personas más. Un joven con una guitarra salió de una puerta lateral y se dirigió al púlpito. Eran exactamente las nueve y media. El joven se puso a entonar una canción mientras su rostro se iluminaba con palabras de fe y alabanza. Un banco más allá, una mujer menuda empezó a batir palmas y a cantar.

Quizá la música atrajera a Rachel. Seguramente echaba de menos la auténtica adoración en una iglesia con suelo de madera, vidrieras de colores y gente totalmente vestida, leyendo la Biblia en un idioma moderno. Seguro que visitaba los templos cuando visitaba Corumbá.

Al terminar la canción, el joven leyó algo y empezó a hablar. Su portugués era el más lento que Nate hubiera escuchado hasta entonces a lo largo de su pequeña aventura. Los suaves y prolongados sonidos y la pausada cadencia lo hipnotizaban. A pesar de que no comprendía ni una sola palabra, trató de repetir las frases. Después, sus pensamientos se perdieron.

Su cuerpo había eliminado las fiebres y las sustancias químicas. Estaba bien alimentado, despierto y descansado. Volvía a ser el mismo de siempre y, al comprenderlo así, se sintió profundamente deprimido. El presente había regresado de la mano del futuro. Las pesadas cargas que había dejado con Rachel habían vuelto a localizarlo en aquella capilla. Necesitaba que ella se sentara a su lado, tomara su mano y lo ayudara a rezar.

Nate aborrecía sus debilidades. Las nombró una a una y la extensión de la lista lo entristeció. Los demonios lo esperaban en casa; los buenos amigos y los malos amigos, sus locales preferidos y las malas costumbres, las presiones que ya no tenía modo de resistir. La vida no se podía vivir con gente como Sergio a mil dólares al día, y tampoco gratis, en las calles.

El joven rezaba con los ojos cerrados y los brazos ligeramente levantados. Nate también cerró los ojos e invocó el nombre de Dios. El Señor estaba esperándolo.

Asió fuertemente con las dos manos el respaldo del banco que tenía delante. Repitió la lista, enumerando en voz baja todas las debilidades, los defectos, los errores y los males que lo atormentaban. Los confesó todos. En un prolongado y espléndido reconocimiento de sus faltas, se desnudó ante Dios sin ocultar nada. La carga de la que se liberó habría bastado para aplastar con su peso a tres hombres y, cuando el momento pasó, los ojos de Nate estaban llenos de lágrimas.

—Perdóname —le suplicó a Dios—. Ayúdame, te lo ruego.

Con la misma rapidez con que la fiebre había abandonado su cuerpo, sintió que el peso abandonaba su alma. Con el suave movimiento de una mano, la pizarra en que estaban inscritos sus pecados quedó limpia. Dejó escapar un profundo suspiro de alivio, pero el pulso se le había desbocado.

Oyó de nuevo la guitarra. Abrió los ojos y se enjugó las lágrimas. En lugar de ver al joven del púlpito, vio el rostro de Cristo, muriendo en la cruz tras una dolorosa agonía. Muriendo por él.

Una voz lo llamó. Era una voz interior que lo empujaba por el pasillo, pero la invitación resultaba desconcertante. Nate experimentaba muchas emociones contradictorias. De repente, las lágrimas dejaron de correr por sus mejillas.

«¿Por qué estoy llorando en una pequeña y sofocante capilla —pensó—, escuchando una música que no comprendo en una ciudad que jamás volveré a ver?» Las preguntas se agolpaban en su mente, pero las respuestas se le escapaban.

Una cosa era que Dios le perdonara su sorprendente serie de iniquidades, y estaba claro que ahora su carga era mucho más ligera, pero otra muy distinta, y mucho más difícil, que él esperara convertirse en un discípulo.

De pronto, mientras escuchaba la música, se sintió desconcertado. No era posible que Dios estuviese llamándolo.

Él era Nate O'Riley, un borracho, drogadicto, mujeriego, mal padre, peor marido, abogado codicioso, defraudador de impuestos... La lista era interminable.

Estaba mareado. Cesó la música y el joven se dispuso a entonar otra canción. Nate abandonó precipitadamente la capilla. Al doblar una esquina, volvió la cabeza no solo con la esperanza de ver a Rachel, sino también para cerciorarse de que Dios no había enviado a nadie tras él.

Necesitaba a alguien con quien hablar. Sabía que ella estaba en Corumbá y juró encontrarla.

38

El *despachante* forma parte integral de la vida brasileña. Ningún negocio, banco, bufete jurídico, centro médico o persona con dinero puede actuar sin los servicios de uno. Es un auxiliar extraordinario. En un país en que la burocracia es tan vasta como anticuada, el *despachante* es el hombre que conoce a los funcionarios municipales, a la gente de los juzgados, a los burócratas, a los agentes de aduanas. Trata a diario con el sistema y sabe cómo engrasarlo.

En Brasil no se consigue ningún papel o documento oficial sin hacer largas colas, y el *despachante* es el sujeto que las hace por uno. A cambio de una módica suma, esperará ocho horas para renovar la inspección técnica del automóvil de quien sea y adherírsela después en el parabrisas mientras quien ha pagado por ello está ocupado en el despacho. Es el que vota, hace gestiones bancarias, envía paquetes y correspondencia por uno...

No se arredra ante ningún obstáculo burocrático.

Los negocios de *despachantes* exhiben los nombres de estos en los escaparates lo mismo que los bufetes de los abogados y los consultorios de los médicos. El oficio no requiere ninguna preparación específica. Lo único que se necesita es una lengua rápida, paciencia y mucha cara.

El *despachante* de Valdir en Corumbá conocía a otro de

São Paulo, un hombre muy poderoso que tenía contactos en las altas esferas y que, a cambio de una tarifa de dos mil dólares, podía conseguir otro pasaporte.

Jevy se pasó las siguientes mañanas en el río, ayudando a un amigo a arreglar una chalana. Lo observaba todo y prestaba atención a los chismorreos. Ni una sola palabra acerca de la mujer. Al mediodía del viernes, llegó al convencimiento de que esta no había visitado Corumbá, por lo menos en el transcurso de las últimas dos semanas. Conocía a todos los pescadores, capitanes y marineros y sabía que a estos les encantaba hablar. Si una estadounidense que vivía con los indios hubiera llegado a la ciudad, ellos se habrían enterado.

Nate estuvo buscándola hasta finales de semana. Recorría las calles, observaba a la gente, hacía averiguaciones en los vestíbulos de los hoteles y en las terrazas de los cafés, estudiaba los rostros y no veía a nadie que tuviera el más remoto parecido con Rachel.

A la una del último día pasó por el despacho de Valdir para recoger su pasaporte. Ambos se despidieron como viejos amigos y prometieron volver a verse muy pronto, aunque sabían que tal cosa jamás volvería a ocurrir. A las dos, Jevy acompañó a Nate al aeropuerto. Permanecieron sentados media hora en la zona de salidas, contemplando cómo descargaban el único aparato que había en la pista y volvían a prepararlo para el nuevo vuelo. Jevy deseaba pasar un tiempo en Estados Unidos y necesitaba la ayuda de Nate.

—Necesito un trabajo —dijo.

Nate lo escuchó con interés, aunque sin estar muy seguro de que él aún conservara el suyo.

—Veré lo que puedo hacer.

Hablaron de Colorado, del Oeste y de lugares que Nate jamás había visitado. Jevy estaba enamorado de las montañas y Nate, tras pasarse dos semanas en el Pantanal, lo comprendía muy bien. Cuando llegó el momento de la partida, ambos se abrazaron afectuosamente y se dijeron adiós.

Nate avanzó por el ardiente asfalto en dirección al avión, llevando todo su vestuario en una pequeña bolsa de deporte.

El turbohélice de veinte plazas efectuó dos aterrizajes antes de llegar a Campo Grande. Allí los pasajeros subieron a bordo de un jet con destino a São Paulo. La señora del asiento de al lado pidió una cerveza del carrito de las bebidas. Nate estudió la lata situada a menos de un palmo de distancia. «Nunca más», pensó. Cerró los ojos, le suplicó a Dios que le diera fuerzas y pidió un café.

El vuelo con destino al aeropuerto Dulles despegó a medianoche. Llegaría al distrito de Columbia a las nueve de la mañana siguiente. Su búsqueda de Rachel lo había obligado a permanecer fuera del país casi tres semanas.

No sabía muy bien dónde estaba su automóvil. No tenía ningún lugar donde vivir ni medios para conseguirlo, pero no debía preocuparse, pues Josh se encargaría de los detalles.

El aparato efectuó un descenso a través de las nubes hasta tres mil metros de altura. Nate estaba despierto, tomando un café y pensando con inquietud en las calles de la ciudad. Estarían frías y blancas. La tierra aparecía cubierta por una gruesa capa de nieve. Fue muy bonito verlo durante unos cuantos minutos mientras se acercaban a Dulles, hasta que Nate recordó de pronto lo mucho que aborrecía el invierno. Llevaba unos pantalones muy finos, calzaba unos baratos mocasines sin calcetines y una camisa Polo de pega que le había costado seis dólares en el aeropuerto de São Paulo. No tenía una sola prenda de abrigo.

Aquella noche dormiría en cualquier sitio, probablemente en un hotel, sin que nadie lo vigilara en el distrito de Columbia por primera vez desde la noche del 4 de agosto en que había entrado tambaleándose en una habitación de un motel de las afueras. Había ocurrido al final de una larga y patética caída, y él había tratado por todos los medios de olvidarlo.

Pero aquel era el viejo Nate; el de ahora era nuevo. Tenía cuarenta y ocho años, le faltaban trece meses para cumplir los cincuenta y estaba preparado para iniciar una vida distinta. Dios le había dado fuerzas y había robustecido su determinación. Le quedaban treinta años. No los pasaría recogiendo botellas vacías ni huyendo. Las máquinas quitanieves estaban en plena actividad cuando el aparato aterrizó y rodó hacia la terminal. Las pistas estaban mojadas y aún seguían cayendo copos de nieve. Cuando Nate bajó del aparato y entró en la manga, el invierno lo golpeó con todo su rigor y le hizo recordar las húmedas calles de Corumbá. Josh lo esperaba en la zona de recogida de equipajes, provisto naturalmente, de un abrigo de más.

—Tienes una pinta horrible —fueron sus primeras palabras.

—Gracias —repuso Nate. Tomó el abrigo y se lo puso.

—Estás como un fideo.

—Si quieres perder ocho kilos, búscate el mosquito apropiado.

Avanzaron entre la gente hacia las puertas de salida, un empujón por aquí, un codazo por allá y unos apretujones más fuertes al cruzar las puertas. «Bienvenido a casa», pensó Nate.

—Viajas muy ligero de equipaje —dijo Josh, señalando la bolsa de deporte.

—He aquí todas mis posesiones mundanas.

Sin calcetines ni guantes, Nate ya estaba medio congelado de frío en la acera cuando Josh se acercó con el automóvil. La nevada que había caído durante la noche había alcanzado la categoría de temporal. La nieve que se acumulaba junto a los edificios alcanzaba los sesenta centímetros de altura.

—Ayer en Corumbá estábamos a treinta y seis grados —comentó Nate al salir del aeropuerto.

—¿Acaso lo echas de menos?

—Pues sí. De repente, lo echo de menos.

—Mira, Gayle está en Londres y he pensado que podrías quedarte un par de días en mi casa.

En la casa de Josh podrían haber dormido quince personas.

—Ah, muy bien, gracias. ¿Dónde está mi coche?

—En mi garaje.

Pues claro. Era un Jaguar de alquiler que sin duda habría sido debidamente mantenido, lavado y abrillantado y cuyos pagos mensuales debían de estar al día.

—Gracias, Josh.

—Mandé guardar tus muebles en un depósito. Tu ropa y tus efectos personales están en el coche.

—Gracias —dijo Nate sin sorprenderse en absoluto.

—¿Cómo te encuentras?

—Muy bien.

—Mira, Nate, he estado leyendo cosas sobre el dengue. La plena recuperación solo se alcanza al cabo de un mes. Te lo digo con toda franqueza.

Un mes. Era la puñalada inicial en la lucha por el futuro de Nate en el bufete. Tómate otro mes, muchacho. A lo mejor, estás demasiado enfermo para trabajar. Nate incluso podría haber escrito el guión.

Pero no habría ninguna lucha.

—Estoy un poco débil, eso es todo. Duermo mucho e ingiero mucho líquido.

—¿Qué clase de líquido?

—Vas directamente al grano, ¿eh?

—Como siempre.

—Estoy rehabilitado, Josh. Tranquilízate. No volveré a caer.

Josh había oído lo mismo muchas veces. La conversación había sido un poco más dura de lo que ambos hubieran deseado, motivo por el cual se pasaron un rato en silencio. El tráfico era lento.

El Potomac estaba medio congelado y unos grandes trozos de hielo flotaban lentamente hacia Georgetown. Mientras permanecían atascados en el Chain Bridge, Nate anunció como quien no quiere la cosa:

—No voy a regresar al despacho, Josh. Aquellos días ya terminaron para mí.

No hubo ninguna reacción visible por parte de Josh. Hubiera podido mostrarse decepcionado ante el hecho de que un viejo amigo y excelente abogado quisiera dejar su trabajo, o feliz de que uno de sus mayores quebraderos de cabeza decidiese abandonar el bufete, o aun indiferente, ya que la marcha de Nate parecía inevitable y de todos modos el lío del fraude fiscal quizá le costase la pérdida de la licencia.

Sin embargo, se limitó a preguntar:

—¿Por qué?

—Por muchas razones, Josh. Digamos, sencillamente que estoy cansado.

—Casi todos los abogados se queman al cabo de veinte años.

—Eso dicen.

Ya estaba bien de hablar del retiro. Nate ya lo había decidido y Josh no quería disuadirlo. Faltaban dos semanas para la Super Bowl y los Redskins no iban a disputarla. Pasaron al tema del fútbol, tal como suelen hacer los hombres cuando tienen que mantener en marcha la conversación en medio de cuestiones más importantes.

A pesar de la gruesa capa de nieve que las cubría, a Nate las calles le resultaban tremendamente desagradables.

Los Stafford eran propietarios de una espléndida casa en Wesley Heights, en el noroeste del distrito de Columbia. Tenían, además, una casa de veraneo en la bahía de Chesapeake y una cabaña de troncos en Maine. Los cuatro hijos eran mayores y estaban desperdigados. La señora Stafford prefería viajar mientras que su marido prefería dedicarse al trabajo.

Nate sacó algunas prendas de abrigo del maletero de su automóvil y disfrutó de una ducha caliente en la zona de invitados de la casa. La presión del agua era más floja en Brasil. La ducha de la habitación de su hotel nunca estaba caliente, pero tampoco estaba fría. Las pastillas de jabón eran más pequeñas. Comparó las cosas que lo rodeaban y recordó con regocijo la ducha del *Santa Loura*: una cuerda colgando por encima de la taza del retrete que, cuando uno tiraba de ella, soltaba agua tibia del río a través de una alcachofa. Era más fuerte de lo que él creía; la aventura que acababa de vivir se lo había enseñado, entre otras cosas.

Se afeitó y se cepilló los dientes, reanudando sus costumbres con mucha calma. Estar en casa le parecía agradable en muchos sentidos.

El despacho de Josh en el sótano era más espacioso que el que tenía en el bufete, y estaba tan desordenado como este. Se reunieron allí para compartir un café. Había llegado el momento de presentar el informe. Nate empezó por contar los pormenores del malhadado intento de localizar a Rachel por el aire, el aterrizaje de emergencia, la vaca muerta, los tres chiquillos, la tristeza de la Navidad en el Pantanal. Refirió también, con todo lujo de detalles, la historia de su paseo a caballo, su encuentro en el pantano con el caimán, y el rescate por medio de un helicóptero. No comentó su borrachera de la noche de Navidad; no habría servido de nada y él se moría de vergüenza de solo pensar en ella. Describió a Jevy, Welly, el *Santa Loura* y la excursión al norte. Recordó que, cuando él y Jevy se habían perdido con la batea, tuvo miedo, pero había tenido tantas cosas de que ocuparse que eso había impedido que sucumbiese al pánico. Ahora, en la seguridad de la civilización, sus andanzas por Brasil se le antojaban aterradoras.

Josh quedó muy sorprendido al enterarse del verdadero alcance de aquella aventura. Sintió el impulso de disculparse ante Nate por haberlo enviado a un lugar tan peligroso, pero estaba claro que la excursión había sido emocionante. El número de caimanes iba en aumento conforme avanzaba el relato, y a la solitaria anaconda que tomaba el sol a la orilla del río se añadió otra que nadaba junto a la embarcación.

A continuación, Nate describió a los indios, su desnudez, la insípida comida y la lánguida existencia, al jefe y su negativa a permitirles marcharse.

Y, finalmente, a Rachel. Al llegar a ese punto del informe, Josh tomó su cuaderno de apuntes y empezó a hacer anotaciones. Nate la describió minuciosamente, desde la suavidad de su voz hasta las sandalias y las botas de montaña; también su choza y su botiquín de medicamentos, a Lako y su cojera, la forma en que los indios la miraban cuando ella pasaba por su lado. Contó la historia de la niña que había muerto por culpa de la mordedura de una serpiente. Comunicó lo poco que Rachel le había contado acerca de sí misma.

Con toda la precisión de un veterano de las salas de justicia, Nate refirió todo lo que había averiguado acerca de Rachel en el transcurso de su viaje. Utilizó las mismas palabras que ella había empleado al hablar de la herencia y el dinero. Recordó el comentario que ella había hecho acerca del carácter tosco de la escritura de Troy.

Contó lo poco que recordaba de su viaje de regreso del Pantanal. Y minimizó el horror del dengue. Había sobrevivido, y ese hecho, por sí solo, lo llenaba de asombro.

Una doncella sirvió sopa y té caliente para el almuerzo.

—Bueno pues —dijo Josh tras haber tomado unas cuantas cucharadas—. Si rechaza la herencia de Troy, el dinero se quedará en la testamentaría, pero si, por alguna razón, el testamento es declarado nulo, no habrá ningún testamento.

—¿Cómo puede ser nulo el testamento? Un equipo de psiquiatras habló con él minutos antes de que se arrojara al vacío.

—Ahora han contratado a otros psiquiatras muy bien pagados que tienen otras opiniones. El asunto es muy complicado. Todos sus anteriores testamentos fueron destruidos. Si algún día se llega a establecer que Troy murió sin dejar un codicilo válido, sus hijos, los siete, se repartirán la herencia a partes iguales. Puesto que Rachel no quiere su parte, esta se dividirá entre los otros seis herederos.

—Esos imbéciles se embolsarán mil millones de dólares por cabeza.

—Algo así.

—¿Qué posibilidades hay de que se invalide el testamento?

—No muchas. Yo preferiría defender nuestra causa antes que la de ellos, pero las cosas pueden cambiar.

Nate empezó a pasear por la estancia mordisqueando una galletita salada mientras analizaba las distintas alternativas.

—¿Por qué luchar por la validez del testamento si Rachel lo rechaza en su totalidad?

—Por tres razones —contestó rápidamente Josh. Como de costumbre, había analizado el asunto desde todos los ángulos posibles, y había elaborado un plan magistral cuyos pormenores iría revelándole a Nate poco a poco—. Primero y lo más importante, mi cliente redactó un testamento válido en el que distribuía sus bienes exactamente tal y como él quería, y yo, como abogado suyo, no puedo por menos que luchar para proteger la integridad de ese testamento. Segundo, sé la opinión que al señor Phelan le merecían sus hijos. La mera posibilidad de que estos se apoderaran de su dinero le horrorizaba. Yo comparto su opinión y me estremezco al pensar en lo que ocurriría si cada uno de ellos recibiera mil millones de dólares. Tercero, siempre cabe la posibilidad de que Rachel cambie de parecer.

—No cuentes con ello.

—Mira, Nate, es solo un ser humano. Tiene los papeles. Esperará unos días y empezará a pensar en ellos. A lo mejor, la idea de ser rica jamás se le ha pasado por la imaginación, pero, en determinado momento, no tendrá más remedio que pensar en todo el bien que podría hacer con el dinero. ¿Le hablaste de los fideicomisos y las fundaciones benéficas?

—Ni siquiera sé muy bien lo que son, Josh. Yo era un abogado, ¿o es que ya no te acuerdas?

—Vamos a luchar para defender el legado del señor Phelan, Nate. El problema es que el asiento más importante de la mesa está vacío. Rachel necesita que alguien la represente.

—No lo necesita. Ni siquiera ha pensado en ello.

—El pleito no puede seguir adelante hasta que cuente con un abogado.

Nate no podía competir con aquel estratega magistral. El negro abismo se abrió como por arte de magia y Nate ya estaba empezando a caer en él. Cerró los ojos y musitó:

—Bromeas.

—No. Y no podemos aplazarlo por mucho tiempo. Troy murió hace un mes. El juez Wycliff está desesperado por averiguar el paradero de Rachel Lane. Se han presentado seis demandas de impugnación del testamento y hay mucha presión en torno a este asunto. Todo se comenta en los periódicos. El simple hecho de insinuar que Rachel tiene previsto rechazar la herencia haría que perdiésemos el control de la situación. Los herederos Phelan y sus abogados se volverían locos, y el juez perdería repentinamente cualquier interés en apoyar el último testamento de Troy.

—¿Significa eso que yo soy su abogado?

—No habrá más remedio, Nate. Si quieres irte, me parece muy bien, pero tendrás que encargarte de un último caso. Tú limítate a sentarte a la mesa y a proteger sus intereses. Del levantamiento de peso nos encargaremos nosotros.

—Pero hay un problema: yo soy socio de tu bufete.

—Se trata de un problema menor, porque nuestros intereses son los mismos. Nosotros (la testamentaría y Rachel) tenemos el mismo objetivo: proteger el testamento. Nos sentamos a la misma mesa. Y, técnicamente, podemos declarar que abandonaste el bufete el pasado mes de agosto.

—Hay mucha verdad en eso.

Ambos reconocían la triste realidad. Josh tomó un sorbo de té sin apartar los ojos de Nate.

—Algún día iremos a ver a Wycliff y le diremos que has localizado a Rachel, que ella no tiene previsto presentarse en este momento, y que aun cuando no sabe muy bien qué hacer, desea que defiendas sus intereses.

—Eso es mentirle al juez.

—Solo una mentirijilla, Nate, que más tarde él mismo nos agradecerá. Está deseando que se inicie el litigio, pero no ocurrirá hasta que tenga noticias de Rachel. Si tú eres su abogado, ya puede empezar la guerra. La mentira la diré yo.

—O sea, que soy un abogado independiente y trabajo en mi último caso.

—Exacto.

—Quiero irme de la ciudad, Josh —dijo Nate. Soltó una carcajada y añadió—: ¿Dónde iba a vivir aquí?

—¿Adónde vas?

—No lo sé. Mis pensamientos todavía no han llegado tan lejos.

—Se me ocurre una idea.

—No me cabe la menor duda.

—Vete a mi casa de la bahía de Chesapeake. En invierno no la utilizamos. Está en St. Michaels, a dos horas de carretera. Puedes venir cuando te necesitemos y quedarte allí cuando no. Te repito, Nate, que nosotros nos encargaremos del trabajo.

Nate se pasó un rato estudiando las estanterías de libros. Veinticuatro horas antes estaba comiendo un bocadillo sentado en un banco de un parque de Corumbá, desde el cual contemplaba a los peatones a la espera de que apareciera Rachel. Había jurado no volver a entrar voluntariamente en una sala de justicia. Pero no tenía más remedio que reconocer, muy a pesar suyo, que el plan le atraía. Jamás hubiera podido imaginar un cliente mejor. El caso no acabaría en juicio. Y, con el dinero que estaba en juego él por lo menos podría ganarse la vida durante unos cuantos meses.

Josh se terminó la sopa y pasó al siguiente punto de la lista.

—Te propongo unos honorarios de diez mil dólares mensuales.

—Es una suma muy generosa, Josh.

—Creo que podemos sacarla de la herencia del viejo, y, como no tendrás que ceder nada para los gastos generales del bufete, te ayudará a recuperarte.

—Hasta que...

—Exacto, hasta que resolvamos la cuestión de Hacienda.

—¿Sabes algo del juez?

—Le llamo de vez en cuando. La semana pasada almorzamos juntos.

—De modo que sois amigos.

—Nos conocemos desde hace mucho tiempo. No te preocupes por la cárcel, Nate. El Estado se conformará con imponerte una fuerte multa y privarte durante cinco años de tu licencia de abogado.

—Por mí pueden quedársela.

—Todavía no. La necesitamos para otro caso.

—¿Cuánto tiempo esperará el Estado?

—Un año. No es urgente.

—Gracias, Josh.

Nate estaba empezando a sentirse cansado. El vuelo nocturno, los estragos de la selva, el combate mental con Josh... Necesitaba acostarse en una cálida y mullida cama en una habitación a oscuras.

39

A las seis de la mañana del lunes, Nate terminó de darse otra ducha caliente, la tercera en veinticuatro horas, y empezó a forjar planes para irse de allí cuanto antes. La casa en la bahía estaba llamándolo. El distrito de Columbia había sido su hogar durante veintiséis años, pero, tras haber adoptado la decisión de marcharse, deseaba hacerlo cuanto antes.

Como no tenía domicilio, la mudanza sería muy fácil. Encontró a Josh sentado junto a su escritorio del despacho del sótano, hablando por teléfono con un cliente de Tailandia. Mientras escuchaba la mitad de la conversación acerca de unos yacimientos de gas natural, Nate se alegró infinitamente de estar a punto de abandonar el ejercicio de la abogacía. Josh le llevaba doce años, era muy rico y su idea de la diversión era estar en su despacho a las seis y media de la mañana de un domingo. «No dejes que a mí me ocurra lo mismo», pensó Nate, pero sabía que no le ocurriría. Si regresaba al despacho, volvería a pegarse las mismas palizas de antes. El hecho de que hubiera pasado por cuatro desintoxicaciones significaba que la quinta estaba a la vuelta de la esquina. Él no era tan fuerte como Josh. Moriría en cuestión de diez años.

El hecho de dejar aquel trabajo contenía una cierta dosis de emoción. Demandar a los médicos era una tarea desagradable de la que podía prescindir sin problemas. Tampoco echaría de menos la tensión de un despacho tremendamente dinámico. Él ya había hecho carrera y cosechado triunfos, pero no sabía asimilar el éxito, y este solo le había reportado sufrimiento, arrojándolo al arroyo.

Ahora que se había librado del horror de la cárcel podría disfrutar de una nueva vida.

Se fue con el portaequipaje lleno de ropa y dejó lo demás en una caja, en el garaje de Josh. Ya no nevaba, pero las máquinas quitanieves seguían trabajando. Las calles estaban resbaladizas y, tras recorrer dos manzanas, se le ocurrió pensar que llevaba más de cinco meses sin sentarse al volante de un automóvil. Afortunadamente no había tráfico y pudo circular sin prisa por Wisconsin hasta llegar a Chevy Chase y desde allí a la carretera de circunvalación, donde ya habían quitado el hielo y la nieve.

Solo en su espléndido automóvil, volvió a sentirse de nuevo un ciudadano estadounidense. Recordó a Jevy con su ruidosa y peligrosa camioneta Ford y se preguntó cuánto tiempo le duraría en la carretera de circunvalación. Se acordó también de Welly, un muchacho tan pobre que su familia ni siquiera tenía coche. En los días sucesivos tenía previsto escribir algunas cartas, y una de ellas la enviaría a sus amigos de Corumbá.

Vio el teléfono y le llamó la atención. Al parecer, seguía funcionando. Como era de esperar, Josh se había encargado de que se pagaran todas las facturas. Llamó a Sergio a su casa y se pasó veinte minutos charlando con él. Sergio estaba preocupado y lo regañó por no dar señales de vida. Nate le explicó lo ocurrido con el servicio telefónico en el Pantanal. Las cosas estaban yendo en otra dirección, se enfrentaba con algunas incógnitas, pero su aventura seguía adelante. Abandonaría su profesión y se libraría de ir a la cárcel.

Sergio no le hizo ninguna pregunta relacionada con la bebida. Le daba la impresión de que Nate se había rehabilitado y había recuperado las fuerzas. Este le dio el número de la casa donde se hospedaría y ambos prometieron almorzar juntos muy pronto.

Después llamó a su hijo mayor a la Universidad del Noroeste en Evanston y le dejó un mensaje en el contestador. ¿Dónde podría estar un estudiante de posgrado de veintitrés años a las siete de la mañana de un domingo? No en la iglesia asistiendo a misa, desde luego. Nate prefería no saberlo. No importaba lo que hiciese, nunca fracasaría tan estrepitosamente como su padre. Su hija tenía veintiún años y estudiaba de forma discontinua en la Universidad Pitt. La última conversación que había mantenido con ella había girado en torno al tema de la matrícula; la conversación había tenido lugar la víspera de que él se fuera a una habitación de motel con una botella de ron y una bolsa llena de pastillas.

No conseguía encontrar el número de teléfono de su hija.

Desde que dejara a Nate, la madre de ambos jóvenes había vuelto a casarse un par de veces. Era una persona desagradable, a la que él solo llamaba en caso estrictamente necesario. Esperaría un par de días y le telefonearía para pedirle el número de su hija.

Estaba decidido a hacer el doloroso viaje hasta Oregón para ver por lo menos a sus dos hijos menores. Su madre había contraído otra vez matrimonio, curiosamente con un abogado, en cuya existencia estaba claro que no tenía cabida ningún vicio. Les pediría perdón y trataría de sentar las frágiles bases de una relación. No sabía muy bien cómo hacerlo, pero había jurado que lo intentaría.

Se detuvo en un café de Annapolis para desayunar. Escuchó las predicciones meteorológicas desde un reservado ocupado por un grupo de pendencieros clientes habituales del local y echó distraídamente un vistazo al *Post*. Leyó los titulares y las noticias de última hora y no vio nada que le interesara. Las noticias jamás cambiaban: problemas en Oriente Próximo; problemas en Irlanda; escándalos en el Congreso; los mercados subían y volvían a bajar; un vertido de petróleo; otro medicamento contra el sida; matanzas de campesinos por parte de las guerrillas en América del Sur; disturbios en Rusia.

La ropa le estaba holgada, por lo que decidió comerse tres huevos con jamón y galletas. Los del reservado habían llegado a un frágil consenso, según el cual volvería a nevar.

Cruzó la bahía de Chesapeake por el Bay Bridge. Las carreteras de la costa oriental seguían cubiertas de nieve en algunos tramos. El Jaguar derrapó dos veces y lo obligó a aminorar la marcha. El vehículo tenía un año de antigüedad y Nate no recordaba cuándo expiraba el alquiler; solo había elegido el color, pues su secretaria se había ocupado del papeleo, pero estaba decidido a librarse de él lo antes posible y buscarse un viejo automóvil con tracción en las cuatro ruedas. Antes aquel coche elegante, tan propio de un abogado, le parecía un detalle muy importante. Ahora ya no le hacía falta.

Al llegar a Easton, giró en la carretera estatal 33, todavía cubierta por cinco centímetros de nieve en polvo. Siguió las huellas de otros vehículos y pronto cruzó las adormiladas localidades costeras con sus puertos llenos de embarcaciones de vela. Las playas de la bahía de Chesapeake aparecían blancas después de la nevada y el agua era de un color intensamente azul.

St. Michaels tenía una población de mil trescientos habitantes. La carretera 33 se convertía, al cruzar la ciudad a lo largo de unas pocas manzanas, en Main Street, la calle principal, con tiendas y locales comerciales a ambos lados y viejos edificios muy juntos los unos de los otros, perfectamente conservados y listos para salir en una postal.

Nate había oído hablar toda su vida de St. Michaels. La localidad tenía un museo marítimo, un festival de las ostras, un puerto con gran actividad y docenas de encantadores establecimientos hoteleros que ofrecían alojamiento y desayuno y atraían a muchos habitantes de la ciudad durante largos fines de semana. Nate pasó por delante de la oficina de Correos y de una pequeña iglesia cuyo párroco estaba quitando la nieve de los peldaños con una pala.

La casa estaba en Green Street, a dos manzanas de distancia de Main Street, orientada hacia el norte y con una vista del puerto. Era de estilo victoriano, con unos gabletes gemelos y un largo porche anterior que rodeaba los muros laterales. Estaba pintada de azul pizarra, tenía unos adornos de madera blancos y amarillos y la nieve acumulada llegaba casi hasta la puerta principal. El jardín delantero era pequeño y el sendero de entrada estaba cubierto por cincuenta centímetros de nieve. Nate aparcó junto al bordillo y se abrió paso como pudo hasta el porche. Una vez dentro de la casa, fue encendiendo las luces mientras se dirigía a la parte posterior. En un armario que había junto a la puerta trasera encontró una pala de plástico.

Se pasó una hora maravillosa limpiando el porche y quitando la nieve del sendero de entrada y de la acera para poder regresar a su automóvil.

Como era de esperar, la casa estaba lujosamente decorada con antigüedades y ofrecía un aspecto muy pulcro y bien organizado. Josh le había dicho que una mujer iba todos los miércoles para limpiar y quitar el polvo. La señora Stafford pasaba allí dos semanas en primavera y una en otoño. En el transcurso de los últimos dieciocho meses Josh solo había dormido tres noches en la casa. Había cuatro dormitorios y otros tantos baños. Menuda casita.

Pero no había café, lo cual constituyó la primera emergencia del día. Nate cerró las puertas y se dirigió al centro. Las aceras estaban limpias y mojadas a causa de la nieve que empezaba a fundirse. Según el termómetro del escaparate de la barbería, la temperatura era de cuatro grados. Las tiendas y negocios estaban cerrados. Nate estudió los escaparates mientras caminaba sin prisa. De pronto oyó sonar las campanas de la iglesia.

Según el boletín que le entregó el anciano portero, el párroco era el padre Phil Lancaster, un hombrecillo bajito y vigoroso con gruesas gafas de montura de concha y ensortijada cabellera pelirroja con algunas hebras grises. Igual hubiera podido tener treinta y cinco años que cincuenta. El rebaño que asistiría a la función religiosa de las once era viejo y escaso, debido sin duda al mal tiempo. Nate contó veintiuna personas en el pequeño templo, incluyendo al propio Phil y al organista. Había muchas cabezas grises.

La iglesia era muy bonita, con techo abovedado, bancos y suelo de madera oscura y cuatro vidrieras de colores. Cuando el solitario portero se acomodó en el último banco, Phil se levantó con sus negras vestiduras y dio la bienvenida a la iglesia de la Trinidad, en la que todo el mundo se sentía como en casa. Tenía una voz sonora y nasal, y no necesitaba micrófono. En su plegaria, el párroco dio gracias a Dios por la nieve y el invierno y por las estaciones que se nos daban como recordatorio de que todo estaba siempre en Sus manos.

Siguieron los himnos y las plegarias. Cuando el padre Phil empezó a predicar, se percató de la presencia de Nate, el único forastero, sentado en el banco de la antepenúltima fila. Ambos cambiaron una sonrisa y, por un angustioso momento, Nate temió que el cura tuviera intención de presentarlo a los demás feligreses.

El sermón versaba sobre el tema del entusiasmo, una elección un poco extraña dado el promedio de edad de los concurrentes. Nate trató por todos los medios de prestar atención, pero no pudo evitar distraerse. Sus pensamientos regresaron a la capillita de Corumbá con su puerta y sus ventanas abiertas, a través de las cuales penetraba un calor sofocante, el Cristo en la cruz y el joven de la guitarra.

Para no ofender a Phil, se esforzó en mantener los ojos clavados en el globo de mortecina luz fijado a la pared, detrás y por encima del púlpito. Al observar el grosor de las gafas del predicador, abrigó la esperanza de que su desinterés pasara inadvertido.

Sentado en la caldeada y pequeña iglesia, finalmente a salvo de las incertidumbres de su gran aventura, a salvo de las fiebres y las tormentas, de los peligros del distrito de Columbia, de sus adicciones y de la destrucción espiritual, Nate se dio cuenta de que se sentía en paz por primera vez en su vida, que él recordara. No temía nada. Dios estaba atrayéndolo, y aunque Nate no sabía hacia dónde, no sentía miedo. «Ten paciencia», se dijo.

Entonces musitó una oración. Le dio gracias a Dios por haberle salvado la vida y rezó por Rachel, porque sabía que ella estaba rezando por él.

La serenidad lo indujo a sonreír. Cuando terminó la plegaria, abrió los ojos y vio a Phil, que lo miraba con una sonrisa en los labios.

Después de la bendición, los fieles empezaron a salir y, al llegar a la puerta, pasaron por delante de Phil. Cada uno de ellos lo felicitó por el sermón y le hizo algún breve comentario relacionado con la iglesia. La cola se movía muy despacio, pues en realidad aquello era un ritual.

—¿Cómo está su tía? —le preguntó Phil a uno de los feligreses, escuchando después con sumo interés la descripción del más reciente achaque de la mujer.

—¿Qué tal va la cadera? —le preguntó a otro—. ¿Cómo fue el viaje a Alemania?

Estrechaba las manos y se inclinaba hacia delante para escuchar mejor lo que le decían. Sabía lo que pensaban los fieles.

Nate permaneció pacientemente al final de la cola. No tenía prisa. Nada ni nadie lo esperaba.

—Bienvenido —dijo el padre Phil, dándole la mano y sujetándolo por el otro brazo—. Bienvenido a la iglesia de la Trinidad.

Le apretó la mano con tal fuerza que Nate no pudo por menos que preguntarse si sería el primer forastero en muchos años.

—Me llamo Nate O'Riley —dijo, y se apresuró a añadir, como si ello contribuyese a definirlo—: De Washington.

—Ha sido un placer tenerle entre nosotros esta mañana. —Los grandes ojos de Phil danzaban detrás de los cristales de las gafas. Visto de cerca, las arrugas revelaban que tenía por lo menos cincuenta años. En su cabeza abundaban más los cabellos grises que los rojos.

—Me hospedo unos días en casa de los señores Stafford —explicó Nate.

—Ah, sí, una casa preciosa. ¿Cuándo llegó usted?

—Esta mañana.

—¿Solo?

—Sí.

—Bien, en tal caso tiene que reunirse a almorzar con nosotros.

A Nate le hizo gracia aquella agresiva hospitalidad.

—Bueno, gracias, pero...

Phil también se estaba deshaciendo en sonrisas.

—No, insisto. Cada vez que nieva mi mujer prepara estofado de cordero. Ahora mismo lo tiene en el horno. En invierno los huéspedes escasean. Por favor, la rectoría se encuentra justo detrás de la iglesia.

Nate estaba en manos de un hombre que había compartido su mesa dominical con centenares de personas.

—Pero es que, en realidad, yo solo pasaba por aquí y...

—Será un placer —lo interrumpió Phil, tirando de él en dirección al púlpito—. ¿A qué se dedica usted en Washington?

—Soy abogado —contestó Nate.

Una respuesta más completa habría sido muy complicada.

—¿Y qué lo ha traído aquí?

—Es una historia muy larga.

—¡Estupendo! A Laura y a mí nos encantan las historias. Vamos a disfrutar de un largo almuerzo y a contar historias. Nos lo pasaremos muy bien.

Su entusiasmo era irresistible. El pobre hombre estaba deseando charlar con alguien de fuera.

¿Por qué no?, pensó Nate. No había comida en la casa, y, al parecer, todas las tiendas estaban cerradas.

Pasaron por delante del púlpito y franquearon una puerta. Laura estaba apagando las luces.

—Es el señor O'Riley de Washington —le anunció Phil a su mujer, levantando la voz—. Ha aceptado almorzar con nosotros.

Laura sonrió y le estrechó la mano. Tenía el cabello gris y muy corto, y aparentaba por lo menos diez años más que su marido. Si la presencia de un inesperado invitado a su mesa la sorprendió, supo disimularlo muy bien, pero Nate tuvo la impresión de que era algo que ocurría a menudo.

—Por favor, llámeme Nate.

—Pues lo llamaremos Nate —anunció Phil, quitándose la túnica.

La rectoría colindaba con el solar de la iglesia y su fachada daba a una calle secundaria. Caminaron pisando con mucho cuidado la nieve.

—¿Qué tal mi sermón? —le preguntó Phil a su mujer mientras subían por los peldaños del porche.

—Excelente, querido —contestó ella sin el menor entusiasmo.

Nate esbozó una sonrisa; sin duda, todos los domingos, desde hacía muchos años, Phil hacía la misma pregunta en el mismo lugar y a la misma hora, y recibía la misma respuesta.

Cualquier duda que Nate pudiera albergar acerca de la conveniencia de quedarse a almorzar con ellos se disipó en cuanto entró en la casa. El penetrante y exquisito aroma del estofado de cordero impregnaba el aire. Phil atizó las ascuas de la chimenea mientras Laura preparaba la comida.

En el pequeño comedor situado entre la cocina y el estudio, la mesa estaba puesta para cuatro comensales. Nate se alegró de haber aceptado la invitación, pese a constarle que no habría tenido ninguna posibilidad de rehusar.

—Nos encanta que esté usted aquí —dijo Phil mientras se sentaban a la mesa—. Tuve la corazonada de que hoy tendríamos un invitado.

—¿Para quién es este sitio? —preguntó Nate, señalando el asiento vacío.

—Los domingos siempre ponemos la mesa para cuatro —contestó Laura, sin dar más detalles.

Los tres se tomaron de la mano mientras Phil agradecía una vez más a Dios la nieve, las estaciones y la comida.

—Y haz que siempre estemos atentos a las necesidades y anhelos de los demás —concluyó.

Las palabras desencadenaron un recuerdo en la mente de Nate. Las había escuchado antes, muchísimos años atrás.

Mientras se pasaban la comida, hicieron los habituales comentarios acerca de las actividades de la mañana. Solía haber un promedio de unas cuarenta personas en el oficio de las once. La nieve había hecho que muchos decidieran quedarse en casa y, además, el virus de la gripe estaba causando estragos en la península. Nate alabó la sencilla belleza del templo. Phil y Laura llevaban seis años en St. Michaels. Cuando apenas habían empezado a comer, ella comentó:

—Estamos en enero, y aun así tiene usted un bronceado estupendo. No lo habrá conseguido en Washington, ¿verdad?

—No. Acabo de regresar de Brasil.

Ambos esposos dejaron de comer y se inclinaron un poco más hacia delante. La aventura se había puesto nuevamente en marcha. Nate tomó una buena cucharada del delicioso estofado e inició su relato.

—Coma, por favor —le decía Laura aproximadamente cada cinco minutos.

Nate tomaba un bocado, masticaba lentamente y seguía. Se limitó a referirse a Rachel como a «la hija de un cliente».

En su relato, las tormentas eran cada vez más fuertes, las serpientes más largas, la embarcación más pequeña y los indios más hostiles. A Phil le brillaban los ojos de asombro mientras Nate proseguía con su narración.

Era la segunda vez que Nate hablaba del viaje desde su regreso. Aparte de alguna que otra pequeña exageración aquí y allá, el relato era fidedigno y lo llenaba de asombro incluso a él. Se trataba de una historia impresionante y sus anfitriones estaban disfrutando de una pormenorizada versión de los hechos. Siempre que podían, intercalaban una pregunta.

Cuando Laura levantó la mesa y sirvió de postre bizcochos de chocolate y nueces, Nate y Jevy acababan de llegar al primer poblado ipica.

—¿Se extrañó ella al verlo? —preguntó Phil cuando Nate le describió la escena en que los indios iban a buscar a la mujer al poblado para que se reuniera con ellos.

—Pues no mucho —contestó Nate—. Era como si ya esperase nuestra llegada.

Nate trató de describir lo mejor que pudo a los aborígenes y su cultura de la Edad de Piedra, pero sus palabras no conseguían transmitir las imágenes apropiadas. Se comió dos bizcochos, haciendo breves pausas en su narración hasta vaciar el plato.

Luego tomaron café. Para Phil y Laura el almuerzo del domingo giraba más en torno a la conversación que a la comida. Nate se preguntó quién habría sido el último huésped que había tenido la suerte de ser invitado para compartir aquella comida. No resultaba fácil minimizar los horrores del dengue, pero Nate trató decididamente de hacerlo. Un par de días en el hospital, un poco de medicación y listo. Cuando terminó, empezaron las preguntas. Phil quería saberlo todo acerca de la misionera: el credo que profesaba, su fe, su labor entre los indios. La hermana de Laura había vivido quince años en China, trabajando en un hospital eclesiástico, lo cual dio lugar a otra serie de relatos.

Ya eran casi las tres de la tarde cuando Nate se encaminó hacia la puerta. Sus anfitriones hubieran deseado seguir charlando en torno a la mesa o en el estudio hasta el anochecer, pero Nate necesitaba dar un paseo. Les agradeció su hospitalidad y, cuando los dejó saludándolo con la mano en el porche, tuvo la sensación de que los conocía desde hacía muchos años.

Recorrer St. Michaels le llevó una hora. Las estrechas calles estaban flanqueadas por edificios de cien años de antigüedad. Nada estaba fuera de lugar, no había perros callejeros, solares vacíos o edificios abandonados. Hasta la nieve era limpia y había sido cuidadosamente retirada con palas para que las calzadas y aceras estuvieran expeditas y ningún vecino se enfadara. Nate se detuvo en el muelle y contempló la belleza de los veleros. Jamás había puesto los pies en ninguno.

Decidió no irse de St. Michaels hasta que no tuviera más remedio que hacerlo. Viviría en la casa y se quedaría allí hasta que Josh lo deshauciara amablemente. Ahorraría dinero y, cuando terminara el caso Phelan, ya encontraría alguna manera de seguir tirando.

Muy cerca del puerto topó con una pequeña tienda de comestibles que estaba a punto de cerrar. Compró café, sopa en lata, galletas saladas y copos de avena para desayunar. En el mostrador había un paquete de botellines de cerveza. Lo contempló con una sonrisa y se alegró de haber dejado aquellos días a su espalda.

40

Grit fue despedido por fax y correo electrónico; era la primera vez que ocurría algo semejante en su bufete. Lo hizo Mary Ross a primera hora de la mañana del lunes tras un tenso fin de semana con sus hermanos.

Pero Grit no se fue por las buenas. Reclamó por fax el pago de los honorarios que ella le debía hasta la fecha: ciento cuarenta y ocho horas a seiscientos dólares la hora sumaban un total de ochenta y ocho mil dólares. Sus tarifas horarias tendrían que aplicarse al porcentaje que le correspondiera sobre el acto de conciliación o cualquier otro resultado favorable. Grit no quería que le pagaran seiscientos dólares la hora; lo que quería era un saludable trozo del pastel, de la parte que le correspondiera a su cliente, esto es, el veinticinco por ciento que había negociado con ella. Grit quería millones y, mientras permanecía sentado en su despacho cerrado bajo llave contemplando el fax, le pareció imposible que la fortuna se le hubiera escapado de las manos. Estaba firmemente convencido de que, al cabo de unos cuantos meses de encarnizados litigios, la testamentaría Phelan llegaría a un acuerdo con los hijos. Le echaría veinte millones a cada uno de los seis hermanos y contemplaría cómo estos se arrojaban encima de ellos igual que perros hambrientos sin que se advirtiera la menor merma en la fortuna Phelan. Veinte millones para su cliente significaban cinco millones para él. Grit no pudo por menos que admitir en su fuero interno que ya se había imaginado varias maneras de gastar esa cantidad.

Llamó al despacho de Hark para insultarlo, pero le dijeron que en aquellos momentos el señor Gettys estaba ocupado.

Ahora el señor Gettys tenía como clientes a cuatro herederos de la primera familia. Su porcentaje había bajado, primero, del veinticinco al veinte y, finalmente, al diecisiete y medio. Pero su potencial de crecimiento era enorme.

El señor Gettys entró en su sala de juntas minutos después de las diez y saludó a los restantes abogados de los Phelan, congregados allí para celebrar una importante reunión.

—Tengo que darles una noticia —dijo en tono jovial—. El señor Grit ya no interviene en este caso. Su ex cliente, Mary Ross Phelan Jackman, me ha pedido que la represente y, tras haberlo pensado mucho, he accedido a hacerlo.

Sus palabras estallaron como pequeñas bombas alrededor de la mesa. Yancy se acarició la barba rala y se preguntó qué método coactivo se habría utilizado para arrancar a la mujer de los tentáculos de Grit. Sin embargo, él se sentía en cierto modo seguro. La madre de Ramble había utilizado todos los medios a su alcance para atraer al chico hacia otro abogado, pero el muchacho odiaba a su madre.

La señora Langhorne se mostró sorprendida, sobre todo porque Hark acababa de añadir a Troy Junior a su clientela; pero, tras el breve sobresalto inicial, se sintió a salvo. Su cliente, Geena Phelan Strong, detestaba a sus hermanastros y hermanastras mayores. Estaba segura de que no renunciaría a su abogada. Aun así, convenía que hiciera un alarde de poder. Llamaría a Geena y Cody cuando finalizara la reunión. Almorzaría con ellos en el Promenade, cerca del Capitolio, y puede que avistaran brevemente al poderoso vicepresidente de algún subcomité.

Cuando Wally Bright oyó la noticia su nuca se tiñó de un intenso color escarlata. Hark estaba depredando clientes; de la primera familia solo quedaba Libbigail y él mataría a Hark en caso de que intentara robársela.

—No se acerque a mi cliente, ¿está claro? —dijo levantando la voz, furioso.

Todos en la sala se volvieron hacia él.

—Cálmese.

—Y un cuerno. ¿Cómo podemos calmarnos si usted está robándonos los clientes?

—Yo no he robado a la señora Jackman. Fue ella quien me llamó.

—Ya sabemos a qué está usted jugando, Hark. No somos idiotas —soltó Wally, volviéndose hacia sus colegas.

Ellos no se consideraban idiotas, ciertamente, pero no estaban muy seguros de que Wally no lo fuese. La verdad era que nadie podía fiarse de nadie. Había demasiado dinero en juego como para dar por seguro que el colega que se sentaba al lado de uno no sacaría una navaja.

Hicieron pasar a Snead y su presencia en la estancia dio lugar a un cambio de tema. Hark lo presentó al grupo. El pobre Snead parecía un hombre enfrentado a un pelotón de fusilamiento. Se sentó a un extremo de la mesa, enfocado por dos vídeos.

—Esto es solo un ensayo —le aseguró Hark—. Tranquilícese.

Los abogados sacaron sus cuadernos de notas repletos de preguntas, y se acercaron un poco más a Snead.

Hark se situó a su espalda y le dio una palmada en el hombro.

—Bien, señor Snead —dijo—, cuando usted haga su declaración los abogados de la otra parte tendrán derecho a interrogarle en primer lugar. Por consiguiente, en el transcurso de aproximadamente una hora deberá usted suponer que somos el enemigo. ¿De acuerdo?

Snead no estaba de acuerdo, por supuesto, pero ya había cobrado el dinero. Tenía que hacer lo que le dijeran.

Hark tomó su cuaderno de notas y empezó a formular preguntas muy sencillas sobre su nacimiento, antecedentes, familia, educación, temas fáciles que Snead manejó muy bien y le sirvieron para relajarse. Después Hark pasó a interrogarlo sobre sus primeros años con el señor Phelan y otros mil asuntos aparentemente improcedentes.

Tras una pausa para ir al lavabo, la señora Langhorne asumió el mando y sometió a Snead a un severo cuestionario acerca de las diversas familias Phelan, las esposas, los hijos, los divorcios y las amantes. Snead pensó que todo aquello era por completo innecesario, pero advirtió que a los abogados les encantaba.

—¿Conocía usted la existencia de Rachel Lane? —inquirió Langhorne.

Snead reflexionó un momento antes de contestar.

—Eso no lo había pensado. —En otras palabras, pedía que le echasen una mano con la respuesta—. ¿Usted qué cree? —le preguntó al señor Gettys.

Hark representó rápidamente su papel.

—Yo creo que usted lo sabía todo sobre el señor Phelan, especialmente en lo relacionado con sus mujeres y sus hijos. A usted no se le escapaba nada. El viejo se lo contaba todo, incluyendo la existencia de su hija ilegítima, que tenía unos diez u once años cuando usted entró al servicio del señor Phelan. Este intentó, a lo largo de los años, establecer contacto con ella, pero la chica no quería saber nada de él. Supongo que eso debió de dolerle mucho y, como era un hombre que siempre conseguía lo que quería, el desprecio de Rachel hizo que su dolor se transformara en cólera. Yo creo que él sentía antipatía hacia ella. De ahí que el hecho de que se lo dejara todo constituyera una demostración fehaciente de su absoluta locura.

Una vez más, Snead se asombró de la habilidad de Hark para inventarse historias en un santiamén. Los restantes abogados también se quedaron boquiabiertos de asombro.

—¿Qué les parece? —les preguntó Hark.

Todos asintieron en gesto de aprobación.

—Será mejor que se le facilite toda la información acerca de Rachel Lane —sugirió Bright.

Snead repitió entonces ante las cámaras la misma historia que Hark acababa de contar y, mientras lo hacía, dio muestras de poseer una aceptable habilidad para ampliar el tema. Cuando terminó, los abogados no pudieron disimular su complacencia. Aquel gusano diría cualquier cosa que hiciera falta, y no había nadie capaz de rebatir sus afirmaciones.

Cuando le hacían alguna pregunta para cuya respuesta necesitaba ayuda, Snead contestaba: «Bueno, eso no lo había pensado». Y Hark, que parecía prever los puntos débiles de Snead, solía tener a punto una rápida historia. Con frecuencia, sin embargo, los demás abogados, deseosos de exhibir su habilidad a la hora de fraguar mentiras, intervenían para proponer también sus pequeñas tramas.

De esta manera, inventaron y armonizaron a la perfección una capa tras otra de falsedades cuidadosamente urdidas para demostrar, sin el menor asomo de duda, que el señor Phelan no estaba en su sano juicio la mañana en que garabateó su último testamento. Los abogados adiestraron a Snead y este se dejó dirigir sin dificultad alguna. De hecho, era tan maleable que todos los presentes temieron que hablara más de la cuenta. Su credibilidad no podía quedar en entredicho. No debía existir ninguna laguna en su declaración.

Se pasaron tres horas creando la historia y otras dos tratando de desmontarla de manera implacable, para ver si funcionaba. No le dieron de comer a la hora del almuerzo. Se burlaron de él y lo llamaron embustero. En determinado momento, Langhorne estuvo a punto de hacerlo llorar. Cuando Snead ya estaba agotado y a punto de venirse abajo, lo enviaron a casa con todos los vídeos y le ordenaron que los estudiase, una y otra vez.

Aún no estaba debidamente preparado para declarar, le dijeron. Sus relatos todavía no eran irrebatibles. El pobre Snead regresó a casa con su nuevo Range Rover, cansado y perplejo, pero firmemente decidido a practicar sus mentiras hasta que los abogados aplaudieran su actuación.

El juez Wycliff disfrutaba de sus tranquilos y breves almuerzos en su despacho. Como de costumbre, Josh compró unos bocadillos en un establecimiento griego de comida preparada que había cerca de Dupont Circle. Los desenvolvió, junto con el té helado y los encurtidos, sobre la mesita del rincón. Ambos se inclinaron sobre la comida, comentando primero lo muy ocupados que estaban para pasar rápidamente al tema de la herencia Phelan. Algo debía de haber ocurrido, pues de otro modo Josh no hubiera llamado.

—Hemos localizado a Rachel Lane —dijo este.

—Estupendo. ¿Dónde? —En el rostro de Wycliff se dibujó una visible expresión de alivio.

—Nos hizo prometer que no lo diríamos, al menos por el momento.

—¿Se encuentra en el país? —preguntó el juez, olvidándose de su bocadillo.

—No. Está en un lugar muy apartado del mundo y encantada de vivir allí.

—¿Cómo la localizaron?

—Lo hizo su abogado.

—¿Quién es su abogado?

—Un hombre que antes trabajaba en mi bufete. Se llama Nate O'Riley, un antiguo socio de mi firma. Nos dejó en agosto.

Wycliff entornó los ojos mientras reflexionaba.

—Qué casualidad —dijo—. Ella contrata a un antiguo socio del bufete de abogados cuyos servicios utilizaba su padre.

—No es ninguna casualidad. En mi calidad de abogado

de la testamentaría, yo tenía que buscarla. Envié a Nate O'Riley. Él la localizó y ella lo contrató. En realidad, es muy sencillo.

—¿Cuándo se presentará por aquí?

—Dudo mucho que comparezca en persona.

—¿Y qué me dice de los documentos de aceptación y renuncia?

—Están en camino. Ella se lo toma todo con mucha calma, y, si he de serle sincero, no sé muy bien cuáles son sus planes.

—Habrá una disputa testamentaria, Josh. La guerra ya ha estallado. Las cosas no pueden esperar. Es necesario que este tribunal tenga jurisdicción sobre ella.

—Señor juez, Rachel Lane cuenta con representación legal. Sus intereses estarán protegidos. Vamos a luchar. Nosotros haremos la exhibición de datos y veremos qué es lo que tiene la otra parte.

—¿Puedo hablar con ella?

—Es imposible.

—Vamos, Josh.

—Se lo juro. Mire, trabaja como misionera en un lugar perdido de Sudamérica. Es todo lo que le puedo decir.

—Quiero ver al señor O'Riley.

—¿Cuándo?

Wycliff se acercó a su escritorio y tomó la agenda de citas que tenía más a mano. Su atareada existencia estaba regulada por un calendario de listas de causas pendientes de juicio, un calendario de juicios y un calendario de solicitudes. Su secretaria se guiaba por un calendario de oficina.

—¿Qué tal este miércoles?

—Muy bien. ¿Para almorzar? Nosotros tres juntos, con carácter informal.

—Por supuesto.

El abogado O'Riley tenía previsto pasarse toda la mañana leyendo y escribiendo, pero una llamada del párroco truncó sus planes.

—¿Está usted ocupado? —preguntó el padre Phil con una poderosa voz que resonó con fuerza a través del teléfono.

—Pues, en realidad, no —contestó Nate.

Se encontraba sentado en un mullido sillón de cuero, junto a la chimenea, con las rodillas cubiertas por una manta, tomando café y leyendo a Mark Twain.

—¿Está seguro?

—Pues claro que lo estoy.

—Mire, resulta que he decidido hacer unas reformas en el sótano de la iglesia y necesito que me echen una mano. He pensado que, a lo mejor, estaría usted aburrido, pues aquí en St. Michaels no hay mucho que hacer, por lo menos en invierno. Según dicen, hoy volverá a nevar.

El recuerdo del estofado de cordero pasó por la mente de Nate. Había sobrado una buena cantidad.

—En diez minutos estoy ahí.

El sótano se hallaba directamente debajo de la iglesia. Nate oyó unos martillazos mientras bajaba por los inestables peldaños. Era una ancha y larga sala con un techo muy bajo. El proyecto de reforma llevaba bastante tiempo en marcha, pero no se vislumbraba el final. Al parecer, el plan general consistía en la construcción de una serie de habitaciones adosadas a los muros exteriores, con un espacio abierto en el centro. Phil se encontraba de pie entre dos caballetes de aserrar, con una cinta métrica en la mano y los hombros cubiertos de serrín. Vestía camisa de franela, tejanos y botas, y por su aspecto podría haber pasado fácilmente por carpintero.

—Gracias por venir —dijo con una ancha sonrisa.

—Faltaría más. Me estaba aburriendo —repuso Nate.

—Estoy colocando un revestimiento de fibra prensada en la pared —explicó Phil, señalándolo con un movimiento del brazo—. Entre dos el trabajo es más fácil. Antes me ayudaba el señor Fuqua, pero ya tiene ochenta años y su espalda ya no es lo que era.

—¿Qué está construyendo?

—Seis aulas para estudios bíblicos. El área del centro será una sala común de reuniones. Nuestro presupuesto no da para muchos proyectos nuevos y por eso lo hago yo solo. Además, así me mantengo en forma.

El padre Phil llevaba muchos años sin estar en forma.

—Indíqueme exactamente lo que tengo que hacer —pidió Nate—, y recuerde que soy abogado.

—No se ha dedicado mucho a las tareas manuales, ¿verdad?

—Pues no.

Cada uno tomó un extremo de una lámina de fibra prensada y la arrastraron por el suelo hasta el aula que en aquellos momentos se estaba construyendo. La lámina medía un metro veinte por metro ochenta y, cuando la levantaron para colocarla en su sitio, Nate advirtió que, en efecto, se trataba de un trabajo para dos personas. Phil soltó un gruñido, frunció el entrecejo, se mordió la lengua y, cuando la pieza encajó en el rompecabezas, indicó:

—Ahora aguante aquí.

Nate apretó la lámina contra los listones, que medían sesenta por ciento veinte centímetros, mientras Phil la aseguraba con clavos. Una vez asegurada, Phil clavó otros seis clavos en los listones y contempló su obra con admiración. Acto seguido tomó la cinta métrica y empezó a medir el siguiente espacio abierto.

—¿Dónde aprendió usted el oficio de carpintero? —le preguntó Nate, estudiándolo con interés.

—Lo llevo en la sangre. José era carpintero.

—¿Quién?

—El padre de Jesús.

—Ah, se refiere a ese José.

—¿Lee usted la Biblia, Nate?

—No mucho.

—Pues tendría que hacerlo.

—Me gustaría empezar.

—Yo puedo ayudarlo, si quiere.

—Gracias.

Phil anotó unas medidas en la lámina de fibra prensada que acababan de colocar. Después midió con cuidado un par de veces. Nate no tardó en comprender la razón de la tardanza en la culminación del proyecto. Phil se lo tomaba todo con mucha calma y era un firme creyente en la bondad de un dinámico régimen de pausas para el café.

Al cabo de una hora subieron por las escaleras para dirigirse al despacho de la rectoría, donde se disfrutaba de una temperatura seis grados superior a la del sótano. Phil tenía una cafetera lista sobre un pequeño hornillo. Llenó dos tazas y empezó a examinar las hileras de libros de los estantes.

—Aquí tiene usted una espléndida guía de devociones cotidianas, una de mis preferidas —dijo, tomando delicadamente el libro, pasándole la mano por encima como si estuviese cubierto de polvo y entregándoselo a Nate. Era de tapa dura y tenía la sobrecubierta intacta. Phil era muy cuidadoso con los libros. Eligió otro y también se lo tendió—. Es un estudio de la Biblia para personas ocupadas —añadió—. Muy bueno, por cierto.

—¿Qué le induce a pensar que soy una persona ocupada?

—Es usted un abogado de Washington, ¿no?

—Técnicamente, sí, pero eso está a punto de terminar.

Phil juntó las puntas de los dedos de ambas manos y miró a Nate tal como solo un clérigo podía hacerlo. Sus ojos decían: «Siga adelante. Cuénteme más cosas. Estoy aquí para ayudarlo».

Y entonces Nate le contó algunas de sus preocupaciones pasadas y presentes, haciendo hincapié en sus problemas con Hacienda y la inminente pérdida de su licencia de abogado. Evitaría ir a la cárcel, pero le exigirían pagar una multa que no estaba en condiciones de afrontar.

Pese a ello, el futuro no le preocupaba; antes bien, se alegraba de abandonar la profesión.

—¿Qué piensa hacer? —le preguntó Phil.

—No tengo ni idea.

—¿Confía en Dios?

—Sí, creo que sí.

—Pues entonces, tranquilícese. Él le mostrará el camino.

Se pasaron tanto rato hablando que la mañana se alargó hasta la hora del almuerzo. Entonces se dirigieron hacia la puerta de al lado y disfrutaron una vez más de un festín de estofado de cordero. Laura se reunió con ellos más tarde. Enseñaba en un parvulario y solo disponía de treinta minutos para almorzar.

Hacia las dos bajaron de nuevo al sótano, donde reanudaron a regañadientes su tarea. Mientras observaba la manera de trabajar de Phil, Nate comprendió que este jamás terminaría aquel trabajo. Tal vez José fuera un buen carpintero, pero al padre Phil se le daba mejor el púlpito. La lámina de fibra prensada destinada a ocupar el siguiente espacio vacío pasó por el mismo proceso que la anterior. Al final, tras haber hecho tantas señales a lápiz que ni siquiera un arquitecto las hubiera comprendido, Phil tomó con gran nerviosismo la sierra eléctrica y cortó la lámina. A continuación la colocaron sobre el espacio abierto, la clavaron y la aseguraron. El ajuste era siempre perfecto, y cada vez que ello ocurría Phil soltaba un profundo suspiro de alivio.

Ya tenían dos aulas aparentemente terminadas y listas para pintar. Entrada la tarde, Nate decidió que al día siguiente iba a convertirse en pintor.

41

Dos días de agradable esfuerzo solo dieron lugar a un insignificante progreso en las obras del sótano de la iglesia de la Trinidad. Pero ambos consumieron gran cantidad de café y, al final, se terminaron el estofado de cordero, pintaron un poco, colocaron unas cuantas láminas de fibra prensada y establecieron los cimientos de una amistad.

El martes por la noche Nate estaba rascando pintura con las uñas cuando sonó el teléfono. Era Josh, llamándolo de nuevo al mundo real.

—El juez Wycliff quiere verte mañana —le anunció—. He intentado telefonearte antes.

—¿Qué quiere? —preguntó Nate sin poder evitar que se le notara el miedo en la voz.

—Estoy seguro de que quiere hacerte unas preguntas acerca de tu nueva cliente.

—Es que estoy muy ocupado, Josh. Estoy haciendo obras, pintando, colocando láminas de fibra prensada y cosas por el estilo.

—No me digas.

—Pues sí. Estoy arreglando el sótano de una iglesia. El tiempo es muy importante.

—No sabía que tuvieras esa habilidad.

—¿Tengo que ir, Josh?

—Creo que sí. Accediste a llevar este caso. Ya se lo he dicho al juez. Te necesitan, muchacho.

—¿Cuándo y dónde?

—Preséntate en mi despacho a las once. Iremos juntos en mi automóvil.

—No me apetece ver el despacho, Josh. Me trae malos recuerdos. Me reuniré contigo en el juzgado.

—Muy bien. Preséntate al mediodía. En el despacho del juez Wycliff.

Nate echó un tronco al fuego y contempló los copos de nieve que pasaban flotando por delante del porche. Podía ponerse traje y corbata y andar por ahí con un maletín. Podía interpretar el papel. Podía decir «Señoría» y «Con la venia del tribunal», protestar a gritos y someter a un duro e implacable interrogatorio a los testigos. Podía hacer todo eso y todas las demás cosas que otros millones de abogados hacían, pero ya no se consideraba un abogado. Aquellos días habían pasado a la historia, gracias a Dios. Sin embargo, lo haría una vez más, pero solo una. Aunque trató de convencerse de que lo hacía por su cliente, Rachel, sabía que a ella le daba igual.

Aún no le había escrito, a pesar de las muchas veces que había intentado hacerlo. La carta que le había escrito a Jevy le había exigido dos horas de duro esfuerzo para rellenar una página y media.

Cuando solo llevaba tres días en medio de la nieve, ya echaba de menos las húmedas calles de Corumbá, con el lento tráfico peatonal, las terrazas de los cafés y aquel ritmo vital que decía que todo podía esperar hasta el día siguiente. Nevaba cada vez más fuerte. Tal vez fuese otra ventisca; con un poco de suerte cerrarían las carreteras al tráfico y no tendría que ir.

Más bocadillos de la tienda de comida griega, más encurtidos y té. Josh puso la mesa mientras aguardaban la llegada del juez Wycliff.

—Esto es el dossier del tribunal —dijo, entregándole a Nate un abultado expediente de tapas rojas—. Y aquí está tu respuesta —añadió, tendiéndole una carpeta de cartulina—. Tienes que leerlo y firmarlo cuanto antes.

—¿La testamentaría ya ha presentado la respuesta? —preguntó Nate.

—Lo hará mañana. La respuesta de Rachel Lane está aquí, ya preparada y a la espera de tu firma.

—Aquí hay algo que no marcha, Josh. Estoy presentando una respuesta a una impugnación de un testamento en representación de una cliente que no lo sabe.

—Envíale una copia.

—¿Adónde?

—A su único domicilio conocido, el de Tribus del Mundo en Houston, Texas. Todo está en la carpeta.

Nate sacudió la cabeza con expresión de desaliento al ver los preparativos que había hecho Josh. Se sentía una pieza en un tablero de ajedrez. La respuesta de la defensa de la validez del testamento a nombre de Rachel Lane tenía cuatro páginas de extensión y negaba, tanto general como específicamente, los argumentos esgrimidos en las seis peticiones de impugnación. Nate leyó las seis peticiones mientras Josh hablaba a través de su teléfono móvil.

Una vez reducidos los precipitados argumentos y la jerga legal a sus justas proporciones, el caso era muy sencillo: ¿sabía Troy Phelan lo que hacía cuando redactó su último testamento? Sin embargo, estaba claro que el juicio sería un circo, en el que los abogados llamarían a declarar no solo a psiquiatras de toda laya, sino a empleados, ex empleados, antiguas amantes, porteros, criadas, chóferes, pilotos, guardaespaldas, médicos, prostitutas y todo aquel que hubiera pasado cinco minutos en compañía del viejo.

Nate no se veía en absoluto con ánimos para enfrentarse a aquel jaleo. El expediente le resultaba cada vez más pesado a medida que iba leyendo su contenido. Cuando aquella guerra al fin terminara, ocuparía sin lugar a dudas una habitación.

El juez Wycliff hizo su espectacular entrada a las doce y media, disculpándose por estar tan atareado mientras se quitaba la toga a toda prisa.

—Usted es Nate O'Riley —dijo, tendiéndole la mano a Nate.

—Sí, señor juez —respondió Nate—, celebro conocerlo.

Josh consiguió dejar de lado el teléfono móvil. Los tres se apretujaron alrededor de la mesita y empezaron a comer.

—Josh me ha explicado que consiguió localizar usted a la mujer más rica del mundo —dijo Wycliff, saboreando un bocadillo con fruición.

—Sí, en efecto. Hace aproximadamente un par de semanas.

—¿Y no puede decirme dónde está?

—Ella me rogó que no lo hiciera. Y yo se lo prometí.

—¿Comparecerá para declarar en el momento oportuno?

—No tendrá que hacerlo —intervino Josh. Guardaba en la carpeta un informe relacionado con la cuestión de la presencia de Rachel durante el juicio—. Si ella no sabe nada acerca de la capacidad mental del señor Phelan, mal puede presentarse como testigo.

—Pero ella es parte implicada —señaló Wycliff.

—En efecto. Sin embargo, su presencia se puede excusar. Podemos pleitear sin ella.

—¿Excusar por parte de quién?

—De usted, señoría.

—Tengo intención de presentar una solicitud en el momento oportuno —dijo Nate—, pidiendo al tribunal su autorización para la celebración del juicio sin su presencia.

Josh esbozó una sonrisa desde el otro lado de la mesa. «Así me gusta, Nate», pensó.

—Mejor será que nos ocupemos de eso más adelante —repuso Wycliff—. Me interesa más la exhibición obligatoria de los datos. Huelga decir que los demandantes están deseando seguir adelante.

—La testamentaría presentará mañana su respuesta —intervino Josh—. Estamos preparados para dar la batalla.

—¿Y el defensor?

—Aún estoy trabajando en la respuesta —respondió Nate en tono grave, como si llevara varios días en ello—, pero puedo presentarla mañana.

—¿Está usted preparado para la exhibición de los datos?

—Sí, señor.

—¿Cuándo podemos esperar la renuncia y la aceptación por parte de su cliente?

—De eso no estoy seguro.

—Técnicamente no tengo jurisdicción sobre ella hasta que reciba esos documentos.

—Sí, lo comprendo. Estoy seguro de que muy pronto estarán aquí. Su servicio de correos es muy lento.

Josh miró con una sonrisa a su protegido.

—¿Usted la localizó, le mostró una copia del testamento, le explicó lo que eran los documentos de renuncia y aceptación y accedió a representarla? —preguntó el juez.

—Sí, señor —contestó Nate, pero solo porque no tenía más remedio que hacerlo.

—¿Lo incluirá usted en una declaración para que conste en acta?

—Eso es un poco insólito, ¿no le parece? —observó Josh.

—Es posible, pero si iniciamos la exhibición sin su renuncia y aceptación, necesito que conste en acta que se ha establecido contacto con ella y que ella sabe lo que estamos haciendo.

—Me parece una buena idea, señor juez —dijo Josh como si la idea se le hubiera ocurrido a él desde un principio—. Nate la firmará.

Este asintió con la cabeza e hincó el diente en su bocadillo, confiando en que lo dejaran comer sin verse obligado a contar más mentiras.

—¿Estaba ella unida a Troy? —inquirió Wycliff.

Nate masticó todo lo que pudo antes de contestar.

—Aquí estamos hablando confidencialmente, ¿verdad?

—Por supuesto; es un simple chismorreo.

Claro, y los chismorreos hacen ganar o perder los juicios.

—No creo que estuvieran demasiado unidos. Ella llevaba años sin verlo.

—¿Cómo reaccionó cuando leyó el testamento? —Wycliff hablaba, efectivamente, en tono distendido, familiar incluso. Nate comprendió que el juez quería conocer todos los detalles.

—Se llevó una sorpresa —contestó ásperamente Nate.

—No me extraña. ¿Preguntó cuánto?

—Más tarde, sí. Creo que se sentía abrumada, como cualquier persona en su lugar.

—¿Está casada?

—No.

Josh comprendió que las preguntas acerca de Rachel podían prolongarse un buen rato, y eso resultaba peligroso. No convenía que Wycliff supiera, al menos por el momento, que a Rachel no le interesaba el dinero.

Como siguiese insistiendo en el tema y Nate siguiese diciéndole la verdad, algo acabaría por escaparse.

—Mire, señor juez —dijo, encauzando hábilmente la conversación por otros derroteros—, este no es un caso complicado. La exhibición de los datos no puede durar mucho. Ellos están nerviosos, y nosotros también. Hay un montón de dinero en la mesa y todo el mundo lo quiere. ¿Por qué no aceleramos el proceso de la exhibición obligatoria de los datos y fijamos una fecha para el juicio?

Acelerar un litigio en un asunto de legalización era algo inaudito. A los abogados de testamentarías se les pagaba por horas. ¿Por qué tantas prisas?

—Es interesante —admitió Wycliff—. ¿Qué se propone usted?

—Organizar cuanto antes una reunión para que se proceda a la revelación de los datos. Reunir a todos los abogados en una habitación y que cada uno de ellos presente una lista de los posibles testigos y documentos. Dar un plazo de treinta días para todas las declaraciones y fijar la fecha del juicio para noventa días más tarde.

—Eso es un plazo tremendamente breve.

—En los tribunales federales lo hacemos constantemente. Da resultado. Los muchachos de la otra parte lo aceptarán con entusiasmo, porque sus clientes están sin un centavo.

—¿Y usted, señor O'Riley? ¿Está su cliente ansiosa de recibir el dinero?

—¿Usted no lo estaría, señor juez? —replicó Nate.

Los tres se echaron a reír.

Cuando Grit consiguió atravesar la línea de la defensa telefónica de Hark, sus primeras palabras fueron:

—Estoy pensando en ir a ver al juez.

Hark pulsó la tecla de grabación de su teléfono y dijo:

—Buenas tardes, Grit.

—Podría explicarle al juez la verdad, que Snead ha vendido su declaración por cinco millones de dólares y nada de lo que afirma es verdad.

Hark se echó a reír lo bastante alto como para que Grit lo oyera.

—Usted no puede hacer eso, Grit.

—Por supuesto que puedo.

—Pues no demuestra ser usted muy listo, la verdad. Escúcheme, Grit, y preste mucha atención. Primero, usted firmó la nota junto con todos los demás, lo cual significa que está involucrado en el delito del que nos acusa. Segundo, y más importante, sabe lo de Snead porque intervenía en el caso en calidad de abogado de Mary Ross. Se trata de una relación confidencial. Si usted divulga cualquier dato que haya obtenido en el desempeño de las tareas propias del abogado de una persona, quebranta el principio de secreto profesional, y si comete usted una estupidez, ella presentará una protesta al colegio de abogados y yo lo perseguiré sin piedad hasta conseguir que lo expulsen de este. Haré que le retiren la licencia, Grit, ¿lo ha entendido?

—Es usted un canalla, Gettys. Me ha robado a mi cliente.

—Si tan contenta estaba su cliente, ¿por qué se buscó a otro abogado?

—Aún no he terminado con usted.

—No cometa ninguna estupidez.

Grit colgó violentamente el auricular. Hark disfrutó del momento y después reanudó su trabajo.

Circulando solo en su automóvil por la ciudad, Nate cruzó el río Potomac, pasó por delante del Lincoln Memorial y se dejó llevar sin prisa por el tráfico. Los copos de nieve acariciaban el parabrisas, pero la anunciada ventisca no se había producido. Al llegar a un semáforo en rojo de la avenida Pennsylvania, miró por el espejo retrovisor y vio el edificio, apretujado entre una docena de otros muy similares, en el que había pasado buena parte de los últimos veintitrés años. La ventana de su despacho estaba seis pisos más arriba y apenas podía verla.

En la calle M, por la que se accedía a Georgetown, empezó a ver sus guaridas de antaño, los viejos bares y tugurios donde había compartido oscuras y largas horas con gente a la que ya no conseguía recordar. Sí recordaba, en cambio, los nombres de los bármanes. Cada local tenía su historia. En sus días de bebedor, una dura jornada en el despacho o en la sala de justicia debía suavizarse necesariamente con unas cuantas horas bebiendo, de lo contrario no podía regresar a casa. Giró al norte por Wisconsin y vio un bar en el que una vez se había peleado con un universitario que estaba aún más borracho que él. La disputa la había provocado una estudiante un poco ligera de cascos. El barman los había mandado a darse puñetazos a la calle. Cuando a la mañana siguiente compareció ante el juez, Nate lucía una tirita.

Y allí estaba el pequeño café en el que había comprado cocaína suficiente como para matarse. La brigada de narcotráfico había practicado una redada en el local cuando él se encontraba en período de desintoxicación. Dos corredores de bolsa habían ido a parar a la cárcel.

Había pasado sus días de gloria en aquellas calles mientras sus esposas esperaban y sus hijos crecían sin él. Se avergonzaba del sufrimiento que había causado. Cuando abandonó Georgetown juró no regresar jamás.

En la casa de Stafford volvió a cargar en el automóvil más ropa y efectos personales y se marchó a toda prisa.

Llevaba en el bolsillo un cheque por valor de diez mil dólares, el anticipo sobre los honorarios. Hacienda le reclamaba sesenta mil dólares de impuestos atrasados, y la multa ascendería a otro tanto por lo menos. Le debía a su segunda mujer treinta mil dólares por la manutención de los hijos. Mientras él se recuperaba con ayuda de Sergio, sus obligaciones mensuales se habían acumulado.

El hecho de que estuviera arruinado no le eximía del pago de aquellas deudas. Reconocía que su futuro económico era decididamente negro. La manutención de los hijos menores le costaba tres mil dólares mensuales por cada uno. Y los dos mayores le resultaban casi igual de caros, a causa de las matrículas, la vivienda y la comida. Podría subsistir con el dinero que le dejase el caso Phelan durante unos cuantos meses, pero, a juzgar por lo que decían Wycliff y Josh, el juicio se adelantaría en lugar de retrasarse. Cuando se cerrara finalmente la testamentaría, él comparecería ante un juez federal, se declararía culpable de evasión de impuestos y entregaría su licencia.

El padre Phil estaba enseñándole a no preocuparse por el futuro. El Señor cuidaba de los suyos.

Nate se preguntó una vez más si Dios estaba recibiendo más de lo que había pactado.

Puesto que era incapaz de escribir en otro tipo de papel que no fuera el de oficio, por la comodidad de sus amplios márgenes y sus anchas líneas, Nate tomó una hoja e intentó escribirle una carta a Rachel. Tenía la dirección en Houston de Tribus del Mundo. Indicaría en el sobre «Personal y confidencial», lo dirigiría a Rachel Lane y añadiría una nota explicatoria: «A quien corresponda».

Alguien de Tribus del Mundo debía de saber quién era ella y dónde estaba. A lo mejor, ese alguien estaba al corriente de que Troy era su padre. Y, a lo mejor, ese alguien había atado cabos y ya sabía que su Rachel era la beneficiaria.

Nate suponía, además, que Rachel se pondría en contacto con Tribus del Mundo, si no lo había hecho ya. Estaba en Corumbá, pues había ido a verlo al hospital. Era lógico suponer que desde allí hubiera llamado a Houston para comentarle a alguien la visita que él le había hecho.

Recordaba que ella le había comentado el presupuesto anual que le asignaba Tribus del Mundo. Tenía que haber algún método de correspondencia por correo. Si su carta llegaba a las manos apropiadas en Houston, quizá también llegase al lugar apropiado de Corumbá.

Escribió la fecha y, después, «Querida Rachel».

Se pasó una hora contemplando el fuego que ardía en la chimenea mientras trataba de buscar palabras que sonaran inteligentes. Al final, inició la carta con un párrafo en el que hablaba de la nieve. ¿La echaba ella de menos de la época de su infancia? ¿Cómo eran las nevadas de Montana? En aquellos momentos había una capa de al menos treinta centímetros de grosor al otro lado de su ventana.

Se vio obligado a confesarle que estaba actuando como abogado suyo y, en cuanto entró de lleno en el ritmo de la jerga legal, la carta echó a andar sin dificultad. Le explicó con toda la sencillez que pudo lo que estaba ocurriendo con el juicio.

Le habló del padre Phil, de la iglesia y del sótano. Estaba estudiando la Biblia y le gustaba mucho. Rezaba por ella.

Al terminar, vio que había llenado tres páginas y se sintió orgulloso. La leyó un par de veces y la consideró digna de ser enviada. Si la carta llegaba a la choza de Rachel, sabía que esta la leería una y otra vez y no prestaría la menor atención a las deficiencias de su estilo.

Estaba deseando volver a verla.

42

Uno de los motivos del lento avance de las obras de reforma del sótano de la iglesia era la tendencia del padre Phil a levantarse tarde. Laura decía que ella salía diariamente de casa a las ocho de la mañana para dirigirse al parvulario, y la mayor parte de las veces el párroco aún seguía bajo las mantas. Era un ave nocturna, decía él para justificarse, y le encantaba ver viejas películas en blanco y negro en la televisión pasada la medianoche.

De ahí la extrañeza de Nate cuando Phil le llamó el viernes a las siete de la mañana y le preguntó:

—¿Ha leído el *Post*?

—No leo los periódicos —contestó Nate.

Se había librado de aquella costumbre durante su período de desintoxicación. En cambio, Phil leía cinco periódicos al día. Eran una buena fuente de material para sus sermones.

—Pues creo que le convendría hacerlo.

—¿Por qué?

—Hay un reportaje sobre usted.

Nate se calzó las botas y recorrió las dos manzanas que lo separaban de una cafetería de Main Street. En la primera plana de la sección dedicada al área metropolitana aparecía un bonito reportaje acerca del hallazgo de la heredera perdida de la fortuna de Troy Phelan. Los documentos se habían presentado a última hora del día anterior en el juzgado de distrito del condado de Fairfax, en el que ella, a través de su abogado, un tal Nate O'Riley, rechazaba los argumentos de las personas que habían impugnado el testamento de su padre. Puesto que no había muchas cosas que decir acerca de ella, el reportaje se centraba en su abogado. Según su declaración, presentada también en el juzgado, este había localizado a Rachel Lane, le había mostrado una copia del testamento manuscrito, había discutido con ella las distintas cuestiones legales y había conseguido convertirse en su abogado. No se ofrecía ninguna indicación concreta acerca del paradero de la señorita Lane.

El señor O'Riley era un antiguo socio del bufete Stafford; había sido un destacado procurador de los tribunales, había abandonado el bufete en agosto; se había declarado insolvente en octubre; había sido encausado en noviembre y todavía tenía que responder de la acusación de fraude fiscal que pesaba sobre él. Las autoridades tributarias señalaban que les había escamoteado sesenta mil dólares, y para redondear la cosa, el reportero mencionaba el innecesario dato de sus dos divorcios y completaba la humillación con la pésima fotografía que acompañaba el reportaje, en la cual O'Riley aparecía con una copa en la mano en un bar del distrito de Columbia. Nate estudió su granulosa imagen de varios años atrás, con sus ojos irritados, sus mejillas oscurecidas por el alcohol y su estúpida sonrisa de complacencia, como si estuviera alternando con personas de su agrado. Se avergonzó al verla, pero era algo que pertenecía a otra vida.

Naturalmente, ningún reportaje podía considerarse completo sin una rápida enumeración de los turbulentos detalles de la vida y muerte de Troy: tres esposas, siete hijos conocidos, unos once mil millones de dólares en activos y su vuelo final desde catorce pisos de altura.

No había sido posible contactar con el señor O'Riley para conocer sus opiniones. El señor Stafford no tenía nada que declarar. En cuanto a los abogados de los herederos Phelan, ya habían dicho tantas cosas que no había sido necesario preguntarles nada más.

Nate dobló el periódico y regresó a casa. Eran las ocho y media. Le quedaban casi dos horas antes de la reanudación de las obras del sótano. Los sabuesos ya conocían su nombre, pero les resultaría muy difícil dar con su rastro. Josh había dispuesto que su correspondencia se desviara a un apartado de correos del distrito de Columbia. Le habían asignado un nuevo número de teléfono de oficina, a nombre de Nate O'Riley, abogado. Las llamadas las atendía una secretaria del bufete de Josh que archivaba los mensajes.

En St. Michaels, solo el párroco y su mujer conocían su identidad. Corrían rumores de que era un próspero abogado de Baltimore que estaba escribiendo un libro.

Ocultarse era adictivo; tal vez por ello lo hacía Rachel.

Se enviaron por correo copias de la respuesta de Rachel Lane a todos los abogados de los hermanos Phelan que, en su conjunto, se quedaron estupefactos al recibir la noticia. De modo que estaba viva y dispuesta a presentar la batalla, por más que la elección del abogado resultase en cierto modo enigmática. La fama de O'Riley era cierta. Se trataba de un hábil y brillante letrado que no podía soportar la presión a que estaba sometido; pero los representantes legales de los hermanos Phelan y el propio juez Wycliff sospechaban que quien llevaba la voz cantante era Josh Stafford. Había rescatado a O'Riley de las drogas y el alcohol, lo había regenerado, había depositado el expediente en sus manos y lo había enviado al juzgado.

Los abogados de los Phelan se reunieron el viernes por la mañana en el despacho de la señora Langhorne, ubicado en uno de los modernos edificios de la avenida Pennsylvania, en la zona comercial. El bufete era un poco quiero y no puedo: sus cuarenta abogados constituían un número suficiente como para atraer a clientes de la máxima categoría, pero su ambiciosa dirección había elegido el espectacular y ostentoso mobiliario propio de unos abogados que estaban esperando con ansia la gran oportunidad que los lanzara a la fama.

Habían acordado reunirse una vez por semana, cada viernes a las ocho y durante no más de dos horas, para analizar el litigio Phelan y planear la estrategia.

La idea había sido de Langhorne, quien había comprendido que ella tendría que ser la conciliadora, pues los chicos estaban demasiado ocupados pavoneándose y combatiendo. Además, había demasiado dinero que perder en un juicio en el que los contendientes, todos agrupados a un lado de la estancia, estaban apuñalándose mutuamente por la espalda.

Al parecer, la depredación ya había terminado, o eso creía ella por lo menos. Sus clientes Geena y Cody no la abandonarían. Yancy llevaba a Ramble muy bien sujeto por la correa y Wally Bright vivía prácticamente con Libbigail y Spike. Hark tenía a los otros tres —Troy Junior, Rex y Mary Ross— y daba la impresión de conformarse con su cosecha. El polvo estaba posándose alrededor de los herederos. Las relaciones adquirían por momentos un carácter familiar. Las cuestiones se habían definido y los abogados sabían que como no trabajasen en equipo perderían el pleito.

La cuestión número uno era Snead. Se habían pasado varias horas visionando los vídeos de su primer intento y cada uno de ellos había preparado largas notas acerca de la manera de mejorar su actuación. La invención de mentiras resultaba descarada. Yancy, un antiguo aspirante a guionista cinematográfico, había llegado a escribirle a Snead un guión de cincuenta páginas plagado de afirmaciones en las que se presentaba al pobre Troy como un individuo totalmente insensato.

La número dos era Nicolette, la secretaria. En unos días la machacarían delante de las cámaras de vídeo, pues la chica tendría que decir ciertas cosas. A Bright se le había ocurrido apuntar la posibilidad de que el viejo hubiera sufrido un ataque de apoplejía en el transcurso de una relación sexual con ella horas antes de enfrentarse con los tres psiquiatras, algo que solo Nicolette y Snead estaban en condiciones de declarar. Un ataque de esa especie equivaldría a una merma de las facultades mentales. La genial idea había sido aceptada de inmediato, pero había dado lugar a una prolongada discusión acerca de la autopsia. Aún no disponían de una copia del resultado. El pobre hombre se había estrellado contra el suelo de ladrillos del patio y había sufrido un terrible golpe en la cabeza, como cabía esperar. ¿Podía la autopsia, a pesar de ello, revelar la presencia de un ataque cerebral?

La número tres eran sus propios expertos. El psiquiatra de Grit había protagonizado una precipitada salida en compañía de este, por cuyo motivo ahora solo había cuatro, uno por cada bufete. No era un número difícil de manejar en un juicio y, de hecho, podía resultar más convincente, sobre todo en caso de que todos ellos llegaran a las mismas conclusiones por caminos distintos. Los abogados habían acordado ensayar también las declaraciones de sus psiquiatras, y los habían sometido a duros interrogatorios, tratando de provocar su derrumbamiento por efecto de la presión.

La número cuatro era la necesidad de más testigos. Tenían que encontrar a otras personas que hubieran estado alrededor del viejo en sus últimos días. En eso Snead podría echarles una mano.

La última cuestión era la aparición de Rachel Lane y su abogado.

—No hay nada en los registros firmado por esta mujer —anunció Hark—. Es una especie de reclusa. Nadie sabe dónde está excepto su abogado, y este no quiere revelarlo. Han tardado un mes en localizarla, y no ha firmado nada. Desde un punto de vista técnico, el tribunal carece de jurisdicción sobre ella. En mi opinión, es obvio que esta mujer se muestra reacia a presentarse.

—Lo mismo les ocurre a algunos ganadores de la lotería —terció Bright—. Quieren llevar la cosa con discreción para evitar que todos los sablistas del barrio llamen a su puerta.

—¿Y si no quiere el dinero? —preguntó Hark, dejando boquiabiertos de asombro a todos los presentes en la estancia.

—Eso es una locura —replicó instintivamente Bright, pero sus palabras se perdieron en el aire mientras él reflexionaba acerca de aquella posibilidad.

Al ver que los demás se rascaban la cabeza, perplejos, Hark insistió en el tema.

—Era solo una idea, pero convendría tenerla en cuenta. Según la legislación de Virginia, el legado de un testamento puede rechazarse, en cuyo caso queda dentro de la testamentaría, sujeto a las restantes disposiciones. Si este testamento es impugnado y no existe ningún otro, los siete hijos de Troy Phelan se lo llevarán todo. Y, si Rachel Lane no quiere nada, nuestros clientes se repartirán la herencia.

Unos vertiginosos cálculos cruzaron por la mente de los abogados. Once mil millones menos los impuestos de sucesión divididos por seis... Los honorarios de siete cifras se convertían en honorarios de ocho cifras.

—Eso es un poco traído por los pelos —dijo lentamente Langhorne con el cerebro todavía ardiendo por efecto de los cálculos matemáticos.

—No estoy tan seguro —repuso Hark. Estaba claro que sabía algo más que sus colegas—. Una renuncia es un documento muy fácil de ejecutar. ¿Esperan que nos creamos que O'Riley viajó a Brasil, encontró a Rachel Lane, le habló de lo de Troy, consiguió que ella contratara sus servicios, pero no logró que estampara una firmita en un breve documento que otorgaría jurisdicción al juzgado? Aquí hay gato encerrado.

Yancy fue el primero en preguntar:

—¿Brasil?

—Sí. El abogado acaba de regresar de allí.

—¿Y usted cómo lo sabe?

Hark abrió una carpeta y extrajo unos papeles.

—Tengo un investigador muy bueno —contestó mientras los demás enmudecían de asombro—. Ayer, tras recibir la respuesta de Rachel Lane y la declaración de O'Riley, lo mismo que ustedes, lo llamé. En tres horas, averiguó lo siguiente: el 22 de diciembre Nate O'Riley salió del aeropuerto Dulles en el vuelo 882 de la Varig, directo a São Paulo. Desde allí tomó el vuelo 146 de la Varig a Campo Grande y allí subió a bordo de un aparato de la Air Pantanal con destino a una pequeña ciudad llamada Corumbá, adonde llegó el día 23. Permaneció allí casi tres semanas, al cabo de las cuales regresó al aeropuerto Dulles.

—Puede que fueran unas vacaciones —murmuró Bright, que estaba tan sorprendido como los demás.

—Quizá, pero lo dudo. O'Riley se pasó el último otoño en un centro de desintoxicación, y no era la primera vez. Estaba allí cuando Troy se arrojó al vacío. Salió de allí el 22, el mismo día de su partida hacia Brasil. Su viaje tenía un solo objetivo, y era el de localizar a Rachel Lane.

—¿Y usted cómo sabe todo eso? —no tuvo más remedio que preguntar Yancy.

—No es tan difícil, en realidad. Sobre todo la información relativa a los vuelos. Cualquier buen pirata informático puede obtenerla.

—¿Y cómo sabe usted que él estaba en un centro de desintoxicación?

—Espías.

Se produjo un prolongado silencio mientras los presentes asimilaban la información. Todos despreciaban y al mismo tiempo admiraban a Hark. Siempre se las arreglaba para obtener información de la que ellos carecían. Y ahora estaba de su parte. Todos pertenecían al mismo equipo.

—Es una simple cuestión de medios —añadió—. Procedemos rápidamente a la exhibición de los datos que obran en nuestro poder. Impugnamos el testamento con todas nuestras fuerzas. No decimos nada acerca de la falta de jurisdicción del juzgado sobre Rachel Lane. Si esta no comparece en persona o por medio de un documento de renuncia, ello constituirá un excelente indicio de que no quiere el dinero.

—Jamás conseguirán que me lo crea —dijo Bright.

—Porque es usted abogado.

—¿Y usted no?

—Por supuesto que sí, solo que menos codicioso. Tanto si lo cree como si no, Wally, hay personas en este mundo que no se sienten motivadas por el dinero.

—Aproximadamente unas veinte —intervino Yancy—, y todas son clientes míos.

Unas leves carcajadas aliviaron la tensión.

Antes de levantar la sesión, los abogados se comprometieron una vez más a considerar confidencial todo lo hablado en el transcurso de la reunión. Cada uno de ellos estaba decidido a hacerlo, pero no se fiaba del todo de los demás. La noticia de Brasil era particularmente delicada.

43

El sobre era de color marrón y de tamaño ligeramente más grande que el legal. Al lado de la dirección de Tribus del Mundo en Houston, figuraban unas palabras escritas en clara letra de imprenta de color negro: «Para Rachel Lane, misionera en América del Sur. Personal y confidencial».

Lo recibió el administrativo responsable del correo, lo examinó por un instante y después lo envió al supervisor de la planta superior. El sobre prosiguió su viaje durante toda la mañana hasta llegar finalmente, todavía sin abrir, al escritorio de Neva Collier, coordinadora de las Misiones de América del Sur. Esta se quedó boquiabierta de asombro al verlo: nadie más que ella sabía que Rachel Lane era una misionera de Tribus del Mundo.

Estaba claro que los que se habían ido pasando el sobre no habían establecido ninguna relación entre el nombre que figuraba en este y el que había aparecido recientemente en las noticias. Era un lunes por la mañana y en los despachos todo estaba muy tranquilo.

Neva cerró la puerta de su despacho bajo llave. En el interior del sobre había una carta dirigida «A quien corresponda» y un sobre más pequeño, cerrado. Leyó la carta en voz alta, sorprendiéndose de que alguien conociera en parte la identidad de Rachel Lane.

A quien corresponda:

Adjunto a la presente una carta a Rachel Lane, una de sus misioneras en Brasil. Le ruego que se la haga llegar sin abrir.

Conocí a Rachel hace un par de semanas. Di con ella en el Pantanal, viviendo entre los ipicas, tal como lleva haciendo desde hace once años. El propósito de mi visita era un asunto legal pendiente.

Para su información, le diré que se encuentra bien. Le prometí a Rachel que no revelaría su paradero a nadie bajo ningún concepto. No desea que la molesten con más cuestiones legales, y accedí a su petición.

Necesita dinero para una nueva embarcación y un motor, y también fondos adicionales para medicamentos. Tendré mucho gusto en mandar un cheque a su organización para sufragar esos gastos; le ruego me envíe instrucciones.

Me propongo volver a escribir a Rachel, aunque no tengo la menor idea de cómo recibe la correspondencia. ¿Tendría usted la bondad de escribirme unas líneas para hacerme saber que ha recibido esta carta y que la que le he enviado a Rachel se le ha hecho llegar? Gracias.

La misiva estaba firmada por Nate O'Riley. Al pie había un número de teléfono de St. Michaels, Maryland, y una dirección de un bufete jurídico de Washington.

La correspondencia con Rachel era de lo más sencillo. Dos veces al año, el 1 de marzo y el 1 de agosto, Tribus del Mundo enviaba unos paquetes a la oficina de Correos de Corumbá, con suministros médicos, literatura cristiana y todo cuanto Rachel pudiera necesitar o desear. La oficina de Correos se comprometía a guardar los paquetes de agosto durante treinta días y, en caso de que estos no se recogieran, a enviarlos de nuevo a Houston, algo que jamás había ocurrido. En el mes de agosto de cada año, Rachel efectuaba su excursión anual a Corumbá y aprovechaba para llamar a la sede central y practicar el inglés durante diez minutos. Recogía los paquetes y regresaba junto a los ipicas. En marzo, una vez finalizada la estación de las lluvias, los paquetes se enviaban río arriba en una chalana y se dejaban en una *fazenda* próxima a la desembocadura del río Xeco. Allí acudía Lako a recogerlos. Los paquetes del mes de marzo siempre eran más pequeños que los de agosto.

En once años, Rachel jamás había recibido una carta personal, por lo menos a través de Tribus del Mundo.

Neva copió el número telefónico en un cuaderno de notas y guardó la carta en un cajón. La enviaría en unos treinta días, junto con los habituales suministros del mes de marzo.

Se pasaron casi una hora cortando láminas de fibra prensada, de sesenta por ciento veinte centímetros, para la siguiente aula. El suelo estaba cubierto de serrín. Phil tenía serrín incluso en el cabello. El chirrido de la sierra todavía resonaba en sus oídos. Ya era hora de que se tomaran un café. Se sentaron en el suelo de espaldas a la pared, muy cerca de una estufa portátil. Phil vertió un cargado café con leche de un termo.

—Hoy se ha perdido un buen sermón —dijo con una sonrisa.

—¿Dónde?

—¿Cómo que dónde? Pues aquí, naturalmente.

—¿Cuál era el tema?

—El adulterio.

—¿A favor o en contra?

—En contra, como siempre.

—No creo que eso sea un problema para sus feligreses.

—Doy un sermón una vez al año.

—¿El mismo sermón?

—Sí, pero siempre renovado.

—¿Cuándo fue la última vez que uno de sus feligreses tuvo un problema con el adulterio?

—Hace un par de años. Una de las integrantes más jóvenes de nuestra grey creía que su marido tenía otra mujer en Baltimore. Él se trasladaba una vez a la semana allí por motivos de trabajo y ella observó que, cuando regresaba a casa, era una persona distinta. Rebosaba de energía y sentía más entusiasmo por la vida. La cosa duraba tres días y después el hombre volvía a mostrarse tan malhumorado como de costumbre. Entonces ella se convenció de que su marido se había enamorado de otra.

—A ver si va un poco más al grano.

—Pues resulta que el marido visitaba a un quiropráctico.

Phil se rió ruidosamente por la nariz, lo que siempre resultaba más gracioso que el propio chiste que contaba.

Cuando se les pasó la risa, ambos tomaron un sorbo de café al mismo tiempo.

—En su otra vida, Nate, ¿tuvo alguna vez un problema con el adulterio?

—Ninguno en absoluto. De hecho, no constituía un problema, sino una forma de vida. Perseguía cualquier cosa que caminara. Si una mujer era medianamente atractiva, de inmediato se convertía en un objetivo para mí. Yo estaba casado, pero ni se me ocurría pensar que lo que hacía era cometer adulterio. No se trataba de un pecado sino de un juego. Yo era un presumido asqueroso, Phil.

—No debería haberle hecho esa pregunta.

—No, la confesión es buena para el alma. Me avergüenzo de la persona que era antes. Mujeres, borracheras, bares, peleas, divorcios, abandono de los hijos... un auténtico desastre. Ojalá pudiera volver atrás para vivir de otra manera; pero ahora lo importante es recordar hasta qué extremo he progresado.

—Le quedan muchos años por delante, Nate.

—Eso espero. De todos modos, no sé muy bien qué hacer.

—Tenga paciencia. Dios le guiará.

—Claro que, al paso que vamos, le llevará su tiempo.

Phil sonrió.

—Estudie la Biblia, Nate, y procure rezar. El Señor necesita a personas como usted.

—Supongo que sí.

—Confíe en mí. Yo tardé diez años en descubrir la voluntad de Dios. Me pasé algún tiempo corriendo por ahí hasta que, al final, me detuve para prestar atención. Y, poco a poco, él me guió hacia el sacerdocio.

—¿Cuántos años tenía entonces?

—Tenía treinta y seis años cuando entré en el seminario.

—¿Era el más viejo?

—No. En el seminario es frecuente ver a personas de cuarenta y tantos años. Ocurre constantemente.

—¿Cuánto duran los estudios?

—Cuatro años.

—Eso es peor que estudiar abogacía.

—No estuvo nada mal. En realidad, fue muy agradable.

—Pues no puedo decir lo mismo de mi paso por la universidad.

Se pasaron una hora más trabajando hasta que llegó la hora del almuerzo. Por fin se fundió toda la nieve. Algo más abajo de la carretera, en Tilgham, había una marisquería que a Phil le encantaba. Nate estaba deseando invitarlo a almorzar.

—Bonito automóvil —dijo Phil, abrochándose el cinturón de seguridad.

El serrín cayó desde su hombro sobre la impoluta tapicería de cuero del Jaguar. A Nate le dio enteramente igual.

—Es un coche de abogado, de alquiler, naturalmente, pues no podría permitirme el lujo de pagarlo. Ochocientos dólares al mes.

—Perdón.

—Preferiría conducir un pequeño Blazer o algo por el estilo.

La carretera 33 se estrechaba en las afueras de la ciudad y muy pronto empezaron a seguir el tortuoso perfil de la bahía.

Cuando sonó el teléfono estaba en la cama, aunque no dormía; todavía faltaba una hora para eso. No eran más que las diez, pero su cuerpo seguía acostumbrado a la rutina de Walnut Hill, a pesar de su viaje al sur. A veces aún se sentía un poco fatigado como consecuencia del dengue.

Le parecía increíble que, a lo largo de casi toda su vida profesional, a menudo hubiera trabajado hasta las nueve o las diez de la noche y después se hubiera ido a cenar a un bar y a tomar copas hasta la una. Le entraba cansancio solo de pensarlo.

Puesto que el teléfono sonaba muy de tarde en tarde, se apresuró a contestar, convencido de que habría ocurrido algún contratiempo.

—Con Nate O'Riley, por favor —dijo una voz femenina.

—Soy yo.

—Buenas noches, señor. Soy Neva Collier y he recibido una carta suya para nuestra amiga de Brasil.

El edredón salió despedido mientras Nate se levantaba de un salto de la cama.

—¡Sí! ¿Ha recibido usted mi carta?

—La hemos recibido. La he leído esta mañana y le enviaré su carta a Rachel.

—Estupendo. ¿Cómo recibe ella la correspondencia?

—Yo la envío a Corumbá en determinadas fechas del año.

—Muchas gracias. Me gustaría volver a escribirle.

—Me parece muy bien, pero, por favor, no ponga el nombre de Rachel en los sobres.

A Nate se le ocurrió pensar que en Houston eran las nueve. Su comunicante estaba llamándolo desde su casa, lo cual le pareció sumamente extraño. Sin embargo, la voz era agradable, aunque un poco reticente.

—¿Ocurre algo?

—No, solo que aquí nadie más que yo sabe dónde está

443

Rachel. Ahora que usted ha intervenido, somos dos los que estamos al corriente de su paradero.

—Ella me hizo jurar que guardaría el secreto.

—¿Le resultó muy difícil localizarla?

—Ya puede usted figurarse. Yo no me preocuparía por la posibilidad de que otras personas la encontraran.

—Pero ¿cómo lo hizo usted?

—En realidad, lo hizo su padre. ¿Usted se ha enterado del caso de Troy Phelan?

—Sí, estoy recortando las noticias de los periódicos.

—Antes de abandonar este mundo, la localizó en el Pantanal. No tengo ni idea de cómo lo hizo.

—Contaba con los medios.

—En efecto. Sabíamos más o menos dónde estaba, me desplacé allí, contraté un guía, me perdí y di con ella. ¿La conoce usted bien?

—No estoy muy segura de que haya alguien que conozca bien a Rachel. Yo hablo con ella una vez al año, en agosto, cuando me llama desde Corumbá. Hace cinco años probó a disfrutar de un permiso y un día almorzamos juntas, pero la verdad es que no la conozco muy bien.

—¿Ha tenido noticias suyas recientemente?

—No.

Rachel había estado en Corumbá hacía dos semanas. Nate lo sabía porque había acudido a verlo al hospital. Le había hablado, lo había tocado y después se había desvanecido junto con la fiebre. ¿Y no había llamado a la sede central? Era muy extraño.

—Se encuentra bien —dijo Nate—, y muy a gusto con su gente.

—¿Por qué lo enviaron a usted a buscarla?

—Alguien tenía que hacerlo. ¿Comprende usted lo que hizo su padre?

—Eso intento.

—Había que notificárselo a Rachel, y para eso nadie mejor que un abogado. Casualmente, yo era el único de nuestra firma que no tenía otra cosa mejor que hacer.

—Y ahora es su representante legal.

—Veo que sigue usted el caso.

—Puede que tengamos algo más que un interés pasajero. Es una de las nuestras y está un poco fuera de órbita, por así decirlo.

—Eso suena a eufemismo.

—¿Qué pretende hacer Rachel con la herencia de su padre?

Nate se frotó los ojos e hizo una pausa para interrumpir la conversación. Neva Collier se estaba pasando un poco de la raya, pero él dudaba mucho que fuese consciente de ello.

—No quisiera ofenderla, señora Collier, pero no puedo comentar con usted la conversación que mantuve con Rachel a propósito de la herencia de su padre.

—Naturalmente. No era mi intención sonsacarle. Lo que ocurre es que no sé muy bien qué debe hacer Tribus del Mundo en este momento.

—Nada. Ustedes no tienen que intervenir a menos que Rachel les pida que lo hagan.

—Comprendo. Me limitaré a seguir los acontecimientos a través de la prensa.

—Estoy seguro de que todo el proceso será ampliamente comentado.

—Me dice usted que nuestra amiga precisa ciertas cosas allí abajo.

Nate le comentó el caso de la niña que había muerto porque Rachel no disponía del antídoto apropiado.

—En Corumbá no encuentra suficientes suministros médicos. Me encantaría enviarle cuanto necesite.

—Gracias. Envíe el dinero a mi nombre a Tribus del Mundo y me encargaré de que ella reciba los suministros. Tenemos cuatro mil misioneros como Rachel repartidos por todo el mundo y eso nos obliga a estirar mucho el presupuesto.

—¿Alguno es tan extraordinario como ella?

—Sí. Dios los elige.

Acordaron mantenerse en contacto. Nate podría enviar todas las cartas que quisiera. Neva las remitiría a Corumbá. Cualquiera de los dos que tuviese noticias de Rachel, llamaría al otro.

Una vez de nuevo en la cama, Nate repasó la conversación telefónica. Era asombroso lo mucho que se había callado. Rachel acababa de enterarse por su mediación de que su padre había muerto y le había dejado una de las fortunas más grandes del mundo.

A continuación, ella se había desplazado en secreto a Corumbá porque había averiguado a través de Lako que él estaba muy enfermo. Después se había marchado sin llamar a nadie de Tribus del Mundo para comentar la cuestión del dinero.

Cuando él la dejó en la orilla del río, estaba absolutamente convencido de que a ella no le interesaba el dinero. Ahora esa certeza era aún mayor.

44

Las declaraciones empezaron el lunes 17 de febrero en una alargada sala vacía del juzgado del condado de Fairfax. Se trataba de una sala de testigos, pero el juez Wycliff había echado mano de su influencia y la había reservado para las últimas dos semanas del mes. Estaba previsto que declararan quince personas como mínimo, pero los abogados no habían conseguido ponerse de acuerdo acerca del lugar y el momento. El juez Wycliff se había visto obligado a intervenir. Las declaraciones se recibirían ordenadamente una detrás de otra, hora tras hora y día tras día hasta que concluyeran. Semejante maratón era un hecho un tanto insólito, pero también lo era todo cuanto estaba en juego. Los abogados se habían mostrado muy habilidosos a la hora de conciliar cualquier otro compromiso con el fin de pasar cuanto antes a la fase de la presentación de pruebas en el caso Phelan. Pospusieron juicios; se libraron de otras declaraciones; retrasaron una vez más importantes fechas límite; transfirieron informes a otros colegas, aplazaron alegremente sus vacaciones hasta el verano, y dejaron los asuntos más intrascendentes en manos de sus asociados. Nada era tan importante como el embrollo Phelan.

Para Nate la perspectiva de pasarse dos semanas en una sala llena de abogados, sometiendo a duros interrogatorios a los testigos, era un suplicio peor que el infierno.

Si su cliente no quería el dinero, ¿qué más le daba a él quién lo recibiera?

Su actitud cambió un poco cuando vio a los herederos de Troy Phelan.

El primer declarante fue Troy Phelan Junior. La secretaria del juzgado le tomó juramento, pero sus miradas furtivas y sus mejillas coloradas hicieron que perdiese credibilidad a los pocos segundos de sentarse a la cabecera de la mesa. En el extremo opuesto de esta, una cámara de vídeo captó un primer plano de su rostro. El equipo de Josh había preparado centenares de preguntas para que Nate pudiera cebarse en él. El trabajo y la investigación habían corrido a cargo de media docena de asociados, a los que Nate jamás llegaría a conocer; pero podría haberlo hecho él solo, improvisando sin necesidad de preparación previa. No era más que una declaración, y él contaba con una amplia experiencia.

Nate se presentó a Troy Junior y este lo miró con la sonrisa propia de un recluso que está ante su verdugo. «No será muy doloroso, ¿verdad?», parecía preguntarle.

—¿Se encuentra usted en este momento bajo los efectos de alguna droga ilegal, medicamento o bebida alcohólica? —le preguntó cordialmente Nate, provocando el desconcierto entre los abogados de los Phelan, sentados al otro lado de la mesa.

Solo Hark lo comprendió. Había escuchado casi tantas declaraciones como Nate O'Riley.

—No —contestó ásperamente Troy Junior, que ya no sonreía. Tenía resaca, pero en aquellos momentos no estaba bebido.

—¿Es consciente de que acaba usted de jurar decir toda la verdad?

—Sí.

—¿Sabe lo que es el perjurio?

—Por supuesto que lo sé.

—¿Quién es su abogado? —preguntó Nate.

—Hark Gettys.

La arrogancia de O'Riley volvió a desconcertar a los letrados de los Phelan, esta vez incluido el propio Hark. Nate no se había tomado la molestia de averiguar qué abogado representaba a qué cliente. El desdén que le inspiraba todo el grupo resultaba ofensivo.

En el transcurso de los primeros dos minutos, Nate ya había conseguido marcar la desagradable pauta del día. Estaba claro que desconfiaba de Troy Junior y cabía la posibilidad de que este se encontrara, en efecto, bajo los efectos de algo. Se trataba de un viejo truco.

—¿Cuántas esposas ha tenido usted?

—¿Y usted? —replicó Junior, mirando a su abogado en busca de aprobación.

Hark, sin embargo, estaba estudiando una hoja de papel.

Nate no perdió la compostura. Era imposible saber qué habrían estado diciendo los abogados de los Phelan a su espalda. En cualquier caso, no le importaba.

—Permítame explicarle una cosa, señor Phelan —dijo sin la menor irritación en la voz—. Se lo explicaré muy despacito para que pueda entenderme. Yo soy el abogado y usted es el testigo. ¿Me sigue hasta ahora?

Troy Junior asintió lentamente con la cabeza.

—Yo formulo las preguntas y usted da las respuestas —añadió Nate—. ¿Lo capta?

Junior volvió a asentir.

—Usted no formula preguntas y yo no doy respuestas. ¿Entendido?

—Sí.

—Bien, no creo que tenga usted dificultades con las respuestas si presta atención a las preguntas. ¿De acuerdo?

Troy Junior asintió de nuevo con la cabeza.

—¿Le queda todavía alguna duda? —preguntó Nate.

—No.

—Bien. Si vuelve a tener alguna, por favor, consulte con su abogado sin el menor reparo. ¿Lo va entendiendo?

—Sí.

—Estupendo. Vamos a probar otra vez. ¿Cuántas esposas ha tenido usted?

—Dos.

Una hora después ya habían dado por concluido el tema de sus matrimonios, sus hijos y su divorcio. Junior sudaba y se preguntaba cuánto más iba a durar aquello. Los abogados de los Phelan estudiaban con aire ausente sus papeles, preguntándose lo mismo. Pero Nate aún tenía que echar un vistazo a algunos puntos del interrogatorio que le habían preparado. Era capaz de arrancarle la piel a cualquier testigo con solo mirarlo a los ojos y valerse de una pregunta para llegar a otra. Ningún detalle era demasiado nimio como para que él no lo investigara. ¿Dónde cursó estudios secundarios su primera esposa, en qué universidad estudió, dónde obtuvo su primer empleo? ¿Fue ese su primer matrimonio para ella? ¿Podía hacer un recuento de todos sus empleos? Con respecto al divorcio, ¿a cuánto ascendía la pensión por alimentos de los hijos? ¿La pagaba él por entero?

Fue en buena parte una declaración inútil que no estaba destinada a obtener información sino a molestar al testigo y hacerle comprender que se podrían sacar a relucir sus secretos. Él había puesto el pleito y, por consiguiente, tendría que soportar que lo sometieran a examen.

La relación de sus empleos duró hasta poco antes de la hora del almuerzo. Nate lo machacó con un severo interrogatorio acerca de los distintos puestos que había ocupado en las empresas de su padre. Había docenas de testigos que podrían refutar sus afirmaciones a propósito de la utilidad de su labor. A cada nuevo empleo que se mencionaba, Nate preguntaba los nombres de todos sus colaboradores y supervisores, con lo cual le tendía una trampa. Hark lo advirtió y pidió una pausa. Salió al pasillo con su cliente y le soltó un sermón acerca de la revelación de la verdad.

La sesión de la tarde fue brutal. Cuando Nate le preguntó

a Troy Junior acerca de los cinco millones de dólares que había recibido al cumplir los veintiún años, todos los abogados de los Phelan parecieron ponerse tensos.

—De eso hace mucho tiempo —contestó Troy Junior en tono de resignación.

Tras haberse pasado cuatro horas con Nate O'Riley, Troy Junior comprendió que la siguiente tanda de preguntas sería muy dolorosa.

—Bueno, vamos a intentar recordarlo —dijo Nate sonriendo, sin dar muestras de cansancio. Lo había hecho tantas veces que, en realidad, parecía que estuviera deseando recrearse en los detalles.

Su actuación fue soberbia, aun cuando le desagradaba estar allí, atormentando a unas personas a las que esperaba no volver a ver jamás. Cuantas más preguntas hacía, tanto más se reafirmaba en su propósito de iniciar una nueva carrera.

—¿Cómo recibió usted el dinero? —inquirió.

—Lo depositaron inicialmente en una cuenta bancaria.

—¿Tenía usted acceso a dicha cuenta?

—Sí.

—¿Alguna otra persona tenía acceso a esa cuenta?

—No. Solo yo.

—¿Cómo sacaba usted dinero de esa cuenta?

—Extendiendo cheques.

Y vaya si los había extendido. Su primera adquisición fue un Maserati nuevo, a estrenar, de color azul oscuro. Se pasaron quince minutos hablando del maldito automóvil.

Troy Junior no regresó a la universidad tras haber recibido el dinero, si bien era cierto que los centros en los que había estudiado estuvieran deseosos de volver a acogerlo. Se dedicó sencillamente a ir de fiesta en fiesta, aunque eso no lo reveló en forma de confesión. Nate lo atosigó a preguntas acerca de los distintos empleos que había tenido desde los veintiún años hasta los treinta, y poco a poco salieron a la superficie los suficientes datos como para que se descubriera que en el transcurso de aquellos nueve años Troy Junior no había dado golpe. Jugaba al golf y al rugby, cambiaba de automóvil cada dos por tres, se había pasado un año en las Bahamas y otro en Vail y había convivido con un asombroso surtido de mujeres antes de casarse finalmente con su primera esposa a la edad de veintinueve años, viviendo a lo grande hasta que se le acabó el dinero.

Entonces el hijo pródigo regresó a rastras junto a su padre y le pidió trabajo.

Conforme pasaba la tarde, Nate empezó a imaginarse los estragos que aquel testigo se causaría a sí mismo y a todos aquellos que lo rodeaban en caso de que consiguiera poner sus pegajosos dedos sobre la fortuna de Troy Phelan. El dinero lo mataría.

A las cuatro de la tarde Troy Junior pidió permiso para retirarse por aquel día. Nate se lo negó. Durante la pausa que se produjo a continuación, se envió una nota al despacho del juez Wycliff, situado al fondo del pasillo. Mientras esperaban, Nate echó por primera vez un vistazo al cuestionario que le había preparado el equipo de Josh.

En su respuesta, el juez decretaba que la instrucción del caso siguiera adelante.

Una semana después del suicidio de Troy, Josh había contratado los servicios de una empresa privada de investigación para que llevara a cabo una indagación sobre los herederos Phelan. El examen se centraba más en los aspectos económicos que en los personales. Nate leyó los puntos más destacados mientras el testigo fumaba en el pasillo.

—¿Qué clase de automóvil tiene usted ahora? —preguntó cuando se reanudó el interrogatorio, cambiando súbitamente de rumbo.

—Un Porsche.

—¿Cuándo lo compró usted?

—Lo tengo desde hace un tiempo.

—Intente responder a la pregunta. ¿Cuándo lo compró?

—Hace un par de meses.

—¿Antes o después de la muerte de su padre?

—No estoy muy seguro. Creo que antes.

Nate tomó una hoja de papel.

—¿Qué día murió su padre?

—Vamos a ver. Fue un lunes... mmm..., creo que el 9 de diciembre.

—¿Compró usted el Porsche antes o después del 9 de diciembre?

—Ya le he dicho que me parece que fue antes.

—No, vuelve usted a equivocarse. ¿El martes 10 de diciembre acudió usted a Irving Motors de Arlington y compró un Porsche Carrera Turbo 911 de color negro por noventa mil dólares más o menos? —Nate formuló la pregunta sin levantar los ojos de la hoja que tenía delante.

Troy Junior volvió a agitarse nerviosamente en su asiento. Miró a Hark, pero este se encogió de hombros como si le dijese: «Conteste la pregunta. Él está al corriente».

—Sí.

—¿Compró usted algún otro automóvil aquel día?

—Sí.

—¿Cuántos?

—Dos.

—¿Ambos Porsche?

—Sí.

—¿Por una suma total de ciento ochenta mil dólares aproximadamente?

—Algo así.

—¿Cómo los pagó?

—No los he pagado.

—¿Significa eso que los automóviles fueron un regalo de Irving Motors?

—No exactamente.

—¿Pidió usted que le concedieran un crédito?

—Sí, por lo menos en Irving Motors.

—¿Y ellos quieren cobrar el dinero?

—Sí, como usted comprenderá.

Nate tomó otros papeles.

—En realidad, han presentado una querella para cobrar el dinero o recuperar los vehículos, ¿no es cierto?

—Sí.

—¿Hoy ha utilizado usted el Porsche para venir a hacer la declaración?

—Sí. Está en el aparcamiento.

—Vamos a ver si lo entiendo. El 10 de diciembre, al día siguiente de la muerte de su padre, usted acudió a Irving Motors y adquirió dos automóviles muy caros mediante una especie de crédito y ahora, dos meses después, no ha pagado usted un centavo y ellos han presentado una querella contra usted. ¿Es así?

El testigo asintió con la cabeza.

—Y este no es el único pleito que tiene pendiente, ¿verdad?

—No —contestó Troy Junior en tono de derrota.

Nate casi se compadeció de él.

Una empresa de alquiler de muebles lo había demandado por falta de pago. La American Express le exigía quince mil dólares. Un banco había presentado una denuncia contra él una semana después de la lectura del testamento de su padre. Junior había conseguido la concesión de un préstamo de veinticinco mil dólares con el simple aval de su nombre. Nate tenía copias de todos los litigios, lo cual le permitió repasar lentamente, con el testigo, todos los detalles de cada uno de ellos.

A las cinco de la tarde, se produjo otra discusión y hubo que enviar otra nota a Wycliff, quien se presentó en la sala y se interesó por la marcha de la instrucción.

—¿Cuándo cree usted que terminará con este testigo? —le preguntó a Nate.

—Todavía no veo el final —contestó Nate, mirando a Junior, que parecía sumido en un trance hipnótico y necesitaba desesperadamente un trago.

—Pues entonces siga trabajando hasta las seis —dijo Wycliff.

—¿Podemos empezar a las ocho de la mañana? —preguntó Nate como si estuviera hablando de ir a la playa.

—A las ocho y media —decretó su señoría, retirándose.

Nate se pasó la última hora que le quedaba acribillando a Junior con toda una serie de preguntas al azar acerca de una gran variedad de temas. El declarante no tenía ni idea de adónde quería ir a parar su interrogador con su brillante y magistral actuación. Cuando estaban aposentados en un tema y él ya empezaba a sentirse cómodo, Nate cambiaba bruscamente de asunto y lo golpeaba con otra cosa distinta.

¿Cuánto dinero había gastado entre el 9 de diciembre y el 27 de diciembre, el día de la lectura del testamento? ¿Qué le había comprado a su mujer por Navidad y cómo lo había pagado? ¿Y a sus hijos? Volviendo a los cinco millones, ¿había invertido alguna parte de aquel dinero en acciones u obligaciones? ¿Cuánto dinero había ganado Biff el año anterior? ¿Por qué razón había obtenido su primer marido la custodia de los hijos? ¿A cuántos abogados había contratado y despedido desde la muerte de su padre? Y dale que te dale. A las seis en punto, Hark se levantó y anunció que la declaración quedaba suspendida. Diez minutos más tarde Troy Junior ya estaba en el bar del vestíbulo de un hotel, a tres kilómetros de distancia.

Nate durmió en la habitación de invitados de Stafford. La esposa de este se encontraba en algún lugar de la casa, pero él ni siquiera la vio. Josh se había ido a Nueva York por motivos de trabajo.

Los interrogatorios del segundo día empezaron puntualmente. El reparto era el mismo, pero los abogados vestían prendas mucho más informales. Junior llevaba un jersey rojo de algodón.

Nate reconoció su cara de borracho, los ojos enrojecidos, los párpados hinchados, el intenso rubor de las mejillas y la nariz y el sudor por encima de las cejas. Durante muchos años él mismo había tenido ese aspecto. Combatir la resaca formaba parte de su ritual matutino, como la ducha y el hilo dental. Tomar unas pastillas, beber mucha agua y café cargado. Si quería comportarse como un estúpido, debía ser fuerte.

—¿Sabe usted que todavía está bajo juramento, señor Phelan? —preguntó Nate para empezar.

—Sí.

—¿Se encuentra usted bajo los efectos de alguna droga o bebida alcohólica?

—No, señor.

—Bien. Volvamos al 9 de diciembre, el día de la muerte de su padre. ¿Dónde estaba usted mientras lo examinaban los tres psiquiatras?

—En el mismo edificio, en una sala de juntas, en compañía de mi familia.

—Y vio todo el interrogatorio, ¿verdad?

—Sí.

—En la sala había dos monitores en color, ¿no es cierto? De veintiséis pulgadas, ¿verdad?

—Si usted lo dice. Yo no los medí.

—Pero sí los vio, ¿no es cierto?

—Sí.

—¿No había nada que le impidiera la visión?

—Lo vi con toda claridad, en efecto.

—¿Y tenía usted algún motivo claro para observar detenidamente a su padre?

—Sí.

—¿Tuvo usted alguna dificultad para oírlo?

—Ninguna.

Los abogados comprendieron adónde quería ir a parar Nate. Era un aspecto muy desagradable del caso, pero no podía evitarse. A cada uno de los seis herederos lo obligarían a recorrer aquel mismo camino.

—O sea, que vio y oyó todo el examen.

—Sí.

—¿No se le pasó nada por alto?

—Nada en absoluto.

—De los tres psiquiatras, el doctor Zadel había sido contratado por su familia, ¿verdad?

—En efecto.

—¿Quién lo buscó?

—Los abogados.

—¿Ustedes dejaron en manos de sus abogados la contratación del psiquiatra?

—Sí.

Nate se pasó diez minutos interrogando al testigo acerca de la forma en que habían contratado al doctor Zadel para la realización de aquel examen de importancia tan decisiva, y consiguió, de paso, lo que quería: el reconocimiento de que Zadel había sido contratado porque tenía un historial excelente, les había sido recomendado con coherencia y era extremadamente experto.

—¿Le gustó la manera en que llevó a cabo el examen? —preguntó Nate.

—Supongo que sí.

—¿Hubo algo que no le gustara en el desempeño del doctor Zadel?

—No, que yo recuerde.

El viaje hasta el borde del abismo siguió adelante mientras Troy reconocía que se había mostrado satisfecho con el examen y con el doctor Zadel, se había alegrado de las conclusiones a las que habían llegado los tres médicos y había abandonado el edificio convencido de que su padre sabía lo que hacía.

—Y, después del examen, ¿cuándo dudó usted por primera vez de la capacidad mental de su padre?

—Cuando se arrojó al vacío.

—¿El día 9 de diciembre?

—Exacto.

—¿Significa eso que tuvo dudas de inmediato?

—Sí.

—¿Qué dijo el doctor Zadel cuando usted le manifestó esas dudas?

—No hablé con el doctor Zadel.

—Ah, ¿no?

—No.

—Desde el 9 de diciembre al 27 de diciembre, día de la lectura del testamento en el juzgado, ¿cuántas veces habló usted con el doctor Zadel?

—Que yo recuerde, ninguna.

—¿Lo vio usted en algún momento?

—No.

—¿Llamó a su despacho?

—No.

—¿Ha vuelto a verlo desde el día 9 de diciembre?

—No.

Ya lo había llevado hasta el borde del abismo y había llegado el momento de darle el empujón.

—¿Por qué despidió usted al doctor Zadel?

Junior había sido aleccionado, pero hasta cierto punto.

—Eso tendrá que preguntárselo a mi abogado —contestó, confiando en que Nate lo dejara un rato en paz.

—No es su abogado quien está declarando en esta sala, señor Phelan. Le pregunto a usted por qué razón fue despedido el doctor Zadel.

—Tendrá que preguntárselo a los abogados —insistió Junior—. Forma parte de nuestra estrategia legal.

—Antes de despedir al doctor Zadel, ¿lo comentaron sus abogados con usted?

—No estoy muy seguro. La verdad es que no me acuerdo.

—¿Se alegra de que el doctor Zadel ya no trabaje para usted?

—Pues claro que me alegro.

—¿Por qué?

—Porque se equivocó. Mire, mi padre era un maestro de la simulación, ¿sabe? Superó el examen haciendo creer, por medio de falsas apariencias, que era lo que no era, tal como había hecho a lo largo de toda su vida, y después se arrojó al vacío. Supo engañar a Zadel y a los demás psiquiatras, y ellos se dejaron embaucar. Es evidente que no estaba en sus cabales.

—¿Porque se arrojó al vacío?

—Sí, porque se arrojó al vacío, porque le dejó el dinero a una heredera desconocida, porque no se tomó la menor molestia en proteger su fortuna de los impuestos de sucesión, porque ya llevaba bastante tiempo más loco que un cencerro. ¿Por qué cree usted que decidimos someterlo a ese examen? Si no hubiera estado chalado, ¿qué necesidad habríamos tenido de contratar a tres psiquiatras para que lo examinaran antes de que firmase el testamento?

—Sin embargo, los tres psiquiatras dijeron que estaba bien.

—Sí, pero se equivocaron de medio a medio. Mi padre se tiró por la ventana. Las personas cuerdas no hacen esa clase de cosas.

—Y si su padre hubiese firmado el voluminoso testamento y no el testamento manuscrito y después se hubiera arrojado al vacío, ¿habría estado loco?

—En tal caso, nosotros no nos encontraríamos aquí ahora.

Fue la única vez en el transcurso de los dos días de penosa prueba en que Troy Junior trató de adelantarse a su contrincante, pero Nate tuvo la habilidad de pasar a otro tema y dejar aquella cuestión para más tarde.

—Vamos a hablar de Rooster Inns —anunció, lo cual hizo que Junior hundiese los hombros.

Era una más de las muchas aventuras arriesgadas y ruinosas en las que Junior se había embarcado, solo eso; pero Nate tenía que arrancarle todos los detalles. Un fracaso conducía a otro y cada uno de ellos daba lugar a una serie de preguntas.

La de Junior había sido una vida muy triste. A pesar de lo difícil que resultaba compadecerse de él, Nate comprendía que el pobre muchacho jamás había tenido un padre. Buscaba desesperadamente la aprobación de este y nunca la había obtenido. Josh le había comentado que Troy se alegraba enormemente cuando los negocios de sus hijos fracasaban.

El abogado dejó libre al testigo a las cinco y media del segundo día. Rex fue el siguiente. Se había pasado todo el día esperando en el pasillo y estaba muy nervioso, pues temía que su declaración volviera a aplazarse.

Josh había regresado de Nueva York. Nate le acompañó en una temprana cena.

45

Rex Phelan se había pasado buena parte del día anterior hablando por el teléfono móvil mientras Nate O'Riley vapuleaba a su hermano. Rex había participado en los suficientes juicios como para saber que un litigio significaba tener que esperar: a los abogados, los jueces, los testigos, los expertos, las fechas de los juicios y los tribunales de apelación, y esperar en los pasillos a que le llegara el turno de declarar. Cuando levantó la mano derecha y juró decir la verdad, ya despreciaba con toda su alma a Nate. Tanto Hark como Troy Junior le habían advertido acerca de lo que le esperaba. El abogado se metería bajo su piel y se enconaría allí como un grano.

Una vez más, Nate dio comienzo al interrogatorio formulando unas preguntas incendiarias que, en cuestión de diez minutos, consiguieron poner tensos a la mayoría de quienes se hallaban en la sala. Durante tres años Rex había sido objeto de investigación por parte del FBI.

En 1990 se había producido la quiebra de un banco, del que Rex había sido inversor y director. Los clientes habían perdido dinero. Los litigios llevaban varios años en marcha y no se vislumbraba el final. El presidente del banco estaba en la cárcel y los que se encontraban cerca del epicentro creían que Rex sería el siguiente. Había bastante basura como para que Nate se pasara muchas horas escarbando.

En broma, le recordaba constantemente a Rex que estaba bajo juramento. Era más que probable que el FBI visionara el vídeo de su declaración.

A media tarde Nate empezó a abrirse camino hacia el tema de los bares de alterne. Rex era propietario de seis locales —todos a nombre de su mujer— en la zona de Fort Lauderdale. Se los había comprado a un hombre que más tarde había muerto en un tiroteo. Constituían un tema de conversación sencillamente irresistible. Nate los tomó uno a uno —Lady Luck, Lolita's, Club Tiffany, etcétera— y formuló centenares de preguntas acerca de las chicas, las bailarinas de *striptease*, de dónde procedían, cuánto ganaban, si consumían drogas y cuáles, si tocaban a los clientes... Se interesó, en fin, por la rentabilidad del negocio de la carne. Tras pasarse tres horas pintando cuidadosamente un retrato del negocio más sórdido del mundo, Nate preguntó:

—¿Trabajaba su actual esposa en uno de esos clubes?

La respuesta fue afirmativa, pero Rex no pudo soltarla sin más. El cuello y la garganta se le enrojecieron de golpe y, por un instante, pareció que estaba a punto de saltar sobre Nate por encima de la mesa.

—Era contable —contestó, apretando la mandíbula.

—¿Bailó alguna vez sobre la barra?

Otra pausa mientras Rex se aferraba fuertemente a la mesa.

—Por supuesto que no.

Era mentira y todos los presentes en la sala lo sabían.

Nate echó un vistazo a unos papeles que tenía delante, buscando la verdad. Todos lo observaron con atención, esperando, quizá, que sacara una fotografía de Amber en tanga y zapatos de afilados tacones de aguja.

A las seis volvieron a suspender la sesión, con la promesa de proseguir al día siguiente. Cuando se apagó la cámara de vídeo y la secretaria del juzgado estaba ocupada retirando el equipo, Rex se detuvo a la altura de la puerta y, apuntando a Nate con el dedo, le dijo:

—Se acabaron las preguntas sobre mi mujer, ¿de acuerdo?

—Eso es imposible, Rex. Todas las propiedades están a su nombre —contestó Nate, agitando unos papeles que sostenía en la mano como si estuviera en posesión de todos los datos.

Hark empujó a su cliente fuera de la sala.

Una vez solo, Nate se pasó una hora examinando notas, pasando páginas y pensando que ojalá estuviera en St. Michaels, sentado en el porche de la casa contemplando la bahía. Necesitaba llamar a Phil.

«Es tu último caso —se repetía una y otra vez—. Y lo haces por Rachel.»

A mediodía del segundo día los abogados de los hermanos Phelan ya estaban preguntándose abiertamente si la declaración de Rex duraría tres días o cuatro. Este tenía varios juicios pendientes y un embargo preventivo por valor de siete millones de dólares, pero los acreedores no podían cobrar porque todos los bienes estaban a nombre de su mujer, Amber, la antigua bailarina de *striptease*. Nate tomó un informe sobre cada uno de los juicios, lo depositó sobre la mesa, lo examinó desde todos los ángulos y las perspectivas posibles y volvió a guardarlo en la carpeta, donde quizá permaneciese definitivamente, o quizá no. El aburrimiento estaba sacando de quicio a todo el mundo menos a Nate, que consiguió conservar su expresión muy seria mientras seguía adelante, de forma implacable, con el interrogatorio.

Durante la sesión de la tarde eligió el tema del suicidio de Troy y de los acontecimientos que lo habían precedido. Siguió la misma línea que había empleado con Junior y de inmediato quedó claro que Hark había aleccionado a Rex. Las respuestas de este a las preguntas acerca del doctor Zadel habían sido ensayadas, pero fueron aceptables. Rex se atuvo a la línea sustentada por todo el grupo: era evidente que los tres psiquiatras se habían equivocado, pues minutos después Troy se había arrojado al vacío.

Rex pisó terreno más seguro cuando Nate lo sometió a un

implacable interrogatorio acerca de su desdichada carrera profesional en el seno del Grupo Phelan. Después ambos se pasaron dos dolorosas horas malgastando los cinco millones de dólares que Rex había recibido como herencia.

A las cinco y media de la tarde, Nate anunció bruscamente que había terminado y abandonó la sala.

Un par de testigos en cuatro días. El espectáculo de dos hombres desnudados frente a una cámara de un vídeo no era muy agradable. Los abogados de los Phelan se dirigieron a sus respectivos automóviles y se marcharon. Quizá lo peor ya hubiera pasado, o quizá no.

Sus clientes habían sido unos niños mimados, ignorados por su padre y arrojados a un mundo de voluminosas cuentas bancarias a una edad en que todavía no estaban preparados para manejar dinero, pese a lo cual se había esperado de ellos que triunfaran. Sus elecciones no habían sido buenas, pero el verdadero culpable había sido, en definitiva, Troy. Esa era la ponderada opinión de los abogados de los hermanos Phelan.

Libbigail entró en la sala a primera hora de la mañana del viernes y fue conducida al estrado de los testigos. Llevaba el cabello cortado casi al rape a los lados, con un poco más de un par de centímetros de pelo gris en la parte superior de la cabeza y lucía tantas joyas baratas en el cuello y las muñecas que, cuando levantó la mano para prestar juramento, se oyó un estrépito a la altura de su codo.

Miró a Nate horrorizada. Sus hermanos le habían contado lo peor acerca de él.

Sin embargo, estaban a viernes y las ansias de Nate por abandonar la ciudad eran mucho mayores que las de comer cuando tenía apetito. La miró sonriendo e inició el interrogatorio con unas fáciles preguntas sobre sus antecedentes. Hijos, empleos, matrimonios. Durante treinta minutos, todo fue muy agradable. Después Nate empezó a indagar en su pasado. En determinado momento, le preguntó:

—¿Cuántas veces se ha desintoxicado por consumo de drogas o alcohol? —Al advertir que la pregunta la escandalizaba, añadió—: Yo mismo he pasado por eso en cuatro ocasiones, de modo que no tiene por qué avergonzarse.

Su sinceridad la cautivó.

—La verdad es que no me acuerdo —respondió—. Llevo seis años limpia.

—Estupendo —dijo Nate. De un adicto a otro—. La felicito.

A partir de ese momento, ambos hablaron como si estuvieran solos. Nate tuvo que fisgonear, no sin pedirle disculpas por ello. Se interesó por los cinco millones y, haciendo gala de un extraordinario gracejo, ella le contó historias de drogas buenas y hombres malos. A diferencia de sus hermanos, Libbigail había encontrado la estabilidad. Se llamaba Spike, el ex motero que también se había desintoxicado y había aprendido a ser obediente. Vivían en una casita en una zona residencial de Baltimore.

—¿Qué haría usted si recibiera una sexta parte de la herencia de su padre? —preguntó Nate.

—Comprar un montón de cosas —contestó Libbigail—. Como usted. Como cualquier hijo de vecino. Pero esta vez tendría cuidado con el dinero. Mucho cuidado.

—¿Qué sería lo primero que compraría?

—La Harley más grande del mundo para Spike. Después, una casa más bonita, aunque no una mansión. —Le brillaban los ojos mientras se gastaba mentalmente el dinero.

Su declaración duró menos de dos horas. La siguió su hermana Mary Ross Phelan Jackman, que también miró a Nate como si este tuviera colmillos. De todos los cinco herederos Phelan mayores de edad, Mary Ross era la única que todavía estaba casada con su primer esposo, un prestigioso traumatólogo con otro matrimonio a sus espaldas. Mary Ross vestía con elegancia y lucía bonitas joyas.

Las primeras preguntas revelaron una experiencia universitaria tan prolongada como las de sus hermanos, pero sin interrupciones, adicciones o expulsiones. Había tomado su dinero y se había pasado tres años viviendo en la Toscana y otros dos en Niza. A los veintiocho años se había casado con el médico y ahora tenía dos hijas, una de siete años y otra de cinco. No quedó muy claro cuánto quedaba de los cinco millones. Su esposo se encargaba de manejar las inversiones de ambos, por lo que Nate suponía que debían de estar prácticamente sin un centavo. Ricos, pero llenos de deudas. En los antecedentes que había preparado Josh sobre Mary Ross figuraban una gran mansión con coches de importación en el sendero de entrada, una casa en una urbanización de Florida y unos ingresos por parte del médico de setecientos cincuenta mil dólares anuales. Este pagaba veinte mil dólares mensuales a un banco, como consecuencia de una sociedad que había tratado infructuosamente de acaparar el negocio del lavado de automóviles en el norte de Virginia.

El médico también tenía un apartamento en Alexandria para su amante. A Mary Ross y a su marido raras veces se les veía juntos. Nate decidió no entrar en detalles. De repente, experimentó el deseo de terminar cuanto antes, pero procuró disimularlo.

Ramble entró con paso cansino en la sala después de la pausa del almuerzo, acompañado y protegido por su abogado, Yancy, que no paraba de revolotear en torno a él, visiblemente inquieto por lo que pudiera ocurrir ahora que su cliente se vería obligado a mantener una conversación inteligente. Aquel día el chico llevaba el cabello teñido de rojo, a juego con el color de sus granos. Ninguna parte de su rostro se había librado de las mutilaciones: los anillos y los remaches ensuciaban y cubrían de cicatrices sus facciones. Llevaba el cuello de su cazadora negra de cuero levantado, a lo James Dean, y le rozaba los pendientes que le colgaban de los lóbulos de las orejas. Después de unas cuantas preguntas, quedó claro que el chico era tan estúpido como parecía. Puesto que aún no había tenido la oportunidad de malgastar su dinero, Nate lo dejó en paz. Consiguió averiguar, sin embargo, que raras veces iba a la escuela, que vivía solo en el sótano, le gustaba tocar la guitarra y tenía previsto convertirse muy pronto en un astro del rock. Su nuevo grupo musical se llamaba, con muy buen criterio, los Demon Monkeys, aunque él no estaba seguro de si grabarían sus discos con aquel nombre. No practicaba ningún deporte, jamás había pisado una iglesia, hablaba lo menos posible con su madre y prefería ver la cadena MTV siempre que estaba despierto y no tocaba su música.

Habrían sido necesarios mil millones de dólares en terapia para enderezar a aquel pobre chico, pensó Nate. El interrogatorio terminó en menos de una hora.

Geena fue el último testigo de la semana. Cuatro días después de la muerte de su padre, ella y su marido, Cody, habían firmado un contrato para la compra de una casa de tres millones ochocientos mil dólares. Cuando Nate la atacó con este dardo inmediatamente después de que ella hubiera jurado decir la verdad, Geena empezó a tartamudear y a lanzar miradas a su abogada, la señora Langhorne, quien se llevó una sorpresa mayúscula, pues su cliente no le había hablado de aquello.

—¿Cómo tenía previsto pagar la casa? —preguntó Nate.

La respuesta era obvia, pero ella no podía confesar la verdad.

—Tenemos dinero —respondió a la defensiva, lo cual abrió un resquicio por el que Nate entró como un vendaval.

—Vamos a hablar de su dinero —le dijo él con una sonrisa en los labios—. Usted tiene treinta años. Hace nueve recibió cinco millones de dólares, ¿verdad?

—Sí.

—¿Cuánto le queda?

Geena se pasó un buen rato tratando de encontrar una respuesta. No era tan sencillo. Cody había ganado mucho dinero. En parte lo habían invertido, habían gastado mucho y todo estaba tan mezclado que no se podía echar un vistazo a su balance y decir que de los cinco millones quedaba una cantidad determinada de dinero. Nate le entregó la soga con la que ella misma se ahorcó muy despacio.

—¿Con cuánto dinero cuentan actualmente usted y su marido en sus cuentas bancarias? —preguntó.

—Tendría que mirarlo.

—Deme un cálculo aproximado, por favor.

—Sesenta mil dólares.

—¿Cuántos inmuebles poseen?

—Solo nuestra casa.

—¿Cuál es su valor?

—Debería hacerla tasar.

—Más o menos, por favor. Una cifra aproximada —insistió Nate.

—Trescientos mil.

—¿Y a cuánto asciende la hipoteca?

—A doscientos mil.

—¿Cuál es el valor de su cartera de acciones?

Geena garabateó unas notas y cerró los ojos.

—Unos doscientos mil dólares —respondió.

—¿Algún otro activo importante?

—Pues no.

Nate hizo sus propios cálculos.

—O sea, que en nueve años sus cinco millones de dólares se han reducido a una cifra comprendida entre los trescientos mil dólares y los cuatrocientos mil. ¿Estoy en lo cierto?

—No creo. Quiero decir que me parece muy poco.

—Repítanos, si no le importa, cómo pensaba pagar esta nueva casa.

—Con el trabajo de Cody.

—¿Y qué me dice de la herencia de su padre? ¿Ha pensado alguna vez en ella?

—Un poco, quizá.

—Ahora el vendedor de la casa ha presentado una querella, ¿verdad?

—Sí, y nosotros hemos presentado otra contra él.

Era escurridiza y falsa, desenvuelta y rápida con las medias verdades. Nate pensó que probablemente fuese más escurridiza que cualquiera de sus hermanos. Dieron un repaso a los negocios de Cody y enseguida quedó claro adónde había ido a parar el dinero. Cody había perdido un millón de dólares jugando con futuros de cobre en 1992. Había invertido medio millón de dólares en una empresa de pollos congelados y lo había perdido todo. Una granja de Georgia dedicada a la cría doméstica de gusanos utilizados como cebo se había llevado seiscientos mil dólares cuando una ola de calor los había frito a todos.

Eran dos muchachos inmaduros que vivían una vida regalada con el dinero ajeno y soñaban con la gran oportunidad.

Al final de su declaración, mientras Nate aún estaba dándole toda la soga que ella quería, Geena aseguró con expresión muy seria que su participación en la impugnación del testamento no tenía nada que ver con el dinero. Amaba tan profundamente a su padre como él la amaba a ella, y si él hubiera estado en sus cabales no cabía duda de que se habría acordado de sus hijos en el testamento. El hecho de dárselo a una extraña era una prueba evidente de su enfermedad. Y ella estaba allí para proteger el buen nombre de su progenitor.

Fue un discurso breve muy bien ensayado, pero no convenció a nadie. Nate la dejó correr. Eran las cinco en punto de un viernes por la tarde y estaba cansado de luchar.

Mientras abandonaba la ciudad en medio del denso tráfico de la interestatal 95 en dirección a Baltimore, pensó en los herederos Phelan. Había husmeado en sus vidas hasta extremos vergonzosos. Se compadecía de ellos, de la forma en que habían sido educados, de los valores que jamás les habían inculcado, de sus huecas vidas que solo giraban en torno al dinero.

Sin embargo, estaba convencido de que Troy sabía muy bien lo que hacía en el momento de garabatear su testamento.

Semejante suma de dinero en manos de sus hijos hubiera dado origen a un caos absoluto y a unos padecimientos incalculables. Había dejado su fortuna a Rachel, que no sentía el menor interés por las cuestiones materiales, y había excluido a otros cuyas vidas dependían por entero de ellos.

Nate estaba decidido a defender la validez del último testamento de Troy, pero era plenamente consciente de que el reparto final de la herencia no lo establecería nadie del hemisferio norte.

Ya era tarde cuando llegó a St. Michaels. Al pasar por delante de la iglesia de la Trinidad, sintió deseos de detenerse, entrar, arrodillarse para rezar y pedirle a Dios que le perdonase sus pecados de la semana. Una confesión y un buen baño caliente era lo que necesitaba después de cinco días de declaraciones.

46

En su calidad de atareado profesional de una gran ciudad, Nate jamás había sido iniciado en el ritual del permanecer sentado. En cambio, Phil era un consumado practicante. Cuando algún feligrés estaba enfermo, se esperaba de él que lo visitara y se sentara un rato con la familia. Si se producía alguna defunción, se sentaba con el cónyuge viudo. Si pasaba algún vecino, cualquiera que fuera la hora, él y Laura se sentaban a charlar con él. A veces, ambos practicaban el arte por su cuenta en el porche de su casa. Dos ancianos caballeros de su feligresía esperaban que Phil los visitase una vez a la semana y se sentara una hora mientras ellos dormitaban junto a la chimenea. La conversación era agradable, pero no imprescindible. Bastaba con tomar asiento y disfrutar del silencio.

Nate aprendió enseguida. Se sentaba con Phil en los peldaños de la entrada de la casa de los Stafford, ambos protegidos por gruesos jerséis y guantes, tomando cacao caliente preparado por Nate en el microondas. Contemplaban la bahía, el puerto y el mar agitado. De vez en cuando charlaban, pero la mayor parte del tiempo permanecían callados. Phil sabía que su amigo había pasado una mala semana. A esas alturas, Nate ya le había contado casi todos los detalles del embrollo de los Phelan. La suya era una relación confidencial.

—Tengo previsto hacer un viaje por carretera —anunció serenamente—. ¿Quiere venir?

—¿Adónde? —preguntó Phil.

—Necesito ver a mis hijos. Los dos pequeños, Austin y Angela, viven en Salem, Oregón. Probablemente iré allí primero. Mi hijo mayor es estudiante de posgrado en la Universidad del Noroeste en Evanston, y tengo una hija en Pittsburgh. Será una gira muy agradable.

—¿Cuánto durará?

—No hay prisa. Un par de semanas. Conduciré yo.

—¿Hace mucho que no los ve?

—A Daniel y Kaitlin, los hijos de mi primer matrimonio, más de un año; el pasado mes de julio llevé a los dos pequeños a ver un partido de los Orioles. Me emborraché y no recuerdo cómo regresé a Arlington.

—¿Los echa de menos?

—Supongo que sí. La verdad es que nunca pasé mucho tiempo a su lado. Sé muy poco de ellos.

—Trabajaba mucho.

—Es verdad, y bebía todavía más. Nunca estaba en casa. En las pocas ocasiones en que lograba escaparme, me iba a Las Vegas con los amigos, o a jugar al golf o a pescar a las Bahamas. Nunca llevaba a mis hijos conmigo.

—Eso ya no tiene remedio.

—No, desde luego. ¿Por qué no se viene conmigo? Podríamos pasarnos horas charlando.

—Gracias, pero no puedo. Por fin he conseguido dar un impulso a las obras del sótano. No quisiera perderlo.

Nate había visto el sótano aquel mismo día, y lo del impulso se notaba.

El único hijo de Phil era un vago de veintitantos años que no había terminado los estudios universitarios y se había largado a la Costa Oeste. A Laura se le había escapado decir que no tenían ni idea de dónde estaba el chico. Llevaba más de un año sin llamar a casa.

—¿Cree que el viaje será fructífero? —preguntó Phil.

—No sé muy bien qué esperar. Quiero abrazar a mis hijos y pedirles perdón por haber sido un mal padre, pero no sé de qué manera podría ayudarlos ahora.

—Yo que usted no lo haría. Ellos saben que ha sido un mal padre. El hecho de flagelarse no servirá de nada; pero es importante que esté con ellos y dé el primer paso para la construcción de unas nuevas relaciones.

—He fracasado terriblemente con mis hijos.

—No debe vapulearse de esa manera, Nate. Tiene derecho a olvidar el pasado. Dios lo ha olvidado. Pablo persiguió a los cristianos antes de convertirse en uno de ellos, y no se flageló por lo que había hecho antes. Todo está perdonado. Muéstreles a sus hijos lo que es ahora.

Una pequeña barca de pesca abandonó el puerto y se adentró en la bahía. Ambos la contemplaron extasiados. Nate pensó en Jevy y Welly, que estarían navegando por el río a bordo de una chalana cargada de mercancías mientras el rítmico golpeteo del motor diésel los iba empujando hacia las profundidades del Pantanal. Jevy debía de hallarse al timón y Welly rasgueando su guitarra. Todo el mundo estaba en paz.

Más tarde, mucho después de que Phil hubiera regresado a casa, Nate se sentó junto al fuego y empezó a escribir otra carta a Rachel. Era la tercera. La fechó, sábado 22 de febrero. «Querida Rachel —empezaba—. Acabo de pasar una desagradable semana con sus hermanos y hermanas.»

Hablaba de ellos, empezando con Troy Junior y terminando tres páginas después con Ramble. Comentaba con sinceridad sus defectos y los daños que se causarían a sí mismos y a otras personas en caso de que recibieran el dinero. Y se mostraba comprensivo con todos.

Enviaba un cheque por valor de cinco mil dólares a Tribus del Mundo para la compra de una embarcación, un motor y suministros médicos. Había mucho más en caso de que ella lo necesitara. Los intereses de su fortuna ascendían aproximadamente a dos millones de dólares diarios, le explicaba, por consiguiente, se podían hacer muchas cosas buenas con el dinero.

Hark Gettys y sus conspiradores legales cometieron un grave error al prescindir de los servicios de los doctores Flowe, Zadel y Theishen. Les habían echado una reprimenda, los habían ofendido y habían provocado daños irreparables.

El nuevo equipo de psiquiatras se basó en la declaración recientemente inventada de Snead para formular sus opiniones. En cambio, Flowe, Zadel y Theishen, no. Cuando Nate los interrogó el lunes, siguió el mismo guión con los tres. Empezó con Zadel y le mostró el vídeo del examen del señor Phelan. Le preguntó si tenía algún motivo para cambiar de parecer. Como era de esperar, Zadel contestó que no. El vídeo se había grabado antes del suicidio. La declaración, de cinco páginas de extensión, se había preparado apenas unas horas después a instancias de Hark y de los demás abogados de los Phelan. Nate le pidió a Zadel que leyera la declaración a la secretaria del juzgado.

—¿Tiene usted algún motivo para modificar alguna de las opiniones expuestas en aquella declaración? —preguntó Nate.

—No —respondió Zadel, mirando a Hark.

—Estamos a 26 de febrero, y han pasado más de dos meses del examen a que usted y sus colegas sometieron al señor Phelan. ¿Todavía cree que el señor Phelan estaba en pleno uso de sus facultades mentales y era capaz de redactar un testamento válido?

—Sí —contestó Zadel, sonriendo sin apartar los ojos de Hark.

Flowe y Teishen también sonrieron, alegrándose de poder apretarles las tuercas a los abogados que los habían contratado y despedido. Nate les mostró el vídeo a los tres, les hizo las mismas preguntas y recibió las mismas respuestas. Cada uno de ellos leyó su declaración para que constara en acta. La sesión se levantó a las cuatro de la tarde del lunes.

A las ocho y media en punto de la mañana del martes, Snead fue escoltado hasta la sala y conducido al estrado de los testigos. Vestía traje oscuro y corbata de pajarita, lo que le confería un inmerecido aire de intelectual. Los abogados habían elegido cuidadosamente su indumentaria. Llevaban tantas semanas moldeando y programando a Snead que el pobre hombre dudaba de que pudiera pronunciar una sola palabra sincera o espontánea. Todas las sílabas debían ser acertadas. Tenía que proyectar una imagen de confianza en sí mismo, evitando al mismo tiempo el menor atisbo de arrogancia. Él y solo él definía la realidad, y era absolutamente indispensable que sus relatos resultaran creíbles.

Josh conocía a Snead desde hacía muchos años. Troy Phelan había manifestado a menudo su deseo de despedirlo. De los once testamentos que Josh había preparado para él, solo uno mencionaba el nombre de Malcolm Snead y le otorgaba un millón de dólares, pero meses más tarde un nuevo testamento dejó sin efecto el anterior. Phelan había eliminado el nombre de Snead precisamente porque este le había preguntado cuánto pensaba dejarle.

El interés de Snead por el dinero no era muy del agrado de su amo. Su nombre en la lista de testigos de los impugnadores solo podía significar una cosa: dinero. Le pagaban para que declarara, y Josh lo sabía. Dos semanas de simple vigilancia habían revelado la existencia de un nuevo Range Rover, un apartamento en un edificio cuyos alquileres no bajaban de mil ochocientos dólares al mes y un viaje a Roma en primera clase.

Snead miró a la cámara con bastante aplomo. Se comportaba como si llevara un año mirándola. Se había pasado todo el sábado y la mitad del domingo en el despacho de Hark sometido a un duro interrogatorio. Había dedicado horas y horas a visionar los vídeos. Había escrito docenas de páginas inventadas acerca de los últimos días de Troy Phelan, y había ensayado con Nicolette la patraña de la aventura sexual.

Snead estaba preparado. Los abogados habían previsto las preguntas acerca del dinero. En caso de que quisieran averiguar si le pagaban por declarar, Snead había sido aleccionado para que mintiera. Así de sencillo. No había vuelta de hoja. Tenía que mentir a propósito del medio millón de dólares que ya había cobrado y de la promesa de los cuatro millones y medio que iba a recibir cuando se produjera el acto de conciliación o cualquier otro resultado favorable, y tenía que mentir también en lo relativo a la existencia del contrato que había suscrito con los abogados. Si estaba mintiendo acerca del señor Phelan, también podía hacerlo en lo que al dinero se refería. Nate se presentó y de inmediato le preguntó, levantando un poco la voz:

—Señor Snead, ¿cuánto le pagan por declarar en este caso?

Los abogados de Snead habían pensado que la pregunta sería si le pagaban, no cuánto le pagaban. La respuesta que había ensayado Snead era un simple «¡No, por supuesto que no!», de modo que no pudo contestar con rapidez. El titubeo fue su perdición. Snead casi emitió un jadeo mientras miraba a Hark, quien permanecía rígido, con la mirada tan fija como la de un ciervo.

A Snead le habían advertido de que O'Riley estaba muy bien preparado y, cuando formulaba una pregunta, ya parecía conocer la respuesta. En el transcurso de los largos y dolorosos segundos que siguieron, Nate lo miró con ceño, ladeó la cabeza y tomó unos papeles.

—Vamos, señor Snead, sé que le pagan. ¿Cuánto?

Snead hizo sonar los nudillos con fuerza suficiente como para rompérselos mientras unas gotas de sudor asomaban entre las arrugas de su frente.

—Bueno... mmm... yo no...

—Vamos, señor Snead. ¿Se compró o no se compró usted un Ranger Rover nuevo el mes pasado?

—Bueno, sí, en realidad...

—¿Y alquiló también un apartamento de dos dormitorios en Palm Court?

—Sí.

—Y acaba de regresar usted de una estancia de diez días en Roma, ¿verdad?

—Sí.

¡Lo sabía todo! Los abogados de los hermanos Phelan se hundieron en sus asientos y agacharon la cabeza para que las balas que rebotaban no los alcanzasen.

—¡Dígame cuánto le pagan! —exigió Nate en tono perentorio—. ¡Y recuerde que está usted declarando bajo juramento!

—Quinientos mil dólares —soltó repentinamente Snead.

Nate lo miró con incredulidad e incluso abrió levemente la boca con expresión de asombro. Hasta la secretaria del juzgado se quedó de piedra.

Dos de los abogados de los Phelan soltaron un ligero suspiro de alivio. Por muy horrible que fuera el momento, podría haber sido infinitamente peor. ¿Y si a Snead le hubiera entrado más miedo del que ya tenía y hubiese revelado que en realidad le pagaban cinco millones?

Sin embargo, era muy poco consuelo. La mera noticia de que ellos le habían pagado a un testigo medio millón de dólares se les antojaba un golpe mortal para su causa.

Nate rebuscó entre sus papeles como si quisiera echar un vistazo a algún documento. Las palabras seguían resonando en los oídos de los presentes en la sala.

—¿Debo entender que ya ha cobrado el dinero? —preguntó.

Sin saber si tenía que mentir o decir la verdad, Snead se limitó a contestar:

—Sí.

Dejándose llevar por una corazonada, Nate inquirió:

—¿Medio millón ahora y cuánto después?

En su afán de soltar las mentiras que tenía ensayadas, Snead respondió:

—Nada.

Fue una negación despreocupada y verosímil. Los otros dos abogados de los Phelan respiraron aliviados.

—¿Está usted seguro? —Nate estaba dando palos de ciego. Igual hubiera podido preguntarle a Snead si lo habían condenado por profanación de sepulturas. Era algo así como jugar a ver quién se apuntaba el mejor tanto, pero Snead se mantuvo firme.

—Pues claro que estoy seguro —contestó con la suficiente indignación como para que sus palabras sonaran sinceras.

—¿Quién le pagó ese dinero?

—Los abogados de los herederos Phelan.

—¿Quién firmó el cheque?

—Me lo envió el banco, conformado.

—¿Insistió usted en que le pagaran a cambio de su declaración?

—Podría decirse que sí.

—¿Se presentó usted a ellos o ellos lo buscaron a usted?

—Me presenté yo.

—¿Y por qué lo hizo?

Por fortuna, estaban acercándose por fin a un terreno más firme. En la parte de la mesa correspondiente a los Phelan los ánimos empezaron a serenarse. Los abogados se pusieron a garabatear notas.

Snead cruzó las piernas bajo la mesa y frunció el entrecejo mirando a la cámara como si estuviera muy seguro de lo que decía.

—Porque yo estuve con el señor Phelan poco antes de su muerte y sabía que el pobre hombre había perdido el juicio.

—¿Desde cuándo lo había perdido?

—Desde buena mañana.

—¿Ya estaba loco cuando despertó?

—Cuando le serví el desayuno, no recordaba ni su propio nombre.

—¿Cómo lo llamó?

—De ninguna manera, se limitó a soltarme un gruñido.

Nate se apoyó en los codos sin prestar atención a los papeles que lo rodeaban. Aquello era un torneo y estaba pasándolo bien. Sabía por dónde iba, pero el pobre Snead lo ignoraba.

—¿Lo vio usted arrojarse al vacío?

—Sí.

—¿Y caer?

—Sí.

—¿Y estrellarse contra el suelo?

—Sí

—¿Estaba usted cerca de él cuando lo examinaron los tres psiquiatras?

—Sí.

—Eso fue hacia las dos y media de la tarde, ¿verdad?

—Sí, si no recuerdo mal.

—Y llevaba loco todo el día, ¿no es cierto?

—Por desgracia, sí.

—¿Cuánto tiempo hacía que trabajaba usted para el señor Phelan?

—Treinta años.

—Y lo sabía todo acerca de él, ¿verdad?

—Todo lo que puede saber una persona de otra.

—Imagino entonces que conocía usted a su abogado, el señor Stafford.

—Sí, lo había visto muchas veces.

—¿Confiaba el señor Phelan en el señor Stafford?

—Supongo que sí.

—Creía que usted lo sabía todo.

—Estoy seguro de que confiaba en el señor Stafford.

—¿Se hallaba el señor Stafford sentado al lado del señor Phelan durante el examen psiquiátrico a que se lo sometió?

—Sí.

—¿Cuál era en su opinión el estado mental del señor Phelan durante ese examen?

—No estaba en su sano juicio, no sabía ni quién era ni lo que hacía.

—¿Está usted seguro?

—Sí.

—¿A quién se lo dijo?

—No me correspondía a mí decir nada.

—¿Por qué no?

—Porque me habrían despedido. Parte de mi trabajo consistía en mantener la boca cerrada. Es lo que se llama discreción.

—Usted estaba al corriente de que el señor Phelan iba a firmar un testamento, en el que repartía su inmensa fortuna, ¿y aun así, sabiendo que había perdido el juicio, no le dijo nada a su abogado, el hombre en quien él confiaba?

—No me correspondía hacer tal cosa.

—¿El señor Phelan lo habría despedido?

—De inmediato.

—Pero ¿y después de que él se hubiera arrojado al vacío? ¿A quién se lo dijo?

—A nadie.

—¿Por qué no?

Snead respiró hondo y volvió a cruzar las piernas, pensando que se estaba recuperando muy bien.

—Por respeto —contestó muy serio—. Consideraba que mi relación con el señor Phelan era de carácter confidencial.

—Hasta ahora. Hasta que le ofrecieron el medio millón de dólares, ¿verdad?

A Snead no se le ocurrió ninguna respuesta, y Nate no le dio la menor oportunidad.

—Está usted vendiendo no solo su declaración sino su relación confidencial con el señor Phelan, ¿no es cierto, señor Snead?

—Solo trato de corregir una injusticia.

—Qué noble propósito. ¿Lo haría si no le pagaran por ello?

—Sí —consiguió responder Snead.

Nate soltó una sonora carcajada sin apartar la mirada de Snead y volviéndose luego hacia los abogados de los Phelan. A continuación se levantó y empezó a rodear la mesa sin dejar de reírse para sus adentros.

—Menudo juicio —dijo, sentándose otra vez. Tras consultar unas notas, añadió—: El señor Phelan murió el 9 de diciembre. La lectura de su testamento tuvo lugar el 27 del mismo mes. En el transcurso de ese período, ¿le dijo usted a alguien que el señor Phelan no estaba en sus cabales en el momento de firmar el testamento?

—No.

—Claro. Esperó a que se leyera el testamento y, cuando vio que usted no estaba incluido en él, decidió presentarse a los abogados y cerrar un trato con ellos, ¿no es cierto, señor Snead?

—No —contestó el testigo, pero Nate no le hizo caso.

—¿Estaba el señor Phelan mentalmente enfermo?

—No soy un experto para responder a eso.

—Usted ha afirmado que había perdido el juicio; ¿puede decirse que de manera permanente?

—Iba y venía.

—¿Cuánto tiempo llevaba yendo y viniendo?

—Varios años.

—¿Cuántos?

—Puede que diez. Es un cálculo aproximado.

—En el transcurso de los últimos catorce años de su vida, el señor Phelan redactó once testamentos, en uno de los cuales le dejaba a usted un millón de dólares. ¿Se le ocurrió a usted entonces comentar con alguien que el señor Phelan no estaba en sus cabales?

—No me correspondía a mí decirlo.

—¿Consultó alguna vez el señor Phelan a algún psiquiatra?

—Que yo sepa, no.

—¿Tuvo alguna vez trato con algún profesional de la salud mental?

—Que yo sepa, no.

—¿Le sugirió usted alguna vez que fuera a ver a un psiquiatra?

—No me correspondía a mí hacer semejantes sugerencias.

—Si lo hubiera encontrado usted tendido en el suelo víctima de un ataque, ¿le habría dicho a alguien que quizá el señor Phelan necesitaba ayuda?

—Por supuesto que sí.

—Si lo hubiera visto toser sangre, ¿se lo habría dicho a alguien?

—Sí.

Nate tenía en su poder un abultado dossier en el que figuraba una relación de las propiedades del señor Phelan. Lo abrió al azar y le preguntó a Snead si sabía algo de Prospecciones Xion. Snead trató por todos los medios de acordarse, pero tenía la mente tan llena de nuevos datos que no lo consiguió. ¿Y de Comunicaciones Delstar? Una vez más Snead hizo una mueca y no consiguió recordar.

Al llegar a la quinta empresa, a Snead le sonó el nombre y comunicó orgullosamente al abogado que la conocía. El señor Phelan era su propietario desde hacía algún tiempo. Nate le hizo preguntas sobre las ventas, los productos y los valores en cartera a lo largo de una interminable lista de datos económicos. Snead no contestó nada a derechas.

—¿Cuánto sabía usted acerca de las propiedades del señor Phelan? —preguntó Nate una y otra vez.

Después le hizo a Snead varias preguntas acerca de la estructura del Grupo Phelan. Snead se había aprendido de memoria los datos esenciales, pero ignoraba los detalles menores. No pudo mencionar el nombre de ningún ejecutivo de nivel medio e ignoraba la identidad de los expertos contables de la empresa.

Nate lo sometió a un severo interrogatorio acerca de cuestiones sobre las cuales no tenía la menor idea. Ya muy entrada la tarde, cuando Snead estaba agotado y atontado por la paliza que acababan de propinarle, y mientras le hacía la millonésima pregunta de carácter económico, Nate le soltó sin previo aviso:

—¿Firmó usted un contrato con los abogados cuando cobró el medio millón de dólares?

Hubiera sido suficiente un simple «No», pero Nate lo pilló desprevenido. Snead vaciló, miró a Hark y volvió a mirar a Nate, que estaba rebuscando entre sus papeles como si tuviera una copia del contrato. Snead llevaba dos horas mintiendo, y no fue lo suficientemente rápido.

—Mmm... por supuesto que no —balbució sin convencer a nadie.

Nate advirtió que mentía, pero lo dejó correr. Había otros medios de obtener una copia del contrato.

Los abogados de los hermanos Phelan se reunieron en un oscuro bar para lamerse las heridas. Después de la segunda ronda, la triste actuación de Snead les pareció aún peor. Quizá consiguieran adiestrarlo un poco más para el juicio, pero el hecho de haber cobrado tanto dinero había destrozado para siempre su declaración.

¿Cómo se habría enterado O'Riley? Parecía estar completamente seguro de que Snead había cobrado.

—Ha sido Grit —soltó Hark.

Grit, repitieron todos para sus adentros. Seguro que se había pasado al otro bando.

—Eso es lo que le ha ocurrido por haberle robado a su cliente —declaró Wally Bright después de un prolongado silencio.

—Cállese —le espetó la señora Langhorne.

Hark estaba demasiado agotado como para luchar. Apuró su copa y pidió otra. En medio del desastre provocado por la declaración de Snead, los abogados de los hermanos Phelan se habían olvidado de Rachel, que seguía sin constar oficialmente en el expediente del tribunal.

47

La declaración de Nicolette, la secretaria, duró ocho minutos. Facilitó su nombre y dirección y su breve historial profesional. Los abogados de los hermanos Phelan se acomodaron en los asientos del otro lado de la mesa, disponiéndose a escuchar los detalles de sus aventuras sexuales con el señor Phelan. Nicolette tenía veintitrés años y muy pocas cualidades, aparte de una esbelta figura, unos bonitos pechos y un agraciado rostro enmarcado por un cabello dorado rojizo. Estaban deseando oírla hablar unas cuantas horas sobre sexo.

Yendo directamente al grano, Nate le preguntó:

—¿Se acostó usted alguna vez con el señor Phelan?

Nicolette fingió avergonzarse, pero contestó que sí.

—¿Cuántas veces?

—No las conté.

—¿Durante cuánto tiempo?

—Generalmente, diez minutos.

—No, me refería a la duración de la relación.

—Bien, pues solo trabajé allí cinco meses.

—Unas veinte semanas, aproximadamente. Por término medio, ¿cuántas veces a la semana mantenía usted relaciones sexuales con el señor Phelan?

—Creo que unas dos.

—Eso da unas cuarenta veces en total.

—Supongo que sí. Parece mucho, ¿verdad?

—A mí no me lo parece. ¿Se quitaba la ropa el señor Phelan cuando lo hacían?

—Pues claro. Los dos nos la quitábamos.

—O sea, que él se quedaba completamente desnudo.

—Sí.

—¿Tenía alguna marca visible en el cuerpo?

Cuando los testigos se inventan mentiras, suelen olvidar las cuestiones más obvias. Y lo mismo les ocurre a sus abogados. Se obsesionan tanto con el engaño que siempre se les pasa por alto algún detalle. Hark y sus chicos tenían acceso a las esposas de Phelan —Lillian, Janie y Tira— y cualquiera de ellas hubiera podido revelarles que Troy tenía un par de manchas redondas de color morado del tamaño de un dólar de plata en la parte superior de la pierna derecha, cerca de la cadera, justo por debajo de la cintura.

—Que yo recuerde, no —contestó Nicolette.

La respuesta sorprendió y a la vez no sorprendió a Nate. Podía haber creído fácilmente que Troy follaba con su secretaria, porque era algo que él mismo había hecho durante décadas, y con la misma facilidad hubiera podido creer que Nicolette mentía.

—¿No tenía ninguna mancha, marca o lunar visible? —volvió a preguntar Nate.

—No.

Los abogados de los Phelan se asustaron. ¿Sería posible que otro testigo estrella estuviera desmoronándose delante de sus propios ojos?

—No más preguntas —dijo Nate, y abandonó la sala para tomarse otro café.

Nicolette miró a los abogados, que mantenían la vista fija en la mesa, preguntándose dónde estaría exactamente la mancha.

Cuando la testigo se retiró, Nate empujó sobre la mesa en dirección a sus perplejos enemigos una fotografía de la autopsia. No dijo una sola palabra, ni falta que hacía.

El viejo Troy descansaba sobre la mesa de mármol, convertido en un pedazo de arrugada y magullada carne en la que resultaba claramente visible una mancha roja.

Se pasaron el resto del miércoles y todo el jueves con los tres nuevos psiquiatras contratados para que dijeran que los tres anteriores no sabían lo que hacían. Su declaración fue previsible y reiterativa: las personas cuerdas no se arrojan al vacío.

En conjunto eran menos prestigiosos que Flowe, Zadel y Teishen. Dos de ellos ya estaban jubilados y se sacaban unos honorarios adicionales actuando como testigos expertos; el tercero era profesor en un masificado centro de enseñanza universitaria en el que se impartían cursos de dos años, y el cuarto se ganaba miserablemente la vida en un pequeño consultorio de los suburbios.

Pero no se les pagaba para que su presencia causara impresión, sino sencillamente para que enturbiaran las aguas. Se sabía que Troy Phelan era excéntrico y caprichoso. Cuatro expertos sostenían que carecía de capacidad mental para testar; tres, que estaba perfectamente capacitado. Se trataba de embrollar y enredar la situación con la esperanza de que algún día los que defendían la validez del testamento se cansaran y decidiesen llegar a un acto de conciliación. En caso contrario, un jurado de profanos tendría que examinar la jerga médica y tratar de desentrañar el sentido de las opiniones en conflicto.

Los nuevos psiquiatras estaban cobrando unas elevadas cantidades por mantener su criterio y Nate ni siquiera intentó inducirlos a que lo modificaran. Había recibido declaraciones de muchos médicos y se guardaba mucho de discutir con ellos acerca de cuestiones relacionadas con la medicina. En su lugar, prefirió centrarse en sus méritos y su experiencia. Les pasó el vídeo y les pidió que criticaran las opiniones de sus tres colegas. Cuando el jueves por la tarde se levantó la sesión, ya se habían completado quince declaraciones. Otra tanda estaba programada para finales de marzo. Wycliff tenía previsto celebrar el juicio a mediados de julio. Entonces volverían a declarar los mismos testigos, pero en una sala de justicia a puerta abierta en presencia de un público y de un jurado cuyos miembros sopesarían todas y cada una de sus palabras.

Nate huyó de la ciudad. Se dirigió hacia el oeste cruzando Virginia y al sur a través del valle de Shenandoah. Estaba mentalmente agotado tras pasarse nueve días escarbando con dureza en la vida íntima de otras personas. En un indeterminado momento de su existencia, empujado por su trabajo y sus adicciones, había perdido la honradez y la vergüenza. Había aprendido a mentir, engañar, esconderse, importunar y atacar a inocentes testigos sin el menor remordimiento; pero, en el silencio de su automóvil y en medio de la oscuridad de la noche, se avergonzó. Se compadeció de los hermanos Phelan. Se compadeció de Snead, un triste hombrecillo que solo intentaba sobrevivir, y se arrepintió de haber atacado con tanta crueldad a los nuevos psiquiatras.

Había recuperado la capacidad de avergonzarse, y se enorgullecía y alegraba de que así fuera. Era un ser humano, aunque no lo pareciera.

A medianoche se detuvo en un motel barato cerca de Knoxville. Estaban cayendo fuertes nevadas en el Medio Oeste, en Kansas y en Iowa. Tendido en la cama con un mapa, trazó un itinerario a través del sudoeste.

La segunda noche durmió en Shawnee, Oklahoma; la tercera, en Kingman, Arizona; la cuarta, en Redding, California.

Los hijos de su segundo matrimonio eran Austin y Angela, de doce y once años respectivamente, y estaban en séptimo y sexto curso de primaria. Llevaba sin verlos desde el mes de julio, tres semanas antes de su última caída. Los había acompañado a ver el partido de los Orioles y la agradable salida se había convertido más tarde en una desagradable escena. Durante el partido se bebió seis cervezas —los niños las contaron porque su madre les había dicho que lo hicieran— y después se pasó dos horas al volante desde Baltimore a Arlington bajo los efectos del alcohol.

Por aquellas fechas los niños iban a trasladarse a vivir a Oregón con su madre, Christi, y el segundo marido de esta, Theo. El partido sería la última visita que Nate les haría a sus hijos por un tiempo, pero, en lugar de aprovechar bien el día, se había emborrachado. Discutió con su ex mujer en el sendero de entrada de la casa en presencia de los niños, que por desgracia ya estaban acostumbrados a aquellas escenas. Theo lo había amenazado con una escoba. Nate despertó en su automóvil, aparcado en la zona reservada a minusválidos de un McDonald's, con un paquete de seis botellas de cerveza vacías en el asiento.

Cuando él y Christi se habían conocido catorce años atrás, ella era la directora de una escuela privada en Potomac. Formaba parte de un jurado, y él era uno de los abogados. Cuando el segundo día del juicio ella se presentó con una minifalda negra, el litigio quedó prácticamente interrumpido. Su primera cita ocurrió una semana más tarde. Nate se pasó tres años sin probar la bebida, justo el tiempo suficiente para volver a casarse y tener dos hijos. Cuando el dique empezó a agrietarse, Christi se asustó y quiso escapar, y cuando se rompió huyó con los niños y tardó un año en regresar. El matrimonio duró diez caóticos años.

Christi trabajaba en una escuela de Salem y Theo pertenecía a un pequeño bufete jurídico de allí. Nate no podía reprocharles que hubiesen huido de Washington, pues siempre había creído que los había obligado a hacerlo.

Llamó a la escuela desde su automóvil cuando ya se encontraba cerca de Medford, a cuatro horas de camino, y tuvo que esperar cinco minutos; justo el tiempo, estaba seguro, de que ella cerrara la puerta y ordenara sus pensamientos.

—Sí —dijo finalmente su ex esposa.

—Christi, soy yo, Nate. —Se sintió ligeramente ridículo por el hecho de tener que identificarse ante una mujer con quien había convivido diez años.

—¿Dónde estás? —preguntó ella, como si se hallara a punto de sufrir un ataque.

—Cerca de Medford.

—¿En Oregón?

—Sí. Me gustaría ver a los niños.

—Muy bien, ¿cuándo?

—Esta noche, mañana, no tengo prisa. Llevo unos cuantos días en la carretera, recorriendo simplemente el país. No sigo ningún itinerario determinado.

—Pues claro, Nate, creo que podría arreglarse; pero los niños están muy ocupados, ¿sabes?, la escuela, las clases de ballet, el fútbol...

—¿Cómo se encuentran?

—Muy bien. Gracias por preguntarlo.

—¿Y tú? ¿Qué tal te va la vida?

—Estoy bien. Nos encanta Oregón.

—Yo también estoy bien. Me he recuperado y soy abstemio, Christi, hablo en serio. Me he librado por completo de la bebida y las drogas. Creo que voy a dejar el ejercicio de la abogacía, pero estoy francamente bien.

Christi pensó que lo mismo le había dicho otras veces.

—Me parece muy bien, Nate —repuso con recelo.

Acordaron cenar juntos al día siguiente, con tiempo de sobra para que ella pudiese preparar a los niños, arreglar la casa y dejar que Theo decidiera el papel que iba a interpretar. Con tiempo suficiente para ensayar y planear las salidas.

—No seré un estorbo —prometió Nate antes de colgar.

Theo decidió quedarse a trabajar hasta tarde y no participar en la reunión. Nate abrazó con fuerza a Angela y se limitó a estrecharle la mano a Austin. Lo único que se había jurado no hacer era comentar con entusiasmo lo mucho que habían crecido. Christi se quedó una hora en su dormitorio mientras él se reencontraba con los niños.

Nate no pensaba deshacerse en disculpas por cosas que no podían cambiarse. Los tres se sentaron en el suelo del estudio y hablaron de la escuela, de las clases de ballet y de fútbol. Salem era una bonita ciudad, mucho más pequeña que el distrito de Columbia, y los niños se habían adaptado muy bien, tenían muchos amigos, iban a una escuela estupenda y sus profesores eran muy simpáticos.

La cena consistió en espaguetis y ensalada, y duró una hora. Nate contó historias de la selva de Brasil y describió su viaje en busca de una cliente perdida. Estaba claro que Christi no había leído los periódicos apropiados, pues no tenía ni idea del caso Phelan.

A las siete en punto, Nate anunció que se marchaba. Los niños tenían que hacer los deberes y se levantaban muy temprano para ir a la escuela.

—Mañana tengo un partido de fútbol, papá —dijo Austin.

Nate sintió que el corazón le daba un vuelco en el pecho. Nadie lo llamaba «papá» desde hacía muchísimo tiempo.

—Jugarán en la escuela —dijo Angela—. ¿Podrás ir?

La pequeña ex familia vivió unos momentos embarazosos mientras todos se miraban mutuamente en silencio. Nate no sabía qué responder.

Christi resolvió la cuestión diciendo:

—Yo iré. Así podremos charlar un rato.

—Pues claro que iré —contestó Nate.

Los niños lo abrazaron cuando se fue. Mientras se alejaba

en su automóvil, Nate sospechó que Christi quería verlo dos días seguidos para examinarle los ojos. Ella conocía las señales.

Nate se quedó tres días en Salem. Presenció el partido de fútbol y se sintió orgulloso de su hijo. Lo invitaron de nuevo a cenar, pero él impuso como condición que Theo también participara. Almorzó con Angela y sus amigos en la escuela.

Al cabo de tres días, llegó el momento de la partida. Los niños tenían que regresar a su rutina sin las complicaciones que la presencia de su padre planteaba. Christi estaba un poco cansada de fingir que jamás había ocurrido nada entre ellos, y Nate se estaba acostumbrando a la compañía de sus hijos. Prometió llamarlos, mantenerse en contacto por correo electrónico y volver a verlos muy pronto.

Se fue de Salem con el corazón destrozado. ¿Cómo era posible que hubiera caído tan bajo como para perder a una familia tan maravillosa como aquella? Casi no recordaba nada de la primera infancia de sus hijos, ni juegos escolares, ni disfraces la noche de Halloween, ni mañanas de Navidad, ni visitas al centro comercial. Ahora sus hijos ya habían crecido y estaba educándolos otro hombre.

Giró hacia el este y se dejó llevar por el tráfico.

Mientras Nate cruzaba serpeando el estado de Montana sin poder quitarse a Rachel de la cabeza, Hark Gettys presentó un recurso en el que solicitaba la no admisión de la respuesta de Rachel a la impugnación del testamento. Sus motivos eran obvios y apoyaba su ataque con un informe de veinte páginas de extensión en el que llevaba un mes trabajando. Estaban a 7 de marzo, Troy Phelan había muerto hacía tres meses, Nate O'Riley había entrado en el asunto hacía menos de dos, y ya llevaban casi tres semanas trabajando en la presentación de las pruebas, faltaban cuatro meses para el juicio y el tribunal aún no tenía jurisdicción sobre Rachel Lane. Su firma no figuraba en ningún documento del expediente oficial del tribunal.

Hark la llamaba «la parte fantasma». Él y los demás impugnadores estaban litigando contra una sombra. Si la mujer tenía que heredar once mil millones de dólares, lo menos que podía hacer era firmar una renuncia de comparecencia y cumplir con la ley. Si se había tomado la molestia de contratar a un abogado, bien podía someterse a la jurisdicción del tribunal.

El paso del tiempo estaba beneficiando enormemente a los herederos, por más que a estos les costara tener paciencia mientras soñaban con la riqueza que les aguardaba. Cada semana que pasaba sin que hubiera noticias de Rachel Lane era una demostración más de que a esta no le interesaba la causa. En sus reuniones de los viernes por la mañana los abogados de los Phelan analizaban todo lo ocurrido durante la declaración de los testigos, hablaban de sus clientes y preparaban la estrategia del juicio; pero, sobre todo, hacían conjeturas acerca de la razón por la cual Rachel Lane aún no se había presentado, y abrigaban la ridícula esperanza de que no quisiera el dinero. Era una idea absurda que, sin embargo, afloraba a la superficie todos los viernes.

Las semanas estaban convirtiéndose en meses, y la ganadora de la lotería seguía sin reclamar el premio.

Había otra razón de peso para ejercer presión sobre los defensores de la validez del testamento de Troy Phelan. Su nombre era Snead. Hark, Yancy, Bright y Langhorne habían presenciado el vídeo de la declaración de su testigo estelar hasta aprendérsela de memoria y no confiaban demasiado en que este consiguiese influir en el ánimo de los miembros del jurado. Nate O'Riley lo había puesto en ridículo, y eso que solo se trataba de una declaración. Ya se imaginaban lo afilados que estarían los puñales en presencia de un jurado formado por personas de la clase media que se las veían y deseaban para pagar las facturas de fin de mes. Snead se embolsaría medio millón por soltar su historia, pero costaría mucho venderla.

El problema que planteaba Snead estaba muy claro. Era un mentiroso, y a los mentirosos se les solía atrapar en los juicios. Tras los errores que había cometido durante la declaración, los abogados temían presentarlo ante un jurado, pues en caso de que se descubriera un par de mentiras más, perderían el juicio.

En cuanto a Nicolette, la mancha del viejo la había invalidado como testigo.

Por si fuera poco, sus clientes no resultaban especialmente simpáticos. Con la excepción de Ramble, que era el que más temor les inspiraba, todos los demás habían recibido cinco millones de dólares para echar a andar por la vida. Ningún miembro del jurado ganaría semejante cantidad en toda su existencia.

Los hijos de Troy podrían quejarse todo lo que quisieran de la ausencia de su padre, pero la mitad de los miembros del jurado procedería sin duda de hogares rotos. Sería muy difícil dirigir la batalla de los psiquiatras, el aspecto del juicio que más los preocupaba. Nate O'Riley llevaba más de veinte años machacando a médicos en las salas de justicia. Aquellos cuatro sustitutos no podrían resistir sus brutales repreguntas.

Para evitar el juicio, tenían que llegar a un acto de conciliación, y para llegar a un acto de conciliación tenían que encontrar un fallo. La aparente falta de interés de Rachel Lane era más que suficiente, y constituiría sin duda su mejor baza.

Josh examinó con admiración el recurso de no admisión. Le encantaban las maniobras legales, los trucos y las tácticas, y cuando alguien, aunque fuera un adversario, lo hacía bien, él lo aplaudía en silencio.

Todo en la jugada de Hark era perfecto: la elección del

momento, la exposición razonada, el informe espléndidamente argumentado.

La posición de los impugnadores del testamento era muy débil, pero sus problemas no podían compararse con los de Nate. Él no tenía cliente y, junto con Josh, había conseguido ocultarlo durante dos meses, pero la estratagema ya había tocado a su fin.

48

Daniel, su hijo mayor, insistió en reunirse con él en un pub. Nate encontró el local, situado a dos manzanas del campus, cuando ya había anochecido, en una calle llena de bares y clubes. La música, los anuncios luminosos de cervezas, las estudiantes que gritaban desde la otra acera..., por desgracia, todo aquello le resultaba muy familiar. Era como Georgetown hacía apenas unos meses, pero ya no lo atraía. Un año atrás, él hubiera contestado a los gritos de las chicas y las hubiera perseguido de bar en bar, creyendo que aún tenía veinte años y podía pasarse toda la noche de juerga.

Daniel lo esperaba en un estrecho reservado en compañía de una chica. En la mesa había dos botellas de cuello largo. Padre e hijo se estrecharon la mano porque un gesto más afectuoso hubiera hecho que el segundo se sintiera incómodo.

—Esta es Stef —dijo Daniel, presentando a la chica—. Trabaja como modelo —se apresuró a añadir para hacerle comprender al viejo que no estaba saliendo con cualquier mujer.

Por una extraña razón, Nate había abrigado la esperanza de pasar unas cuantas horas a solas con su hijo. Pero no podría ser.

Lo primero que le llamó la atención de Stef fue su pintalabios de color gris, aplicado sobre una boca carnosa en la que se dibujaba una sonrisa forzada.

Ciertamente, la chica era lo bastante corriente y delgada para ser modelo. Sus brazos parecían palos de escoba, y sus piernas, aunque Nate no podía verlas, debían de ser largas y flacas, con sendos tatuajes en los tobillos.

A Nate le resultó desagradable de inmediato, y por algún motivo intuyó que se trataba de un sentimiento mutuo. Era imposible saber lo que Daniel le había contado acerca de él.

Daniel había terminado sus estudios en Grinnell el año anterior y había pasado el verano en la India. Nate hacía tres meses que no lo veía. No había asistido a su fiesta de graduación y ni siquiera le había enviado una carta, un regalo o lo había llamado para felicitarlo. La tensión en torno a la mesa era evidente, y la modelo no paraba de fumar y mirar a Nate con rostro inexpresivo.

—¿Quieres una cerveza? —le preguntó Daniel cuando se acercó un camarero; se trataba de un golpe bajo cuya intención era infligir el mayor dolor posible.

—No; solo agua —respondió Nate.

Daniel hizo el pedido al camarero y luego dijo:

—¿Sigues tratando de dejarlo?

—Siempre —repuso Nate con una sonrisa, procurando esquivar los golpes.

—¿No has tenido ninguna recaída desde el último verano?

—No. Pero me interesaría hablar de otro tema.

—Dan me ha dicho que has estado en un centro de desintoxicación —intervino Stef, soltando el humo por la nariz. A Nate le sorprendió que fuese capaz de pronunciar una frase completa. Hablaba lentamente y su voz era tan cavernosa como las cuencas de sus ojos.

—Varias veces —contestó Nate—. ¿Qué más te ha contado de mí?

—Yo también he estado en una —admitió ella—, pero solo una vez. —Parecía orgullosa de su hazaña, aunque algo triste por su falta de experiencia. Delante de ella había dos botellas de cerveza vacías.

—Qué bien —dijo Nate, como si no le diese importancia. No pretendía mostrarse simpático con ella, y, además, en un par de meses estaría colgada del brazo de otro hombre. Volvió la mirada hacia Daniel, y le preguntó—: ¿Cómo van los estudios?

—¿Qué estudios?

—Los de posgrado.

—Lo he dejado. —Su voz sonó áspera. Detrás de aquellas palabras se adivinaba una gran presión. Nate se mostró interesado por el abandono de los estudios; no sabía muy bien cómo ni por qué. Le sirvieron el agua.

—¿Ya habéis cenado?

Stef evitaba la comida y Daniel no tenía apetito. En cambio, Nate se moría de hambre, pero no quería comer solo. Miró alrededor. En otro rincón alguien estaba fumándose un porro. Era un local pequeño y ruidoso de los que tanto le habían gustado en tiempos no muy lejanos.

Daniel encendió otro cigarrillo, un Camel sin filtro, los más cancerígenos del mercado, y arrojó una bocanada de denso humo hacia la barata araña de cristal del anuncio de una marca de cerveza que colgaba por encima de ellos. Estaba enfadado y tenso.

La presencia de la chica obedecía a dos razones: impedir las palabras duras y, tal vez, una pelea. Nate sospechaba que su hijo estaba sin blanca y que deseaba echarle en cara su escaso apoyo pero no se atrevía a hacerlo, pues sabía que el viejo era frágil y tendía a enfurecerse y perder los estribos. Stef lo obligaría a refrenar su cólera y su lenguaje.

La segunda razón era hacer que la reunión fuera lo más breve posible.

Nate tardó unos quince minutos en comprenderlo.

—¿Cómo está tu madre? —preguntó.

Daniel trató de sonreír.

—Bien. La vi por Navidad. Tú te habías ido.

—Estaba en Brasil.

Pasó una estudiante enfundada en unos tejanos muy ceñidos. Stef la estudió de arriba abajo y, al final, sus ojos cobraron un poco de vida. La chica estaba todavía más delgada que ella. ¿Cómo era posible que la demacración se hubiera puesto tan de moda?

—¿Qué hay en Brasil? —preguntó Daniel.

—Un cliente —respondió Nate, que ya estaba cansado de contar su aventura.

—Mamá dice que tienes no sé qué problema con Hacienda.

—Estoy seguro de que eso a tu madre debe de encantarle.

—Supongo. No me pareció que le preocupase demasiado. ¿Te meterán en la cárcel?

—No. ¿Podríamos cambiar de tema?

—Ahí está lo malo, papá. No hay ningún otro tema, solo el pasado, y allí no podemos regresar.

Stef, el árbitro, puso los ojos en blanco y miró a Daniel como diciendo: «Ya basta».

—¿Por qué dejaste los estudios? —preguntó Nate, deseando que todo aquello terminara de una vez.

—Era muy aburrido, entre otros motivos.

—Se le terminó el dinero —intervino Stef, dirigiéndole a Nate su mejor mirada inexpresiva.

—¿Es eso cierto? —preguntó Nate.

—Es un motivo, ¿no?

El primer impulso de Nate fue sacar el talonario de cheques y resolver los problemas del muchacho. Era lo que siempre había hecho. La paternidad había sido para él un largo viaje de compras. Si no puedes venir, envía el dinero. Pero ahora Daniel tenía veintitrés años, era universitario, andaba por ahí con gente como la señorita Bulimia y ya era hora de que se hundiese o nadara por su cuenta.

Y el talonario de cheques ya no era el de antes.

—Para ti al menos lo es —repuso—. Ponte a trabajar durante un tiempo. Te hará valorar más los estudios.

Stef no se mostró de acuerdo. Tenía dos amigos que habían abandonado los estudios y prácticamente habían desaparecido de la faz de la tierra. Mientras esta seguía parloteando, Daniel se retiró a su rincón del reservado y apuró su tercera botella. Nate podría haberle soltado toda suerte de sermones sobre el alcohol, pero sabía que hubiesen sonado muy falsos.

Tras tomarse cuatro cervezas, Stef ya estaba borracha y Nate no tenía nada más que decir. Garabateó su número de teléfono de Tilghman en una servilleta y se lo entregó a Daniel.

—Aquí estaré en los próximos dos meses. Llámame si me necesitas.

—Hasta luego, papá —dijo Daniel.

—Cuídate.

Nate salió al gélido aire de la calle y echó a andar en dirección al lago Michigan.

Dos días más tarde estaba en Pittsburgh para su tercera y última cita, que finalmente no se produjo. Había hablado un par de veces con Kaitlin, la hija de su primer matrimonio, que tenía que reunirse para cenar con él a las siete y media de la tarde, delante del restaurante del vestíbulo de su hotel. Su apartamento se encontraba a veinte minutos de distancia. A las ocho y media lo llamó para decirle que una amiga suya había sufrido un accidente de tráfico y ella estaba en el hospital; las cosas no pintaban bien.

Nate le propuso que almorzasen juntos al día siguiente. Kaitlin contestó que no sería posible porque la amiga había sufrido una herida en la cabeza, estaba conectada a un pulmón artificial y ella tenía previsto quedarse en el hospital hasta que estuviera fuera de peligro. Al advertir que su hija estaba en plena retirada, Nate le preguntó dónde estaba el hospital. Ella contestó que no lo sabía, después que no estaba segura y, finalmente, tras pensarlo mejor, le dijo que no sería oportuno que la visitara porque ella no podía apartarse de la cama de su amiga.

Nate cenó en una mesita de su habitación junto a la ventana, desde la que se veía el centro de la ciudad. Comió sin apetito, pensando en todas las posibles razones por las cuales su hija no quería verlo. ¿Un anillo en la nariz? ¿Un tatuaje en la frente? ¿Sería miembro de una secta e iría por ahí con la cabeza rapada? ¿Habría engordado cincuenta kilos o adelgazado veinticinco? ¿Estaría embarazada?

Trató de responsabilizarla de lo ocurrido para no verse obligado a enfrentarse con la verdad. ¿Tanto lo odiaba su hija?

En la soledad de la habitación del hotel, en una ciudad donde no conocía a nadie, era fácil compadecerse de sí mismo y sufrir una vez más por los errores del pasado.

Tomó el teléfono y puso manos a la obra. Llamó al padre Phil para averiguar qué tal iban las cosas en St. Michaels. Phil había tenido la gripe y, como en el sótano de la iglesia hacía mucho frío, Laura no le permitía que bajase. Estupendo, pensó Nate. A pesar de las múltiples incertidumbres que se interponían en su camino, la única constante, por lo menos en un futuro próximo, sería la promesa de un trabajo seguro en el sótano de la iglesia de la Trinidad.

Llamó a Sergio para su sesión semanal de motivación. Los demonios estaban muy bien controlados y él se sentía asombrosamente dueño de la situación. En la habitación del hotel había un minibar, pero ni se le había ocurrido acercarse a él.

Telefoneó a Salem y mantuvo una agradable conversación con Angela y Austin. Le parecía muy curioso que los pequeños quisieran hablar con él y los mayores no.

Llamó a Josh, que se encontraba en su despacho del sótano, pensando en el embrollo del caso Phelan.

—Tienes que regresar a casa, Nate —dijo Josh—. Se me ha ocurrido un plan.

49

Nate no fue invitado a la primera ronda de conversaciones de paz. Su ausencia obedecía a dos motivos. Primero, la cumbre la había organizado Josh y, por consiguiente, se celebraba en su territorio. Nate había evitado hasta aquel momento visitar su antiguo despacho y quería seguir haciéndolo. Segundo, los abogados de los Phelan consideraban, con razón, que Josh y Nate eran aliados. Josh quería interpretar el papel de pacificador e intermediario. Para ganarse la confianza de una parte, tenía que olvidar a la otra, aunque solo por un tiempo. Su plan consistía en reunirse con Hark y los demás, después con Nate y, a continuación, con ambas partes alternativamente durante varios días si fuera necesario hasta que se llegara a un acuerdo. Tras una prolongada sesión de bromas y charla intrascendente, Josh solicitó la atención de sus interlocutores. Tenían que analizar muchas cuestiones y los abogados de los Phelan estaban deseando empezar.

Un acuerdo puede producirse en pocos segundos, durante la suspensión de un acalorado juicio cuando un testigo sufre un tropiezo o cuando un nuevo presidente del tribunal quiere volver a empezar y aligerar un molesto litigio. Y también puede tardar meses, mientras el pleito avanza lentamente hacia la fecha del juicio. En su conjunto, los abogados de los Phelan soñaban con llegar a un rápido arreglo y pensaban que la reunión en la suite de Josh sería el primer paso en ese sentido. Creían de verdad que estaban a punto de convertirse en millonarios.

Josh empezó por manifestarles diplomáticamente su opinión de que sus argumentos eran bastante flojos. Él no sabía nada acerca de los planes de su cliente de sacarse de la manga un testamento ológrafo y crear con ello el caos, pero aun así el testamento era válido. La víspera se había pasado dos horas con el señor Phelan terminando el otro testamento y estaba dispuesto a declarar que su cliente sabía muy bien lo que hacía. También declararía, de ser necesario, que Snead no se encontraba presente en la reunión.

Los tres psiquiatras que examinaron al señor Phelan habían sido cuidadosamente elegidos por los hijos de este, por sus ex esposas y por sus abogados, y tenían una fama intachable. En cambio, los cuatro psiquiatras contratados no le inspiraban confianza. Sus currículos dejaban mucho que desear. En su opinión, la batalla de testigos expertos la ganarían los primeros.

Wally Bright se había puesto su mejor traje, lo cual no era mucho decir, por cierto. Recibió las críticas apretando las mandíbulas y mordiéndose el labio inferior para no decir ninguna estupidez mientras tomaba inútiles notas en un cuaderno tamaño folio sencillamente porque eso era lo que estaban haciendo los demás. No estaba acostumbrado a soportar semejante menosprecio, ni siquiera viniendo de un abogado tan famoso como Josh Stafford, pero, a cambio del dinero, parecía dispuesto a aguantar lo que fuera. Un mes atrás, en febrero, su pequeño bufete generaba dos mil seiscientos dólares en honorarios y consumía los habituales cuatro mil dólares en gastos generales. Wally no se llevaba nada a casa. Lógicamente, había dedicado casi todo su tiempo al caso Phelan. Josh resumió con inocultable satisfacción las declaraciones de los clientes de sus colegas.

—He estudiado los vídeos con sus declaraciones —dijo

en tono entristecido—, y, si he de serles sincero, con la excepción de Mary Ross creo que serán unos testigos desastrosos durante el juicio.

Sus colegas salvaron el obstáculo sin dificultad. Aquello no era un juicio sino una reunión sobre un acuerdo.

Josh no se entretuvo demasiado en el tema de los herederos. Cuanto menos dijera, mejor. Sus abogados sabían que los destrozarían en presencia del jurado.

—Y eso nos lleva a Snead —añadió—. También he repasado sus declaraciones y creo sinceramente que, si ustedes lo llaman a declarar en el juicio, cometerán un terrible error. Es más, creo que tal cosa podría rozar el límite de la ilegalidad.

Bright, Hark, Langhorne y Yancy se inclinaron todavía más sobre sus cuadernos de notas. Snead se había convertido para ellos en algo así como una palabra malsonante. Habían discutido entre sí acerca de quién era el responsable de semejante metedura de pata. Habían perdido el sueño por culpa de aquel hombre. Habían perdido medio millón en un testigo inservible.

—Conozco a Snead desde hace casi veinte años —prosiguió Josh, dedicando a continuación quince minutos a describirlo con gran precisión como un mayordomo de cualidades mágicas, un criado no siempre de fiar a quien el señor Phelan más de una vez había querido despedir. Sus colegas le creyeron.

Pero ya estaba bien de Snead. Josh había conseguido destripar a su testigo estelar sin necesidad de mencionar que ellos lo habían sobornado con quinientos mil dólares para que contara aquella historia.

Y ya estaba bien de Nicolette. Era tan embustera como su compinche Snead.

No habían conseguido localizar a otros testigos. Había algunos empleados descontentos, pero no querían intervenir en el juicio, y de todos modos, su declaración estaría viciada. Les constaba que dos rivales del mundo empresarial habían sido aniquilados por haber intentado competir con Troy, pero ellos no sabían nada acerca de sus facultades mentales.

Sus argumentos no eran muy sólidos, concluyó Josh, y siempre se corría peligro con un jurado de por medio.

Se refirió a Rachel Lane como si la conociera desde hacía muchos años. No entró en demasiados detalles, pero aportó las suficientes generalizaciones como para dar la impresión de que en efecto no guardaba secretos para él. Era una persona encantadora que llevaba una existencia muy sencilla en otro país y no entendía muy bien los litigios. Huía de la controversia y despreciaba los enfrentamientos, y estaba más unida al viejo Troy de lo que la mayoría de la gente sabía.

Hark deseó preguntar si Josh la había conocido personalmente —¿la había visto alguna vez?, ¿había oído mencionar su nombre antes de la lectura del testamento?—, pero no era el lugar ni el momento para crear conflictos. La otra parte estaba a punto de poner dinero sobre la mesa y su porcentaje era el diecisiete y medio.

La señora Langhorne había hecho investigaciones sobre la ciudad de Corumbá y se preguntaba una vez más qué podía estar haciendo una estadounidense de cuarenta y dos años en semejante lugar. A espaldas de Bright y Yancy, ella y Hark se habían convertido en confidentes, y habían estado sopesando la conveniencia de filtrar el paradero de Rachel Lane a ciertos periodistas. No cabía la menor duda de que la prensa daría con ella, la obligarían a salir de su escondrijo y, de paso, el mundo averiguaría qué pensaba hacer con el dinero. Si, tal como ellos esperaban y soñaban, no lo quería, sus clientes podrían reclamarlo.

Por supuesto, suponía un riesgo que aún no habían descartado.

—¿Qué se propone hacer Rachel Lane con todo este dinero? —preguntó Yancy.

—No estoy muy seguro —contestó Josh como si él y Rachel hablaran de ello a diario—. Es probable que se quede con una pequeña parte y dedique el resto a obras benéficas. En mi opinión, esta es la razón de que Troy hiciera lo que hizo. Pensó que si sus descendientes recibían el dinero este no duraría ni noventa días. En cambio, legándoselo a Rachel sabía que iría a parar a personas necesitadas.

Se produjo un prolongado silencio cuando Josh terminó. Los sueños se desmoronaban lentamente. Rachel Lane existía, en efecto, y no pensaba renunciar a su herencia.

—¿Por qué no se ha presentado? —inquirió finalmente Hark.

—Bien, hay que conocer a esta mujer para responder a la pregunta —dijo Josh—. El dinero no significa nada para ella. No esperaba que su padre le dejase nada, y, de pronto, descubre que ha heredado miles de millones. Se encuentra todavía en estado de choque.

Otra prolongada pausa mientras los abogados de los Phelan hacían anotaciones en sus cuadernos.

—Estamos dispuestos a llevar el caso al Tribunal Supremo, de ser necesario —dijo Langhorne—. ¿Se da cuenta ella de que eso podría durar muchos años?

—Sí —contestó Josh—, y esa es una de las razones por las que quiere tantear las posibilidades de llegar a un acuerdo.

Ya estaban haciendo progresos.

—¿Por dónde empezamos? —preguntó Wally Bright.

Era difícil responder a eso. A un lado de la mesa había once mil millones de dólares. Los impuestos de sucesión se llevarían más de la mitad, de modo que quedarían unos cinco mil. Al otro estaban los herederos Phelan, todos ellos sin blanca, a excepción de Ramble. ¿Quién lanzaría la primera cifra? ¿Diez millones por heredero? ¿Cien?

Josh lo tenía todo planeado.

—Vamos a empezar por el testamento —dijo—. Suponiendo que se considere válido, en él se estipula con toda claridad que cualquier heredero que lo impugne se verá privado de la cantidad que se le haya legado, lo cual se aplica a sus clientes. Por consiguiente, empiezan ustedes desde cero. A continuación, el testamento deja a cada uno de sus clientes una suma de dinero equivalente a la de las deudas que estos tuvieran contraídas al día de la muerte del señor Phelan. —Tomó otra hoja de papel y la estudió un momento—. Según lo que hemos averiguado hasta ahora, Ramble Phelan aún no tiene deudas. Geena Phelan Strong tenía, el 9 de diciembre unas deudas por valor de cuatrocientos veinte mil dólares. Libbigail y Spike debían unos ochenta mil dólares. Mary Ross y su esposo adeudaban novecientos mil. Troy Junior había cancelado casi todas las suyas en sucesivas bancarrotas, pero aún debía ciento treinta mil dólares. Rex, como sabemos, se lleva la palma. Él y su encantadora esposa Amber debían, el 9 de diciembre, un total de siete millones seiscientos mil dólares. ¿Tienen ustedes algo que objetar a estas cifras?

Nadie tenía nada que objetar. Las cantidades eran correctas, pero la suma que a ellos les interesaba era la otra.

—Nate O'Riley ha estado en contacto con su cliente. Para resolver este asunto, ella ofrecerá a cada uno de los seis herederos diez millones de dólares.

Los abogados jamás habían calculado y garabateado tan rápido. Hark tenía tres clientes; el diecisiete y medio por ciento significaba unos honorarios de cinco millones doscientos cincuenta mil dólares. Geena y Cody habían acordado con Langhorne un veinte por ciento, lo que suponía que su pequeño bufete cobraría dos millones de dólares. Y lo mismo cobraría Yancy con la aprobación del juez, pues Ramble aún era menor de edad. Y Wally Bright, un picapleitos que se ganaba miserablemente la vida anunciando divorcios rápidos en las paradas de los autobuses, cobraría la mitad de los diez millones de dólares en virtud del exorbitante contrato que había suscrito con Libbigail y Spike.

Wally, precisamente, fue el primero en reaccionar. A pesar de que se le había paralizado el corazón y apenas podía respirar, consiguió decir con cierto descaro:

—No es posible que mi cliente se conforme con menos de cincuenta millones.

Los demás sacudieron la cabeza y fruncieron el entrecejo, fingiendo hacerle ascos a la miserable suma que se les ofrecía, a pesar de que ya estaban gastándose mentalmente el dinero.

Wally Bright ni siquiera sabía con cuántos ceros se escribía cincuenta millones, pero soltó la cifra tal como hubiera podido hacer un ricacho de Las Vegas.

Habían acordado que, en caso de que se hablara de dinero, no bajarían de los cincuenta millones por heredero. Todo les había sonado muy bien antes de la reunión, pero ahora los diez millones que se habían puesto sobre la mesa les parecían estupendamente bien.

—Eso equivale, más o menos, a un uno por ciento de la herencia —observó Hark.

—Puede usted considerarlo así —convino Josh—. De hecho, puede considerarse de muchas maneras, pero yo prefiero empezar desde cero, que es donde están ustedes ahora, e ir subiendo en lugar de empezar desde la herencia e ir bajando.

Josh, sin embargo, también quería ganarse su confianza. Dejó que se pasaran un rato barajando cifras, y después añadió:

—Miren, yo, si representara a uno de los herederos, no me conformaría con los diez millones.

Dieron un respingo y prestaron atención.

—Rachel Lane no es ambiciosa. Creo que Nate O'Riley podría convencerla de que acordara ceder veinte millones por heredero.

Los honorarios se duplicarían; eso significaba más de diez millones para Hark y cuatro millones para Yancy y Langhorn. En cuanto al pobre Wally, que ahora cobraría diez, experimentó un repentino ataque de diarrea y pidió permiso para abandonar la reunión.

Nate estaba ocupado pintando alegremente los adornos de una puerta cuando sonó su teléfono móvil. Josh lo obligaba a tener a mano el maldito trasto.

—Si es para mí, anota el número —dijo Phil, que estaba midiendo un complicado rincón para el siguiente trozo de fibra prensada.

Era Josh.

—No ha podido ir mejor —anunció—. Me he plantado en veinte millones, ellos quieren cincuenta.

—¿Cincuenta? —preguntó Nate sin poder creerlo.

—Sí, pero ya se están gastando el dinero. Apuesto a que ahora mismo por lo menos dos de ellos están en el concesionario de la Mercedes.

—¿Quién se lo gastará más rápido, los abogados o los clientes?

—Supongo que los abogados. Oye, acabo de hablar con Wycliff. La reunión será el miércoles a las tres de la tarde, en su despacho. Creo que para entonces ya lo tendremos todo arreglado.

—Lo estoy deseando —dijo Nate, y cortó la comunicación.

Había llegado el momento de la pausa para el café. Él y Phil se sentaron en el suelo con la espalda apoyada contra la pared, tomando café caliente con leche.

—¿Querían cincuenta? —preguntó Phil, que ya estaba al corriente de todos los detalles.

Solos en el sótano, ambos apenas tenían secretos el uno para el otro. La conversación era más importante que los progresos en el trabajo. Phil era clérigo; Nate, abogado. Todo lo que ambos decían estaba protegido por una especie de privilegio confidencial.

—Es una bonita suma para empezar —dijo Nate—; pero se conformarán con mucho menos.

—¿Espera usted llegar a un acuerdo?

—Pues claro. El miércoles nos reuniremos con el juez,

que ejercerá más presión. Para entonces, los abogados y sus clientes ya estarán contando el dinero.

—Entonces ¿cuándo se marcha?

—Supongo que el viernes. ¿Quiere venir?

—No me lo puedo permitir.

—Pues claro que puede. Mi cliente pagará la factura. Será mi director espiritual durante el viaje. El dinero no constituye un problema.

—No estaría bien.

—Vamos, Phil. Le enseñaré el Pantanal. Conocerá a mis amigos Jevy y Welly. Daremos un paseo en barca.

—Por lo que ha contado, no se trata de un paseo muy agradable.

—No es peligroso. Hay mucho turismo en el Pantanal. Es una gran reserva ecológica. Hablo en serio, Phil, si le interesa, puedo arreglarlo.

—Me falta el pasaporte —dijo Phil, tomando un sorbo de café—, y, además, tengo muchas cosas que hacer aquí. —Nate estaría ausente una semana y a él le gustaba la idea de que el sótano tuviera el mismo aspecto cuando Nate regresara—. La señora Sinclair morirá cualquier día de estos —añadió serenamente Phil—. No puedo irme.

La iglesia llevaba por lo menos un mes aguardando el fallecimiento de la señora Sinclair. Phil temía el viaje a Baltimore. Nate sabía que por nada del mundo habría abandonado el país.

—De modo que volverá a verla —dijo Phil.

—Pues sí.

—¿Le hace ilusión la idea?

—No lo sé. Me apetece verla, pero no estoy seguro de que ella quiera verme a mí. Es muy feliz y no quiere saber nada de este mundo. No le gustará que vuelva a hablarle de cuestiones legales.

—Entonces ¿por qué va?

—Porque no hay nada que perder. Si vuelve a rechazar el

dinero, estaremos en la misma situación que ahora. La otra parte se quedará con todo.

—Y eso sería un desastre.

—Sí. Difícilmente podría encontrarse a un grupo de personas menos capacitado que los herederos Phelan para manejar elevadas sumas de dinero. El dinero los matará.

—¿Y eso no se lo puede explicar a Rachel?

—Lo he intentado, pero no le interesa saberlo.

—O sea, que no va a cambiar de idea.

—No. Jamás.

—¿Y el viaje a Brasil será una pérdida de tiempo?

—Me temo que sí; pero al menos lo intentaremos.

50

Con la excepción de Ramble, todos los herederos de Troy Phelan se empeñaron en estar o bien en el juzgado o bien a tiro de piedra de este durante la reunión. Cada uno de ellos disponía de su teléfono móvil, al igual que cada uno de los abogados en el despacho de Wycliff.

Tanto los clientes como sus representantes legales habían perdido muchas horas de sueño.

¿Con cuánta frecuencia se convierte uno en millonario de repente? Por lo menos dos veces en el caso de los Phelan, pero esta vez juraban que serían mucho más prudentes. Jamás se les ofrecería otra oportunidad.

Los hermanos paseaban por los pasillos del juzgado. Fumaban nerviosamente en el exterior, delante de la entrada principal. Permanecían sentados en el cálido interior de sus automóviles, en el aparcamiento, sin poder estarse quietos. Consultaban sus relojes, trataban de leer los periódicos, intercambiaban comentarios cuando se cruzaban.

Nate y Josh estaban sentados en un extremo de la estancia. Como era de esperar, Josh vestía un caro traje oscuro. En cambio, Nate llevaba una camisa de tela vaquera con manchas de pintura blanca en el cuello. Sin corbata. Unos tejanos y unas botas de montaña completaban el atuendo.

Wycliff se dirigió en primer lugar a los abogados de los

Phelan, sentados al otro lado de la estancia, y les comunicó que no era partidario de no admitir la respuesta de Rachel Lane, al menos por el momento. Había demasiadas cosas en juego como para excluirla de la causa. Nate O'Riley representaba muy bien los intereses de esta; por consiguiente, el litigio seguiría adelante según lo previsto. El propósito de la reunión era analizar las posibilidades de acuerdo, algo que cualquier juez deseaba en todos los casos que pasaban por sus manos. Wycliff seguía entusiasmado con la idea de un juicio largo, desagradable y sonado, pero no podía reconocerlo. Su deber era apremiar a las partes a que llegaran a un arreglo y persuadirlas de la conveniencia de hacerlo.

El apremio y la persuasión no serían necesarios.

Su señoría había examinado todas las peticiones y cada uno de los documentos y había estudiado atentamente las declaraciones. Hizo un resumen de las pruebas tal y como él las veía y comunicó, con expresión muy seria, a Hark, Bright, Langhorne y Yancy que, en su docta opinión, sus argumentos no eran demasiado convincentes.

Lo aceptaron de buen grado y no se sorprendieron. El dinero estaba sobre la mesa y ellos se morían de ganas de arrojarse sobre él. Insúltenos todo lo que quiera, pensaron, pero démonos prisa, no se nos vaya a escapar.

Por otra parte, añadió Wycliff, nunca se sabía lo que podía hacer un jurado. Lo dijo como si cada semana seleccionara a los miembros de uno, lo cual no era cierto y los abogados lo sabían.

Wycliff le pidió a Josh que hiciera un resumen de la primera reunión sobre el acuerdo celebrada el lunes, dos días atrás.

—Quiero saber exactamente en qué punto estamos —dijo.

Josh fue muy breve. El punto esencial era muy sencillo. Los herederos querían cincuenta millones de dólares por cabeza. Rachel, la principal beneficiaria, solo les ofrecía veinte millones para llegar a un acuerdo, sin reconocer la validez de los argumentos de la otra parte.

—Es una diferencia muy considerable —comentó Wycliff.

Nate se moría de aburrimiento, pero se esforzaba por aparentar interés. Eran unas negociaciones de alto voltaje acerca de una de las fortunas personales más grandes del mundo. Josh le había reprochado su aspecto, pero a él le daba igual. Procuraba distraerse estudiando los rostros de los abogados que había al otro lado de la estancia. La inquietud que estos estaban poniendo de manifiesto no obedecía a la preocupación o el nerviosismo, sino a su ardiente deseo de averiguar cuánto iban a cobrar. Sus perspicaces ojos eran muy rápidos y sus manos se movían con gestos bruscos e impulsivos.

Qué divertido resultaría levantarse de repente, anunciar que Rachel no ofrecía ni un solo centavo para llegar a un acuerdo y abandonar precipitadamente la estancia. El sobresalto los mantendría unos segundos clavados en sus asientos, pero de inmediato correrían tras él como perros hambrientos.

Cuando Josh terminó, Hark habló en nombre del grupo. Había tomado notas y había dedicado tiempo a escribir observaciones. Consiguió despertar el interés de la otra parte, confesando que el desarrollo del caso no había seguido el curso que ellos querían. Con admirable sinceridad reconoció que sus clientes no eran unos buenos testigos, los psiquiatras actuales no eran tan sólidos como los tres anteriores, y Snead no era de fiar.

En lugar de discutir acerca de teorías legales, se centró en las personas. Habló de sus clientes, los hermanos Phelan, y admitió que, a primera vista, no resultaban muy simpáticos; pero, una vez superada la impresión inicial, cuando uno llegaba a conocerlos como ahora los conocían sus abogados, se daba cuenta de que a los pobrecillos jamás se les había ofrecido ninguna oportunidad. Habían sido unos niños ricos muy mimados, educados con toda suerte de privilegios por una serie de niñeras que iban y venían, mortalmente ignorados por un padre que igual estaba en Asia comprando fábricas que viviendo en el despacho con su más reciente secretaria. Hark no quería criticar a un difunto, pero el señor Phelan era lo que era. En cuanto a sus madres, eran unos personajes muy raros, si bien habían sufrido lo suyo a causa de Troy.

Los hermanos Phelan no habían crecido en unas familias normales ni habían recibido las lecciones que casi todos los hijos reciben de sus padres. Troy Phelan era un importante hombre de negocios cuya aprobación ellos buscaban desesperadamente, sin éxito. Sus madres se dedicaban a sus clubes, a sus causas y al arte de ir de compras. La idea que tenía el padre de la obligación de proporcionar a sus hijos los medios adecuados para iniciar su andadura por la vida consistía, sencillamente, en entregar a cada uno de ellos cinco millones de dólares al cumplir los veintiún años, lo cual era, por una parte, demasiado tarde, y, por otra, demasiado pronto. El dinero no podía proporcionar la prudencia, la guía y el amor que ellos necesitaban como hijos. De ahí su evidente incapacidad para afrontar las responsabilidades de su recientemente adquirida riqueza.

El dinero había sido desastroso para ellos, pero los había hecho madurar. Ahora, con la experiencia de los años, los hermanos Phelan comprendían sus errores. Se avergonzaban de lo insensatos que habían sido con el dinero. Imaginen lo que debió de ser despertarse un día como el hijo pródigo, tal como le había ocurrido a Rex a la edad de treinta y dos años, divorciado y sin un centavo, en presencia de un juez que estaba a punto de enviarlo a la cárcel por impago de la pensión por alimentos de los hijos. Imaginen lo que debió de ser permanecer once días en la cárcel mientras tu hermano, divorciado y también sin un centavo, trataba de convencer a su madre de que pagara la fianza. Rex decía que el tiempo que había permanecido entre rejas lo había dedicado a tratar de averiguar adónde había ido a parar el dinero.

La vida había sido muy dura para los hijos de Troy Phelan. Muchas de las heridas se las habían hecho ellos mismos, pero otras habían sido la inevitable consecuencia de la conducta de su padre. El acto final de abandono por parte de este había sido el testamento ológrafo. Jamás llegarían a comprender la maldad del hombre que los había menospreciado de niños, los había castigado de mayores y los había borrado de su herencia.

Hark terminó diciendo:

—Son —concluyó— Phelan, llevan la sangre de Troy en sus venas, para bien o para mal, y sin duda se merecen una justa porción de la herencia de su padre.

Cuando terminó, Hark se sentó y todos los presentes permanecieron en silencio. Había sido un alegato profundamente sincero que conmovió no solo a Nate y Josh sino también al juez Wycliff; pero no serviría de nada ante un jurado, pues él no podía reconocer ante un tribunal que los argumentos de sus clientes no eran convincentes. Sin embargo, en aquel momento y en aquel ambiente, el pequeño discurso de Hark resultó perfecto.

Nate era, aparentemente, el que tenía el dinero, o al menos tal era el papel que desempeñaba en el juego. Podía pasarse una hora regateando y exprimiendo, echando faroles y discutiendo, y recortar unos cuantos millones de la fortuna, pero la verdad era que no estaba de humor para hacerlo. Si Hark podía disparar directamente, él también. En cualquier caso, todo eran artimañas.

—¿Cuál es su punto esencial? —le preguntó a Hark mientras los ojos de ambos se buscaban como el radar.

—No sé muy bien si tenemos un punto esencial. Creo que la suma de cincuenta millones de dólares por heredero es razonable. Sé que parece mucho, y lo es, pero compárelo con el monto de la herencia. Una vez deducidos los impuestos de sucesión, estamos hablando de apenas un cinco por ciento del dinero.

—El cinco por ciento no es mucho —admitió Nate.

Hark estaba mirándolo, pero los demás no. Se encontraban inclinados sobre sus cuadernos de notas con las plumas a punto para la siguiente tanda de cálculos.

—La verdad es que no —convino Hark.

—Mi cliente estará de acuerdo con la cesión de cincuenta millones —dijo Nate.

Lo más probable era que en aquellos momentos su cliente estuviese enseñando salmos de la Biblia a unos niños a la sombra de un árbol junto a la orilla del río.

Wally Bright acababa de ganar unos honorarios de veinticinco millones de dólares, por lo que su primer impulso fue el de cruzar la estancia y besarle los pies a Nate. En su lugar, frunció el entrecejo con expresión muy seria y tomó unas cuidadosas notas que ni él mismo podía leer.

Josh sabía que eso era lo que iba a ocurrir, pues sus contables habían hecho los cálculos, pero Wycliff no lo sabía. Se acababa de producir el acuerdo y no se celebraría ningún juicio. Tenía que mostrarse complacido.

—Bien pues —dijo—, ¿hemos llegado a un acuerdo?

Por simple costumbre, los abogados de los hermanos Phelan se reunieron para deliberar alrededor de Hark, procurando hablar en voz baja, pero no les salían las palabras.

—Trato hecho —anunció Hark, que acababa de ganar veintiséis millones de dólares.

Josh tenía, casualmente, el borrador de un acto de conciliación. Cuando ya habían empezado a llenar los espacios en blanco, los abogados de los hermanos Phelan se acordaron de pronto de sus clientes. Se excusaron y salieron al pasillo, donde los teléfonos móviles empezaron a surgir como por arte de magia de todos los bolsillos. Troy Junior y Rex estaban esperando junto a una máquina expendedora de refrescos, en el primer piso. Geena y Cody estaban leyendo periódicos en una desierta sala de justicia. Spike y Libbigail se hallaban sentados en su vieja camioneta, calle abajo. Mary Ross se encontraba en el interior de su Cadillac, en el aparcamiento. Ramble estaba en el sótano de su casa con la puerta cerrada y los auriculares puestos, perdido en otro mundo.

La avenencia no sería completa hasta que Rachel Lane la firmara y aprobase. Los abogados de los Phelan querían que todo tuviera un carácter estrictamente confidencial. Wycliff accedió a cerrar el expediente judicial. Una hora después, el acuerdo ya estaba ultimado. Con la firma de cada uno de los herederos Phelan y de sus abogados. Y con la de Nate.

Solo faltaba una firma. Nate explicó que tardaría unos cuantos días en conseguirla.

«Si lo supieran», pensó mientras abandonaba el juzgado.

El viernes por la tarde Nate y el párroco salieron de St. Michaels en el automóvil de alquiler de aquel. El párroco iba al volante para acostumbrarse, y Nate echaba una cabezada en el asiento del acompañante. Mientras cruzaban el Bay Bridge, Nate despertó y le leyó el acuerdo de avenencia final a Phil, siempre deseoso de conocer todos los detalles.

El Gulfstream IV del Grupo Phelan estaba esperando en el aeropuerto de Baltimore-Washington. El reluciente avión podía transportar a veinte personas a cualquier lugar del mundo. Phil quería echar un buen vistazo a todo, por lo que pidieron a los pilotos que los acompañaran en un recorrido por el aparato. De inmediato. Lo que el señor O'Riley mandara. La cabina era toda de cuero y madera, con sofás, asientos reclinables, una mesa de juntas y varias pantallas de televisión. Nate hubiera querido viajar como una persona normal, pero Josh había insistido.

Vio cómo Phil se alejaba en el automóvil y volvió a subir al aparato. En nueve horas estaría en Corumbá.

El acuerdo de fideicomiso era deliberadamente escueto, con la menor cantidad de palabras posible y de la forma más breve y sencilla que los redactores de semejantes documentos imposibles habían conseguido encontrar. Josh se lo había hecho redactar varias veces. En caso de que Rachel mostrara la menor disposición a firmar, era absolutamente necesario que comprendiera el significado. Nate le daría todas las explicaciones pertinentes, pero sabía que ella no tenía demasiada paciencia en asuntos como ese.

Los bienes recibidos en virtud de la última voluntad y testamento postrero de su padre se colocarían en un fideicomiso que llevaría el nombre de Rachel Lane, a falta de otro más original. El principal se conservaría intacto durante diez años y solo se dedicarían a obras de caridad los intereses y las ganancias. Pasado ese período, podría gastarse a discreción de los fideicomisarios el cinco por ciento anual del principal, amén de los intereses y las ganancias. Los desembolsos anuales se destinarían a diversas causas caritativas, en especial a la labor misionera de Tribus del Mundo. Sin embargo, el lenguaje era tan ambiguo que los fideicomisarios podrían emplear el dinero prácticamente para cualquier obra benéfica que quisieran. La primera fideicomisaria era Neva Collier, de Tribus del Mundo, que estaría facultada para designar a otra docena de fideicomisarios a fin de que la ayudasen en su labor. Estos actuarían con total independencia y responderían de su actuación ante Rachel, si ella así lo quería, en cuyo caso jamás vería ni tocaría el dinero. El fideicomiso se establecería con la ayuda de abogados elegidos por Tribus del Mundo.

Se trataba de una solución muy sencilla. Solo exigiría la firma de Rachel Lane, o cualquiera que fuese su apellido. Con una firma en el fideicomiso y otra en el acuerdo de avenencia podría cerrarse, a su debido tiempo, el caso de la testamentaría Phelan sin más historias. Nate podría seguir adelante, enfrentarse con sus problemas y empezar a reconstruir su vida. Estaba deseando empezar.

En caso de que Rachel se negara a firmar los documentos del fideicomiso y el acuerdo de avenencia, Nate tendría que pedirle que firmara un documento de renuncia. Podía rechazar la herencia, pero debería comunicárselo a los tribunales.

Una renuncia dejaría inservible el testamento de Troy,

que sería válido, pero no factible. Los bienes no podrían ir a parar a ningún sitio, como si Troy hubiera muerto sin testar. La ley dividiría los bienes en seis partes, una para cada heredero.

¿Cómo reaccionaría Rachel? Nate quería pensar que se alegraría de verlo, pero no estaba muy seguro de que así fuera. Recordaba el modo en que le había dicho adiós desde la orilla mientras su embarcación se alejaba, poco antes de que el dengue se abatiese sobre él. Estaba entre su gente, haciéndole señas de que se alejara y despidiéndose para siempre. No quería que la molestaran con asuntos mundanos.

51

Valdir estaba esperando en el aeropuerto de Corumbá cuando el Gulfstream rodó hasta la pequeña terminal. Era la una de la madrugada, el aeropuerto estaba desierto y solo había un puñado de pequeños aviones al fondo de la pista. Nate les echó un vistazo y se preguntó si Milton habría regresado al Pantanal.

Él y Valdir se saludaron como viejos amigos. Este se asombró del saludable aspecto que ofrecía. La última vez que se habían visto, Nate se tambaleaba con aspecto cadavérico a causa del dengue.

Abandonaron el aeropuerto en el Fiat de Valdir, a través de cuyas ventanillas abiertas un cálido y sofocante aire azotaba el rostro de Nate. Los pilotos los seguirían en un taxi. Las polvorientas calles estaban desiertas. Nada se movía. Al llegar al centro, se detuvieron delante del hotel Palace. Valdir le entregó a Nate una llave.

—Habitación doscientos doce —le dijo—. Te veré a las seis.

Nate durmió cuatro horas, y estaba esperando en la acera cuando el sol matutino asomó por entre los edificios. Una de las primeras cosas en que reparó fue que el cielo estaba despejado. La estación de las lluvias había terminado hacía un mes. Se avecinaba un tiempo más fresco, si bien en Corumbá la temperatura diurna raras veces bajaba de los veintiocho grados. En su pesada bolsa Nate llevaba todos los documentos, una cámara fotográfica, un nuevo teléfono satélite y otro celular, un frasco del repelente para insectos más potente creado por la química moderna, un regalito para Rachel y dos mudas de ropa. Vestía camisa de manga larga y gruesos pantalones color caqui que protegían sus piernas. Quizás estuviese incómodo y sudara un poco, pero ningún insecto atravesaría su armadura.

A las seis en punto apareció Valdir, y ambos se dirigieron a toda velocidad al aeropuerto. La ciudad cobraba vida lentamente.

Valdir había alquilado el helicóptero a mil dólares la hora. Tenía capacidad para cuatro pasajeros, llevaba dos pilotos y su autonomía de vuelo era de casi quinientos kilómetros. Valdir y los pilotos estudiaron los mapas del río Xeco proporcionados por Jevy y de los afluentes que vertían sus aguas en él. Ahora que el nivel de las aguas había bajado, era mucho más fácil navegar por el Pantanal, tanto por aire como por agua. Los ríos discurrían sin invadir las orillas y las *fazendas* estaban por encima del nivel de las aguas y era posible ubicarlas en los mapas aéreos.

Mientras Nate metía su bolsa de viaje en el helicóptero, procuró no pensar en su último vuelo sobre el Pantanal. Todas las probabilidades estaban a su favor. Si no se había estrellado antes, ya era imposible que lo hiciese.

Valdir prefirió quedarse en tierra, cerca de un teléfono. No le gustaba volar, y mucho menos en un helicóptero que se dirigiese al Pantanal. El cielo estaba despejado cuando despegaron. Nate llevaba casco y había ajustado el cinturón de seguridad. Siguieron el curso del Paraguay hasta alejarse de Corumbá. Los pescadores los saludaron con la mano. Unos chiquillos metidos hasta las rodillas en el río elevaron la vista hacia el helicóptero. Sobrevolaron una chalana cargada de bananas que se dirigía al norte, como ellos. Después vieron otra frágil embarcación que navegaba rumbo al sur.

Nate se acostumbró al ruido y la vibración del aparato. Prestó atención con sus auriculares mientras los pilotos conversaban en portugués. Recordó el *Santa Loura* y su resaca la última vez que había abandonado Corumbá para dirigirse hacia el norte.

Se elevaron hasta seiscientos metros de altitud y el helicóptero niveló su posición. Cuando ya llevaban treinta minutos de vuelo, Nate vio la tienda de Fernando a la orilla del río.

Se asombró de lo mucho que cambiaba el Pantanal de una estación a otra. Seguía siendo una interminable serie de pantanos, lagunas y ríos que serpeaban en todas direcciones, pero ahora que las aguas se habían retirado, todo estaba mucho más verde.

Siguieron el curso del Paraguay. Los cielos se mantenían despejados y azules bajo la atenta mirada de Nate, que no pudo evitar recordar el aterrizaje de emergencia con el aparato de Milton la víspera de Navidad. La tormenta se había acercado a las montañas sin darles tiempo a advertirla.

Los pilotos bajaron a trescientos metros sobrevolando en círculo la zona mientras señalaban hacia abajo como si ya hubieran encontrado su objetivo. Nate oyó las palabra «Xeco» y vio un afluente que vertía sus aguas en el Paraguay. Por supuesto, no recordaba nada del río Xeco. En el transcurso de su primer encuentro con él, estaba acurrucado bajo una tienda de campaña en el fondo de una embarcación, deseando morir. A continuación, giraron hacia el oeste y a la izquierda del río principal, siguiendo el tortuoso curso del Xeco en dirección a las montañas de Bolivia. Estaban buscando una chalana azul y amarilla.

En tierra, Jevy oyó el lejano zumbido del helicóptero. Lanzó rápidamente una bengala anaranjada. Welly hizo otro tanto. Las bengalas ardieron y dejaron un reguero de humo azul y plateado. Al cabo de pocos minutos apareció el helicóptero y empezó a volar lentamente en círculo.

Jevy y Welly habían abierto con sus machetes un claro entre los espesos matorrales situados a unos cincuenta metros de la orilla. Un mes atrás aquel paraje se encontraba bajo el agua. El helicóptero se inclinó mientras descendía muy lentamente. Cuando las hélices se detuvieron, Nate saltó al suelo y abrazó a sus viejos compañeros. Llevaba más de dos meses sin verlos, y el que ahora él estuviese nuevamente allí constituía una sorpresa para los tres.

El tiempo era oro. Nate temía las tormentas, la oscuridad, las inundaciones y los mosquitos, y quería darse la mayor prisa posible. Se acercaron a la chalana que había a la orilla del río. A su lado se encontraba una larga y limpia batea que parecía aguardar el inicio de su travesía inaugural. Amarrada a su lado, una lancha fueraborda nueva, cortesía de la testamentaría Phelan. Nate y Jevy subieron a la lancha, se despidieron de Welly y de los pilotos y salieron disparados.

Los poblados se encontraban a dos horas de distancia, explicó Jevy a gritos sobre el trasfondo del rugido del motor. Él y Welly habían llegado la tarde de la víspera a bordo de la chalana. El río se había vuelto demasiado pequeño incluso para ella, por lo que la habían amarrado cerca de un paraje lo bastante llano como para que el helicóptero pudiera aterrizar en él. Después habían subido a la batea para dirigirse al primer poblado. Jevy había reconocido el acceso, pero habían dado media vuelta antes de que los indios los oyeran. Transcurrieron dos horas, tal vez tres. Nate esperaba que no fueran cinco. No quería, en ninguna circunstancia, dormir en tierra, en una hamaca o en una tienda. Lo último que deseaba era exponer su piel a los peligros de la selva. Los horrores del dengue estaban demasiado recientes en su memoria.

En caso de que no consiguieran encontrar a Rachel, regresaría a Corumbá en el helicóptero, disfrutaría de una agradable cena con Valdir, dormiría en una cama y volvería a intentarlo al día siguiente. La testamentaría podía comprar el maldito helicóptero si le apetecía.

Como siempre, sin embargo, Jevy se mostraba confiado. La embarcación cortaba el agua y la proa brincaba mientras el poderoso motor los transportaba a toda velocidad. Qué bonito era navegar en una fueraborda que emitía un prolongado, eficaz e ininterrumpido rugido. Se sentían invencibles.

Una vez más, el Pantanal ejerció un poder hipnótico sobre Nate; los caimanes que se movían en las aguas someras mientras ellos navegaban velozmente por su lado, los pájaros que sobrevolaban el río casi rozando el agua, el soberbio aislamiento de aquellos parajes... Se habían adentrado tanto que ya no podían ver ninguna *fazenda*. Estaban buscando a una gente que llevaba muchos siglos allí.

Veinticuatro horas antes Nate estaba sentado en el porche de la casa de Josh, con las piernas cubiertas con una manta, tomando café mientras contemplaba los barcos que surcaban la bahía y esperaba la llamada de Phil, comunicándole que se disponía a bajar al sótano.

Le costó una hora de navegación acostumbrarse al lugar en que ahora se encontraba.

El río no le resultaba familiar. La última vez que habían encontrado a los ipicas estaban perdidos, asustados, mojados y hambrientos, y solo confiaban en las instrucciones que les había dado un joven pescador. Las aguas estaban muy crecidas y cubrían las señales características que les hubieran permitido orientarse.

Nate contempló el cielo como si temiese que empezaran a caer bombas. En cuanto se formase el primer nubarrón, daría media vuelta.

De pronto, un meandro del río se le antojó familiar. Quizá estuviese muy cerca de su objetivo. ¿Lo recibiría Rachel con una sonrisa y un abrazo, se sentaría con él a la sombra de un árbol para charlar un rato en inglés? ¿Cabría alguna posibilidad de que lo hubiera echado de menos o hubiera pensado en él siquiera? ¿Le habrían enviado sus cartas? Estaban a mediados de marzo y ya tendría que haber recibido la correspondencia. ¿Estaría ya en posesión de la nueva embarcación y todos los medicamentos?

¿O acaso huiría? ¿Se acurrucaría al lado del jefe y le pediría que la protegiera y librase por última vez del estadounidense? ¿Tendría él la posibilidad de verla?

Esta vez se mostraría más duro y firme. Él no tenía la culpa de que Troy Phelan hubiera redactado aquel ridículo testamento ni podía impedir que ella fuese una hija ilegítima. Rachel tampoco podía cambiar la situación, y rogarle que colaborase un poco no era mucho pedir. Tenía que dar su aprobación al fideicomiso o renunciar a la herencia. No se iría de allí sin su firma.

Por mucho que ella volviera la espalda al mundo, siempre sería la hija de Troy Phelan, y este simple hecho exigía un mínimo de colaboración. Nate practicaba sus argumentos en voz alta, pues Jevy no podía oírlo.

Le hablaría de sus hermanos, le pintaría una horrible imagen de lo que ocurriría en caso de que recibieran toda la fortuna, le enumeraría la infinidad de nobles causas que ella podría favorecer con solo firmar el documento del fideicomiso. Practicó una y otra vez.

Los troncos de los árboles de ambas orillas eran cada vez más gruesos y se inclinaban sobre el agua hasta tocarse. Nate reconoció aquel túnel.

—Allí —dijo Jevy, señalando un lugar situado más adelante, hacia la derecha, donde habían visto a los niños nadando en el río. Aminoró la velocidad y se acercaron al primer poblado. Allí no había ningún indio, y cuando perdieron de vista las chozas, el río se bifurcó y la corriente se redujo.

Nate conocía aquellos parajes. Se adentraron en la selva, siguiendo en zigzag unos meandros que prácticamente describían círculos, vislumbrando las montañas a través de los claros. Al llegar al segundo poblado, se detuvieron cerca del enorme árbol junto al cual habían dormido la primera noche, allá por el mes de enero. Saltaron a tierra en el mismo lugar en que Rachel se había despedido de Nate agitando la mano cuando él ya se encontraba bajo los efectos del dengue. Allí estaba el banco con su asiento de cañas fuertemente atadas entre sí.

Nate se dedicó a contemplar el poblado mientras Jevy amarraba la embarcación. Un indio joven corrió a su encuentro por el sendero. Habían oído el rugido del motor de la lancha fuera borda.

El indio no hablaba portugués, pero por medio de señas les hizo entender que se quedaran allí, junto al río, hasta nueva orden. Si los reconoció, no dio muestras de ello. Daba más bien la impresión de estar asustado.

Así pues, se acomodaron en el banco y esperaron. Ya eran casi las once de la mañana. Tenían muchas cosas de que hablar. Jevy había estado muy ocupado en los ríos, pilotando chalanas que transportaban mercancías y suministros para la gente del Pantanal. De vez en cuando capitaneaba una embarcación turística con la que ganaba más dinero.

Comentaron la última visita de Nate, su veloz huida del Pantanal en la fueraborda prestada de Fernando, los horrores del hospital y sus esfuerzos por encontrar a Rachel en Corumbá.

—Le aseguro —dijo Jevy— que he estado haciendo indagaciones en el río, y la señora no estuvo allí ni visitó el hospital. Lo soñó usted todo, amigo mío.

Nate no quería discutir porque tampoco estaba seguro.

El propietario del *Santa Loura* había calumniado a Jevy por toda la ciudad. El barco se había hundido cuando se encontraba bajo su vigilancia, pero todo el mundo sabía que la culpa la había tenido la tormenta. Aquel hombre estaba chiflado.

Tal como Nate esperaba, la conversación pasó muy pronto al tema del futuro de Jevy en Estados Unidos. El muchacho había pedido el visado, pero necesitaba un trabajo y alguien que lo avalara. Cual si fuera un experto púgil, Nate esquivó los golpes y soltó los suficientes puñetazos como para confundir a su amigo. No tenía valor para decirle que muy pronto él también tendría que empezar a buscarse un empleo.

—Veré qué puedo hacer —dijo.

Jevy tenía un primo en Colorado que también estaba buscando trabajo.

Un mosquito empezó a volar alrededor de su mano. El primer impulso de Nate fue aplastarlo de un fuerte manotazo, pero, en su lugar, esperó para calibrar la eficacia del repelente. Cuando se cansó de estudiar su blanco, el mosquito efectuó un repentino descenso en picado hacia el dorso de su mano derecha, pero a cinco centímetros de distancia se detuvo en seco, se alejó y desapareció. Nate esbozó una sonrisa. Tenía las orejas, el cuello y la cara completamente embadurnados.

El segundo ataque de dengue suele provocar hemorragias. Es mucho peor que el primero y, a menudo, de fatales consecuencias. Nate O'Riley no sería su víctima.

Estaban conversando de cara al poblado. Nate permanecía alerta. Esperaba ver aparecer a Rachel de un momento a otro, moviéndose con elegancia entre las chozas y avanzando por el sendero para saludarlos. En aquellos momentos ya debía de saber que el estadounidense había vuelto.

Pero ¿sabía que se trataba de Nate? ¿Y si el ipica no los había reconocido y Rachel temiese que alguien más la hubiera localizado?

De pronto, vieron al jefe acercarse lentamente hacia ellos. Llevaba una larga lanza ceremonial y lo seguía un ipica a quien Nate reconoció. Ambos se detuvieron al borde del sendero, a unos quince metros del banco. No sonreían; es más, la actitud del jefe era más bien hostil.

—¿Qué os trae por aquí? —preguntó en portugués.

—Dile que queremos ver a la misionera —dijo Nate, y Jevy tradujo sus palabras.

—¿Por qué? —inquirió el jefe.

Jevy le explicó que el estadounidense había viajado desde muy lejos y necesitaba ver a la mujer.

—¿Por qué? —volvió a preguntar el jefe.

Porque tenían asuntos de que hablar, asuntos que ni el jefe ni Jevy podían comprender. Era algo muy importante, de otro modo, el estadounidense no habría viajado hasta allí.

Nate recordó que el jefe era un hombre jovial, de sonrisa fácil y temperamento impulsivo. Ahora su rostro era casi inexpresivo. Desde quince metros de distancia lo miraba con dureza. La vez anterior había insistido en que se sentaran en torno al fuego y compartieran su desayuno. Ahora, en cambio, procuraba permanecer lo más lejos posible de ellos. Algo había ocurrido. Algo había cambiado.

Les indicó que aguardaran y se marchó muy despacio en dirección al poblado. Transcurrió media hora. Para entonces, Rachel ya debía de saber que Nate y Jevy estaban allí, pues el jefe se lo habría dicho. Sin embargo, no acudía a saludarlos.

Una nube ocultó el sol y Nate la estudió detenidamente. Era grande y blanca, y su aspecto no resultaba en modo alguno amenazador, pero a pesar de todo hizo que se sintiera inquieto. Como oyera un trueno en la distancia, saldría por piernas. Se comieron unos bocadillos de queso mientras aguardaban sentados en la embarcación.

De pronto, oyeron que el jefe los llamaba con un silbido. Se acercaba a ellos procedente del poblado, pero nadie lo acompañaba. Se reunieron a medio camino y lo siguieron a lo largo de unos treinta metros; después cambiaron de dirección y se adentraron en otro sendero que discurría por detrás de las cabañas. Nate vio la zona común del poblado. Estaba desierta y no había ni un solo ipica paseando por allí. Las jóvenes tampoco estaban barriendo la tierra que rodeaba las chozas. No se veía mujeres cocinando o limpiando. No se escuchaba el menor sonido. El único movimiento era el del humo de las fogatas.

Nate vio entonces unos rostros en las ventanas y unas cabecitas que asomaban por las puertas. Estaban observándolos. El jefe los mantenía bien apartados de las chozas, como si fueran portadores de enfermedades. Después enfiló otro sendero que atravesaba parcialmente la selva. Cuando salieron a un claro, vieron al otro lado la choza de Rachel.

Pero no había ni rastro de ella. El jefe pasó con ellos por delante de la puerta y los acompañó a la parte lateral, donde, a la sombra de los grandes árboles, vieron las sepulturas.

52

Los indios habían labrado y pulido cuidadosamente las blancas cruces de madera y después las habían atado con un cordel. Eran pequeñas, de menos de treinta centímetros de altura, y estaban clavadas en la fresca tierra de la parte superior de las sepulturas. No había nada en ellas que indicara quién había muerto y cuándo.

Estaba oscuro bajo los árboles. Nate dejó su bolsa de viaje en el suelo, entre las sepulturas, y se sentó encima de ella. El jefe empezó a hablar en un rápido y suave susurro.

—La mujer está a la izquierda; Lako a la derecha. Murieron el mismo día, hace unas dos semanas —tradujo Jevy—. Desde que nos fuimos la malaria ha matado a diez personas.

El jefe soltó una larga parrafada sin detenerse para que tradujeran sus palabras. Nate oyó las palabras, pero solo su sonido. Contempló el montículo de tierra de la izquierda, un pulcro montón de negra tierra que formaba un perfecto rectángulo bordeado por ramas cortadas de unos diez centímetros de grosor. Allí estaba enterrada Rachel Lane, la persona más valiente que él jamás hubiera conocido, pues no temía a la muerte, sino que estaba dispuesta a recibirla con agrado. Ya descansaba en paz, su alma se había reunido por fin con el Señor y su cuerpo yacía para siempre entre las personas a las que amaba.

Y Lako se hallaba a su lado, con un cuerpo celestial libre de defectos y dolencias.

Nate estaba impresionado y a la vez no lo estaba. Su muerte había sido trágica y no lo había sido. No se trataba de una joven madre y esposa que dejaba una familia. No tenía un amplio círculo de amistades que se apresuraría a llorar su muerte. Solo unas pocas personas de su tierra natal sabrían que había muerto, y para aquellos que la habían enterrado constituía una rareza.

Él la conocía lo bastante como para saber que no hubiera querido que la lloraran. No le hubiesen gustado las lágrimas, y Nate no derramó ninguna. Por un instante contempló su sepultura con incredulidad, pero enseguida se impuso la realidad. No era una amiga con la que hubiera compartido muchos momentos. Apenas si la había tratado. Sus motivos para buscarla eran de carácter puramente egoísta. Él había invadido su intimidad y ella le había rogado que no regresara.

A pesar de todo, sin embargo, su muerte le dolía. Había pensado en ella todos los días desde que dejara el Pantanal. Soñaba con ella, percibía su contacto, oía su voz, recordaba su sabiduría. Le había enseñado a rezar y le había dado esperanza. Era la primera persona, desde hacía varias décadas, que había visto algo bueno en él.

Jamás había conocido a nadie como Rachel Lane, y la echaba enormemente de menos.

El jefe parecía muy taciturno.

—Dice que no podemos quedarnos mucho rato —tradujo Jevy.

—¿Por qué no? —preguntó Nate sin apartar los ojos de la sepultura.

—Los espíritus nos culpan de la malaria, pues la enfermedad vino con nosotros. No les gusta vernos.

—Dile que los espíritus son unos payasos.

—Quiere enseñarle una cosa.

Poco a poco Nate se levantó y miró al jefe. Entraron en la choza de Rachel, inclinándose para pasar por la puerta. El suelo era de tierra. Había dos habitaciones. La anterior tenía un mobiliario muy primitivo, consistente en una silla hecha de cañas y cuerdas y un sofá con tocones de troncos a modo de patas y paja en lugar de cojines. La habitación de atrás hacía las veces de dormitorio y cocina. Rachel dormía en una hamaca, como los indios. Debajo de ella y encima de una mesita había una caja de plástico de material médico. El jefe señaló la caja y habló.

—Aquí dentro hay unas cosas que usted tiene que ver —tradujo Jevy.

—¿Yo?

—Sí. Ella se dio cuenta de que iba a morir. Le pidió al jefe que vigilara su choza. En caso de que apareciera un estadounidense, el jefe debería mostrarle la caja.

Nate temía tocarla. El jefe la tomó y se la entregó. Nate abandonó la habitación y se sentó en el sofá. El jefe y Jevy salieron de la choza.

Las cartas que él le había escrito no habían llegado o, por lo menos, no estaban en la caja. Había una placa de identificación brasileña que tenían que llevar todos los ciudadanos del país que no fueran indígenas, y tres cartas de Tribus del Mundo. Nate no las leyó porque en el fondo de la caja vio el testamento de Rachel.

Estaba dentro de un sobre blanco tamaño folio y llevaba escrito un nombre brasileño para las señas del remitente. En él Rachel había escrito en letras de imprenta y con toda claridad: «Último testamento de Rachel Lane Porter».

Nate lo contempló con incredulidad. Le temblaron las manos cuando abrió el sobre. Dentro había dos hojas dobladas de papel blanco de cartas grapadas conjuntamente. En la parte superior de la primera hoja Rachel había vuelto a escribir con letras de gran tamaño: «Último testamento de Rachel Lane Porter».

Decía lo siguiente:

Yo, Rachel Lane Porter, hija de Dios, residente en su mundo, ciudadana de Estados Unidos, en pleno uso de mis facultades mentales, otorgo por la presente este mi último testamento.

1. No tengo ningún testamento anterior que anular. Este es el primero y el último. Todas las palabras han sido escritas de mi puño y letra. Tengo intención de que sea un testamento ológrafo.

2. Obra en mi poder una copia del último testamento de mi padre, Troy Phelan, con fecha del 9 de diciembre de 1996, en el que este me lega la mayor parte de sus bienes. Estoy tratando de dar forma a este testamento a imitación del suyo.

3. No rechazo ni renuncio a la parte de su herencia que me corresponde, pero tampoco deseo recibirla. Cualquier cosa que me haya sido legada deseo que sea colocada en un fideicomiso.

4. Las ganancias del fideicomiso deberán utilizarse para los siguientes fines: a) proseguir la labor de los misioneros de Tribus del Mundo en todos los rincones de la tierra, b) difundir el Evangelio de Cristo, c) proteger los derechos de los pueblos indígenas de Brasil y América del Sur, d) dar de comer a los hambrientos, curar a los enfermos, acoger a los que carecen de techo y salvar a los niños.

5. Designo a mi amigo Nate O'Riley como administrador del fideicomiso y para ello le otorgo amplios poderes discrecionales. Le nombro también albacea de este testamento.

Firmado el 6 de enero de 1997 en Corumbá, Brasil.

RACHEL LANE PORTER

Nate leyó el documento varias veces. La segunda hoja estaba mecanografiada y escrita en portugués. Por el momento, tendría que esperar.

Fijó la vista en el suelo de tierra entre sus pies. El aire era pegajoso y estaba absolutamente inmóvil. En el mundo reinaba el silencio y del poblado no llegaba el menor sonido. Los ipicas aún se escondían del hombre blanco y sus enfermedades.

¿Barres la tierra para que esté limpia y arreglada? ¿Qué ocurre cuando llueve y la techumbre de paja tiene goteras? ¿Forma un charco y se convierte en barro? En la pared del otro lado había unos rústicos estantes llenos de libros: Biblias, devocionarios, ensayos de teología. Los estantes eran ligeramente desiguales y estaban inclinados uno o dos centímetros hacia la derecha.

Aquel había sido el hogar de Rachel durante once años.

Nate volvió a leer el testamento. El 6 de enero era el día en que él había salido del hospital de Corumbá. Rachel no había sido un sueño. Lo había tocado y le había dicho que no moriría. Después había escrito el testamento.

Nate se movió y la paja crujió bajo su cuerpo. Estaba sumido en una especie de trance hipnótico cuando Jevy asomó la cabeza por la puerta y dijo:

—El jefe quiere que nos vayamos.

—Lee esto —le pidió Nate, entregándole las dos hojas de papel, con la segunda encima. Jevy se adelantó para aprovechar la luz que entraba por la puerta. Leyó muy despacio y dijo:

—Aquí hay dos personas. La primera es un abogado que dice haber visto a Rachel Lane Porter firmar su testamento en su despacho de Corumbá. Estaba en pleno uso de sus facultades mentales. Y sabía lo que hacía. Su firma está oficialmente certificada por un... ¿cómo lo llaman ustedes...?

—Un notario.

—Sí, un notario. La segunda es la secretaria del abogado, quien, al parecer, dice lo mismo. El notario también certifica su firma. ¿Qué significa eso?

—Te lo explicaré más tarde.

Ambos salieron. El jefe mantenía los brazos cruzados sobre el pecho. Se le estaba acabando la paciencia. Nate sacó la cámara fotográfica de la bolsa de viaje y empezó a fotografiar la choza y las sepulturas. Después hizo que Jevy sostuviera el testamento, agachado junto a la sepultura de Rachel. A continuación, tomó el testamento y lo sostuvo mientras Jevy le tomaba una foto a él. El jefe se negó a ser fotografiado con Nate y procuró mantenerse lo más lejos posible de ellos. Soltó un gruñido y Jevy temió que tuviese un estallido de cólera.

Se encaminaron hacia el sendero para atravesar la selva sin acercarse al poblado. Cuando aumentó la densidad de la vegetación, Nate se detuvo para echar un último vistazo a la choza. Hubiera querido llevársela consigo, levantarla del suelo, transportarla a Estados Unidos y conservarla como monumento para que los millones de seres que se beneficiarían de la bondad de Rachel tuvieran un lugar en el que poder darle las gracias.

También hubiera deseado llevarse la sepultura. Rachel se merecía un panteón.

Sin embargo, eso era lo que ella menos hubiera deseado. Jevy y el jefe ya se habían perdido de vista, por lo que Nate apresuró el paso.

Llegaron al río sin contagiarle ninguna enfermedad a nadie. El jefe le gruñó algo a Jevy mientras este y Nate subían a la embarcación.

—Dice que no quiere que regresemos —tradujo Jevy.

—Dile que no se preocupe —repuso Nate.

Jevy no dijo nada. En su lugar, puso en marcha el motor y la lancha fueraborda se apartó de la orilla.

El jefe ya estaba alejándose hacia el poblado. Nate se preguntó si echaría de menos a Rachel. Ella había vivido once años allí y parecía ejercer una considerable influencia en él, pero no había conseguido convertirlo. ¿Lamentaba su muerte o se alegraba de que sus dioses y espíritus tuvieran ahora el campo libre? ¿Qué sería de los ipicas que se habían convertido al cristianismo, ahora que ella ya no estaba?

Recordó a los *shalyuns*, los hechiceros de los poblados que perseguían a Rachel. Sin duda estarían celebrando su muerte y acosando a los conversos. Rachel había librado un duro combate y ahora descansaba en paz.

Jevy detuvo el motor e impulsó la embarcación con un canalete. La corriente era muy lenta y el agua estaba muy tranquila. Nate abrió cuidadosamente el teléfono satélite y lo colocó encima de un banco. El cielo estaba despejado, la señal era fuerte y en cuestión de dos minutos, la secretaria de Josh ya estaba corriendo a buscar a su jefe.

—Dime que Rachel ha firmado el maldito documento, Nate —fueron las primeras palabras de Josh, hablando a gritos contra el aparato.

—No hace falta que grites, Josh. Te oigo muy bien.

—Perdona. Dime que lo ha firmado.

—Ha firmado un fideicomiso, pero no el nuestro. Ha muerto, Josh.

—¡No!

—Sí. Murió hace un par de semanas. De malaria. Ha dejado un testamento ológrafo, exactamente igual que su padre.

—¿Lo tienes en tu poder?

—Sí. Está a salvo. Todo irá a parar a un fideicomiso. Yo soy el fideicomisario y albacea.

—¿Es válido?

—Creo que sí. Está escrito enteramente de su puño y letra, firmado, fechado y refrendado por un abogado de Corumbá y su secretaria.

—Me parece válido.

—¿Y ahora qué ocurre? —preguntó Nate.

Ya se imaginaba a Josh sentado detrás de su escritorio con los ojos cerrados para concentrarse mejor, sosteniendo el teléfono con una mano mientras con la otra se alisaba el cabello. Casi le parecía oírlo tramando estrategias.

—No ocurre nada. El testamento de Troy es válido. Las disposiciones se cumplirán.

—Pero ella ha muerto.

—La herencia de Troy pasa a la suya. Ocurre constantemente con los accidentes de tráfico, en los que, por ejemplo, uno de los cónyuges fallece un día y el otro fallece al siguiente. Los legados pasan de una a otra testamentaría.

—¿Y qué pasará con los restantes herederos?

—El acuerdo se mantiene en pie. Recibirán el dinero, o lo que quede de él una vez los abogados hayan cobrado su porcentaje. Los herederos serán las personas más felices del mundo, con la posible excepción de sus asesores legales. No pueden impugnar nada. Hay dos testamentos válidos. Me parece que acabas de convertirte en un fideicomisario profesional.

—Tengo amplios poderes discrecionales.

—Tienes mucho más que eso. Léemelo.

Nate sacó el documento del fondo de su bolsa de viaje y lo leyó muy despacio.

—Date prisa en regresar —lo urgió Josh.

Jevy escuchó atentamente cada palabra mientras fingía contemplar la corriente. Cuando Nate colgó y guardó el teléfono, el joven preguntó:

—¿El dinero es suyo?

—No. El dinero va a parar a un fideicomiso.

—¿Qué es un fideicomiso?

—Algo así como una gran cuenta bancaria. Está protegido en el banco, generando intereses. El fideicomisario decide adónde van a parar estos.

Jevy seguía sin estar demasiado convencido. Le rondaban muchas preguntas por la cabeza y Nate intuía su confusión, pero no era el momento para un abecedario de la versión estadounidense de los testamentos, testamentarías y fideicomisos.

—Vamos —dijo Nate.

El rugiente motor se puso otra vez en marcha y la lancha fueraborda voló sobre el agua rodeando los meandros y dejando tras de sí una ancha estela de espuma.

Encontraron la chalana a última hora de la tarde. Welly estaba pescando mientras los pilotos jugaban a las cartas en la popa de la embarcación. Nate volvió a llamar a Josh y le dijo que mandara regresar el jet desde Corumbá. Él no iba a necesitarlo, pues tardaría tiempo en regresar a casa.

Josh protestó, pero no podía hacer nada. El embrollo del caso Phelan se había resuelto. En realidad, no había ninguna prisa.

Nate les dijo a los pilotos que, a la vuelta, se pusieran en contacto con Valdir y los despidió sin más.

La tripulación de la chalana vio alejarse el helicóptero cual si fuera un insecto, y de inmediato soltó amarras. Jevy iba al timón. Welly se sentó, en la proa, con los pies colgando a escasos centímetros del agua. Nate buscó una litera y trató de descansar, pero el motor diésel estaba justo al lado y su rítmico golpeteo le impedía dormir.

El tamaño de la embarcación era tres veces inferior al del *Santa Loura* y hasta las literas eran más cortas. Tendido de lado, Nate contempló el paso de las márgenes del río.

Rachel había comprendido en cierto modo que él ya no era un borracho, que se había curado de sus adicciones y que los demonios que controlaban su vida ya estaban enterrados para siempre. Había visto en él un fondo de bondad, había adivinado que estaba buscando algo y había encontrado una vocación para él. Dios se lo había dicho.

Jevy lo despertó cuando ya había oscurecido.

—Ha salido la luna —susurró.

Se sentaron en la proa. Justo a su espalda, Welly gobernaba el timón siguiendo la luz de la luna llena mientras el Xeco bajaba serpeando hacia el Paraguay.

—Esta embarcación es muy lenta —dijo Jevy—. Tardaremos dos días en llegar a Corumbá.

Nate sonrió. No le hubiera importado que tardaran un mes.

Nota del autor

La región del Pantanal, en los estados brasileños de Mato Grosso y Mato Grosso do Sul, es una tierra de gran belleza natural y un lugar fascinante que bien merece una visita. Espero no haberla descrito como un inmenso pantano plagado de peligros, pues no lo es. Se trata, por el contrario, de una joya ecológica que atrae a numerosos turistas, la mayoría de los cuales sobrevive. Yo he estado un par de veces allí y no veo la hora de regresar.

Mi amigo Carl King, un misionero baptista de Campo Grande, me acompañó a las profundidades del Pantanal. Ignoro el grado de exactitud de la información que me facilitó, pero a lo largo de cuatro días nos lo pasamos de maravilla, contando caimanes, fotografiando la fauna salvaje, buscando anacondas, comiendo alubias negras con arroz y narrando historias, todo ello desde una embarcación que en cierto modo se nos fue quedando pequeña. Mil gracias a Carl por esa aventura.

Vaya también mi gratitud a Rick Carter, Gene McDade, Penny Pynkala, Jonathan Hamilton, Fernando Catta-Preta, Bruce Sanford, Marc Smirnoff y Estelle Laurence. Y gracias, como siempre, a David Gernert por haber leído durante largas horas el manuscrito y mejorado el libro.